第五の季節

N・K・ジェミシン

数百年ごとに〈第五の季節〉と呼ばれる天変地異が勃発し、そのつど文明を滅ぼす歴史がくりかえされてきた超大陸スティルネス。この世界には、地殻を操り災害を抑えこむ特別な能力を持つがゆえに激しく差別され、苛酷な人生を運命づけられた“オロジェン”と呼ばれる人々がいた。そしてまた、“石喰《いしく》い”と呼ばれる人間の姿をした謎の存在も。いま、未曾有の〈季節〉が到来しようとする中、息子を殺し娘を連れ去った夫を追うオロジェン・エッスンの旅がはじまる。前人未踏、3年連続で三部作すべてがヒューゴー賞長編部門受賞の破滅SF開幕編！

登場人物

エッスン……夫が連れ去った娘を追う女
ナッスン……エッスンの娘
ホア……エッスンに同行する少年
トンキー……コム無しの女
イッカ……カストリマ・コムの長《おさ》
アンチモン……石喰《いしく》いの女
レルナ……ティリモの町の医者
閃長石《サイアナイト》（サイアン）……フルクラムに属するオロジェン
雪花石膏《アラバスター》（バスター）……サイアナイトの導師
イノン……ミオヴの海賊船長
ダマヤ……フルクラムで訓練中の少女
シャファ……ダマヤの守護者
ビノフ……〈指導者〉用役《ようえき》カーストの少女

第五の季節

N・K・ジェミシン

小野田和子訳

創元SF文庫

THE FIFTH SEASON

by

N. K. Jemisin

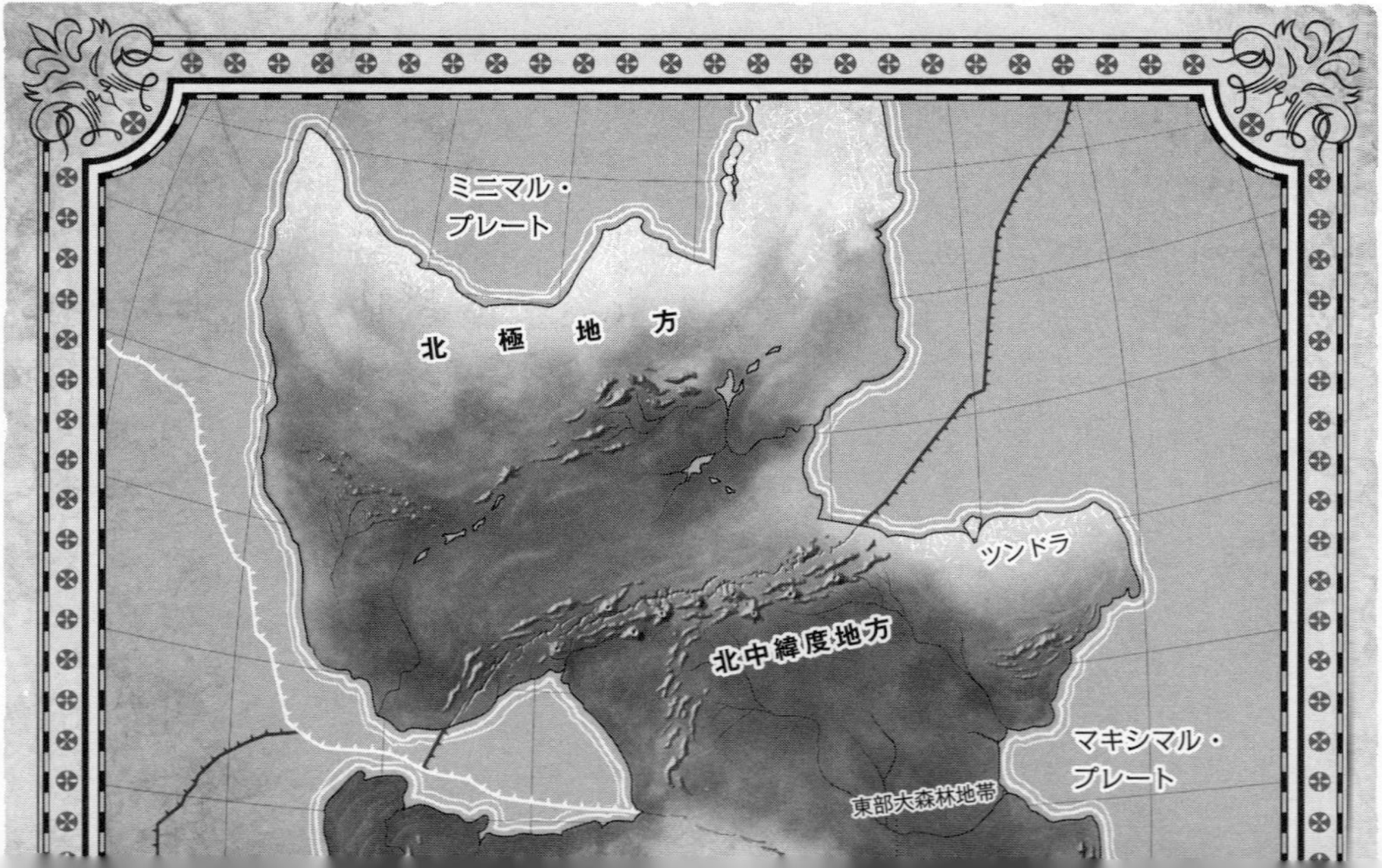
ミニマル・
プレート
北極地方
ツンドラ
北中緯度地方
マキシマル・
プレート
東部大森林地帯

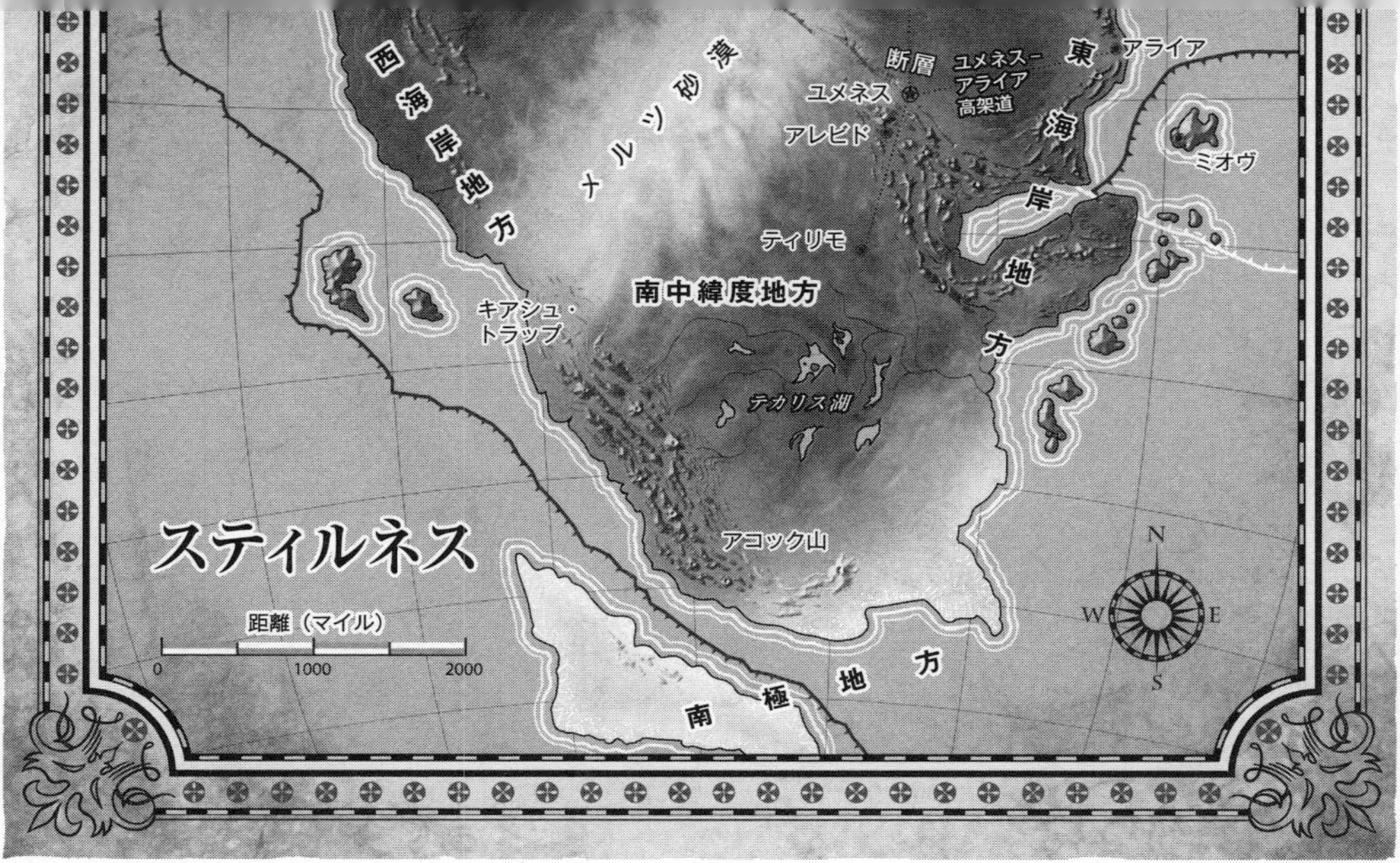

スティルネス
距離（マイル）
0
1000
2000
西海岸地方
メルツ砂漠
断層
ユメネス
ユメネス－アライア高架道
アレビド
東海岸地方
アライア
ミオヴ
ティリモ
南中緯度地方
キアシュ・トラップ
テカリス湖
アコック山
南極地方
N
W
E
S

ほかの誰もが無条件で受けている敬意を、戦い取らねばならない人々に

第五の季節

プロローグ　まずはここから

では、世界の終わりの話からはじめようか。それを片付けてから、もっとおもしろい話に移ろう。

まずは人の終焉《しゅうえん》。息子が死んだあと、彼女は息子がどんなふうに死んでいったのか脳裏に思い描き、本質的に無意味なことになにか意味を見いだそうとあがくことになる。何度も何度も。彼女はユーチェの傷だらけの小さな亡骸《なきがら》に毛布をかけ——息子は暗闇を怖がっていたから、顔まではかけない——そのかたわらに呆然とすわりこむが、外で終焉を迎えようとしている世界のことなど毛筋ほども気にすることはない。彼女のなかでは世界はすでに終わってしまっていたし、その終焉もはじめて経験することではなかったからだ。もう慣れっこになっていたといってもいい。

そのとき、そしてその先もくりかえし彼女の脳裏に浮かぶのは、でもあの子は自由だった、という思いだ。

そして彼女のなかの衝撃に打ちのめされ途方に暮れる自我がどうにかひねりだした、このほとんど疑問に近いような思いに、疲れ切った皮肉屋の自我はいつもこう答える——

あの子は自由ではなかった。ほんとうの意味で自由とはいえなかった。でも、これからは自由の身だ。

§

状況を説明しなければなるまい。終焉の話にもどろう。大陸の文脈で書き記された終焉の話に。

ある大地の話をしよう。

よくある、ふつうの大地だ。山があり、高原があり、峡谷があり、三角州がある、ありきたりの大地。ただし、その大きさとダイナミズムを除けば。よく動くのだ、この大地は。寝床のなかで落ち着きなく動きつづける年寄りさながら、呻《うめ》き、嘆息し、しわを寄せ、屁《へ》をひり、あくびをし、唾《つば》を飲む。むろん、そこに住む人々はこの大地を動かざるもの、スティルネスと名づけた。ここは静かなる苦い皮肉がこめられた大地なのだ。

スティルネスにはほかの名前もあった。かつては数個の大地にわかれていたのだ。いまはひとつにまとまった広大な大陸だが、いずれどこかの時点でまた二つ以上にわかれることになる。じつをいえば、もうまもなくのことだ。

終焉はある都市ではじまる――世界一古く、大きく、荘厳な、活気あふれる都市で。その都市はユメネスと呼ばれ、かつてはある帝国の中心地だった。帝国は、帝国というものの例に洩《も》れず、最盛期を迎えたのち衰えを見せはじめてはいたが、都市そのものは依然として多くの物事の中心に位置していた。

ユメネスはただ大きいから唯一無二といわれているわけではない。この世界の赤道沿いには、大陸に巻かれた帯さながら、いくつもの大都市が連なっている。それ以外の場所では村が成長して町になることは稀《まれ》だし、町が都市になることもめったにない。なぜなら大地がつねに村や町を喰《く》おうと蠢《うごめ》いている地帯では行政が生きのびていくのはむずかしいからだ……が、ユメネスは誕生以来二千七百年の大半の期間、揺るぎない年月を送ってきた。

ユメネスが唯一無二なのは、ここでは人間が建物をただ安全や快適さ、あるいは美しさを旨《むね》としてではなく、あえて華麗さを旨として建てているからだ。こんな都市はほかにはない。この壁には精緻なモザイク装飾でここに住む人々の長きにわたる勇壮な歴史が事細かに描かれている。建物がみっしりと寄り集まった塊《かたまり》から石造りの指のようにそびえ立ってアクセントをつけているのは高い塔の数々。その手づくりのランタンを思わせる塔には驚異の水力発電がもたらす明かりが灯《とも》り、ガラスと大胆さとを織りあげた繊細なアーチ橋がかかり、バルコニーと呼ばれる、えらく単純だがあきれるほどばかげているがゆえに有史以来、誰もつくったことのない構造物がつけられている。（が、歴史の大半は書き記されているわけではない。そのことは忘れずにいてほしい。）道路は取り換えやすい丸石ではなく、なめらかで割れもひびもない、地元民がアスファルトと名づけた驚くべき素材で舗装されている。ユメネスでは掘っ立て小屋までもが大胆不敵だ。なにしろ揺れはおろか暴風に見舞われれば吹き飛んでしまいそうな薄っぺらいつくりなのだから。それでも小屋は何世代にもわたって、変わらぬ姿を保っている。

都市の中心部には高層の建物が林立しているので、そのなかのひとつがほかのすべてを寄せ集めたよりも大きく大胆なつくりであっても驚くにはあたらないだろう——その巨大な構造物の基部は精密にカットされた黒曜石の煉瓦《れんが》を積みあげた星形角錐《かくすい》だ。角錐はもっとも安定した建築形態だが、星形角錐の安定性はその五倍ということになる。いわずもがなの話だ。しかもここはユメネスであるからして、この角錐の頂点には半透明の琥珀《こはく》に似た正三角形の部材を組み合わせた球体——ジオデシック球体——が鎮座している。一見、軽やかにバランスをとっているように見えるが、じつはこの構造物のあらゆる部分がひとえにこの球体を支えるという目的に奉仕している。見た目は不安定——それが肝なのだ。

この〈黒き星〉は帝国の指導者たちが集まって指導者としての仕事をする場所だ。琥珀色の球体には皇帝が細心の注意を払って完璧な形で保護されている。皇帝は、主人たちが彼よりも娘のほうがお飾りとして見栄えがいいと判断する日がくるのを恐れながら、絶望をきどって黄金の廊下をさまよい歩き、かれらにいわれたことをして日々をすごす。

ところで、こうした場所や人々の話はじつはどうでもいいことで、ただ状況を説明するために言及したまでのことだ。

だが、これから話す男、この男はしごく重要な役割を果たすことになる。

もう彼の容貌、風采は見当がつくだろう。考えていることも察しがつくかもしれない。もしかしたらお門違いの憶測にすぎないかもしれないが、それでもある程度は当たるだろう。彼の行動を見れば、この瞬間に彼が考えていることといったら二、三通りしかありえないのだから。

彼は〈黒き星〉の黒曜石の壁からそう遠くない丘の上に立っている。ここからだと都市の大半が見渡せるし、煙の匂いも嗅げる。途方に暮れるほどのざわめきも伝わってくる。下のほうのアスファルトの道路を見れば、若い娘たちの一団が歩いている――この丘は都市の住民たちがこよなく愛する公園のなかにある。（壁の内には緑地を残すべし、と石伝承ではいわれているが、たいていの共同体では休閑地《きゅうかんち》に豆類など土壌に栄養分を与える作物が植えられている。緑地が美しく刈りこまれたりしているのはユメネスだけだ。）娘たちのひとりが口にした言葉に笑いが起き、そのさんざめきが吹きすぎるそよ風にのって男のもとにまで漂ってくる。男は目を閉じて、娘たちの声のかすかなトレモロを、そしてよりかすかな蝶《ちょう》の羽ばたきのような足音の反響を地覚《ちかく》器官で味わう。ただし、彼には都市の住民七百万人すべてを地覚することはできない――優秀ではあるけれど、そこまでの能力はない。だが、住民のほとんどは都市にいる。ここにいる。彼は深々と息を吸いこんで地球の付属物になる。かれらは彼の神経のニューロフィラメントの上を歩く。その声は彼の肌の細かな毛を揺らす。その息は彼が肺に吸いこむ空気を小さく波打たせる。かれらは彼とつながっている。かれらは彼の内にある。

しかし彼は知っている。自分はかれらの仲間ではない、けっして仲間にはなれないと。

「知っていたか?」彼はうちとけた口調でたずねる。「最初の石伝承はほんとうに石に書かれていたのだぞ。時代の好みや政治に合わせて変えられてしまわないように。たやすく消えてしまわないように」

「知っているわ」連れの女がいう。

「ふむ。そうだな、おまえは最初に書き留められたときに、すでにその場にいたのだろうな。うっかりしていた」彼は若い娘たちが視界の外へと歩み去っていくのを眺めながら、溜息《ためいき》を洩らす。「おまえを愛していればまちがいはない。おまえがわたしを失望させることはない。おまえは死なないのだから。その価値はちゃんとわかっている」

連れの女は答えない。彼は本気で答えを期待しているわけではないが、心のどこかで待ち望んでいることは否めない。それほど孤独なのだ。

だが、希望というものは見当ちがいなものだ。彼にとってはほかの感情もそう。考えてみればどれもこれも絶望をもたらすものと彼にはわかっている。充分に考え尽くしてきたことだ。もうおろおろと惑うことはない。

「戒律は」男が両手を大きくひろげていう。「石に記されている」

考えてごらん、微笑《ほほえ》みつづけて顔が痛むという状態を。彼は何時間も笑顔をつくりつづけている——歯を喰いしばり、くちびるを開き、カラスの足跡ができるように目を細めている。人に疑念を抱かせない笑顔のつくり方というものがある。コツはかならず目まで笑うこと——さもないと、じつは人々を憎んでいると悟られてしまう。

「彫られた言葉は絶対的なものだ」

誰にともなくいった言葉だが、男のかたわらにはひとりの、ある種、女といえる存在が立っている。人間の性別を模してはいるが、それはたんに表面的なもので、儀礼上そうしているにすぎない。同様に、彼女が着ているゆったりとドレープが入ったドレスも布ではない。彼女は硬質な身体の一部を、いま自分のまわりにいる脆弱《ぜいじゃく》で命にかぎりのある生きものたちの好みに合うように形づくっているだけだ。遠目には、とりあえずしばしのあいだなら人目をあざむいて、じっと立っている女でとおる。しかし仮に近くでじっと見る者がいたとしたら、彼女の肌が磁器だと気づくにちがいない――これは比喩ではない。非情なまでにリアルな造形でなければ、彫刻として美しいといえるだろう。ユメネスの住民は露骨すぎる写実性より控え目な抽象性を好む。

彼女がゆっくりと男のほうを向くと――石喰いは地上に出ているときは動きがゆっくりしている――その動きによって彼女の人工的な美がなにかまったくべつのものへとずれていく。男はもう慣れている。が、慣れているとはいっても彼女を見ようとはしない。嫌悪感をかきたてられてこのひとときが台無しになるのがいやなのだ。

「どうするつもりだ？」男がたずねる。「すべてが終わったら。おまえたち種属は瓦礫《がれき》のなかから立ちあがって、われわれに代わってこの世界を手中におさめるのか？」

「いいえ」女がいう。

「なぜだ？」

「そうしたいと思っている者はごく少数よ。なにはともあれ、あなたたちはずっとここにいることになるわ」

女は大きな意味であなたたちといっているのだ、と男にはわかっていた。あ、な、た、の種属、人、類、ということだ。彼女はしばしば彼が人類という種属の代表であるかのように扱う。そして彼も彼女を種属の代表として扱っている。「ずいぶんと自信たっぷりの口調だな」

彼女はこれにはなにも答えない。石喰いは、いわずもがなのことはいちいち口にしないのが常だ。彼はほっとしている。なぜなら彼女がなにかいうたびに不快感を覚えるから――空気の震え方が人間の声とはちがうのだ。どういう作用でそうなるのかはわからない。理屈はどうでもいい。が、いまは黙っていてほしいと彼は思っている。

なにもかも沈黙していてほしい、と。

「終わりにしよう」と彼はいう。「たのむ」

そして、世界が彼を洗脳し、だまし討ちし、残忍な手を使って引きだした鋭敏な制御力と、主人たちが何世代にもわたる強姦《ごうかん》と威圧と恐ろしく不自然な選択をくりかえして彼の血脈に注ぎこんだ感性とを総動員して手をのばす。意識の地図上の反響点数カ所に触れると、彼の指が大きくひろがり、ひきつる。反響点は彼の奴隷仲間だ。実質的な意味合いでかれらを解放してやることは、彼にはできない。以前、試してみたが失敗した。しかし彼はその苦痛をひとつの都市の不遜、ひとつの帝国の恐怖以上に大きな目的のために供することができるのだ。

彼はさらに深みへと手をのばし、都市の漠たるひろがりをしっかりとつかむ。都市はハミングし、コツコツと音をたて、せわしなく動き、反響し、さざ波を立てている。彼の手はさらにその下のより静かな基岩に届き、そのまた下の激しく沸き返る熱と圧力の世界にまでいきつく。そこで彼は大きく手を動かし、この大陸がのっているパズルのピースのような、滑りやすい巨大な地殻をつかむ。

最後に、彼は手を突きあげる。力をもとめて。

彼はその想像上の手のなかにすべてをつかんでいる。地層もマグマも人民も権力も。なにもかも。すべてが手のなかにある。彼は孤独ではない。地球が彼とともにいてくれる。

そして彼はそれを破壊する。

§

ではスティルネスの話をしよう。最良の日でさえ、じっとしていることのないスティルネスの話を。

いまスティルネスは地殻激変の最中にあり、さざ波を立て、鳴動している。ほぼ東西方向に走る線が生じているのだが、その線はあまりにもまっすぐで不自然なほどに整然としていて、大地の腹帯のような赤道地方をじわじわと進んでいく。線の起点はユメネスだ。

その線は深く、生々しく、惑星の中心部にまで切れこんでいる。そしてその線に沿って、真っ赤に輝く新鮮なマグマが噴きだしてくる。地球は自分の傷を癒《いや》すのが得意だ。この傷には、地質学的な時間でいえばあっというまにかさぶたができ、そのあとは線に沿って傷を洗い清める海が入りこみ、スティルネスは二つの大地に分割される。しかし、そうなるまでは傷は膿《う》み、熱だけでなくガスや砂まじりの黒い灰にまみれることになる——その量たるや数週間のうちにスティルネスの上空の大半をむせかえらせるほどだ。植物は死に絶え、植物に依存している動物は飢え、その動物に依存している動物も飢えることになる。厳しい冬が早々とやってきて長長とつづく。もちろん、それまでの冬とおなじようにその冬もいつかは終わり、元どおりの世界にもどるだろう。いつかは。

いつかは。

スティルネスの住民はつねに災害に備えて暮らしている。壁を築き、井戸を掘り、食料を蓄えてきているから、太陽のない世界でも五年、十年、いや二十五年くらいはやすやすと生きのびられることだろう。

が、この場合、いつかはというのは数千年後にはということだ。

ほら、もう灰の雲がひろがりはじめている。

§

大陸規模、惑星規模で話を進める一方で、われわれはその上に浮かんでいる方尖柱《オベリスク》のことを考えなければならない。

オベリスクには、かつてはべつの名がつけられていたのだが、それがどんな名だったのかも、この偉大な装置がなんのためのものなのかも、誰も覚えていない。スティルネスでは、記憶は石板のように脆《もろ》いものなのだ。実際、あれほど大きく、美しく、少々恐ろしげなものなのに、いまでは誰もさして気に留めてもいない。オベリスクは巨大な水晶の破片のような物体で、雲の合い間に浮かんでゆっくりと回転しながら不可解な飛行経路をたどっている。ときおり、まるで現実のものではないかのようにぼんやりとかすむのだが、これはたんなる光のいたずらにも思える。（実際はちがう。）オベリスクが天然自然のものでないことは一目瞭然だ。

そしてちぐはぐな存在であることもはっきりしている。畏怖の念さえ呼び起こすのに、なんの意味もない――ただ〈父なる地球〉のたゆみない努力によってまんまと破壊されてしまったほかの文明の墓標のひとつにすぎないのだ。この種のケルンは世界中に散在している――千の荒廃した都市、百万の誰も覚えていない英雄や神々の記念碑、数十のどこへも通じていない橋。こうしたものは、いまのスティルネスの通念では称賛すべきものとはされていない。そういう遺物をつくった人々は弱かった、そして弱者は必然的に滅びてゆく。それ以上に唾棄《だき》すべきは、かれらが失敗したということだ。オベリスクをつくった人々は誰よりも大きな失敗を犯したということになる。

しかしオベリスクは現に存在していて、世界の終焉においてある役割を果たすことになる。これは意に留めておかねばならない。

§

人の話にもどるとしよう。何事も地に足をつけておかないとな、ハハハ。

さっき話した女、息子を亡くした女だ。ありがたいことに、彼女はユメネスにはいない。そうでないと、この話はあっというまに終わってしまう。そして、あんたも存在しないことになってしまう。

彼女はティリモという町にいる。スティルネスで使われている用語では、町というのはコムすなわち共同体《コミュニティ》のひとつのかたちだ——が、ティリモはコムと名乗れるぎりぎりの大きさしかない。ティリモはティリマス山脈のふもとのティリモという町とおなじ名前の谷間にある。いちばん近い水域は断続的に流れている、地元民がリトル・ティリカと呼ぶクリークだ。いまはもう使われなくなってしまった言語で、〝静かな〟を意味するのがイーティリという語だった。それがティリモやティリカという単語に部分的に残っているのだ。ティリモは赤道地方にある安定したきらびやかな都市群からは遠く離れているので、ここにある建物は揺れは避けられないという前提で建てられたものばかりだ。芸術的な塔もなければ壁面に蛇腹《じゃばら》の飾りをつけるでもなく、ただ切り出された石の土台の上に木材や地元産の安っぽい茶色い煉瓦の壁があるだけ。アスファルト舗装の道などひとつもなくて、草深い傾斜地に未舗装の小道が縦横に走っている——せいぜいその未舗装路に木の板や砂利が敷いてある程度だ。とても穏やかな土地柄だが、ユメネスで起きた地殻の激変で生じた揺れがすぐさま南方向に伝わって、地域一帯が破壊されてしまうことになる。

さて、この町になんの変哲もない一軒の家がある。この家も傾斜地に建っているが、家といっても地面に穴を掘り、水が入りこまないように粘土と煉瓦で縁取りしてその上にシーダー材と芝土で屋根をかけた程度のものだ。洗練されたユメネスの住民たちが、もったいなくもこんな原始的な家を話題にすることがある（あった）としたら、笑いの種にする（した）ことだろう——だが、ティリモの住民にとっては地中に住むことは単純明快な暮らしの知恵だ。夏は涼しく、冬は暖かいし、揺れにも嵐にも打たれ強いのだから。

女の名はエッスンという。年は四十二歳。中緯度地方の女はたいていそうだが、背が高く、背筋がぴんとのびていて、首が長く、腰は子どもを二人楽々宿せるくらいがっしりしており、胸はその子たちを充分養えるふくよかさ、手は大ぶりでしなやかだ。いかにも頑丈そうで、肉付きがいい——これはスティルネスでは高く評価される。髪は小指くらいの太さの束にわかれた巻き毛がロープのように顔まわりに垂れている。黒髪だが先のほうは色褪《いろあ》せて茶色くなっている。肌は気持ちの悪い黄土色ともいえるし、気持ちの悪い白茶けた黄褐色ともいえるような色。ユメネスの住民は彼女のような人間を雑種中緯度地方人と呼ぶ（呼んでいた）——見た目でサンゼ人種の血が流れていることははっきりしているが、完全とはいいがたいのだ。

少年は彼女の息子。名はユーチェという——もうすぐ三歳になる。年の割に小柄で、ぱっちりとした目、ボタンみたいな鼻、ませた子で笑顔が可愛い。人間が種としてそこそこ理性ある存在にまで進化する過程で身につけた、両親の愛を勝ち取るために必要な特性をすべて持ち合わせている。健康で賢くて、まだ生きていて当然の子。

かれらの家に、巣穴のようなこぢんまりとした部屋がある。居心地がよくて静かで、家族全員が集まってしゃべったり食事をしたりゲームをしたり、お互い抱きしめたりくすぐったりする場所。彼女はここでユーチェの世話をするのが大好きだった。ユーチェを身ごもったのもここ。

ユーチェが父親に殴り殺されたのもここだ。

§

状況説明の最後のひと押し——その翌日の、ティリモを取り巻く谷の話をしておこう。地殻変動の最初の揺れの波はもう通りすぎていたが、まだあとから余震がやってくることになる。谷の北の端は悲惨なありさまだ——木は倒れ、崖の岩が転げ落ち、硫黄《いおう》の匂いが残るあたり一面に、舞いあがった塵《ちり》の幕がたれこめている。最初の衝撃波に直撃されたところではなにもかもが倒れてしまっている——それはあらゆるものを揺さぶって打ち砕き、その破片をガタガタと揺すって小石にしてしまうような揺れだった。死体も転がっている——走って逃げるまもなかった小動物、逃げる途中で転んで、落ちてきた岩に押しつぶされてしまった鹿やらなんやら大型の獣。そのなかにはよりにもよってその日、運悪く交易路を旅していた人間も数人まじっている。

その交易路をたどって被害のようすを偵察しにきたティリモの住人たちは、散乱する岩を乗り越えようとはせず、形をとどめている交易路から遠目に眺めただけだった。谷のほかの部分——ティリモの町そのものを中心とする半径数マイルのほぼ完全な円を形づくる部分——が無傷であることに、ティリモの住人たちは驚嘆した。いや、実際は、正確にいえば、驚嘆したわけではない。かれらはぞっとするような不安を覚えながら、顔を見合わせた。みんな、これほどはっきりとした幸運がなにを意味するのか承知していたからだ。円の中心を捜せ、と石伝承は警告している。ティリモのどこかにロガがいるのだ。

考えるだに恐ろしい。だがもっと恐ろしいのは、北のほうから伝わってくる気配と、帰りの迂回路《うかい》でなるべくあたらしい動物の死骸をできるだけたくさん集めてこいとティリモの長《おさ》が指示したという事実だった。肉は腐っていなければ乾燥肉にできるし、毛皮は剝《は》いで保存しておける。万一のときに備えて。

偵察の一行は帰路についたが、頭のなかは万一のときがきたらという思いでいっぱいだった。もう少し余裕があれば、地層が剪断《せんだん》されてあらたにできた崖の下の傾いたコブモミの木と割れた丸石のあいだにひっそりと存在している物体に気がついたことだろう。大きさも形もなかなかのものだ——腎臓に似た楕円《だえん》形のまだら模様の玉髄《ぎょくずい》。暗い緑灰色で、まわりに転がっている淡色の砂岩とはまったくちがう。そばに立ってみれば、高さは簞笥《たんす》くらいで幅は人間の胴体くらいとわかっただろう。触っていたら、その表面のきめ細かさに魅了されていたかもしれない。見るからに重そうで、錆《さび》と血を思わせる鉄のような匂いがする物体。触れてみれば驚いたことだろう。温かいのだから。

しかしその物体がかすかに呻き、長軸に沿ってのこで挽《ひ》いたようにきれいに真っ二つに割れたとき、まわりには誰もいなかった。二つに割れると、熱と高圧の気体が逃げていく悲鳴のような甲高い音が響きわたって、生きのびていた森の動物たちは物陰めざして一目散に駆けだした。そしてほぼ同時に割れ目の縁からピカッと光があふれでると、なにやら炎のようでもあり液体のようでもあるものが物体の周囲の地面にひろがり、焦げたガラスになった。そのあと物体はしばらくのあいだ、じっと動かないままだった。動かないまま冷えていった。

数日がすぎる。

と、なにかが物体を内側から押し開け、数フィート這《は》い進んでくずおれた。また一日がすぎる。

二つに割れた物体はもう冷え切っている。その内側にはどんより曇った白や静脈血のような赤のふぞろいな結晶の殻が見える。二つの空洞の底には水っぽい淡色の液体が溜まっているが、晶洞《しょうどう》に入っていた液体はほとんどが地面に吸いこまれてしまっている。

晶洞に入っていた肝心の本体は、転がっている岩のあいだにうつ伏せに倒れている。裸で、肌は乾いているが、いかにも疲れ果てたようすでえずいている。だがそのうち、よいしょと立ちあがりはじめる。ひとつひとつの動きが慎重で、それはそれはえらくのろい。時間がかかる。立ちあがると、よろよろと――しかものろのろと――晶洞石に近づいて、その大きな塊により かかる。そうして身体を支えると、かがみこんで――これまたゆっくりと――晶洞石のなかに手をのばす。と、いきなり素早い動きで赤い結晶のかけらをもぎとる。小さなかけらで、葡萄《ぶどう》くらいの大きさだろうか、割れガラスのようにギザギザだ。

その子――見た目は男の子のようだから、そう呼ぶのだが――その子はそのかけらを口に入れて嚙《か》みはじめる。その音がまた騒々しい——ガリガリ、ガチャガチャとあたりに響きわたる。しばらく嚙むと、飲みこんだ。そしてガタガタと激しく震えだした。両手で自分を抱きしめて、低い唸《うな》り声をあげる。まるで自分が裸で寒くて辛いということに急に気がついたかのような声だ。

その子は頑張って自分をとりもどすと、晶洞に手を入れて——動きは速くなっている——さっきより大きな結晶をもぎとっては物体の上に積み重ねていく。太くてずんぐりした柱のような形の結晶は、彼の指の下で砂糖のように崩れていくが、じつは砂糖どころかもっとずっと硬いものだ。だが、彼は実際は子どもではないから、苦もなくできてしまう。

ついに立ちあがった。ミルク色と血の色の石を両腕いっぱいに抱えてよろめいている。一瞬、風が吹きすさび、彼の肌を刺す。彼がびくっと身をひきつらせる。こんどはゼンマイ仕掛けの人形のような素早く、鋭い動きだ。彼はしかめっ面で自分の身体を見おろす。集中力が高まるにつれて、動きがなめらかに、よどみなく、そして人間らしくなっていく。これを裏付けるかのように、彼はひとりうなずく。たぶん満足しているのだろう。

そしてその子はくるりと踵《きびす》を返し、ティリモに向かって歩きはじめる。

§

これだけは忘れてはならない——ひとつの物語の終わりは、べつの物語のはじまりだ。けっきょく、前にもこれとおなじことが起きていたのだ。人は死ぬ。古い秩序は消えていく。あたらしい社会が生まれる。「世界が終わった」といったりするが、それはたいてい嘘だ。なぜなら惑星は無事だから。

しかし世界はこうして終わる。

世界はこうして終わる。

世界はこうして終わる。

つぎはない。

1　あんたはついに

あんたは彼女だ。彼女はあんた。あんたはエッスン。覚えているか？　息子を亡くした女だ。

あんたはちっぽけなティリモという町に十年前から住んでいる造山能力者《オロジェン》だ。この町であんたの正体を知っている人間は三人だけ。そのうち二人はあんたが産んだ子だ。

この十年、あんたはできるかぎりふつうの暮らしをしてきた。あんたはどこかからティリモにやってきた——町の人間は、誰がどこからどんな理由でこようがほとんど気にしない。あんたはちゃんとした教育を受けていることがはっきりしていたから、地元の託児院で十歳から十三歳までの子どもらを教える教師の職についた。最良の教師とはいえないが、最悪でもなかった——教わった子どもらはいずれあんたのことを忘れてしまうが、習ったことは身についている、そういうたぐいの教師だ。たぶん肉屋の女はあんたの名前を覚えているだろう。あんたとふざけ合うのが好きだったから。パン屋の男は覚えていないだろうな。あんたは物静かだったし、町のほかの男たちとおなじで、あんたのことはジージャの女房としか思っていなかったから。ジージャはティリモ生まれのティリモ育ちで、〈耐性者〉用役《ようえき》カーストの石打ち工《く》だ——みんな彼を知っていてみんな彼が好きだから、そのついでで、あんたもみんなに好かれている。

二人で送る人生という絵画の、彼は前景。あんたは背景。そしてあんたはそれを好もしく思っている。

あんたは二人の子の母親だが、息子は亡くなり、娘は行方知れずだ。娘も死んでいるのかもしれない。そうとわかったのは、ある日、あんたが仕事から帰ってきたときのことだ。家には人気がなく、不気味なほど静まりかえっていて、幼い男の子は血まみれ、打ち傷だらけで床に倒れていた。

そしてあんたは……心を閉ざしてしまう。そうしようと思ったわけではない。受け止めきれなかったからだ、そうだろ？　いくらなんでも受け止めきれなかった。いろんなことを経験してきたから、あんたはとても強い女だった。でも、あんたにも耐えられる限界というものがある。

人がたずねてきたのはその二日後だ。

あんたは二日のあいだ、家のなかで死んだ息子とすごしていた。朝、起きて、トイレにいって、冷蔵室にあるものを食べて、蛇口から残り水をちびちび飲む。こういうことはどれも考えずにできるからな。そしてなにかしおえるたびにユーチェのそばにもどる。（あるときは毛布を持ってもどり、息子の砕けた顎までかけてやる。習慣のなせる業《わざ》だ。スチームパイプのカタカタいう音はとっくに止まっていて、家のなかは寒い。風邪をひかせてはいけない。）

三日めの夜遅く、誰かが家の正面のドアをノックする。あんたには出る気はない。出るとなれば、誰なのだろう、どこへ通せばいいだろうと考えなくてはならないからだ。そういうことを考えれば、当然、毛布をかけた息子の亡骸《なきがら》のことに考えがおよぶ。そんなことは考えたくないに決まっている。だから、ノックの音は無視する。

誰かが、こんどは表の部屋の窓を叩《たた》いている。しつこい。あんたはこれも無視する。

ついに、誰かが家の裏口のドアのガラスを割った。ユーチェの部屋と娘のナッスンの部屋のあいだの廊下を誰かが進んでくる足音が聞こえる。

（ナッスンは、あんたの娘だ。）

足音があんたのいる奥まった部屋のまえで止まる。「エッスン？」

聞き覚えのある声だ。若い男の声。聞き慣れた声。だからこそほっとする声。レルナだ。家のまえの道をまっすぐいった先のマケンバのところの男の子で、数年、家を出ていたと思ったら医者になって帰ってきた。もう男の子という年ではない。とっくに大人だ。だからあんたはレルナのことは一人前の男として考えなければ、と自分にいいきかせる。

おっと、考えるのはだめだ。あんたは用心深く、考えるのをやめる。

彼がユーチェの姿が見えるところまで近づいて大きく息を呑むと、その恐怖感に反応してあんたの肌がざわめく。意外にも彼は大声をあげたりはしない。あんたに触れようともしない。ただユーチェをはさんであんたと向き合う位置にまわりこんで、あんたをじっと見つめる。あんたのなかでなにが起きているのか見定めようとしているのか？　なにもわからない。なにもわからない。彼がユーチェをもっとよく見ようと毛布をめくる。なにもわからない。なにもわからない。彼は毛布をかけ直す。こんどはあんたの息子の頭の上まで。

「この子が嫌がるわ」とあんたはいう。この二日間ではじめて口にした言葉だ。変な感じ、とあんたは思う。「暗いのを怖がるから」

一瞬の静寂のあと、レルナはユーチェの目の下まで毛布をおろす。

「ありがとう」とあんたはいう。

レルナがうなずく。「ちゃんと寝たんですか?」

「ううん」

それを聞いたレルナは亡骸をまわりこんできてあんたの腕を取り、あんたを引っ張って立たせようとする。無理強いするわけではないが、しっかりとあんたの腕をつかんでいて、あんたが動こうとしなくてもあきらめない。ただ有無をいわさず少しずつ力を強めて、あんたが立ちあがるか倒れるかするしかなくなるところまで持っていく。いちおう選択肢はあるわけだ。で、あんたは立ちあがる。すると彼はおなじように無理強いはしないけれど絶対に譲らない頑固さで、あんたを表のドアのほうへ連れていく。「うちで休んでください」と彼がいう。

あんたはなにも考えたくないから、うちにはりっぱなベッドがあるからけっこうよ、と断ることもしない。わたしは大丈夫だからあなたの助けはいらない、と嘘をつくでもない。彼はあんたの肘をしっかりつかんだまま外へ連れだす。外には近所の人間が数人集まっている。なかには近寄ってきて声をかける者もいて、レルナが返事をしている——が、あんたにはなにも聞こえていない。かれらの声はわざわざ意味を考えるまでもないぼやけた雑音にすぎない。ちゃんと理解できている状態だったら、代わりにレルナが答えてくれているのを耳にして、あんたもありがたいと思ったことだろう。

彼はあんたを自分の家へ、ハーブと化学薬品と本の匂いのする家へ連れていって、長尺のベッドに寝かせてくれる。ベッドには太った灰色の猫がのっていたが、そいつはあんたが横になれるだけの場所をあけてくれて、あんたが落ち着くとぴったりと寄り添ってくる。その温《ぬく》もりと重さがちょっとユーチェを思い出させさえしなければ、心地よいと思えたかもしれない。いっしょに昼寝するときのユーチェの温もりと重さがよみがえってくる。

昼寝したときの、だ。いや、時制を変えるには思考力がいる。昼寝するでいい。

「さあ、寝て」レルナにいわれて、あんたは素直にしたがう。

§

あんたは長いこと寝た。途中で一度、目を覚ますと、ベッドの横にトレイがあって、食べ物がのっていた。レルナがコンソメスープとスライスした果物とお茶を一杯、用意しておいてくれたのだ。スープもお茶もとっくに室温まで冷めてしまっている。あんたはそれを食べて飲んで、トイレにいく。トイレが流れない。横に水がいっぱい入ったバケツが置いてある。これ用にレルナが用意しておいたのだろう。バケツの謎を解くのに頭を使うと、いろいろとものを考えてしまいそうな危機感に襲われて、あんたは無思考という暖かくてやわらかい静寂のなかにとどまろうと戦う、戦う、戦う。あんたはトイレに少し水を流し、便器のふたを閉めてベッドにもどる。

§

夢のなかで、あんたは自分の家の部屋にいる。ジージャが事を起こしたときの部屋に。ジージャとユーチェはあんたが最後に二人を見たときの姿だ――ジージャは笑いながら、ユーチェを片膝にのせて〝地揺れ〟ごっこをしている。ユーチェはふとももで父親の膝をぎゅっとはさみ両手を揺らしてキャーキャーはしゃいでいる。と、ジージャがぴたりと笑うのをやめて立ちあがる――ユーチェは床に投げだされる――ジージャがユーチェを蹴りはじめる。ほんとうはそうではないと、あんたはわかっている。ユーチェの腹にも顔にもジージャの拳の痕が残っていた。四つのあざが平行に並んだ拳の痕が。けれど夢のなかではジージャは足で蹴っている。夢は辻褄《つじつま》の合わないものだからな。

ユーチェはまるで遊びがつづいているかのように、まだキャーキャーはしゃいで手を揺らしている。顔が血まみれだというのに。

あんたは悲鳴をあげて目を覚ます。悲鳴はすすり泣きに変わっていく。抑えようとしても抑えきれないすすり泣きに。レルナが入ってきて、なにかいおうとしたり、あんたを抱きしめようとしたりしたあげくに、いやな匂いのする濃いお茶を飲ませる。そしてあんたはまた眠ってしまう。

「北のほうで異変があったんです」レルナがいう。

あんたはベッドの端に腰かけている。レルナは椅子にすわってあんたと向かい合っている。

あんたはまたあのまずいお茶を飲んでいる──頭痛がするのだ。二日酔いよりひどい頭痛が。夜だが、部屋のなかはほの暗い。レルナがランタンを半分しかつけていないからだ。あんたはこのときになってはじめて妙な匂いに気づく。ランタンの煙でもごまかしきれない匂い──硫《い》黄《おう》のような、鼻を突く不快な刺激臭。この匂いは一日中漂っていて、だんだん強くなってきていた。いちばん強かったのはレルナが出掛けていたときだった。

「町の外の道路はそっちのほうからくる人たちで、この二日間、身動きがとれないほどです」

レルナは溜息《ためいき》をついて顔をごしごしこする。あんたより十五、年下だが、もうそれほど若くは見えない。セバキ人によく見られるように髪は生まれつきグレーだが、老けてみえるのは最近できてきたしわのせいだ──それと、瞳に宿るようになった影のせいもある。「揺れのようなものがあったんです。大きいのが、二、三日前に。ここではなにも感じなかったけれど、シュームでは──」シュームは馬の背に揺られて一日のところにある隣の谷の町だ。「町ごと──」

彼が首をふる。

あんたはうなずくが、いわれなくてもすべてわかっている。少なくとも想像はついている。

三日前だ。床にすわりこんで我が子の亡骸を見つめていたときに、なにかが町をめざして進んできた――それまであんたが地覚《ちかく》したことがないほど強力な地球の痙攣《けいれん》だ。揺れという言葉ではとてもいいあらわせない。なんにせよ、ユーチェの上に家が崩れ落ちてきてもおかしくないほどのものだったから、あんたはその道筋になにかを置いた――あんたの集中力と、そのもの自体から借りた少々のエネルギーとでつくりあげた、いわば防波堤のようなものだ。こういうことをするのに思考力は必要ない――新生児でもできる。まあ、ぎくしゃくはするだろうが。揺れは二つに割れて谷を迂回《うかい》し、その先へ進んでいった。

レルナがくちびるを舐《な》める。あんたを見あげ、目をそらす。子どもたち以外であんたの正体を知っているのは彼だけだ。しばらく前から知ってはいたが、その現実に直面するのはこれがはじめてだった。あんたはそのことにも考えがおよばない。

「ラスクが人の出入りを禁じているんです」ラスクというのはラスク〈革新者〉ティリモ、選挙で選ばれた町の長《おさ》だ。「彼は完全な封鎖処置ではない、まだそうではないといっているけれど、ぼくが、なにかできることがあるかもしれないと思ってシュームに向かおうとしたら、だめだというんです。そのうえ偵察隊を出す一方で、〈強力《ごうりき》〉に加えて鉱夫たちまで壁の上に立たせて、ぼくを名指しで門から外に出すなと命令して」レルナは憤懣《ふんまん》やるかたないという顔で拳を握りしめている。「帝国道には人があふれている。病人や怪我人だらけだというのに、あの強情っぱりのろくでなしのせいで助けにいってやれないんだ」

「まず門を守れ」あんたがつぶやく。嗄《しわが》れ声だ。例のジージャの夢を見たあと、さんざん悲鳴をあげたからな。

「え？」

あんたはまたお茶をすすって喉をうるおす。「石伝承よ」

レルナはあんたをじっと見つめる。彼もその文言は知っている——みんな子どものときに託児院で習うから。みんなキャンプファイアを囲んで、博学な伝承の語り部《べ》や賢い地科学者の話を聞いて育つ。兆しが見えはじめてものほほんとしている伝承を信じていない連中に警告を発し、伝承が真実だと証明されたときには人々を救う、そういう人たちがいるという話をな。

「じゃあ、いよいよそのときがくるということですか？」レルナが重い口調でたずねる。「地《ち》下火《かび》、エッスン、まさか本気でそう思っているわけじゃありませんよね？」

あんたは本気だ。もうそのときがきている、と思っている。しかし、いくら説明しても彼にはわからないだろうから、あんたはただ首をふるだけだ。

重苦しい、よどんだ沈黙がおりる。しばらくあって、レルナがそっという。「ユーチェをここへ運んでおきました。診療室に、あのう、冷蔵箱に安置してあります。ええと……手配はぼくがします」

あんたはゆっくりとうなずく。

彼がおずおずとたずねる。「ジージャが？」

あんたはまたうなずく。

「あなたは、あなたはその目で——」

「託児院から帰ってきたら」

「ああ」またぎごちない間があく。「あなたは揺れの前の日、姿を見せなかったそうですね。代わりが見つからなくて、子どもらを家に帰すしかなかったと、みんながいっていました。ホームシックにでもなったのか何なのか、理由は誰も知らないと」ああ、そうだな。あんたはたぶんクビになったんだろうな。レルナが深々と息を吸いこんで、吐きだす。それが、いよいよいくぞという合図みたいなもので、あんたもなんとはなしに受け止める覚悟を固める。「ぼくらは揺れに襲われなかったんですよ、エッスン。揺れは町を迂回していったんです。木が何本か揺れて、クリークの縁の切り立った岩が崩れたりはしました」クリークは谷間の北の端を流れている。大きな玉髄《ぎょくずい》の晶洞石《しょうどうせき》が湯気を立てていたのに誰も気づかなかった、あの場所だ。

「でも町とその周辺は無傷です。ほぼ完ぺきな円の内側だけ無傷なんです」

以前だったら、あんたはしらばっくれていただろう。隠しとおさなければならない理由があったから。守るべき暮らしがあったからな。

「わたしがやったのよ」とあんたはいう。

レルナは顎をカクカクさせながらもうなずく。「誰にもいっていません」口ごもりながらつづける。「あなたが……そのう、オロジェンだということは」

彼はとても礼儀正しい、まっとうな男だ。あんたは、あんたの正体を指すもっとひどい言葉をいろいろと耳にしてきた。彼とておなじだが、けっしてそれを口にするようなことはしない。ジージャもそうだった。まわりの人間が不注意なロガにつぎつぎとそういう言葉を浴びせかけても、彼はいっさい口にしなかった。あんな言葉を子どもたちに聞かせたくない、と彼はいつもいっていた――。

いきなりだった。あんたは急に吐き気に襲われて、まえかがみになる。レルナがびくっと跳びあがって、そばにあるものをつかむ――使っていなかった便器だ。が、あんたの胃からはなにも出てこない。吐き気もすぐにおさまる。あんたは用心しながら深呼吸する。そしてもう一度。レルナが無言でコップの水を差しだす。あんたはいらないと手を動かしかけて思い直し、コップを受け取る。口のなかが胆汁の味になっているからだ。

「わたしじゃなかったのよ」ついに核心に入る。レルナが怪訝《けげん》そうな顔をしているのを見て、あんたは気づく。レルナはまだあんたが揺れの話をしていると思っているのだと。「ジージャ。彼はわたしがやったと思ったわけじゃないの」あんたは考える。考えてはいけないのに。「どういうふうにしたのか、なにをしたのか、わたしにはわからないけれど、ユーチェが――あの子はまだ小さいから、うまくコントロールがきかなくて。きっとユーチェがなにかしたんだわ。そしてジージャが気づいた――」

あんたの子どもたちもあんたと同類だと。あんたがこの考えをちゃんとしたかたちにするのは、これがはじめてだ。

レルナは目を閉じて深々と息を吐きだす。「それでか」

そんなわけはない。そんなことで父親が我が子を殺していいはずがない。どんな理由があろうとそんなことがあっていいはずはない。

レルナはくちびるを舐める。「ユーチェに会いますか?」

なんのために? 二日間、ずっと見ていたのだ。「いいえ」

レルナは溜息をついて立ちあがる。さっきからずっと髪に手をやってばかりいる。「ラスクにいうつもり?」とあんたはたずねる。だが、レルナが返した眼差《まなざ》しに、あんたは無神経なことをいってしまったと感づく。レルナはとてもおとなしい、思慮深い青年だ――彼が怒ることがあるなんて、あんたは考えたこともなかった。

「ラスクにはなにひとついうつもりはありません」彼がぴしりという。「これまでもなにもいっていないし、これからだってなにもいいやしません」

「だったらなにを――」

「エランを捜しにいきます」エランというのは〈耐性者〉用役カーストの代表を務めている女だ。レルナは〈強力〉の生まれだが、医者になってティリモにもどってきた時点で〈耐性者〉用役カーストに組みこまれた――町にはもう充分な人数の〈強力〉がいたし、〈革新者〉は破片投げで負けたからだ。それから、あんたも〈耐性者〉になると名乗りをあげた。「彼女にあなたは大丈夫だと伝えて、彼女からラスクに話してもらうようにします。あなたは休まなくちゃだめだ」

「彼女にジージャがなぜあんなことしたのか聞かれたら――」

レルナは首をふる。「エッスン、みんなもう察していますよ。地図を見れば誰だってわかる。円の中心がこのあたりだということは一目瞭然です。ジージャがなにをしたか知ったら、なぜそんなことになったのか誰だってすぐ答えにたどりつく。順序がちがうけれど、誰もそう深くは考えていませんよ」あんたは彼をじっと見つめて、ゆっくりと意味を理解していく。レルナのくちびるがゆがむ。「町の人の半分は愕然《がくぜん》としているけれど、あとの半分はジージャはよくやってくれたと思っている。だって、そうでしょう、三歳に満たない子が千マイル離れたユメネスで揺れを起こす力を持っているんですから！」

あんたは首をふる。半分はレルナの怒りに驚いて、半分はあの元気なよく笑う子がそんなことをしたのにちがいない——そんな力があった——と町の人たちが思っていることが納得できなくて。だが、ジージャはそう思っていた。

あんたはまた吐き気に襲われる。

レルナがまた深々と息を吸いこむ。あんたと話しているあいだ、ずっとこうだ——これは彼のくせで、あんたは前にも目にしたことがある。こうやって自分を落ち着かせているのだ。

「ここで休んでいてください。すぐにもどりますから」

彼は部屋から出ていく。家のまえでなにかしているらしい物音が聞こえてくる。やがて彼は会合に出掛けていく。あんたは休もうかと考えて、いやよそうと決める。あんたは休まずに立ちあがって浴室にいき、顔を洗うが、途中でやめてしまう。蛇口から出てくるお湯が急に赤茶けていやな匂いがしはじめたと思うと、ちょろちょろとしか出なくなってしまったのだ。どこかで水道管が折れたのだろう。

北のほうでなにかあった、とレルナはいっていた。

大人をほどくと子どもになる、とずっと昔、誰かがいっていた。

「ナッスン」あんたは鏡のなかの自分にささやきかける。鏡のなかには娘があんたから受け継いだ目がある。粘板岩のような灰青色の、少し悲しげな目。「彼はユーチェを部屋に残していった。あなたはどこにいるの？」

答えは返ってこない。あんたは蛇口を閉める。そして誰にともなくつぶやく。「いかなくちゃ」なぜなら、いかなくてはならないからだ。ジージャを見つけなくてはならない。ここでぐずぐずしていても、なにもわからない。もうすぐ町の人たちがやってくるからその前に。

§

通りすぎた揺れはこだまする。引いた波はもどってくる。ゴロゴロと低く唸《うな》る山は大音《だいおん》声《じょう》を轟《とどろ》かせる。

——銘板その一〝生存について〟第五節

2　ダマヤ、その昔、ある冬のこと

藁《わら》のなかはとても暖かいので、ダマヤは出ていく気になれない。毛布みたい、と半分寝ぼけた頭で考えている――曾祖母《ひいばあ》ちゃんが制服の端切れでつくってくれたキルトみたいだ。何年か前に亡くなるまで、婆《ばば》さまはブレバード民兵隊のお針子として働いていて、あたらしい布が必要な繕いものをするたびに端切れをとっておいた。ダマヤのためにつくってくれた毛布は、紺と茶と灰色と緑の行進する男たちみたいな細長い布が小さく波打って並んでいて、全体に黒っぽくて、まだらなものだったが、婆さまの手から生まれたのだから不格好でもかまわないとダマヤは思っていた。いつも甘い、年寄りのような匂いがして少しかび臭いから、白カビと古い堆肥の匂いにかすかにキノコの風味が香る藁を婆さまの毛布だと想像するのは簡単だ。毛布はダマヤの部屋にある。ベッドの上にそのまま残っている。二度と眠ることのないベッドの上に。

藁の山の向こうから声が聞こえてくる――ママと誰かがしゃべりながら近づいてくる。納屋《なや》のドアの錠があくガチャガチャ、ギーという音がして、二人がなかに入ってきた。そのうしろでドアが閉まる音がして、ママが声を張りあげる。「ダマダマ？」

ダマヤはますますぎゅっと身体を丸めて歯を喰《く》いしばる。ダマダマなんてばかげた呼び方は大嫌いなのだ。母のいい方も嫌いだ。まるでそれがほんとうに愛情から出た嘘偽りのない言葉だとでもいうような明るくて甘ったるいいい方。

ダマヤが答えずにいると、母親がいう――「外に出たはずはないんだよ。納屋の錠前はうちの人がぜんぶちゃんとたしかめたんだから」

「いやあ、ああいう手合いは錠前なんかじゃ閉じこめておけないぞ」男の声だ。が、父の声でも兄の声でもないし、コムの長《おさ》とか、ほかの知っている男の声ではない。この男の声は低いし、聞いたことのないなまりがある――〝お〟や〝あ〟の音が長くのびて、単語ひとつひとつの最初と最後の歯切れがいい。あかぬけた響きだ。歩くとかすかにジャラジャラと音がする。鍵の束でもぶらさげているのかと思うような音。でなければポケットにたんまりお金《かね》が入っているとか？　彼女は世界には金属のお金を使っている地域があると聞いたことがあった。

鍵とお金を思い浮かべて、ダマヤはますます小さく身体を丸める。託児院でほかの子たちから聞いたことがあるのだ。面取りした石でつくられている遠くの町にあるという子売り市場の噂を。世界には中緯度地方より文化的ではないところもある。聞いたときは笑いとばしたけれど、いまは事情がちがう。

「ここ」男がいう。かなり近づいてきている。「あたらしい臭跡だ」

母親がいかにもいとわしいという声をあげ、ダマヤは二人が納屋の隅の彼女がトイレとして使っていた場所を見つけたのだと気づいて恥ずかしさに顔を赤らめる。使うたびに藁をかぶせてはいてもひどく臭うのだ。「獣じゃあるまいし地べたにすわってするなんて。ちゃんとしつけてやったのに」

「ここにはトイレがあるのか？」子買いの男がたずねる。純粋な好奇心から出た、という口調だ。「バケツでもわたしておいたのか？」

母親は沈黙している。沈黙は長引き、ダマヤは遅まきながら男がいまの穏やかな質問で母親を叱責したのだと気づいた。それはダマヤが知っている叱責とはまったくちがっていた。男は声を荒《あら》らげたわけでもないし、ののしったわけでもない。それでも母親は、まるで男が質問したあとに平手打ちでも喰らわせてきたかのように愕然《がくぜん》として、黙りこくっている。

くすくす笑いが喉元までこみあげてきて、ダマヤはそれがこぼれださないように、あわてて拳を口に詰めこむ。母親がうろたえているのを笑う声を聞かれたら、子買いの男に彼女がじつはどれほど空恐ろしい子どもなのか知られてしまう。これはそんなに悪いことなのだろうか？親に払われる金額が少なくなる、ということはあるかもしれない。そう思っただけで、抑えているくすくす笑いが洩《も》れそうになる。ダマヤは親のことが大嫌いだ。大嫌いだから、親が困るだろうと思うと楽しくなる。

彼女は拳をぐっと噛《か》んで、自分を憎む。母親と父親は、自分がそんなことを考える子だから子買いに売ろうとしているのだから。

足音がすぐそばで聞こえる。「ここは寒いな」男がいう。

「凍えそうに寒い日は家のなかに入れてますよ」と母親がいう。その防衛意識むきだしの不機嫌そうな口調に、ダマヤはまた吹きだしそうになる。

だが子買いは母親を無視している。その足音が近づいてくるが……なんだか奇妙な足音だ。ダマヤは人の足音を地覚《ちかく》できる。たいていの人間はできない——ふつうの人間も大きなことは地覚できるが、揺れやなにかだけで、足音のような繊細なものはわからない。（自分にその力があることは生まれたときからわかっていたけれど、それが警告だと気づいたのは最近のことだ。）地面に直接触れていないときは感知しにくい。すべては納屋の骨組みの木材やそれをつないでいる金属製の釘を通して伝わってくる——が、それでも、たとえ二階にいようと、予想はつく。ドン、ドン、足音とそれが地中深くへと伝わっていく反響、ドン、ドン、ドン、ドン。ところが、子買いの足音はどこへも伝わっていかず、反響もない。ただ音として聞こえてくるだけで地覚できない。そんなことははじめてだった。

そしていま男は梯子《はしご》をのぼって、彼女が藁の下でうずくまっている屋根裏にあがってこようとしている。

「ああ」上まであがってきた男がいう。「上は暖かいな」

「ダマダマ！」いまや母親の声は怒りに満ちている。「おりてきなさい！」

ダマヤは藁の下でいっそう身を縮めて、じっと押し黙る。子買いの足音が近づいてくる。

「怖がらなくていいんだぞ」あの轟《とどろ》くような声で子買いがいう。近づいてくる。ダマヤは男の声の反響が木材を通って地面へ、岩盤へと伝わり、またもどってくるのを感じる。近づいてくる。「おまえを助けにきたんだ、ダマヤ〈強力《ごうりき》〉」

これも彼女が嫌いなものだ。この用役《ようえき》カースト名。彼女は力などまるで強くない。母親もだ。

〈強力〉が意味しているのは、彼女の祖先の女たちは運よくコムに入ることはできたけれど、そのなかでもっと安定した居場所を得られるほど秀でたものはない平々凡々の存在だったということだけだ。困難な時代になったら〈強力〉はコム無し同然に放りだされるんだ、と兄のチャガが意地悪でいったことがあった。そういったあと、兄はおもしろいだろうというように、げらげら笑った。いまのは嘘だというように。もちろんチャガは父親とおなじ〈耐性者〉だった。どんなに困難な時代になろうと、どこのコムでも〈耐性者〉が追いだされることはない。病気や飢饉《ききん》に備えてのことだ。

男の足音が藁の山のすぐ向こうで止まる。「怖がらなくていいんだぞ」また男がいう。さっきよりやさしい声だ。母親は下にいるからたぶん男の声は聞こえないだろう。「母親がおまえを傷つけるようなことは二度とない。わたしがそうはさせない」

ダマヤは深々と息を吸いこむ。

彼女はばかではない。男は子買いだし、子買いはひどいことをするものだ。だが、いまの男の言葉を聞いたことで、そしてびくびくしながら腹を立てていることに疲れたせいもあって、ダマヤは縮こまっていた身体をのばした。やわらかくて暖かい藁の山から抜けだしてきちんとすわり、巻き髪の束と汚れた藁のあいだから男を見あげる。

男の容姿は話し方同様、ダマヤには馴染《なじ》みのないものだった。パレラ近辺の者ではない。肌はほぼ真っ白。紙のように白い——強い陽射《ひざ》しを受けたら蒸発してゆらゆらと空にのぼっていってしまうにちがいない。髪は長くて、直毛でぺたっとしている。肌の色とともに北極地方人の特徴だが、髪の色――古い露頭のそばの土のように真っ黒――が合わない。東海岸地方人は髪が黒いが直毛ではなくてふわふわしているし、肌の色も黒い。それに身体も大きい――ダマヤの父親より背が高くて肩幅が広い。ところが、父親はがっしりした肩が分厚い胸、でっぷりした腹につながっているけれど、この男は胸から腹へと先細りしていくような体型だ。全体的に細身で弱々しい。どの人種を思い浮かべても辻褄《つじつま》が合わない。

だが、ダマヤがいちばん強烈な印象を受けたのは、子買いの目だった。白いのだ。ほとんど白といっていい。白目があって、そのなかに銀灰色の円があるのだが、すぐそばで見ればやっと見分けがつくという程度。納屋が薄暗いので瞳孔が大きく開いている。無彩色の砂漠のまんなかのどきりとするような輝き。こういう目のことは聞いた覚えがあった。物語や石伝承に出てくる氷白と呼ばれる目だ。とても珍しいもので、出会えばなにか悪いことが起きるとされている。

ところがそのとき、子買いがダマヤに向かって微笑《ほほえ》みかけた。そしてダマヤはなんの躊躇《ちゅうちょ》もなく微笑み返していた。一瞬で男を信じる気になっていた。いけないとわかっていながら、信じていた。

「やあ、どうも」男がいう。まだ母親に聞こえないように小声でしゃべっている。「ダマダマ〈強力〉、だな？」

「ただのダマヤよ」ダマヤは反射的に答えていた。

男が優雅に首を傾《かし》げて、手を差しだす。「了解。では、出てきてくれるかな、ダマヤ？」

ダマヤは動かず、男も彼女をつかまえようとはしない。ただ石のようにその場にとどまって、手を差しだしている。ダマヤの手を取りはしない。そのまま十呼吸。二十呼吸。男といっしょにいくしかないとわかってはいるが、ダマヤは男が選択の余地があると思わせてくれているのがうれしかった。そしてついに彼女は手を差しだし、男のなすがまま手を引かれて立ちあがった。彼女は男に手を取られたまま身体についた藁をできるかぎり払い落としたが、それが終わると、男が彼女をぐいっと引き寄せた。「ちょっといいかな」

「え？」だが子買いの左手はもう彼女の頭のうしろにあり、彼女が驚いているまもない素早さで二本の指を器用に彼女の頭蓋骨のいちばん下あたりに押しつけていた。男は一瞬、目を閉じ、かすかに身震いして息を吐きだすと、彼女から手を離した。

「やることをやっておかないとな」男が謎めいた言葉を洩らす。彼女はわけがわからないまま後頭部を触ってみた。まだ男の指の圧の感触が残っている。「さあ、下へおりようか」

「なにをしたの？」

「まあ、ちょっとした儀式のようなものだ。おまえが迷子になっても見つけやすくするためのものだよ」これがどういう意味なのか、彼女には想像もつかない。「さあ、おいで――おまえの母さんにおまえを連れていくといわなくてはならん」

ではやはりほんとうなのだ。ダマヤはくちびるを噛んで、梯子のほうへもどっていく男の一、二歩あとからついていく。

「一件落着だ」母親がいる一階へおりていくと、男がいった。（母親はダマヤを見ると大きな溜息《ためいき》をついた。たぶん腹を立てているのだろう。）「荷物をつくってやってくれ――着替えを一、二枚、あればなにか食べ物、オーバー――すぐに出発する」

母親はぎょっとしている。「この子のオーバーは人にやっちまいましたよ」

「人にやってしまった？　冬なのに？」

男の口調は穏やかだが、母親は居心地悪そうにしている。「この子のいとこでオーバーがないと困る子がいて。家には人にほいほいやれるようないい服が詰まった洋服簞笥《だんす》があるわけじゃないんですから。それに――」母親が言葉に詰まってちらりとダマヤを見る。ダマヤはつい目をそらせる。オーバーを人にやってしまって悪いことをしたとすまなそうな顔をする母親を見たくないからだ。すまないと思っていない母親の顔はもっと見たくない。

「それに、オロジェンはほかの人間ほど寒さを感じないと聞いたからか？」男がうんざりだというように溜息をつく。「それは作り話だ。あんただって、この子が風邪をひいたのを見たことがあるだろう」

「ああ、それは」母親がいう。「たしかに。でも……」

ダマヤが仮病を使っていると思っていたのだ。あの日、母親はダマヤにそういった。ダマヤが託児院から帰ってきて納屋に入れられるときのことだった。母親は激怒して涙で頰を濡らし、父親は黙ってすわっていたが、そのくちびるは恐怖で色を失っていた。ダマヤは親に隠していた、と母親はいいつのった。隠し事だらけだ、ほんとうは怪物なのに、ふつうの子どものふりをしていた、それこそが怪物の証《あかし》だ、ずっと前からなにかおかしいと思っていた、昔から嘘ばかりついていた――。

男が首をふる。「それでもなにか寒さをしのげるものが必要だ。赤道地方に近づけばだんだん暖かくはなるが、そこまでいくのに何週間もかかるんだから」

母親の顎がきゅっと締まる。「それじゃあ、ほんとうにこの子をユメネスに連れてくんだ」

「もちろんだ――」男は母親を見つめる。「なるほど」ちらりとダマヤを見る。男と母親の視線がダマヤに注がれる。その視線がこそばゆくて、ダマヤは身をよじる。「そうか、わたしが娘を殺しにくると思っていたのか。そう思っていながらコムの長にいってわたしを呼び寄せたわけか」

母親は身を硬くしている。「ちがうよ。そうじゃない。あたしはそんな――」両脇におろしている手がこわばる。と思うと、母親は恥じているかのようにうなだれた。が、ダマヤには嘘だとわかっている。母親は自分のしたことをなにひとつ恥じてはいない。恥じるくらいなら、最初からそんなことはしないはずだ。

「ふつうの人間にゃ面倒は見切れませんよ……こういう子の面倒は」母親がいう。とても静かな口調だ。彼女の視線がほんの一瞬ダマヤの目をとらえ、すぐにそれる。「託児院で、もう少しで男の子を殺しちまうところだったんですからね。ほかの子でも近所の人でもそういうことがあって――」母親がふいに肩をいからせて顎をあげた。「市民の義務でしょう?」

「そうとも、そのとおり、まちがいない。あなたの犠牲的精神のおかげで世界はよりよいところになる」定番の褒め言葉だ。が、口調はまるで裏腹。ダマヤはふたたび男を見る。頭が混乱していた。子買いは子どもを殺したりはしないはず。そんなことをしたら意味がなくなってしまう。それに赤道地方というのはどういうことだろう？　赤道地方は遠い。ずっとずっと南のほうだ。

子買いはちらりとダマヤを見て、なぜか彼女はわかっていないことを察した。彼の表情がやわらぐ。目が怖い男だからそんなことはないはずなのに、たしかにやわらいでいた。

「行き先はユメネスだ」男が母親に、そしてダマヤにいう。「そうだ。まだ幼いからフルクラムに連れていく。そしてそこで呪われた力を有効に使えるよう訓練を受けさせる。この子の犠牲的精神もまた世界をよりよいところにする一助となるだろう」

ダマヤは自分がとんでもない勘ちがいをしていたことに気づいて、男をじっと見つめ返す。母親は彼女を売ったわけではない。母親と父親は彼女を引き渡したのだ。母親は彼女を嫌っているわけではない――実際は彼女を恐れているのだ。なにかちがいがあるだろうか？　あるのかもしれない。ダマヤは真相に気づいたものの、どう反応したらいいのかわからずにいた。

そして男は、男は子買いなどではない。この男は――。

「あなたは守護者なの？」もうわかってはいたが、彼女はたずねた。男はふたたび微笑んだ。

彼女は、守護者がこんな風体だとは思っていなかった。彼女の頭のなかでは、守護者は背が高くて冷たい表情をしていて武器と謎の知識とで武装したとげとげしい人間というイメージだった。男はとりあえず背だけは高い。

「わたしは」男は彼女の手を取って、いう。やたらと人に触りたがるくせがあるな、と彼女は思う。「わたしはおまえの守護者だ」

母親が溜息をつく。「毛布ならあるから持ってってください」

「それでけっこう。助かるよ」男はそういうと黙って待っている。数呼吸後、母親は男は自分が毛布を取ってくるのを待っているのだと気づいて、ぎごちなくうなずくと納屋から出ていく。その背中は終始こわばったままだった。あとは男とダマヤと二人きりだ。

「さあ」と男が自分の肩に手をやる。男は制服とおぼしきものを着ている——角張った肩、長く力強い直線を描く袖とズボン、色はバーガンディ、丈夫だがチクチクしそうな生地。婆さまのキルトのようだ。実用性よりは装飾性を重んじた短いケープがついているのだが、男はそれをはずしてダマヤに羽織らせる。ダマヤがつけるとワンピースくらいの丈になり、男の温《ぬく》もりで暖かい。

「ありがとう」ダマヤはいう。「あなたは誰?」

「わたしの名は、シャファ〈守護者〉ワラントだ」

ワラントという地名は聞いたことがないけれど、そういうところがあるにちがいないとダマヤは思う。コム名としか思えないからだ。「守護者というのは用役カースト名なの?」

「守護者は守護者だ」男がこの言葉をゆっくりと引きのばして発音するのを聞いて、ダマヤは気恥ずかしさに頰を赤らめる。「われわれは、けっきょくのところ、どこのコムでもたいして役には立たない存在だ。たいていの場合はな」

ダマヤは困惑して眉をひそめる。「え、じゃあ、〈季節〉がきたらあなたたちはコムから追いだされちゃうの？」守護者にはいろいろな顔があることをダマヤは知っていた。物語によく出てくるからだ。偉大な戦士だったり、狩人《かりゅうど》だったり、ときには――しばしば――暗殺者だったり。苦難の時期にはコムはこういう人材を必要とする。

シャファは肩をすくめて古い藁の梱《こり》に腰をおろす。ダマヤのうしろにも梱があるが、ダマヤはすわらない。彼とおなじ高さでいたいからだ。腰をおろしていても彼のほうが背が高いことは高いが、立っているときほどの差はない。

「フルクラム出身のオロジェンは世界の役に立つ」と彼がいう。「いまからおまえには用役カースト名はない。おまえが世界のために役立てられる力、その力はおまえのなかにあるからだ。たんなる家系的な適性とはちがうんだ。オロジェンの子は生まれたときから揺れを止めることができる――訓練を受けなくても、オロジェンなのだ。コムのなかにいようと、属するコムがなかろうと、おまえはオロジェンなのだ。しかし、訓練を受ければ、そしてフルクラムにいるほかの技量のあるオロジェンの導きがあれば、おまえはひとつのコムだけではなくスティルネス全体の役に立つことができる」彼は両手をひろげる。「わたしは守護者として、わたしが面倒を見ているオロジェンを通して、おなじ広い考えのもと、おなじ目的を追求してきた。それゆえ、わたしが預かりものたちと命運をともにするのは理にかなったことなのだ」

好奇心があふれてきて、聞きたいことがありすぎて、ダマヤにはなにから聞けばいいのかわからないほどだった。「あなたのところには――」彼女は自分の頭に浮かんだ考えにつまずき、自分自身をどう受け入れればいいのかとまどいながら、たどたどしくたずねる。「ほかにもいるの、あ、あたしみたいなのが、あたしは」ここで言葉が品切れになってしまった。

シャファは彼女の必死の思いを感じとり、それをうれしく思っているかのように笑いながら答えた。「わたしはいま六人の守護者になっている」彼は小首を傾げていい、これが正しいいい方、正しい考え方なのだとダマヤに伝える。「おまえも含めてな」

「それでみんなをユメネスへ連れていくの？　その子たちもこんなふうに、あたしみたいに見つけて――」

「ぜんぶがそうというわけではない。フルクラムのなかで生まれたり、ほかの守護者から引き継いで、わたしが面倒を見るようになった子もいるし、わたしは中緯度地方のこの地域の巡回を担当しているから、それで見つけた子もいる」彼は両手をひろげる。「おまえの場合は親がオロジェンの子がいるとパレラの長に報告して、長がブレバードに電報で知らせて、それがゲッドーに伝えられて、そこからユメネスに伝わった――そしてかれらはわたし宛に電報を打ったというわけだ」溜息をつく。「その知らせが届いた翌日にブレバードの近くのノード・ステーションに立ち寄ったのはほんとうに運がよかった。でなければわたしが電報を目にするのは二週間後になっていたのだからな」

ダマヤはブレバードは知っているけれど、ユメネスは伝説のなかの場所にすぎないし、シャファが口にしたほかの地名は託児院の教科書に出ている言葉でしかない。ブレバードはパレラのいちばん近くにある町で、パレラよりずっと大きい。父親とチャガは作物の生育期の最初にかならずそこへ農場の分け前を売りにいく。ダマヤはシャファの言葉が意味するものをはっきりと理解した。この納屋で寒さに凍えて片隅で用を足して、またあと二週間。彼がブレバードで知らせを受け取ってくれてよかった。

「ずいぶんと運がよかったんだぞ」シャファがいう。たぶん彼女の表情を読みとったのだろう。が、彼の表情は幾分冷めている。「親といえども、みんながみんな正しいことをするとはかぎらない。フルクラムやわれわれ守護者が忠告したとおりに子どもを隔離しない親もいる。そうする親もいるが、われわれが知らせを受け取るのが遅すぎて、守護者が現地に着いたときには暴徒が子どもを連れ去って、殴り殺してしまっていたようなこともあるんだ。親を恨むんじゃないぞ、ダマ。おまえは無事に生きている。これはなかなか大変なことなんだからな」

ダマヤはこの言葉を受け入れたくなくて、もじもじしている。するとシャファが溜息まじりにいった。「そしてなかには、オロジェンの子を隠そうとする親もいる。訓練を受けさせず、守護者に預けもせず、手元に置いておくんだ。これはまちがいなくひどいことになる」

これこそ、あの学校での出来事以来二週間、彼女がずっと考えていたことだった。もし両親が自分を愛していたら、納屋に閉じこめたりしなかっただろう。この男を呼んだりしなかっただろう。母親にあんなひどいことをいわれたりもしなかっただろう。

「どうして父さんと母さんは――」思わず口にしたところで、ダマヤはシャファがわざとそういったのだと気づいた。彼は、彼女が〝どうして父さんと母さんはあたしを隠して手元に置いておいてくれないのか〟という疑問を抱いていることをたしかめようとしたのだ――そしていま彼はその答えを知った。羽織ったケープの襟元を合わせているダマヤの手にぎゅっと力がこめられたが、シャファはただうなずいただけだった。

「それはまず、もうひとり子どもがいるから、そして未登録のオロジェンをかくまっていることがばれたら、いちばんよくてもコムから追いだされることになってしまうからだ」ダマヤもそれは知っている。だからこそ腹立たしかった。子どもを愛しているなら親は危険を冒すものではないのだろうか？「おまえの親は家もいまの暮らしも二人の子どもの親権も失うわけにはいかなかった。なにもかも失うよりは、なにかひとつ失うことを選んだんだ。しかしいちばん大きな危険要素は、おまえという存在そのものなんだよ、ダマ。おまえは女だという事実を隠せないように、おまえのなかにあるものを隠すことはできないんだ。賢い娘だということも隠せないがな」これが褒め言葉なのかどうかよくわからぬまま、ダマヤは顔を赤らめる。彼がにっこり微笑む。ということはやはり褒められたのだとダマヤは思う。

彼は先をつづける――「地球が動くたびに、おまえはその叫び声を聞くことになる。危険が迫るたびに、おまえは本能的にその温かさと動きの源泉に近づこうとする。そうできる能力はおまえにとって、腕っぷしの強い男の拳のようなものだ。もちろん危機が迫れば、自分を守るために必要なことをするだろう。そしておまえがその行動をとると、多くの人が死ぬことになる」

ダマヤは思わず身を縮める。シャファがまた、あのやさしげな笑みを浮かべた。そしてダマヤはあの日のことを思い浮かべる。

あれは昼食のあと、運動場にいたときのことだ。彼女はいつものようにリミとシャンテアといっしょに池のほとりにすわって豆のブリトーを食べおえたところだった。まわりではほかの子が遊んだり、食べ物を投げ合ったりしていた。運動場の隅に集まってぶつぶつしゃべりながら地面になにか書いている子たちもいた――その日の午後、幾何学の試験があることになっていたのだ。そのとき、ザブが三人のところにやってきて、とくにダマヤを見ながらこういった。

「カンニングさせろよ」

リミがくすくすと笑った。リミは、ザブはダマヤが好きなのだと思っていた。しかしダマヤはいやなことばかりするザブを嫌っていた――ダマヤをからかったり、やたらと名前を呼んだり、ダマヤがやめてと怒鳴るまでしつこく彼女をつついて二人とも先生ににらまれたり。だから彼女はザブにいってやった。「あんたとかかわってごたごたに巻きこまれるのはごめんだわ」

すると彼はいった――「そんなことにはならないさ、おまえがうまくやれば。ちょっと答案用紙をこっちへよこしてくれれば――」

「いやよ」彼女はきっぱり断った。「うまくやるつもりなんかないわ。そもそも、そんなことする気、ぜんぜんないから。あっちいって」彼女はシャンテアのほうを向いた。ザブに邪魔されるまで、シャンテアとしゃべっていたからだ。

つぎの瞬間、ダマヤは地面に転がっていた。ザブに両手で突き飛ばされて、すわっていた石から転げ落ちたのだ。きれいにもんどりうって、背中から地面に落ちていた。あとになって思い出してみると――納屋で二週間、考える時間があった――ザブは驚いた顔をしていた。まさかそんなに簡単に彼女がひっくりかえってしまうとは思っていなかったのかもしれない。しかし、そのとき彼女にわかっていたのは自分が地面にひっくりかえっているということだけだった。ぬかるんだ地面に。背中が冷たく湿ってどろどろで、なにもかもがぶくぶく泡立つ沼と潰れた草の匂いにまみれていて、髪のなかまで臭いし、着ているのはいちばんいい制服で、母親はかんかんに怒るだろうし、彼女自身、頭にきていたから宙をつかんで、そして――。

ダマヤはぶるっと身を震わせる。人が死ぬことになる。シャファが、これを聞いたかのようにうなずく。

「おまえは火の山がつくった黒曜石だ、ダマ」彼がとても静かにいう。「おまえは地球の贈り物なんだ――しかし〈父なる地球〉はわれわれを憎んでいる。その憎しみを忘れることはない。だから彼の贈り物はただでもないし安全でもないんだ。われわれはおまえを拾ったら砥石《といし》で研いで尖《とが》らせて、しかるべくおまえの世話をし、おまえに敬意を払う。そうすればおまえは価値ある存在になる。だがもしおまえをそこに転がっているままにしておいたら、おまえは最初におまえにつまずいた人間の骨身に突き刺さることになる。いや、もっとひどいことに――粉々に砕けて、大勢を傷つけることになるかもしれない」

ダマヤはふっとザブの顔に浮かんでいた表情を思い起こす。あのとき、ほんの一瞬、空気が冷たくなって、風船が割れたかのように彼女のまわりで渦巻いた。それは身体の下の草を氷の殻で覆い、ザブの肌の汗を凍らせるほど冷たかった。二人は動きを止め、身体をひきつらせ、見つめ合った。

彼女は彼の表情を忘れることができなかった。そこには、もう少しでおまえに殺されるところだった、と書いてあった。

シャファはずっと笑みを絶やさずに彼女を見守っている。

「おまえが悪いんじゃない」と彼はいった。「世間はオロジェンのことをあれこれいうが、たいていは嘘だ。おまえがなにかしたからオロジェンとして生まれたわけではない。親のせいでもない。親に腹を立てるな。自分にもだ」

ダマヤは泣きだしてしまった。彼のいうとおりだったからだ。彼のいうことはなにもかも正しい。彼女は自分を納屋に閉じこめた母親を憎んでいるし、母親を止めなかった父親とチャガも憎んでいる、こんなふうに生まれて家族を失望させた自分のことも憎んでいる。そしていまシャファには自分がいかに弱くてだめな人間か知られてしまった。

「しーっ」彼がいう。立ちあがって、彼女のほうにやってくる。ひざまずいて彼女の手を取る――彼女はますます激しく泣きだしてしまう。だがシャファは彼女の手をいっそうきつく握りしめる。痛いほどに。彼女はびくっとして息を呑み、涙で曇る目で彼を見つめる。「泣くんじゃない。すぐに母さんがもどってくる。絶対に人前では泣くな」

「え、ええ?」

彼はとても悲しげに――ダマヤのことを思ってだろうか?――両手で彼女の頬を包みこむ。

「危ないからな」

どういうことなのか彼女にはさっぱりわからない。

それでも彼女は泣きやむ。彼女が頬をぬぐうと、彼が残った涙を親指で拭き、きれいになったかどうか素早く見定めてうなずく。「おまえの母さんにはばれてしまうかもしれないが、ほかの人間にはわからないだろう」

納屋のドアがキーと音を立てて、母親がもどってきた。こんどは父親もついてきている。父親は顎をぐっと引き締めていて、母親がダマヤを納屋に閉じこめて以来はじめて会うというのにダマヤを見ようともしない。二人ともじっとシャファを見ている。シャファは立ちあがって少しダマヤを隠すような位置に動くと、母親が持ってきた畳んだ毛布とぐるぐる巻きにした包みを受け取り、軽く頭をさげる。

「あんたの馬に水をやっておいた」硬い口調で父親がいう。「飼葉を持っていくかね?」

「いや、大丈夫だ」シャファがいう。「順調にいけば、日暮れにはブレバードに着くから」

父親は顔をしかめる。「きつい旅になるな」

「ああ。しかしブレバードまでいってしまえば、この村の人間が道沿いでわれわれを見つけだしてダマヤに荒っぽいさよならをしようなんてけっこうなことを考えたりはしないだろうからな」

一瞬なにをいっているのかダマヤにはわからなかったが、すぐに気がつく——パレラの人間はあたしを殺したいと思っている、ということだ。でも、それはちがう。そうでしょ? まさかそんなはずはない。そうでしょ? 彼女は知り合いの顔を思い浮かべる。託児院の先生たち。ほかの子どもたち。街道沿いの店の、婆さまの友だちだったお婆さんたち。

父親もおなじことを考えている——ダマヤにはわかった。顔にそう書いてある。父親が顔をしかめてダマヤが考えていることを口にしようとした——誰も、そ、ん、な、こ、と、を、す、る、は、ず、は、な、い。だが父親は言葉にする前に口をつぐんでしまう。父親は苦悶《くもん》に満ちた表情で一度だけちらりとダマヤを見たが、すぐにまた我に返って目をそらしてしまった。

「ほら」シャファがダマヤに毛布を差しだした。婆さまのだ。ダマヤは毛布を見つめてから母親を見たけれど、母親は視線を返そうとはしない。

泣くのは危ない。シャファのケープをはずして、代わりに毛布を身体に巻きつけるあいだも、ダマヤは完璧に静かな表情を保っていた。シャファがちらりと彼女を見る——えらいぞ、とほんの少しうなずく。そして彼はダマヤの手を取り、納屋のドアのほうへと歩きだす。

母親と父親もうしろからついてくるが、ひとことも口をきかない。ダマヤもなにもいわない。一度だけ家のほうを見ると、誰かがカーテンの隙間からのぞいていたが、カーテンはすぐに閉じられてしまった。兄のチャガだ。読み書きやロバの乗り方を教えてくれた兄。池で水切り遊びを教えてくれた兄。その兄が手をふってもくれない……でもそれは兄が自分を憎んでいるからではない、といまの彼女にはわかっている。

シャファがダマヤを馬に乗せてくれた。これまで見たこともないほど大きくて首の長い、つやつやの鹿毛だ。シャファがダマヤのうしろにまたがり、彼女の足がすりむけたりしもやけになったりしないように毛布でくるむ。いよいよ出発だ。

「ふりむくんじゃないぞ」シャファがいう。「そのほうが辛い思いをしなくてすむ」ダマヤはいわれたとおりにした。あとになってダマヤは、これもまた彼のいうとおりだったと気づくことなる。

だが、さらに時がたつと、やはりふりむいておけばよかったと思うことになる。

§

氷白の日、灰《はい》噴《ふ》き髪、濾過《ろか》鼻、尖った歯、塩裂け舌（を隠していた）。

——銘板その二〝不完全な真実〟第八節

3　あんたは旅立つ

あんたはどんな人間になるべきか、まだ決めかねている。最近の自分のありようはもう意味をなさない――ユーチェとともに死んだあの女のありようは。あんな慎み深い、あんな物静かな、あんな平凡な女は役に立たない。あんな異様なことが起きてしまったいまでは。

だが、もしジージャがわざわざナッスンを埋めたのだとしたら、どこに埋めたのか、あんたにはそれもわからない。娘にさよならをいうまでは、あんたは娘が好きだった母親でいなくてはならない。

だからあんたは死がやってくるのを待つのはよそうと決意する。

死はまちがいなく近づいてきている――いまではないにしても、そう遠いことではない。北からやってきた大きな揺れはティリモを避けていきはしたが、ほんとうなら直撃していたはずだと誰もが思っている。地覚《ちかく》は嘘をつかない。少なくともあれほど騒々しくて、神経を逆なでする、心が悲鳴をあげてしまうような力をとらえそこなうことはない。生まれたての赤ん坊からぼけた年寄りまで、あれがくることは地覚していた。そしていまでは、運がなかった町や村から流れてくる避難民――一様に南へと向かう避難民――から、ティリモの住民の耳にもいろいろな話が入ってきているだろう。風にのって漂ってくる硫黄《いおう》の匂いにも気づいているにちがいない。どんどん異様に変化していく空を見あげ、不吉な前兆を読みとっているかもしれない。(たしかに不吉な前兆なのだ。) さすがにコムの長《おさ》のラスクも隣の谷にあるシュームのようすを見に人を送りだしたのではないだろうか。ティリモの住民はたいていシュームに親類縁者がいる——二つの町のあいだでは何世代にもわたって物と人の交流がつづいてきているのだ。もちろんコムの心配が第一だが、誰も飢えていない状況では家族、親族もなにがしかの意味を持ちうる。ラスクも、いまはまだ寛大な心を持つ余裕があるだろう。おそらくは。

そして偵察の一行が帰ってきて、あんたが知っているとおり、シュームで目にした惨状を——そしてあんたが知っているとおり、ひとりの生存者もいない、あるいはごく少数の生存者しかいないことを——報告したら、もういくら否定してもむだだ。ただ恐怖の感情しか残らない。そして怯《おび》えた人々は生贄《いけにえ》を探す。

だからあんたは無理して食べた。こんどはジージャや子どもたちと食事したときのことを思い出さないよう気をつけながら。(抑えきれない涙は抑えきれない吐き気よりましかもしれないが、ほら、嘆きの種は選べないからな。) そしてあんたはレルナの家の庭の戸口から静かに外に出て、自分の家にもどる。外には誰もいない。みんなラスクのところに集まって、知らせを待つか、仕事を割り当てられるのを待つかしているのだろう。

家には家族の避難用品を詰めた袋がある。敷物の下に隠れた貯蔵品庫のひとつに入れてあるのだ。あんたはユーチェが殴り殺された部屋の床にすわりこんで、その袋のなかから不要なものを取りだしていく。ナッスン用の着古して着心地がよくなった旅行用衣類一式は、もう小さすぎる——あんたとジージャがこの袋を用意したのはユーチェが生まれる前のことで、あんたは中身を入れ替えもせず、ほったらかしにしていた。干からびて白いふわふわのカビに覆われた果物もある——食べられなくはないかもしれないが、あんたもそこまで切羽詰まってはいない。（いまはまだ。）袋にはあんたとジージャが家の持ち主だということを証明する書類やあんたが四《よ》つ郷《ごう》税をちゃんとおさめたことやティリモ・コムの一員で〈耐性者〉用役《ようえき》カーストとして登録されていることを示す書類も入っている。あんたはそういう書類を、それまでの十年間の経済的、法的存在のすべてを、カビた果物といっしょに、こんもりと積もった不要品の山に加える。

ゴム製の財布に入った金《かね》——紙幣だからけっこうな額なんだが——これは、みんながとんでもない事態だと気づいてしまえばなんの役にも立たないだろうが、当座は価値がある。無価値になったら、火つけとして使える。ジージャがどうしてもといって譲らなかった黒曜石の皮剝《かわは》ぎナイフ——もっといいふつうの武器があるのだから、そんなものは使いたくないとあんたは思っていたんだが——それも持っていくことにする。売ってもいいし、とりあえず近づくなという警告には使える。ジージャのブーツも状態がいいから売り物になる。ジージャは二度とこれを履くことはない。なぜならあんたはすぐに彼を捜しだして殺すつもりだからだ。

あんたはそこでふと考える。そしていまの考えを捨てて、あんたがなろうと心に決めた女にふさわしいもっといい考えに改める。もっといい考え——ジージャを見つけて、なぜあんなことをしたのか問いただすのだ。なぜあんなことができたのか？　そしてもっと大事なことをたずねる。娘はどこにいるのか？

あんたは避難袋を詰め直して、ジージャが配達に使っていた木箱に入れる。あんたが町なかでそれを持っていても見咎《みとが》める者はいない。ついこのあいだまであんたはジージャの陶器と工具づくりの仕事の手伝いでその木箱を運ぶことがよくあったからだ。そのうち誰かが、町の長がいまにも〈季節令〉を発令するのではないかというときにどうして注文品を運んでいるのか不審に思うことになるだろう。しかしたいていの人間は最初はそうは考えない。そこが付け目だ。

家を出る間際、あんたはユーチェが数日間、横たわっていたまさにその場所を通りかかる。レルナは亡骸《なきがら》だけ運びだして毛布はそのままにしておいてくれた——飛び散った血痕は見えない。それでもあんたはそっちに目を向けない。

あんたの家も含めて数軒の家からなるその一画は町の壁の南端と緑地とのあいだにある。あんたとジージャがその家を買うときになぜそこを選んだのかというと、木々に覆われた細い路地に面してぽつんと建つ家だったからだ。緑地をまっすぐ突っ切れば町の中心部にいける。ジージャはにぎやかな町なかが大好きだった。あんたとジージャはいつもそのことでもめていた。あんたは人との付き合いは必要最小限にしたいほうだったし、ジージャは群れるのが好きで落ち着きがなくてあたりが静かだといらいらしはじめて——

いきなり、混じり気のない、軋《きし》るような、頭をガツンと殴られたような怒りが湧きあがってくる。そのうねりのあまりの強さに、あんたは家の戸口で立ち止まるしかない。戸枠に片手をついて深々と息を吸いこみ、悲鳴を抑えこむ。へたをしたら、あのおぞましい皮剝ぎナイフで誰かを（自分を？）刺してしまいかねない。いやそれどころか、悪くしたら気温をさげてしまうことすらありうる。

そうだ。あんたはまちがっていた。悲しみにたいする反応としては、吐き気などたいしたことではないのだ。この反応に比べたら。

しかしあんたにはそんなことを考えている時間はない。そんなことをする力もない。だからあんたはほかのことに意識を向ける。ほかのことならなんでもいい。手をかけている戸枠の木材。空気。外に出たので空気の存在がより強く感じられる。少なくとも当座は硫黄の匂いがきつくなる気配はない。これはたぶんいいことなのだろう。そこらの地面に噴出口があいているのは地覚しない――つまりこれは北から漂ってきているということだ。傷口があいているのは北のほうだ。いまのところ帝国道を通る旅人たちからは噂話しか伝わってきていないが、巨大な膿《う》んだ裂傷が海岸から海岸まで走っていることはあんたにはわかっている。あんたは硫黄の濃度があまり濃くならないようにと願う。もし濃くなると人が嘔吐《おうと》したり、息苦しくなったりといった症状が出はじめるし、つぎに雨が降ったらクリークの魚が死ぬだろうし土が酸性になってしまうし……。

ああ。いい感じだ。うわべだけはしっかりと落ち着きをとりもどして、あんたはやっと家から離れられる状態になった。

外に出ている人間はそう多くはない。ラスクがついに封鎖処置の実施を正式に宣言したのだろう。封鎖処置の実施中はコムの門は閉じられてしまう——壁の監視塔のひとつのそばで人が動いているところを見るとラスクは前もって警備の人間を配置につけていたのだろうと察しがつく。〈季節〉の到来が宣言されるまでそんな措置がとられることはないはずなのに——あんたは心の内でラスクの用心深さを呪う。あとは、これ以上あんたが抜けだしにくくなるような手をラスクが打っていないことを願うしかない。

買いだめや価格の固定が起きないよう、少なくとも当面のあいだ、市場は閉鎖されることになる。日が暮れれば夜間外出禁止令が有効になって、町の防備や物品供給にかかわる商売以外は店を閉じなければならない。みんな段取りは承知している。全員になんらかの任務が割り当てられるが、多くは屋内でできる仕事だ——カゴを編むとか室内で傷みやすい食品を乾燥させて保存できるようにするとか古い服や道具類を再利用するとか。これはすべて帝国法上も有効な伝承に記されているもので、規則と段取りにしたがって行動していれば実務がはかどると同時に不安を胸に抱えた人間の集団が手持ち無沙汰にならずにすむという利点もある。すべては万が一に備えてのことだ。

それでも緑地をぐるりと囲む小道を歩いていると——封鎖処置中は誰も緑地を歩かないのだが、それは規則で決められているからではなく、そういうときにはそこがただのクローバーや野草が生えている場所ではなく耕作地になる場所だと意識するからだ——何人か、ティリモの住民の姿が目に入った。ほとんどが〈強力《ごうりき》〉。緑地の一画を囲って家畜小屋を建てている一団がいる。力仕事だからみんな作業に没頭していて、木箱を運ぶ女をさほど気にする者はいない。あんたのほうは、市場でだったかジージャの仕事を通じてか、どこかで見た顔がいくつかあると思いながら歩いていく。何人か視線を投げる者もいるが、その視線もすぐにそれていく。向こうも、〝よそ者ではない〟という程度にあんたの顔を覚えているだけ。いまは忙しくてあんたがロガの母親らしいということも頭に浮かばないのだ。

それに、死んだロガの子がどっちの親から呪わしい力を受け継いだのか、と考える余裕もない。

町の中心部にはもっと大勢の人間がいた。ここではあんたは人込みにまぎれこんでほかの連中とおなじ歩調で歩き、相手が会釈すれば会釈を返し、退屈そうなぼうっとした顔に見えるよう、なにも考えまいとつとめる。長の事務所のあたりはざわついている。区画長や各カーストの代表が封鎖任務がどの程度進んでいるか報告にきては、さらに結束を強めるために持ち場にもどっていく。シュームやほかの場所でなにが起きたのか聞きたくてうろついている連中もいる――が、ここでも誰もあんたのことなんか気にしない。だってそうだろう。あたりには地球が壊れた匂いが漂い、半径二十マイルより外のものはなにもかも、いま生きている人間は誰ひとり遭遇したことのない大きな揺れで粉々になっているとあっては、みんな自分の身にかかわるあれやこれやで頭がいっぱいに決まっている。

だが、そんな状況もあっというまに一変してしまうかもしれない。だからあんたは気を抜かない。

ラスクの事務所は高床式の穀物小屋と馬車製作所のあいだにある小さな一軒家だ。爪先立ちで人の頭ごしに見ると、ラスクの補佐役のオヤマーの姿が目に入る。これはべつに驚くことでもない。オヤマーは事務所のポーチに立って、服というよりモルタルと泥を身にまとった連中としゃべっている。男が二人、女がひとり。たぶん井戸の補強をしていたのだろう――これは揺れが起きたときにやるべきことのひとつとして石伝承に記され、帝国の封鎖手順でも推奨されている作業だ。オヤマーがここにいるということはラスクはどこかほかの場所で仕事をしているか――あのラスクのことだから――揺れが起きて以来三日間奮闘したあげくに疲れ果てて寝ているか、どちらかだろう。家で寝ていたらすぐに誰かに見つかってしまうから、家にはいないにちがいない。だが、レルナがおしゃべりなおかげで、ラスクが邪魔されたくないときどこにいるか、あんたには見当がついている。

ティリモの図書館はなんとも場違いな存在だ。町に図書館がある理由はただひとつ、以前に長を務めていた女性の夫の祖父がつくれつくれと大騒ぎして四つ郷の知事にくりかえし手紙を書いたからだ。知事はその祖父《じい》さんを黙らせるために予算を出したという。その祖父さんが死んだあとは利用者数も微々たるもので、全コム会議では閉鎖すべしという動議がしょっちゅう出されているが、賛成票が規定に達したためしがないので、そのままずるずる残っているというわけだ――あんたの家の居間に毛が生えた程度の大きさのみすぼらしい古ぼけた小屋で、本と巻物が詰まった棚がびっしり並んでいる。細い子どもなら棚のあいだをまともに歩けるが、あんたは細くもないし子どもでもないから横向きになってカニ歩きで進むしかない。木箱を持ってはとうてい無理だから、ドアを入ってすぐのところに置いていく。べつに心配はいらない。ここには木箱のなかをのぞく人間はいない——ラスク以外は。ラスクは小屋のいちばん奥で小さな藁《わら》ぶとんにくるまっている。幅が短い棚があって、ちょうど彼の身体がおさまるだけのスペースがあいている場所だ。

あんたが苦労してどうにかこうにか棚のあいだを進んでいくと、いびきをかいていたラスクが目を覚まして、あんたを見あげて瞬《まばた》きする。もう、眠りを妨げたやつへのしかめっ面をつくりかけている。と、そこで彼は考える。常識的な人間で、だからこそティリモの長に選ばれたわけだからな。そしてあんたは彼の表情から読みとる。彼のなかであんたがジージャの女房からユーチェの母親へ、そこからロガの母親へ、そして、ああなんたることか、あんたもロガだという認識へ瞬時に移っていくさまを。

だがそれでいい。そのほうが話が早い。

「わたしは誰も傷つけるつもりはありません」あんたは早口でいう。彼がひるんだり、叫んだり、なんにしろ切羽詰まってなにかしでかしたりしないうちに。意外なことに彼はあんたの言葉を聞いて目をぱちくりさせ、また考える。その顔から怯えの色が消えていく。起きあがって木の壁によりかかった。あんたを見つめて、長いことじっと考えている。

「それをいうためにここにきたわけじゃないと思うが」彼がいう。

あんたはくちびるを舐《な》めてしゃがもうとするが、狭くてうまくいかない。けっきょく尻を棚に押しつけるしかなくて、膝が思った以上にラスクに近づいてしまう。見るからにおさまりの悪い体勢で、ラスクは笑顔になりかけるが、あんたが何者なのか思い出したのだろう、笑みが引っこんでしまう。そしてどっちの反応もまずかったなというように眉をひそめる。

あんたはいう。「ジージャがどこへいったのか心当たりはありませんか?」

ラスクの顔がピクッとひきつる。あんたの父親といってもおかしくない年だが、あんたがこれまで出会った男のなかで彼ほど父性を感じさせない男はいなかった。平凡で引っこみ思案な女というイメージでカモフラージュしてきたあんただが、内心、彼とゆっくり一杯飲んでみたいとずっと思っていたほどだ。あんたが知るかぎり彼は下戸《げこ》のはずだが、それでも町の住民のほとんどは彼をそんなふうに見ている。だが、この瞬間、彼の顔に浮かんだ表情を見て、あんたははじめて、この人に子どもがいたらいい父親になっていただろうという思いにとらわれる。

「なるほど、そういうことか」彼がいう。寝起きで声がガラガラだ。「やつがあの子を殺《あや》めたんだな？　みんなそう思ってはいるが、レルナはそうとはいいきれないといっていた」

あんたはうなずく。あんたもレルナにそうだと断言することはできなかった。

ラスクの視線があんたの顔を探っている。「で、あの子は……?」

あんたはまたうなずき、ラスクが溜息《ためいき》を洩《も》らす。あんたが何者なのかはたずねない。これは注目に値する。

「ジージャがどっちの方向へいったかは誰も見ていない」膝を立てて片腕をのせながら彼がいう。「みんなが話題にしているのは、そのう——殺人のことだ。そのほうが話しやすいから——」彼は両手をひろげてしかたないというように肩をすくめる。「つまらん噂ばかりでな。

たしかなことはほとんどない。いい加減な話ばかりだ。ジージャが馬車に荷物を積んでナッスンを連れて出ていくのを見たという者もいるが――」

あんたの思考がつっかかる。「ナッスンを連れて、？」

「ああ、あの子を連れて。どうして――」ラスクもピンときたらしい。「ああ、なんてことだ、あの子もそうなんだな？」

あんたは必死に揺れを起こすまいとする。拳をぎゅっと握ってこらえると、大地の奥底が一瞬ふっと近づくのが感じられ、あたりの空気がいっきに冷たくなるが、あんたはどうにか絶望も喜びも恐怖も怒りも抑えこむ。

「あの子が生きてたなんて知らなかった」ずいぶんと長い沈黙――とあんたは感じたんだが――いっときの沈黙のあとで、あんたはそれだけ口にする。

「そうか」ラスクが瞬きすると、またあの憐《あわ》れみ深い表情がもどってきた。「うん、そうなんだ。とにかく二人が出ていくときには、あの子は生きていた。なにかおかしいとか、ひっかかるとか思った者はひとりもいない。みんな父親が長女に仕事を教えようとしているんだろうとか、退屈している子が妙なことをしないようにしているんだろうとか、いつものことだと思っていた。そのあとは北のあの騒ぎで、二人のことはみんな忘れてしまって、それからレルナがあんたと……あんたの息子を見つけて、みんなに報告したというわけだ」彼はここで言葉を切って、顎を左右に動かす。「ジージャがそういう人間だなんて考えたこともないからな。あんたも殴られたことがあるのか？」

あんたは首をふる。「いいえ、一度も」ジージャが暴力的な男だったほうが、まだ耐えられるかもしれない、とあんたは思う。もしそうなら、子どもをつくった罪だけでなく自分の判断の甘さや自己満足に陥っていたことでも自分を責めることができるのに、と。

ラスクがゆっくり深々と息をつく。「なんてことだ。まったく……なんてことだ」彼は首をふり、縮れたグレーの髪をなでる。髪は生まれながらのグレーではない。レルナたちのような灰噴《はいふ》き髪ではない——茶色だった頃もあった。それはあんたも覚えている。「あとを追うつもりなのか？」彼の視線が一瞬それて、またもどる。期待というのではないけれど、彼が如才なく口にしなかった思いは通じた。たのむから、できるだけ早く町を出てくれ。

あんたはうなずく。ありがたい話だ。「門の通行証が欲しいんです」

「わかった」一瞬の間。「二度ともどれないことはわかっているな」

「わかっています」あんたは無理やり微笑《ほほえ》む。「もどってきたいなんて思っていませんから」

「あんたが悪いわけじゃない」ラスクは溜息を洩らして、また居心地悪そうに姿勢を変える。「わたしの……わたしの姉は……」

ラスクに姉がいるというのは初耳だ。あんたはすぐにピンときた。「お姉さんはどうなったんです？」

ラスクが肩をすくめる。「お決まりどおりさ。うちはもともとシュームに住んでいた。誰かが姉がそうだと気づいてほかの連中に話して、そいつらがやってきて夜のうちに姉を連れていった。それくらいしか覚えていないんだ。わたしはまだ六歳だったからな。そのあと、家族に連れられてここに移ってきた」口許《くちもと》がぴくりと動くが、ちゃんとした笑みにはならない。「だから子どもを持つ気にはなれなかったんだ」

あんたも微笑む。「わたしもです」だが、ジージャは子どもを望んだ。

「錆《さ》び地球」彼はののしりの言葉を吐いて一瞬、目を閉じ、ふいに立ちあがる。あんたも身体を起こす。そうしないと顔がラスクの着古したしみだらけのズボンにくっつきそうになってしまうからな。「いますぐ出発するのなら、門まで送っていくぞ」

これにはあんたもびっくりだ。「いますぐ出発します。でもわざわざ送ってもらわなくても」

送ってもらうほうがいいのかどうか、あんたにもよくわからない。よけい人目についてしまう恐れもある。だがラスクは首をふっている。もう肚《はら》を決めているという厳しい顔つきだ。

「送っていく。さあ、いこう」

「ラスク――」

彼はあんたをじっと見ている。こんどは怖気《おじけ》づいているのはあんたのほうだ。もうあんたの問題ではないのだ。姉が連れ去られたとき、もしラスクが一人前の男だったなら、町の連中はあえて連れていこうとはしなかったにちがいない。

いや、彼もいっしょに殺されていたという可能性もあるが。

町の正門までメインストリートの〈七つの季節通り〉を歩くあいだ、ラスクは木箱を持ってくれた。あんたは自信もなければ余裕もないのに、なんとかそういうふうに見せようとしてあせりっぱなしだ。あんたひとりだったら、こんなに大勢の人がいるルートを歩こうとは思わなかったにちがいない。みんな、まずラスクに目をとめて手をふったり声をかけたり、なにかあたらしい情報はないか聞こうと近づいてきたりする……が、すぐにあんたがいるのに気づく。そして足を止めて、じっと見つめる——遠くから、二、三人ずつ固まって。なかにはあとをついてくるのもいる。少なくとも表面上は、小さな町の詮索好きな連中といってしまえばそれまでだ。しかしよく見ると、みんなひそひそ話をしている。連中の視線も痛いほど感じられる。あんたの神経はこれ以上ないほどぴりぴりしっぱなしだ。

門に近づきながらラスクが門番をしている連中に声をかける。ふだんは鉱夫や農夫をしているとおぼしき〈強力〉たちは、とくに秩序立ってというふうでもなく門のまえでただうろうろしているだけだ。門全体を見渡せる壁の上の見張り台に二人、地上ののぞき穴のところに二人。あとはただそこにいて退屈そうな顔をしていたり、仲間内でしゃべったり冗談を飛ばし合ったりしているだけ。ラスクがかれらを選んだのは、たぶん見た目がいかついからだろう。みんな大柄なサンゼ人で、たずさえている黒曜石ナイフやクロスボウなしでも充分に役割を果たせそうだ。

ラスクの呼びかけに応えて近づいてきたのは、そのなかではいちばん小柄な男だ——名前は出てこないが、あんたが見知っている男。町の託児院のあんたのクラスにいる子どもの父親だ。向こうもあんたを覚えているとみえて、あんたを見てすっと目を細める。

ラスクが立ち止まって木箱をおろし、ふたを開けてなかの避難袋をあんたにわたす。「カッラ」あんたの知り合いの男に彼が声をかける。「問題はないか?」

「いまのところは」カッラが答える。視線はあんたに据えたままだ。あんたの肌がきゅっと硬くなるような視線。ほかにも二人の〈強力〉がこっちを見ている。カッラからラスクへ、またカッラへと視線を移し、どちらかの指示にしたがおうと身構えている。ひとりだけ、あからさまにあんたを見つめている女がいるが、あとはみんなちらりと見てすぐ視線をそらせるだけで満足しているようだ。

「それはなによりだ」とラスクはいうが、少し渋い顔をしている。あんたが感じているのとおなじ空気を感じとっているのだろう。「ちょっとのあいだ門を開けるようにいってもらえるかな?」

カッラはあんたから目を離さない。「ほんとうにいいんですか、ラスク?」

ラスクは険しい形相でつつっとカッラに詰め寄り、顔を突き合わせる。ラスクはけっして大柄ではない——彼は〈革新者〉で、〈強力〉ではないが、それは問題ではないし、いまは大柄である必要もない。「ああ」その声は低く、張り詰めていて、カッラもさすがにぎくりとしてラスクに視線を移す。「わかりました。門を開けましょう、あんたがいいというんなら。錆び忙しいんでなけりゃね」

これを聞いてあんたは石伝承の〝構造〟第三節を思い浮かべる。肉体は衰えていく。指導者として長らえる者はそれ以上のものを糧とする。

カッラは顎をカクカクと動かすが、すぐにうなずく。あんたは肩をすぼめて避難袋を背負うのに専念しているふりをする。肩ひもがゆるい。最後に背負ったのがジージャだったからだ。

カッラたち門の警備を務める連中が、ウインチをまわして門を引きあげる滑車を動かしはじめる。ティリモの壁の大部分は木製だ。ティリモは数あるコムのなかでも運営はうまくいっているほうだし、新コムのなかにはまだ壁さえないところもあるが、いい石材を買ったり何人もの石打ち工《く》を雇ったりするほどの資金はない。だが、門そのものは石でつくられている。どこのコムの壁でも、いちばん弱いのは門の部分だからだ。あんたが出ていくだけだから、門はほんの少し開けるだけでいい。ゆっくり、じりじりとすぎてゆく数秒間、巻き揚げ役と侵入者の見張り役とのあいだで声が交わされ、作業の手が止まる。

ラスクが、いかにも居心地悪そうにあんたのほうを向いて、「残念だよ——ジージャのことは」と声をかける。ユーチェのことには触れないが、そのほうが助かる。あんたは頭をはっきりさせておかなくちゃならないんだから。「なにもかも残念だよ、まったく。あの私生児野郎を見つけられるよう祈ってる」

あんたはただ首をふるだけ。胸が詰まるばかりだ。ティリモで暮らして十年。ユーチェが生まれた頃からやっとここが暮らしの場所——故郷——と思えるようになってきたが、そんな思いが生まれるとは考えてもいなかった。走れるようになったユーチェを追いかけて緑地を駆けたときのことが脳裏に浮かぶ。ジージャの手を借りてナッスンが凧《たこ》をつくったときのことも。凧揚げは失敗して、凧の残骸はいまでも町の東側のどこかの木にひっかかっているはずだ。

とはいえ、町を出ることに、覚悟したほどの辛さはない。かつての隣人たちがあんたの肌に悪くなった油みたいな視線をべっとりまとわりつかせているいまはまだ。

「ありがとう」あんたはさまざまな思いをこめてつぶやく。ラスクには、あんたを助ける義理はないのだ。こんなことをすれば自分が損をするだけなのに。門番たちの彼にたいする敬意は薄れることだろう。そして噂がひろがる。すぐに誰もがラスクはロガびいきだと思うようになる。ラスクにとっては危険なことだ。〈季節〉がやってくるというときに長がそんな弱点を持っていることは許されない。だが、いまこの瞬間、あんたにとっていちばん大事なのは社会の良識というやつだ。世間体を考えて、あんたに親切に接し、敬意を払う。まさかそんな扱いを受けるとは思っていなかったから、あんたはどう反応していいのかわからない。

彼は、やはり居心地悪そうにうなずき、あんたが門の隙間に向かって歩きだすと、視線をそらせる。たぶん彼はカッラが門番の女に向かってうなずいたのも、その女がクロスボウを肩に当ててあんたに狙いをつけたのも見ていなかったのだろう。あんたはあとになって思う。もし見ていたら、女を止めるとか、なにかしら手を打ってそのあと起こる事態を食い止めていたにちがいない、と。

だが、あんたは視野の端ぎりぎりのところで見ていた。そのあとは考えるまもなく事が進んでいく。そしてあんたがなにも考えないがゆえに、考えようとしないがゆえに——これはいつものあんたじゃないということなんだが——、考えれば、家族が死んだことを思い出し、日々感じていた幸福がぜんぶ嘘っぱちだったことを思い出し、思い出せばあんたは壊れて悲鳴をあげ、泣き叫ぶことになるがゆえに、

そしてその昔、べつの人生のなかで、突然、身の危険を感じたときにある特別な方法で反応

するすべを学んでいたがゆえに、あんたは
　宙に手をのばし、ぐっと引き、絞りこみ
　力一杯、踏ん張って足元の大地に自分を繋ぎとめ、

女が太い矢を放ち、その矢がぼやけてにじんで、あんたに向かって飛んでくる。そしてあんたに当たる寸前、砕けて無数のキラキラ輝く凍った破片になる。

（いけない、いけない、とあんたの頭のなかで声がする。良心の声だ。深みのある男の声。だがあんたは聞いたとたんに忘れてしまう。これはべつの人生《ライフ》で聞いた声だ。）

命《ライフ》。あんたは、たったいまあんたを殺そうとした女に目をやる。

「なんだいまのは――くそっ！」カッラがあんたを見つめている。あんたが死に損なったのが信じられないという目つきだ。拳を固く握りしめて、背を丸めると、飛び跳ねそうな勢いで叫びだす。「もう一度やるんだ！　殺せ！　早くやれ、さもないと――」

「なにをしてるんだ?」やっと事態に気づいたラスクがふりむく。が、遅すぎた。

あんたの足元、そこにいる連中全員の足元の奥底が揺らぎはじめる。

最初はほとんどわからない。その大地の動きが大地から発生したものならそのざわつきを地覚できるのだが、この場合はなんの前触れも感じられないのだ。人々があんたみたいな人間を恐れる理由はこれだ。あんたたちには普通の人間の感覚は通用しない。準備のしようがない。あんたたちはいきなり襲ってくる歯痛とか心臓発作のようなものだ。あんたが引き起こしている震動は、あっという間に上昇してきて、地覚器官でなくても耳や足で感じられる低い轟《とどろ》きに

なるが、そうなったときにはもう手遅れだ。

カッラが眉をひそめて足元の地面を見つめる。クロスボウの女がつぎの矢をつがえようとする最中に、クロスボウの弦の震えを見つめているかのように大きく目を見開く。あんたは渦巻く雪片とばらばらになった矢のかけらのまんなかに、すっくと立っている。あんたの足元の地面はぐるりと直径二フィートにわたって霜に覆われている。湧き起こる風に髪がふわりと浮きあがる。

「よせ」ラスクがつぶやく。目を見開いて、あんたの顔を見ている。（自分がどんな顔をしているのかあんたにはわからないが、ひどい顔だろうということはわかる。）否定すればこの事態がおさまるとでもいうように、ラスクは首をふりながら一歩、二歩とあとずさる。「エッスン」

「おまえがあの子を殺した」とあんたはラスクにいう。これは理屈に合っていない。おまえたち、なら話はわかるが、あんたはラスクひとりに話しかけている。ラスクはあんたを殺そうとしたわけでもないし、ユーチェのこととはなんのかかわりもない。だが、命を狙われたことで、なにか生々しく、荒々しく、冷たいものが引きだされてしまったのだ。おまえたちは卑怯者だ。獣だ。子どもを見れば獲物とみなす獣だ。ユーチェのことで責められるべきはジージャだと、あんたも頭のどこかではわかっている――だがジージャはここティリモで生まれ育った。ここは人に自分の子どもを殺させるほどの憎しみの塊《かたまり》なのか？ その憎しみは、あんたのまわりにいる人間すべてからにじみでている。

ラスクが大きく息を吸いこむ。「エッスン――」

そのとき谷底が二つに裂ける。

最初の上下動は強烈で、地面に立っている者はひとり残らず倒れ、ティリモ中の家という家がぐらぐら揺れた。最初の衝撃が一定の揺れへとおさまるにつれて、家はギシギシと軋み、ガタガタと音を立てはじめる。最初に崩れたのはセイダーの荷馬車修理店だ。古い木の骨組みが横にずれて土台からもぎとられた。なかからいくつか悲鳴が聞こえて、戸口が内側に潰れる寸前、女がひとり飛びだしてくる。町の東の端、谷を縁取る山並みにいちばん近いあたりでは土砂崩れが起きて、コムの東側の壁の一部と家が三軒、突如襲いかかってきた泥と木と岩の濁流に飲みこまれてしまう。地面の遙《はる》か下のほう、あんた以外の人間には感知できないあたりで、町の井戸の水源になっている帯水層の粘土の壁が壊れる。この瞬間にあんたが町を殺したことにみんなが気づくのは何週間かたってからだろう。町中の井戸が涸《か》れてはじめて、あのとき、と気づくことになる。

とりあえずつぎの数瞬間で命を落とさなかった者は、ということだが。あんたの足元からは霜と渦巻く雪の輪がひろがりはじめている。すごい速さで。

その輪にまずとらえられたのはラスクだ。円環体の縁が近づいてくるのを見て逃げようとはしたが、なにせ近くにいすぎた。円環体は駆けだそうとした刹那の彼をとらえ、足先を釉《うわぐすり》をかけたように光らせ、足を凝固させ背筋を駆けのぼり、ひと呼吸するかしないかのうちに彼は石のように固まって地面に倒れる。肌が髪とおなじ灰色に変わっていく。つぎに円環体の餌食になるのはカッラだ。カッラはまだ誰かそいつを始末しろと叫んでいる。その叫び声は喉元で絶え、彼は一瞬にして凍りついて倒れる。最後の温かい息が喰《く》いしばった歯のあいだから洩れて霜になる。あんたが地面から熱を奪っているからだ。

あんたが死をもたらす相手は、もちろん町の住人だけではない。近くの柵にとまっている小鳥も凍って落ちる。草はパリパリに凍り、地面は硬くなり、空気は湿気を奪われ薄くなってシューッと音を立て、ビュービュー吠《ほ》える……が、ミミズの死を嘆く者はいない。

速い。冷気は渦巻きながら〈七つの季節通り〉をいっきに進んでいく。木々はカサカサと音を立て、近くにいる人々はこの出来事に気づいて恐怖の叫び声をあげる。地面はまだ揺れている。あんたも地面といっしょに揺れているが、リズムがわかっているからやすやすとバランスをとることができる。あんたはなにも考えずにそうしている。あんたの頭にはひとつのことしかない。

こいつらがユーチェを殺したんだ。こいつらの憎しみが、恐れが、正当な理由などない暴力が。こいつらが。

(彼が。)

わたしの息子を殺したんだ。

(ジージャがわたしの息子を殺したんだ。)

住人たちが悲鳴をあげ、なぜなんの警告も出なかったのかいぶかしみながら通りに飛びだしてくる。そしてあんたは、愚かさゆえか我を忘れてかあんたの近くにきすぎた者たちを殺していく。

ジージャだ。こいつらはジージャだ。この錆びた町ぜんぶがジ、ージャ、だ。

がしかしコムは、とりあえず大半は救われた。理由は二つ。まずは、ティリモの建物の大半が崩れずにすんだこと。ティリモは貧しいがゆえに石造りの建物をつくることはかなわなかったが、それでも建築を請け負った者たちの大半は職業倫理をないがしろにするようなことはしなかったし、石伝承がよしとしている建築法――吊り下げ式の骨組みと中央の梁《はり》――を採用できるだけの費用も受け取っていたのだ。そしてもうひとつは谷の断層線――あんたがいま思念で引き裂いている線――がじつはコムから数マイル西に離れていることだ。この二つの理由で、ティリモの大半は生きのびられている。少なくとも井戸が涸れるまでは、ということだが。

この二つの理由で。そしてある父親が狂ったように揺れる家から飛びだしてきたときの幼い少年の恐怖に満ちた絶叫のおかげで。

あんたは母親の耳でその声の源を突きとめ、間髪容れずくるりとそっちを見る。男は両腕で男の子をしっかりと抱えている。避難袋さえ持っていない――男が最初に、そして唯一つかむ間があったのは息子だけだったのだ。男の子はユーチェとはまるで似ていない。それでもあんたは男が家のなかに残してきたなにか（好きなおもちゃか？　母親か？）に手をのばしてバタバタする男の子をじっと見つめてしまう。そして突然、ついに、あんたは考える。

そして我に返る。

なぜなら、ああ冷淡な地球よ。自分のしたことを見るがいい。

揺れが止まる。また空気がシューッと音をたてる。こんどは暖かな湿った空気があんたのまわりにもどってくる音だ。地面もあんたの肌もいっきに湿る。谷がゴロゴロと鳴る音がしだいに小さくなり、あとに残るのは悲鳴と木々が軋みながら倒れていく音と遅まきながら侘《わび》しく鳴りはじめた揺れ警報の音だけだ。

あんたは目を閉じて、痛みを覚え、震えながら考える。ちがう、と。ユーチェを殺したのはわたしだ。わたしが母親だから、あの子は死んだんだ。あんたの顔は涙に濡れている。そしてあんたは思う。泣いてなんかいられないと。

いまや、あんたと門とのあいだには誰もいない。門番たちは逃げられる者はとっくに逃げてしまっている——ラスクとカッラのほかにも逃げそこねた者は数人いたが。あんたは避難袋を背負い、片手で顔をぬぐいながらわずかに開いている門へと進んでいく。だがあんたの顔には笑みも浮かんでいる。苦くて辛い笑み。どうしたって皮肉な成り行きを意識せずにはいられないからな。死が訪れるのを待つ必要なんかなかったんだ。そうとも。

なんと愚かな女なのだろう。死はつねにそこにあった。死はあんただ。

§

おのれが何者なのか忘れてはならない。

——銘板その一〝生存について〟第十節

4　サイアナイト、カットされ、磨かれ

ばかみたい、とほがらかな笑顔の陰で閃長岩《サイアナイト》は思っている。

しかし侮辱の色はけっして見せない。じっと椅子にすわったままぴくりと動くこともない。手――四本の指それぞれに紅玉髄《カーネリアン》、ホワイトオパール、金、そして縞瑪瑙《オニキス》のシンプルなかまぼこ形の指輪をした手――は膝の上。机の下だから長石《フェルドスパー》の視野には入らない。ぎゅっと拳を握ったとしてもフェルドスパーにはまったくわからないが、サイアナイトは手を動かしたりはしない。

「珊瑚礁《さんごしよう》はかなりむずかしいのよ。わかっていると思うけれど」フェルドスパーは両手で安全が入った大きな木製のカップを持ち、その縁の向こうから微笑《ほほえ》んでいる。彼女はサイアナイトの微笑みの向こうになにがあるのか百も承知だ。「ふつうの石とはちがう。珊瑚は孔《あな》だらけでたわみやすい。津波を起こさずに破壊するには精密なコントロールが必要だから、むずかしいの」

サイアナイトはそれくらい寝ていたってできる。二指輪でもできる。粗粒砂岩《グリット》にだってできる――といってもかなりの二次被害を出してしまうのはたしかだが。彼女は自分の安全のカッ

プを手に取り、指が震えないように気をつけながら木製の半球をまわしてひと口すする。「導師を決めていただいて感謝しています」

「それはないでしょ」フェルドスパーもにっこり微笑んで安全をひと口すする。指輪をした小指がぴんと立っている。まるで二人だけでエチケット対エチケットのコンテストをしているかのようだ。いかにもご満悦というニヤニヤ笑いをしたほうが勝ちのコンテスト。「慰めになるかどうかわからないけれど、誰もあなたを低く見るようなことはないわよ」

　みんな、じつはこれがどういうことなのか知っているからだ。それで屈辱感が消えるわけではないが、いくらか慰めにはなる。とりあえずあたらしい〝導師〟は十指輪だ。それも慰めになる。それだけ自分のためを思ってくれているということなのだから。そこからありったけの自尊心をかき集めるしかない。

「彼はつい最近、南中緯度地方を一巡しおえたところでね」フェルドスパーが穏やかな口調でいう。会話の中身には穏やかさなどかけらもないのだが、サイアナイトには年配の女の心配りがうれしい。「ふつうならまた旅に出る前にもう少し休みをとるところだけれど、四《よ》つ郷《ごう》の知事がアライアの港の障害物を一刻も早くなんとかしてくれとうるさくて。仕事をするのはあなたよ――彼は監督役としていくだけですからね。よけいな回り道をせずに無理のないペースで進んだとして、現地までは一カ月かかるわ――珊瑚礁はいきなり降って湧いた問題というわけではないから、急ぐことはないのよ」

　そういうフェルドスパーの顔に、ほんの一瞬だがまちがいなく困惑の色が浮かぶ。アライアの四つ郷知事、もしかしたらアライアの指導層がことのほか苛立《いらだ》っているという状況にちがいない。この年配の女はサイアナイトの担当上級者になって以来、いささか温かみに欠ける笑顔以上に不機嫌な表情を見せたことがない。二人とも規則はよく知っている。フルクラム・オロジェン——帝国オロジェンとかスズメバチとか、呼び名はいろいろあるが、殺そうなどと思わないほうが無難な存在——はつねに礼儀正しく、プロとしての矜持《きょうじ》を保たねばならない。フルクラム・オロジェンは公衆の面前においてはつねに堂々と自信を持って熟練の技を披露しなければならない。フルクラム・オロジェンは不動《スティル》に不安を与えぬよう、怒りをあらわにしてはならない。ただしフェルドスパーはスティルなどという侮蔑的な言葉はけっして使わない——そんな無作法なことはしないから彼女は上級者として監督の任をまかされているのだ。それに比べてサイアナイトはちまちまと自分のことを片付けているだけ。フェルドスパーのような仕事をしたいなら、もっとプロとして恥ずかしくない仕事ぶりを見せていくしかないが、それ以外にもいくつかしなければならないことがあるのはまちがいなさそうだ。

「導師にはいつ会えるんですか?」サイアナイトはたずねて、いかにもなんとなく聞いてみただけというように安全をひと口する。旧知の仲同士の軽いおしゃべりという風情で。

「いつでも会えるわよ」フェルドスパーが肩をすくめる。「彼は上級者寮に住んでいるから。簡単な報告書を送って、この会合にきてほしいという要請も出してあるんだけれど……」またかすかに苛立ちの表情が浮かぶ。彼女にとってはこの状況すべてがいやでたまらない、ただただいやでたまらないのにちがいない。「……もしかしたら見逃しているのかもしれないわね。

さっきいったように巡回からもどってきたばかりだから。リケシュ山脈をひとりで旅するのは大変なのよ」

「ひとりで？」

「五指輪以上はフルクラムの外へ出る場合、仲間も守護者も同伴しなくていいことになっているの」フェルドスパーはサイアナイトが驚いているのにも気づかず、安全を飲んでいる。「その時点で、造山能力《オロジェニー》を充分にマスターして、ささやかな自主性を認めてもらえる安定した状態になったと判定されるのよ」

五指輪。サイアナイトは四だ。指輪の数がオロジェニーの習熟度と関係しているなんてたわごとだ――もし守護者がこのオロジェンは規則を守ろうという意識が低いと判断すれば、そのオロジェンは五つめどころか最初の指輪をもらうこともおぼつかない。だが……。「じゃあ、彼とわたしだけということですね？」

「そうよ。こういう状況ではそれがいちばん効果的だとわかっているのでね」

当然の話だ。

フェルドスパーが先をつづける。「彼は〈卓越性具現者〉にいます」これはいくつかの建物の集合体でフルクラムの上級者はほとんどがここに住んでいる。「メインタワーの最上階よ。ほとんどの上級オロジェンには専用の宿舎はないの。なにしろ人数が少ないから――ここでは十指輪は彼だけ――でもとりあえず彼には最上階の特別区画を使ってもらっているというわけ」

「わかりました」サイアナイトはまたカップをくるくるまわしている。「このあとすぐ会いにいきます」

フェルドスパーは長いことなにもいわず考えている。表情がいつも以上に愛想よく、読みとりにくくなっていく。サイアナイトにとっては要注意の合図だ。と、フェルドスパーが口を開いた――「十指輪として、彼には緊急事態宣言が出されるほどではない任務は拒否できる権利があるの。それは承知しておいてね」

待って。カップをまわしていたサイアナイトの指が動きを止め、視線がさっとあがって年配の女の目をとらえる。フェルドスパーの真意はどこにあるのだろう？　言葉どおりのはずはない。これ以上疑念を隠せず、サイアナイトは疑わしげに目を細める。しかも、フェルドスパーは逃げ道を用意してくれてもいる。どういうことだ？

フェルドスパーがうっすらと笑みを浮かべる。「わたし、子どもが六人いるのよ」

ああ。

ならば、それ以上言葉はいらない。サイアナイトは、カップの底に沈んでいるチョークのようなざらざらした粒に顔をしかめないよう気をつけながら、またひと口すする。安全は栄養価は高いけれど、誰もがおいしいと思えるような飲み物ではない。植物の乳液でつくられていて、なかになにか、たとえ唾《つば》でも、入ると色が変わる。客に出したり、会議の席で供されたりするのは、つまり、安全だからだ。控え目に態度で示しているわけだ――あなたに毒を盛ったりはしませんよ、とりあえずいまは、と。

やがてサイアナイトはフェルドスパーのもとを辞して管理棟である本館を出た。本館は、指輪庭園を形づくるなかば野生のままの広大な空間の縁に建ち並ぶ建物群のなかでも最大で、その中心に位置している。庭園の総面積は何エーカーにもおよび、フルクラムを環状にぐるりと囲んでいて、総延長は数マイル。それだけの広さを誇るフルクラムはそれ自体がひとつの町で、より大きなユメネスの懐に抱かれている。まるで……。サイアナイトは一瞬、まるで女の胎内に宿る子どものようと考えかけたが、その比喩は、きょうはことさら、グロテスクに感じられる。

すれちがう同輩の下級者たちに会釈しながら進んでいく。何人かずつ固まって立っている者、車座になってすわっている者、ちらほらと花も咲いている草地をぶらつく者、本を読む者、いちゃつく者、昼寝する者。指輪を帯びている者の暮らしは、フルクラムの壁の外で任務——短期間だし、そうしょっちゅうあるわけでもない任務——についているとき以外は気楽なものだ。グリットが五、六人、丸石を敷き詰めた曲がりくねった小道をきちんと一列に並んで行進していくが、ボランティアで指導役を務めている下級者たちの監視つきで、まだまだ庭園でくつろぐことは許されていない——それは初指輪試験に合格して守護者に一人前と認められた者だけの特権なのだ。

と、守護者という概念が呼び寄せたかのようにバーガンディの制服姿が数人、庭園内にいくつもある池のひとつのほとりに立っているのが目に飛びこんでくる。池の反対側にはもうひとり守護者がいて、薔薇《ばら》の茂みに囲まれたあずまやでくつろいでいる。近くで少数の聴衆相手に歌っている若い下級者の歌に静かに耳を傾けているように見える。たぶんほんとうに静かに耳を傾けているだけなのだろう——ときにはそういうこともある。守護者たちにもリラックスする時間は必要だ。が、サイアナイトはこの守護者が聴衆のひとりをじっと見つめていることに気づく——視線の先にいるのはほっそりとした白人の若者で、歌い手にさほど注目しているようには見えない。彼は膝の上で組み合わせた自分の手を見ている。二本の指をくっつけた形で包帯が巻かれ、まっすぐにのびているのが目につく。

サイアナイトは歩きつづける。

最初に立ち寄ったのは、何百人もの下級オロジェンが暮らす建物群のひとつ〈湾曲した盾〉だ。心底ありがたいことにルームメイトは留守。収納箱から必要なものを持ちだすのを見られなくてすむ。彼女が任務を割り当てられたことはすぐに噂になるだろう。そそくさと部屋を出て、〈卓越性具現者〉にたどりつく。この塔はフルクラムの建物群のなかでも最古のもののひとつで、どっしりとした白い大理石のブロックと無粋な山形鋼でつくられている。ずんぐりしていて、ユメネスの大胆で奇想に富んだ建築物とは対照的だ。大きな両開きの扉が開いていて、なかに入るとそこは広々とした優美な玄関広間。壁も床も、サンゼ人の歴史に材をとった浮彫りで飾られている。歩調が速くなりすぎないよう気をつけつつ、知っている顔だろうとそうでなかろうと出会う上級者全員に会釈しながら進んでいく。なんだかんだいって、彼女はフェルドスパーの仕事が欲しいのだ。幅広い階段を一段一段のぼりながら、ときどき足を止めては細長い窓から射《さ》しこむ光と影が織りなす芸術的なパターンを愛《め》でる。正直なところ、そのパターンがなぜ特別に思えるのか理由はわからないが、誰もがすばらしく美しい芸術作品だと口をそろえるから、愛でているふりをしなくてはならない。

最上階の廊下には全長にわたってフラシ天の絨毯《じゅうたん》が敷かれ、陽光が織りなす杉綾《すぎあや》模様が一面にひろがっている。サイアナイトは立ち止まってひと息つき、あることに心から感謝した――静寂がありがたい。ひとりきりなのがありがたい。この廊下には誰ひとりいない。掃除や使い走りで動きまわる下っ端下級者すら見当たらない。噂には聞いていたけれど、ほんとうにそうなのだ――十指輪はこの階全体を専有している。

つまり、これが傑出した力を持つ者へのほんとうの報酬ということだ――プライバシーが。そして選択の自由が。痛いほどの飢餓《きが》感に一瞬、目を閉じてから、サイアナイトは廊下をまっすぐに進み、ひとつしかないドアのまえに立つ。入り口にはドアマットが敷いてある。

が、その瞬間、彼女は躊躇《ちゅうちょ》する。自分はこの男のことはなにも知らない。彼はここの序列内で最高の地位を獲得している。つまり彼が少々よからぬふるまいにおよぼうと、それが表沙汰にならないかぎり、なにをしようと誰も気にかけないということだ。しかも彼は人生の大半を無力な存在としてすごしてきて、やっとつい最近、自主的に行動できる権利とさまざまな特権を手に入れたばかり。その特権を多少悪用、濫用しようと降格されることはないだろう。その犠牲者が一オロジェンならば。

考えてもしょうがない。彼女には選択肢はないのだ。サイアナイトは溜息《ためいき》をついてドアをノックする。

とはいえ相手をするのに忍耐が必要なほど厄介な人物とまでは思っていないから、なかから苛立たしげな「なんだ？」という声が聞こえてきたときには正直、どきりとした。

どう答えたものかと考えているうちに石の床を打つ足音——いかにも苛立たしげな鋭い音——が近づいてきて、ドアがさっと開く。そこに立って彼女をにらみつけている男は、しわくちゃのローブ姿で髪の片側がぺしゃんこに潰れ、頬にでたらめに書いた地図のような寝具のしわのあとがついている。思ったより若い。いや若いわけではない——年は彼女の倍くらい。四十は越えている。だが彼女が想像していたのは……。これまで何人も六十代、七十代の六指輪、七指輪に会ったことがあるから十指輪は古老と思いこんでいたのだ。そしてもっと落ち着きと威厳のある、もっと冷静沈着な人物、ひとかどの人物だと。彼はひとつも指輪をしていないが、腹立たしげな身ぶり手ぶりの合い間に、何本かの指にうっすらと白く指輪のあとが残っているのが見てとれる。

「二分ごとの地揺れに誓っていいえ。なんの用だ？」サイアナイトがただ彼を見つめていると、こんどはべつの言語でしゃべりはじめる——サイアナイトは耳にしたことのない言語で、どこかしら海岸地方語の響きが感じられるが、文句をいっているのははっきりわかる。彼が手で髪をなでるのを見て、サイアナイトは吹きだしそうになってしまった。彼の髪は量が多くてカールがきつくて、おしゃれに見せようとしたらうまく整えなければならないのに、いま彼がやっているのはそれとは正反対。髪は乱れる一方だ。

「フェルドスパーにいっておいたんだがな」彼がいう。すっかり流暢《りゅうちょう》なサンゼ基語にもどっている。どうにか耐え忍ぼうと奮闘している口調だ。「それに上級顧問団のおしゃべりなおせっかい屋どもにも、ひとりにしておいてくれといってあるんだ。わたしは巡回を終えたばかりで、この一年、馬からも他人からも解放されてひとりきりになれたのは二時間しかなかったんだ、もしきみがこれ以上なにかしろといいにきたのなら、その場で凍りつかせてしまうぞ」大袈裟《おおげさ》にいっているのはまちがいない。本来なら使うべきでない誇張表現だ――フルクラムのオロジェンには冗談の種にしてはならないものがある。暗黙のルールだ……が、たぶん十指輪にはそんなルールはあてはまらないのだろう。「指示を伝えにきたわけではありません」サイアナイトがかろうじて答えると、彼が顔をゆがめる。

「ならば、なにをいいにきたのか知らないが、きみのいい分を聞く気はない。さっさと錆び失せろ」と、彼女の目のまえでドアを閉めようとする。

信じられない思いだった。いったいどういう――本気なのか？　これ以上の侮辱はない。そもそもこんなことをしなくてはならないというだけでもひどい話なのに、本題に入りもしないうちに侮辱的な扱いを受けるとは。

サイアナイトはドアがゆっくり閉まりはじめると同時に足を突っこんで、半身をのりだす。

「わたし、サイアナイトです」

彼にとって無意味な言葉だったことはあきらかだ。ますます怒りに燃える目でにらみつけてくる。彼が怒鳴ろうと大きく息を吸いこんだ刹那、相手がなにをいうにしろとにかく聞きたくないと思った彼女は、彼に先んじてぴしりといった。「わたしはあなたとやりにきたんです、鉾《さ》び地球にかけて。これではあなたの貴重なお休み時間を割く価値はありませんか？」

自分の言葉に、そして怒りに愕然《がくぜん》とする思いはあるものの、満足感のほうが強い。なぜなら見事に彼の錆び口を封じることができたからだ。

彼は彼女を部屋に入れてくれた。

とはいっても気まずい。サイアナイトは彼のスイート――スイート、家具付きのつづき部屋を彼はひとりで使っている――その広々とした部屋の小さなテーブルのまえに腰をおろして、そわそわと落ち着かないようすの彼を見つめる。彼は部屋にいくつかあるカウチのひとつにすわっている。といっても端のほうに浅く腰をかけているだけだ。それが遠いほうの端だと彼女は気づく。まるで近くにすわるのを恐れているかのようだ。

「まさか、またこんなに早くはじまるとは思ってもいなかった」組み合わせた両手を見ながら彼がいう。「いや、ほら、連中にはいつも必要性があるんだからといわれてはいるが、そうはいっても……まさか……」と溜息をつく。

「じゃあ、これがはじめてではないんですね」サイアナイトがいう。彼は十個めの指輪を獲得してはじめて拒否する権利を手に入れたのだ。

「ああ、それはそうなんだが……」深々と息をつく。「かならずしもわかっていたわけではなかったんだ」

「なにがですか？」

彼はしかめっ面でいう。「最初の何人かは……下心があるのだろうと思っていた」

「あなたは――」といいかけてぴんときた。当然、拒否する権利はあるはず――フェルドスパーもいきなりやってきて、一年以内にこの男の子どもを産むのがあなたの仕事よ、といったわけではない。どうやらはっきりといわないでおくほうが効果的なようだ。彼女は肝心なところがわかっていなかった――この状況が示しているものはひとつしかないのに、なぜそれ以外のことのように自分を偽っているのだろう？　だが、と彼女は気づく。彼にとってはなんの偽りもない話のはずだ。そうと気がついて、彼女は心底驚いた。ちょっとちょっと、そんなにナイーヴなの、この男は？

ちらりと彼女を見た彼の表情が痛々しくゆがんでいく。「ああ。わかっている」

彼女は首をふる。「わかりました」かまうことはない。彼の知性を相手にするわけではないのだ。彼女は立ちあがって制服のベルトのバックルをはずす。

彼はじっと見つめている。「いいのか？　きみのことはなにも知らないんだぞ」

「知る必要はありません」

「きみを好きにはなれないな」

それはお互いさまだが、サイアナイトはいわずもがなのことを口にするのは控えた。「生理は一週間前に終わっています。ちょうどいいタイミングです。なんならじっと寝ていてもらえれば、わたしがぜんぶやりますから」経験豊富とはいえないが、プレートテクトニクスを実践するわけではないし。制服の上着を脱いでポケットから取りだしたものを彼に見せる――潤滑剤の瓶。ほとんど減っていない。彼がかすかに嫌悪の表情を浮かべる。「実際問題、動かないでいてくれたほうがいいと思います。そうでないと、かなりやりにくいことになるでしょうから」

彼も立ちあがる。が、腰が引けている。動揺した表情は——まあ、滑稽とまではいえない。が、サイアナイトはその反応に少しばかりほっとする。いやただほっとするだけではない。ここでは彼のほうが弱い立場だ。十指輪だというのに。望みもしない子どもを孕《はら》まねばならないのは彼女。妊娠、出産で死んでしまうこともありうるし、そうでないとしても彼女の人生とまではいわないが肉体は永遠に変わってしまうことになる——だが少なくともいま、ここでは、力を持っているのは彼女のほうだ。だからいい……というわけではない。が、自分が主導権を握っているほうがましとはいえるだろう。

「無理にすることはないんだぞ」だしぬけに彼がいいだす。「わたしが拒否してもいい」眉間にしわを寄せている。「きみは拒否できないが、わたしはできる。だから——」

「拒否しないでください」彼女はしかめっ面でいう。

「うむ？　どういうことだ？」

「あなたがいったんですよ——わたしはやらなくちゃならないって。あなたはやらなくてもいい。わたしにとっては、あなたでないとしても誰かとやらなくちゃならないんです」六人、フェルドスパーは孕んだ。しかしフェルドスパーはとくに将来有望なオロジェンというわけではなかった。が、サイアナイトはそうだ。思慮に欠けるようなことをしたら、怒らせてはいけない人を怒らせたりしたら、面倒なやつだと思われたりしたら、出世の道は断たれ、生涯フルクラムに隷属させられて仰向《あおむ》けに寝て男の唸《うな》り声や屁《へ》の音を赤ん坊に変える仕事以外させてもらえなくなってしまう。結果として六人ですめば幸運なほうかもしれない。

彼は、よくわからないという顔で彼女を見つめている。わかっているに決まっているのだが。

「早くすませたいのですが」

すると彼が驚くような態度をとった。またひとしきり口ごもったり異議を唱えたりするものと思いきや、両脇におろした手が握り拳になっている。視線をそらせ、顎をこわばらせ、乱れ髪のローブ姿はやはり滑稽だが、その表情は……まるで甘んじて拷問を受けろと命令されているかのようだ。彼女は、少なくとも赤道地方人の基準でいえば美人ではないと自覚している。中緯度地方人の血が入りすぎているのだ。だがそれをいえば彼のほうも血統がいいとはいいがたい――あの髪といい、青に近いほどの黒い肌といい、背の低さといい。彼女のほうは女としては、いや男と比べても背が高い――が、彼は細身で威圧感もまったくない。祖先にサンゼ人がいたとしても相当古い時代のことだろう。サンゼ人の肉体的優越性など微塵《みじん》も残っていない。

「早くすませたい、か」彼がつぶやく。「いいだろう」顎の筋肉がぴくぴく上下しているのがわかる。相当な力で歯ぎしりしているようだ。そして――どうどう。彼は彼女を見ていない。彼女はふいにうれしくなってしまった。なぜなら彼の顔に浮かんでいるのは嫌悪感だったからだ。ほかのオロジェンがこういう表情を浮かべるのを見たことがある――錆び、彼女自身、ひとりきりでなんの足枷《あしかせ》もない正直な気持ちでいられるときには、感じることがある――が、こんなふうにあからさまに人に見せたことはない。そのとき彼が視線をあげて彼女を見た。彼女はひるむまいと気張る。

「きみはここの生まれではないな」冷静な口調だ。彼女は遅ればせながら、質問だと気づく。

「はい」彼女は質問されてそれで終わりというのは好きではない。「あなたはそうなんですか？」

「ああ、そうだ。指導者となるべく育てられた人間だ」にっこり微笑む。強い嫌悪感の上にかぶさる微笑み。奇妙な光景だ。「偶然そうなったわけではない。われわれの子どもとはそこがちがう。わたしはフルクラム最古にしてもっとも有望な血統に連なる二人から生まれた、と聞かされている。生まれたときから守護者がついていたといっていい」しわくちゃのローブのポケットに乱暴に両手を突っこむ。「きみは野生だ」

いきなり出てきたこの言葉。サイアナイトは一瞬、これはロガを指すあたらしいいい方なのかと考えたが、すぐにその意味に気づく。ああ、もう限界だ。「あのねえ、あなたがいくつ指輪をしていようがかまわないけど――」

「連中はそう呼ぶ、ということだ」彼はふたたび微笑む。その苦々しさが自分のそれと強く共鳴することに気づいて、彼女はとまどい黙りこむ。「知らなかったのなら説明しよう。野生――外からきた者のことなんだが――野生はたいていそんなことは知らないし、気にもしないことが多い。しかしオロジェンではない両親から生まれたオロジェン、それまで呪われた者が出たことのない家系に生まれたオロジェンのことは、そんなイメージでとらえられるんだ。飼い慣らされた純血種のところにやってきた野生動物。わたしの計画にない、事故」彼は首をふる——声も震える。「これが実際なにを意味しているかといえば、予測がつかないということだ。きみは、オロジェニーはいくら研究しようと理解不能なものということの証拠なんだ——オロジェニーは科学ではない。なにかべつのものだ。だからじつは連中はけっしてわれわれをコントロールすることはできないんだ。完全にはな」

サイアナイトはなんと応じればいいのかわからない。野生のこと、ほかのオロジェンとなにかがちがうということなどまったく知らなかった——が、考えてみると彼女が知っているオロジェンのほとんどはフルクラムの血統だ。そして、そう、彼女はかれらが自分をどう見ているのか、ちゃんと気づいている。が、それはかれらが赤道地方人で自分が中緯度地方人だから、でなければかれらより先に最初の指輪を獲得したからだと思っていた。そこへ持ってきてこの話……野生は悪いことなのだろうか？

そうにちがいない。もし野生が予測不能だということが問題なのであれば、オロジェンは自分たちが信頼できる存在だということを証明しなければならない。フルクラムには維持すべき名声というものがある——それもこのことと無縁ではない。だからこそ訓練があり、制服があり、したがわねばならない無数の規則があるわけだ。そして繁殖はまちがいなくそのなかのひとつ。でなければ彼女がここにいるはずがない。

彼女が野生という立場なのにもかかわらず、かれらが彼女のなにかを自分たちの血統に入れたがっていると考えると少しうれしい。とはいえ自分のなかに値打ちを下げられたことになにか価値を見いだそうとする気持ちがあるのはなぜだろう、という疑問も感じる。

そんなことをあれこれ考えているところへ彼のしぶしぶの降伏宣言が飛びこんできて、彼女は思わずはっとなる。

「きみのいうとおりだ」そっけない事務的な口調。まあ、これを終わらせる方法はひとつしかないのだから、そうならざるをえない。事務的にいったほうが、お互い品位らしきものを保っていられる。「悪いな。きみは……錆び地球。ああ。さあ、さっさとすませよう」

というわけで二人は寝室に入り、彼が服を脱いでベッドに横になる。彼は事におよべる状態にしようとしばらく頑張るものの、うまくいかない。年配の男とこういうことをしなければならないとなると、こんなこともあるだろう、とサイアナイトは思い定める——が、たぶんその気になれないとセックスはうまくいかないというのがほんとうのところだろう。彼女はできるだけ無表情を保ったまま彼の横に腰をおろして彼の両手を払いのける。彼は動揺した表情を見せるが、照れまじりにこんなことをしていたら一日中かかってしまう、と彼女は心のなかで悪態をつく。

が、ひとたび彼女が作業を引き継ぐと、彼はたちまち元気になる。たぶん目を閉じて、彼女の手が誰か望みの相手の手だと夢想していられるからだろう。彼女は歯を喰《く》いしばって彼にまたがり、腰を動かす。ふとももが痛くなり、乳房が揺れてこすれてひりひりしてくる。潤滑剤はたいして役に立っていない。彼のほうはそれほどの快感は得られていない。性具や彼女の指のほうがましだ。それでも夢想の効果があったのだろう。しばらくすると、いくらかわざとらしい鼻声をあげて事が終わった。

彼女がブーツを履いていると、彼が溜息を洩《も》らして起きあがり、冷たい視線で彼女を見つめる。その視線はいかにも寒々しく、彼女はいましがた自分がしたことがなんだか恥ずべきことのように思えてきた。

「きみの名前、なんといったかな？」と彼がたずねる。

「サイアナイトです」

「親がつけてくれた名前なのか？」彼女がにらみ返すと彼のくちびるがわずかに動いた。微笑みとまではいかない。「すまない。ちょっと嫉妬しただけだ」

「嫉妬？」

「フルクラム生まれ、といっただろ？　生まれてこの方、名前はひとつしかないんだ」

なるほど。

彼が口ごもっている。いいにくいことをいおうとしているようだ。「きみは、ああ、わたしのことは――」

彼女は彼の言葉をさえぎる。彼の名前はもう知っているし、どのみちあなた以外の言葉で呼びかける気はない。馬と区別がつけばそれで充分だ。「フェルドスパーからは、あすアライアに向けて出発と聞いています」もう片方のブーツを履き、立ちあがってトントンと踵《かかと》を定位置におさめる。

「つぎの任務か？　もう？」彼が溜息をつく。「そうだったのか」

予期していて当然なのに。「あなたはわたしを指導し、わたしが港の珊瑚を取り除く作業を手助けする、ということになっています」

「そうか」彼も、くだらない任務だということはわかっている。こんな仕事のために彼を派遣する理由はただひとつだ。「状況説明書をきのう受け取ったばかりなんだ。あとで読むとしよう。待ち合わせは厩《うまや》にあすの正午でどうかな？」

「あなたは十指輪なんですよ」

彼が両手で顔をごしごしとこする。彼女は少し不快感を覚えるが、ほんの少しだけだ。

「わかった」また事務的な口調にもどっている。「正午だ」

というわけで、彼女はかすかに彼とおなじ匂いをまとっていることにとまどい、苛立ちながら部屋を出る。疲れてもいる。たぶんストレスのせいだろう——なにしろ、耐えがたい相手と二人で一カ月も旅をして、やりたくもないことをしなければならない、それも考えれば考えるほど嫌悪感がつのる一方の連中のため、なのだから。

だが、これが洗練されるということなのだ——年長者たちが、みなの利益のためにこれをしなさい、といういいつけにしたがうことが。それに彼女にはなんの利益もないというわけではない——一年近く不便な思いはするが、赤ん坊は生まれると同時に保育所に引き渡されるから自分で育てる必要はないし、力のある上級者の指導のもとで注目度の高い任務を遂行できるのは得がたい経験だ。この任務を完了して評判があがれば、五つめの指輪にぐっと近づける。そうすれば個室に入れる——ルームメイトとはおさらばだ。よりよい任務、より長い休暇。自分の人生をどうするか、決定権も大きくなる。やるだけの価値はある。地球火にかけて、価値はある。自分にくりかえしそういいきかせながら部屋にもどる。荷造りをして、帰ってきたときのために部屋をきれいに片付け、シャワーを浴び、肌がひりひりするまで全身くまなく几帳面《きちょうめん》にごしごしとこする。

§

「かれらに告げよ、いつの日か汝《なんじ》らもわれらのように偉大な存在になれると。かれらに告げよ、われらがどんな扱いをしようと汝らはわれらとともにあらねばならないと。かれらに告げよ、汝らは他の者が戦わずして得ている敬意の念を勝ち取らねばならないと。かれらに告げよ、受容されるには基準を満たしていなければならないと――その基準とは完璧であること、それのみだ。これら相矛盾する命題を嘲る者は抹殺せよ。そして余の者に告げよ、死者どもはその弱さと猜疑心《さいぎしん》ゆえに滅亡したのだと。さすればかれらはけっして成し得ないことを成し遂げようと身を削り、自滅するであろう」

――サンゼ人赤道地方併合体第二十三代皇帝アールセットの言葉
〈歯の季節〉十三年め、フルクラム設立直前のある宴席で記録されたもの

5　あんたはひとりじゃない

夜の帳《とばり》がおりて、あんたは闇のなか、丘の斜面の物陰に腰をおろしている。

あんたは疲れている。大勢の人間を殺したことで、かなりの力が奪われてしまった。本気を出したらとてもこんなものではすまない、と思うとよけい気が重い。オロジェニーは奇妙な方程式だ。あんたの周囲から動きと温かさと命を奪い、それを集中力やら触媒作用やら、ある程度予想のつく偶然やらの名状しがたいプロセスを経て増幅させ、大地から得た動きと温かさと死を押しつける。力を注入し、力を引きだす。だが、力を内にとどめておくためには――帯水層を間欠泉に変えたり地面を粉々に砕いたりしないようにするためには――歯や目の奥が痛くなるほど頑張らなくてはならない。あんたは取り入れたものを燃やし尽くすために長い時間、歩きつづけたが、それでもまだ肌の下にあふれている。身体はくたくただし、足はずきずき痛むというのに。あんたは山脈を動かすためにつくられた武器なのだ。ただ歩いたくらいでは、そいつを取り除くことはできない。

それでもあんたは暗くなるまで歩き、そのあとも少し歩きつづけて、いまここにいる。古い休閑地《きゅうかんち》の端に、ひとりぼっちで縮こまっている。冷えてきているが、火をおこすのは怖い。火がないとあたりはよく見えないが、あんたが姿を見られることもない——なにしろ女がひとりで大きな荷物を持って、身を守るものといったらナイフ一本なのだから。（あんたは無力ではないが、襲ってくるやつがそうと気づいたときにはもう手遅れだし、あんたとしても、できればきょうは、もう誰も殺したくない心境だ。）遠くに黒い弧を描く高架道が見える。平地を嘲るかのように宙に浮かびあがっている。ふつう高架道には、サンゼのおかげで、電気ランタンが灯《とも》っているのだが、暗くなっていてもあんたは驚きはしない——たとえ北からの揺れがここまできていなかったとしても、〈季節〉対策の通常手順で、必須ではない水力発電や地熱発電は停止することになっているからだ。いずれにしろ、迂回路《うかい》になんか用はない。

あんたは上着を着ているから、野原で怖いのはネズミだけだ。火をたかずに寝ても死ぬことはない。それに、火もランタンもなくても、けっこうよく見える。あんたが前に耕していた菜園の鍬《くわ》でつくった畝のように波打つ雲の帯が空一面にひろがっている。そこまでよく見えるのは、北のほうのなにかが雲を下から照らして赤い輝きと影の帯ができているからだ。そっちのほうに目を凝らすと、北の地平線にでこぼこした山々の稜線《りょうせん》が見える。遠くに青灰色のオベリスクがあって、その下のほうの先端が雲の下に突きだしているのも見える。だが、そういうものが見えるからといって、なにがわかるわけでもない。もっと手前では、餌をとりに出てきたコウモリの群れらしきものがバタバタ動いている。コウモリにしては時間が遅すぎるが、石伝承は〈季節〉のあいだはすべてが変わると警告している。生きものはみんな、できるかぎりの備えをして生きのびようとするのだ。

光の源は山並みの向こうにある。まるで太陽がまちがった方角に沈んで、そこから先へ進めなくなってしまったかのような光り方だ。この光の元がなんなのか、あんたは知っている。近くで見たらすごい見物にちがいない、あの天に向かって火を吐き飛ばす恐ろしい巨大な裂け目だ。絶対に見たくないというなら、すごいもなにもないのだが。

しかしあんたはそいつを見ることはない。南をめざしているんだから。ジージャが最初はそっちをめざしていなかったとしても、北から揺れが伝わってきたのだから、南へ向かうに決まっている。正気なら、それしかない。

もちろん、自分の子どもを殴り殺した男だ。正気というレッテルは貼れないかもしれない。そしてその子を見つけて三日間、思考を停止していた女も……ふむ、あんたもおなじことだ。だが、あんたはその狂気に導かれるままにいくしかない。

食べ物は口にした――避難袋に入れてあった保存食のパンだ。一生と一家族前に避難袋に入れておいた壺《つぼ》入りの塩辛いアカバ・ペーストを塗って食べた。アカバは開封してからもけっこうもつが、永遠にというわけではないから、開けてしまった以上、あと何回かの食事で、悪くならないうちに食べてしまわないといけない。が、好きだから問題はない。水も飲んだ。数マイルまえの道端のポンプ井戸で水筒を満杯にしておいた。井戸のそばには、道の家のまわりで野宿している連中だの、ちょっと立ち寄っただけの連中だの、人が何十人かいた。どの顔にも、恐怖がゆっくりとふくらみはじめている徴候が見てとれた。みんな、揺れと赤い輝きと雲に覆われた空がなにを意味するのかに気づき、そんなときにコムの門の外にいるのは――長い目で見れば——死の宣告に等しいことに気づきかけているからだ。もちろん、ひと握りの連中は蛮行に走ってでも、堕落してでも生きのびようとするだろう。だが、そんなことをしても果たして生きのびられるかどうか。

道の家のあたりにいる連中の顔、衣服、身体つき、威圧感を値踏みしてみても、誰ひとりそんな蛮勇の持ち主とは思えない。生きのびることに病的な執着心を持っていそうな人間も、いずれは将軍にでもなりそうな人間も見当たらない。道の家であんたが目にしたのはふつうの人間ばかりだった。崩れた土砂や倒壊した家の下から這《は》いだして、まだ塵芥《じんかい》にまみれたままの者、適当に巻いた包帯の下の傷、あるいはなんの手当もしていない傷からまだ出血している者。家を失ってしまった者。寝間着を着たままの爺《じい》さんもいた。旅先でこの災難に出会ってしまった者、生きのびはしたが家を失ってしまった者。寝間着を着たままの爺さんもいた。寝間着は半分ずたずたで、片側が土まみれ。長尺のシャツを羽織っただけの、べっとり血糊《ちのり》にまみれた若者といっしょに地面にすわりこんでいた。二人とも深い悲しみで目が落ちくぼんでいた。二人の女が、なんとか慰め合おうと抱き合って身体を揺らしているのも見た。あんたとおなじ年頃の〈強力《ごうりき》〉らしき男もいた。指の太い大きな手をじっと見つめていた。たぶん、どこかに居場所を確保できるだけの強さ、若さがおのれにあるだろうかと考えていたのだろう。

こういう話は石伝承に書かれている。みんなに覚悟を決めさせるための悲劇的な話の数々だ。だが、子どもを殺した夫の話は書かれていない。

あんたは誰かが丘の斜面にぴったりと沿わせた古びた杭《くい》によりかかっている。ここが終点のフェンスの残骸かもしれない。あんたは上着のポケットに手を突っこみ、膝を引き寄せて、うとうとしはじめる。風の音と草が小さくカサコソいう音以外、なにも聞こえない。もうすっかり慣れてしまったかすかな硫黄《いおう》の匂いより強い匂いもしない。だが、なにかある。なにかちがうものが。そのあたりに。

誰かいる。

あんたはぱっと目を開けて心を半分、大地の奥へ落としこむ。相手を殺す準備だ。あとの半分の心が凍りつく——数フィート先、草の上であぐらをかき、あんたを見つめているのが、小さな男の子だったからだ。

その子が何者なのか、最初はわからない。黒い。彼は黒い。東海岸地方のコムの子か、とあんたは思う。だが、風がざわめくと髪が少し動いたから、一部はまわりの草のようにまっすぐなのだとわかる。だとすると、西海岸地方の出か？　風で動かない部分は……ポマードかなにかで固めているように見える。いや、ちがう。あんたは母親だ。あれは泥だ。あの子は泥だらけなのだ。

ユーチェより大きいが、ナッスンほど大きくはないから、六歳か七歳くらいだろう。彼、と思ったものの、彼でいいのかどうかよくわからない——はっきりするのは、もう少しあとになってからだ。いまは一応、彼ということにしておこう、とあんたは思う。彼は、大人だったらおかしな格好だが、きちんとしたすわり方を教わっていない子どもならあたりまえの、背を丸めた姿勢ですわっている。あんたはしばし彼を見つめる。彼があんたを見つめ返す。彼の目がうっすらと光っているのがわかる。

「やあ」彼がいう。男の子の声だ。高くて明るい。ちゃんとしている。

「やあ」あんたも、どうにか応じる。こういう出だしの怖い話がある。コムのない野生の子どもの群れが肉食人種になっていた、という話だ。だが、それにはちょっと早すぎる。〈季節〉はまだはじまったばかりなのだから。「どこからきたの？」

彼が肩をすくめる。わからないのか、無頓着なのか。「あんたの名前は？　ぼくはホア」

けちくさい奇妙な名前だが、世界はおおらかで奇妙なところだ。だが、名前をひとつしかいわないのは、大いに奇妙だ。幼いから、まだコム名がついていない可能性はあるが、父親から受け継いだ用役《ようえき》カースト名はあるはずだ。「ホアだけ？」

「うーん」彼はうなずき、身体を横にねじると小さな包みのようなものを地面に置いて、安全かどうかたしかめるようにポンポンと叩《たた》いた。「ここで寝てもいい？」

あんたはあたりを見まわし、地覚《ちかく》し、耳をすませる。動くものは草だけ、いるのは男の子だけ。彼がいっさい物音を立てずにどうやって近づいてきたのか、説明がつかない——が、小さな子だし、小さな子は自分でそうしようと思えば驚くほど静かに動けることは、あんたも経験で知っている。だが、ふつう、そんなことをするのはなにか目的があるからだ。「誰といっしょなの、ホア？」

「誰もいないよ」

薄暗いからあんたが目を細めたのは彼には見えないはずだが、どういうわけか彼はあんたの変化に反応して身をのりだす。「ほんとだよ！　ぼくひとりだよ。道端にいろんな人がいたけど、ああいう人たちは好きじゃない。だから隠れてるんだ」ひと呼吸おいて、「あんたは好き」

可愛い。

あんたは溜息《ためいき》をつきながら両手をポケットにもどして接地体勢を崩す。男の子が少し緊張をゆるめて——それだけは見てとれる——地面に横になろうとする。

「待って」そういってあんたは避難袋に手をのばす。そして男の子に寝袋を投げてやる。男の子はそれを受け止めて、ちょっととまどったような顔をしていたが、すぐに理解したようで、うれしそうに寝袋をひろげるとその上に横になってネコのように丸まった。あんたは、そうじゃない、と世話を焼くことまではしない。

彼は嘘をついているのかもしれない。脅威なのかもしれない。朝になったら、ひとりでいかせよう。子どもは足手まといだ。つきまとわれたら先を急げなくなる。それに誰かがこの子を捜しているにちがいない。どこかの、子どもに死なれていない、母親が。

それでも今夜くらいは、ほんの少しのあいだは、なんとか人間らしくしていられるだろう。だからあんたは杭によりかかって目を閉じ、眠りに落ちていく。

§

朝になると灰が降りはじめる。

かれらの能力は不可解なもの、錬金術的なものと解すべし。山のかわりに物質の微小構造そのものをあやつれるオロジェニーのようなものといってもよい。かれらはあきらかに人間と、いわば親族のような関係にある。かれらもそう自認しているからこそ、彫像のような形をとることがもっとも多いわけだが、当然、ほかの形をとることも可能だ。どんな形をとるかは知る由《よし》もない。

――アンブル〈革新者〉アライア『知的非人類についての論考』第六大学、帝国暦二三二三年、〈酸の季節〉二年め

6　ダマヤ、あやうく踏みとどまる

シャファと旅に出て数日は、何事もなくすぎていった。退屈ではない。まあ、退屈なときもある。二人でたどっている帝国道が果てしなくつづくキルガ・ストークやサミシェの草原を横断しているときや、草原が途切れて薄暗い、恐ろしく静かな、静かすぎてしゃべったら木が怒りだすんじゃないかと思うようなうっそうとした森のなかを通っているときはちょっとうんざりする。（物語のなかでは、木はいつも怒っているから。）だが、ダマヤにとってはそれすら物珍しい。パレラの境界から外へ出たことがなかったからだ。市が立つ時期に父親とチャガといっしょにブレバードまでいったことすらない。通りすがりの見知らぬものにいちいち目を奪われてまるっきりの田舎者と思われたりしないように気をつけているが、それでもときどき見とれてしまうことがある。背中でシャファがくすくす笑うのがわかっても、そうなってしまう。笑われても、いちいち気にしていられない。

ブレバードは窮屈で狭くて高い。こんな感じはよそで経験したことがない。だから鞍《くら》の上で背を丸めてブレバードに入っていく。道の両側からのしかかってくるように建つ建物を見あげて、通行人の上に倒れこんできたりしないのか不安になる。ほかの人は誰も建物がやたら高くて窮屈そうに隣り合っていることなど気にしていないようだから、最初からそのつもりで建てたのにちがいない。もう太陽が沈んでいるのに大勢、人がいる。彼女の感覚では、みんな寝る準備をする時間だろうと思うのだが。

誰もそう思ってはいないらしい。灯油ランタンが煌々《こうこう》と輝いて騒々しい笑い声が聞こえてくるところを通りかかったときだ。好奇心を抑えきれなくなってシャファにたずねると、「宿屋、みたいなところだ」という答えが返ってきた。そしてくすくす笑っている。彼女が心に浮かんだ疑問をそのまま口にしたと思っているのか。「しかし、あそこには泊まらないぞ」

「うるさすぎるわ」彼女は、いかにも物を知っている、という口調で答える。

「ふむ、そうだな、それもある。しかしもっと大きな問題がある。あそこは子どもを連れて入るにはふさわしくない場所なんだ」彼女は待っていたが、彼はそれ以上、説明してくれなかった。「前に何度か泊まったことがあるところへいく。食事はちゃんとしたものを出すし、ベッドは清潔、それに朝がくるまでに荷物が勝手にすたすた出ていってしまうようなこともない」

かくして、ダマヤの宿屋でのはじめての夜がすぎていく。彼女にとってはなにもかもが衝撃的だ――知らない人がいっぱいいる部屋で食事をするのも、親やチャガがつくってくれたのとはまるでちがう味のものを食べるのも、台所で半分に切って油を塗った樽に冷たい水を入れてつかる代わりに、大きな磁器のたらいに水を張って下から火をたいて入るのも、自分のとチャガのとを合わせたよりも大きなベッドで眠るのも。「わたしは地揺れみたいな寝方をするんだ」と彼がいう。冗談だよ、というように微笑《ほほえ》んでいる。「ベッドが小さいと転げ落ちてしまう」

どういうことなのかわかるのは、真夜中になってからだ。彼女はシャファの唸《うな》り声と手足をばたつかせる音で目を覚ます。悪夢を見ているのだとしたら、ずいぶんと恐ろしい夢にちがいない。彼女は起こしたほうがいいのかどうか、しばし悩む。彼女は悪夢が大嫌いだ。でもシャファは大人だし、大人には睡眠が必要だ――彼女やチャガがなにか父親を起こしてしまうようなことをするたびに、そう説教された。父親はそういうことがあるといつも腹を立てていたから、シャファが腹を立てるようなことはしたくない。いま彼女の面倒を見てくれる人は世界中で彼ひとりだ。だから横になったまま気を揉《も》んでいると、ついに彼がなにかわけのわからないことを叫んだ。断末魔のような声。

「起きてるの？」小さな声で、そっといってみる。なぜなら、どう見ても彼は起きていないから――が、いったとたんに起きた。

「何事だ？」嗄《しわが》れ声だ。

「あなたが……」なんといえばいいのかわからない。悪夢を見ていたから、とはいいにくい。母親が自分にいうのならわかるけれど。シャファのような大きな強い大人の男に、そんなことをいっていいのだろうか？　「なんか音がしてたから」と彼女はつづけた。

「いびきをかいてたか？」彼は闇のなかで、いかにも疲れたといいたげな長い溜息《ためいき》を洩《も》らす。

「悪かったな」と寝返りを打つ。あとはひと晩中、物音ひとつたてなかった。

朝になると、ダマヤはこの出来事をきれいさっぱり忘れていた。少なくとも、しばらくのあいだは。二人は起きると、ドアのところに置いてあったカゴのなかの食べ物を少し食べ、残りは荷物に入れてユメネスへの旅を再開した。夜明けの曙光《しょこう》のなかのブレバードは、夜に見たときほど恐ろしくもなければ奇妙でもない。たぶん道路脇の溝に馬糞《ばふん》の山ができていたり、釣竿《つりざお》を持った男の子たちがいたり、あくびしながら梱《こり》や木枠を持ちあげている馬丁がいたりするからだろう。若い女たちが地元の風呂屋にバケツで水を運びこんでいる。大きな建物の裏手では若い男たちが上半身裸になってバターをかきまわしたり、稲束を叩《たた》いて脱穀したり。どれもこれも見慣れたものばかり。おかげでブレバードは小さな町を大きくしただけ、と思えてくる。住んでいる人も母親やチャガとちっとも変わらない——あの人たちにとってブレバードは、彼女にとってのパレラとおなじで、馴染《なじ》み深くて退屈なところなのだろう。

かれらは馬に乗って半日進み、一度だけ休憩して、また進みつづけた。もうブレバードは遙《はる》か彼方《かなた》で、あたりは何マイル四方も岩だらけの殺伐とした荒れ地がひろがるばかり。ほかにはなにも見えない。シャファの話では、近くに活断層があって何年も何十年も前から大地をかきまわしている、ところどころ押し上げられたようなむきだしの地面が見えるのはそのせいだという。「十年前には、このあたりに岩なんかなかった」そのへんにごろごろ転がっている、縁が鋭く尖《とが》ってなぜか湿っている灰緑色の岩を指して、彼がいう。「だが、ひどい揺れが起きてな——揺度九だった。まあ、そうだったらしい——そのときはべつの四《よ》つ郷《ごう》を巡回していたんだ。しかしこれを見ると、信じてよさそうだな」

ダマヤはうなずく。年老いた〈父なる地球〉が、ここではパレラにいるときより近くに感じられる——いや、近くではない、近くではなくて、と考えても、ぴったりの言葉が見つからない。簡単に触れそう、という感じだろうか。触ろうと思えば、簡単に触れそう。そして、そして……なぜか脆《もろ》い……脆い感じがする、まわりじゅう、ぜんぶが。卵の殻のようだ。ほとんど見えないくらいの細かいひびが入っているけれど、なかのひよこがすぐに死んでしまうというほどではない、卵の殻。

シャファが足で彼女をつついた。「やめろ」

ダマヤは驚いてしまって、嘘も思いつかない。「なにもしてないわ」

「地球に耳を傾けていた。なにもしてないってことはない」

どうしてわかったのだろう？　ダマヤはあやまるべきなのかどうかわからず、鞍の上でわずかに背を丸める。もじもじしながら両手を鞍頭《くらがしら》に置く。シャファの持ち物はなにもかも大きいから（彼女は例外だが）、鞍もやたらに大きくて、なんだか落ち着かない。それでもなにかして気を散らさないと、また地球に耳を傾けてしまいそうだ。するとすぐに、シャファが溜息をついた。

「しかたないだろうな」いかにもがっかりしたという口調で、ダマヤはたちまち不安になる。「おまえのせいじゃない。訓練を受けていないんだから。いまのおまえは……乾いた火口《ほくち》のようなものだし、いまは怒り狂う炎が火花を散らしているところを旅しているんだから」彼は何事か考えているようだった。「なにか話でも聞けば気がまぎれるかな？」

話が聞けるのはうれしい。彼女はがっついていると思われないよう気をつけながら、うなずく。「よし」シャファがいう。「シェムシェナって聞いたことはあるかな？」

「だあれ？」

彼が首をふる。「地球火《ちきゅうび》、これだから中緯度地方の弱小コムは。託児院で教わらなかったのか？ 教わるのは、伝承と計算だけなんだろうな。計算といったって、穀物の植え時をいつにするとか、そういうことに役立つ程度のことだろうし」

「時間がないから、それくらいしかできないのよ」妙にパレラをかばいたい気分になって、ダマヤはいいつのる。「赤道地方の子は収穫の手伝いもしなくていいのかもしれないけど――」

「わかってる、わかってる。しかし、それでも恥ずべきことだ」彼が、すわり心地をよくしようと姿勢を変えている。「まあ、いい――わたしは伝承学者ではないが、シェムシェナの話をしてやろう。昔々、〈歯の季節〉のときのこと――つまり、うーん、サンゼができてから三つめの〈季節〉、千二百年くらい前かな――ミサレムという名のオロジェンが皇帝を殺そうと考えた。これは皇帝が実際にいろいろなことをしていた時代の話、ただし、フルクラムができる前の話だ。その頃はたいていのオロジェンはきちんとした訓練を受けていなかった――おまえのように、ただ感情と本能で動いていたから、子ども時代を無事生き抜ける者は、ほんのわずかしかいなかった。しかしミサレムはなんとか生き抜いただけでなく、自分で自分を訓練した。制御力はなかなかのもので、四か五指輪レベルに達していて――」

「え？」

彼がまた彼女の足をつついた。「フルクラムで使っている位だ。話の腰を折るな」ダマヤは顔を赤らめて、いわれたとおり口をつぐむ。

「制御力はなかなかのもので」シャファが先をつづける。「ミサレムは直ちにその力を使っていくつかの町や都市の生きとし生けるものすべてを殺してしまった。コム無しどもの巣窟も二つ、三つ、犠牲になった。何千人もの死者が出た」

ダマヤはあまりの恐ろしさに、思わず息を呑む。考えたこともなかった、ロガが——そこで考えを断ち切る。あたしだ。あたしはロガだ。急にこの言葉が嫌いになる。物心ついてからずっと耳にしてきた言葉。口にしてはいけないといわれてきた悪い言葉、でも大人たちは気ままにばらまいていた言葉、その言葉が急に、これまでよりもっと醜いものになったような気がした。

では、オロジェンにしよう。オロジェンがそんなに大勢の人をそんなに簡単に殺せるなんて、恐ろしい話だ。が、そこで彼女は察した。だから人はオロジェンを憎むのだ、と。

あたしを。だから人はあたしを憎むんだ。

「どうしてその人はそんなことをしたの？」話の腰を折るなといわれたのも忘れて、彼女はたずねる。

「どうしてだろうな？　ちょっと頭がいかれてたんだろう」シャファが彼女に顔が見えるようにまえかがみになった。寄り目で眉をひくひく動かしている。あまりにもおもしろい顔だし、まるで予想もしていなかったので、ダマヤがクククッと笑うと、シャファが胸に一物ありそうな微笑みを返してよこした。「でなければ、ただただ邪悪な男だったか。とにもかくにも、彼はユメネスめざして進んでいく途中で、脅迫状を送りつけた。皇帝を差しだせ、おれは皇帝を殺す、いうとおりにしないとユメネスを叩き潰すと脅したんだ。皇帝はミサレムの要求を飲むと発表し、人々は悲しみに沈んだ――が、ほっとしてもいた。ほかにどうしようもないだろう？　それほどの力を持つオロジェンとどう戦えばいいのか、見当もつかないんだからな」彼が溜息をつく。「ところがだ、やってきた皇帝はひとりではなかった――女がひとり、いっしょだった。皇帝の護衛、シェムシェナだ」

ダマヤはわくわくして、ちょっと身体をくねらせる。「皇帝の護衛なら、きっとすごい人なのよね」

「ああ、そうとも――サンゼ一族のなかでももっともすぐれた名高い闘士だ。それに用役《ようえき》カーストは〈革新者〉で、オロジェンのことを研究していて、かれらの力がどう働くのか、ある程度のことは理解していたんだ。だから彼女は、ミサレムがくる前にユメネスの住民をぜんぶ避難させていた。住民たちは家畜も穀物もすべて持って、ユメネスをあとにしていた。おまけに木も藪《やぶ》もぜんぶ切り倒して燃やし、家を焼き払い、それから水をかけていったから、残ったのは冷たく湿った灰だけだった。おまえの力はそういうたちのものなんだ――運動エネルギーを転送する力、地覚《ちかく》による触媒作用。意志の力だけでは山は動かせないんだぞ」

「なに、その――」

「だめだ、だめだ」シャファがやさしくさえぎる。「おまえに教えなければならないことはたくさんあるが、いまの部分はフルクラムで教わることになる。話をつづけさせてくれ」ダマヤはしかたなく引きさがる。

「これだけはいっておく。おまえが自分の力を適切に使うすべを学んできちんと身につけたとしよう。そのときおまえが必要とする力の一部は、おまえのなかから湧きでてくるものだ」シャファが納屋《なや》でしたときのように、彼女の頭のうしろに触れる。髪の生え際の上に二本の指を当てている。触れたとたんに静電気が起きたようにぴりっとして、彼女は小さく跳びあがる。「しかし、力のほとんどはよそからくるものにたよるしかない。もしすでに大地が動いていれば、あるいは地面の下の火が上のほうまであがってきていれば、その力を使えばいい。おまえはその力を使うことを運命づけられているんだ。〈父なる地球〉が身じろぎすると生《なま》の力が解き放たれるんだが、そのうちのいくらかをもらっても、おまえにも、ほかの誰にも、害はない」

「空気が冷たくなったりしないの？」ダマヤは一生懸命、ほんとうに一生懸命、好奇心を抑えこもうとするが、話がおもしろすぎてどうにもならない。しかも安全に、なんの害もおよぼさずにオロジェニーを使う方法があるなんて、好奇心を抑えきれるわけがない。「誰も死なないの？」

彼女は彼がうなずくのを感じた。「地球力を使う分にはな。しかし、もちろん〈父なる地球〉は動いてほしいと願ったからといって動いてくれるわけではない。オロジェンは地球力がそばにないときでも大地を動かすことができるが、そのときは必要な熱と力と動きをまわりのものから奪うしかない。動くもの、あるいは熱を持っているもの——焚《た》き火でも水でも空気でも、岩でもいい。もちろん、生きものでも。シェムシェナは地面と空気を取り除くことはできなかったが、それ以外のものはほとんど、できるかぎり、なくしてしまったわけだ。彼女と皇帝がユメネスの黒曜石の門のところでミサレムと相対したとき、残っていた生きものは彼女と皇帝だけ、町で残っていたのはまわりを囲む壁だけだった」

ダマヤは畏怖の念に打たれて息を呑み、パレラから灌木《かんぼく》が消えて裏庭のヤギもいなくなってしまった光景を想像しようとしたが、できなかった。「それで、みんなは……おとなしく出ていっちゃったの？　彼女にいわれたから？」

「それは、皇帝にいわれたからだが、まあそういうことだな。その頃のユメネスはいまよりずっと小さかったんだが、それでも大仕事だった。しかし、そうしなければみんな怪物に人質にとられてしまうわけだからな」シャファが肩をすくめる。「ミサレムは皇帝になりかわって統治するつもりはないと宣言していたが、信じられないだろう？　欲しいものを手に入れるために町ひとつを脅しの種にするような男だ。どんなことでもやりかねない」

たしかにそのとおりだ。「それで、彼はユメネスに着くまでシェムシェナがなにをしたのか知らなかったの？」

「ああ、知らなかった。町を燃やすのは彼がやってくる前に終わっていた——町の人たちは彼とは逆の方向へ逃げたしな。だからミサレムが皇帝とシェムシェナと向き合ったとき、彼が町を滅ぼすために必要な力を探しても、なにも見つからなかったんだ。力はないし、滅ぼすはずの町もない。そして彼が土と空気からわずかな熱を引きだそうと必死になっている隙に、シェムシェナは黒曜石のナイフを彼の力の円環体めがけて投げつけた。それで彼を殺すことはできなかったが、彼の気をそらせてオロジェニーを破ることはできた。そこでシェムシェナはもう一本のナイフで始末をつけた。こうして古サンゼ帝国——失敬、サンゼ人赤道地方併合体最大の脅威は息の根を止められた」

ダマヤはうれしくてうれしくて身震いする。こんなおもしろい話を聞いたのはずいぶん久しぶりのことだった。ほんとうの話なのだろうか？　だったらもっといい。恥ずかしそうにシャファを見あげる。「このお話、大好き」彼の話しぶりもよかった。声に深みがあって、ベルベットみたいになめらかだ。聞いていると場面が頭に浮かぶ、そんな話し方だった。

「だろうと思ったよ。これが守護者のはじまりなんだぞ。フルクラムはオロジェンを束ねる組織だが、それと同時にわれわれはフルクラムを見張る組織でもある。なぜならわれわれは、シエムシェナがそうだったように、おまえたちは恐ろしい力を持ってはいるが無敵ではないと知っているからだ。おまえたちは負けることもあるんだぞ」

鞍頭に置いたダマヤの手を、彼がぽんぽんと叩く。彼女はもう身をくねらせることもない。いまの話もさっきほどは楽しめなくなっている。話を聞いているあいだ、彼女は自分をシェムシェナに置き換えて、知恵と技術で恐ろしい敵に勇敢に立ち向かい、倒した気分でいた。ところが、シャファがおまえたちはというたびに、だんだんとわかってきた——彼は彼女のことをいずれシェムシェナのようになるとは思っていない。

「だからわれわれ守護者が訓練するんだ」彼の話はつづいている。たぶん彼女が静かになってしまったことに気づいていないのだろう。二人は荒れ地のまっただなかに入ってきている——

見通せるかぎりずっと、道の両側はブレバードの建物ほども高い切り立ったぎざぎざの岩肌がつづく。誰がつくったにせよ、大地を削ってこの道を通したのにちがいない。「われわれが訓練するんだ」シャファがくりかえす。「シェムシェナのようにな。われわれはオロジェニーの力がどう働くのかを学び、その知識をおまえたちにたいしてどう生かしていくか考える。おまえたちのなかに第二のミサレムになりそうな者はいないか目を光らせ、いれば排除する。それ以外の者はちゃんと面倒を見る」彼がかがみこんで笑顔を見せるが、ダマヤはこんどは笑みを返さない。「いまはわたしがおまえの守護者だから、おまえが役に立つ存在になるように、害をなす存在にならないようにするのが、わたしの務めだ」

彼が姿勢を元にもどして口をつぐんだが、ダマヤはもっと話してとせがもうとはしない。せがんでもよかったはずなのだが、いま彼がいったことが気に入らなかった。もう聞きたくない。そしてなぜだか急に確信した――彼には、彼女が喜ぶような話をする気などなかったのだと。

沈黙は、荒れ地がしだいになだらかに起伏する緑の丘陵に変わりはじめるまでつづいた。あたりにはなにもない――農場も牧草地も森も町もない。かつて人が住んだ形跡ひとつ見当たらない――遠くに、サイロが倒れてびっしりと苔《こけ》に覆われてしまったようなこんもりしたものが見えるが、もしサイロだとしたら山くらい大きいものということになってしまう。そしてほかの構造物は、自然のものにしては規則的すぎるし角が鋭すぎる。あまりにも崩れすぎているし見たこともないものだし、いったい何なのか。廃墟《はいきょ》だ。彼女は、はたと気づいた。何〈季節〉も何〈季節〉も前に滅びてしまった都市の廃墟。あまりにも昔だから、いまはほとんどなにも残っていないのだ。そしてその廃墟の向こう、雲がたなびく地平線にぼんやりと見えているのは雷雲の色のオベリスクだ。ゆっくりと回転するにつれてちらちら明滅している。

サンゼは〈第五の季節〉を無事に生き抜いた唯一の国家だ――それも一度ではなく、七度も。これは託児院で教わった。地球のどこかが壊れて灰や致死性のガスを空に向かって吐きだし、その結果、何カ月どころか何年も光の届かない冬になってしまう、そんな時代を七度も乗り越えたのだ。個々のコムが〈季節〉を生き抜くことは珍しくない。備えがあれば。運に恵まれれば。ダマヤは石伝承を知っている。子どもはみんな石伝承のことを教わる。パレラのような小さな田舎町の子どもも。まず門を守れ。貯蔵所はつねに清潔を保ち、乾燥させておけ。伝承にしたがい、むずかしい決断を下せ、そうすれば〈季節〉が終わったとき、文明がどうあるべきか記憶している人間が残ることになる。

しかし、史上、知られているものとしてはただひとつ、多くのコムが連携を保って国家がまるごと生きのびた例がある。その国家は地殻の激変があるたびに強く大きくなり、ますます繁栄していった。なぜならサンゼの人々は誰よりも強く賢いからだ。

遠くでちかちか瞬いているオベリスクを見つめて、ダマヤは思う。あれをつくった人たちより賢いのだろうか？

きっとそうなのだろう。サンゼはまだあるのだし、オベリスクは絶滅文明の遺物のひとつにすぎないのだから。

「やけに静かだな」しばらくしてからシャファがいった。鞍頭にのせている手をぽんぽんと叩かれて、ダマヤは夢想の世界から引きもどされる。彼の手は彼女の倍以上もあって、温かくて大きい分、安心できる気がする。「まださっきの話のことを考えているのか？」

考えないようにしているつもりだったが、もちろん考えていた。「ちょっとだけ」

「おまえとしてはミサレムが悪役なのが気に入らない。おまえはミサレムのようなものだからな——制御してくれるシェムシェナがいなければ、脅威になりかねない存在だ」彼は質問するのではなく、わかりきった事実として話している。

ダマヤは身をよじらせる。どうして彼はあたしが考えていることがわかるのだろう？「あたしは脅威にはなりたくない」彼女は小さな声でいう。そして勇気をふるって、もうひとこと。「でも……制御されるのも……いや。あたしは——」彼女は言葉を探し、前に兄がいっていたことを思い出す。大人になるとはどういうことか、という話をしていたときに出てきた言葉だ。「責任を持ちたいの。自分がやることに」

「それはりっぱな願いだな」とシャファがいう。「しかし、明白な事実をいうとな、ダマヤ、おまえは自分を制御できないんだ。そういうふうにできていないんだよ。おまえは電線のなかに閉じこめておかないと危険な稲妻だ。おまえは火だ——たしかに寒くて暗い夜には暖かい明かりになるが、どんどん燃えひろがってなにもかも滅ぼしてしまう大火事でもある——」

「あたしは誰も殺さない！　あたしはそんな悪人じゃないわ！」もう我慢できない。ダマヤはふりむいて彼を見ようとしたが、バランスを崩して鞍からすべり落ちそうになってしまう。すぐにシャファが背中を押してまっすぐまえを向かせる。言葉ではなく動作で、ちゃんとすわっていろといっているのだ。ところが彼女は疲れているし腹も立っているし、三日間、馬の背で揺られてお尻が痛いし、人生がすっかり狂ってしまったし、もう二度とふつうの子どもにはもどれないと突然、気づいてしまったしで、思っている以上のことが口をついて出てしまった。

「とにかく、あなたに制御してもらう必要なんかないわ。自分で制御できるんだから！」

　シャファが手綱を引き、馬が鼻を鳴らして歩みを止める。

　ダマヤは恐ろしくて身をこわばらせる。つい口答えしてしまったが、家にいたときは口答えするたびに母親に頭をひっぱたかれた。シャファにもひっぱたかれるだろうか？　だがシャファは相変わらずの明るい口調でいう。「ほんとうにできるのか？」

「え？」

「自分を制御できるのかと聞いているんだ。大事な質問だぞ。掛け値なしに、いちばん大事な質問だ。できるのか？」

　ダマヤは小声で答える。「あたしは……あたしはそんな……」

　鞍頭に置かれた彼女の手に、彼が手を重ねる。鞍からひらりとおりる気なのだと思ったダマヤが、邪魔にならないよう鞍頭から手をずらそうとすると、彼は彼女の右手をぎゅっと握って押さえつけた。が、左手もつかもうとはしない。「どうして見つかってしまったんだ？」

　彼がなんの話をしているのか、彼女にはわかっている。たずねるまでもない。「託児院で」小声で答える。「お昼ごはんのときに。あたし……。男の子があたしを押したの」

「痛かったのか？　怖かったのか、それとも腹が立ったのかな？」

彼女は一生懸命、思い出す。あの日、運動場で起きたことが、ずいぶん昔のことのように感じられる。「腹が立った」でもそれだけではなかった気がする。ザブは彼女より大きかった。いつも彼女を狙っていた。それに、押されたときは、ちょっと痛かった。「怖かった」

「そうだろう。オロジェニーは、命の危険を感じてなんとか生きのびようとするときに生まれる、本能的なものなんだ。だから危険なんだ。いじめっ子が怖い、火山が怖い――おまえのなかにある力は、そのちがいがわからない。度合がわからないんだ」

シャファは話しながら彼女の手をよりきつく握りしめ、より強く鞍頭に押しつけてきた。

「おまえが持っている力は、おまえが感じとった危険がどんなに大きかろうと小さかろうと、おなじように反応しておまえを守ろうとする。ダマヤ、自分がどんなに幸運だったか、肝に銘じなくてはいけないぞ――家族や友だちを殺してしまってはじめて自分がオロジェンだとわかることは、けっして珍しくないんだからな。おまえをいちばん傷つけるのは、おまえが大好きな相手なんだよ、けっきょくは」

彼はどうかしている、と彼女は思う。なにか恐ろしいことを思い浮かべているのだろう――夜中に手足をばたつかせたり呻《うめ》いたりしてしまうような恐ろしいことを。家族とか親友が殺されてしまったのだろうか？　だから彼女の手をこんなに強く押しているのだろうか？　「シャ、シャファ」急に怖くなって、彼女はいった。なぜなのかはわからない。

「シーッ」彼が指を一本一本、慎重に彼女の指に重ねていく。と思うと、これまでよりもさらに強く押しつけてきた。彼女のてのひらの骨に全圧力がかかる。わざとやっている。

「シャファ！」痛い。それは彼もわかっている。それでもやめようとしない。

「こらこら——いい子だ、静かに。さあさあ」ダマヤはべそをかきながら手を引っこめようとする——痛い。ぐりぐりと押さえつけてくる彼の手、硬く冷たい金属の鞍頭、自分の肉に食いこむ自分の骨——シャファが溜息をついて、あいているほうの腕を彼女の腰に巻きつけてくる。

「静かに。そして勇気を出すんだ。これからおまえの手の骨を折る」

「えっ——」

シャファが、どういう方法を使ってか、全力でふとももをぎゅっと引き締め、胸で彼女をまえに押しやるが、彼女はほとんど気づかない。彼女の意識は自分の手、そして彼の手に注がれている。と、ポキッと忌まわしい湿った音。そしてこれまで一度も動いたことのなかったもの同士が激しくぶつかり合う。鋭く直接的な凄《すさ》まじい痛みに彼女は悲鳴をあげる。あいているほうの手で必死に闇雲に彼の手をひっかく。彼はその手をぐいっと引っ張って彼女のふとももに押しつける。彼女はもう自分のふとももをひっかくしかない。

そのときふいに彼女は気づいた。痛みのなかから、馬の脚の下にある石の冷たい、どこか心を慰めるような静けさが伝わってくる。

圧力がやわらいだ。シャファが彼女の手を持ちあげて、どうなっているか見えるようにつかみ直す。彼女はあまりの恐ろしさに悲鳴をあげる。悲鳴が止まらない。自分の手がありえない方向に曲がっている。皮膚が三カ所でもう一組、関節ができたみたいに盛りあがり、紫色になっている。指はもう痙攣《けいれん》しながら硬直しはじめている。

石が手招きする。石の奥深くには痛みを忘れさせるような温《ぬく》もりと力が宿っている。彼女はその安心を約束してくれるものに手をのばそうとする。が、寸前でためらう。

自分を制御できるのか？

「おまえは、わたしを殺すこともできたんだぞ」シャファが耳元でささやく。彼女は、こんな状況だというのに押し黙って耳を傾ける。「地球内部の火に手をのばすか、まわりじゅうのものから力を吸いとるかすればな。わたしはおまえの円環体のなかにいるんだから」といわれても、彼女には意味がわからない。「ここはオロジェニーにとっては悪《あ》しき土地だ。おまえはなんの訓練も受けていないんだからな——ひとつまちがえれば、おまえはこの下にある断層を動かして大きな揺れを引き起こすことになってしまう。そうなったら、おまえも命を落としかねない。しかし、もし生きのびられたら、おまえは自由になれる。どこか適当なコムを見つけてなんとか入れてもらう、でなければコム無しの集団に加わってどうにかうまくやっていく。賢く立ち回れば、正体を隠すこともできるだろう。しばらくのあいだはな。しかしいつまでもというわけにはいかないから、いずれはそれも幻と消えるだろうが、一時はふつうの人間のような気持ちでいられる。おまえがなによりもそれを望んでいるのは、わかっている」

ダマヤは彼の言葉をかろうじて耳に入れているだけだ。痛みが手から腕、そして歯までドクドクと脈打っていて、繊細な感覚はかき消されてしまっている。彼が言葉を切ったので、声をあげて手を引き抜こうとすると、まるで警告するかのように彼の指の力が強まる。彼女はたちまちおとなしくなる。

「よしよし」彼がいう。「おまえは痛みを感じながらも自分を制御することができた。たいていの若いオロジェンは、訓練しないとそうはできないものだ。さあ、これからがほんとうの試験だぞ」彼が彼女の手をつかみ直す。大きな手が小さな手を包みこむ。ダマヤは身をすくめるが、こんどはやさしい扱いだ。いまのところは。「おまえの手は少なくとも三カ所、骨折していると思う。副木《そえぎ》をして大事にしていれば、たぶん永久的なダメージは残らないだろう。しかし、わたしが粉々に砕いてしまえば——」

彼女は息ができない。肺が恐怖でいっぱいになってしまっている。最後の空気を喉に送りだして、どうにか言葉にする。「い、い、いや！」

「わたしに向かって二度とそういう口をきくな」彼の言葉が肌に熱い。かがみこんで彼女の耳にささやきかけている。「オロジェンには、いや、という権利はない。わたしはおまえの守護者だ。おまえの手の骨すべてを折りもする、身体中の骨を折りもする。おまえが世界の安全を脅かさないようにするために必要だと思えばな」

彼は彼女の手を砕きはしないだろう。なぜ？　そんなことはするはずがない。彼女が黙って震えていると、シャファは彼女の手の甲の腫れてきたところを親指でさすりだした。その仕草は、どこか黙想的でもあり、どこか奇妙でもある。ダマヤは見ていられなくて目を閉じる。涙がまつげからとめどなく流れ落ちていく。吐き気がする。寒い。耳のなかで自分の血がドクドクと脈打つ音がする。

「ど、どうして？」声が震えている。息を吸うのもひと苦労だ。陽射《ひざ》しが降り注ぐこんな静かな午後に、どことも知れない場所の道のまんなかで、こんなことが起きているなんて信じられない。理解できない。家族は彼女に、愛は嘘だと示した。愛は石のように強固なものではない――それどころか曲がるし、砕け散るし、錆《さ》びた金属のように脆い。しかし彼女は、シャファは自分を好いてくれていると思っていた。

シャファは彼女の骨折した手をさすりつづけている。「わたしはおまえを愛している」と彼がいった。

彼女が身を縮めると、彼はなだめるように耳元でやさしくシーッとささやく。その一方で、自分で傷つけた彼女の手を親指でさすりつづけている。「けっして疑ってはいけないぞ。納屋に閉じこめられたかわいそうな子は、自分で自分が恐ろしくて、ろくに口をきくこともできずにいる。だがそれでもおまえのなかには地球の火とともに機知の火が燃えている。どちらも感嘆せずにはいられないすばらしいものだ。まえのほうはとんでもなく邪悪だがな」彼は首をふって溜息をつく。「こんなことをしたくはないんだ。必要なことなんだが、気が重い。どうかわかってくれ――おまえを傷つけたのは、おまえがほかの人間を傷つけないようにするためなんだ」

手が痛む。心臓の鼓動に合わせてズキズキ痛む。ズキン、ズキン、ズキン、ズキン、ズキン、ズキン。冷やすとすごく気持ちがいいぞ、と地下の石がささやきかける。だがそれはシャファを殺すということだ――世界でただひとり、彼女を愛してくれている人を。

シャファが、ひとりで合点しているかのようにうなずく。「ダマヤ、おまえはわたしがけっしておまえに嘘をつかないということを知っておかなくてはならない。腕の下を見てみなさい」

ダマヤが懸命に努力してなんとか目を開け、自由になるほうの腕を動かしてみると、目に入ってきたのは彼が握っている長い、斜めに面取りした黒曜石の短剣だった。鋭い切っ先が彼女のシャツに当たっている。肋骨《ろっこつ》のすぐ下。心臓を狙っている。

「反射作用に抵抗すること、これがひとつ。そしてもうひとつは、自己防衛のためだろうとなんだろうと他人を殺したいという欲求に抵抗すること。この二つはまったくべつものだ」この欲求を具体的に示すかのように、シャファは黒曜石の短剣で彼女の脇腹をつつく。その切っ先は鋭く尖っていて、布地を通してチクチクと肌に当たる。「だが、どうやらおまえは、言葉どおり、自分を制御できるようだ」

そういうとシャファは短剣を彼女の脇腹から離し、慣れた手つきでくるりとまわして、目をやりもせずにベルトの鞘《さや》にするりとおさめた。そして彼女の傷ついた手を両手で包みこむ。

「覚悟しろ」

といわれてもできない。彼がなにをするつもりなのかわからないからだ。やさしい言葉と残酷な仕打ち。あまりにも極端すぎて、なにがなんだかわからない。と、シャファが彼女の手の骨を一本一本、機械的に正しい位置にもどしはじめた。彼女はふたたび悲鳴をあげる。ほんの何秒間かのことなのに、ずいぶんと長く感じられた。

彼女がめまいを起こし、震えながらぐったりとよりかかると、シャファはふたたび馬を前進させた。こんどはきびきびとした速足《はやあし》だ。ダマヤはいまや苦痛を通り越して、なにもかもうわの空。シャファが彼女の傷ついた手を自分の手で包みこみ、不用意にぶつかったりしないように彼女の腹にぴったりと添わせていることも、ほとんど気づいていない。どうしてだろう、とも思わない。彼女はなにも考えず、なにもせず、なにもいわない。彼女のなかには、いうべき言葉がひとつも残っていない。

緑の丘陵は背後に遠ざかって、道がまた平らになってきた。彼女はそんなことには気づかないまま、ただ空と、遠くに浮かぶくすんだ灰色のオベリスクを見つめている。オベリスクは何マイル進んでも、その位置が変わらないように思える。周囲の空は濃い青になり、紺から黒へと変わりはじめて、オベリスクも姿を見せはじめた星を背景にした黒っぽいしみでしかなくなっていく。ついに夕空から陽光が消えると、シャファは野営するために道端で止まって馬からおりた。ダマヤをひょいと持ちあげて地面におろす。ダマヤがそこに突っ立っているあいだに、シャファは地面をきれいにして石ころを足で円形に寄せ集める。そこで焚き火をするのだ。あたりには木切れひとつないが、彼は鞄《かばん》からなにか、ころんとしたものを三つ四つ取りだして火をつけた。匂いからすると木炭か泥炭塊《でいたんかい》。しかしダマヤにとってはどうでもいいことだ。ただ突っ立っているだけで、そのあいだにシャファは鞍をはずして馬の面倒を見て寝袋をひろげ、小さなポットを火にかける。すぐに油臭い燃料の匂いにかぶさって、料理の匂いが漂ってくる。

「家に帰りたい」ダマヤはだしぬけに口走る。手はまだ腹に当てたままだ。

シャファが料理の手を止めて彼女を見あげる。ちらつく炎の光を受けて、彼の氷白の目が踊っているように見える。「ダマヤ、おまえにはもう家はない。だがもうすぐ、ユメネスに着けば家ができるからな。先生もいるし友だちもできる。まったくあたらしい暮らしだ」にっこり微笑む。

彼女の手はシャファが骨を定位置にもどしてからずっと、ほとんど麻痺《まひ》したままだが、ズキンズキンという鈍い痛みはまだ残っている。彼女は目を閉じて、消えろと念じる。ぜんぶ消えろ。痛み。手。世界。なにかいい匂いがふわりと通りすぎていくけれど、少しも食欲が湧かない。「あたらしい暮らしなんていらない」

一瞬、静寂が返ってくるが、やがてシャファが溜息をついて立ちあがり、彼女のほうにやってくる。彼女はびくっと身体を引くが、彼はひざまずいて彼女の両肩に手を置いた。

「わたしが怖いか？」彼がたずねる。

ふと、嘘をつきたいという気持ちが湧きあがってくる。ほんとうのことをいったら、彼は喜ばないだろう。だが、痛くてしかたないし、いまは細かいことは考えられないし、恐れるとか二枚舌を使うとか彼を喜ばせるとか、そんなことをしている余裕はない。だからほんとうのことをいう――「うん」

「よし。そうでなくちゃいけない。わたしは、おまえに痛い思いをさせたことをすまないと思ってはいない。おまえはその痛みから教訓を学びとらなくてはならないからだ。さあ、わたしのことをどう思っている？」

彼女は首をふる。だが、頑張って答えることにする。なぜなら、それこそが大事なことだから。「あなたのいうとおりにしないと、あなたはあたしを傷つける」

「それから？」

彼女はぎゅっと目をつぶる。夢のなかだと、それで悪いやつらがいなくなるのだが。

「それから」と彼女は先をつづける。「あなたは、あたしがいうとおりにしても、あたしを傷つける。そうしなくちゃならないと思ったらそうする」

「そうだ」彼女には彼が微笑む音が聞こえた。彼が彼女の頰にかかったひと房の髪を払いのけ、手の甲で肌をなでる。「ダマヤ、わたしは手当りしだいにやっているわけではない。制御できるかできないか、それが問題なんだ。わたしに疑いを抱かせるようなことはするな。そうすれば二度とおまえを傷つけたりはしない。わかったか？」

話なんか聞きたくないと思っているにもかかわらず、耳に入ってきてしまう。それに、そんな気はないのに、少しだけ緊張がゆるみかけている。それでも答えずにいると、彼がいった。

「わたしを見なさい」

ダマヤは目を開ける。焚き火の明かりを背景にして、彼の顔は黒いシルエットになっている。その顔をさらに黒々とした髪が縁取っている。彼女はそっぽを向く。

彼が彼女の顔を押さえて、有無をいわさず正面を向かせる。「わかったのか？」

いうまでもなく、これは警告だ。

「わかりました」

彼女がいうと、彼は満足して手を離した。そして彼女を火のそばに連れていき、転がしてきた岩にすわれと身ぶりで示すので、彼女はそのとおりにする。レンズ豆のスープがなみなみと入った小ぶりの金属製の皿を彼から受け取って食べる——が、食べ方がぎごちない。それはそうだ、左利きではないのだから。水筒を受け取って水を飲む。おしっこをするのは厄介だ——焚き火から離れた闇のなか、地面がでこぼこで転んでしまった。手がズキズキ痛んだけれど、どうにかすませた。寝袋はひとつしかないから、彼の隣、彼がぽんぽんと叩いた場所におとなしく横になる。寝ろといわれて目を閉じた——が、長いこと眠れずにいた。

やっと眠れたと思ったら、夢を見た。激しく揺さぶられるような痛みと、上下に波打つ大地と、彼女を飲みこもうとする白い光に包まれた大きな穴の夢。そして寝入ってまもなく、という頃にシャファに揺り起こされた。まだ真夜中だが、星は居場所を変えている。起こされたときは彼女は彼に手の骨を折られたことを忘れていて、なにも考えずに微笑みかけてしまった。彼は瞬《まばた》きして、心底うれしそうな微笑を返した。

「なんだか大声を出していたぞ」彼がいう。

彼女はくちびるを舐《な》める。もう笑顔はない。思い出してしまったから、そして悪夢を見てどんなに怖かったか彼にいいたくなかったからだ。それとも起こされてぎょっとしたといいたくなかったからか。

「あたし、いびきをかいてたの?」と彼女はたずねる。「お兄ちゃんに、すごくかくっていわれたの」

黙って彼女を見つめている彼の顔から笑みが消えていく。彼女はこの彼のささやかな沈黙が嫌いになりはじめていた。ただの会話の切れ目とか、考えをまとめている間、というのとはちがう——試されている気がするのだ、なにを試されているのかはわからないけれど。彼はつねに彼女を試している。

「いびきだ」やっと彼が答える。「ああ。しかし心配するな。わたしはおまえの兄貴のようにおまえをからかったりしないから」そういってシャファが微笑む。まるでおもしろい話でもしているみたいに。彼女にはもう兄はいない。これまでの暮らしは悪夢に食い尽くされてしまった。

だが彼は彼女が愛せるただひとりの人だから、彼女はうなずいてまた目を閉じ、彼の横で緊張を解く。「おやすみなさい、シャファ」

「ああ、おやすみ。穏やかな夢が見られるといいな」

§

〈沸騰の季節〉：帝国暦一八四二年—一八四五年。テカリス湖の湖底にあるホットスポットが爆発して大量の蒸気と微粒子状の物質が噴出したのがきっかけで、南中緯度地方、南極地方、および東海岸地方のコムは酸性雨に見舞われ、噴煙が空を覆いました。しかし赤道地方およびそれより北の地方は卓越風と海流のおかげでなんの被害も受けなかったため、考古科学者のあいだではこれが〝真の〟〈季節〉といえるかどうかをめぐって議論がつづいています。

――「サンゼの〈季節〉」託児院十二歳児用教科書より

7　あんた足すひとりは二人

朝になってあんたが立ちあがり、歩きだすと、男の子もついてきた。あんたたちは灰が降るなか、野越え山越え、えっちらおっちら南へ進む。

子どものことはすぐになんとかしなければならない。なにはさておき、汚い。前の晩には暗くてわからなかったが、身体中、乾いた泥と乾きかけの泥、こびりついた小枝、そのほか地球のみぞ知るものですっぽり覆われている。たぶん泥流に巻きこまれたのだろう――揺れのときにはよくあることだ。もしそうなら、生きていられただけでも運がいい――とはいえ、その子が起きてのびをしたあと、あんたの寝袋には泥のかけらといやな匂いが残っていて、あんたは思わず顔をしかめる。泥んこの子どもがじつは素っ裸だとあんたが気づいたのは、二十分もたってからだった。

これは――それだけでなく、なにもかも――いったいどういうことなのかとたずねても、子どもはあっけらかんと答えたりしない。用心深い。用心深い態度をとるような年ではないのに、あくまでも慎重だ。出身コムの名も生みの親の名も知らないという。何十人もいるわけではないのに。親はいないという。用役《ようえき》カースト名も知らない――これは真っ赤な嘘に決まっている。

たとえ誰が父親なのか母親にはわからなかったとしても、母親の用役カーストを継承しているはずだ。幼いし、孤児なのかもしれないが、この世界での自分の居場所を知らないほど幼くはない。もっとずっと小さな子でも、それくらいのことはわかっている。ユーチェはもう少しで三歳だったが、自分が父親とおなじ〈耐性者〉だということも、だから遊ぶおもちゃがものをつくるのに使える工具や本なのだということもちゃんとわかっていた。そして、母親としか話してはいけないことがあること、その話をしていいのは母親と二人きりのときだけだということまで、わかっていた。〈父なる地球〉のこと、彼のささやきのこと。ユーチェはずっと下のほうのことと呼んでいた——。

だがあんたはまだそのことを考える心の準備ができていない。

その代わりにあんたは謎めいたホアのことを考える。じっくり考えたいことだらけだからな。彼はずんぐりした小柄な子だ。立ちあがったのを見てわかった——背丈は四フィートくらいしかない。ふるまいは十歳くらいの子のような感じだから、年の割に小さいのか、それとも小さいわりにふるまいが大人びているのか。あとのほうのような気がするが、どうしてそう思うのか、自分でもはっきりしない。ほかのことはあまりよくわからない。わかるのは、思ったより肌が白そうだということ——泥が落ちたところは茶色というより灰色に近い。だから色白の人間が住んでいる南極地方か西海岸地方の出なのかもしれない。

それがいま、何千マイルも離れた南中緯度地方の北東部にいる。裸で、たったひとりで。なるほど。

ふむ、たぶん家族になにかあったのだろう。コム変え人なのかもしれない。コムを変える人間は大勢いる。定住地を離れ、何カ月も何年もかけて大陸を横断し、どこかのコムにお情けで入れてもらって日陰の草地からひょっこり生えたはかなげな花のように生きる……。

たぶんそんなところだろう。

そうにちがいない。

とりあえずは。

もうひとつ。ホアの目は氷白だ。正真正銘の氷白。朝、起きて、その目で見られたときは、ちょっと怖かった――黒い泥のなかに銀青色の点が二つ光っていたのだから。あまり人間らしく見えないが、それをいえば氷白の目を持つ連中はたいていそうだ。あんたはユメネスで聞いたことがあった。〈繁殖者〉用役カーストのあいだでも、とくに氷白の目は望ましいとされていると。サンゼ人は氷白眼には相手を怯《おび》えさせる力があって、少し気味が悪いところがいいと思っていた。たしかにそのとおりだ。が、ホアの気味悪さは目のせいではない。

彼はとにかく、やたらと陽気だ。あんたと出会った翌朝、あんたが目を覚ましたら、彼はもう起きていてあんたの火口箱《ほくちばこ》で遊んでいた。草地には焚《た》き火の材料になるようなものはない――草が生えているだけだ。草がかなり乾燥していたとしてもあっというまに燃え尽きてしまうだろうし、へたをしたら草地が火事になってしまう恐れもある――だからあんたは前の晩、避難袋から火口箱を出さなかった。ところがホアは火口箱を持っていて、意味もなくハミングしながら火打石を指でくるくるまわしていた。ということは、あんたの避難袋のなかを探ったということだ。それでは一日中、最高の気分というわけにはいかない。だが、荷物をまとめているあいだ、あんたの頭のなかには、あるイメージがこびりついて離れなかった――なにかひどい災害をくぐり抜けてきたにちがいない子どもが、素っ裸で草地のまんなかにすわっている、空からは灰が降りそそいでいる、それなのに遊んでいる。ハミングまでしている。そしてあんたが起きて自分を見ているのに気づくと、にっこり笑った。

それが決め手で、あんたはこの子をいっしょに連れていくことにした。どこからきたのかわからないというのは嘘だろうと思いながらも、だ。なぜなら。そう。彼はまちがいなく子どもだから。

あんたが避難袋を背負って彼を見ると、彼もあんたを見つめ返す。彼は胸に、あんたが前の晩にちらりと見た包みを抱きしめている――なにかにぼろ切れを巻きつけたものということしかわからない。彼がぎゅっと握りしめると、かすかにカタカタという音がする。この子は不安なのだとひと目でわかる――彼の目は、なにも隠せない。瞳がやけに大きい。少しそわそわしていて、片足立ちになって、もう片方の足でふくらはぎを掻《か》いたりしている。

「おいで」とあんたはいって踵《きびす》を返し、帝国道のほうへもどっていく。彼のやわらかい呼吸音や少しあとから追ってくる小走りの足音にはなるべく気を取られないようにしながら進む。

帝国道にもどると、三々五々、歩いている連中がいるが、ほとんどが南へ向かっている。その連中の足元から灰が舞いあがる。いまはまだ軽くて、すぐ粉になってしまうような灰だ。大きな薄片だからマスクをつける必要はない。忘れずに荷物に入れてきていれば、の話だが。足を痛めた馬が引くいまにも壊れそうな荷馬車の横を男が歩いている。荷馬車には荷物と年寄りがびっしり乗っているが、歩いている男もとうてい若いとはいえない。あんたが丘の陰から姿をあらわすと、全員があんたに視線を向ける。安全のためだろう、六人でまとまって歩いている女たちが、あんたを見てなにか小声でささやき合っている——と、ひとりが声高にもうひとりの女に話しかけた。「錆《さ》び地球、ごらんよ、いやだねえ！」あんたは危険人物に見えているのにちがいない。でなければ望ましくない人物か。さもなければその両方か。

いや、もしかしたら女たちが嫌ったのはホアの見た目なのかもしれないと思って、あんたはふりかえる。ふりかえると、ホアは立ち止まった。また心配そうな顔をしているので、あんたは彼をそんな格好のまま連れ歩いていることが急に恥ずかしくなってしまう。べつにこの見も知らぬ子についてきてくれとたのんだわけでもないのだが。

あたりを見まわすと道の反対側に小川が流れていた。つぎの道の家までどれくらいあるのかわからないが、二十五マイルごとにあることにはなっている。とはいえ、北からの揺れで壊れてしまっている可能性はある。ここには木立がある——あんたは平原から出ていこうとしているところだ——が、身を隠せるほどではないし、北からの揺れのせいで倒れてしまっている木も多い。降灰が少しは助けになる——視界はせいぜい一マイルといったところか。だが見たところ帝国道の周囲の平原地帯は荒れ地に変わりかけている。地図を見たり話を聞いたりして、ティリマス山脈の下には古い、たぶん閉じていると思われる小さな断層があって、この前の〈季節〉以降に育った若い森が帯状にのびていることを、あんたは知っている。そして百マイルくらいいくと、平原が、塩水湖が干あがってできた塩の平原に変わることも。その先は砂漠で、コムの数は少ないし間隔も大きくなる。そこまでいくと、もっと暮らしやすい地方のコムと比べて、ずっと守りが堅いのが常だ。

（ジージャが砂漠までいくとは思えない。砂漠へいくなんてばかげている――そんなところへいく人なんているだろうか？）

ここから塩の平原までの道沿いにはコムがいくつかあるはずだ。それはまちがいない。男の子の見栄えをなんとかすれば、たぶんどこかのコムが受け入れてくれるだろう。

「ついておいで」あんたは男の子にそう声をかけて帝国道からはずれる。砂利を積んだ路盤を下っていくあんたのあとを男の子が追う――よく見ると、ずいぶん尖《とが》った石もあるので、あんたはこの子のために調達しなければならない品物のリストに丈夫なブーツを加える。ありがたいことに男の子は足を切ったりはしていない――が、ある箇所で足を滑らせて路盤の斜面を転げ落ちてしまった。やっと止まったところへ駆けつけると、もう起きあがって、不機嫌そうな顔をしていた。小川の縁の泥のなかに、まともに転げこんでしまったのだ。「さあ」とあんたは手を差しだす。

男の子はその手を見たが、あんたは一瞬とまどう。その顔に困惑のようなものが浮かんでいるからだ。男の子は「大丈夫」といって、あんたの手を無視して立ちあがった。泥がびちゃびちゃ音をたてる。と思うと、彼はあんたの横すれすれを通りすぎて、落ちてくる途中で放してしまったぼろ切れの包みを拾いにいった。

どうやら無事らしい。この愛想なしのチビすけは。

「あんたはぼくに身体を洗ってほしいと思ってるんだね」彼がいう。疑問形だ。

「どうしてわかったの？」

彼は皮肉には気がついていないようだ。砂利の土手にぼろ切れの包みを置いて、小川に入っていく。腰の深さまでいくと、身体を洗うつもりなのだろう、しゃがみこんだ。あんたはふと思い出して避難袋のなかを探り、石鹼《せっけん》を取りだす。口笛を吹いて彼をふりむかせ、石鹼を投げてやる。彼が受けそこなったのを見てあんたは身を縮めるが、彼はすぐさま川に潜って、浮かびあがってきた。両手で石鹼を持っている。あんたは笑いだす。彼が、こんなものを見るのははじめてという顔で石鹼を見つめているからだ。

「それで身体をこすってごらん」ジェスチャーでやってみせる――これもまた皮肉だ。だが彼はしゃきっと立つと、まるでそれでわかったというように小さく微笑《ほほえ》んで、そのとおりにした。

「髪の毛もね」あんたはそういって避難袋のなかを探り、向きを変えて道路のほうに目をやる。土手上の帝国道をいく人のなかには好奇の目や非難がましい目で見おろすのもいるが、たいていはあんたに目もくれない。あんたとしてはそのほうがありがたい。

あんたが探しているのは着替えのシャツだ。男の子が着たらワンピースのようになるだろうから、あんたは避難袋の撚糸《よりいと》をひと巻、切り取る。腰の下あたりでベルトのように結べば、下が丸見えにならないし、腹回りが少しは暖かいだろう。もちろん長くはもたない。伝承学者は、〈季節〉がはじまると、すぐになにもかもが冷たくなるといっている。つぎの町を通るときに服や消耗品の予備を買えるかどうかたしかめなくてはならない。まだ〈季節令〉が発令されていなければ、だが。

そのとき男の子が川から出てきた。あんたは思わずじっと見つめる。

なんと。別人だ。

泥がとれてみると、髪は灰噴《はいふ》き剛毛。サンゼが高く評価する、どんな天候にも耐える髪質で、早くも乾きかけて、ごわごわで、しかも大きくふくらんだ形になりはじめている。少なくとも背中の温《ぬく》もりを逃がさないだけの長さはありそうだ。が、色は白い。ふつうは灰色なのだが。そして肌も白い。ただ色白というのではない。南極地方人でもここまで真っ白くはない。見たことのない白さだ。氷白の目の上の眉毛も白い。白、白、白。歩いているうちにも降ってくる灰にまぎれて姿が見えなくなってしまいそうだ。

アルビノだろうか？　かもしれない。顔つきもなにかちがう。自分はいったいなにを見ているのだろう、とあんたは考えて、はたと気づく——髪質以外、サンゼ人らしいところはひとつもない、と。幅広の頬骨も角張った顎と目も、これまでまったくお目にかかったことがない。くちびるはふっくらしているが、おちょぼ口で、まともにものが食べられるのかと思うほど小さいが、それは食べられるに決まっている。でなければこの年まで生きていられなかったはずだ。背が低いのも気になる。ただ小柄というのではなく、頑丈そうで、彼が属する人種は古サンゼが何千年もかけて生みだした理想的な頑健さとはべつの種類の頑健さを持ち合わせているのではないかと思わせるものがある。となると、もしかしたら彼の人種は誰もみんなこんなふうに白いのかもしれない。

だが、それでは筋が通らない。いまや世界中の人種はぜんぶサンゼの系統だ。なにはともあれ、かれらは何世紀にもわたってスティルネスを支配してきたのだし、いまでもいろいろな形で支配しつづけている。そして、かれらもつねに穏やかな日々を送ってきたわけではないから、遥《はる》か遠くの島に住む孤立した人種にまで、かれらの特徴は刻印されている。その人種の先祖が混合を望んだにしろ、望まなかったにしろ、だ。人はみな、サンゼ人という標準からどれくらい離れているかで計られるものだが、この子の人種は、どんな存在にしろ、孤塁を守り抜いてきたのにちがいない。

「あんたは、地下火《ちかび》、なんなの？」相手の気持ちが傷つくかもしれないと考えるまもなく、あんたは口にしていた。戦慄の数日間をすごしたあんたは、子どもとの接し方をすっかり忘れてしまっている。

だが、男の子はびっくりしたような顔をするだけ——そして歯を見せてにこっと笑った。「地下火？　へんな人だなあ。ぼく、きれいになってる？」

へんな人、といわれてあんたは面喰《めんく》らう。だから、質問をはぐらかされたと気づくのはずっとあとになってからのことだ。

あんたは内心で首をふり、手を差しだして彼から石鹼を受け取る。「うん。ほら」あんたはシャツを持ちあげて、子どもが頭と腕を通すのを手伝ってやる。人に着せてもらうのに慣れていないのか、子どもの動きはぎごちない。それでもユーチェに着せるよりは楽だ。少なくともこの子は身をくねらせて逃げようとしたりはしないから――。

あんたはぴたりと動かなくなる。

つかのま、ぼうっと我を忘れる。

そして我に返ると、空はさっきよりも明るくて、ホアはすぐそばの丈の低い草の上に寝転がっていた。少なくとも一時間はたっている。いや、もっとかもしれない。

あんたはくちびるを舐《な》めながら、きまりの悪い思いでホアを見つめ、ホアがあんたの……放心状態のことをなにかいうかと待ち受ける。が、彼はあんたが我に返ったとわかると元気よく立ちあがって待っている。

ならば、それはそれでいい。あんたと彼はなんだかんだいって、うまくやっていけるのかもしれない。

そしてあんたは道路にもどる。子どもは靴を履いていないのに、しっかり歩いている――足をひきずっていないか、疲れていないか、あんたはよく観察して、ひとりで歩いているときより頻繁に休憩をとる。子どもは休めるというとうれしそうな顔をするが、それ以外はべつに不満を洩《も》らすでもない。小さいながらたよりになりそうな旅仲間だ。

だがあんたはひと休みしているときにいった。「ずっといっしょというわけにはいかないからね」と。あまり希望を持たせないほうがいいからだ。「コムを見つけてあげるから――途中にいくつかコムがあるから寄ってみる。もし交易用に門を開けていたらね。でも、わたしは、あんたの居場所が見つかったとしても、もっと先へ進まなくちゃならない。人捜しをしてるから」

「娘だろ」子どもの言葉に、あんたは身を硬くする。一瞬の間。子どもはあんたが衝撃を受けていることなどおかまいなしに、ハミングしながらぼろ切れの包みをまるでペットかなにかのようになでさすっている。

「どうしてわかったの?」とあんたはささやく。

「彼女はとても強い。もちろん、それが彼女かどうかはわからないけどね」子どもはふりかえり、あんたの眼差《まなざ》しにも気づかず、にっこり笑う。「あっちの方向には、あんたの仲間がたくさんいる。だからむずかしいんだ」

いま、あんたの心のなかにはいろいろなことが渦巻いている。あんたは力をふりしぼって、そのなかのひとつを声に出す。「娘の居場所がわかるのね」

子どもは答えるでもなく、またハミングしている。あんたは確信する。彼はこのやりとりがいかに常軌を逸しているかわかっている。無邪気そうな顔のうしろのどこかで笑っている。

「どうやって?」

子どもは肩をすくめる。「わかっちゃうんだ」

「どうやって?」彼はオロジェンではない。同類ならわかる。万が一オロジェンだとしても、犬みたいにお互いのあとをつけられるなどということはない。オロジェンに匂いがあって遠くからでもそれをめざして進んでいけるというようなことはない。そういうふうなことができるのは守護者だけだし、それもロガが無知だったり、愚かだったりした場合にかぎられる。

子どもが顔をあげた。あんたはひるまないようにと意識する。「わかっちゃうんだ、なにもしなくても。できちゃうんだよ」彼が視線をそらせる。「最初からずっと、そういうことができちゃうんだ」

あんたは、ほんとうだろうかといぶかしむ。でも。ナッスン。

娘を見つける手がかりが得られるのなら、どんなばかげた話でも喜んで信じたい。

「わかったわ」とあんたはいう。ゆっくりと。なぜなら、どうかしているからだ。あんたもどうかしているが、考えてみたらこの子もどうかしているのかもしれない。だとしたら注意しないと。でも、可能性は低いけれど彼はまともだということもありうる。その狂気とも思えるものが事実そういう働きをしているという可能性も……。

「どれくらい……あの子はどれくらい遠くにいるの？」

「何日も歩いたところ。あんたより速く動いてる」

ジージャは馬と荷車で出ていったからだ。「ナッスンはまだ生きてるのね」あんたはそういったあと、黙りこむしかない。あまりのことに、なにも感じられない、受け止めきれない。ラスクはジージャがナッスンを連れてティリモを出ていったといっていたが、あんたは怖くて、いまも娘が生きていると考えるのは控えるようにしていた。ジージャが自分の娘を殺せるとは信じたくない一方で、いや殺せると思うだけでなく、もう殺してしまっているとある程度予期している自分もいたのだ。きたるべき苦痛に備えて身構える、昔からの習慣だ。

子どもはあんたを見ながらうなずく――小さな顔が、なぜかいまは妙にしかつめらしく見える。たしかにこの子にはあまり子どもらしいところがない、とあんたは遅まきながら、ぼんやりそう思う。

しかし、もしこの子が娘を見つけられるのだとしたら、この子は邪悪な地球の化身なのかもしれないが、あんたにとってはどうでもいいことだ。

だからあんたは避難袋を探って水筒を引っ張りだす。きれいな水が入っている水筒だ——もうひとつのほうは川の水を入れたが、まずは沸騰させなくてはならない。あんたはきれいな水をがぶりと飲んで、水筒を子どもに手渡す。子どもが飲みおえると、片手いっぱいのレーズンをわたしてやったが、子どもは首をふって返してよこした。「おなかすいてない」

「なにも食べてないじゃないの」

「あんまり食べないんだ」子どもがぼろ切れの包みを取りあげる。そのなかに食料が入っているのかもしれない。まあいい。どっちにしろ、あんたにはどうでもいいことだ。この子はあんたの子どもじゃない。あんたの子どもがどこにいるか知っているだけだ。

あんたは野営の荷物をまとめて、南への旅を再開する。こんどは子どもは、あんたの横を歩いている。さりげなく道案内をしているような格好だ。

§

聞きなさい、聞きなさい、よく聞きなさい。

〈季節〉がはじまる前のこと、生きものとその父たる〈地球〉とが、ともに栄えていた時代があった。〈生きものには母もいた。が、〈彼女〉の身になにか恐ろしいことが起きたのだ。〉われらが父である〈地球〉は賢い生きものが必要だと悟り、〈季節〉を使って動物かられわれらを創りだした——ものをつくる賢い手と問題を解決する賢い頭と力を合わせて働くための賢い舌とわれらに危険を知らせるための賢い地覚《ちかく》器官を持つわれらを。人は〈父なる地球〉が必要とするものになり、そののち〈彼〉が必要とする以上のものになった。そしてわれらは〈彼〉に反抗し、それ以来〈彼〉はわれらへの憎しみを燃やしつづけてきた。

忘れるなかれ、忘れるなかれ、わが言葉を。

——伝承学者による朗誦《ろうしょう》、「三種属創造」第一部

8　サイアナイト、高架道をゆく

けっきょくサイアナイトは出会ったばかりの導師の名前をあらためてたずねることになった。雪花石膏《アラバスター》、と彼は答えた——誰かが皮肉をこめてつけた名前にちがいない。彼の名前はかなり頻繁に使わざるをえない。日がな一日、馬に乗っているあいだ、彼が鞍《くら》の上でしょっちゅう眠りこけてしまうからだ。そのせいで、正しい道順をたどっているかどうか気を配るのも、なにか危険がないかどうか注意するのも彼女の役目になってしまう。おまけに自分が飽きないようにする必要もあるし。彼は名前を呼ばれるとすぐ目を覚ます。最初は話をするのがいやで寝たふりをしているにちがいないと思ったほどだ。彼にそういうと、彼は当惑顔でこう答えた。

「ほんとうに寝ているさ。そうに決まっているだろう。今夜わたしをなにかの役に立たせたいなら、寝かせておいてくれ」

これにはカチンときた。帝国と地球のために赤ん坊をつくらなければならないのは彼なのに、その気構えが感じられないからだ。それにセックスには彼のほうの努力も大いに必要なのに、その自覚もない。いまは短くて退屈なだけだ。

だが、旅に出て一週間ほどもたつと、昼間、馬に乗っているあいだ、そして夜、共有している寝袋のなか、汗まみれで疲れた身体を横たえているときも、彼がなにをしているのか、彼女にもわかるようになった。それまで気がつかなかったのもしかたない、と彼女は思っている。なぜならそれは人が大勢いる部屋に満ちているざわめきのように絶え間なくつづいているものだからだ――彼はその地域一帯の揺れをひとつ残らず鎮めているのだ。人が感知できるものだけでなく、すべての揺れを。大地の微細な収縮やそれを調整する動きすべてを。そのなかには積もり積もって大きな動きになっていく運動もあるし、本質的にランダムなものもある。アラバスターと彼女が通るところでは、こうした動きがいっとき鎮まる。地震が起きないのはユメネスではあたりまえのことだが、ノード・ネットワークでカバーしきれないこうした僻地《へきち》ではそうはいかない。

そうとわかると、サイアナイトは……混乱してしまった。微細な揺れを鎮めても意味はない。それどころか、そんなことをしたらつぎに大きな揺れが起きたときに事態を悪化させることになってしまう。地科学や地震学の基礎を習っていたグリットの頃、この点はとてもていねいに教わった――地球は抑えつけられるのを好まない、停止させるのではなく方向を変える、それがオロジェンのめざすところなのだ、と。

彼女はユメネス－アライア高架道を進みながら、数日のあいだ、この謎を考えつづけた。頭上ではオベリスクが回転している。しっかりと実体があるとき陽光を受けて輝くさまは、山ほども大きな宝石のようだ。高架道は二つの四《よ》つ郷《ごう》の中心地を最短で結ぶルートで、古サンゼでなければ挑みようもない、できるかぎりまっすぐに通された道路だ――石橋の高架道で、大峡谷を渡り、ときに高すぎて登りきれない山があればトンネルをくぐって、延々とつづいている。これをたどれば、無理しなくてもわずか数週間程度で海岸地方までいける――下の道を通ればその倍はかかる。

だが、酔いどれの錆《さ》び地球、高架道は退屈だ。たいていの人間は高架道はいつバチッと跳ねるかわからない死の罠だと思っている。実際は、よほどのことがないかぎり一般道より安全なのに、だ――帝国道はすべて最優秀の土技者《どぎしゃ》とオロジェンのチームがつくったもので、恒久的に安定していると思われる場所にだけ敷設されている。なかには〈季節〉を何回か生きのびてきたものもある。そんなわけで、サイアナイトとアラバスターが何日かに一度出会うのは商魂たくましい隊商の一行、騎馬郵便夫、そして地元四つ郷のパトロール隊くらいのものだ――みんなサイアナイトとアラバスターの黒いフルクラムの制服に気づいてじろりと見はするものの、わざわざ声をかけたりはしない。この幹線道の脇道沿いにはコムはほとんどないし、食料を売っているような店はまず見当たらないが、幹線道そのものの沿道には一定距離ごとに野営用に整えられたエリアと差し掛け小屋のあるプラットホームが設置されている。サイアナイトは毎晩、焚《た》き火のそばにすわり、虫をはたき落して時間をすごしている。ほかにやることといったら、アラバスターをにらみつけることぐらい。彼とのセックスもあるが、ほんの数分で終わってしまう。

だが、これはおもしろい。「なんのためにやっているんですか?」彼が微細な揺れを鎮めているのに気づいてから三日めのこと、サイアナイトはついに彼にたずねてみた。彼はちょうどそれをやったばかりで、二人で夕食ができあがるのを待っているときのことだ。夕食は温めた貯蔵パンと厚切りビーフに水でもどしたプルーン——うまそうだ。彼はそれをやりながらあくびをしていた。もちろん、いくらかは努力しなければならないはずだ。オロジェニーを使うときはつねになにかの代償が必要なのだから。

「やっているって、なにを？」彼は地面の下の余震を鎮めながら、いかにも退屈そうに焚き火をつついている。ひっぱたいてやりたい、と彼女は思う。

「それを」

彼が眉をあげる。「ああ。感じとれるのか」

「もちろんです！　ずうっとやってるんだもの！」

「ふむ、これまでなにもいわなかったじゃないか」

「それはあなたがなにをしているのか考えていたからです」

彼は困ったような顔をしている。「だったら、聞けばよかったのに」

殺してやろうか、と彼女は思う。それが暗黙のうちに伝わったのか、彼は渋い顔で説明しはじめた。「ノードの保守要員を休ませてやっているんだ。わたしが微細な揺れを鎮めるたびに、かれらの負担が軽くなるんだよ」

もちろんサイアナイトもノード保守要員のことは知っている。帝国道が古サンゼ帝国時代の属国とユメネスとをつないでいるように、ノードは各四つ郷とフルクラムとをつないでいる。フルクラムの保護力をできるだけ遠くまでおよぼすためだ。大陸中いたるところ——上級オロジェンが、近くにある断層や地殻内の高温物質が上昇してくるホットスポットを操作するのに最適と判断した地点すべて――にノード・ステーションがある。ノード・ステーションにはフルクラムで訓練を受けたオロジェンがひとり、常駐している。その任務はただひとつ、担当地域の安定を保つことだ。赤道地方では各ノードの保護ゾーンが重なっているから痙攣《けいれん》ひとつ起こらない――これが、そしてその核心にフルクラムがあることが、ユメネスがいまのような姿を保っていられる理由だ。しかし赤道地方を離れると保護ゾーンは人口がもっとも多い地域を最大限守れるように設定されているだけで、ネットワークには空白地帯が生じてしまう。僻地の小さな農作コムや採鉱コムそれぞれにノードを置くのは――少なくとも上級オロジェンによれば――得るところが少ないとされている。そういうところの人々は最善を尽くして自力で身を守るしかない。

サイアナイトの知り合いにはそんな単調で退屈な仕事を割り当てられた気の毒な者はひとりもいないが、サイアナイトとしてはこれまでそういう仕事はどうかと声をかけられずにすんできたことが心底ありがたく思える。そういう仕事を与えられるのは四指輪を授かるところまでいけないオロジェン――もともと強い力を持っているものの制御がきかないオロジェンだ。かれらはかなり孤独な環境で世に知られることもなく生涯をすごす運命とはいえ、とにもかくにも人々の命を救うことはできる。

「微細な揺れはノードの保守要員に残しておいてあげたほうがいいんじゃないかしら」とサイアナイトはいってみた。食事が充分に温まったので、棒でつついて焚き火から取りだす。思いがけず、唾《つば》が出てくる。長い一日だった。「かれらが退屈すぎて死なないようになにかなくちゃ」

彼女は食事のほうに気を取られて、彼の分を取り分けてすすめるまで、彼がひとことも口をきかないことに気づいていなかった。が、彼女は思わず眉根を寄せる。彼がまたあの表情を浮かべているからだ。あの憎しみの表情を。しかもこんどは、その憎しみの一部は彼女に向けられている。

「思うに、きみはノードにいったことはないようだな」

どういう錆《さび》?「ええ。どうしてわたしがいかなくちゃいけないんです?」

「いくべきだからだ。ロガはみんな、いくべきなんだ」

サイアナイトは、ロガという言葉に少したじろぐ。フルクラムではその言葉を口にすると罰点がつけられてしまうので、あまり耳にすることはない――馬ですれちがった相手がつぶやく悪口とか、グリットが指導者がいないときに強がって口にするとか、それくらいのもの。それほどざらざらした耳障りな、汚い言葉なのだ――その音を聞くと耳を叩《たた》かれたような気がする。ところがアラバスターはほかの人間がオロジェンという言葉を口にするのとおなじように、その言葉を使っている。

彼は冷ややかな口調のまま、先をつづける――「わたしがやっていることを感じとれるのなら、きみにもできるな」

これにはサイアナイトはさらに驚かされ、さらに怒りをかきたてられた。「地球火《ちきゅうび》にかけて、どうしてわたしがそんなことをしなくちゃならないんですか？　そんなことをしたらわたしは――」そこで彼女は口を閉ざす。あなたみたいに疲れ果てた役立たずになってしまう、といおうとしていたからだ。さすがにそれは無礼というものだろう。だがそのとき、思い当たった。彼が会ったときからずっと疲れ果てた役立たずなのは、これをやっているからなのかもしれない。

　彼が疲れ果ててでもやりつづけるほど重要なことなら、言下に断るのはまちがいかもしれない。やはりオロジェンは互いに見張り合う関係にならざるをえないのだ。彼女は思わず溜息《ためいき》をつく。「わかりました。辺鄙《へんぴ》な田舎で大地を安定させておく以外なにもすることのない気の毒な誰かさんの手伝い、わたしもできると思いますよ」とりあえず、ひまつぶしにはなるだろう。

　彼がほんの少しリラックスして、驚いたことに笑みを浮かべた。めったにあることではない。だが、顎のあの筋肉はまだピクッ、ピクッ、ピクッと動いている。まだなにか気がかりなことがあるようだ。「つぎの出口ランプから馬で二日ほどいったところにノード・ステーションがある」

　サイアナイトは話のつづきを待っていたが、彼は食べはじめてしまった。小さく楽しげな音を立てている。それほどおいしいからというよりは空腹だからだろう。サイアナイトも腹が減っているのでもりもり食べる――そしてふと眉をひそめる。「待ってください。あなたはそのステーションにいくつもりなんですか？　そういうことなんですか？」

「われわれがいくんだ」アラバスターが顔をあげて彼女を見る。そこにきらりと命令の色が光るのを見たとたん、彼への嫌悪感がまたいちだんと強くなる。

彼女の彼にたいする反応は、まったく不合理なものだ。アラバスターは彼女より六指輪階級上だし、もし指輪階級が十より上まであったなら、その差はもっと大きかったにちがいない──彼の技量のすばらしさは噂で聞いたことがある。もし戦ったら、彼は彼女の円環体を裏返しにして、一瞬で彼女を凍らせてしまうことができる。それひとつ考えただけでも、彼には愛想よくしておくべきなのだ──彼に引き立ててもらえればなにかと有利なことがあるかもしれないし、フルクラム内で出世するためにも、彼を好きになるよう努力する必要さえある。

だがこれまでつとめて礼儀正しくしても、お世辞をいっても、うまくいったためしがない。いつも彼女がやめるまで誤解しているふりをしたり、侮辱的なことをいったりするだけだ。ふだんフルクラムで上級者が下級者に期待しているような敬意の念があらわれたちょっとした仕草をぜんぶ試してみても、彼はいらいらするだけ。それで彼女は腹を立てる──おかしなことに、この状態が彼にとってはいちばん楽しいらしい。

だから彼女は、ほかの上級者にたいしては絶対にしないことだが、そっけなく「イエス、サー」とだけいって、あとはひと晩中ぷりぷりしたまま、残響がこだまするような沈黙を貫きとおすことにしている。

二人で横になり、彼女はいつもどおり彼に手をのばすが、彼は寝返りを打って背を向けてしまう。「朝になってからにしよう。まだ必要だったらな。そろそろ生理がくる頃だろう？」聞いたとたんサイアナイトは自分が世界一の無骨者になってしまったような気がした。彼が彼女とおなじくらいセックスを嫌っていることは疑問の余地がない。だが、彼が休憩を、、、待ち望んでいて、自分が日数をかぞえていなかったなんてぞっとする。この前のがはじまったのがいつだったか正確な日にちを覚えていないので、だいたいのところになってしまうが、あらためてかぞえてみると――彼のいうとおりだ。遅れている。

彼女が驚いて黙りこむと、うとうとしかけていた彼が溜息を洩《も》らした。「遅れているからといって、それがなにを意味しているわけでもない。旅は身体にきついからな」あくびまじりに彼がいう。「じゃあ、朝に」

朝になって、二人は交接した。その行為をいいあらわすのに、これ以上の言葉はないと彼女は思っている――あまりにも退屈だから野卑な交わりとはいえないし、親密な間柄というわけではないから親密さを控え目に表現する婉曲《えんきょく》語法も必要ない。要するに、いい加減なエクササイズのようなもの。一日、馬に乗るのに備えて見よう見まねでやるようになったストレッチとおなじだ。今回は、彼が休息をとったあとだからいつもよりエネルギッシュだ。彼女もそこそこ楽しんだし、彼のほうは達したときに声を洩らした。が、それだけのことだ。事が終わると、彼が見ているまえで彼女は起きあがり、焚き火のそばで、ボウルの水でそそくさと身体を洗う。いつものことだから、彼にいきなり「どうしてわたしを憎むんだ?」と聞かれて、彼女はどきりとした。

サイアナイトは思案し、一瞬、嘘をつこうかと考える。ここがフルクラムなら嘘をついていただろう。もし彼が、礼儀作法にうるさくてフルクラムのオロジェンはいついかなるときも正しいふるまいをすべしと考えているごくふつうの上級者だったなら、嘘をついていた。だが彼はいかに無作法だろうと正直であることを好む。それははっきりしている。だから彼女は溜息をつく。「だって憎いから」

彼はぐるりと仰向《あおむ》けになって空を見あげている。話はそれで終わりかと思いきや、彼がいった。「きみがわたしを憎むのは、たぶん……わたしが、きみが憎むことのできる相手だからだと思う。わたしがここにいるから、手近にいる相手だからだ。しかし、きみがほんとうに憎んでいるのは、この世界だ」

これを聞いたサイアナイトは使っていたタオルを水の入ったボウルに投げこんで、彼をにらみつける。「世界はそんなばかげたことはいわないわ」

「おべっか使いの教育に興味はない。わたしにたいしては自然体でいてほしいんだ。ところが自然体でいるときのきみの言葉には礼節というものが感じられない。わたしがきみにたいしてどんなに礼節をもって接していようと、だ」

そういわれると、彼女も少し悪いかなという気分になる。「じゃあ、どういうことなんですか、わたしが世界を憎んでいるというのは？」

「きみは、われわれの生き方そのものを憎んでいる。世界がわれわれに強いている生き方を憎んでいるんだ。われわれは、発見されたが最後、フルクラムの所有物になるか、隠れ住んで犬のように狩られるかのどちらかしかない。さもなければ、怪物になってなにもかも殺そうとするか、だ。フルクラムにいてさえ、かれらがわれわれがどうふるまうことを望んでいるのか、つねに考えていなくてはならない。われわれにはありえないんだ……ありのままでいるということが」彼は溜息をつき、目を閉じる。「もっとましなかたちがあってしかるべきなんだが」

「そんなのありませんよ」

「いや、あるはずだ。数〈季節〉生きのびた帝国はサンゼがはじめてということはありえない。サンゼ以外にも強大な力を持っていた人種がいた証拠、ほかの生き方があった証拠は、ここからでも見える」彼が高架道から二人の周囲にひろがる風景へと視線を移す。二人がいるのは東部大森林地帯の近く——見渡すかぎり木々の絨毯《じゅうたん》が高く低くつづいているだけだ。が——ちょうど地平線の端のところに金属製の手の骨格のようなものが見える。まるで木々をかきわけて森林から外へ出ていこうとしているかのようだ。よくある廃墟《はいきょ》のひとつだが、ここから見えるということはとてつもなく巨大なものにちがいない。

「われわれは石伝承を語り伝えている」アラバスターが起きあがりながらいう。「しかし、これまでにどんな試みがなされたか、ほかにどんなことを試みればうまくいっていたのかにかんしては、なにひとつ思い出そうともしない」

「それはうまくいかなかったからだわ。その人たちは死んでしまったから。わたしたちは生きている。わたしたちのやり方は正しくて、その人たちのはまちがっていたということです」

彼が、彼女にいわせれば、おまえがいかに愚かかわざわざ口にする気にもなれない、と解釈できる眼差《まなざ》しを投げる。が、彼はたぶんそんなふうには思っていないだろう。彼のいうとおり——彼が嫌いだから、そんなふうに思うのだ。「きみはフルクラムの教育しか受けていないようだが、考えてみてくれないか？ 生きのびたから正しいとはかぎらないんだ。わたしはいますぐにでもきみを殺すことができるが、だからといってそれでわたしがいまより上等な人間になれるわけではない」

たしかにそうかもしれないが、彼女にとってはどうでもいいことだ。それに、完全に正しいとはいえ、彼女のほうが弱いということを前提にされるのは腹が立つ。「なるほど」彼女は立ちあがって、服を着はじめる。かくかくした荒っぽい動きだ。「じゃあ、ほかにどんな方法があるのか教えてください」

彼がなかなか答えないのでふりむいてみると、むずかしい顔をしている。「それはだな……」そろりそろりと意見表明だ。「オロジェンにすべてを取り仕切らせてみるという手だってある」

彼女は思わず笑いそうになってしまった。「十分後にはスティルネスじゅうの守護者が出動してわたしたちをリンチするでしょうね。そして大陸の半分がぞろぞろついてきて、それを見物して歓声をあげるわ」

「われわれはかれらに殺されてしまうだろうな。石伝承にはいたるところに、われわれは生まれながらに邪悪な存在だ、〈父なる地球〉の手先のようなもので、かろうじて人に分類されているだけの怪物だ、と書かれているのだから」

「ええ、石伝承を変えることはできませんものね」

「石伝承はしょっちゅう変わるんだぞ、サイアナイト」彼が彼女の名前を口にすることはめったにない。だから彼女も聞き耳を立てる。「どの文明もなにかつけ加える。そしてその時代の人間に関係のない部分は忘れられていく。銘板その二があれほど不完全なのには、ちゃんと理由がある——過去のある時代のどこかの誰かがこれは重要ではない、あるいはまちがっていると判断して、おざなりにしたからだ。もしかしたら意図的に消そうとしたのかもしれない。だから初期の写しがみんなまったくおなじかたちで損なわれているのだと考えれば辻褄《つじつま》が合う。考古標本年代測定学者がタピタ高原のある都市の遺跡で古い銘板を発見した——一見、かれらもかれらなりに石伝承を子孫のために書き残したのだろうと思われた。ところが書かれていた内容がちがっていた。われわれが学校で習うものとはまったくちがっていたんだ。われわれの知るかぎり、伝承を書き換えてはならないという警告は、最近つけ加えられたものなんだ」

彼女には初耳の話だったから、思わず顔をしかめる。また彼を信じたくないという気持ちが湧きあがってきた、というより彼にたいする嫌悪感がまた表面化したというべきか。だが……石伝承は知性が生まれたのとおなじくらい古くから存在している。石伝承があったからこそ人類は〈第五の季節〉を何度も何度も乗り越えて生きのびてきた。世界が闇と冷気に閉ざされたなか、身を寄せ合って生き抜いてきたのだ。伝承学者は人々——政界の指導者や哲学者やさまざまなタイプのおせっかいな人間たち——が伝承を変えようとするとなにが起きるか、語り継いでいる。かならず天災が起こるのだ。

だから彼女はこの話を信じないことにした。「そのタピタの銘板のことはどこで聞いたんですか？」

「フルクラムの外での仕事を二十年もつづけてきたんでな、あちこちに友だちがいる」

オロジェンに話してくれる友だち？　歴史の異説を？　そんなばかな。でも、その反面……ふむ。「なるほどね、じゃあどうやって伝承を変えるんですか？　どういう方法で――」

彼女は周囲の地層に注意を払ってはいない。自分でも意外なほど話に熱中していたからだ。しかし彼はあきらかに、話している最中もずっと揺れを抑えつづけている。しかも彼は十指輪だから、いきなり息を呑んでヒモで引っ張られたかのように立ちあがり西の地平線のほうを向いたのも当然のことだった。サイアナイトは眉をひそめて彼の視線を追う。高架道の西側の森は伐採されているところがあったり二股にわかれた道が木々のあいだを通っていたりで分断されている。遠くには絶滅文明の廃墟がある。元はドームだったのだろうが、いまは転がってきた岩という風情だ。そのほかにも木々のあいだのあちこちに三つ、四つ、壁に囲まれた小さなコムが見える。しかし彼女には彼がなにに反応したのかわからず――

――と、そのとき彼女も地覚《ちかく》した。邪悪な地球め、これは大きい！　八か九。いや、い、い、大きい。これはおかしい。二百マイルほど先にホットスポットがある。メヒという小都市の外縁の地下だ……が、もっと、これはおかしい。メヒは赤道地方の端に位置している。つまりまちがいなくノードの保護ネットワーク内にあるということだ。だったらなぜ――。

いや、理由はどうでもいい。この揺れで高架道周辺の大地が震え、木々がぴくぴくひきつるのがサイアナイトにも見えるいまは。なにか異常があってネットワークがうまく働かず、メヒの地下のホットスポットが地表まで湧きあがってきているということか。大本の揺れは、ここにいてさえ口のなかで古い金属の苦みが感じられ、指の爪床《そうしょう》がむずむずするほど強力なものだ。

スティルのなかでもとくに地覚が鈍い連中ですら気づく。揺れのさざ波が間断なく押しよせて皿をカタカタ鳴らし、年寄りが息を呑んで頭を抱え、赤ん坊が突然、泣きだすのだから。もしこの湧出を止めるものがなければ、足元で火山が噴火してスティルたちはもっと多くのものを感じることになるだろう。

「いったい――」サイアナイトはアラバスターのほうを向きかけたが、驚きのあまり固まってしまう。アラバスターが四《よ》つん這《ば》いになり、地面に向かって唸《うな》っているのだ。

一瞬のち、彼女はそれを感じた。生々しいオロジェニーの衝撃波がさざ波のように高架道の柱を下り、その下の地面のぼろぼろになった片岩《へんがん》のなかへと進んでいく。これは実体のある力ではない。アラバスターの意志の力とそこからエネルギーを得ている力にすぎないのに、彼女は彼のパワーが遠くで激しく活動しているその源へと、彼女が追いきれないほどの速さで突き進んでいくのを見守らずにはいられない。

そしてなにが起きているのかサイアナイトが気づくより早く、アラバスターが、彼女が経験したことのないやり方で、彼女をわしづかみにしていた。彼女は自分自身が地球とつながっているのを感じ、自分自身のオロジェニーを自覚し、いきなり他者に取りこまれ、あやつられている。どうしようもなくいやな感じだ。だが自分のパワーの支配権をとりもどそうとすると摩擦が起きたかのように燃えあがり、現実世界の彼女はなにがどうなっているのかわからぬまま甲高《かんだか》い叫び声をあげて四つん這いになっている。なにをどうしてかアラバスターは二人を鎖で縛りつけ、彼女の力を使って自分の力を増幅させているのだが、彼女はまるで手出しのしようがない。

　そして二人は縦に並んで大地に飛びこみ、巨大な沸き立つ死の泉、ホットスポットのなかを螺旋《らせん》を描いて進んでゆく。大きい――幅が何マイルもある。山よりも大きい。アラバスターがなにかすると、なにかが撃ちだされ、サイアナイトは突然の激痛に悲鳴をあげるが、激痛はすぐにおさまる。向きを変える。彼がまたおなじことをすると、こんどは彼女にも彼がなにをしているのかわかった――彼は彼女をホットスポットの熱と圧力と怒りから守っているのだ。彼にとっては苦でもなんでもない。ホットスポットと同調してみずからが熱と圧力と怒りになっているからだ。サイアナイトも安定した地層内の小さな加熱室にならおなじように同調したことがある――が、そんなものはこの激しく燃えさかる火炎に比べたら焚き火のパチパチはぜる火花のようなものだ。それに並ぶほどのものは彼女のなかにはない。だから彼は彼女のパワーを利用しているのだが、それと同時に彼女が処理しきれない力を彼女の意識が飲みこまれてしまわないうちにどこかへ吐きだす排出口の役目も果たしているし……ほかにも……なにが起きようとしているのか、じつのところ彼女にもわからない。フルクラムでは自分の限界を超えるようなことはするなと教えられた――が、超えるとどうなるかは教わっていない。

　そしてサイアナイトがこんなことを考えるより先、もし彼から逃げられないのなら彼に力を貸すしかないと気力をかき集めるより先に、アラバスターがまた動きを見せた。こんどは鋭いパンチだ。なにかがどこかを刺し貫く。と、すぐさまマグマの泡の上昇圧が下がりはじめた。彼は上昇圧を火炎の外へ、いまだに揺れている大地のなかへと押し返していく。こうなったらどうすればいいかは彼女も知っている。なぜならこれはただの揺れで、〈父なる地球〉の怒りが具現化したものではないからだ。急になにかが変化して、彼女は彼の力を自由に使えるようになった。凄《すさ》まじい力──地球、彼は怪物だ。だが、その力は徐々にやわらいで波動を鎮め、ひび割れをふさぎ、壊れた地層の隙間を詰めて、地面がストレスを受けて柔《やわ》くなったこの土地にあたらしい断層ができないようにしていく。地表一面に条線が走っているのが地覚できる。こんなにはっきりと地覚できたのははじめてだ。彼女はそれをなめらかにし、その周囲の大地の肌を外科医のような精密さで引き締めていく。これまでこんなに精密にできたことはない。そしてホットスポットの活動がおさまって潜在的な脅威のひとつにまで後退し、危険が去って、彼女が我に返ると、アラバスターが目のまえで身体を丸め、二人を取り巻いていた焦土を思わせる霜はすでに蒸気になって宙に立ちのぼっている。

彼女はというと、四つん這いで震えている。動こうとしても、顔から地面に突っ伏さないようにするだけでものすごく力がいる。いまにも肘ががくりと曲がってしまいそうだ。が、どうにか頑張って一、二フィート四つん這いのままアラバスターのほうへ進む。まるで死んだように動かないからだ。彼の腕を触ると、制服の下の筋肉は硬い。カチカチになって痙攣している。ゆるんではいない──これはいいサインだ、と彼女は思う。彼をぐいと引っ張って少し身体を近づけると、彼は目を開けている。大きく見開いて見つめている──そこにあるのは空虚な死ではなく、純粋な驚きの表情だ。

「黄柘榴石《エツナイト》がいったとおりだ」彼がいきなりつぶやいたので、彼女は跳びあがってしまった。

意識があるとは思っていなかったからだ。

なんともはや。いまいるのは人里を遙《はる》か離れた高架道。意に反してオロジェニーを他人に利用されて死にそうな目に遭って、たよれる相手といったらそもそもそんなことを引き起こした錆び頭の笑えるほどパワフルなまぬけ野郎だけ。なんとか気持ちを落ち着けようとしているけれど、いまのは……いったい……。

正直な話、いまなにが起きたのか彼女には見当もつかなかった。まるで筋が通らない。地揺れはこんなふうに起こるものではない。何十億年も前から存在しているホットスポットはいきなり爆発したりしない。なにかが引き金を引いたのだ——どこかでプレートが動いたとか、どこかほかのところで火山が噴火したとか、十指輪が癇癪《かんしゃく》を起こしたとか。それにあれだけの強烈な出来事だったのだから、その引き金になったものを地覚していていいはずだ。アラバスターが息を呑んだこと以外に、なにか警告を地覚できていていいはずだ。

それにアラバスターはいったいなにをやらかしたのか？　彼女には理解できない。オロジェンは共同作業はできない。それは立証されている——二人のオロジェンがおなじ地揺れ現象にたいしておなじ影響力をおよぼそうとすると、制御力が強くて正確なほうが優勢になる。弱いほうはそのまま頑張りつづけると燃え尽きてしまう——あるいは強いほうが弱いほうの円環体を突き破って、ほかのものといっしょくたに凍らせてしまうこともある。だからフルクラムの運営は上級オロジェンが担っているのだ——かれらはただ経験が豊富なだけでなく、たとえ本人にその気がなくとも、逆らう者を殺すことができる。十指輪が選択権を持っているのも、そのためだ——誰もかれらにあれをしろ、これをしろと強制することはできない。もちろん、守護者は例外だが。

だがアラバスターがしたことは、いくら説明がつかなくても、明白な事実だ。

みんな錆びてしまえ。サイアナイトは、ひっくりかえらないうちに姿勢を変えてすわりこむ。世界が可愛げなくぐるぐるまわり、彼女は引きあげた膝に手をついてぐっと突っ張り、下を向いてしばらくじっとしていた。きょうはまだどこにもたどりつけていないし、どこにもたどりつきそうにない。サイアナイトには馬に乗る気力も体力もないし、アラバスターは寝袋から出る力すらなさそうだ。服を着てもいない——ただ尻まるだしで丸くなって震えているだけだ。とうてい使いものにならない。

だからしかたなくサイアナイトは立ちあがり、荷物のなかを漁《あさ》ってダーミンサー・メラ——小さなメロンで、皮が硬く、〈季節〉中は土のなかにもぐりこむ、と地科学者はいっている——そのメラを二個見つけ、燃え残っている焚き火のなかに転がす。完全に消してしまわなくてよかったと心底思う。たきつけと燃料は切らしているが、残っている木炭でメラを料理するくらいのことはできそうだから二、三時間で食事にありつけるだろう。飼葉の梱《こり》からひと束抜いて馬たちに与え、キャンバス地のバケツに水を入れてやりながら馬糞《ばふん》の山をちらりと見て、匂いを嗅がなくてすむようシャベルですくって高架道の縁から下へ捨てなくては、と考える。

そして四つん這いで寝袋にもどる。ありがたいことに、さっきまで凍っていた寝袋もすっかり乾いている。どさっと横になってアラバスターの背中によりかかり、うとうとしはじめるが眠りはしない。ホットスポットが後退していくにつれて大地がわずかにゆがみ、それが地覚器官を刺激するので完全にリラックスすることができないのだ。それでもただ横になっているだけで体力がいくらか回復するし、心も静まっていく。空気が冷えてきて、ふと我に返る。日没だ。

彼女は自分がいつのまにか、まるで二本のスプーンを重ねるようにアラバスターの背後にぴったり寄り添っていたことに気づいて、目をぱちくりさせる。彼はまだ丸まったままだが、目は閉じていて身体の力が抜けている。彼女が起きあがると、彼は小さくぴくりと動いて、身体を起こした。

「ノード・ステーションにいかなくては」彼が嗄《しわが》れ声で、だしぬけに口走ったが、彼女にとっては意外でもなんでもない。

「いきません」あまりに疲れていて怒る気にもなれないし、この期におよんで礼儀にこだわってもいられない。「疲れてるときに暗いなか馬に乗る気はないわ。乾燥ピートは切れてるし、ほかにも足りないものばかりだし――コムにいっていろいろ買わなくちゃ。どうしてもあの世の果てのノードにいけというなら、不服従の罪で告発でもしてもらうしかないわ」

彼はうーんと唸っておでこに両手の付け根を押し当てる。頭痛を押し返しているようにも見えるし、奥深くへ押しこんでいるようにも見える。と、彼があの前に使ったことのある言葉で悪態をついた。やはり何語なのかはっきりしないが、どうやら海岸地方のクレオール語のどれかの可能性が高そうだ――が、彼はフルクラムで生まれ育ったというのだから、これはちょっとおかしい。となると、グリット溜《だ》まりに放りこまれる前、生まれてから数年間だけ、誰かに育てられたのにちがいない。東海岸地方の人種は彼のように肌が黒い人間が多いとも聞いたことがあるから、もしかしたらアライアに着いたらこの言葉を耳にすることもあるかもしれない。

「いっしょにくる気がないなら、わたしひとりでいく」彼がようやくサンゼ基語にもどって、ぴしりといった。そしてやおら立ちあがり、本気だぞというようにごそごそ服を集めて身につけていく。サイアナイトはそんな彼をじっと見つめている。なぜなら彼はひどく震えていて、まっすぐ立つことすらままならないからだ。こんな状態で馬に乗っても、たちまち落馬するに決まっている。

「ねえ」彼女が声をかけても、彼はなにも耳に入らないかのようにあたふたと準備を進めていく。「ちょっと」彼がびくりとして自分を見つめるのを見て、彼女は遅まきながら彼には自分の声が聞こえていなかったのだと気づく。彼はずっと、なにかべつのもの——地球か、内なる狂気か、知る由《よし》もないが——とにかく彼女の声以外のものに耳を傾けていたのだ。「そんなことをしたら命を落とすことになりますよ」

「かまうものか」

「こんなの——」彼女は立ちあがって彼に近づき、鞍に向かってのばされた彼の腕をつかむ。「こんなの愚か者のすることです。無理ですよ——」

「わたしに指図する気か」顔を近づけて面罵してくるものの、彼の腕は針金のように細い……が、近くで見る彼の目は血走っているし、躁病《そうびょう》患者のようなきらめきがあるし、瞳孔が開いている。なにかがおかしい。「守護者でもないくせに、わたしに指図するんじゃない」

「気はたしかですか？」彼と出会って以来はじめて、彼女は……不安を覚えた。彼は彼女のオロジェニーをいとも簡単にあやつったが、どうしてそんなことができたのか彼女には見当もつかない。こんな痩せっぽちの相手なら殴って失神させるくらい、たぶん苦労はないだろうが、一発殴ったら、彼は彼女を凍りつかせるにちがいない。

彼は愚か者ではない。彼女としては彼の目を開かせてやるしかない。「わたしもいっしょにいきます」そう宣言すると彼がいかにもありがたいという顔をしたので、ついいましがた無礼なことを考えたのが申し訳なく思えてくる。「夜が明けたら、下の道へおりるジグザグ道を馬の脚とわたしたちの首を折らずに進めるようになったら、です。いいですね？」

彼の顔が苦しげにゆがむ。「遅すぎる――」

「もう、丸一日寝ていたんですよ。それに馬で二、三日かかるんでしょう？　馬を失ったら、いったいどれくらいかかると思います？」

彼の動きが止まる。瞬《まばた》きして、唸って、ありがたいことによろよろとあとずさって鞍から離れる。なにもかも夕陽に赤く染まっている。彼の背後、遠い彼方《かなた》に岩石のようなものが見える。背の高いまっすぐな円筒で、ひと目で天然のものではないとわかる――オロジェンが直立させたのか、それともきわめて巧みにカモフラージュされた遺跡か。それを背景に、アラバスターが空を見あげて立っている。いまにも遠吠《とおぼ》えしそうだ。両手を握ったりひろげたり、握ったりひろげたり。

「ノードだ」やっと言葉が出てきた。

「はいー?」少しのばし気味にいう。頭のおかしい男を適当にあしらっていると思われないよう気をつけながらだが。

彼は口ごもり、大きく息を吸いこむ。ふたたび気を落ち着かせている。「知ってのとおり、揺れや衝撃は、あんなふうにどこからともなく生じるものではない。あれの引き金になったのは、あのホットスポットの平衡を崩したのは、ノードだ」

「どうしてそんなことが――」もちろん彼にはわかるのだ。十指輪だから。そして彼女は彼の言葉の意味を悟る。「待って、ということはノードの保守要員があれを引き起こしたということですか?」

「まさにそういうことだ」彼が彼女のほうを向く。また両手を握りしめている。「わたしがどうしてノードへいきたがっているか、これでわかっただろう?」

彼女は呆然とうなずく。うなずくしかない。なぜなら無意識に超巨大噴火を起こしてしまうオロジェンは、当然それと同時に町をまるごと包みこんでしまうほど巨大な円環体を発生させているはずだからだ。彼女は思わず森の向こう、ノードがある方角に目をやる。ここからはなにも見えないが、あのどこかで、フルクラムのオロジェンが半径数マイル以内にいる生きものを皆殺しにしてしまったのだ。

そして、おそらくはそれよりもっと重要な問題がある。なぜ、という問題だ。

「よし」アラバスターがだしぬけにいう。「朝一番で出発して、できるだけスピードをあげていくしかないな。ふつうにいけば二、三日かかるが、馬に無理をさせれば――」彼女が口を開くと彼はなにかに取り憑《つ》かれたように早口になって、彼女の反論を封じた。「無理をさせれば、夜明け前に出発すれば、日没までには着ける」

たぶんこれ以上の妥協策は出てこないだろう。「では、夜明けに」彼女は髪をかきむしる。道路の砂ぼこりで地肌がじゃりじゃりする――もう三日も洗えていない。予定では、あすアデア・ハイツを通るはずだった。中規模のコムで、彼女としては宿屋に泊まろうと主張するつもりだったのだが……彼のいうとおりだ。ノードにいかなくてはならない。「でも、途中で川か道の家に寄らないと。馬の飲み水が乏しくなっていますから」

彼は、生あるものに水は欠かせないという事実に苛立《いらだ》たしげに舌打ちしたものの、「いいだろう」と答える。

そしてやおら木炭のそばにしゃがみこむと、冷えたメラを拾いあげて皮を割り、手づかみで食べはじめた。指で口に運んでは嚙《か》む動作を規則的にくりかえしている。味わっているのかどうか疑わしい。燃料だ。彼女も残ったメラを食べはじめ、夜は安らかにとはいえないものの静かにすぎていった。

翌日――というか実際にはその夜遅く――かれらは馬に鞍をつけて用心深く、高架道から下の道へとつづいているジグザグ道めざして出発した。下に着く頃には陽も昇っていたので、アラバスターが先に立ってゆるい駆け足で進み、ときおり並み足を交えて馬たちを休ませ《せ》た。サイアナイトは感心していた――なんにせよ気が急いていて急ぐことしか頭にないアラバスターが馬を殺してしまうのではないかと思っていたからだ。とりあえず彼は愚か者ではない。狂っているわけでもない。

この調子でいけば、通行量も交差する道路も多い下の道なら予想どおり速く進めそうだ。かれらは小型の荷馬車も、たまに通る旅人も、地元民兵の一団も無視して進んでいく。向こうはみんな、サイアナイトとアラバスターの姿が目に入るとそそくさと道をあける。皮肉なものだ、と彼女は思う。日頃から、黒い制服は敬遠されている。オロジェンは嫌われているからだ。だがいまは、みんなホットスポットに何事か起きたと感じているのだろう。積極的に道をあけてくれるし、その顔には感謝と安堵《あんど》の色が浮かんでいる。救助に向かうフルクラム。サイアナイトはそんな連中をひとり残らず嘲笑《あざわら》ってやりたい気分だった。

二人はひと晩、野宿して五時間ほど眠り、ふたたび夜明け前に出発したが、曲がりくねった道の先に二つの低い丘にはさまれたノードが見えてきた頃には、あたりは闇に包まれはじめていた。道路は形ばかりの文明のしるしとして、ひびだらけの古いアスファルトが残るだけの、踏み固められた未舗装路とたいして変わらない状態だ。ノード・ステーションそのものもまた文明の証《あかし》。二人はここにくるまでのあいだに何十ものコムを通りすぎてきたが、それぞれのコムの建築様式はじつにバラエティに富んでいた——その地域特有のものもあれば、コムの富裕層が酔狂で取り入れたもの、ユメネス様式の安っぽいイミテーションもある。だが、ステーション自体は純粋な古帝国様式だ——三つの小さなピラミッドとその中央に位置するひとつの大きなピラミッドからなる複合施設が、赤い岩滓煉瓦《がんさいれんが》のそそりたつ壁で囲まれている。門は鋼鉄らしき金属製で、サイアナイトは思わずひるんでしまう。ほんとうに大事なものを守るのに金属製の門を設けたりする者はいない。だが、ステーションにいるのはそこに住んでいるオロジェンと、彼もしくは彼女をサポートするスタッフだけだ。ノードには貯蔵庫すらなくて、物資はすべて近くのコムから定期的にやってくる補給キャラバンだのみだ。その壁のなかのものを盗もうなどと考える者はまずいない。

サイアナイトが油断していると、アラバスターが門に着く遙か手前でいきなり馬を止めた。目をすがめてステーションを見ている。「どうしたんです？」

「誰も出てこない」と彼がひとりごとのようにいう。「門のなかで人が動いている気配がない。なかからなんの音も聞こえてこないぞ。聞こえるか？」

彼女にもなにも聞こえない。「なかには何人くらいいるんです？　ノード保守要員ひとりと守護者ひとり、あとは……？」

「ノード保守要員には守護者は必要ない。ふつうは兵士が六人から十人、帝国軍兵士だが、保守要員を守るためにステーションに常駐している。あとは食事担当のコックや給仕人のたぐい。それから医者はかならずひとりはいる」

あっさりいってくれたが、疑問だらけだ。守護者が必要ないオロジェン？　ノード保守要員は四指輪以下――下級指輪は守護者なしでフルクラムの外に出ることは許されない。少なくとも監督役の上級者がついていなくてはならないはずだ。兵士がいるのはわかる――たまに、フルクラムの訓練を受けたオロジェンとそうでないオロジェンの区別がよくわかっていない迷信深い地元民がいたりするからだろう。だが、なぜ医者がいるのか？

まあいい。「たぶんみんな死んでいるんでしょう」と彼女はいった——が、そうはいいながら、理由はおぼつかない。周囲の森も死んでいるにちがいない。何マイルにもわたって木も動物も土も一瞬にして凍りつき、そのあと半解けになっていることだろう。道路をたどっていた旅人もひとり残らず命を落としたにちがいない。そうでなければノード保守要員はあのホットスポットを掻《か》き乱すほどのパワーをどうやって得たというのだ？　だがここから見るかぎり、ノード・ステーションが静まりかえっている以外、なんの問題もなさそうに見える。

突然、アラバスターが馬に拍車を当てて進みだした。もう質問している時間はない。かれらは丘を駆けのぼり、閉ざされ、鍵をかけられた門へと進んでいった。なかから開けてくれる人間がいないとしたら、この門をどうやって開ければいいのか、サイアナイトには見当がつかない。するとアラバスターがまえかがみになってシューッと声を出したと思うと、一瞬にして細い円環体が明滅しながらふくれあがった。かれらのまわりにではなく、門の周囲にだ。自分の円環体をほかの場所へ飛ばせる人間など見たことがないが、あきらかに十指輪にはできるのだ。

サイアナイトの馬が突然目のまえに出現した冷気と雪の渦に怯《おび》えて小さくいなないたので、サイアナイトが手綱を引くと二、三歩あとずさって止まった。つぎの瞬間、なにかがギシギシ音を立て、門の向こうでカチリという音がした。大きな鉄の扉の片側がゆっくり開くと、アラバスターは円環体を消滅させ——もう馬からおりている。

「待って。温まってからでないと」サイアナイトの言葉を無視して、彼は門のほうへと歩きだす。点々と霜がおりて滑りやすくなっているアスファルトに目もくれず進んでいく。

錆びつき地球火。サイアナイトもしかたなく馬からおり、二頭の手綱を傾いた若木に巻きつける。一日走りづめだったから餌や水をやる前にクールダウンさせてやりたいし、せめて馬体をこすって汗をぬぐってやりたいところだ——が、この目のまえに立ちはだかる静まりかえった大きな建物がどうにも気になってしかたない。だから彼女は鞍をはずさず、そのままにしておくことにした。万が一に備えてだ。そしてアラバスターのあとを追ってなかへ入っていく。

敷地内は物音ひとつ聞こえない。そして暗い。こんな僻地に電気はない。灯油ランプがあるだけだが、それも消えている。金属製の正門を通ると広々とした中庭で、内壁と近くの建物にはやぐらがあり、訪問者をぐるりと取り囲める形になっている。射撃手にとっては都合のいいつくりだ。防備の固いコムとおなじ、ほう、ずいぶん友好的だなと揶揄《やゆ》したくなるたぐいの入り口だがスケールはずっと小さい。この中庭には誰もいないものの、見張り番がついさっきまで軽食を食べながらトランプをしていたとしか思えないテーブルと椅子が片隅に置かれている。

敷地内は静まりかえっている。地面は岩滓で舗装されているが、だいぶすりへって、でこぼこになっている。長年にわたって多くの人間が歩きまわってきた証拠だ。しかし、いま、足音は聞こえない。中庭の片側には馬小屋があるが、馬房は閉じられ、物音ひとつしない。門のすぐそばの壁際には乾いた泥がこびりついた長靴が並んでいる——いくつかはきちんと並べたのではなく、そこに放り投げられたり、適当に積み重ねられたりした形だ。アラバスターのいうとおりここに帝国軍の兵士が常駐しているのだとしたら、その連中はどう考えても一斉点検への備えが万全とはいいがたい。思うに――どうやらこういうところへの赴任を命じられるのは褒美ではないらしい。

サイアナイトは首をふる。そのとき馬小屋のほうから動物の匂いがふわりと漂ってきたのに気づいて、サイアナイトは身を硬くする。馬の匂いはするが姿は見えない。じりじりと近寄っていく――いつのまにか握りしめていた拳をゆるめて――ひとつめの馬房の扉の上からなかをのぞき、あとの馬房もひとつ残らずのぞきこむ。

藁《わら》の上で三頭の馬が横倒しになって死んでいる。まだふくれあがってはいない。たぶん死後、やわらかくなっているのは脚と頭だけだからだろう。どの骸《むくろ》も胴は氷と結露に覆われていて、肉はまだ大半がカチカチに凍ったままだ。解けはじめて二日というところか。

中庭のまんなかに岩滓煉瓦づくりの小さなピラミッドがあり、それ用の石の門があるのだが、この門は開けっぱなしになっている。アラバスターがどこへいってしまったのかわからないが、たぶんピラミッドのなかだろうと、サイアナイトは見当をつけた。そここそノード保守要員がいるはずの場所だからだ。

彼女は椅子にのぼり、手近にあるフリントマッチで灯油ランプをひとつ灯《とも》してから、なかへと急ぐ――もうなにがあるかはわかっているから、動きは速い。そしてやはり、ピラミッド内部の薄暗い廊下で目にしたのは、かつてはここで暮らしていた兵士やスタッフの姿だった――走っている最中だったのか手足を投げだした形で倒れている者、壁に押しつけられている者、ピラミッドの中央に向かって手をのばした格好で横たわっている者。襲いかかってくるものから逃げようとした者もいれば、押しとどめようと、その源に向かっていった者もいる。どちらの試みも失敗に終わった。

そしてサイアナイトはノード室を見つけた。

建物の中心にあるのだからノード室にちがいない。淡い薔薇《ばら》色の大理石でできた優雅なアーチ道の先だ。大理石には木の根のデザインの浮彫りがほどこされている。ノード室は高い丸天井で薄暗く、空っぽだ——ただ、部屋のまんなかになにか大きな……ものがある。針金と革紐《かわひも》でできているのでなければ、椅子といってもいい。すわり心地がよさそうとはいえないが、どうやら誰かがくつろいだ姿勢ですわっているようだ。ノード保守要員がすわっているのだから、あれはまちがいなく——。

ああ。ああ。

ああ、残虐な燃えあがる地球め。

針金の椅子がのっている台座にアラバスターが立っていて、ノード保守要員の遺体を見おろしている。無表情だ。悲しげでもなければ、冷ややかでもない。まるで仮面のようだ。

「われわれはどんなに幼くとも、大いなる善のために奉仕しなければならないのだ」と彼がいう。その声音には一片の皮肉も感じられない。

ノード保守要員の椅子にもたれている遺体は小さい。そして裸だ。痩せていて、手足が極端に細い。髪の毛がない。いろいろなものが——チューブやパイプやサイアナイトにはなんと表現すればいいのかわからないものが——棒切れのような腕に挿入され、喉から下へ、狭い股間の奥へとのびている。遺体の腹には伸縮性のある袋がのっている。袋はどういう方法でか腹に取りつけられていて、そのなかに詰まっているのは——ううっ。袋は交換しなければならない状態だ。

彼女はそういう細かいところに神経を集中させている。そうすれば、かろうじてまともでいられるからだ。彼女のなかに、わけのわからないことを口走っている部分があって、その部分を外に出さないようにしておくには、黙らせておくには、目に入るものに全神経を注ぐしかないからだ。かれらがやったことは、まったくもって巧妙というしかない。こんなふうに意に沿わぬかたちで動けぬようにして時間の制限もなく肉体を生かしておくことができるとは知らなかった。だから彼女は、いったいどうなっているのか探ることに意識を集中させた。針金の枠組みはとくによくできている——そばにクランクとハンドルがあるから、掃除がしやすいように装置全体をくるりと回転させることができるのだろう。針金を使ったのは床ずれを最小限にするためかもしれない。病的ないやな匂いが漂っているが、近くにはチンキや錠剤の瓶がびっしり並んだ棚がある——こういうことをするにはコムでつくるふつうのペニシリンより強い抗生物質が必要だろうから、当然だ。チューブのどれかはそういう薬をノード保守要員に注入するためのものかもしれない。そしてこのチューブは食物を押しこむためのもの、あのチューブは尿を出すためのもの、ああ、そしてあの巻きつけてある布はよだれかけ。

しかし、細かいことに意識を集中しようとしているにもかかわらず、彼女には全体像も見えている。ノード保守要員は——子どもで、何カ月か何年か、ずっとこんな状態のままだったにちがいない。この子の肌はアラバスターとおなじくらい黒いし、こんなに骨と皮ばかりになっていなければ、ほかの身体的特徴も彼と完全に一致している。

「これって」それだけいうのがやっとだった。

「たまに、制御力を身につけられないロガがいる」この軽蔑的な呼び名を彼が意図的に使ったことは、彼女にもよくわかった。物に変えられてしまった人間を指す非人間的な呼び名だ。なるほど、と思う。アラバスターの声には抑揚もないし、なんの感情もこもっていないが、言葉の選び方がすべてを物語っている。「たまに守護者が訓練するには大きくなりすぎているが、ただ殺してしまうのはもったいない野生のをつかまえることがある。それからグリット溜まりにいるやつで、とくに感覚が鋭くて制御力を身につけられそうもないのを守護者が見つけることもある。フルクラムでは、そういう子どもにもしばらくは訓練をほどこしてみるが、守護者が適切と考えるペースで上達していかなかった場合、マザー・サンゼはかならずほかの使い道を見つけだす」

「たとえば――」サイアナイトは死体の、少年の顔から目を離すことができない。少年の茶色い目は開いたままだが、死の冷気で曇っている。吐かずにいられるのがふしぎ、とどこか他人事のように思っている自分がいる。「たとえば、こういうのとか？　地下火《ちかび》、アラバスター、ノードに連れていかれた子どもを何人か知っているわ。でもまさか……こんなの……」

　アラバスターがふっと動きだして、サイアナイトははじめて気づいた。彼はいままでずっと硬直したかのように微動だにしていなかったのだ。彼は腰をかがめて少年の首の下に手を入れ、その大きすぎる頭を持ちあげて少し横に傾ける。「しっかり見るんだ」

見たくはないが、やはり見てしまう。子どものスキンヘッドの後頭部に横一文字に蔓《つる》が這ったような、大きな縫い目が目立つ長いケロイド状の傷痕がある。ちょうど頭蓋骨と背骨がつながっているあたりだ。

「ロガの地覚器官は一般人より大きくて複雑だ」彼女がしっかり見たのを確認すると、アラバスターは子どもの頭を下に落とす。頭は針金のゆりかごにどさりと落ち、その重量感と無頓着さに、彼女はぎくりとする。「ロガの自己制御力を完璧に保ちながら、その本能的な力を利用するためにあちこちに外科的処置をほどこす。簡単な話だ。ロガがその手術に耐えられれば、だが」

巧妙なやり方だ。ほんとうに。生まれたばかりでも、オロジェンは地揺れを止めることができる。生まれながらの能力だ。乳を吸う能力よりも確実な生来の力——そしてオロジェンの子どもに死をもたらすなによりも大きな原因となる力だ。優秀な子ほど、その危険性を理解する年頃になるよりずっと早くに、正体をあらわにしてしまう。

だが子どもをその本能だけ、揺れを鎮める力だけの存在にしてしまうとは……。

ほんとうに嘔吐《おうと》してもなんのふしぎもない。

「そのあとは簡単だ」アラバスターは、フルクラムでもとくに退屈な授業をしているときの教師のように溜息をつく。「薬で感染症などを防ぎながら、機能できる程度に生かしておけば、フルクラムでさえ供給できないものが手に入ることになる——信頼度が高くて、無害で、利益のみが期待できるオロジェニーの源だ」サイアナイトは自分がどうして吐かずにいられるのか理解できないのとおなじくらい、彼がどうして悲鳴をあげずにいられるのか理解できない。

「しかし、おそらく誰かがミスをしてこの子を目覚めさせてしまったのだろう」

彼の目がすっと動き、サイアナイトもその視線を追う。視線の先にあるのは奥の壁際で倒れている男の死体だ。この男の服装は兵士とはちがっていて、民間人の上等な服を着ている。

「医者ですか？」彼女はどうにか、アラバスターが使っているのとおなじ超然とした、落ち着いた声音でたずねる。このほうが話しやすい。

「かもしれない。でなければ金《かね》で特権を買った地元の住民か」アラバスターはあからさまに肩をすくめて、少年のふとももについた、まだ青黒いあざを指し示す。手の形のあざだ。肌が黒いにもかかわらず、くっきりと指の形が見てとれる。「こういうことが好きなやつはいくらでもいるらしい。要するに、手も足も出せない相手に執着する倒錯者だ。そういう連中は、犠牲者が自分がなにをされているかわかっていると、よけい燃えるんだ」

「ああ、ああ地球、アラバスター、まさかそんな――」

彼はまた、まるで彼女がいっさいしゃべっていなかったかのように言葉をかぶせてくる。

「問題は、ノード保守要員がオロジェニーを利用されるたびに激痛を感じるということだ。そこで、あの傷だ。かれらは周辺地域で起こるどんな揺れにも反応してしまうから、常時、鎮静剤を与えておくのが人道的な措置だと考えられている。そしてオロジェンはみんな身の危険を感じると本能的に反応してしまう――」

ああ。それが原因だ。

サイアナイトはよろよろと近くの壁際に寄り、ステーションへくる途中で無理やり飲みこんだドライ・アプリコットとジャーキーをもどした。おかしい。とんでもなくおかしい。彼女が思っていたのは——まさかこんなこととは——知らなかった——。

口をぬぐって顔をあげると、アラバスターが見つめていた。

「いったいだろ」彼はとても穏やかに締めくくった。「ロガは全員、ノードを少なくとも一度は見るべきだと」

「知りませんでした」手の甲で口を押さえたままなので、発音が不明瞭だ。答えにもなっていないが、それでもいわずにはいられない。「知らなかった」

「大問題だと思っているのか?」彼の声も表情も邪険で、ほとんどなんの感情もこもっていない。

「わたしにとっては大問題です!」

「自分は重要な存在だと思っているのか?」彼がいきなり、にやりと笑う。醜い笑顔だ。氷から立ちのぼる冷気のように冷えびえとしている。「われわれはかれらのために仕事をしているが、われわれ自身はその仕事以上に重要な存在だと思っているのか? かれらに服従するしないにかかわらず」彼は虐待されて殺された子どもの死体を、頭でくいと指す。「あんなことをされても、あの子は重要な存在だったと思うのか? かれらがわれわれ全員にあんなことをせずにいる理由はただひとつ、われわれが自分自身を制御できるならそのほうが使い道が多いから、そのほうが役に立つからだ。しかし、かれらにとっては、われわれひとりひとりは武器のひとつにすぎない。役に立つ怪物、同種の繁殖に使える、あたらしい血の一滴でしかない。くそいまいましいロガにすぎないんだ」

その言葉には、彼女がこれまで耳にしたことがないほど激しい敵意がこめられていた。

だが、ここにこうして死んで冷たくなって悪臭を放つこの世の憎しみの究極の証拠をはさんで立っていると、いまやひるむことさえできない。なぜなら。フルクラムでも、あるいは守護者でも、ユメネスの指導者層でも、あるいは地科学者でも誰でもいいが、とにかくこんな悪夢を考えだしてそれを実行に移せるのなら、サイアナイトやアラバスターのような人間がほんとうは何者なのか、いくらよく見せようとしても意味はない。かれらは人間ではない。オロジェンでもない。いま目にしているもののまえでは、上品な気遣いなど侮辱にすぎない。ロガ――それこそがかれらの正体なのだ。

ほどなくしてアラバスターはくるりと背を向け、部屋から出ていった。

§

かれらは広々とした中庭で野宿した。ステーションの建物のなかにはサイアナイトが欲しくてたまらないものがそろっている――お湯、やわらかいベッド、貯蔵パンと乾燥肉だけではない食事。だが、中庭には人間の死体はない。

アラバスターは黙ってすわったまま、サイアナイトがおこした火を見つめている。毛布にくるまって、彼女がいれたお茶のカップを手にしている——とりあえず彼女がステーションの貯蔵品を漁って、足りないものを補充しておいたのだ。彼がカップで飲むのを、彼女ははじめて見た。もっと強いものを飲ませてやれればなあ、と彼女は思う。いや、そうでないほうがいいのか。彼ほどのスキルのあるオロジェンが酔っ払うといったいどんなことができるのか見当もつかない。オロジェンはまさしくそういう理由で酒を飲んではいけないことになっている……が、錆び理由だ、いまとなっては。なにもかも錆びている。

「子どもはわれわれを解きほぐしたものだ」アラバスターがいう。その目に炎がめらめらと燃えている。

サイアナイトはうなずくが、意味はわかっていない。しかし彼がしゃべっているのはいい徴候にちがいない。

「わたしには子どもが、たぶん十二人いる」アラバスターが毛布をいっそうきつく身体に巻きつける。「よくわからないんだ。みんなわたしにはひとこともいわないからな。事後に母親たちに会うこともほとんどない。だが、たぶん十二人だろうと思っている。大半は、いまどこにいるかも知らない」

彼は日が暮れてからずっと、口を開けばこういうとりとめのない話をしつづけている。サイアナイトはほとんど返答できずにいるので、あまり会話にはなっていない。だが、この話題なら口をはさめる。なぜなら、ずっと考えていたからだ。あの針金の椅子にすわっていた少年はアラバスターにとてもよく似ている。

彼女は話しだす。「わたしたちの子どもは……」

彼が彼女の目を見て、にっこり微笑《ほほえ》む。こんどはやさしげな笑みだが、それを信じていいのか、それとも笑顔の裏にある憎しみのほうが本音と思うべきなのか、彼女には判断がつかない。

「ああ、これはそうなる可能性のある運命のひとつというだけのことだ」彼が高くそびえるステーションの赤い壁のほうを顎でしゃくる。「われわれの子どもはわたしのように指輪階級をいっきに駆けのぼってオロジェニーのあらたな基準をつくり、フルクラムのレジェンドになるかもしれない。あるいは凡庸で、とくに注目されることもない存在で終わるかもしれない。そのへんによくいる四指輪か五指輪で、港の邪魔な珊瑚礁《さんごしょう》を取り除いたり、ひまなときに赤ん坊をつくったりする程度のな」

あまりにも錆び楽しげにいうので、声音に気を取られて中身に気がまわらない。どこか慰められるような声音だ。そしていま、彼女は心のどこかで無性に慰めをもとめている。だが話の中身は彼女の神経を逆なでし、つるつるしたビー玉のなかに混じった尖《とが》ったガラス片のようにちくちく刺さってくる。

「スティルだってつくれます」彼女はいう。「ロガ――」この言葉を口にするのは抵抗があるが、オロジェンというほうがいっそう辛い。いまは上品な呼び名は嘘くさく感じられる。「ロガ二人の、わたしたちのあいだにだってスティルが生まれる可能性はあります」

「できればそれは避けたいな」

「避けたい？」それが二人のあいだの子どもにとって最良の運命、と彼女には思えるのだが。アラバスターが焚き火に手をのばして両手を温めている。彼女はふいに彼が指輪を十個しているこことに気づいた。ふだんはめったにぜんぶつけたりはしない。だがステーションに着く前、どこかの時点で、自分の子が炎に焼かれているのかもしれないと案じつつも、しっかりと考えをめぐらせて指輪をすべてつけたのだろう。焚き火の光を受けてきらきらと輝いているものもあれば、鈍く暗く沈んでいるものもある——親指も含めて、それぞれの指にひとつずつ。なにもつけていないサイアナイトの六本の指が少しむずむずする。

「指輪を授かったフルクラム・オロジェン同士のあいだの子は」アラバスターがいう。「やはりオロジェンになるはずだ、たしかにな。しかし絶対にそうというわけではない。われわれは科学で解明できる存在ではないんだ。論理で説明できるものではない」彼はうっすらと微笑む。「万全を期して、フルクラムはロガから生まれた子はすべてロガの可能性があるものとして扱う。そうでないと証明されるまではな」

「でも、そうでないと証明されたら、そのあとは……ふつうの人になる」それだけが彼女の希望の灯だった。「そうしたらきっと誰かがちゃんとしたコムに入れてくれて、ふつうの託児院に通わせて、用役名《ようえき》もついて——」

彼が溜息をつく。サイアナイトが困惑し不安を感じて沈黙せざるをえなくなるような溜息だ。

「われわれの子どもを受け入れてくれるコムなどない」慎重に、ゆっくりと、彼がいう。「オロジェニーは隔世遺伝することがある。二代あと、三代あとになることもあるが、とにかくかならずあらわれる。〈父なる地球〉はわれわれに貸しがあることをけっして忘れはしないんだ」

サイアナイトは眉をひそめる。彼は前もそんなことをいっていた。オロジェンにかんする、伝承学者由来の話――オロジェンはフルクラムの武器ではなく、足元で侍《じ》している憎しみに満ちた惑星の武器だという説。その惑星は、かつては清らかだった原初の地表に寄生し、はびこってしまった生命体を絶滅させることをなによりも強く望んでいるという。アラバスターの言葉を聞いていると、どうも彼はこの昔話を、とりあえず少しは信じているのではないかと思えるふしがある。たぶん信じているのだろう。自分たちには、辛く困難とはいえ達成すべき目的があると思えば慰めになるから、そう信じているのかもしれない。

だがいまの彼女には我慢して妄想に付き合っている余裕はない。「誰も彼女を引き取ってくれない。いいでしょう」サイアナイトは勝手に子どもは女と決めていた。「じゃあ、そのあとは？　フルクラムはスティルをそのまま置いておいたりはしないんですから」

アラバスターの目が一瞬、指輪のように焚き火の光を反射し、つぎの瞬間には鈍く暗く沈んだ。「いや、その子は守護者になるはずだ」

ああ、錆び。それなら合点がいく。

彼女の沈黙に応じるように、アラバスターが顔をあげる。「いいか。きょう、きみが見たすべてのもの。その記憶を消すんだ」

「え？」

「あの椅子にすわっていたのは子どもではなかった」もう彼の目に光はない。「あれはわたしの子どもではなかったし、ほかの誰の子どもでもなかった。あれは無だ。誰でもない。われわれはホットスポットを安定させ、もう少しでホットスポットを大爆発させそうになった原因を突きとめた。ここで生存者を探したが、ひとりも見つからなかった、とユメネスにはそう電報を打つ。もどってから、なにか聞かれたら、そう答えるんだ」

「わたしは、わたしはそんなこと、できるかどうか……」少年のがっくりと落ちた顎、死者の眼差し。終わりのない悪夢にとらえられてしまうとは、なんと悲惨な。そして目覚めれば激痛、さらには色目を使うグロテスクな寄生虫。彼女はただただ少年が哀れでならず、彼が解放されてよかったと安堵するしかない。

「わたしのいうとおりにするんだ」彼の声に鞭打《むち》たれて彼女はたちまち怒りに駆られ、彼をきっとにらみつける。「悼む気持ちがあるなら、資源の損失を悼むんだ。人に聞かれたら、彼が死んでよかったと答えろ。そういう気持ちになれ。そう信じろ。彼は数えきれないほどの人間を殺してしまったんだぞ。誰かにそのことをどう思うかと聞かれたら、だからわれわれはこういう扱いを受けているのだと思うと答えろ。わかっているはずだ。それがわれわれ自身のためになるんだ。人々みんなのためでもある」

「なによ、錆び野郎、あたしはわかってなんかいないし――」

彼が笑い声をあげ、彼女は縮みあがる。怒りが鞭のような素早さで引っこんでしまったからだ。「ああ、サイアン、いまは困らせないでくれ。たのむよ」彼はまだ笑っている。「きみを殺せば懲戒処分を受けることになるんだから」

ついに脅してきた。ならば。こんど彼が眠ったときに。刺すときは彼の顔になにかかけておかなくては。いくらナイフで致命傷を負わせようと、絶命するまでに数秒はかかる——そのほんの数秒間でも彼がオロジェニーを彼女に集中させれば、彼女は死んでしまう。だが、目が見えなければ、あるいは苦しさに気が散れば、彼女を正確に狙うのはむずかしいだろう——。

しかし、アラバスターはまだ笑っている。激しく。サイアナイトはそのとき、あたりがガタガタと小刻みに振動しているのに気づいた。あたかも足元の地層になにかが大きく浮かびあがってきたかのような振動。彼女は顔をしかめ、心乱され、危険を感じ、もしやまたホットスポットが、と案じていると——遅まきながら気づいた。これは振動ではない。リズミカルにくりかえす痙攣だ。笑っているアラバスターの耳障りな呼気とおなじリズムで痙攣しているのだ。

ぞっとするような事実に気づいて彼女がじっと見つめているあいだも、彼は片手で膝を叩いて笑っている。笑いつづけている。なぜなら彼が望んでいるのは、目に入るものすべてを破壊することだからだ。半死半生の年端もいかぬ息子が超巨大火山を爆発させることができるのなら、その父親がその気になったらいったいどんなことが起きるのか、まったく見当がつかない。いや、その気にならなくても、ほんの一瞬、なにかの拍子に制御がはずれてしまったら。

サイアナイトは膝に置いた手をぎゅっと握りしめる。爪がてのひらに食いこむが、じっとすわったまま、彼の気持ちが落ち着くのをひたすら待つ。しばらくたって、ようやく笑いはおさまったものの、彼は両手に顔を埋めて、ときおり肩を揺らしながらクックッと笑っている。いや、泣いているのかもしれない。彼女にはわからない。どちらだろうとかまいはしないが。

やがて彼が顔をあげて、深々と息をひとつ、そしてもうひとつ吸いこんだ。「すまなかった」やっと彼が口を開いた。笑ってこそいないものの、また、やけに明るくなっている。「さあ、なにかちがう話をしようじゃないか」

「あなたの守護者はいったいどこにいるんです？」彼女はまだ拳を握りしめたままだ。「あなたの怒り狂いよう、ふつうじゃありませんよ」

彼がククッと笑いながらいう。「ああ、それは彼女が脅威にならないよう、何年も前にしっかり手を打った」

サイアナイトはうなずく。「殺したのね」

「いいや。それほど愚かに見えるか？」浅い息でクックックッと笑いつづける。聞いているほうが不快になるほどしつこく。サイアナイトは恐ろしくなってしまった。もう、自分が彼を恐れていることを認めるのは恥ずかしいと思う気持ちも消え失せている。だが、そのようすを見たとたん、アラバスターの態度が変わった。もう一度深呼吸して肩を落とし、まえかがみになる。「くそ、いや……すまなかった」

彼女はなにもいわない。彼はそんな反応を予期していなかったのか、悲しげに、少し微笑んだ。そして立ちあがると、寝袋のほうへ歩いていった。彼女は彼が焚き火に背を向けて横になるのをじっと見つめていた――彼の呼吸がゆっくりしたものになるまで目を離さない。そしてやっと、肩の力を抜く。

が、またビクッと跳びあがってしまう。彼がとても静かな声で話しはじめたのだ。

「きみのいうとおりだ」と彼がいう。「わたしはもう何年も前から狂っている。わたしとずっといっしょにいると、きみも狂ってしまうだろう。こういうことをいくつも目にして、それがなにを意味しているのか充分に理解できるようになったらな」彼は長い溜息を洩らす。「わたしを殺せば、きみは全世界に恩恵をほどこすことになるだろう」それきり、彼は黙りこんでしまった。

彼女は彼の最後の言葉を、自分でも考えすぎだと思うほど長いこと考えていた。

それでも眠りにつこうと、毛布にくるまって丸くなる。鞍が、拷問かと思うほど寝心地の悪い枕だ。馬たちは、日暮れからずっとそうなのだが、落ち着きなく動いている――ステーション内の死の匂いを嗅ぎとっているのだ。しかしやがて馬たちは眠りについた。そしてサイアナイトも。彼女は、アラバスターもそのうち眠りに落ちてくれますようにと願う。

かれらが旅してきた高架道の向こうでは、オベリスクがなにものにも屈することなくいつもどおりの軌道をたどって山の彼方へと消えていく。

§

冬、春、夏、秋――死は第五の季節、そしてすべての長《おさ》。

――北極地方のことわざ

幕《まく》間《あい》

パターンの乱れ。織り糸のもつれ。ここには見逃してはならないものがある。欠けているもの、そして欠けているがゆえに目立つものが。

たとえば、スティルネスの住民は誰ひとりとして島の話をしない。これは島がないからでも人が住んでいないからでもない――その逆だ。島は断層の近くやホットスポットの上にできやすい。したがって惑星規模で考えれば、島は短命なもの、噴火で誕生して、つぎの津波で消えてしまうようなものなのだ。だが、惑星規模で考えれば、人間もまた短命なものだ。かれらが気づかずに見逃しているものの数はそれこそ天文学的数字になる。

スティルネスの人々はほかの大陸の話もしない。どこかにほかの大陸があると考えて当然なのに。世界中を旅して、ほかに大陸がないことをたしかめた人間もいない――伝説の山のような波が深海をわたるようなところはむろんのこと、物資の補給先が見える範囲にあって津波の高さもせいぜい百フィート程度のところでさえ航海は危険なものなのだ。かれらは、より勇敢な文明から伝えられてきた、そこにはなにもないという伝承をそのまま受け入れている。同様に、かれらは天体の話をしない。宇宙のどこと比べても負けず劣らずここの空は混みあい、にぎわっているのに。人々の意識の大半が向けられているのが空ではなく大地、というのが大きな理由だ。かれらは空になにがあるのか認識してはいる――星、太陽、ときには彗星《すいせい》や流れ星。だが、そこに欠けているものがあることには気づいていない。

しかしそれは無理もないことだ。いまだかつて想像さえしたことのないものが欠けていることに、どう気づけというのか？　人間は生来、そんな力は持ち合わせていないのだ。だとしたら、この世界に人類以外の人々がいるのはたいそう幸運なことといえるだろう。

9　サイアナイト、まわりはみんな敵

一週間後、かれらはアライアに着いた。空はまばゆいほどに青く、海岸線からいくらか離れたところでちらちらと瞬く紫色のオベリスク以外、雲ひとつ見当たらない。

アライアは海岸地方にあるにしては大きなコムだ――もちろんユメネスにはおよばないが、かなりの規模を誇るりっぱな都市で、急峻《きゅうしゅん》な斜面に囲まれた天然の避難所ともいうべき古いカルデラのなかに住宅や店舗、工業地域の大半がすっぽりおさまっている。カルデラの斜面は一カ所、崩れ落ちているところがあって、そこから各方向へ数日いったところに集落が点在している。サイアナイトとアラバスターはアライアに入る前、最初に通りかかった農家などが寄り集まった集落で足を止め、いろいろと聞いて歩いて――ときにはかれらの黒い制服を見ただけでにらみつけてくる者もいたが、それは無視しながら――近くに数軒、宿があることを知った。最初に見つけた宿は、あえて通りすぎた。農家から出てきた若い男がひとり、あとをつけてきたからだ。これだけ離れていれば安全と思っているのだろう。一定の距離を保って、馬でついてくる。ひとりだし、声をかけてくるわけでもないが、若い連中はあっというまに集団になるものだ。だからかれらは男の敵意が退屈さに負けるのを期待して先へ先へと進みつづけた

——すると、案の定、男はやがて踵《きびす》を返してもときたほうへもどっていった。

つぎの宿は最初のほどよくはなかったが、悪くもない——〈季節〉を数回経験したであろう古びた漆喰《しっくい》仕上げの箱のように四角い建物で、いかにも頑丈そうだし、手入れもいきとどいている。四隅に薔薇《ばら》が植えられていて、壁にはツタが這《は》っている。つぎの〈季節〉がくれば枯れてしまうだろうが、サイアナイトが心配したところでどうなるものでもない。一泊、二人で一部屋、馬二頭の馬房代と合わせて二帝国真珠母貝——ばかばかしいほど見え透いたぼったくり方なので、サイアナイトは宿の主人の顔をまじまじと見て、ぷっと吹きだしてしまった。(女主人はかれらをじろりとねめつけた。)さいわいフルクラムは、オロジェンが外で活動する場合、一般人に袖の下を使わねばならないこともあるとわかっているから、サイアナイトとアラバスターも通貨をたんまり供給されているし、必要とあれば追加で引きだせるように信用状も持っている。だからかれらは主人のいい値どおりに払い、美しい白い通貨の登場で、黒い制服もとりあえずしばしのあいだは受け入れてもらえることになった。

アラバスターの馬はノード・ステーションへ急いだときに無理をして脚を痛めてしまったので、かれらは部屋に落ち着く前に家畜商人のところへいって無傷の馬と取り換えた。あたらしく手に入れたのは元気のいい雌馬で、そいつがアラバスターをいかにも疑い深そうに眺めるものだから、サイアナイトはまたこらえきれずに笑ってしまった。いい日だ。そしてひと晩、ほんもののベッドでぐっすり眠ってから、かれらは先へと進んでいった。

アライアの正門は堂々たるもので、その大きさも装飾もユメネスのものより仰々しいほどだ。

しかしまっとうな石造りではなく金属製なので、けばけばしい模造品のような印象になってしまっている。高さは五十フィートもあり、クロム鋼の一枚板に金銀線細工でささやかに装飾がほどこされ、ボルトで留めつけられているが、そんなもので現実になにが守れるというのか、サイアナイトには理解できない。〈季節〉がきたら最初の酸性雨でボルトは腐食するから狙いすました一撃で一枚板がゆがんでずれてしまい、巨大な扉は閉じることができなくなる。門全体が、ここは新興の金持ちコムで、〈指導者〉用役《ようえき》カーストに伝承を説いて聞かせる伝承学者が不足しているということを声高に叫んでいるようなものだ。

門番は〈強力《ごうりき》〉がたった五人ばかりで担っているようで、みんなコムの民兵組織のこぎれいな緑色の制服姿だ。ほとんどが椅子にすわって本を読んでいたり、カードゲームに興じていたり、そうでなくとも門の往来にはなんの注意も払っていない——この規律のゆるみっぷりに、サイアナイトは口の端がきゅっとあがりそうになるのを苦労して押しとどめる。ユメネスなら全員武装して人目につくように常時、警備に立ち、少なくとも外から入ってくる人間には目を光らせているところだ。〈強力〉がひとり、サイアナイトたちの制服を二度見したことはしたが、アラバスターの指輪だらけの手に視線を残しながらも、通ってよしと手をふって合図した。男はサイアナイトの手には目もくれない。そのことでサイアナイトは、コムの丸石を敷き詰めた迷路のような通りをたどって知事の館に着く頃にはすっかり不機嫌になっていた。

アライアはこの四《よ》つ郷《ごう》で唯一の大都市だ。ほかの三つのコムの名も、名目上サンゼの一部になる前はなんという国だったのかも、思い出せない——なかには、サンゼの支配が弱まったあから、昔の国名を復活させたところもあるが、四つ郷システムのほうがうまく機能していたと名前はどうでもよかったというのが実情だ。ぜんぶ、農業、漁業国だったのは知っている。海岸沿いの辺鄙《へんぴ》なところはみんなそうだ。だから推して知るべしと思いきや、知事の館は驚くほど美しいもので、建物全体にユメネス風の建築技法がちりばめられている。コーニス、ガラス窓、そして、ああ、そう、広々とした前庭を見おろす凝ったつくりのバルコニー。いってみればまったく不要なお飾りで、おそらく小さな揺れがあるたびに修繕しなければならないだろう。それに建物全体を派手な黄色に塗る必要がほんとうにあったのだろうか？　まるでばかでかい長方形の果物のようだ。

館の門のところでかれらは馬を厩《うまや》番に預けて前庭にひざまずき、館の〈耐性者〉召使いに石鹸《せっけん》で手を洗ってもらった。これはコムの〈指導者〉層に病気がひろまるのを防ぐための、この地方の習慣だ。それが終わると、民兵の制服の白いバージョンを着た、アラバスターとおなじくらい肌が黒いとても背の高い女がやってきて、ついてくるようにとそっけなく身ぶりで示した。女はかれらを館のこぢんまりとした客間に案内すると、ドアを閉めてデスクの椅子に腰をおろした。

「ここにくるのに、ずいぶんとかかりましたね」挨拶代わりに女がいう。デスクの上のものを見ながら、横柄な態度でかれらにすわるようにと身ぶりでうながす。かれらはデスクの反対側にある椅子に腰をおろした。アラバスターは足を組み、両手で尖塔《せんとう》の形をつくっている。表情は、なんとも読みがたい。「一週間前に着くものと思っていたのに。いますぐ港にいったほうがいいのかしら、それともここでできるのかしら？」

サイアナイトは、港へいくほうがいいと答えるつもりで口を開きかける。珊瑚礁《さんごしょう》を揺らすのはこれがはじめてだから、近くへいったほうが状態がよくわかると思ったからだ。ところが彼女が話すより早く、アラバスターがいった。「失礼、あなたはどなたかな？」

サイアナイトはぴたりと口を閉じて、彼を見つめる。彼は品よく微笑《ほほえ》んでいるが、その笑みには痛烈な皮肉めいたものが垣間《かいま》見えて、サイアナイトはたちまち警戒心を抱いた。女も彼を見つめている。いかにも、無礼者といいたげな表情だ。

「わたしはアザエル〈指導者〉アライア」ゆっくりと、まるで子どもにいって聞かせるように女は答える。

「アラバスター」胸に手を置いて軽く頭をさげながら、彼がいう。「同僚の名はサイアナイト。しかし、失礼ながら、お名前だけでは。知事は男性だと聞かされていたもので」

サイアナイトもやっと事情がつかめたので、とりあえず成り行きを見守ることにする。彼がなぜこんなことをしようと決めたのか、彼女には理解できないが、それをいったら彼のやることなすこと、その心底を理解することなど不可能だ。それは女もおなじこと——顎がそれとわかるほど大きく左右に動いている。「わたしは知事補佐です」

たいていの四つ郷には知事がひとり、知事補佐がひとり、そして判事がひとりいる。が、赤道地方に負けてなるものかと奮闘している地域にはもっと重層的な官僚組織があるのかもしれない。「知事補佐は何人いるのでしょうか？」サイアナイトがたずねると、アラバスターがチッと舌打ちした。

「礼儀をわきまえろ、サイアン」彼はまだ微笑んでいるが、内心では怒り狂っている——歯を多く見せすぎているのがその証拠だ。「われわれはしょせんオロジェンにすぎないのだぞ。こちらはスティルネスでもっとも尊重されている用役カーストの一員たるお方だ。われわれは、このお方には理解できないほどの力を行使してこの地方の経済を救うためにやってきたにすぎない存在、かたやこのお方は——」彼は遠慮会釈なしに皮肉たっぷりの口調でそういうと、彼女に向かって指をくねくねと揺らした。「このお方は杓子《しゃくし》定規な小役人だ。しかし、彼女が非常に重要な杓子定規な小役人であることはまちがいない」

　青ざめているのかどうか、彼女の肌色ではよくわからないが、それでもかまわない——カチカチに固まった姿勢と大きくひろがった鼻の穴だけで充分だ。彼女はアラバスターからサイアナイトへと視線を動かしたが、その視線はすぐにアラバスターへともどる。サイアナイトにはその理由が手に取るように理解できた。彼女の指導役ほど人をいらつかせる者はいない。彼女はふいに、ねじれた誇りを感じた。

「知事補佐は六人います」彼女がついにサイアナイトの質問に答えたが、その目はアラバスターの笑顔を鋭くにらみつけている。「わたしが知事補佐だという事実は、この際、どうでもいいことです。知事は非常に多忙ですし、これは案件としては些《さ》細《さい》なものです。したがって、この案件を扱うのは小役人で充分事足りるというわけ。でしょう？」

「これは些細な案件などではありません」アラバスターは尖塔をかたちづくっている指をリズ

ミカルに打ち合わせて余裕しゃくしゃくだが、もう微笑んではいない。一見したところ怒ろうかどうしようか考えているように見えるが、サイアナイトにいわせれば、もう怒っているのはまちがいない。「珊瑚の障害物はここからでも地覚《ちかく》できます。あなた方の港はほとんど用をなしていない状態だ——おそらく少なくとも十年近く前から、ほかの海岸地方のコムに向かう重量級の商船を何隻も失ってきたことでしょう。あなた方はフルクラムに大枚を払うことに同意した——大枚だとわかるのは、わたしが派遣されたからですが——それだけのものを支払うのだから、港がきれいになったら、これまでの損失をとりもどせると期待して当然です。さもないと、つぎの津波ですべてが押し流されてしまう前に借金を返済できませんからねえ。だからわれわれが呼ばれたわけでしょう？　われわれ二人が」彼はさっとサイアナイトを指差し、すぐにまた指の尖塔を復活させる。「われわれはあなた方の錆《さ》びついた未来を担っているというわけです」

女は完全に黙りこんでいる。表情は読めないが身体はこわばり、ほんのわずか引き気味の姿勢だ。怖がっているのか？　そうかもしれない。が、それよりはアラバスターの言葉の投げ矢がやわらかい肌身に刺さったから、というほうが当たっているだろう。

アラバスターが先をつづける。「というわけで、最低限あなたにできることは、まずわれわれに歓待の意思を示すこと、つぎにあなた方の些細な問題を解決するためにわれわれに数百マイルの旅をさせた人物にわれわれを引き合わせることです。それが礼儀というものだ、そうでしょう？　しかるべき公務遂行者は、ふつうそのように扱われるものだ。そうではありませんかか？」

サイアナイトは思わず快哉《かいさい》を叫びたくなってしまった。

「なるほど」女はやっとのことで、そう答える。脆《もろ》さが声に出ている。「あなたの……要請は……知事に伝えます」そしてにっこり微笑む。白い歯がきらりと脅しをかけてくる。「お客さまを迎えるわれわれの通常のプロトコルにあなたが失望されたということも、しっかり伝えておきますので」

「もしもこれがいつもどおりの客の迎え方ならば」アラバスターが、生まれながらのユメネス人でなければ最大限に発揮することのできないあの完璧な傲慢さであたりを見まわしながらいう。「ぜひともわれわれの失望感は伝えていただかねば。実際、これほどの仕事にたいして、これが正当なのですか？　長旅のあとの喉をうるおす安全の一杯も出さないのが？」

「郊外で一泊したと聞いていますが」

「ええ、それで多少は疲れもやわらぎました。宿は……やはり最上とはいえませんでしたが」

サイアナイトにいわせれば、それは公正を欠いている。昨夜の宿泊所は暖房が効いていたし、ベッドの寝心地もよかった——宿の主人も、金を手にしたあとは文句のつけようがないほど丁重なもてなしぶりだった。しかし彼の話をさえぎるわけにもいかない。「知事補佐、最後に千五百マイル旅されたのはいつですか？　疲れをとるのに一日ではとても足りない、それはまちがいありませんよ」

女の鼻の穴がこれ以上ないくらい大きくひろがる。が、さすが〈指導者〉だ——パンチをどう受け流すか、親にみっちり教育されて育ったにちがいない。「申し訳ない。考えがおよびませんでした」

「ええ。たしかに」アラバスターがいきなり立ちあがると、なめらかな動きで、とくに威圧的でもなかったのに、アザエルは彼が飛びかかってくるとでも思ったのか、ぐっとのけぞった。アラバスターの動きが急だったので、一歩遅れてサイアナイトも立ちあがったが、アザエルは彼女のほうを見ようともしない。「われわれはここにくる途中にあった宿に泊まることにします」女があきらかに困惑しているのもかまわず、アラバスターがいう。「通り二本、向こうの。正面にカークーサの石像があるところ。名前はなんだったか？」

「〈季節の終わり〉」女が、存外、穏やかな声でいう。

「そうそう、そんな名前だった。請求書はこちらへ送ってもらえばよろしいかな？」

アザエルはいまや肩で息をし、デスクに置いた両手をぎゅっと握りしめている。サイアナイトは内心、驚いていた。宿代を請求するのはまったくあたりまえのことだ。多少、高いとはいえ——ああ、それが問題なのかもしれない。この知事補佐にはかれらの宿代を払う権限がないのだ。もし上司がこの件で機嫌をそこねたら、支払いは彼女の給与から差っ引かれることになるのだろう。

だがアザエル〈指導者〉アライアは、サイアナイトがなかば予想したとおり、あくまでも礼儀正しい態度を崩さずに、かれらに向かって大声で話しはじめる。「もちろんです」笑みさえ浮かべている。これにはサイアナイトもお見事といいたくなってしまったほどだ。「あす、この時間にまたおいでください。そのときにいろいろ説明いたします」

というわけで、二人は館を出て通りをまっすぐに進み、アラバスターが確保した宿に向かう。宿の部屋の窓際に立って——宿はまた相部屋だし、不当な要求だといわれないよう食事もあまり高いものはたのまないようにした——サイアナイトはアラバスターの横顔を眺め、なぜまだ溶鉱炉のように怒りを放射しているのか、そのわけを考えてみた。

「ブラボー」と彼女はいった。「でも、必要だったんですか？　わたしはさっさと仕事をすませて、できるだけ早く帰るほうがいいと思いますけど」

アラバスターは微笑んでいるが、顎の筋肉はぴくぴく動いている。「人間らしい扱いを受けるほうが、きみの気分転換になるんじゃないかと思ったんだが」

「それはそうですけど、なにがちがってくるというんです？　いくらあなたが身分をかさに着て要求を通そうと、向こうのわたしたちにたいする感情は変わらないし——」

「ああ、変わらない。それに連中がどう感じていようと、わたしにはどうでもいいことだ。連中がわれわれに好感を持たなくてはならない理由はない。肝心なのは、連中がなにをするかだ」

彼はそれでいいだろう。サイアナイトは溜息《ためいき》をついて、我慢我慢と、親指と人差し指で鼻柱をつまむ。「文句たらたらでしょうね」これは厳密にいえばサイアナイトの任務だから、非難の矢面に立つのは彼女だ。

「いわせておけばいい」彼は窓に背を向けて浴室に向かう。「食事がきたら声をかけてくれ。

ふやけてしわしわになるまで湯につかっているから」

頭のいかれた相手に腹を立ててどうなるのか、とサイアナイトはいぶかしむ。どうせ向こうは気がつきもしないというのに。

ルームサービスがきた。トレイに質素だが満腹感が得られそうな地元料理がのっている。海岸地方のコムでは魚が安いのが相場だから、サイアナイトはテムティアの切り身をおごった。ユメネスでは値の張るご馳走《ちそう》だ。フルクラムの食堂ではめったにお目にかかれない。アラバスターが腰にタオルを巻いて浴室から出てきた。ほんとうにふやけている——その姿を見てサイアナイトは、この数週間の旅のあいだに彼が鞭縄《むちなわ》のように痩せてしまったことにはじめて気づいた。筋肉と骨だけになっているというのに、彼が注文したのはスープ一杯だけ。たしかに栄養のありそうなシーフードのシチューで、器は大きいしクリームとビートのチャツネのようなものを上に垂らしてきれいに飾ってあるが、それだけでは足りないに決まっている。

サイアナイトは付け合わせとしてヤムイモのガーリック炒めと樹木蜂《じゅもくばち》のキャラメリゼの小皿をたのんでいたので、それを彼のトレイに置いてやる。

アラバスターは小皿を見つめてから彼女へと視線を移した。彼の表情がふっとやわらぐ。

「なるほど。きみはもっと肉付きのいい男が好きということだな」

冗談だ——彼女が彼に魅力を感じてはいても、彼とのセックスを楽しんでいないことは二人ともよくわかっている。「ええ。みんなそうですよ」

彼は溜息をつきながらも、おとなしくヤムイモを食べはじめる。そして食べながら——といっても腹が減っているようには見えない、ただ食ってやると固く決心しているだけだが――いった。「もう感じないんだ」

「え？」

彼は肩をすくめる。答えに窮しているというよりは、うまく説明するのがむずかしくて言葉選びに迷っているということだろうと彼女は察した。「じつをいうと、いろいろなことがそうなんだ。空腹。痛み。地中にいると――」彼が顔をしかめる。そこがほんとうにむずかしいところなのだ――彼の表現力の問題ではなく、言葉では表現できないというところが。彼女はうなずいて、わかると合図する。いつか誰かがぴったりの言葉をつくってくれれば、オロジェンもそれを使って話せるようになるかもしれない。いや、もしかしたら過去にはちゃんと言葉があって、いまは忘れられてしまっているだけなのかもしれないが。「地中にいると、地覚できるのは地球だけになる。感じないんだ――こういう、ものは」手で部屋を示し、自分の身体を指し、彼女を指す。「しかもわたしは地中にいる時間が長い。そうならざるをえないんだ。そしてもどってくると、なんというか……地球の一部がいっしょにきている感じで……」声がしだいに小さくなり消えてしまう。だが、彼女はわかるような気がしていた。「こういうことは七指輪、八指輪になった頃から起きはじめた。それははっきりしている。フルクラムからは厳しい食事計画を課されたが、あまり守ってこなかったんだ」

彼女はうなずく。ひと目見ればわかる。彼女がシソパンを彼の皿にのせてやると、彼はまた溜息をついたが、けっきょく皿のものはきれいにたいらげた。

二人はベッドに入った。そして真夜中、サイアナイトは夢を見た。ゆらめく光の立坑を上へ上へと落ちていく夢だ。光は彼女の周囲で汚水のように小さく波打ち屈折している。立坑のいちばん上でなにかが光っているが、それはいまそこにあったと思うとこんどはあっちへ離れていき、またもどってくる。なんだか現実のものではないような、ほんとうはそこにはないような。

目が覚めかけてきた——なぜか突然なにかがおかしいという気がして、理由はわからないけれど、とにかくどうにかしなくてはという思いに駆《か》られたのだ。そして起きあがり、眠い目をこすって夢のなごりが消えてはじめて、あたりに悪しき気運が立ちこめていることに気づいた。これはどういうことかと横にいるアラバスターを見おろすと——彼も起きている。妙に身体をこわばらせ、目を見開いてじっと宙を見つめ、口をあけて声を出している。うがいでもしているような、でなければいびきをかくまねをして無残に失敗してしまっているような声だ。いったいどういうことだ？　彼は彼女を見ていないし、身体を動かしてもいない。ただおかしな音を立てているだけだ。

そのうち彼のオロジェニーが高まり、高まり、高まり、彼女の頭のなか全体がずきずきと痛むほどになった。彼の腕に触ってみると、じっとりひんやりしていて硬い。そこではじめて彼女は彼が動けないのだと遅まきながら悟る。

「バスター！」彼の上にかがみこんで、目をのぞきこむ。その目は彼女を見ていない。それでも彼のなかでなにかが目覚めて反応しているのは、はっきり地覚できる。彼の筋肉は収縮できないというのに、彼のパワーは収縮している。そしてうがいのような呼吸をくりかえすたびにそのパワーがより高いほうへと螺旋《らせん》を描き、よりきつく丸まり、いまにもぷつりと切れそうになっていくのが感じられる。燃えて、剝《は》げ落ちる錆《さび》。彼は身動きできず、パ、ニ、ッ、ク、を起こしているのだ。

「アラバスター!」オロジェンは絶対に、けっして、パニックなど起こしてはならない。十指輪となればなおさらだ。もちろん彼は彼女の呼びかけに応えることはできない――それでも名を呼んだのは、自分がここにいて彼を助けようとしていることが伝われば少しは落ち着きをとりもどしてくれるのではないかと思ったからだ。たぶん、なにかの発作だろう。サイアナイトは上掛けをさっと投げ捨てて膝立ちになり、彼の口のなかに指を突っこんで丸まっている舌を引っ張ろうとした。口のなかが唾《つば》でいっぱいだ――彼は自分のよだれで溺れそうになっている。とっさに彼をごろんと横向きにして唾が外に流れだすよう頭を傾けてやると、はじめてはっきりとした呼吸音が聞こえた。しかしその呼吸は浅くて、息を吸いこむのに凄《すさ》まじく長い時間がかかっている。彼はあがいている。なにが原因にせよ、そのせいで身体のほかの部分同様、肺も麻痺《まひ》してしまっているのだ。

部屋がほんの少し揺れて、宿のあちこちから危険を察知した声があがる。だが、その声はすぐに静まっていく。みんなさほど深刻に考えていないのだ。いまにも起ころうとしている揺れを地覚することはかれらにはできない。建物の横っ腹に強風が吹きつけたのだろう、とでも思っているにちがいない……いまのところは。

「くそっ、くそっ、くそっ——」サイアナイトは彼の視界に入るようにかがみこむ。「バスター、このまぬけな人喰《ひとく》い野郎の錆び野郎——早く抑えて。いくらでも力になるけど、あなたがみんな殺してしまったら、それもできやしないじゃないの！」

彼の表情に変化はないし、呼吸も変わらないが、あの悪い気運がいっきに消えていくのがわかった。よしよし。よかった。ではつぎは——。「医者を呼んできます——」

こんどの揺れはさっきよりも激しかった——ほったらかしのワゴンの上で皿がカチャカチャ音を立てている。つまり、だめ、ということだ。「わたしにはどうしようもないわ！　だってなんなのかわからないんだもの！　このままじゃ、あなた、死んでしまう——」

彼の全身がビクッとひきつる。意図的なものなのか、それとも痙攣《けいれん》かなにかなのか、彼女にはわからない。だがすぐに警告だと気づいた。またあれが起きたのだ——彼のパワーが万力《まんりき》のように彼女のパワーを締めつけてくる。彼女は歯を喰いしばって、彼が彼女を使って必要なことをさせるのを待つ……が、なにも起きない。彼は彼女をとらえている。そして彼女は彼がなにかしているのを感じている。なにか殻竿《からざお》をふりまわしているような。探しているのになにも見つからないような。

「なんなの？」サイアナイトは彼のたるんだ顔をのぞきこむ。「なにを探しているの？」

返事はない。だが、彼が自分で動かないかぎり見つけられないものだということははっきりしている。

そんなばかな。オロジェンはなにかするのに目で見る必要はない。べ、ビ、ーべ、ッ、ド、の、赤、ん、坊、だってできる。でも、でも――彼女は懸命に考える。前に高架道でこれが起きたときは、彼はまず災難の源のほうを向いた。その場面を頭に浮かべて、彼がなにをしたか、どうやったか、考えてみる。いや、ちがう――ノード・ステーションはやや北西の方向にあったのに、彼は真西の地平線を見つめていた。自分のばかさ加減に首をふりながら、サイアナイトは跳びあがって窓に駆け寄り、窓を開けて外を見渡す。見えるのは坂道と建ち並ぶ化粧漆喰の建物だけだ。夜も更けてしんと静まりかえっている。動きがあるのは道のずっと先のほうだけで、その向こうにはちらりと岸壁と海が見える――船に荷を積みこんでいる。空には群雲《むらくも》がかかり、夜明けはまだ遠い。大ばか者、と自分をののしりたい気分だった。と、そのとき――

彼女の心のなかでなにかがぐっと固まった。背後のベッドからアラバスターが耳障りな音を立てるのが聞こえてくる。彼のパワーの振動が感じられる。なにかが彼の注意を引いたのだ。いつだろう？　空を見たときだ。首を傾《かし》げながら、彼女はもう一度、空を見る。

くる。くる。彼の気分が高揚するのが感じられる。と思うと彼のパワーが彼女を包みこみ、彼女は目のごときもので見るのをやめる。

さっき見た夢とおなじだ。彼女は上へ上へと落ちていく。なぜかそれで理屈が通っている。彼女の周囲、彼女が落ちながらくぐり抜けていく空間は色彩と切子面《きりこめん》の輝きがあふれる水のようだ――が、青くはないし透明でもなく、淡い紫色でくすんだ石英《せきえい》が少し混じった質の悪いアメシストのようといえばいいだろうか。彼女はそのなかで腕を殻竿のようにふりまわしている。とっさに、溺れている、と思ったが、これは肌や肺ではなく地覚器官で感じていることだ――

水のなかにいるのではないから腕をふりまわしているわけがないし、彼女は実際にはそこにいないのだから。それに溺れるはずもない。どういう理屈かわからないが、アラバスターがしっかり彼女をとらえているのだから。

彼女はぐらぐら揺れながら進んでいるが、彼はしっかりと目的を持って進んでいる。彼は彼女を引っ張ってスピードを増しながら上へ上へと落ちていく。彼はなにかを探している。そのなにかの怒号が聞こえるような気がする。圧力や温度のような力に引っ張られるのを感じる。だんだんと肌が冷たくなりジンジン痛くなってくる。

なにかが加わってきた。ほかのなにかが分岐路をつくる。それはあまりにも複雑すぎて、彼女には全体を把握しきれない。なにかがどこかを通って注ぎこまれ、摩擦で温かくなる。彼女のなかのどこかが平らかになり、強められる。燃える。

と、彼女はどこかべつのところにいる。無数の氷のようなもののまんなかに浮かんでいる。そしてその上に、そのなかに、なにかある

汚染物質

それは彼女の思考ではない。

と、すべてが消えた。彼女はぽんと自分自身のなかに、現実の世界にもどった。ものが見え、音が聞こえ、味があり、匂いがあり、地覚――ほんものの地覚、なんだかわからないけれど、いまアラバスターがやったのとはちがう、いつもどおりに働く地覚――がある世界へ。そしてアラバスターはベッドで吐いている。

サイアナイトは思わず顔をそむけたが、彼の身体が麻痺していたことを思い出した——吐くどころか、まったく身動きできないはずなのに。それでも吐いている。吐きやすいようにベッドから身体を半分起こしている。麻痺は軽くなっているようだ。

吐くといっても出てくるものは少ない、べとべととした感じの白い透きとおったものがスプーンに一、二杯程度だ。食事をしたのは何時間か前だから、消化管の上部にはなにも残っていないはず。だが、彼女は思い出した

汚染物質。

そして遅ればせながら、彼の体内からなにが出てきたのか悟った。それだけでなく、彼がどうやってそれを出したのかも。

彼はやっとぜんぶ出しおえて、念のためにかおまけでか、二、三回唾を吐くとベッドに仰向《あおむ》けにひっくりかえった。息が荒いが、もしかしたらふたたび自分の意思で呼吸ができるようになったことを楽しんでいるのかもしれない。

サイアナイトはささやきかけた。「いったいぜんたい、燃える錆び地球にかけて、いまなにをしたんです？」

彼は軽く笑って目を開き、目玉だけ動かして彼女を見る。この笑い方は、楽しい気分ではないなにかを表現したいときの笑い方だ。いまは、みじめさか。あるいは疲れ果てた末のあきらめか。彼はつねに辛さを抱えている。それをどの程度あらわすかのちがいだけだ。

「しょ、焦点を定めて」荒い息の合い間に彼がいう。「制御する。すべては程度の問題だ」

これはオロジェニー教育の第一歩だ。どんな子どもでも山を動かすことができる——本能のなせる業《わざ》だ。が、意図して特定の丸石をひとつ動かせるのは、フルクラムで訓練を受けたオロジェンだけ。そしていうまでもなく、自身の血液と神経の合い間に浮かび、素早く流れていく微小な物質を動かせるのは十指輪だけだ。

そんなことができるはずはない。彼がやってのけたとは信じられない。だが、彼女は彼に手を貸し、彼はやってのけた。だとしたらいくら信じられなくても信じるしかない。

邪悪な地球め。

制御する、か。彼女は深々と息を吸いこんで昂《たか》ぶる神経を支配する。立ちあがり、コップ一杯の水を持ってもどる。彼はまだ弱っている——コップの水を飲ませるのにも起きあがることから手を貸してやらねばならない。飲ませても、最初のひと口を彼女の足元の床に吐きだしてしまった。彼女は彼をにらみつけながらも枕をつかんで彼の背中に当て、よりかかれるようにしてから毛布の汚れていないところを足にかけて包んでやる。それがすむと、彼女はベッドの反対側にある椅子に移った。豪華な大きい椅子だから、ひと晩くらい充分に寝られる。もう彼の身体から出てくる液体の始末はごめんだ。

彼女は、アラバスターの呼吸が落ち着いていくらか元気がもどってきたのを見計らって——彼女にも慈悲がないわけではないから——そっと話しかけた。「なにをしているのか教えてくださいよ」

彼はその問いに驚いたふうもなく、枕によりかかって頭を沈みこませたまま動きもしない。

「サバイバルだ」

「それは高架道でのことでしょ。いまは？　説明してください」

「説明……できるかどうか。すべきかどうかもわからない」

彼女はじっと我慢する。なにが起きるかわからないから怖くて我慢するしかない。「どういう意味なんです？　すべきかどうかって」

彼は長くゆっくり深々と息を吸いこんだ。どう見ても息を味わっているという感じだ。「きみはまだ……制御が身についていないからな。まだ不充分だ。完全に制御できるようになっていないと……わたしがいまやったのとおなじことをしたら……きみは死ぬ。しかし、もしやり方を教えたら――」深々と息を吸いこみ、吐きだす。「どうしても試してみたくなってしまうかもしれない」

目に見えないほど小さいものを制御する。冗談みたいな話だ。冗談にちがいない。「そんな制御力、誰にもありませんよ。十指輪にだって」話にはいろいろ聞いたことがある――十指輪はすごいことができると。だが、不可能なことができるなんて聞いたことはない。

「『かれらは一連につらなった神々である』」アラバスターがつぶやいた。うとうとしかけているようだ。命を賭けた戦いで疲れ切ってしまったのだろう――それとも奇跡を起こすのは見た目より大変ということなのか。「『野生の地球を服従させる者は、みずからも勒《ろく》をつけられ轡《はみ》をつけられた者なり』」

「なんです、それ？」なにかの引用だ。

「石伝承」

「嘘ばっかり。そんなこと三つの銘板のどこにもありゃしないわ」

「銘板その五だ」

まったくろくでもない男だ。おまけにいまにも寝てしまいそうだし。地球、殺してやりたくなってくる。

「アラバスター！ わたしの錆び質問に答えて」静寂。こんちくしょうめ。「あなたがわたしにしていること、いったい何なんです？」

彼が長く、重く、息を吐きだす。眠ってしまったのかと思っていると、しゃべりだした。

「並列スケーリングだ。動物一頭で荷車を引けば一頭分の力しか出ない。二頭を前後に並べて引かせれば、まえの馬が先にへばってしまう。横に並べて軛《くびき》につないで動きを同期させ、二頭の動きがぴったり合うようにすれば、一頭ずつの力を合わせたより大きなものが得られる」また溜息を洩《も》らす。「とにかく、そういう理屈だ」

「それで、あなたは？ 軛？」

彼女は冗談のつもりだったのに、彼はうなずいた。

軛。ますますひどい。彼は彼女を動物扱いして、自分が燃え尽きてしまわないように彼女を働かせていたということだ。「いったいどうやって――」彼女はどうやってという問いを引っこめた。絶対にありえないことをあると仮定していることになってしまうからだ。「オロジェンはいっしょには働けません。どちらかの円環体がもうひとつのほうを取りこんでしまうから。

優先順位は制御力が大きいほうが上です」二人ともグリットの時代に学んだことだ。

「ならば」いかにも眠そうなとろんとしたしゃべり方だ。「そういうことが起こらなかったと考えてみるんだ」

彼女は一瞬、目が眩《くら》むほどの怒りを覚えた——世界が真っ白になる。オロジェンがそんな激しい怒りを抱くのは許されないことだから、彼女はそれを言葉で吐きだす。「ばかなことといわないで！　金輪際、そんなことはしないで——」だが、彼を止めるすべはない。「さもないと、あなたを殺すことになるわ、聞いてるの？　あなたにはそんなことをいう権利はないわ！」

「おかげで命拾いした」彼はもぞもぞと口のなかでつぶやいただけだったが、ちゃんと聞きとれた。そしてその言葉は彼女の怒りを背中からぐさりと刺し貫いた。「ありがとう」

溺れかけている男が、助かりたい一心で、そばにいる誰かにしがみついたからといって責められるだろうか？

あるいは何千人もの人を救いたい一心で。

あるいは自分の息子を救いたい一心で。

彼はもう眠っている。その横には彼が吐いた少量の汚物。もちろんそこはベッドの彼女が寝る側だ。サイアナイトはげんなりして豪華な椅子に足を引きあげ、身体を丸めてなんとか居心地のいい姿勢を探る。

やっとのことで落ち着いてはじめて、いったいなにが起きていたのか、彼女ははたと思い当たった。アラバスターが不可能なことをやってのけたという事実の一部のみならず、核心をとらえたのだ。

子どもの頃、ときどき台所当番をしたときに果物や野菜の瓶詰を開けると、たまに中身が傷んでしまっていることがあった。瓶にひびが入っていたり、ふたがちゃんと閉まっていなかったりしたやつで、あまりにも臭いので料理人が窓を開けて、その匂いを外に出すのにグリット何人かに命じてバタバタとあおがせていた。だが、もっと始末が悪いのは、ひびの入っていない瓶だと彼女は学んでいた。中身は問題ないように見えるし、開けても変な匂いはしない。唯一、危険の目印になるのは金属のふたのわずかなゆがみだけだ。

「スワンプスリスクに嚙《か》まれるよりやばいぞ」とゴマ塩頭の〈耐性者〉の料理長は疑わしい瓶を見せながらいい、どこを見きわめればいいか教えてくれたものだ。「混じり気なしの毒だ。筋肉が鍵がかかったみたいに動かなくなっちまう。息もできないんだぞ。しかもよく効く。これひと瓶でフルクラムにいるやつを全員殺せる」そういって料理長は、まるで愉快な話でもしているかのように笑っていた。

あの毒を数滴シチューに混ぜこめば、面倒くさい中年のロガひとりくらい簡単に殺せる。そういう事故が起こるという可能性は？　腕のいい料理人ならふたがゆがんだ瓶の食材を使ったりはしないだろうが、〈季節の終わり〉がいい加減な料理人を雇っているということはありうる。サイアナイトはなにか必要なものはないかと聞きにきた子どもに食事を注文していた。そのとき、どの注文が誰のものか、いっただろうか？　どういったか思い出してみる。わたしは魚とヤムイモ。たしかそういってしまったから、向こうはシチューはアラバスターが食べると思っただろう。

だが、もしこの宿にロガを殺したいほど嫌っている人間がいるとしたら二人に毒を盛って当然だ。有毒な植物の汁をアラバスターが食べるものだけでなく料理ぜんぶに入れるくらい簡単にできる。ひょっとしたら、実際そうしたのに彼女のほうはまだ効き目が出ていないだけなのか？　でも、まるでなんともないし。

そこまでいくと誇大妄想よ、と彼女は自分にいいきかせる。

しかし誰も彼もが彼女を嫌っているのは妄想ではない。彼女はどう転んでもロガなのだから。苛立《いらだ》ちがつのって、彼女は椅子の上で姿勢を変え、膝を抱えて眠ろうとした。が、しょせん負け戦《いくさ》だ。頭のなかは疑問だらけだし身体は薄い寝袋で硬い地面に寝るのにすっかり慣れてしまっている。けっきょくは起きあがり、窓の外を眺めて夜を明かすことになった。外の世界はどんどん辻褄《つじつま》の合わないものになっていく。いったいこの世界とどう向き合っていけばいいのだろう？

だが、明け方、せめて気分をしゃきっとさせようと窓から身をのりだしてしっとりと露を含んだ空気を吸おうとしたときのこと。ふと見あげると、そこに暁《あかつき》の光を浴びて瞬いているものがあった。ぽっかりと宙に浮かんだ巨大なアメシストの破片。ただのオベリスク──たしかアライアにくる途中で見たやつだ、と彼女はおぼろな記憶をたどる。オベリスクはたしかに美しいが、消え残る星々も美しいから、ふだんはほとんど気に留めることもない。

しかし、いまは目がいく。きのうよりずっと近くにきているからだ。

§

すべからく構造物の中心にはしなやかな梁《はり》をわたすべし。
木は信じてよし、石は信じてよし、しかし金属は錆びる。

――銘板その三〝構造〟第一節

10　あんたは獣と並んで歩く

あんたは考えているんじゃないだろうか、誰か別人にならなくてはと。誰になればいいのかはわからない。これまでのあんたは、より強くて冷徹、でなければより温かくて弱いというキャラクターだった——どちらの組み合わせも、そのときそのときの窮状を切り抜けるのにふさわしいものではあった。いまは冷徹で弱い。これでは誰を救うこともできない。

たぶん、まったくあたらしい誰かになる必要があるのだろう。前にもやったことがある——驚くほど簡単だった。あたらしい名前とあたらしい目的を持ち、上着とズボンを試着するように、ぴったり合うあたらしい人格を探す。四、五日たてば、前はほかの人格だったとは思えないほど馴染《なじ》んでしまう。

しかし。ひとりだけ変わらないあんたがいる。ナッスンの母親というあんただ。いまのところ、それがなによりも先んじているし、けっきょくはそれが決定的要素なのだ。すべてが終わったら、ジージャが死んでなんの憂いもなく息子の死を悼むことができるようになったら……そしてもしまだナッスンが生きていたら、ナッスンには生まれたときから育ててくれた母親が必要になる。

だからあんたはエッスンでいなくてはならないが、エッスンでいるにはジージャが残していったあんたのかけらを拾い集めてなんとかするしかない。なんとしてもかけらを縫い合わせ、ぴたりと合わないところは意志の力で隙間を埋め、たまにギシギシ、パキパキいっても無視する。大事なところが壊れないかぎりはそれでいい、だろう？　あんたにそれ以外の道はない。子どものひとりが生きている可能性があるうちは。

§

あんたは戦《いくさ》の物音で目を覚ます。

あんたと男の子は道の家でひと晩すごしていた。何百人もの人に囲まれて。みんな考えることはおなじだ。道の家――この場合は、なかにポンプ井戸があって窓なしの石の壁で囲っただけの掘っ立て小屋同然の建物――のなかで寝ている者はいない。暗黙の了解で、ここは中立地帯ということになっているからだ。そしてまた道の家のまわりで野営している数十組の人々同士で、あえてかかわりを持とうとする者もいない。暗黙の了解で、ひとことたずねるより先にぶすりと刺されてしまうのではないかと、みんな戦々恐々としているからだ。世界はあまりにも早く、あまりにも劇的に変わってしまった。石伝承にはあれに備えろ、これに備えろと事細かに書かれているかもしれないが、〈季節〉というなにもかも覆い尽くしてしまう恐怖はまだまだ大きな衝撃で、そうたやすく対応できる者はいない。なにしろほんの一週間前はすべてが正常だったのだから。

あんたとホアは近くの開けた草原のまんなかで焚《た》き火をたいて夜をすごした。子どもは眠ってしまうかもしれないと思いながらも、見張り役はその子と交代でするしかない——これだけ大勢の人間がまわりにいては注意を怠るわけにはいかないからな。女ひとり子どもひとりで荷物満杯の避難袋を持って旅しているわけだから、いちばん心配なのは泥棒だ。火事も怖い。枯れかけた草原でフリントマッチの使い方もろくに知らない連中が夜を明かすのだから。だが、あんたは疲れている。ほんの一週間前までは先が読める楽な暮らしをしていた身ゆえ、また旅暮らしに慣れるまでにはしばらくかかるだろう。だからあんたはピートの塊《かたまり》が燃え尽きそうになってきたらすぐ起こすようにと子どもにいっておく。これで四、五時間は眠れるだろう。

ところが間に合わせの野営地の端のほうで叫び声があがりはじめたのは、もっともっと何時間もあと、夜明けも近い頃だった。あんたのまわりでも危険を察知した声があがりだして、あんたは寝袋からあわてて這《は》いだし、立ちあがる。誰が叫んでいるのかはわからない。なぜ叫んでいるのかもわからない。が、それはどうでもいい。あんたは片手で避難袋を、もう片方で子どもをひっつかんで走りだそうとする。

子どもはびくっと身を引いて自分の小さなぼろ包みを取ると、こんどはあんたの手をしっかり握った。薄闇のなか、その氷白の目が大きく見開かれている。

そしてあんたは——あんたたち全員、あんたと男の子のまわりにいる連中ひとり残らず——

走る、走る。草原の奥のほうへ。最初に叫び声があがったのは道路のほうだったし、泥棒にしろコム無しにしろ軍隊にしろ、騒ぎの源はやることをやったら道路を使って去っていくにちがいないから。夜明け前の灰まみれの薄明のなか、まわりの連中はみなおなじ方向に走っているおぼろな影でしかない。しばらくのあいだ、世界の一部として存在するのは男の子と避難袋と足元の地面だけだ。

ずいぶん走って疲れ切って、あんたはついによろよろと足を止める。

「さっきのはなんだったの?」とホアがたずねる。まったく息切れしていない。子どもは元気だ。もちろん、あんたはずっと走りっぱなしだったわけではない——たるみきった身体では無理な相談だ。最低ラインは動きつづけることだから、あんたはそれだけは守って、息が切れて走れないときは歩いていた。

「なにも見えなかったわ」とあんたは答える。なんだったのかは、じつはどうでもいいことだ。あんたはひきつる脇腹をさする。脱水症状だ——水を飲もうと水筒を取りだす。が、取りだしたとたん、しかめっ面になる。ほとんど空っぽの音だ。道の家で野営しているあいだ補給するチャンスがなかった。朝になったら入れようと思っていたのだ。

「ぼくも見えなかった」男の子がうしろをふりむいて、首をのばしながらいう。首をのばしたって見えるわけはないのに。「とっても静かだったのに、急に——」と肩をすくめる。

あんたは子どもをじろりと見る。「寝てたんじゃないの?」あんたは逃げだす前に焚き火を確認していたが、いまにも燃え尽きそうだった。何時間も前に起こしてくれていてよかったはずだ。

「ううん」

あんたは自分の二人の子と他人の何十人もの子を震えあがらせてきた怖い顔でにらみつける。ホアは困り顔であとずさる。「寝てない」

「どうしてピートが少なくなってきたときにわたしを起こさなかったの？」

「あんたは寝てなくちゃだめだった。ぼくは眠くなかった」

まったくいまいましい。つまり、この子はそのうち眠くなるということだ。地球よ、人のいうことを聞かないガキどもを食い尽くせ。

「脇腹が痛いの？」ホアが心配顔で近寄ってくる。「怪我してるの？」

「ただのさしこみよ。そのうちよくなるわ」あんたはあたりを見まわすが、降灰で視界は二十フィートかそこらしかない。近くに人がいる気配はないし、道の家のほうからもなんの音も聞こえない。実際、聞こえているのは草に灰が降り注ぐとても静かな音だけだ。論理的に考えれば、道の家のまわりで野営していた連中はそう遠くまでいっているはずはない——なのにホア以外、誰もいない、完全に二人きりだという気がする。「道の家にもどらなくちゃ」

「荷物を取りに？」

「そう。それと水も」あんたは道の家のほうに目を凝らすが、草原は少し先で灰白色のもやに閉ざされてしまってなにも見えはしない。つぎの道の家がちゃんと使えるかどうか。未来の将軍どもに占拠されているかもしれないし、パニックを起こした群衆に壊されてしまっているかもしれない――ちゃんと機能していない可能性が高い。

「もどってもいいよ」あんたは子どものほうをふりむく。子どもは草の上に腰をおろしている――そして驚いたことに、口をもぐもぐさせている。前は食べ物なんか持っていなかったのに……ふーん。子どもはぼろ包みをきゅっとしばると、口のなかのものを飲みこんだ。「あんたが水浴びさせてくれた小川へ」

それもよさそうだ。あの小川は子どもを水浴びさせたところからさほどいかないうちに地下に潜ってしまった――あそこまでは一日歩けばいいだけだ。だがそれにはきた道をもどることになるし……。

いや、それだけのことだ。小川にもどるのがいちばん安全な選択肢だろう。気が進まないのはばかげているし、まちがっている。

だがナッスンはこの先のどこかにいる。

「あいつはあの子になにをしてるの？」とあんたは静かにたずねる。「もう、あの子の正体に気づいているはずだわ」

子どもはただ見つめているだけだ。あんたのことを案じているのだとしても、それを顔には出さずにいる。

これではまたこの子の心配の種を増やすことになってしまう。「道の家にもどろう。もうだいぶ時間もたったから、泥棒だか追いはぎだか知らないけど欲しいものは手に入れて出ていったでしょう」

欲しいものが道の家でないかぎりは。スティルネスの古参のコムのいくつかは、そもそもの地域でいちばん力のあるグループが水源を占有して〈季節〉が終わるまで守り抜いたのが元になっている。コム無しにとっては、そういうときこそが最大のチャンス――受け入れてくれるコムがないなら自分たちでつくってしまえ、ということだ。しかしそれをうまくやってのけるだけの組織力と社交性と強さとを兼ね備えたコム無し集団はめったにない。

「もし占拠されているようなら」あんたはいう。真剣な話だ。ただ水が欲しいというだけのことだが、こういうときはどんな障害物も山のように大きくそびえ立って見えるもの。そしてオロジェンは山を朝飯にするもの。「わたしにも分け前をくれたほうが、向こうも得ってもんだから」

これを聞いて子どもが悲鳴をあげて逃げだすかと思いきや、ただ立ちあがっただけだった。あんたは最後に通りかかったコムで、ピートといっしょに子どもの服も買ってやっていた。いまや彼は分厚い靴下と頑丈な靴を履き、着替えも二組あるし、あんたが着ているのとそっくりな上着まで持っている。特異な風貌はしかたないとして、よく似た身なりをしていれば二人が連れだとひと目でわかる。おなじ格好をしていれば、おなじ組織のおなじ目的を共有するメンバーだという言外のメッセージが伝わる――たいした力はないが、ささやかな抑止力にはなる。わたしたちは狂った女と醜い子、無敵の組み合わせよ。

「さあ」あんたは歩きだす。子どもはついてくる。

道の家に近づいても、あたりは静かなままだ。近づいたかどうかは草原に散らばったものでわかる——こっちには誰かが放棄した野営の跡があってまだ焚き火がくすぶり、あっちには破れた避難袋があって、あわてて逃げるときにこぼれた補給品が点々と落ちている。草を円形に引き抜いたところには焚き火用の木炭と寝袋。ひょっとしたらあんたのかもしれない。あんたは通りすがりにそれを拾いあげてくるくると丸め、避難袋のストラップに突っこむ。あとでちゃんと縛ればいい。と、思ったより早く、道の家が見えてきた。

一見したところ誰もいないらしい。聞こえるのは自分の足音と呼吸だけだ。子どもはそこそこ静かに動いているが、アスファルトの道路にもどったとたん、やけに大きな足音が響くようになってしまった。あんたがちらりと見ると、子どもはそれに気づいたようで、あんたが踵《かかと》から爪先へと足をそっと着地させて抜き足差し足で進むのをじっと見ていたと思うと、おなじ歩き方をしはじめた。まわりに注意を払わなくてもいい状況だったら——心臓の鼓動が高鳴るのを気にしなくていい状況だったら——子どもが自分の足音がしなくなったことに驚いている顔を見て、あんたは笑いだしていたことだろう。思わず、可愛い、といいたくなる表情だ。

だが道の家に一歩入ったとたん、あんたはそこにいるのが自分たちだけではないことに気づく。

最初に目に入ったのはポンプとそのまわりのセメントの囲いだ——ほんとうに初期の頃の道の家はまさにそれ、ポンプのための風雨よけだった。つぎに見えたのはひとりの女だ。鼻歌をうたいながら吐出口から大きな水筒を押しやり、もっと大きな空の水筒を置いている。やたらせかせかと囲いをまわってポンプのハンドルのほうへ移動し、またレバーを動かしはじめたところでやっとあんたに気づいた。そして固まる。あんたと女は互いに見つめ合う。

女はコム無しだ。つい最近、宿無しになってしまった人間なら、ここまで汚れているはずはない。（ホアはべつ、とあんたは心のどこかで思うが、災害にあって汚れているのと洗っていなくて汚れているのとはちがう。）女の髪はもつれている。あんたの清潔な手入れのいきとどいた巻き毛とはちがって、くしを入れもしないからそうなっているだけ——かび臭いふぞろいな塊になって垂れている。肌はただ泥で覆われているだけではない——泥がこびりついてすっかり固まってしまっている。なかには鉄鉱石が混じっているところがあって、それが肌の湿気で錆《さ》びて毛穴がある場所が赤く色づいている。着ている服はきれいなものもある——道の家のまわりにいろいろ散らばっていることを考えれば、どうやって手に入れたかははっきりしている。それに足元にあるリュック三つはどれも補給品でふくれあがり、そのうちのひとつにはすでに満杯にした水筒がぶらさがっている。しかし女の体臭は強烈だ。あんたは思う。その水をぜんぶ風呂に使ってくれればいいのに、と。

女はあんたとホアをさっと一瞥《いちべつ》して素早く抜け目なく値踏みすると、すぐに小さく肩をすくめ、ポンプのハンドルをふた押しして水筒を満杯にした。水筒を持ちあげてふたをし、足元の大きなリュックにくくりつけると立ちあがって、軽く感心するほどの手際のよさで三つのリュックをすくいあげ、逃げるようにあとずさる。「どうぞ」

もちろんあんたは前にもコム無しを見たことがある。誰だってそうだ。〈強力《ごうりき》〉より安い労働力を必要としている都市——そして〈強力〉の組合の力が弱いところ——では、かれらは貧民街に住み、通りで物乞いをしている。ほかの場所ではコムとコムのあいだの森のなかや砂漠の端っこのようなところに住んで、狩りで獲物を仕留め、スクラップで雨露をしのぐ小屋を建てて生きのびている。厄介事を避けたい連中は畑やコムのテリトリーの端にある穀物や野菜を貯蔵しておくサイロから盗み、争い事をいとわない連中は小規模の防備が手薄なコムを襲ったり、四《よ》つ郷《ごう》の細道をゆく旅人を襲ったりしている。だが四つ郷の知事たちはほとんど手を打とうとしない。みんなが緊張感を持つことになるし、いざこざを起こす連中はこんな末路をたどることになるぞと釘を刺す意味合いもあるからだ。しかし盗難があまりにも多くなったり、コムへの襲撃があまりにも過激になったりすると、民兵が出動してコム無し狩りをすることになる。

が、いまはそんなことは関係ない。「トラブルを起こす気はないのよ」とあんたはいう。「あなたとおなじで水を汲《く》みにきただけだから」

ホアを興味津々で眺めていた女が、視線をさっとあんたにもどす。「わたしはなにもするつもりはないよ」女は先に満杯にしてあった水筒のふたを心持ちゆっくりと閉める。「でも、まだ入れなくちゃいけないのがある。だから」とあんたの避難袋とそこからぶらさがっている水筒を顎で指す。「それなら時間もかからないから」

たしかに彼女のはずいぶんと大きい。丸太ぐらいの重さがあるにちがいない。「ほかの人がくるのを待っているの？」

「ううん」女がにっと笑うと、驚くほどきれいな歯がちらりと見えた。いまはコム無しかもしれないが、出自はちがうのだろう——あの歯茎はそれほどひどい栄養失調を経験した歯茎ではない。「わたしを殺す気?」

あんたは、それは考えていなかったと認めざるをえない。

「近くに住処《すみか》があるんだよ、きっと」ホアがいう。彼が戸口にいて外に目を配っているのを見て、あんたはうれしくなってしまう。ちゃんと見張っている。賢い子だ。

「そのとおり」少し考えればわかることだが、ちょっとした秘密をいいあてられたわりに、女は落ち着いたようすで明るくいう。「ついてくる気?」

「いいえ」あんたはきっぱりという。「あなたに興味はないの。あなたが放っておいてくれれば、こっちもそうするわ」

「了解」

あんたは水筒を縛っていたひもをほどいてポンプのほうへじりじりと近づく。不便なつくりだ——ひとりが容器を持って、もうひとりがハンドルを動かすようになっている。

女がポンプに手を置く。無言だが、手伝うといっているのだ。あんたがうなずくと、女はハンドルを押しはじめた。あんたはまず思う存分、飲む。それから水筒がいっぱいになるまでのあいだは張り詰めた沈黙がつづいた。それが気詰まりで、あんたは沈黙を破る。「ここへくるなんて、大きな危険を冒したものね。きっともうすぐみんなもどってくるわよ」

「もどってくるのはほんの数人。それもすぐにじゃないし。そっちだっておなじ危険を冒してる」

「たしかに」

「だから」女が満杯にした大量の水筒を顎で指したので、あんたも遅ればせながら目をやる——あれはなに？　ひとつの水筒の口の上に棒とねじった葉っぱと曲げた針金でできた小さい珍妙な仕掛けのようなものがのっている。その仕掛けが、あんたが見ている間にもカチッと小さな音を立てた。「とにかく実験してるの」

「え？」

女があんたをじっと見つめて肩をすくめる。そのときあんたは気づいた——この女はあんたがスティルではないのとおなじように、ただのコム無しではない。

「あの北からきた揺れ」女がいう。「あれは少なくとも揺度九以上だった——でもそれはわたしたちが地表で感じたものにすぎない。あれは深さもあった」女はふいに言葉を切ると、まるでなにか尋常でない音でも聞いたかのようにあんたから顔をそらせてしかめっ面になったが、視線の先には壁しかない。「あんな揺れははじめてだった。波のパターンがおかしかった」そしてまた鳥のように素早くあんたに視線をもどす。「たぶん帯水層を破壊していると思う。もちろん帯水層は時間がたてば自然に元どおりになるけれど、短期間で考えると、このあたりの水にどんな汚染物質が入りこんでいるかわからない。つまり、ここは都市をつくるのに最適の場所だろ？　平らで、水が簡単に手に入って、近くに断層がない。ということは、過去のある時点で、ここには都市があったといえるわけ。都市が滅びるとあとにどんな危ないものが残るか、知ってる？」

あんたはいまや女をじっと見つめている。ホアもだが、彼は誰を見るときもそうだ。そのとき水筒についているものがカチカチいうのをやめた。コム無しの女がかがみこんでその仕掛けを抜きとる。仕掛けからなにか細長いものが——木の皮だろうか？——ぶらさがっていて、それが水につかっていたようだ。

「安全」女はそう宣言した。そしてやっとあんたが見つめているのに気がつくと、少し顔をしかめて細長いものをつまみあげた。「安全とおなじ植物でつくったんだ。知ってる？　客に出すお茶。でもそれを少しばかり特別なもので処理して、安全では見つけられないものを見つけられるようにしたというわけ」

「そんなもの、ないわ」あんたはうっかり口走ったものの、不安になって口ごもる。女は鋭い眼差《まなざ》しであんたをじっと見ている。先をつづけなくては。「だって……人の害になるもので安全が見逃すものなんてないんだから」人が安全を飲む理由はそれしかない。なにしろ沸かしたクソみたいな味なのだから。

女がとまどったような顔をしている。「それはちがう。どこでそんな話を聞いたの？」あんたはティリモの託児院で子どもらにそう教えていたわけだが、あんたが口を開くより早く女がぴしりといった。「安全は冷たいものに溶かすとうまく働かない。誰でも知っていることよ。室温程度の生ぬるいのでないとだめ。それに数分ではなく数カ月後に死をもたらすようなものは見つけられない。きょう一日を生きのびるのにはとっても役に立つけど、来年には皮むけ病になってるかも！」

「あなた、地科学者ね」思わず口をついて出た。まさかという思いだった。地科学者には会ったことがある。みんな、ふつうの人間が、寛容なときのオロジェンはこんな感じと思い描くイメージにぴったりはまる人物ばかりだった——不可解で底が知れず、人間が持ち得ないほどの知識の持ち主で、こちらが心穏やかでいられなくなってしまうような人物。あれほどたくさんのなんの役にも立たない事実をあれほど事細かに知っている人間は地科学者しかいない。

「ちがう」女が身体を起こす。怒り心頭という顔をしている。「わたしはねえ、大学のあんな愚か者どものことを気にするほどばかじゃない。それほど無分別じゃないわ」

あんたはすっかりわけがわからなくなって、また女を見つめる。と、水筒がいっぱいになって水があふれだし、あんたはあわててふたを探す。女はハンドルを押すのをやめて、たっぷりしたスカートのポケットに樹皮の仕掛けをしまい、足元にある小ぶりなほうのリュックをあけはじめる。きびきびしたむだのない動きだ。水筒——あんたのとおなじくらいの小さいやつ——を引っ張りだして脇に投げ、空っぽになったリュックも脇に放る。あんたの目はその水筒とリュックに釘付けだ。子どもが自分の補給品を持ってくれたら、ずいぶん楽になるだろうと思わずにはいられない。

「ひったくるのならいまのうちだよ」と女がいう。女はあんたを見てはいないが、あんたのためにわざと水筒とリュックを放り投げてくれたのだ。「わたしはもういく。あんたも長居はしないほうがいい」

あんたはそろりそろりと水筒と空っぽの小さなリュックを取りにいく。女はあんたがもらった水筒に水を入れるのを手伝ってくれてから、また自分の荷物をがさごそと探りはじめた。あんたは水筒とさっき拾った寝袋を避難袋にくくりつけ、子どもに持たせるものを小さなリュックに移しながら話しかける。「なにが起きたのか、知ってるの？　誰がなにをしたの？」最初に叫び声が聞こえたほうを漠然と指す。

「〝誰〟っていうのは当たらないと思うよ」女がいう。傷んだ食品の包みをいくつか放り投げる。ホアが充分着られそうなサイズの子ども用ズボンも、本も。避難袋に本を入れている人間なんているだろうか？　放り投げる前に、いちおうタイトルは見ている。「人は、自然ほど素早くこういう変化に対応できないからね」

あんたは二個めの水筒を自分の避難袋にくくりおえた。ホアにあまり重いものを持たせてもいいことはない。ホアはまだまだ子どもだし、身体も小さい。コム無しの女には無用のものなのだろうから、あんたは足元で大きくなっていく不用品の山からズボンを拾いあげる。女は気にしているようすはない。

あんたはたずねる。「え、なにか動物が襲ってきたっていうの？」

「死体を見なかったの？」

「死体があったことも知らなかったわ。みんなが叫び声をあげて走りだしたから、こっちもそうしただけだもの」

女が溜息《ためいき》を洩《も》らす。「あさはかとはいわないけど、そんなことじゃこの先困ることになるよ……いろいろと」もういくといっていた言葉が嘘でないことを示すかのように、女は立ちあがって残る二つのリュックを肩にかけた。ひとつはもう片方よりへたっていて使いやすそう——自分のものだ。重い水筒はより糸で縛ってひとまとめにして腰のくびれにのせ、けっして貧弱とはいえないお尻で支えている。たいていはただぶらさげてあるものだが。ふいに、女があんたをにらみつけていった。「ついてくるんじゃないよ」

「そんなつもりはさらさらないわ」ホアに持たせる小さなリュックの準備も整った。あんたも自分のを背負って、ゆるみはないか、背負い心地はどうかたしかめる。

「本気でいってるんだからね」女が少し身をのりだしていう。顔つきが猛々《たけだけ》しくて野生動物のようだ。「どんなところへ帰るのか教えてあげようか。わたしはね、四方を壁に囲まれたところでわたしみたいな錆び野郎、五十人といっしょに暮らしてるかもしれないよ。歯を尖《とが》らせるヤスリだの、〝ジューシーなおばかさん〟レシピ集もあるかもね」

「はい、はい、わかったわ」あんたが一歩さがると、女の表情が少しやわらいだようだった。猛々しさが消えて力が抜け、またリュックの背負い具合をたしかめている。あんたとしても欲しいものは手に入ったし、そろそろ引きあげどきだ。子どもはあたらしいリュックをもらってうれしそうにしている——あんたは手を貸してきちんと背負わせてやる。その横をコム無し女が通りすぎていく。と、昔のあんたがひょっこり顔を出して、あんたはこう口にしていた。

「なにはともあれ、ありがとう」

「どういたしまして」女は快活にいって戸口に向かう——そして急に立ち止まった。なにかを見つめている。見ているあんたのうなじの毛が逆立つような表情だ。女がなにを見ているのかたしかめようと、あんたもあわてて戸口に向かう。

カークーサ——毛艶のいい胴長の動物だ。中緯度地方人が犬代わりのペットとして飼っている。犬は高すぎて赤道地方でもいちばん派手な暮らしをしている人間にしか手が届かないのだ。カークーサは見た目は犬というより大きなカワウソに近い。しつけられるし、茂みの葉っぱとそこで育つ昆虫しか食べないから安上がりだ。それに小さいときは仔犬より可愛い……が、このカークーサはとても可愛いとはいえない。大きい。つやつやした毛皮をまとった健康そうな、たっぷり百ポンドはある肉の塊だ。誰かが、少なくともつい最近まで可愛がっていたのだろう——りっぱな革の首輪をしている。唸《うな》りながら静かに草地から道路に上がってくると、その口まわりや、ものをつかめる鉤爪《かぎづめ》がある前脚が赤く染まっているのが見えた。

いいか、そこがカークーサの怖いところだ。カークーサは誰でも飼える。餌は葉っぱだ——葉っぱについた灰にうんざりするまでは。あたりが灰だらけになると、眠っていた本能が目を覚ます。そしてかれらは変わる。〈季節〉がくると、なにもかも変わるのだ。

「くそ」とあんたはつぶやく。

コム無し女があんたの横でシーッという。あんたは緊張して、意識が一瞬、地中におりていくのを感じる。（あんたはいつもの習慣でそれを引きもどす。ほかの人間のまわりにではない。ほかに選択肢がないなら話はちがうが。）女はアスファルト道の端まで移動していた。そこからならすぐ草むらに飛びこめるし、そのまま奥の木立に逃げこめる。だが、道路からそう遠くないところ、さっき叫び声があがったあたりの草が激しく動いていて、ほかのカークーサのやわらかな呼吸音やキーキーいう鳴き声が聞こえてくる――何匹いるのかわからない。しかし、なにかに夢中になっているのはまちがいない。食べているのだ。

姿が見えているやつは人間のペットだった。きっと主人との楽しい記憶が残っていたのだろう。だからほかのカークーサが人間を襲ったときもためらいがあって、〈季節〉が終わるまでかれらの大事な食料になる肉をほんのひと口しか食べられなかったのかもしれない。そんな文明的な考えを改めなければ飢えることになる。そいつは、ひとりごとみたいに小声で鳴きながらアスファルトの上をいったりきたりしている。迷っているように見える――が、立ち去ろうとはしない。良心と格闘しているうちに、あんたとホアとコム無し女の行く手をふさぐかたちになってしまったわけだ。なんと哀れなやつ。

あんたは足を踏ん張ってホアに――そして聞く気があるかどうかわからないがコム無し女に――ささやきかける。「動かないで」

ところが、あんたが空気とこの育ちすぎのリスから熱と命を奪う理由になるような、変化させてもかまわない岩の含有物とか噴出させてもかまわない水源とか、なにか手近にある無害なものを見つけるより早く、ホアがあんたをちらりと見て一歩まえに出た。

「いったでしょ」あんたはそういってホアの肩をつかんで引きもどそうとする――が、ホアは動かない。まるで革のジャケットを着た石を動かそうとしているみたいで、あんたの手はするりと滑ってしまう。ジャケットの下のホアは微動だにしない。

叱責の言葉は口のなかで消えてしまい、ホアはどんどんまえへ進んでいく。あんたは気づく。

彼はただあんたの言葉に逆らっているだけではない。その身構えには並々ならぬ決意がみなぎっている。あんたが止めようとしたことに気づいてすらいないのかもしれない。

彼はもうカークーサと向かい合っている。距離は数フィート。カークーサは唸るのをやめて身をこわばらせている。まるで――待っているかのようだ。え？　攻撃しようとする気配はない。頭をさげ、短くて太い尻尾を一度だけふる。自信なさそうに。守勢に立っているかのように。

ホアはあんたに背中を向けている。顔は見えないが、そのずんぐりした小さな身体が急に少し大きくなったように、まったくの人畜無害ではなくなったように見える。片手をあげてカークーサのほうに差しだす。まるで匂いを嗅げといっているみたいに。これはペット相手の仕草だ。

カークーサが飛びかかる。

速い。もともと動きの速い動物だが、筋肉がきゅっと縮むのが見えたと思ったら、もう五フィート近づいている。口を開け、その歯はホアの前腕のまんなかあたりをがっしりととらえている。ああ、地球よ、あんたは見ていられない。あんたの目のまえで子どもが命を落とそうとしている。ユーチェが死んだのはあんたの目のまえではなかったが、どちらにしろこんなことが起きていいはずがない。あんたはこの世でいちばん不運な人間だ。

だが、もしかしたら――ぐっと集中して動物だけを凍らせることができたら――とあんたは考えて、精神統一しようと視線をさげる。コム無し女が大きく喘《あえ》ぎ、ホアの血がアスファルトに飛び散る。ホアを傷つけないようにするのはむずかしい――肝心なのは彼の命を救うことだ。たとえ片腕を失うことになろうと。だがそのとき――

静寂がおりた。

あんたは顔をあげる。

カークーサが動かなくなっている。やつはまだそこにいて、その歯はホアの腕に食いこんだまま、その目は見開かれている……そこにあるのは凶暴さではなく恐怖に似たなにか。かすかに震えてさえいる。ほんの一瞬、声が聞こえたが、あっというまに途切れてしまった。虚《うつ》ろなキーッという声。

そのときだ。カークーサの毛が動きはじめた。（なに？）あんたは眉をひそめ、目を細めるが、カークーサとの距離は近い。はっきりと見えている。毛皮の毛の一本一本がいっせいに、見たところそれぞれちがう方向に揺れている。と思うと、ちらちら光りだした。（え？）こわばっていく。あんたはすぐに気づく。こわばっているのは筋だけではない。筋を覆う肉もこわばっている。いや、ただこわばっているのではない……固まっている。

そしてあんたは気づく。カークーサの全身が固まっている。

どういうことだ。

自分がなにを見ているのか、あんたは理解できない。だからじっと見つめつづけて、少しずつ理解していく。カークーサの目はガラスに、鉤爪は水晶に、歯は黄土色の繊維のようなものに変わってしまっている。動きのあったところにいまあるのは不動――筋肉が石のように硬くなっている。これは比喩ではない。最後に変化しつつあるのが毛だ。毛穴がなにかべつのものに変化していくのにつれて毛がねじれている。

あんたもコム無し女もただ見つめるばかりだ。

ワオ。

誇張でもなんでもなく。あんたの頭に浮かぶのはそれだけ。それ以上のものは浮かんでこない。ワオ。

が、とりあえず動きだすにはそれで充分だった。あんたはよりよい角度からこの活人画の全体像を見ようとじりじりと前進していくが、そのあいだもなにひとつ変わらない。ホアは腕をまんなかまでカークーサに飲みこまれていながら、大事なさそうだ。カークーサはまちがいなく、完全に、死んでいる。そう。まちがいなく、そして完全に死んでいる。

ホアがあんたをちらりと見た。とたんにあんたは気づく。彼はひどく悲しげな顔をしている。なんだか恥じ入っているような。なぜだ？　あんたたちの命を救ったというのに。たとえその方法が……なんなのか、あんたにはわからない。

「あなたがやったの？」とあんたはたずねる。

ホアは目を伏せる。「まだこれを見せるつもりはなかったんだ」

ふむ。そのことは……あとで考えよう。「なにをしたの？」

彼はぎゅっと口を結んでしまう。

さてさて、彼はだんまりを決めこむことにしたらしい。だが、考えてみるといまはその話をしている場合ではないのかもしれない。なにしろ彼の腕がガラスの怪物の歯にがっしりと嚙《か》まれたままなのだから。歯は皮膚を貫いていて血があふれ、もはや肉ではない下顎へと滴り落ちている。「その腕。いま……」あんたはあたりを見まわす。「いま、そいつを壊せそうなものを見つけるから」

ホアはやっと腕のことを思い出したようだ。またあんたをちらりと見る。あきらかに見られているのがいやらしいが、あきらめて小さな溜息を洩らす。と、あんたがそれ以上、傷を大きくしないようなにもするなというより早く、彼が腕を曲げた。

カークーサの頭が砕け散る。大きな石の塊がいくつも派手な音をたてて地面に落ちる——きらきら輝く塵《ちり》が飛び散る。ホアの腕は出血がひどいものの、解放はされた。ホアが指を軽く曲げのばしする。大丈夫だ。ホアが腕をだらりとさげる。

あんたはその傷に反応して手をのばす。理解できるのは、そしてどうにかできるのはそれしかないからだ。ところがホアはさっと身を引いて、もう片方の手で傷を隠してしまう。「ホア、わたしが——」

「大丈夫」ホアが静かにいう。「でも、早くいかなくちゃ」

ほかのカークーサはまだ近くにいるが、草むらで哀れな愚か者を喰うのに夢中になっている。だがそのご馳走《ちそう》が永遠に腹を満たしてくれるわけではない。それに、もっと悪いことに、死に物狂いの連中がもう危なくはないだろうと踏んで道の家にもどろうと決断するのも時間の問題だ。

ここにはまだひとつ大きな問題が残っている、とカークーサの割れ落ちた下顎を見ながらあんたは思う。舌の裏に並んだ小さな粒々がいまは結晶となって淡くきらめいているのが目に入る。ふりかえればホアが血まみれの腕を押さえている。辛そうだ。

　けっきょくはその辛そうな姿を見たことが決め手だった。あんたのなかで恐怖がすっと引いていき、なにやらもっと馴染み深いものに置き換わる。ホアはあんたが自分で身を守れることを知らなかったから、こんなことをしたのだろうか？　それともなにかほかの理由があったのか？　いや、それはどうでもいい。生きものを彫像に変えてしまう怪物の扱い方はわからないが、辛い思いをしている子どもの扱い方ならあんたは知っている。

　しかも他人には知られていないがじつは怪物という子どもとの付き合い方は充分に経験を積んできている。

　だからあんたは手を差しのべる。ホアはびっくりしている。あんたの手を、そしてあんたを見つめるその眼差しにはまちがいなく人間的なものがあり、そうやって受け入れてくれるあんたへの感謝の念がある。あんたはそれを受けて、驚いたことに自分も少し人間的になったような感覚を覚える。

　ホアがあんたの手を取る。傷を負っているのに、握力は少しも弱まっていない。だからあんたは彼の手を引いてくるりと南を向き、ふたたび歩きだす。コム無し女が黙ってついてくる。たまたまいく方向がおなじなのか、それとも人数がいたほうが心強いと思っているのか。誰もなにもいわない。いうべきことがなにもないからだ。

あんたのうしろの草むらではカークーサが食べつづけている。

§

足元の石ころに気をつけよ。強健なよそ者に気をつけよ。
突然の静寂に気をつけよ。

――銘板その一〝生存について〟第三節

11　ダマヤ、こともあろうにフルクラムで

フルクラムでの生活は規則正しい。

起床は夜明けとともに。ダマヤは農場にいたときはいつもそうだったから、べつに苦ではない。ほかの粗粒砂岩《グリット》――いまの彼女はそれだ、役立つように磨かれる前のどうでもいい石ころ、でなければ少なくともほかのもっといい石ころを磨くのに役立つ存在――は寮に教官が入ってきて耳が痛くなるほど大きな音で鐘を鳴らすと同時に目を覚ます。その鐘の音はもう起きていた子も縮みあがるほどやかましいので、みんな唸《うな》り声をあげる。ダマヤも。ダマヤはこれが好きだ。自分がなにかの一部だという気がするから。

みんな起きてベッドを整え、上掛けを軍隊式にくるくる巻く。そしてのろのろとシャワー室に入る。シャワー室は電気がついていて真っ白で、タイルがぴかぴか光っていて、ハーブ洗剤の匂いがする。フルクラムはユメネスの貧民街に住む〈強力《ごうりき》〉やコム無しを雇って掃除させているからだ。ほかにもいくつか理由はあるが、そういうわけでシャワー室はすばらしい。ダマヤはこんなふうに毎日、湯を使える暮らしなどしたことがなかった。完璧な雨のように天井の穴から降り注ぐ何トンもの湯。ダマヤはそんな思いを見透かされないように気をつけている。

グリットのなかには赤道地方人もいて、そんなことを知られたら、心地よい清潔さに感激している田舎者と笑われるに決まっているからだ。実際、そうにちがいないのだが。

グリットたちはそのあと歯を磨いて部屋にもどり、服を着て、みだしなみを整える。制服は男女とも堅苦しいグレーに黒のパイピングのチュニックとズボン。髪が長くて巻き毛、あるいは、とかしてうしろでまとめられる程度に薄い場合はそうしなければならないし、灰噴《はいふ》き髪や縮れ毛や短い髪の子はこざっぱりと整えておかなければならない。それがすむとみんなそれぞれのベッドのまえに立って、教官が一列ずつ検査してまわるのをじっと待つ。教官が見るのはグリットたちがきちんと清潔な状態かどうかだ。ベッドの状態もチェックする。おねしょした子はいないか、シーツの角の折り方が雑になっていないか。清潔でないと判断された子はまたシャワー室にいかされるが、こんどは水のシャワーで、きちんと洗えているかどうか教官の監視つきだ。（ダマヤはこれだけはする羽目にならないよう気をつけている。どう考えても楽しくなさそうだから。）服装、みだしなみがきちんとしていないグリットは懲戒室にいかされて、それぞれの違反に応じた罰を受けることになる。髪がくしけずられていなければ、ばっさりと短髪にされ、それを何度かくりかえすとつるつるに剃《そ》られてしまう。歯を磨いていないと石鹸《せっけん》で洗うことになる。服装の乱れは裸の尻か背中に鞭《むち》打ち五回、ベッドメイクの乱れは鞭打ち十回。鞭打ちで肌が傷つくことはない――教官は加減というものを心得ている――が、打ち跡は残る。これはごわごわした制服の生地とこすれるとひりひりするから、そこまで計算してのことかもしれない。

こうした扱いにあえて異を唱えるグリットがいると、教官はいう。きみらはわれわれ全員を代表する存在だ、と。きみらが不潔ならオロジェンはみな不潔。きみらが怠け者ならオロジェンはみな怠け者。われわれがきみらに痛みを与えるのは、きみらのせいでわれわれ全員が痛みをこうむることにならないようにするためだ。

ダマヤも判定が不公平だ、抗議したいと思ったことがあった。フルクラムにいる子どもたちはみんなおなじではない――年齢も肌の色も体型もみんなちがう。出身地がちがえばサンゼ基語のアクセントもちがう。ある女の子は歯が尖《とが》っている。彼女の人種の習慣でヤスリで磨いていたからだ。ある男の子はペニスがないので、いつもシャワーのあと下着にソックスを詰めている。フルクラムにくるまで三度の食事もまともにとれていなかった女の子は、まだ飢えがつづいているみたいになんでもがつがつ食べる。（彼女のベッドまわりではしょっちゅう食べ物が見つかって、教官は見つけるたびにみんなのまえで彼女にぜんぶ食べさせている。たとえ具合が悪くなろうともだ。）これほどちがいのある集団に画一性をもとめるのは無理な話だし、ダマヤにいわせればオロジェニーという一点が共通しているだけのほかの子たちのふるまいで自分もその子とおなじだと判断されるのは納得がいかない。

だが、いまのダマヤは世界は公正なところではないとわかっている。かれらはオロジェン、この世の〝ミサレムたち〟、生まれながらに呪われた恐ろしき者。これはかれらの安全を守るために必要なことなのだ。とにかく、期待されたとおりに行動していれば、予想外のことは起こらない。ダマヤのベッドメイクはいつも完璧だし、歯はいつも清潔で真っ白だ。なにが大事か忘れそうになると、彼女は右手を見る。骨折は数週間で治ったが、寒い日にはときどき疼《うず》く。疼けば彼女はあの痛みを思い出し、そこから得た教訓を思い出す。

検査が終わると朝食だ――果物が少しとソーセージ一本というサンゼ式で、寮のホワイエで受け取って、歩きながら食べてしまう。フルクラムのさまざまな区画でおこなわれる授業にいくときは、少人数のグループで移動する。ちなみに年長のグリットたちは授業がおこなわれる場所を厳しい試練の場という意味で〝るつぼ〟と呼ぶ。おおっぴらにはいえない呼び名だ。(大人のまえでは絶対に使わないがグリットのあいだでは使われている言葉はいくつもある。大人たちは知っているが知らないふりをしている。世界は公正ではないし、ときには理解に苦しむこともある。)

第一るつぼ――これは屋内にある――そこでの最初の一時間は石板をまえに椅子にすわってフルクラムの教官の授業を受ける。ときには口頭試問もある。グリットひとりひとりにつぎつぎと質問が浴びせられ、誰かが答えに窮するまでつづく。答えられなかったグリットは石板をきれいにしなければならない。グリットはこうしてプレッシャーのもとで静かに勉強することを学ぶ。

「古サンゼ帝国初代皇帝の名前は?」

「エルタで起きた揺れで六時三十五分七秒に押し波が、六時三十七分二十七秒に振動波が発生した。時間差は?」この手の質問は年長グリット相手だともっと複雑になって、対数や関数の分野に入りこんでいく。

「石伝承には『円の中心に注意せよ』とある。この記述の問題点は？」

これはあるときダマヤに投げかけられた質問だ。ダマヤは立ちあがって答えた——「この記述はオロジェンの居場所を地図で推定する方法を述べたものです。でも正確とはいえません。単純化されすぎています——なぜならオロジェンによる滅失領域は円ではなく円環体だからです。この記述だと、影響がおよぶゾーンが上にも下にもひろがっている、そして熟練したオロジェンならほかの三次元の形にも変形できるということがわからない人が多いと思います」

白鉄鉱《マーカサイト》教官はこの説明を聞いて満足気にうなずき、ダマヤは誇らしさを感じた。彼女は正しいことが好きだ。マーカサイトがあとをつづける——「石伝承は、たとえば『円錐《えんすい》状円環体の支点部分に注意せよ』というような記述だらけだとなかなか覚えられないから、中心と円という言葉が使われている。韻文としてよりよいものにするために正確さを犠牲にしているわけだ」

これを聞いて、クラスは笑いに包まれる。それほどおかしくはないが、試験の日は緊張がみなぎっているからそういうことになる。

授業のあとは屋外に設けられた昼食専用の大きな区画で昼食をとる。この区画には油脂加工した帆布の屋根がある。木枠に細長い帆布を張る仕組みで、雨の日にはくるくるとのばしてぴったり閉じることができる——が、ユメネスは内陸にあるので、めったに雨は降らない。だからグリットたちは明るい青空のもと、細長いベンチテーブルについて、くすくす笑ったり、足を蹴り合ったり、名前を呼び合ったりするのが常だ。朝食は軽いから、昼食はそのぶん量はたっぷり種類も豊富で味もいいが、食材は遠方から調達したものが多くて、ダマヤは名前すら知らないものもある。(が、それでも与えられたものはぜんぶたいらげる。食べ物を絶対むだにするなというのが母親の教えだ。)

これは一日のうちでもダマヤが好きな時間だ。といっても彼女は空いたテーブルにひとりですわっているグリットのひとりなのだが。そういう子はほかにもたくさんいる——友だちをつくれない子として片付けるには多すぎる人数だ。その子たちを見ていてすぐに気づいたのだが、かれらには似たところがあった——態度がどこかおどおどしていて、目や顎のラインに緊張が見える。なかにはそれまでの暮らしぶりがもっとはっきりしたかたちであらわれている子もいる。灰色髪の西海岸地方人の男の子は片腕の肘から先がないけれど、なんでも器用にこなしている。ダマヤより五歳くらい年上のサンゼ人の女の子の顔の片側には上から下までうねうねと古い火傷《やけど》の痕が走っている。ダマヤよりあとからきたグリットで、左手に特製の革の包帯をしている子もいる。指のない手袋のようで、手首のところで結んである。ダマヤがこの包帯のことを知っているのは、フルクラムにきて最初の数週間、傷が癒えるまでのあいだ、彼女自身この包帯を巻いていたからだ。

ダマヤもひとりぼっちですわっているほかの子たちも、お互いに相手を見たりすることはほとんどない。

昼食のあとは全員一列に並んで、静かに指輪庭園を抜けていく。おしゃべりしたり大人のオロジェンをあまりあけすけに見つめたりしないよう、教官の監視つきだ。ダマヤはもちろんじっと見てしまう。見て当然。指輪を授かるようになったらどうなるのか見ておくのは大事なことなのだから。庭園は、オロジェンたち同様、驚異だ。オロジェンたちはみんな大人だ。見た目は千差万別。みんな健康的で美しくて自信に満ちている――自信に満ちているから美しいのだ。黒の制服に磨きこまれたブーツ姿で、見るからに近寄りがたい。おおらかに手を動かしたり、読む必要のない本のページをめくったり、恋人の巻き毛を耳のうしろにかけてやったりするたびに指輪が、きらり、きらり、と光る。

ダマヤはかれらの内になにを見ているのか、最初はわからなかった。わからないのにそのなにかが死ぬほど欲しい。そう思っている自分に気づいて、ダマヤは驚き、不安を覚えた。やがて数週間がすぎ、数カ月がすぎて決まりきった日常に慣れてくると、大人のオロジェンたちが見せているものが何なのか、わかってきた――制御力だ。かれらは自分の力を飼い慣らしている。指輪をしているオロジェンは、男の子に突き飛ばされたからといって運動場を凍らせたりはしない。あのつやつやした黒服のプロフェッショナルたちは強い揺れがこようが家族に見捨てられようが顔色ひとつ変えない。自分が何者かを知っていて、その事実が意味するものをまるごと受け入れ、なにものをも恐れない――スティルたちも、かれら自身も、〈父なる地球〉さえも。

そこまでいきつくためには、骨の二、三本折れるくらい我慢しなければならないし、誰も自分を愛してくれない、いや好いてさえくれないところで二、三年すごすくらい我慢しなければならない。それくらい、代償としては安いものだ。

かくしてダマヤは午後の〝実用オロジェニー〟の訓練に没頭する。フルクラム複合施設のいちばん内側の輪のなかにある実習用るつぼで、ダマヤは経験レベルがおなじ程度のほかのグリットたちと一列に並んで立つ。そして教官が目を光らせているまえで、地球にたいする意識をたんに地球の動きや自分の心の昂《たか》ぶりに反応させるだけでなく、意のままに視覚化し、呼吸し、拡張していく術《すべ》を学ぶ。そして心の昂ぶりはもちろん、自分の内なる力を誘いだしてありもしない脅威に反応させてしまうようなありとあらゆる感情を制御する術も学ぶ。グリットはこの段階では精度の高い制御力は身につけていないから、実際になにかを動かすことは許されない。グリットがそういうことをしようとすると、どういうわけか教官にはわかってしまう――しかも教官はみんな指輪持ちだから、グリットが発生させた円環体を、ダマヤにはまだ理解できない方法で、刺し貫くことができる。そして氷のように冷たい空気で横っ面をバシッと叩いて警告する。そうやって訓練が真剣勝負だということを思い出させるのだ――それにもうひとつ、明かりが消えたあとに年長のグリットが小声で教えてくれる噂話に信憑性《しんぴょうせい》を与える役にも立っている。訓練であまりへまばかりしていると、教官に氷にされてしまうぞ。

ダマヤはこの先何年もたってから、教官が道をはずれた生徒を殺すのは見せしめとしてではなく、慈悲の心からだと知ることになる。

〝実用オロジェニー〟のあとは夕食、そして自由時間だ。なにしろまだみんな子どもだから、この時間は好きなことをして楽しんでいいことになっている。新入りのグリットはたいてい内なる半随意筋をコントロールするのに疲れ果てて早々にベッドに入ってしまう。年長の子たちはもう少し体力も気力もあるから、教官が消灯を告げるまでしばらくのあいだ寮の寝棚には笑い声やはしゃぎ声が聞こえている。つぎの日もおなじことがくりかえされる。

こうして六カ月がすぎていく。

§

昼食どき、ある年長のグリットがダマヤのところにやってきた。背の高い赤道地方人の男の子だが、完全なサンゼ人には見えない。髪質は灰噴き髪ふうだが、色がくすんだブロンドだ。いかにも〈強力〉らしく大柄で肩幅が広い。ダマヤはひと目見るなり身構えてしまう。いまだにザブのイメージがつきまとって離れないのだ。

だがその子はにっこり微笑《ほほえ》んでいる。ダマヤがひとりきりですわっている小さなテーブルの横に立ったときの態度にも敵意は少しも感じられない。「ここにすわってもいいかな?」

ダマヤは肩をすくめる。すわってほしくはないのに、なぜか気になるからだ。彼がトレイを置いて腰をおろす。「ぼくはアーケテ」

「それ、自分の名前じゃないわよね」と彼女がいうと、少年の笑顔が少しゆがむ。

「親がつけてくれた名前だ」彼はとてもまじめな顔で答える。「この名前はずっと使う。誰かが取りあげる方法を見つけるまで使いつづけるんだ。でもそんな方法は絶対に見つからない。だってさ、名前なんだから。でも、どうしてもっていうなら、公式にはマシシだ」

マシシはアクアマリンの最高級品で、ほとんど美術品にしか使われない。彼にぴったりの名前だ――あきらかに北極地方人か南極地方人の血が入っている（彼女にはどちらでもいいことだが、赤道地方人は気にする）にもかかわらずハンサムで、大柄で見た目のいい少年がつねにそうであるように彼もまた鋭利な切子面《きりこめん》を思わせる危険な匂いがする。だから彼女はこの少年をマシシと呼ぶことにした。「なんの用？」

「うわあ、きみってほんとうに愛想がいいなあ」マシシが食べはじめる。両肘をテーブルについている。（が、マナーを注意する教官が近くにいないかどうかは最初に確認済みだ。）「ここからなにがはじまるか、きみにもわかってるだろう？　ハンサムで人気のある男が急に田舎から出てきた内気な女の子に興味を示す。それが原因で彼女はみんなに嫌われるけど、自分に自信を持つようになる。やがて男が彼女を裏切る。そして後悔する。ひどい話だけど最終的には彼女は〝自分自身を見つけて〟、そんな男は必要ないことに気づく。で、それからいろいろあって」――宙で指をひらひらさせる――「ついに彼女はいちばん美しい娘になる。自分のことを好きになれたからだ。でもきみが口ごもったり赤くなったりぼくのことを好きじゃないというふりをしたりしないと、そういうふうには話は進まない」

彼女はこの言葉のごたまぜ料理にすっかり困惑してしまう。そして困り果てて、こう口にする。「あたし、あなたのこと好きじゃないわ」

「イテテ」彼は心臓を刺された、という格好をしている。そのおどけた仕草に、ダマヤは思わず少しだけ肩の力を抜いていた。それを見て彼がにっこり笑う。「ああ、そのほうがいい。ねえ、本は読まないの？　それとも、どこだか知らないけどきみが生まれた中緯度地方の巣穴には伝承学者はいなかったの？」

　彼女は本は読まない。まだ読むのがあまり得意ではないからだ。親はどうにか読める程度には教えてくれたし、教官もこの分野の彼女の能力を向上させるべく毎週、追加で特訓してくれている。でも、ここでそれを認める気にはなれない。「もちろん伝承学者はいたわ。石伝承を教えてくれたし、いざというときに備えて――」

「うへえ。ほんものの伝承学者がいたんだ」少年が首をふる。「ぼくが育ったところでは、誰も伝承学者の話なんか聞かなかった。聞いていたのは託児院の先生と最高に退屈な地科学者だけだ。みんなが好きだったのはポップ伝承学者さ――知ってる？　円形劇場やバーでパフォーマンスする人。かれらの話にはなんの教訓もない。ただおもしろいだけ」

　ダマヤには初耳の話だったが、北中緯度地方までは伝わらなかった赤道地方の流行のひとつなのだろう。「でも伝承学者は石伝承を教えてくれるわ。大事なのはそこだもの。それをやらなかったら、その人たちは……よくわからないけど、べつの名前がついているはずじゃない？」

「かもな」彼は肩をすくめて手をのばし、彼女のトレイからチーズを一切れ取っていく――彼女はポップ伝承学者の話に面喰《めんく》らっていて抗議しそこなってしまった。「ポップ伝承学者のことは、ほんものの伝承学者たちがユメネスの指導者層に文句をいってたけど、ぼくが知っているのはそれだけ。二年前にここに連れてこられたから、そのあとのことはなにも知らないんだ」彼が溜息《ためいき》をつく。「でもポップ伝承学者がいなくなっていないといいなあ。話はちょっとくだらなくて意味性もないけど好きなんだ。だって話の舞台がほんものの託児院だからさ。こんなところじゃなくて」口角を少しさげて軽い嫌悪感をにじませながら、あたりを見まわす。ダマヤもその意味は充分にわかっていたが、彼がそれを口にするかどうか興味があった。

「こんなところ?」

彼が視線をすっと横に流して彼女を見る。白い歯をちらりと見せてにっこりする。このきらりと光る歯を見て警戒心を抱く人間より魅了される人間のほうが多いにちがいない。「ああ、そうさ。美しい、すばらしい、愛と光に満ちた完璧な場所だ」

ダマヤは笑った。そしてすぐに真顔になった。どうしてそうしたのか自分でもわからない。

「うん」少年はまたうまそうに食べはじめる。「ぼくもここにきてしばらくは笑えなかった」

これを聞いて、彼女は彼のことが少しだけ好きになった。

しばらくすると、彼はなにを望んでいるわけでもないのだと彼女は気づいた。軽くしゃべって、彼女の食事をつまみ食いするだけ。彼女のほうはもうほとんど食べおえているから、べつにどうということはない。彼女にマシシと呼ばれても、気にするようすもない。それでも彼を信用したわけではないのだが、彼はただ話し相手が欲しいだけとしか思えない。その気持ちは彼女にもわかる。

やがて彼は立ちあがり、彼女にありがとうと礼をいった――「楽しい会話をしてくれて」会話といってもほとんど彼が一方的にしゃべっただけだったが。そして彼は友だちのところへもどっていき、彼女はこの一件を心から追いだして、いつもの日常にもどった。

が、つぎの日、いつもとはちがうことが起こった。はじまりは朝のシャワーのときだ。誰かがどしんとぶつかって、彼女はタオルを落としてしまう。あたりを見まわしても、いっしょにシャワーを浴びている男子も女子も誰ひとりとして彼女のほうを見ていないし、あやまるでもないから、たまたまぶつかってしまったのだろうと思ってすませることにした。

ところがシャワー室から出ると、靴が盗まれていた。素早く服を着られるようシャワーの前にベッドの上に服と靴をきちんと並べておいたのに。彼女は毎朝こうしている。その靴が見当たらない。

彼女はどこかに忘れてきたのかもしれないと、順序立てて捜していく。忘れてきたはずなどないとわかっているのだが。そして教官が服装検査をしてまわるあいだ、完璧な服装に裸足《はだし》という格好でなすすべもなく立ったまま、あたりのグリットたちを見まわすと、みんな彼女のほうを見ないようにしているではないか。彼女はすべてを悟った。

彼女は検査に落ち、罰として足の裏をたわしでゴシゴシこすられた。あたらしい靴は与えられたものの、足の裏が一日中ひりひりしていた。

そしてこれはほんのはじまりにすぎなかった。

その夜の夕食時、食事といっしょにわたされたジュースに誰かがなにかを入れた。テーブルマナーの悪いグリットは調理場の仕事をさせられるから、全員の食事にかかわることになる。そのことを忘れていたダマヤは、物がぼやけて頭痛がしはじめるまで、ジュースの味がおかしいことをとくになんとも思っていなかったし、そんなふうになってつまずいたりふらついたりしながら寮にもどるあいだもなにが起きたのかよくわかっていなかった。教官のひとりが彼女が列を乱しているのを見咎《みとが》めてかたわらに引き寄せ、彼女の息を嗅いだ。「いったいどれだけ飲んだらこうなるんだ？」と教官はたずねた。

ダマヤはジュースをレギュラーサイズのコップで一杯飲んだだけだったから、最初はなにをいわれているのかわからなくて顔をしかめた。はたと気がつくまで時間がかかったのは、飲んだもののせいだった——誰かがジュースに酒を入れたのだ。

オロジェンは酒は飲まないことになっている。絶対にだ。山脈を動かせる力に酩酊《めいてい》状態が加わったら災害が起きるのは必至。ダマヤを見咎めた教官は方鉛鉱《ガリーナ》という男で若手の四指輪だ。彼は午後のオロジェニーの実習を担当していた。るつぼにいるときは容赦ないのだが、どういうわけかいまは彼女に同情してくれていた。ガリーナはグリットの列から彼女をはずして自室に連れていった。さいわい、彼の自室がすぐ近くにあったからだ。彼はダマヤをカウチに寝かせ、酔いが醒《さ》めるまで寝ていろと命じた。

朝になって水を飲んだダマヤは思わず身をすくめた。口のなかがひどい味なのだ。ガリーナは彼女をすわらせて、いった。「きみはいますぐこの問題に対処しなくてはならない。もし上級の誰かにつかまっていたら——」彼が首をふる。これは重大な罪だから軽い罰ではすまない。とんでもないことになる——二人にとってはそれだけわかっていれば充分だ。

なぜほかのグリットたちが彼女をいじめようと決めたのかはどうでもいい。問題は現にそれが起きているということ、そしてたわいない悪ふざけのレベルではないということだ。みんなで彼女をこてんぱんにやっつけようとしている。ガリーナのいうとおりだ――ダマヤはこの問題をどうにかしなければならない。いますぐに。

彼女は味方をつくることにした。

彼女が単独行動組と認識しているグリットのなかに、ひとりの女の子がいた。その子のことはみんな知っている――どこかおかしなところがある子なのだ。その子のオロジェニーは檻《おり》に閉じこめられた不安定な危険物、つねに地球を突き刺そうと構えている短剣のようなもの――そして訓練は事態を悪化させただけだった。短剣が切れ味を増してしまったのだから。そんなことになるとは誰も思っていなかった。彼女の名前はセルー。オロジェンとしての名前は授かっていないし、まだ獲得してもいないが、ほかのグリットたちがふざけて割れ目《クラック》と呼んだら、それが定着してしまったのだ。どうやらその名を使うのをやめさせることもできなかったようで、彼女はクラックと呼ばれて返事をするようにすらなっていた。

みんなもう、彼女はそろそろ音をあげるだろうと噂している。つまり味方にするにはもってこいの相手というわけだ。

つぎの日の朝食のとき、ダマヤはクラックに誘いをかけた。(彼女はもう近くの噴水式水飲み器から汲《く》んできた水しか飲まない。食べ物のほうは給仕されたのを食べるしかないが、口に入れる前に念入りに調べることにしている。)「どうも」と声をかけて、トレイを置く。

クラックがじろりと見る。「まじで？　あたしが必要なくらいひどいことになってるの？」

すぐに本音で話せるのはいい徴候だ。「そうなの」とダマヤは答えて、腰をおろす。クラックにはっきり拒絶されたわけではないのだから。「あなたもやられてるんでしょ?」いわずもがなだ。なにをされたにしろ現場を見たわけではないが、それ以外考えられない。フルクラムの生活は何事も規則正しくおこなわれるのだから。

クラックが溜息をつく。その音が部屋中に響いて、部屋がかすかに震えた、いや震えたような気がしただけか。ダマヤはなんの反応も示さないよう自分にいいきかせる。最初に恐怖心を見せてしまっては、よい協力関係は生まれない。クラックはダマヤのようすを見て、少し肩の力を抜いた。いまにも災厄が起こりそうな気配を示す振動がおさまっていく。

「うん」クラックが静かに答える。ダマヤは突然、クラックが怒っていることに気づいた。クラックの視線は皿に向けられたままだが、フォークを持つ手にやけに力が入っているし、表情が固まっているからわかる。ダマヤは急に不安になった——クラックの制御力にはほんとうに問題があるのだろうか? それともただいじめっ子たちが彼女がひび割れを起こすよう全力を尽くしてきたということなのだろうか? 「それで、どうしたいの?」

ダマヤは計画の大筋を話した。クラックは、最初はたじろいだものの、ダマヤが本気だということは受け止めてくれた。クラックが考えているあいだ、二人は黙々と食べつづける。そしてついにクラックがいう。「のったわ」

計画はほんとうにシンプルなものだ。まずは毒蛇の頭を見つける必要がある。そのためにはおとりの餌を使うのがいちばんだ。二人はマシシを使うことにした。マシシがかかわっているのはまちがいないからだ。ダマヤのトラブルはマシシが表向き親しげに近づいてきたすぐあとからはじまっている。ある朝、二人は彼が友だちと笑いながらシャワーを浴びているのを見定めてから行動を開始した。ダマヤが寝床にもどって、「あたしの靴はどこ？」と大声でいう。

　ほかのグリットたちがあたりを見まわす——何人かは不服そうに唸っている。いじめっ子たちがおなじ手を二度使った、なんて脳のないやつらだ、と思いこんでいるのだ。ダマヤより数カ月だけ先にフルクラムに入っていた碧玉《ジャスパー》が顔をしかめていう。「こんどは誰も盗んでないぜ。収納箱に入ってるだろ」

「どうして知ってるの？　あなたがとったの？」ダマヤがつかつかと彼の正面に立つと、彼は公然と侮辱されたことにいきりたって肩をそびやかし、部屋のまんなかで彼女と向き合う。

「おまえのぼろ靴なんか誰がとるか！　なくなったんなら、おまえがなくしたんだろ」

「あたしはなにもなくしたりしないわよ」ダマヤは指で彼の胸をぐいと突く。彼は彼女とおなじ北中緯度地方人だが、痩せているし肌の色は淡い——たぶん北極地方に近いコムの出身なのだろう。怒ると顔が真っ赤になるので、ほかの子はそれをからかったりするが、やりすぎることはない。彼のほうが誰よりも大きな声でほかの子をからかうからだ。（よきオロジェニーは止めず、そらす。）「あなたがとったんじゃないなら、誰がとったのか知ってるわよね」もう一度、胸を突くと、彼がその手をぴしゃりとはたいた。

「触るな、このまぬけな子豚。その錆《さ》びつき指をへし折るぞ」

「なんの騒ぎだ？」

全員が跳びあがって静まりかえり、うしろをふりむく。部屋の入り口に立っているのは、夜の検査を開始しようとやってきた紅玉髄《カーネリアン》、教官のなかでも数人しかいない上級者のひとりだ。髭《ひげ》をたくわえた大柄な男で、厳格で鳴らす六指輪――みんな彼を恐れている。それが証拠にグリットたちはあたふたと寝台のまえの所定の位置に立って気をつけの姿勢をとる。ダマヤは意に反して少し怯《おび》えていた――が、それもクラックの視線をとらえ、クラックが小さくうなずくのを見るまでのこと。狙いどおりの騒動になった。

「なんの騒ぎだといったんだぞ」グリットたちが整列しおえると、カーネリアンは部屋に入ってきた。じっとジャスパーを見ている。ジャスパーの顔はリンゴのように真っ赤なままだが、いまは怒りでというより恐怖でというほうが正しいだろう。「なにか問題があるのか？」

ジャスパーがダマヤをじろりとにらむ。「ぼくはなにもありません、教官」

カーネリアンがダマヤのほうを向く。ダマヤはすっかり肝がすわっている。「誰かに靴を盗まれました、教官」

「またか？」これはいい徴候だ。この前はカーネリアンは、靴をなくしていいわけしていると決めつけて厳しく叱りつけた。「ジャスパーが盗んだというのなら、証拠があるんだろうな？」

ここからがむずかしいところだ。ダマヤは昔から嘘が得意ではない。「男子だということはわかっています。さっきのシャワーのとき、男子は全員、出ていきましたが、女子は全員なかにいました。人数をかぞえたんです」

カーネリアンが溜息をつく。「もし自分の落ち度をほかの者のせいにしようとしているのなら――」

「いつもそればっかりですよ」赤毛の東海岸地方人の女子がいう。

「落ち度だらけです」近い親戚ではないもののおなじコムの出身らしい男子がいう。グリットたちの半数がくすくす笑っている。

「男子の収納箱を調べてください」笑い声にかぶせて、ダマヤはいった。この前はこんなことはいわなかった。靴がどこに隠されているかわからなかったからだ。こんどはわかっている。

「靴を捨てる時間はありませんでした。まだここにあるはずです。収納箱を調べてください」

「そんなのフェアじゃないよ」赤道地方人の男子がいう。幼児向けの託児院を出たばかりとしか見えない小柄な子だ。

「そのとおりだ」カーネリアンがいう。ダマヤに向けられた渋面《じゅうめん》のしわがますます深くなっている。「訓練仲間のプライバシーを侵害してくれという前に、慎重の上にも慎重に考えることだ。もしまちがいだったら、こんどは寛大な措置ではすまされないぞ」

たわしでこすられた足の痛みはまだ忘れてはいない。「わかっています、教官」

カーネリアンが溜息を洩《も》らす。そして男子が並んでいる側を向く。「収納箱を開けろ。全員だ。さっさとすませてしまおう」

収納箱を開けるグリットたちのあいだから不満そうな声があがり、ダマヤに冷たい視線が浴びせられる。おまえは自分で自分の立場を悪くしているんだぞ、という視線だ。いまや全員が彼女を憎んでいる。上等だ――憎まれるなら、理由があって憎まれるほうがいい。だがそれもこのゲームが終われば変わるかもしれないのだから。

マシシもほかのグリットたちといっしょに収納箱を開ける。重い溜息を洩らしながら。そして折り畳んだ彼の制服の上にのっていたのは彼女の靴だった。彼の表情が苛立《いらだ》ちから困惑へ、そして悔しげなものへと変わるのを見て、ダマヤの胸は痛んだ。人を傷つけるのはいやなものだ。が、じっと見ていると、マシシの表情が怒りへと変わったと思うと、さっと向きを変えて誰かをにらみつけた。ダマヤはその視線をたどり、身を硬くした。そこにいたのはやはり――ジャスパーだった。そう。彼女が思っていたとおり、やはり彼だったのだ。

ところがジャスパーは突然、顔面蒼白《そうはく》になって、マシシの非難の視線をふりはらおうとするかのように首をふっている――むなしい抵抗だ。

カーネリアン教官はその一部始終を見ていた。顎の筋をきゅっと動かし、またダマヤに視線をもどす。彼女にたいして腹を立てているような表情だ。いったいどうして？　彼女がこうするしかなかったことはわかっているはずだ。

「わかった」彼女の思いに答えるかのようにカーネリアンがいう。そしてマシシをじっと見据える。「なにかいいたいことはあるか？」

マシシは無実を訴えはしなかった。がっくりと肩を落とし、握りしめた拳が震えているのを見れば、なにをいってもむだだと悟っているのがわかる。だが、彼はひとりで責めを負う気はないようで、下を向いてこういった。「この前とったのはジャスパーです」

「ぼくはやってない！」ジャスパーが寝床のまえに並んだグリットたちの列からあとずさって、

部屋のまんなかに出ていく。全身を震わせている。目まで震えている――いまにも泣きだしそうだ。「彼は嘘をついてる、ほかの人のせいにしようとしてる――」しかしカーネリアンがジャスパーのほうを向くと、ジャスパーは縮みあがって口をつぐんでしまう。そして吐きだすようにこういった。「彼女が、ぼくの代わりに売ったんです。コム無しの掃除係と交換したんです、靴と酒を」

そして彼はクラックを指差した。

ダマヤは息を呑む。衝撃で、彼女のなかのなにもかもが静まりかえってしまう。クラックが？

クラックが。

「この錆びつきの人喰い淫売婦！」クラックは拳を握りしめていった。「お酒と手紙が欲しいからって、あの変態爺《じじい》に身体を触らせてたじゃないの、靴だけじゃだめだって最初からわかってたくせに――」

「母さんからの手紙だったんだ！」ジャスパーは傍目《はため》もかまわず泣いている。「ぼくだってあんな、あんなこと、でもどうしようもなかった……手紙を書くのは許してもらえないから……」

「喜んでたじゃないの」クラックが鼻で笑う。「もしあんたがしゃべったら、あたしも黙ってないって、いったわよね？　そうよ、あたし見たんだから。あいつが指を使って、あんたは気持ちよさそうに呻《うめ》いてたじゃないの、まるで〈繁殖者〉かぶれのガキみたいに。ただし〈繁殖者〉にはちゃんと規範があるけど――」

おかしい。なにもかもおかしい。みんな、互いの顔を、わめきちらすクラックを、ダマヤを、すすり泣くジャスパーを、カーネリアンを見ている。部屋中に息を呑む音とささやき声があふれる。あの感触がもどってくる――閉じこめられて充満していた、反響とは少しちがう震え、クラックのオロジェニーそのものがひろがっていこうとする震え。そのせいでみんなが身体をぴくつかせている。いや元凶は言葉、そしてその言葉が意味するものなのかもしれない。なぜならそれはグリットが知ることもすることも許されないものだからだ。問題が起きることはある。かれらは子ども、子どもは問題を起こすものだ。だがこんな問題はあってはならない。

「やめろ！」ジャスパーが泣き叫ぶ。「絶対にいうなっていったのに！」もう傍目もかまわず泣いている。口は動いているが意味のある言葉は出てこない。ただ低い絶望的な呻き声が洩れるばかりだ――いや、もしかしたら、やめろという言葉の語尾が長くのびているだけなのかもしれない。どちらとも判断がつかないのは、いまや室内がざわめきに満ちているからだ。クラックに向かって口をつぐむようシーッと制する者、ジャスパーとともにすすり泣く者、ジャスパーの泣き顔を見ながらひきつったような笑いを洩らす者、わかってはいても信じられずにいる事実をたしかめるように聞こえよがしにささやき合う者――。

「そこまでだ」カーネリアンが静かに命じるとざわめきはぴたりと止《や》み、ジャスパーの抑えたすすり泣きだけが残る。ひと呼吸おいて、カーネリアンの顎がかくかくと動いた。「きみときみ、それからきみ」彼がマシシとジャスパーとクラックを指差す。「いっしょにきなさい」

彼が部屋から出ていく。三人のグリットは互いの顔を見ている。どの顔にもむきだしの怒りがあふれていて、その熱で燃えあがらないのがふしぎなほどだ。やがてマシシが悪態をついてカーネリアンのあとを追うと、ジャスパーが腕で顔をぬぐってそれにつづいた。うなだれて拳を握りしめている。クラックは挑むような眼差《まなざ》しで室内を見まわす——が、ダマヤと視線が合うとたじろいだ。

ダマヤは見つめ返す。あまりにも衝撃が強すぎて目をそらすことができなかったから、そして自分自身に怒りを覚えていたからだ。他人なんか信じたからこんなことになってしまったのだ。クラックは友だちではなかったし好きでもなかったけれど、少なくとも助け合うことはできると思っていた。彼女を飲みこもうとしていた蛇の頭を見つけたと思ったら、そいつはまったくちがうほかの蛇に半分まで飲みこまれていた。殺すどころか見るのもはばかられるほどのおぞましい結末だ。

「あたしよりあんたのほうがまし」静まりかえった室内にクラックの穏やかな声が響く。ダマヤはなにもいっていないし説明をもとめてもいなかったが、クラックはみんなのまえでとにもかくにも答えを明かした。誰もひとことも口をきかない。みんな息をひそめている。「そういうことだったのよ。あたしはあとひとつミスしたらおしまいだけど、あんたは、あんたは完璧な小市民。試験はぜんぶ最高点だし、〝実用〟では制御も完璧、少しのずれもなし。いまのところ、教官の出る幕もほとんどない。だからそんなピカいちの生徒が急におかしくなったのはどういうわけか教官たちが首をひねっているあいだ、みんなはあたしが山を吹き飛ばすのを待つのをやめることになる。でなければあたしがそうするように仕向けるか……とりあえず、少しのあいだは」彼女の笑みが薄れて、視線がふっとそれる。「そういうことだったの」

ダマヤはなにもいえない。考えることすらできない。やがてクラックは首をふって溜息をつき、カーネリアンたちのあとにつづいて部屋を出ていく。

室内はしんと静まりかえっている。誰もほかの人間の顔を見ようとしない。

と、ドアのあたりに風が立って、教官が二人、入ってきたと思うと、クラックのベッドと収納箱を調べはじめた。女性教官のひとりがマットレスをめくり、もうひとりがその下に首を突っこむのをグリットたちはじっと見つめる。布が裂ける音がして教官が身体を起こすと、その手には大きな茶色の酒瓶があった。中身が半分ほど入っている。教官がふたを開けて匂いを嗅ぎ、顔をしかめ、もうひとりの教官に向かってうなずく。二人が部屋を出ていく。

靴音が遠ざかると、ダマヤはマシシの収納箱から靴を取り返した。ふたを閉める——その音が静まりかえった室内にひどく大きく響く。誰ひとり身動きする者もいないなか、ダマヤは自分の寝床にもどって腰をおろし、靴を履く。

すると、まるでそれが合図だったかのようにあちこちで溜息が洩れた。動きだす者もいる——つぎの授業の教科書を取ってきたり、第一るつぼに向かって一列で行進していったり、朝食が置いてあるカウンターに向かったり。ダマヤもカウンターにいくと、ひとりの少女が彼女をちらりと見てすぐに視線をそらせた。「ごめんなさい」と少女がつぶやく。「シャワー室で押したの、あたしなの」

内心、怯えているのだろう。少女の目元がひきつっている。

「いいの」ダマヤは静かにいった。「気にしないで」

グリットたちがダマヤに悪さをすることは二度となかった。数日後、マシシがもどってきたが両手を骨折し、その目には苦悩があふれていた。彼がダマヤに話しかけることは二度となかった。ジャスパーはもどってこなかったが、カーネリアンの話ではジャスパーにとってユメネスのフルクラムは悪い思い出が多すぎるから北極地方にある支所に送られたということだった。ジャスパーを思っての措置ということなのだろうが、これは流刑だとダマヤにはわかっていた。だが上には上があった。それ以降、クラックの姿を見た者はいないし、その名を口にする者もいなかったのだ。

§

〈菌類の季節〉：帝国暦六〇二年―六〇六年。赤道地方東部のモンスーン期に海底火山の噴火が相次ぎ、当該地域での湿度が上昇して六カ月間、日照がさえぎられました。その種の〈季節〉としては穏やかなものでしたが、モンスーン期であったために最適な条件が整って菌類が異常発生し、赤道地方だけでなく北および南中緯度地方や海岸地方にまでひろがって、それまで栽培穀物の中心だったミロックを駆逐してしまいました（現在は絶滅）。その結果、飢饉《ききん》が起きたことは地科学者による公式記録にも記されており、〈季節〉の期間が四年に延長されました。（菌類による胴枯れ病がひろがるのに二年、農業および食料配給システムが復旧するのにさらに二年かかりました。）影響を受けたコムのほとんどは備蓄品で生きのび、帝国の改革、〈季節〉対策計画の有効性が証明されたかたちになりました。その結果、北中緯度地方、南中緯度地方の多くのコムが自主的に帝国の傘下に入ることになり、帝国黄金期がはじまりました。

――「サンゼの〈季節〉」託児院十二歳児用教科書より

12　サイアナイト、あたらしいおもちゃを見つける

「同僚は体調を崩していまして」デスクをはさんでアザエル〈指導者〉アライアの正面に腰をおろしながら、サイアナイトはいった。「お手伝いできず申し訳ないとのことです。こちらの港の障害物はわたしが取り除きます」

「上司が体調不良とは残念」アザエルがいう。うっすらと浮かんだ笑みに、サイアナイトはかろうじて怒りをこらえる。こらえられたのは、そうくるだろうとわかっていて踏ん張りがきいたからだ。それでも悔しい。

「しかし、たしかめておかねばならないことがあります」アザエルが先をつづける。「あなたで……大丈夫なんでしょうね？」視線がサイアナイトの指にちらりと走る。サイアナイトは、誰かが何気なく見たときにわかりやすいよう四本の指にひとつずつ注意深く指輪をつけていた。両手を重ねて、指輪をしているほうの手の親指はとりあえず相手からは見えないようにしている――アザエルにそこに五つめの指輪があるのかもしれないと思わせるためだ。が、アザエルの視線がサイアナイトの顔にもどると、そこにあるのは懐疑の色だけだった。四指輪だろうと、いや五指輪だろうと、アザエルはなんとも思っていないということだ。

もう金輪際、十指輪と組んで仕事をするのはごめんだ。まるで自分に選択権があるみたいな言い草だが、とりあえずそう考えたほうが気分がいい。

アラバスターのように大仰な礼儀正しさを貫く技は持ち合わせていないものの、サイアナイトはどうにか笑顔をつくった。その笑顔が腹立ちまぎれにしか見えないことは自覚している。

「先日の任務では、わたしの責任で一ブロックにビルが五棟あるうちの三棟だけを取り壊しました。ディバースの繁華街での仕事です。第七大学からも遠くない数千人が暮らす地域で、人通りも多い日中のことでした」足を組み替える。この任務では地科学者が五・〇より強い揺れは絶対に起こしてはならないと何度も念押ししてきて、かなり腹立たしい思いをした。繊細な機器類だの重要な較正目盛りだの、いろいろあるからといっていたが。「五分ですみました。取り壊し区域外へは瓦礫《がれき》のかけらひとつ落ちませんでしたよ。いちばんあたらしい指輪を授かる前のことです」しかも揺れは四台におさまったので、地科学者は大いに喜んでいた。

「あなたが大変有能とわかってうれしいかぎりです」アザエルがいう。が、少し間があいて、サイアナイトは身構える。「しかし同僚がなにもしないのであれば、アライアとしてはオロジェン二人分の報酬を支払う理由はないように思いますが」

「それは、そちらとフルクラムとの問題です」サイアナイトはそっけなく答える。まったくのところ彼女にとってはどうでもいい話なのだ。「おそらくフルクラムからは苦情がくることでしょうね。アラバスターは実際に仕事をしないとしても、今回の旅についてわたしに助言し、わたしの任務を監督するわけですから」

「そうはいっても、ここにいないことには――」

「それは関係ありません」サイアナイトはむっとしながらも説明してやることにした。「彼は十指輪です。ホテルの部屋にいながらにしてわたしの行動を観察し、必要とあれば介入することもできます。無意識にできるのです。それだけでなく、この地域を旅するあいだずっと、地域内の揺れを鎮めているのです。この地のノード保守要員への――というよりはむしろこちらのコムへの礼儀として奉仕の精神で提供しているものです。こちらのような遠隔地には近くにノード・ステーションがありませんからね」侮辱されたと感じたのだろう、アザエルの眉間にしわが寄る。サイアナイトはそれを見ながら両手をひろげる。「彼とわたしとのいちばん大きなちがいは、わたしは自分がなにをしているのか目で見る必要があるという点です」

「ふむ……なるほど」アザエルの声には強い不安がにじんでいる。無理もない。スティルたちの不安をやわらげるのはフルクラムのオロジェンの務めだとサイアナイトも承知しているのに、アザエルの不安を煽《あお》る結果になってしまった。だが、いったいアライアの誰がアラバスターの死を願っているのか、よからぬ推測を展開しはじめていたサイアナイトにとっては、アザエルを――あるいは、誰にせよアザエルが知っているにちがいない人物を――諌《いさ》め、計画を思いとどまらせることができれば好都合というものだ。この杓子《しゃくし》定規の小役人は、昨夜この小さな町がぺしゃんこになる瀬戸際にあったなどとは夢にも思っていないのだから。

　居心地の悪い沈黙がおりるなか、サイアナイトはこのあたりで疑問をぶつけてみようと腹をくくった。そうすれば多少、よどみがかきまわされて、表面になにか浮かびあがってくるかもしれない。「知事は、きょうは時間をつくれなかったということですね」

「ええ」アザエルの表情が、なにひとつ表に出さない策士のそれに変わる。あたりさわりのない笑みと虚《うつ》ろな目。「同僚の方の要請は伝えましたが、あいにく予定が立てこんでいて時間がとれませんでした」

「それは困りましたね」こういうことにかんしてアラバスターが無頓着すぎることがじわじわと実感されてきて、重ねた手にぐっと力が入ってしまう。「あいにく、あれはたんなる要請ではなかったんですよ。こちらには電信装置はありますか？　フルクラムに予定が遅れると知らせておきたいので」

アザエルがすっと目を細くする。なぜなら、もちろんここにも電信装置はあるわけで、サイアナイトが嫌味でいったのはわかりきっているからだ。「遅れる」

「ええ、そうですよ」サイアナイトはきゅっと眉をあげる。なんの邪心もないというふりがうまくいっていないことはわかっているが、それでもやれるだけのことはやった。「知事に会っていただけるまで、どのくらいかかりそうですか？　フルクラムのほうでは承知しておきたいはずですから」彼女はこれで失礼します、というように立ちあがる。

アザエルは小首を傾《かし》げているが、その肩には緊張が見てとれる。「あなたは同僚の方よりものわかりがいいと思っていたのに、港の障害物除去もせず、腹立ちまぎれに出ていこうとしているとはね」

「腹立ちまぎれではありません」いまやサイアナイトは本気で怒り心頭だ。心底、怒っている。

おつにすました顔で大きなデスクの向こうの大きな椅子に安穏とおさまっているアザエルを見おろしながら、サイアナイトは拳を固めまい、顎の筋肉をぴくぴくさせまいと必死だった。

「わたしたちの立場だったら、あなた、耐えられますか？」

「もちろんですとも！」ふいを突かれて、アザエルははじめてびくっと背筋をのばした。「知事は多忙で時間が——」

「いいえ、耐えられませんよ。あなたがわたしの立場なら、あなたは独立した強大な組織の使節ということになるんですよ、二石英《クォーツ》程度の片田舎の使い走りではなくてね。子どものときから技能を磨いてきた熟練のエキスパートとして遇されてしかるべきなのです。重要で困難な仕事に邁進《まいしん》し、このコムの暮らしを左右する任務を果たすべく当地にやってきた者として」

アザエルはじっと彼女を見つめている。サイアナイトは言葉を切り、深々と息を吸いこむ。つねに礼儀正しくあらねばならない、そしてその礼儀正しさを鋭利な黒曜石ナイフのごとくふるわねばならない。自制心の欠如は怪物的存在ゆえということで片付けられてしまわないよう、冷静沈着でいなければならない。目の奥の熱さがおさまると、彼女は一歩まえに出た。

「それなのに、アザエル〈指導者〉、あなたは握手しようともしなかった。はじめて顔を合わせたときに目を見ようともしなかった。アラバスターがきのうほのめかした安全の一杯さえ、いまだに出そうともしない。相手が第七大学の公認地科学者でもおなじ扱いをするのですか？ コムの水力発電施設の修理にきた熟練技術者でも？ ここのコムの〈強力《ごうりき》〉組合の代表者でも？」

例を並べられてやっと実感できたのか、アザエルはあきらかにたじろいでいる。サイアナイトはあえてなにもいわずに相手の言葉を待ち、プレッシャーをかける。ついにアザエルが口を開いた。「わかりました」

「それならけっこう」サイアナイトがまただんまりを決めこむと、アザエルは溜息《ためいき》を洩《も》らした。

「なにがお望み？　謝罪ですか？　ならば謝罪します。しかしこれだけは覚えておいてください。ふつうの人間はほとんどオロジェンに会ったことすらないのです。ましてや仕事の相手として——」両手をひろげる。「こちらとしてはやはり……不安がつきまとう。その点、おわかりいただけます？」

「不安は理解できます。理解できないのは無作法な態度です」錆《さ》びてしまえ。この女には苦労して説明してやる価値はない。サイアナイトはその手間はそれだけの価値のある相手のためにとっておくことにした。「ずいぶんとお粗末な謝罪ですねえ。『申し訳ないけれどあなたは異常すぎて人間みたいに扱うのは無理』」

「あなたはロガですもの」アザエルはそういい放ってから、あつかましくも自分に驚いているような顔をしてみせた。

「まあね」サイアナイトは笑顔をつくってみせる。「少なくともそれは周知のことですから」首をふりながらドアに向かう。「また、あす参ります。それまでにはあなたも知事の予定をチェックする時間をつくれるでしょうから」

「契約というものがあるんですよ」アザエルがいう。声がひきつり、震えている。「あなた方には、われわれがそちらの組織に支払ったものに見合う仕事をすることが義務づけられているんです」

「仕事はします」サイアナイトはドアのまえで立ち止まり、ドアノブに手をかけて肩をすくめる。「でも契約では到着から何日以内に完了すべしというようなことは決められていません」はったりだ。契約の中身など彼女はまったく知らない。アザエルも知らないことを祈るのみだ――知事補佐なるものがそこまで細かいことを知り得るほど重要な立場とは思えない。「ところで、〈季節の終わり〉のお手配、ありがとうございました。ベッドの寝心地は最高だし、食事もおいしいし」

それがとどめだった。アザエルが立ちあがる。「ここにいてください。知事と話してきますから」

そこでサイアナイトは明るく微笑《ほほえ》み、ふたたび椅子に腰をおろす。アザエルは部屋を出ていき、長いこともどらなかった。サイアナイトはついうとうとしはじめる。我に返ったのは、ふたたびドアが開いたときだった。しゅんとしたようすのアザエルとともに入ってきたのは、やはり海岸地方人のでっぷりとした年配の女。知事は男だ。サイアナイトは内心、溜息をつきながら、また一段上の強力な礼儀正しさの攻撃に備えて身構える。

「サイアナイト・オロジェン」女がいった。サイアナイトは激しい憤りを覚えながらも、女の存在感の大きさに感銘を受けていた。サイアナイトの名前のあとの〝オロジェン〟はもちろんつけなくてもよいものだが、これまで大いに不足していた丁重さを多少はおぎなってくれる

――だからサイアナイトが立ちあがると、女はすぐさま一歩まえに出て手を差しだし握手をもとめた。女の肌はひんやりと乾いていて、思ったより硬い。タコはひとつもない。ごくふつうの日常の仕事をしてきただけの手だ。「ヒアスミス〈指導者〉アライアです。副知事を務めております。知事はきょうはほんとうに多忙でして、お会いできませんが、代わりにわたしがスケジュールをやりくりして時間をつくりました。わたしがお相手することで満足していただけるといいのですが……とくに先ほど来の非礼のお詫《わ》びにかんしては。アザエルのふるまいについては本人に厳しくいいおきます。他者に――あらゆる他者に――たいして礼を尽くすのは指導者たる者の基本だと念を押しておきますので」

なるほど。この女はたんに政治家らしい言い繕いをしているだけなのかもしれないし、副知事だと嘘をついている可能性もある――アザエルがやけにりっぱないでたちの門番でも見つけてきただけとか。それでも、なんとか歩み寄ろうという努力は見えるから、サイアナイトはのってやることにした。

「ありがとうございます」心をこめて感謝の意をあらわす。「謝罪していただいたことは同僚のアラバスターに伝えます」

「よろしくどうぞ。アライアは、合意済みの契約どおり、港の障害物除去前三日間まで、および除去後三日間分の費用をまちがいなく支払うということもお伝えください」女の笑みには棘《とげ》が含まれているが、サイアナイトは当然だろうと感じていた。この女、おそらく契約書をちゃんと読んでいるのだろう。

だが、かまうことはない。「明確にしていただいて、すっきりしました」

「滞在中、ほかになにか必要なものはありませんか？　たとえば、市内観光などお望みなら、アザエルが喜んでご案内しますが」

まいった。この女が気に入ってしまった。サイアナイトはアザエルに向かってにっこり微笑んでやりたくなる衝動をなんとか抑えこむ。アザエルはといえば、ここまでどうにか平静を保ってきていて、無表情でサイアナイトを見ている。サイアナイトはアラバスターならそうするだろうという思いもあって、アザエルにとっては屈辱となることが目に見えているヒアスミスの申し出を受け入れようという気持ちになりかけた。が、疲れているし、ここまでの旅も筆舌に尽くしがたいものだったから、一日も早く仕事を終わらせてフルクラムに帰るほうがいい。

「いえ、けっこうです」アザエルめ、内心ほっとして少し頬をゆるめたか？「できれば港を見ておきたいのですが。どの程度の障害物か把握したいので」

「お安い御用です。でもその前にひと休みされてはいかがです？　せめて安全の一杯でも」

さすがのサイアナイトももう我慢できない。口許《くちもと》がぴくりと動く。「正直にいわせていただくと、安全はあまり好みではないので」

「誰しもそうです」ヒアスミスの顔には、つくりものではない自然な笑みが浮かんでいる。

「では、ほかのものをなにかいかがです？　出発前に」

こんどは驚いたのはサイアナイトのほうだった。「あなたもいっしょにこられるのですか？」

ヒアスミスの表情がゆがむ。「それはもう、われわれのコムの暮らしがあなた方にかかっているのですから。当然のことですよ」

ああ、うん。この人物こそがコムの番人だ。「では、参りましょう、ヒアスミス〈指導者〉」

サイアナイトはドアのほうを指し示し、三人は港へと出発した。

§

港に異変が起きていた。

サイアナイトたちは半円を描く港の西側の曲線に沿った板張りの遊歩道のようなところに立っている。そこからだと水辺を取り巻くカルデラの斜面にひろがるアライアの市街のほとんどが見渡せる。ほんとうに美しい町だ。陽射《ひざ》しは明るく暖かく、空は高く澄み切っている。夜になればすばらしい星空が見られるにちがいないと、つい考えてしまうほどの晴天。それなのに肌がむずむずするのは、目に見えていないもの——港内の海底にあるもの——のせいだ。

「珊瑚《さんご》じゃないわ」サイアナイトがいう。

ヒアスミスとアザエルが彼女を見る。どちらもとまどい顔だ。「なんとおっしゃいました？」とヒアスミスがたずねる。

サイアナイトは二人から離れて遊歩道の手すりに近づき、両手をひろげる。ほんとうはそんなことをする必要はない——ただ二人になにかしているということを知らせるためのジェスチャーだ。フルクラムのオロジェンは、たとえ依頼主がなにが起きているのかわかっていない場合でも、いまどういう状態なのか依頼主に意識させ、理解をうながすようにしている。「港の海底です。いちばん上の層は珊瑚です」と彼女は思っている。これまで珊瑚を感じた経験はないが、そうだろうと思える感触がある。くねくね動く輝かしい命の層からは必要とあればオロジェニーを強めるエネルギーを引きだすことができる。そして古い石灰化したかちかちの死でできている核。だがその珊瑚の塊《かたまり》は港の海底のこんもりと盛りあがった尾根の上にのっている。感触は自然のものだ――陸と海が出合うところではこういう隆起がよく見られると、ものの本に書いてあった――が、サイアナイトはこれはそうではないと断じた。

ひとつには、完璧な直線だから。そして巨大だから――この隆起は港の幅いっぱいにのびている。だがもっと重要なのは、それがそこにないということだ。

盛りあがった泥と砂の層の下の岩盤――それは感じることができる。それが海底をこんなふうに押しあげているのなら、ちゃんと感じとれるはずだ。上にある海水の重さも感じとれるし、その重さと圧力で変形した岩盤も周囲の地層も感じとれるのに、実際の障害物そのものは感じとれない。港の海底に巨大な空洞があるということだろうか……その空洞の周囲に港の海底全体が形成されているのか。

サイアナイトの眉間にしわが寄る。地覚《ちかく》の流れ、その曲線に沿って指がひろがり、ひきつる。もろい片岩《へんがん》と砂と有機物のやわらかな、するする滑る感覚、硬い岩盤のひんやりとした圧迫感、流れて、ちょっと沈んで。彼女はその流れを追ううち、遅まきながらなにを探っているのか説明しなければならないことを思い出した。「珊瑚の下になにかあります。海底に埋まっています。そう深くはありません。その下の岩盤が圧迫されています――かなり重いもののようです……」だが、もしそうだとしたらなぜそれを感じとれないのだろう？　なぜその障害物の存在を、周囲のものにおよぼす影響というかたちでしか感知できないのだろう？　「正体がつかめません」

「それがなにか関係あるのですか？」アザエルだ。ヒアスミスに気に入ってもらおうと、いかにも職にふさわしい理性的なもののいいをしたいのだろう。「こちらとしては障害となっている珊瑚が取り除かれればそれでいいのですが」

「ええ。でも珊瑚はその上にあるのです」彼女は珊瑚を探って、珊瑚が港の縁に沿って生育していることを突きとめた――ここでひとつの理論が成立する。「だから港の水深が深い部分でここだけが珊瑚でふさがれてしまっているのです。珊瑚はその物体の上に生えているんです。海底が隆起したところに。珊瑚は浅瀬に生えるものですが、この隆起に沿ったところでは海水が日光で温まっていますからね」

「錆び地球。それじゃあ珊瑚はまた生えてくるということですか？」そうたずねたのはアザエルとヒアスミスといっしょにきていた男たちのなかのひとりだ。どうやら役所の職員らしいが、サイアナイトはその男がしゃべるまでかれらがいることをすっかり忘れていた。「肝心なのは、港を恒久的に障害物のない状態にしておくことなのに」

サイアナイトはふうっと息を吐いて地覚器官の緊張を解き、作業が終わったことがわかるように目を開ける。「最終的にはそういうことです」かれらのほうに向き直って、彼女はいった。

「では、なにが問題なのかお話ししましょう。これが港だとします」左手をまるくして三分の一が開いている円らしきものをつくる。アライアの港はもっと入り組んでいるが、ヒアスミスたちもそこはわかっているようで、サイアナイトの手元をよく見ようと近づいてきた。そこで彼女は右手の親指を左手の円の開いている部分に寝かせる。開口部を完全に閉ざしてはいないが、九割方ふさいでいるかたちだ。「その物体はこういう位置にあります。一方の端が少し高くなっています」――と親指の先を小刻みに揺らす――「基層に自然の傾斜があるからです。珊瑚の大半はそこに生えています。反対側の端は水深が深くて海水温が低いのでほとんど生えていません」ぎごちなく手を揺すって親指の付け根を指す。「ここが船の航行に使われてきた水路です。この珊瑚が急に冷たい藍色の海水が好きになるとか、そういう種類の珊瑚が出現するとかしないかぎり、ここまで閉ざされてしまうことはないでしょう」

だがそういいながらも、彼女の頭にはあることが浮かんでいる――珊瑚は上に積み重なってのびていく。前のものの骨の上にあたらしいものが育つ――つまり時がたてば港の比較的低温の部分でも水深が浅くなって珊瑚の成長に適した場所になるということだ。ここで、アザエルが完璧なタイミングで眉をひそめて口をはさんでくる。「とはいえ、ゆっくりとだけれど水路は確実に閉じてきていた。数十年前には港のまんなかを船が通っていたといわれているんです。それがいまはできない」

地下火《ちかび》。フルクラムに帰ったら、グリットたちに授業で岩をつくる海洋生物のことを教えるよう進言しよう――これまでカリキュラムに入っていなかったのがふしぎなほどだ。「もしこちらのコムが〈季節〉をいくつも経験していて、今回はじめてこの問題が持ちあがったのであれば、この珊瑚が成長速度の速い種類でないことはあきらかです」

「アライアはわずか二〈季節〉前にできたばかりです」ヒアスミスがいう。サイアナイトに苦苦しげな笑みを向けている。二〈季節〉前なら、それだけでもりっぱといえる。中緯度地方や極地方では一〈季節〉もたないところも多いが、海岸地方はそれらの地方以上に不安定なのだから。もちろんヒアスミスはユメネスで生まれ育った人間を相手にしていることを意識してしゃべっているのだ。

サイアナイトは託児院の歴史の時間にたしかに聞いたことのある内容を思い出そうと記憶をたどる。〈窒息の季節〉はいちばん最近のもので、百年ちょっと前に起きた――〈季節〉としては穏やかなほうだったが、アコック山が噴火したときには南極地方の大半の住民が犠牲になった。その前は〈酸の季節〉だったか、それとも〈沸騰の季節〉だったか？　いつもこの二つがごっちゃになってしまう。どちらにしても〈窒息の季節〉の三、四百年前のことで、過酷なものだった。そう――その後、海岸沿いにはコムはひとつも残っていなかったのだから、アライアは海の酸性度がさがり海岸線が海側へ後退して海岸沿いにふたたび人が住めるようになった頃、つまり〈季節〉のわずか数十年後にはできていたということだ。

「ということは、あの珊瑚が港の航行を妨げるまでに五百年前後かかったということですね」サイアナイトは考えを声に出していった。「おそらく〈窒息〉の期間には成長が止まっていたでしょうから……」珊瑚は〈第五の季節〉を生き抜けるものなのだろうか？　見当もつかないが、成長するのに暖かさと光が必要なのはまちがいないから、〈季節〉中は立ち枯れしていたにちがいない。「そう、実際に障害になるほど成長したのはここ百年程度と仮定しましょうか」

「地下火」アザエルが怯《おび》えた顔でいう。「つまりたった一世紀後にはまたおなじことをしなくてはならないわけですか？」

「われわれは一世紀後にまたフルクラムに代金を支払うことになる」ヒアスミスが溜息まじりにいう。が、サイアナイトに向けられた眼差《まなざ》しに怒りはなく、ただあきらめがあるだけだ。

「この仕事にたいして、あなた方の上司からはかなりの額を請求されていましてね」

サイアナイトは思わず肩をすくめそうになるのをぐっとこらえた。たしかにそのとおりなのだ。

ヒアスミスとアザエルが顔を見合わせ、そろってサイアナイトに視線を向ける。それだけでサイアナイトはぴんときた——この二人は彼女になにかとんでもないことをさせようとしている。

「それは論外ですよ」機先を制して、両手をあげながらいった。「まじめな話。わたしはこれまで水中のものを移動させたことはないんです——だからこそ上級者が同行しているんですから」これまでまったく役に立たなかったが。「もっと重要なのは、それがなんなのかわからないということです。なにかのガスとか油とかが溜《た》まっている空間で、海水がこの先何年にもわたって汚染されてしまう可能性だってある」それはない。どうしてわかるかというと、ガス溜《だ》まりや油溜まりがこれほど完全な直線を描くことはありえないし、これほど濃密になることもありえないから、そしてガスや油なら地覚できるからだ。「さらにはとんでもなく愚かな絶滅文明が港という港に爆弾をばらまいて、そのなごりということも考えられるし」ああ、これはいける。二人とも怯えた顔で彼女を見つめている。彼女はもうひと押ししてみることにした。「調査を依頼しましょう。海底を研究している地科学者とか、土技者《どぎしゃ》で……」手をうねらせながら頭をフル回転させる。「海流に詳しい人とか。肯定的要素、否定的要素、すべて洗いだしてもらう。それがすんでから、わたしのような者を呼んでください」彼女としてはそれがまた自分にならないことを祈るばかりだ。「オロジェニーはつねに最後の手段であって、最初ではないのです」

手応えはいい。みんな黙って耳を傾けている。ついてきた一行のうちの二人がぼそぼそと言葉を交わしはじめ、ヒアスミスは考え深げな表情を浮かべている。アザエルは憤慨しているようだが、これはかならずしも悪い徴候ということはない。アザエルはそう切れ者というわけではないのだから。

「どうやらしっかり検討しなければならないようですね」ついにヒアスミスが口を開いた。その表情には、こちらが申し訳なくなるほどの強い失望感がにじんでいる。「われわれにはまたフルクラムと契約を結べるほどの資金力はありませんし、調査費用もおぼつかないのではないかと思います——第七大学も認可技師組合もフルクラムと同程度の費用を請求されますから。しかしもっと問題なのは、もうこれ以上、港の航行が妨げられたままにしておく余裕はないということです——お察しのとおり、ほかの重量級の貨物船に対応できる港にビジネス面ですでに遅れをとっているわけで、もし完全に港がふさがってしまったら、このコムの存在理由がなくなってしまうのです」

「お気持ちはお察しします」とサイアナイトが話しはじめると、うしろのほうで小声で話し合っていた男たちのひとりが、サイアナイトにしかめっ面を向けてきた。

「あなたはフルクラムという組織の代理人でもある」彼がいう。「そしてわれわれはあなた方と仕事をしてもらうという契約を結んでいる」

たぶん彼は事務方ではないのだろう。「それはわかっています。お望みなら、すぐにすませますよ」珊瑚はしっかり地覚できているから問題はない。もやってある船をさほど揺らすこともなく処理できるだろう。「きょう珊瑚を取り除けば、港はあすから使えるようになります――」

「しかしあなたは港の障害物をきれい、さっぱり、なくすために雇われたのですよ」アザエルがいう。「一時的にではなく恒久的に処理するために。あなたが考えていたより問題が大きいとわかったからといって、それが仕事を完了させなくていい理由にはなりません」アザエルの目がすっと細くなる。「なにか障害物を動かしたくない理由でもあるのなら話はべつですが」

サイアナイトとしてはアザエルをののしってやりたいところだが、ぐっと我慢する。「理由はすでに説明しましたよ、〈指導者〉。もしわたしになにかごまかそうという気があるとしたら、どうしてわざわざ障害物のことを話したりするんです？　珊瑚だけ取り除いて、あとはまた珊瑚が育ってきたときにあなた方に確実な方法を考えてもらえばすむことではないですか」

何人かが動揺するのが見てとれた――男二人の顔からは疑念の色が消えている。アザエルでさえ非難がましい態度を引っこめて、居心地悪そうに背筋をのばしている。ヒアスミスはというと、やはりうなずいて同行の一団のほうを向いた。

「これは知事と相談する必要があると思います」と彼女はいった。「選択肢をすべて提示しましょう」

「謹んで、ヒアスミス〈指導者〉」もうひとりの女はそう応じたが、眉間にしわが寄っている。「ほかの選択肢というのは合点がいきません。港を一時的にきれいにするか恒久的にきれいにするか、二つにひとつです。どちらでもフルクラムに支払う額はおなじですし」

「あるいはなにもしないか」サイアナイトがいうと、全員の視線が彼女に集まる。彼女は溜息を洩らす。こんなことをいうなんて、どうかしている――この任務を放棄したら上級者たちになにをされるか、地球のみぞ知る、だ。それでもいわずにいられない。この人たちが直面しているのはコム全体を巻きこむ経済危機だ。〈季節〉ではない。だから、その気になればみんなでどこかに移住してやり直すこともできる。あるいはコムを解体してそれぞれ家族単位でほかのコムに居場所を見つけるか――

――貧しいとか身体が弱いとか年をとっているとかだと、うまくいかないかもしれないが。親戚や兄弟姉妹、親がオロジェンだとわかっている場合もだめだ――そういう人間を受け入れてくれるところはない。あるいは、入りたいと思うコムにおなじ用役《ようえき》カーストが多すぎてもだめ。あるいは。

錆びてしまえ。

「いまわたしと同僚がなにもせずに帰ってしまえば」サイアナイトはあらゆる思いをふりはらって先をつづける。「こちらの契約不履行ということになりますから、そちらには手数料からわれわれの旅費宿泊費を除いた額の返還を要求する権利が生じます」彼女は話しながらじっとアザエルを見据えている――アザエルの顎の筋肉がぐっと引き締まる。「港はとりあえずあと数年は使えるでしょう。その時間と節約できた資金を使って、海底でなにが起きているのか、なにがあるのか調査する……さもなければコムをもっといい場所へ移すか」

「それは選択肢には入《い》りません」アザエルがいう。その顔は恐怖におののいている。「ここはわれわれの故郷です」

サイアナイトは思わずかび臭い毛布を思い浮かべていた。

「故郷は人です」アザエルに向かって静かに語りかける。アザエルは目をぱちくりさせている。

「故郷というのは、あなたが持っていくもの、あとに残していくものではありません」

ヒアスミスが溜息を洩らす。「とても詩的な表現ですね、サイアナイト・オロジェン。しかしアザエルのいうとおりです。移住はすなわちわれらがコムのアイデンティティの喪失を意味します。みながばらばらになってしまう可能性もある。それにわれわれがこの土地に投資してきたものすべてを失うことにもなるのです」ヒアスミスはあたり一帯を手で指し示す。その意味はサイアナイトにも充分伝わっている――人は簡単に移動させられるが、建物はそうはいかない。インフラも。そういうものは富であり、〈季節〉以外のときでも富は生存に直結する。

「それにわれわれがよそでこれ以上の問題に直面しないという保証はどこにもありません。あなたが正直におっしゃってくれたことは感謝します——心から。ほんとうに。しかし、そう……知らぬ火山より馴染《なじ》みの火山ということです」

サイアナイトは溜息をつく。「では、どうしたいとおっしゃるんです？」

「それはあきらかだと思いますよ、でしょう？」

たしかに。邪悪な地球にかけてまちがいない。

「あなたにできるのですか？」アザエルがたずねる。たぶん、挑戦的な意味でいっているのではない。ひたすら心配なのだ。けっきょくのところサイアナイトが話しているのは、アザエルが生まれ育ち、導き、守るために訓練を積んできたこのコムの運命についてなのだから。そして当然のことだが、〈指導者〉として生まれたアザエルはこのコムの将来性しか目に入っていなかっただろう。それも無理はない。自分のコムを不信と憎しみと恐れの目で見る理由などどこにもなかったはずだから。

サイアナイトとしては彼女に腹を立てるつもりはなかった。だが、すでに気分は最悪だし疲れてもいる。前の晩、毒を盛られたアラバスターを助けるのに必死であまり寝られなかったからだ。それに、あなたにできるのかというアザエルの言い草は、サイアナイトの能力を過小評価しているからこそのものだ。これだけ長いこと厳しい旅をつづけてきて、こんなことは一度あればたくさん。

「ええ」サイアナイトはぴしりといってふりむき、両手をのばす。「みなさん、十フィート以上うしろにさがってください」

一行から喘《あえ》ぎ声や張り詰めたささやき声があがり、のびひろがっていく意識の地図に沿ってかれらが素早くうしろにさがっていくのが感じられる——小刻みに動く熱い光点が、容易に力がおよぶ範囲の外に向かって進んでいく。まだわずかにその範囲内にいる。じつをいえばコム全体が範囲内にある。彼女の周囲の動きと生命の集まりは、簡単につかまえ、むさぼり、利用できる。だが、かれらはそんなことは知らなくていい。なにはともあれ彼女はプロなのだから。

そこで彼女は円環体が大きくて破壊的なものにならないよう、力の支点《フルクラム》を地中深くの一点に鋭利に突き刺す。そしてふたたび基岩の周辺を探って、いちばん近い断層あるいはかつてアライアのあるカルデラをつくった死火山のわずかな余熱を探す。港にある問題の物体は、やはりとても重い——動かすには周囲の力を利用するだけではおぼつかない。

ところが、近づいていくうちにとても奇妙な——そしてとても馴染み深い——ことが起きた。意識が動いていく。

彼女はもう地中にはいない。なにかに引っ張られて上へ、下へ、そしてなかへ。と思うと、いきなり迷子になって、締めつけてくるような黒く冷たい空間で手足をばたつかせている。彼女のなかに流れこんでくる力は熱でも運動でも電位でもない、まったくべつの何者かだ。

前の晩、アラバスターが彼女のオロジェニーを勝手に使ったときに感じたのとおなじもの。

だが、これはアラバスターではない。

それに、彼女はまだ完全に支配力を失ってしまったわけではない。つまり、いま起きていることを止めることはできない——すでにあまりにも多くの力を取りこんでしまっている。それを放出しようとしたらコムの半分が凍結し、港の形がもう使えないほどに崩れてしまうような揺れを引き起こしてしまうだろう。しかし、その力の洪水を利用することはできるのだ。たとえばその力を彼女には見えないものの下にある基岩の内部へ向かわせることはできる。繊細さには欠けるし効率もよくないが、基岩を押し上げるという錆びつき仕事はできる。そしてそれに応じて巨大な無が持ちあがるのを感じることができる。もしアラバスターが部屋から観察しているなら、感銘を受けているにちがいない。

だが、この力はどこからきているのだろう？　わたしはどうやって——。

遅まきながら、突然に注入された運動エネルギーに感応して海水がまるで岩のように動いているのに気づいて少々ぞっとする——その動きは反応が間に合わないほどに速い。だが彼女は反応できる。これまで経験したことがない速度で。いまの彼女は力が満ちあふれているからだ。その力は実際に彼女の毛穴からあふれだし、地球火《ちきゅうび》、信じられないほど気分がいい。どんどん高さを増して港を飲みこまんばかりになっている巨大な波を止めることなど児戯に等しい。彼女はその波の力をあっさりと四散させ、一部を海にもどし、残りは波を邪魔する海底の堆積物からさまざまなものがはがれて——そして珊瑚も横ずれして砕けて——いくなか、それらを巻きこんで盛りあがりはじめた海水を落ち着かせるのにふりむける。

しかし。

しかし。

そいつは彼女がしたいと思うことをしてくれてはいない。彼女はそいつを港の端のほうにそらしてやるつもりだった――そうすれば、もし珊瑚がまた育ってきても水路がふさがることはない。ところが彼女の思惑とはちがって――

――邪悪な地球め――なんという錆びつき――思惑とはちがって――

思惑とはちがって、そいつは勝手に動いている。抑えがきかない。抑えようとすると持てる力がすべて滴り落ちてしまう。入ってきたときとおなじように、あっというまに出ていってしまう。

サイアナイトは自分自身のなかにもどり、喘ぎながら板張りの遊歩道の木製の手すりにもたれかかる。ほんの数秒しかたっていないのにこのありさま。膝をつくことは自尊心が許さないが、手すりがなかったらくずおれてしまいそうだ。そのとき彼女は気づいた。誰も彼女の弱さには気がついていない。足元の板張りもつかまっている手すりも、すべて不気味にガタガタと音を立てているからだ。

真後ろにある塔から揺れ警報のサイレンが耳を聾《ろう》するほどの大音量で聞こえてくる。遊歩道の下の埠頭《ふとう》や付近の道路を歩いていた人たちが駆けだす――サイレンが鳴っていなければ悲鳴が聞こえていることだろう。サイアナイトは力をふりしぼってアザエルやヒアスミスたちのほうを見る。みんなあわてて遊歩道から遠ざかっていく。顔をこわばらせ、建物から充分に距離をとって走っている。もちろん、サイアナイトを置き去りにして。

だが、自我に没入していたサイアナイトを最終的に引きもどしたのはそれとはべつのものだった。それは埠頭を越えて雨のように飛んできたしぶき、そして港のこちら側全体を覆う暗い影だ。彼女はふりむく。

そこに見えるのは、土の外被のなごりを撒《ま》き散らしながら海中からゆっくりと上昇し、ブーンと音を立てて回転しはじめたオベリスクだ。

サイアナイトがゆうべ見たのとはべつのものだ。あれは、あの紫色のは、いまだに海岸から数マイル先にあると彼女は思っているが、その存在を確認するためにそちらに目を向けたりはしない。目のまえのオベリスクが、彼女の視界を、思考を、占拠している。なぜならそいつは錆びつきでかくて、まだ海中から出きっていないからだ。色はガーネットの深紅。形は先端が異様に尖《とが》った六角柱。完全な固体で、ほかの大半のオベリスクのようにどこか非現実的に輝いたりちらついたりしていない——太さは船を数隻並べても足りないほどある。もちろん長さも半端ではない。まだ回転しながら上昇していく途中だが、港全体をふさいでしまいそうなほど長い。先端から先端まで一マイルはある。

だが、なにかがおかしい。なにがおかしいのか、上昇するにつれてはっきりしてきた。透きとおった水晶のような美しい六角柱のまんなかに幾筋もひびが入っているのだ。大きなひびは醜く黒ずんでいる。このオベリスクが何世紀ものあいだそこに横たわっていて、海底の汚染物質が浸《し》みこんだのではないかと思わせるような黒ずみ。ぎざぎざの蜘蛛《くも》の巣のようなひびがオベリスク全体に放射状に走っている。サイアナイトにはオベリスクのブーンというハム音がそこで小刻みに震え、つっかえたようにぎくしゃくするのが感じられる。損傷した箇所から正体不明のエネルギーが外に出ようとあがいているのだ。

そして放射状のひびの中心になにかが詰まっているように見える。なにか小さいものだ。サイアナイトは目を細め、手すりからのりだし、首をのばして、上昇していく小さな塵《ちり》を目で追う。そのとき、オベリスクがまるで彼女に面と向かうかのように少し回転した。と同時に、サイアナイトは自分がなにを見ているのか気づいた。血が凍りつく。

人だ。オベリスクのなかに人がいる。まるで琥珀《こはく》のなかの昆虫だ。手足を大の字にひろげて、じっと動かない。髪の毛は凍りついたしぶきのよう。顔はよく見えないが、目を見開き、口も大きく開けているのではないかという気がする。悲鳴をあげているのではないかという気が。

そして彼女は気づく。その人影の肌に奇妙な大理石模様が見えることに。六角柱の深紅を通して透けて見える黒い打ち身のような模様。陽光がきらめくと髪の毛が透きとおっているのが見てとれる。まったく透明というわけではないが、まわりのガーネットに溶けこんでしまう程度には透きとおっている。そしてもうひとつ、彼女はあることに気づく。いま自分が目にしているもののことで、ひとつわかっていることがある気がするのだ。なぜなら、彼女はいっとき、このオベリスクの一部になっていたから。あれこそが力の源泉だ。でも深く考えないようにしていた。なぜなら、地球火、受け入れがたいことだから。答えは心のなかにある。どんなにそうではありませんようにと願っても否定のしようがない。ありえないことを直視しろと理性にくりかえし命じるうちに、それに順応するしかなくなってくる。

そこで彼女は自分が見ているのは地球のみぞ知る長年月、アライアの港の海底に人知れず横たわっていたひび割れたオベリスクだと認めた。そしてその中心にとらわれているもの、どうやってかこの堂々たる荘厳にして神秘的な物体を破壊したもの、それは……石喰《いしく》いだと認めた。そしてそれが死んでいるということも。

§

〈父なる地球〉は長年月、考えつづけているが、けっして一時たりと眠ることはない。忘却することもない。

——銘板その二〝不完全な真実〟第二節

これが絶好調のときのあんただ。このちっぽけで取るに足りない生きものが。これがあんたの人生の基盤だ。〈父なる地球〉があんたをさげすむのは当然だが、恥じることはない。あんたは怪物かもしれないが、偉大な存在でもある。

13　あんたは追跡する

§

コム無しの女の名はトンキー。あんたが聞かされたのはそれだけだ――用役《ようえき》カースト名もなければコム名もない。本人は異議を唱えたが、この女は地科学者だとあんたは確信している。それに本人も、ある意味、認めている。なぜあんたについてくるのかと女にたずねたときのことだ。「その子に興味津々だから」とホアをくいっと顎で指しながら、トンキーはいった。「彼が何者なのか突きとめようともしないでほったらかしにしたら、大学の教授連が雇った暗殺者に追われることになるだろうな。もう追われてるんじゃなければだけどね！」馬みたいに大きな白い歯をむきだしにして大声で笑う。「彼の血液サンプル、すごく欲しいけど、ちゃんとした道具とか使わないですむならそっちのほうがずっと楽。だから、観察でよしとしておくよ」

（ホアはこれを聞いて不快そうな顔になり、あてつけるようにトンキーと自分とのあいだにかならずあんたが入るようにして歩いている。）

彼女がいった〝大学〟というのはディバースにある第七大学のことだ、とあんたは確信する。赤道地方第二の都市にある、スティルネス大陸でいちばん有名な、地科学者、伝承学者の学びの中心地だ。トンキーがどこかの地方の新興の大人向け学習所で勉強したとか地元のなんでも屋に教えを受けたとかいうのではなく、名声高い第七大学で学んだのだとしたら、いまは落ちるところまで落ちたというべきか。だがあんたはお行儀がいいからそんなことを口に出したりはしない。

トンキーはいかにも恐ろしいところのようなことをいっていたが、べつに人喰《ひとく》い族の集落に住んでいるわけではなかった。そうとわかったのは、その日の午後、彼女に案内されて彼女の家にいったときのことだ。彼女の家は気孔のなかにある洞穴だった——気孔というのは大昔、溶岩の泡が固まって陥没したなごりで、ここはかつてちょっとした丘くらいある大きさだった。いまは窪地にひろがる森のなか、周囲から隔離された峡谷になっていて、木々の合い間にきらりと光る黒曜石の湾曲した円柱が散在している。峡谷の両側にはさまざまな形をした奇妙な小さい洞穴がひしめいている。大きな泡にくっついていた小さい泡のなごりだろう。気孔の端のほうの洞穴にはモリネコなどの動物が住んでいることがあるから気をつけろと、トンキーがいう。ふつうはなんの脅威にもならない動物ばかりだが、〈季節〉がくるとなにもかも変わってしまう。だからあんたは用心しながらトンキーのあとについていく。

トンキーの洞穴にはものがあふれていた。珍妙な装置、本、廃品のなかから漁《あさ》ってきたガラクタ、そしてまんなかにはランタンや貯蔵食品といったほんとうに役に立つものが山ほど。洞穴にはトンキーが火をおこしたあとの樹脂のいい匂いが漂っていたが、彼女がなかに入ってせわしく動きまわると、たちまち彼女の放つ悪臭に取って代わられてしまった。あんたはしかたなく我慢することにしたが、ホアは気がついていないのか、いやわかっていても気にしないようにしているのだろう、平然としている——あんたはその克己心がうらやましい。さいわいなことにトンキーは運びこんだ水をぜんぶ風呂用に使った。あんたの目のまえで水浴びをはじめたのだ。恥ずかしげもなく服を脱ぎ、木桶《きおけ》の横にしゃがんでわきの下から股から全身をごしごしこすっていく。その途中でペニスが目に入ってあんたはちょっと驚くが、まあ、どこかのコムが彼女を〈繁殖者〉にすることがあるとは思えない。最後はくすんだ緑色の液剤で服と髪をリンスしておしまい。この液剤は殺菌作用があるという。（が、あんたはほんとうかどうか怪しいと思っている。）

とにもかくにも水浴びがすむと匂いはさっきよりだいぶましになったので、あんたはそこで自分の寝袋をひろげ——トンキーは予備の寝袋を持っていたが、シラミでもいたらかなわないから遠慮して——すこぶる快適な一夜をすごすことになる。ホアが寄り添ってきても黙って受け入れてやった。といっても、しがみついてこられないように背を向けてしまったが。けっきょくホアはしがみついてはこなかった。

翌日、あんたは南への旅を再開する。コム無しの地科学者トンキーとホア……何者なのかわからないがホアもいっしょに。いまではあんたはホアは人間ではないと確信している。が、だからといってどうということはない。公式には（千年ほど前に開かれた第二回ユメネス民間伝承会議のオロジェン罹災者《りさいしゃ》の権利にかんする宣言によると）、あんたも人間ではないのだから。気になるのは、ホアがそのことについてなにひとつしゃべろうとしないことだ。カークーサはどうしてああいうことになったのか、あんたがたずねてもホアは答えない。どうして答えないのかと聞けば、悲しげに「あんたに嫌われたくないから」と答える。

この二人と旅することに、あんたはとくに違和感を覚えてはいない。いずれにしてもあんたが気を遣うのは、ほぼ道路のことだけだ。それから数日間、日々、降灰がひどくなっていって、あんたはついに避難袋からマスクを――幸か不幸か四つ持っているので――引っ張りだして二人にもわたしてやることになる。灰はいまはまだ石伝承でいわれているような浮遊する死の霞《かすみ》ではなく塊《かたまり》で降ってきているが、用心に越したことはない。一面灰色のなかから、ときおりほかの人たちの姿があらわれるが、みんなマスクを取りだしている。誰を見ても、肌も髪も服も灰で描かれた背景とほとんど見分けがつかず、いくつもの目があんたをかすめて通りすぎていく。マスクをしていると誰もが無名の存在で、どんな人物なのか知りようもないが、これは助かる。あんたもホアもトンキーも、もう誰の注意を引くこともない。誰が誰やら見分けのつかない群衆のひとりでいられるのはありがたい。

その週の終わり頃になると、おなじ道をたどる旅人たちの群れはしだいに小さな集団へと細り、ときにぽつりぽつりといるだけになることもあった。帰るコムのある者は急ぎ足でもどっていく。群れが細るということはたいていの人間が落ち着くべきところに落ち着いたということだ。いまも道をたどっているのはいつもより遠出をしていた者か、もともと帰るべき家がない者だけ――あんたが見かけた、虚《うつ》ろな目をした赤道地方人のような連中だけだ。かれらの多くは落ちてきた瓦礫《がれき》で負ったひどい火傷《やけど》や怪我をこれみよがしにさらけだしている。この先、赤道地方人が問題の種になるのはまちがいない。怪我人の多くは感染症で死に瀕《ひん》しているとはいえ、とにかくもともとの人数が多いからだ。（毎日ひとりや二人は青ざめた顔で、あるいは高熱で紅潮した顔で道端にすわりこみ、背を丸めたり震えたり、もう最期を待つだけという赤道地方人を見かける。）無傷の連中はいくらでもいる。それがぜんぶ、いまはコム無し。そこが問題なのだ。

あんたはつぎの道の家で、そういう連中の少人数のグループに話しかけてみた――さまざまな年代の女五人と、とても若い不安げな表情の男ひとりのグループだ。この連中、赤道地方の都市ではおしゃれだと思われていたドレープの多い非実用的なこじゃれた服はほとんど身につけていない――どこか道中で丈夫な服や旅に必要な身の回り品と交換したのだろう。あるいは盗んだか。だが、なかには以前の暮らしのなごりをひきずっている者もいる――いちばん年のいった女はフリルがついた染みだらけの青いサテンのスカーフで髪を覆っているし、いちばん若い女はずっしりした実用的な上着の袖口から薄織物がのぞいている。若い男はウエストにやわらかな生地の桃色のサッシュを締めているが、あんたが見るかぎり、ただの飾りとしか思えない。

だがそれは、じつは飾りではない。あんたは連中の目つきに気づく。あんたが近づいたときに、連中がどんなふうにあんたを見るか――連中はあんたの手首や首や足首にさっと視線を走らせ、あんたが貧しいと見てとって眉をひそめる。非実用的な服には、ひとつ、とても実用的な面がある――これから生まれようとしているあらたな種族のしるしになるのだ。あんたとは無縁の種族の。

べつにそれが問題なわけではない。いまはまだ。

あんたはかれらに北でなにがあったのかとたずねる。なにがあったのか、あんたは知っている。だが地質学的な出来事があったことを知っているのと、その出来事がなにを意味しているか知っているのとは、まったくべつのことだ。

あんたが両手をあげてなにも（目に見える）危険なものは持っていないことを示すと、かれらは答えてくれた。

「コンサートから帰る途中だったの」若い女のひとりがいった。自己紹介はしなかったが――まだ経験はないとしても――〈繁殖者〉にちがいない。見るからにサンゼ人の女という外見。背が高くてがっしりとした身体つき、ブロンズ色の肌、しゃくにさわるほど健康的で、目鼻立ちはきれいに整い、豊満な腰つき、そしててっぺんにはグレーの灰噴《はいふ》き髪を冠している。肩までの長さのもじゃもじゃの髪は一見、毛皮のようにも見える。彼女が若い男をくいと頭で指すと、男は慎み深く目を伏せる。彼もおなじように美しい――やはり〈繁殖者〉だろうが心持ち痩せすぎている。とはいえ生活費を稼ぐために五人の女と交わるのだとしたら、ちゃんとたくましくなるのだろう。「彼はシェムシェナ通りにある即興ホールで演奏していて――これはアレビドにあるのよ。とてもすばらしい演奏で……」

声がしだいに消えていく。彼女の心がこの場所、この時間から離れていくのが、あんたにも手に取るようにわかる。アレビドが中規模のコムで芸術が盛んで有名な――有名だった――ことはあんたも知っている。と、彼女がふいに我に返った。なぜなら、彼女は優秀なサンゼの娘であり、サンゼは夢想家とは縁遠いからだ。

娘が先をつづける――「ずっと北のほうに、なんというか――裂け目みたいなものが見えたの。ずっと北の地平線沿いに。そのうち、その……赤い光がバッと激しく輝いて、東西にわかれていったの。どれくらい遠くなのかはわからなかったけれど、雲の下側にその光が反射しているのが見えたわ」彼女の心はまた漂いはじめたが、こんどはなにか恐ろしいことを思い出しているようで、顔がこわばり、辛そうな怒りを含んだ表情を浮かべている。そのほうがノスタルジーを漂わせるより社会の容認度は高い。「あっというまにひろがっていったわ。わたしたちは道端に立ってその光がどんどんひろがっていくのを見ながら、自分はなにを見ているのか、なにを地覚《ちかく》しているのか、考えていたの。そうしたら地面が揺れだして。それからなにかが――雲が――赤い光を覆い隠して、それがこっちに向かってくるって気がついたの」

火砕物《かさいぶつ》の雲ではないぞ。もしそうだったら、その娘は生きてあんたに話しているわけがない。そのときはもう、ただの灰の雲になっていたんだ。アレビドはユメネスのずっと南のほうにある——だからそこまで届いたのは北のほうのコムを通ってきた残りかすってことだ。よかったな、その残りかすだけでももっとずっと南にあるティリモが全壊に近いことになった。当然、アレビドは粉々になってしまってふしぎはない。

オロジェンがこの娘を救ったのだ、とあんたは思う。そう、アレビドの近くにはノード・ステーションがある、いやあったのだから。

「そのときはまだ建物は崩れていなかったの」あんたの考えを裏付けるように、娘がいう。「でもすぐに灰が降ってきて——みんな息ができなくなって。灰が口に入って、肺まで入りこんでセメントみたいに固まってしまうの。わたしは顔をブラウスで覆った——マスクとおなじ素材のブラウスだったのよ。そのおかげでわたしは、わたしたちは、助かったの」彼女が若い男をちらりと見る。その視線を追ったあんたは、男の手首に巻きついている布きれに目をとめる。色からして女物の服の切れ端のようだ。「夜だったの。よく晴れた日だった。みんな避難袋も持ちだせなくて」

あたりがしんと静まりかえる。こんどは一行の誰もが彼女とともに思いをめぐらせている。それだけ辛い記憶なのだ。あんたも思い出す。赤道地方人のなかにも避難袋を持っていない者が大勢いたことを。各ノードは何世紀にもわたって大都市の安全を十二分に確保してきたのに。

「だから逃げてきたの」娘は唐突に結論をいって、溜息《ためいき》をつく。「足を止めずに歩きつづけてきたの」

あんたは情報の礼をいって、こちらのことを聞かれないうちに立ち去る。

その後何日か、あんたはおなじような話を耳にする。そして気づいたのは、ユメネスやユメネスとおなじくらいの緯度にあるコムからきたという赤道地方人にひとりも出会わないということだ。生存者の北限はアレビドの住人だった。

だが、べつに気にすることはない。あんたは北へ向かっているわけではないのだから。そして、なにがあったのか、それがなにを意味するのか、どんなに気になろうと、それにこだわってはいられないことも、あんたはよくわかっている。あんたの頭のなかにはそれでなくてもいやな記憶がひしめいているのだから。

というわけであんたは連れの二人といっしょに灰色の昼を抜け、赤みを帯びた夜を抜けて進みつづける。あんたが本気で気にかけるのは水筒を満杯にしておくこと、備蓄食料を切らさないようにすること、そして靴がすりへってきたら取り換えることだけだ。いまはどれも簡単にできる。みんないまだに、これは〈季節〉としては短いもので、夏がない年が一、二年あるいは三年つづく程度だろうと楽観視しているからだ。たいていの〈季節〉はそんなものだから、残っているコムはそういうときには他人の準備不足に乗じて商売に精を出し、ひと儲けするのが常だ。が、あんたにはわかっている――この〈季節〉は、どれほど準備していようと追いつかないほど長くつづく――とはいえそういう大方の思いちがいにつけこんで有利に立ち回るのは気が引ける、とはあんたは思わない。

あんたはときどき道沿いのコムに立ち寄る。高くそびえ立つ花崗岩《かこうがん》の壁に囲まれた広大なコムもあれば、鉄柵と尖《とが》った杭《くい》と粗末な武器をたずさえた〈強力《ごうりき》〉が守っているだけのコムもある。物の値段もおかしなことになりはじめている。あるコムでは通貨が使えるもののホアの寝袋を買うのに持ち金のほとんどを使うことになったが、つぎのコムでは通貨はまったく使えない代わりに実用的な道具類が歓迎され、あんたは避難袋の底にいれてあったジージャの古い石打ち工《く》用ハンマーのうちの一本で、二週間分の貯蔵パンとスイートナッツ・ペーストの瓶詰を三つ手に入れた。

食べ物は三人で分ける。これは大事なことだ。石伝承にはグループ内で食料を隠し持つことを戒める話が山ほど記されている――あんたはいまや、あんたが認める認めないにかかわらず、グループの一員だ。ホアは、ひと晩中ほとんど眠らずに見張りをして自分の役割を果たしている――彼はそれほど寝なくても大丈夫なのだ。（それになにも食べない。だがあんたはしばらくするとそのことには目をつぶるようになる。彼がカークーサを石に変えてしまったことを考えないようにしたのとおなじことだ。）トンキーは、ぱりっとした服に着替えて体臭もコム無しというよりは被災者でとおる程度にましになっているというのにコムに近づきたがらない。だからその役割はあんたが担うことになる。といってもトンキーもできることは手伝ってくれる。あんたの靴がへたって替えを手に入れようと立ち寄ったコムで、あんたがなにを差しだしても取引が成立しなかったとき、彼女は自分の荷物のなかからコンパスを出してきてあんたを驚かせた。降灰で視界がきかず空が曇ったままの状況では、コンパスは大変な貴重品だ。靴十足と交換でもふしぎはない。ところがコムの取引を仕切っている女はなかなかのやり手で、あんたは深靴を二足しか手に入れられなかった。一足は自分用で、もう一足はホア用。ホアのもへたりはじめていたからだ。自分の予備の靴を荷物にぶらさげていたトンキーは、あとになってこの取引のことであんたが愚痴をこぼすと、あっさり一蹴した。「この先どう進んでいくか、ほかにもいろいろやりようがあるよね」そしてあんたが不安になるような眼差《まなざ》しであんたをじっと見つめたのだ。

あんたは、彼女があんたはロガだということを知っていると思ってはいない。だが、彼女のことはなんともつかみようがない。

旅は延々とつづく。道はしょっちゅう分岐する。中緯度地方のこのあたりには大規模なコムが多いから、そして帝国道はコム道やコム小道、川、古代の絶滅文明が輸送路として使っていた古い金属製の軌道などとさまざまな形で交差しているからだ。こうした交差の仕方を見ると、なぜ帝国道がいまの位置につくられたかがわかる――道路は古サンゼにとってつねに生命線だったのだ。だがそのせいで、自分がどこに向かっているのかちゃんとわかっていないと迷子になりやすい――コンパスや地図、〝子殺しの父親はこっち〟という標識がないと、たちまち道に迷ってしまう。

ホアはあんたの救い主だ。あんたはこの子にはどういうわけかナッスンの居場所を嗅ぎとる能力があると思いこもうとしている。というのも、しばらくのあいだ、分岐点にくるたびにどちらの道をたどるべきかコンパスよりも的確に示していたからだ。道程のほとんどは帝国道をたどっている――ユメネス－ケッテカー道だが、ケッテカーは遙《はる》か先の南極地方にある都市だから、あんたはどうかそこまでいかなくてすみますようにと祈っている。ある地点で、ホアは弓形にうねる帝国道をショートカットするコム道を選択した。もしジージャがずっと帝国道をたどっているとすれば、あんたにとっては大幅な時間の節約になる選択だ。（ただし問題もあった。コム道はそれをつくったコムがしっかり武装した〈強力〉で守りを固めていて、こちらの姿を見たとたんに警告の声をあげてクロスボウを射かけてきたのだ。門を開けて取引したりもしないし、通りすぎてもずっと長いこと、かれらの視線を感じていた。）ところが道が南下する方向からそれてくると、ホアの判断力が鈍りだした。あんたがどうしたのかとたずねると、ナッスンが向かっている方角はわかるが、彼女とジージャがどのルートをたどっているのかは感じとれない、ただ、ナッスンのところへいくには、たぶんこのルートが最適だろうと思うものを示せるだけだという。

しかし何週間かたつと、それすらおぼつかなくなってきた。ある十字路で、あんたは、くちびるを嚙《か》んだままのホアの横に立ち尽くすことになった。たっぷり五分はたった頃、あんたはついに、どうしたのかとたずねた。

「あんたが一カ所にたくさんいる」と彼が不安げにいうので、あんたはすぐに話題を変えた。トンキーはあんたが何者なのか知らないが、話をつづけていたら知られてしまうことになるかもしれないからだ。

それにしても、あんたがたくさんとはどういうことだろう？　人がたくさんいるということか？　いや、それでは意味が通らない。ロガがたくさん？　一カ所に集まっている？　もっとおかしい。フルクラムはユメネスとともに死んでしまった。北極地方――遙か北、いまは通れない大陸の中緯度地方を越えていかねばならないところ——と南極地方にフルクラムの支所があることはあるが、いまあんたがいるのは南極地方まで何カ月もかかる位置だ。移動中のオロジェンはあんたのように正体を隠して群衆にまぎれ、ふつうの人間とおなじようになんとか生きのびようとしている。それが一カ所に集まってもなんの益もないだろう——正体がばれる危険性が増すだけだ。

けっきょくホアはたどるべき道を選び、あんたはそれにしたがったが、ホアが眉間にしわを寄せているところを見ると、当て推量だったにちがいない。

「近いよ」と、ある晩、ホアがいった。あんたは貯蔵パンにナッツ・ペーストを塗って食べながら、これがもっとましなものだったらと思わないように思わないようにしているときだった。新鮮な野菜が欲しくてたまらなくなりはじめていたが、その手のものは、いまはまだ手に入るにしても、すぐに不足気味になってくるはずだから、あんたはできるだけ野菜のことを考えないようにしている。トンキーは姿が見えない。たぶん髭《ひげ》を剃《そ》りにいっているのだろう。数日前に、あるものがなくなってしまったらしい。それはなにかの生物製剤で、彼女はその液体を荷物から取りだしては、あんたに見られないようにして飲んでいた。あんたはべつに気にしてもいなかったのだが。それを飲まなくなったら数日で髭が目立つようになってきて、彼女のいらいらの種になっている。

「オロジェンだらけのところだ」ホアが話をつづける。「その向こうのものはなにも感じられない。なんていうか……小さな光みたいな感じなんだ。ひとつだけなら、ナッスンだけなら、ちゃんとわかるけど、たくさん集まるとひとつのものすごく明るい光になっちゃって、ナッスンはその近くを通りすぎたか、なかを通っていったか。いまはぼくには――」言葉を探しているらしい。ぴたりとあてはまる言葉がないのだ。「ぼくには、うーん――」

「地覚？」助け舟のつもりであんたはいった。

彼は眉間にしわを寄せる。「ちがう。ぼくがやっているのはそれじゃない」

なにをしているのかは聞くまいと、あんたは決める。

「だめなんだ……ほかのことはなにもわからない。まぶしい光のせいで小さい光のひとつひとつに焦点を合わせられないんだ」

「何人」――あんたはトンキーがもどってきたら、と考えてつぎの言葉を飲みこむ――「いくつあるの？」

「わからない。ひとつ以上。町の人口よりは少ない。でも、それ以上にたくさんの数がそこに向かっている」

これはどういうことかとあんたは首をひねる。みんながみんな連れ去られた娘や人殺しの夫を追っているなんてことはありえない。「どうして？　どうしてみんなそこをめざしているの？」

「わからない」

まあいい。それでも役には立つ。

あんたにわかっているのはジージャが南へ向かっているということだけだ。しかし〝南〟といっても広い。広すぎる——大陸の三分の一以上が含まれてしまう。コム数は数千。面積でいえば数万平方マイル。

彼はどこへ向かっているのか？　あんたにはわからない。もしも東へ、あるいは西へ方向転換したら？　もしも一カ所にとどまっていたら？

それもありうる。「そこにとどまっている可能性はある？　ジージャとナッスンが、そこに？」

「わからない。でもそっちの方向に向かっていたのはたしかだ。ここにくるまでは一度も見失ったことはない」

というわけで、あんたはトンキーがもどってくるまで待ち、これからどこへ向かうかを話した。理由はいわなかったし、彼女も聞かなかった。あんたはなにに向かっていくことになるのかもいわなかった——それはあんたにもわからなかったからだ。もしかしたら誰かがあたらしいフルクラムをつくろうとしているのかもしれない。そういう連絡がまわったのかもしれない。とにかくまたはっきりした目的地ができたのはいいことだ。

あんたは不安に目をつぶってナッスンがたどった——と信じたい——道を歩きはじめる。

§

何人《なんぴと》も役に立つかどうかで判断せよ——指導者も元気な学生も、多産の者も悪賢い者も、賢者も極悪人も、そしてそのすべてを守る少数の〈強力〉も。

――銘板その一〝生存について〟第九節

14 サイアナイト、おもちゃを壊す

〝現地にとどまり、指示を待て〟とユメネスからの電報には記されていた。

サイアナイトがこれを無言で差しだすとアラバスターはちらりと見て笑いだした。「これはこれは。きみはもうひとつ指輪を手に入れたんじゃないかという気がしてきたぞ、サイアナイト・オロジェン。あるいは死刑宣告か。結果は帰ってのお楽しみというところだな」

かれらは〈季節の終わり〉ホテルの部屋にいる。いつもの夜の営みのあとで二人とも一糸まとわぬ姿だ。サイアナイトは起きあがり、裸のまま、とまどいながら落ち着きなく部屋のなかを歩きまわる。アライアとの契約は完結していてもう宿代は払ってもらえないから、一週間前に泊まっていた部屋よりは狭い。

「帰ってのお楽しみ？」彼女は歩きながら彼をにらみつける。彼はすっかりくつろいでいる。夕暮れの薄暗い光のなか、ベッドの陰性の白を背景にした長くのびる骨ばった陽性の空間。彼女は彼を見るとガーネットのオベリスクを思い浮かべずにはいられない——彼もまた、ありえない、現実離れした、人をいらつかせる存在だ。彼がなぜ動揺していないのか、彼女には理解できない。「この〝現地にとどまれ〟なんてたわごと、いったいどういうつもり？　どうして帰ってこいっていわないの？」

彼がチッと舌打ちする。「言葉に気をつけろ！　フルクラムにいたときはきちっとしていたじゃないか。いったいどうしたんだ？」

「あなたと出会ったからです。質問に答えて！」

「われわれに休暇をとらせたいんじゃないのかな」アラバスターはあくびをして寝返りを打ち、ナイトテーブルに置いた鞄《かばん》から果物を取りだす。ここ一週間、食料は自分たちで買っている。とりあえずいまは、彼もうるさくいわれなくても自分から食べるようになっている。彼には退屈が良薬なのだ。「ここで時間を潰すか、ユメネスへの帰り道で時間を潰すか、どっちだってちがいはないだろう、サイアン？　少なくとも、ここにいれば快適にすごせる。ベッドにもどってこいよ」

彼女は彼に向かって歯をむく。「いや」

彼は溜息《ためいき》をつく。「休めってことだ。今夜のお勤めはもう果たした。地球火《ちきゅうび》、オナニーできるように、しばらくどこかへいっていようか？　そうすればご機嫌がなおるのかな？」

じつはそうなのだが、彼女は絶対に認めるつもりはない。といってほかにやることもないので、けっきょくベッドにもどる。彼がオレンジをひとふさ手渡してくれる。彼女は好物だから素直に受け取る。それにオレンジはここでは安いのだ。ここにきて以来、海岸地方のコムの暮らしについていろいろいわれていることを、彼女は一度ならず考えた。気候は穏やか、食べ物はおいしい、物価は安い、港には旅行や取引で各地からさまざまな人がやってきてさまざまな出会いがある。そして海は美しく、魂《たましい》を奪われるほど魅惑的だ——窓辺に立って何時間でも見ていられる。海岸地方のコムが数年ごとに津波で押し流されるということさえなければ……それだけはなんとも。

「ほんとうにわからない」と彼女はいう。もう一万回もいったような気がする。アラバスターも彼女の愚痴には飽きあきしているだろうが、彼女としてはほかにすることもないので彼には我慢してもらうしかなさそうだ。「これはなにかの罰なのかしら？　ありきたりの珊瑚礁《さんごしょう》除去の仕事の最中に、あの港の海底に隠れている得体の知れないばかでかい浮遊物を見つけちゃいけなかったっていうの？」降参とばかりに両手をあげる。「まるで、ああなることは誰にでもわかっていたといわんばかりじゃないの」

「たぶんこういうことだろう」アラバスターがいう。「かれらは地科学者が到着したときに、きみにいてほしいんだ。またフルクラムにたのみたい仕事ができた場合に備えてな」

彼は前にもそういっていたし、彼女もたぶんそのとおりなのだろうと思っている。事実、地科学者は続々、アライアに集まってきている——考古標本年代測定学者も伝承学者も生物科学者も、さらにはオベリスクがこれほどの至近距離にあることでアライアの住民になにか影響が出るのではないかと案じる医者たちまで。もちろん似非《えせ》学者や奇人変人のたぐいもきている——金属伝承学者や天体学者といったジャンク科学を実践している連中だ。地元四《よ》つ郷《ごう》と近隣の四つ郷のコムというコムからも、多少の訓練を受けた者や趣味で研究しているような人間までやってきた。サイアナイトとアラバスターがホテルの一部屋を確保できたのはひとえに、かれらが問題のものを発見した当事者だから、そして早くにきていたからにすぎない。いまや四つ郷のホテルも簡易宿泊所も客であふれかえっている。

これまではオベリスクのことなど本気で考える者はいなかった。なにしろ人口密集地の上空、それもすぐ近くに、死んだ石喰《いしく》いが詰まったオベリスクが浮かんでいるのを見た者などひとりもいなかったのだから。

だが地科学者たちはサイアナイトにオベリスクが浮揚したことについての見解をたずねるだけで——彼女は〝何某〈革新者〉どこそこ〟と相手を紹介されるたびに身の縮む思いをしているのだが——それ以外なにもとめてこない。これは助かる。彼女にはフルクラムを代表してかれらと交渉する権限はないからだ。アラバスターにはその権限があるのかもしれないが、自分の仕事の交渉を彼にまかせたくはない。彼はわざと彼女が望まない仕事の契約を結ぶようなことはしないと、彼女は思っている——彼もそこまでばかではない。ものの道理がわかっていればそんなことはしないはずだ。

が、残念なことに、彼女はアラバスターを完全には信じていない。ここに残るというのは政策としてどう考えてもおかしい。フルクラムは彼女を赤道地方にもどしたいと思っているはずだ。第七大学で帝国学者たちが彼女の話を聞き、地科学者が彼女と接触するにはフルクラムにいくら支払わねばならないか、上級者が決めるのが筋だろう。かれらは彼女からじかに話を聞いて、彼女がこれまでに三度、感じとり、ついにそれはオベリスク由来のものだとわかったあの奇妙な力のことをもっとよく知りたいと考えているに決まっている。

（そして守護者たちも彼女と話をしたいと思っているだろう。かれらには内輪だけの秘密が山ほどある。彼女がいちばん納得がいかないのは、かれらがなんの興味も示していないことだ。）

アラバスターには、そのことは口外するなといわれた。きみがオベリスクとコンタクトできることは誰にも知らせる必要はないと彼はあの出来事があった翌日にいった。そのとき彼はまだ体調が悪くて、毒を盛られた影響でかろうじてベッドから出られるかどうかというありさま――あとでわかったことだが、彼女がオベリスクを持ちあげたとき、アザエルに彼は遠く離れていても力を発揮できると自慢したのとは裏腹に、彼のオロジェニーは疲弊していてなにもできない状態だった。しかし弱っているとはいえ、彼は彼女の手をきつく握りしめて、こういい含めたのだった――人に聞かれたらこういうんだ、〝ただ問題の地層をどかそうとしたら、それがまるで海中でつっかえていたコルクみたいに勝手に跳びあがってきた〟、そういえばたとえ相手がオロジェンでも信じる、〝あれはよくある絶滅文明の遺物のひとつで、とくにどうということはない〟、相手に疑問さえ抱かせなければ誰もなにもたずねはしない、だからあのことは話すな、わたしにもだ。

当然、そういわれるとよけい話したくなるものだ。しかしアラバスターの具合がよくなってから一度だけその話を持ちだしたとたん、彼は無言で彼女をにらみつけたので、彼女は空気を察してその場を離れるしかなくなってしまった。

なにがいらつくといって、これほどいらつくことはない。

「ちょっと散歩にいってきます」彼女はそういって立ちあがった。

「そうか」アラバスターがのびをして起きあがると、関節が鳴る音が聞こえた。「わたしもいっしょにいく」

「いっしょにきてなんていってないわ」

「そうだな、いってないな」彼は微笑《ほほえ》んでいるが、例の棘《とげ》のある笑顔だ。彼女はこの笑みが嫌いになりはじめている。「しかし、すでに二人のうちのひとりが殺されかけたよく知りもしないコムで、夜間にひとりで外出するというのはな。絶対に連れがいたほうがいい」

これを聞いてサイアナイトはたじろぐ。「ああ」だがそれもまた触れることのできない話題だ。理由はアラバスターが触れることを禁じたからではなく、なにひとつ手がかりがなくて二人とも推測する以外なんともしようがないから。サイアナイトはいちばん単純なストーリー――料理担当の誰かが無能だった――を信じたいと思っている。だがアラバスターはこの説の欠点を指摘した――ホテル内、あるいはコム内に彼以外、具合が悪くなった者はいない、と。サイアナイトはもうひとつ、ありえそうな単純なストーリーを思いついていた――アザエルが料理人たちにアラバスターの食事にだけ毒を仕込めと命じたのではないか。これは腹を立てた〈指導者〉が使う手口として、少なくとも噂では聞いたことがある。〈指導者〉には毒だの、まわりくどい間接的な悪行だのといった話がつきものだ。サイアナイトは、〈耐性者〉が数の上では圧倒的に不利にもかかわらず優位に立つとか、〈繁殖者〉が巧妙な政略結婚や戦略的な子づくり作戦で多くの人命を救うとか、〈強力《ごうりき》〉が良心的でまっすぐな荒々しい力で問題解決に取り組む、といったストーリーのほうが好きだ。

アラバスターは、いかにもアラバスターらしく、自身が命を落としそうになった出来事についていろいろと考えをめぐらせているらしい。サイアナイトとしては、彼のほうが正しいと認めたくはないのだが。

「だったら、いいですよ」と彼女はいって、服を着る。

気持ちのいい夕暮れだった。陽が沈みゆくなか、二人で港へつづく坂道をおりていく。二人の影は前方に長くのび、ほとんどが淡い砂色のアライアの建物が、つかのま赤と紫と金の深みのある宝石の色に照り輝いている。二人が歩いている通りは曲がりくねった横道と交差していて、その横道の先は港のあわただしい一帯からはずれた小さな入江になっていた――そこで足を止めてあたりを眺めると、サイアナイトの目に黒砂の浜辺で笑い興じているコムの若者たちの姿が飛びこんできた。みんな痩せぎすで肌は褐色、健康的で見るからにしあわせそうだ。サイアナイトはいつのまにか、かれらをじっと見つめて、ふつうに育つというのはどんな感じなのだろうと考えていた。

そしてオベリスクだ――かれらがいる通りの端からもよく見える。オベリスクは港の海面から十ないし十五フィート上に浮かんで、かろうじて認識できる程度の低いパルス音を発している。このパルス音はサイアナイトが海中から引きあげて以来、途切れずにずっとつづいている。若者たちのことはすぐにサイアナイトの頭から消えてしまった。

「やっぱりあれはどこかがおかしい」アラバスターがそっとつぶやく。

サイアナイトはいぶかしげに彼を見て、〝どういうこと、いまごろそんな話をするつもり？〟

と口に出しかかってふと、彼がオベリスクを見ていないのに気づいた。彼は両手をポケットに突っこんで片足で地面をこすっている。一見すると——ああ。サイアナイトは思わず笑いそうになった。彼は一見すると、可愛いガールフレンドになにか不埒《ふらち》なことをいおうとしている内気な男のように見えるのだ。彼が若くない、あるいは内気ではないという事実、そしてかれらはもうできているのだから彼女が可愛いとか彼が不埒だとかはどうでもいいという事実はさておき、誰かがたまたま見かけたら、彼がオベリスクに注意を払っているとはけっして思わないだろう。

そのときふいにサイアナイトは気づく——このパルス音を地覚しているのはわたしたちだけだ。パルス音といってはいるが正確にはパルス音ではない。短いリズミカルなものではなく、もっと瞬間的な、ときどき不気味にズキンとくる、虫歯の痛みのようなものだ。もしコムのほかの人たちもさっきのパルス音を地覚《ちかく》していたとしたら、この輝かしい長い午後が終わろうとしているときに笑ったり遊んだり、一日の緊張をほぐしてゆったりすごしていたりするはずがない。まちがいなくみんな外へ出て、頭上にのしかかるこの巨大な物体を見つめているはず。

この物体に危険なという形容詞をつけたい気分は、サイアナイトのなかで強まる一方だ。

サイアナイトはアラバスターの意図を汲《く》みとって彼の腕に手をのばし、まるでほんとうに恋しているかのようにぴったり寄り添う。とりあえず小声で話すことにするが、彼が二人の会話を誰に、あるいはなにに聞かれまいとしているのかわからない。みんなそろそろ仕事を終える時間だから通りには人も多いが、近くには誰もいないし、それをいえばこちらを気にしているような人間すらいない。「あれも上へあがっていってくれるのを待っているんですけどね、ほかのとおなじくらいの高さまで」

このオベリスクは地面に、いや海面にあまりにも近い、近すぎるところに浮かんでいる。これまでサイアナイトが見たオベリスクはみんな――アラバスターの命を救ったアメシストの、いまも海岸から数マイル先で漂っているあのオベリスクも含めて――雲のいちばん下の層のまんなかあたりから上に浮かんでいる。

「おまけに傾いている。やっとのことで浮かんでいるという感じだ」

え？　彼女は見あげずにはいられなかったが、アラバスターが急に彼女の腕をつかんだので、すぐにそちらに視線をもどした。だが、ちらりと見ただけでも彼のいったとおりだとわかった――オベリスクはたしかに傾いている。上端が、ほんの少しだけ南の方角に傾《かし》いでいる。回転したら、とてもゆっくりとだろうが、ぐらぐら揺れるにちがいない。とはいえ傾きはほんのわずかなので、壁が垂直な建物が建ち並ぶ通りに立っているのでなければ、きっと気がつかなかっただろう。が、いまはもうどう見てもまっすぐには見えない。

「あっちにいきましょう」とサイアナイトはいった。一カ所に長居しすぎたからだ。アラバスターにも異論はなく、二人は入江に向かう脇道をぶらぶらと歩きはじめる。

「だから連中はわれわれをここに居残らせているんだ」

この彼の言葉をサイアナイトはうわの空で聞いていた。いつのまにか、美しい夕陽とコムの長くのびた優美な通りに心を奪われていたのだ。ほかのカップルとすれちがう――と、サイアナイトもアラバスターも黒い制服を着ているにもかかわらず、男より背の高い女のほうが二人に向かって会釈した。そのささやかな仕草が奇異なものに感じられる。そしてすてきなものに。ユメネスは人間の偉業を示す驚異の都、発明工夫の才と技術力の頂点――ユメネスが十二〈季節〉持ちこたえるとしたら、この海岸地方のちっぽけなコムはその足元にもおよばない。だがユメネスでは、どんなにいい日和だろうと、ロガに会釈してくれるような人間はひとりもいない。

そのときやっとアラバスターの言葉が彼女の思考を貫いた。「え？」

彼は、ふつうに歩けば彼女より歩幅が大きいのに、いまは彼女に合わせてゆったりと歩いている。「部屋ではこんな話はできない。こうして外で話していてもリスクはある。だがきみが、どうしてここにとどまれ、もどってくるなといわれるのか理由を知りたがっていたからな。理由はそれだ。あのオベリスクが動かなくなりそうだからだ」

それは見ればわかるが……。「それがわたしたちとなんの関係があるんです？」

「きみが引きあげたんだぞ」

表情をコントロールすることを思い出すより早く、彼女はしかめっ面になっていた。「あれは勝手にあがってきたんです。わたしはあれを押さえつけていたガラクタをどかしただけですよ。それで、あれが目を覚ましたのかもしれませんが」あれは眠っていたのだと心は主張するが、そのことはあまり深く考えたくないというのが彼女の本音だ。

「三千年近い帝国の歴史上、これほどオベリスクを制御できた例はない」アラバスターは小さく肩をすくめている。「もしわたしが電報を読んだ小賢《こざか》しい五指輪だったとしたら、びっくり仰天して椅子から立ちあがって、そう考えるだろうな。そしてこう思う――あれを制御できる人物を制御してやろうと」彼の視線が素早くオベリスクをとらえる。「しかしわれわれが心配しなければならないのは、フルクラムのびっくり仰天して立ちあがった小賢しいやつのことではない」

彼がなにをいおうとしているのか、サイアナイトにはわからない。彼の言葉がもっともらしく聞こえないというわけではない――フェルドスパーのような人物がそういうことをするということは充分想像できる。だが、理由は？　十指輪を現地に残して地元民を安心させるため？　アラバスターがここにいることを知っているのはひと握りの官僚だけだが、たぶんかれらは殺到する地科学者や旅行者をさばくのに忙しくて地元民の安心にまでは気がまわらないだろう。万が一、オベリスクが突然なにかしはじめたときに手を打てるように？　オベリスクがなにかする？　それはありえない。だったらほかに誰のことを心配しなければならないというのか？　ほかに誰を――。

彼女は眉をひそめる。

「さっき、なにかいってましたよね」なにか……オベリスクとのつながり、というようなことを。あれはどういう意味だったのだろう？　「それに――それにあなたはあの晩なにかをした」

彼女は彼に不安げな眼差《まなざ》しを投げるが、こんどは彼はにらみ返してこない。彼は入江の風景に魅了されたかのように海を見おろしているが、その眼差しは鋭く、真剣そのもの。彼女がなんの話をしているのか、彼にはわかっているのだ。彼女は躊躇《ちゅうちょ》しながらもいった。「あなたはオベリスクをどうにかできる、そうなんですね？」ああ地球、なんと愚かだったのか、と彼女は思う。「あなたはあれを制御できる！　フルクラムはそのことを知っているんですか？」

「いや。そしてきみも知らない」彼の黒い瞳がすっと動いて一瞬、彼女をとらえ、すぐに離れる。

「どうしてきみはそう――」なにか秘密の話をするという口調ではない。彼は彼女に向かって話している。だがなぜか、誰かが盗み聞きしているのではないかと疑っているふうなのだ。

「あの部屋では盗み聞きされる恐れはなかった」ちょうど子どもたちがキャーキャーいいながらそばを通りすぎ、そのなかのひとりがアラバスターに軽くぶつかってごめんなさいと声をかけたので、サイアナイトはその子に向かってうなずく――通りが狭いせいだ。それでもその子はあやまった。嘘みたいだ。

「わかっていなかっただろうが。あの建物の大黒柱は切り出したままの花《か》崗岩《こうがん》だ、気がついていたのか？　おそらく基礎もそうだろう。もし基岩の上にじかに建っているのだとしたら……」彼の表情が一瞬、曇り、すぐに無表情にもどる。

「それがなんの関係が――」そういいかけてやっと理解できた。ああ。ああ。でも――まさか、まさかそんなはずは。「壁を通して誰かが聞いていたかもしれないというんですか？　壁を、石そのものを通して？」そんな話は聞いたことがなかった。だがもちろん理屈は通る。なぜならオロジェニーはそういうものだからだ――大地に固着しているときは、意識を結びつけた岩だけでなく、その岩に接しているものすべてを地覚できる。今回のオベリスク同様、その接しているもの自体を感じとれるわけではないのだが。それにしても地質構造の振動だけでなく、音まで感じとれるとはどういうことだろう？　そんなはずはない。そこまで繊細な感度を持つロガがいるという話は聞いたことがない。

彼が長いことじっと彼女を見つめている。「わたしはできるんだ」彼女が見つめ返すと、彼は溜息を洩《も》らした。「昔からそうだった。たぶん、きみもできる——まだはっきりはしていないが。いまはまだ、きみにとってはごく小さな振動にすぎないだろう。八指輪から九指輪の頃だったな、振動のなかのパターンが、細かいことが、はっきりわかるようになりはじめたのは」

彼女は首をふる。「でも十指輪はあなただけだわ」

「わたしの子どもの大半は十指輪をつけられるだけの能力がある」

サイアナイトは急にメヒの近くのノード・ステーションで死んでいた子どものことを思い出して身を縮める。ああ。フルクラムはノード保守要員をひとり残らず制御している。もしフルクラムがああいうかわいそうな傷ついた子どもたちに、いわば生きた電信装置のように、強制的に聞き耳を立てさせ、その聞いた内容をフルクラム宛てに吐きださせているとしたら。彼はそれを恐れているのだろうか？　フルクラムは蜘蛛《くも》のようにユメネスの心臓部に腰を据え、ノードの網を利用してスティルネス全土の会話をすべて聞いているのだろうか？

だが彼女の心はこの推測からふっとそれていく。心の奥になにかひっかかるものがあるのだ。

アラバスターがいま口にしたなにかがひっかかっている。彼のいまいましい影響力のせいで、これまでの経験をもとにした推測や仮定がすべて怪しく思えてしまう。わたしの子どもの大半は十指輪をつけられるだけの能力があると彼はいったが、フルクラムには彼以外に十指輪はいない。ロガの子どもがノードに送られるのは、自分を制御できない場合だけ。たしかそうだった。

ああ。

まさか。

彼女はこの直観的につかんだ真実を口には出すまいと決心した。

彼が彼女の手をぽんぽんと叩《たた》く。また演技なのか、それともほんとうに彼女の気持ちをやわらげようとしているのか。もちろん彼は知っている。たぶん彼女よりずっとよく、自分の子どもたちがなにをされたのかわかっているはずだ。

そして彼はくりかえした――「われわれが心配しなければならないのはフルクラムの上級者たちではない」

誰のことをいっているのだろう? 上級者たちはたしかに厄介な存在だ。サイアナイトはかれらの政治的な動きにつねに目を光らせている。将来、その一員になったときのために、権力を握っているのは誰か、握っているふりをしているだけなのは誰か、見きわめておく必要があるからだ。派閥は一ダース以上あるし、おきまりのはぐれ者もいる――おべっか使いだの理想主義者だの出世のためには黒曜石ナイフで母親を殺すこともいとわない連中だの。だがそのときふいにサイアナイトの脳裏にこれだという存在が浮かんだ。

守護者。汚らわしいロガの集団を本気で信頼して自分たちの問題の解決をまかせようなどと思う者はひとりもいない。シェムシェナがミサレムを信頼しなかったのとおなじことだ。フルクラムのなかで守護者たちの政治が語られることがないのは、誰もかれらを理解できていないからだろう。守護者たちは胸の内をけっして明かさないし、質問を受けつけない。頑として。サイアナイトは一度ならず疑問に思ったことがある——守護者はいったい誰の指示にしたがっているのだろう?

サイアナイトがそんなことを考えているうちに、二人は入江にたどりつき、手すりのついた板張りの遊歩道で足を止めた。通りはここまでで敷石の道は吹き寄せられた砂の下に消え、その先から一段高くなった板張りの道がつづいている。そう遠くないところに、さっき見たのとはべつの砂浜がある。遊歩道の階段では子どもたちがキャーキャーはしゃぎながらあがったりおりたりをくりかえし、その向こうでは婆《ばあ》さんたちがかしましく裸で浅瀬を歩いている。サイアナイトは数フィート先の手すりに腰かけている男に目を留めた。男がシャツを着ていないから、そしてサイアナイトたちを見ているからだ。シャツを着ていないから気になったのはほんの一瞬で、サイアナイトはすぐに目をそらせた。アラバスターは鑑賞に堪える身体つきではないし、ここしばらく楽しいセックスとはご無沙汰だからだ。二つめの理由も、いつもなら無視しているところだ。ユメネスではしょっちゅう知らない人にじろじろ見られているのだから。

しかし。

彼女はアラバスターといっしょに子どもたちの遊ぶ声を聞きながら、いつになくくつろいだ気分で手すりのそばに立っている。アラバスターとの秘密めいた話からもつい気がそれそうになる。ユメネスの政治の話はここからは遠すぎるし、謎めいてはいるけれどとくに重要ということもない、手の届かないものだ。オベリスクのように。

しかし。

しかし。彼女は遅まきながらアラバスターが身をこわばらせていることに気づいた。彼の顔は砂浜と子どもたちのほうを向いているが、意識はそっちには向いていない。それもはっきりとわかる。そのときやっとぴんときた。アライアの人たちは見つめない。人をじろじろ見たりしない。夕方の散歩に出てきた黒い制服姿のカップルのことさえ。アザエルはさておき、このコムで出会った人はほぼ例外なく、そういうことにかんしてできすぎと思えるほど礼儀正しい。

そこでサイアナイトは手すりに腰かけている男に目をやった。男はにっこり笑顔を返す。いい笑顔だ。彼女より十歳以上年上だろうが、見事な肉体美。広い肩幅、傷ひとつない肌、優美な三角筋、きれいに引き締まったウエスト。

バーガンディのパンツ。陽光を吸収しようと脱いだという体裁で手すりにかけてあるシャツもバーガンディ。そして彼女は遅まきながらあの耳慣れた独特なバズ音に気づく。地覚器官の奥で響く、守護者が近くにいることを示す警告音だ。

「きみのか?」とアラバスターがたずねる。

サイアナイトはくちびるを舐《な》める。「彼、あなたのかと思っていたのに」

「いや、ちがう」そういうとアラバスターはこれみよがしに一歩まえに出て手すりに両手をつき、頭をさげて肩のストレッチでもするかのように手すりに体重を預ける姿勢をとった。「素手で触られないようにしろよ」

かろうじて聞きとれる程度の小声だ。そしてアラバスターは背筋をのばし、男のほうに向き直った。「守護者どの、なにか気になることでも？」

守護者は静かに笑って手すりから飛びおりた。少なくとも海岸地方人の血が入っているのはたしかで髪は全体的に茶色で縮れているものの、少し色が薄い。だがそれを除けば、典型的なアライア市民といっていい風貌だ。うーん。いや。彼は表面的にはうまく溶けこんでいるが、やはりサイアナイトがこれまで不幸にも交流を持った守護者たち全員に共通するいわくいいがたいなにかがある。ユメネスでは誰も守護者をオロジェンと――あるいはスティルと――とりちがえたりしない。かれらには、とにかくなにかちがうものがあって、誰でもそれがわかるのだ。

「ああ、じつは」守護者がいう。「アラバスター十指輪、サイアナイト四指輪」これを聞いただけでサイアナイトは歯ぎしりしてしまう。名前のほかになにかつけて呼ばれるときは、オロジェンという総称をつけてほしい。当然のことだが、守護者は四指輪と十指輪のちがいを充分に知っている。「わたしはエドキ〈守護者〉ワラントだ。いやはや、二人ともずいぶんと忙しかったようだな」

「そうならざるをえなかったのでね」そう答えるアラバスターを、サイアナイトは驚きの眼差しで見ずにはいられない。アラバスターがこれまで見たことがないほど緊張しているのだ。首筋の腱《けん》がぴんと張り詰め、両手を開いて――備えている？　なにに備えているのだろう？

「ごらんのとおり、われわれはフルクラムのために任務を遂行した」

「ああ、たしかに。すばらしい仕事ぶりだった」エドキはいかにも何気なさそうに視線をそらせる。その先にあるのは、あの傾いて振動している偶然の賜物《たまもの》のオベリスクだ。しかしサイアナイトは守護者の表情をじっと観察していた。彼の顔からすっと笑みが消える。まるで最初から存在しなかったかのように、きれいさっぱり。これがいい徴候のはずがない。「にしても、いわれた仕事だけをしてくれればよいものを。まったくもって、あなたは勝手気ままな御仁だよ、アラバスター」

サイアナイトは顔をしかめる。また人を見下したものいい。「この仕事はわたしがしたのですよ、守護者。わたしの仕事ぶりになにか問題でもあるのでしょうか？」

守護者が驚いてふりかえると同時に、彼女は自分がミスを犯したことに気づいた。彼の顔に笑みがもどっていないところを見ると、大きなミスだ。「きみがやったのか？」

アラバスターがシッと制する。と――邪悪な地球、サイアナイトは彼が意識を地層に突き刺すのを感じた。彼の意識は信じられないほど深く、深く、突き進んでいく。そのあまりの力強さに彼女の地覚器官だけでなく全身が反響している。彼女はそれについていくことができない――彼はひと呼吸のあいだに彼女の限界を超えて何マイルも下のマグマ層をやすやすと突き抜けていく。しかも彼はその純粋な地球のエネルギーを完璧に制御している。すばらしい、のひことだ。彼はその気になればこの力で山ひとつやすやすと動かせる。

だが、なぜだ？

守護者が微笑んだ。いきなりの笑顔だ。「守護者レシェットがきみによろしくということだ、アラバスター」

これがどういうことなのか、そしてアラバスターが守護者と一戦交えようとしているという事実をどう受け止めればいいのか、サイアナイトが懸命に考えている最中、アラバスターが全身を硬直させた。「彼女を見つけたのか？」

「あたりまえだ。きみが彼女になにをしたのか、話し合う必要があるな。早急に」

突然――彼がいつそれを抜いたのか、どこから取りだしたのか、サイアナイトにはわからなかったが――彼の手には黒曜石ナイフが握られていた。刃は幅広だが、やたら短い。長さはわずか二インチくらい。かろうじてナイフといえる程度のしろものだ。

あれでいったいなにをするつもりなのだろう、わたしたちの爪でも整える気なのか？

それに、そもそも彼はなぜ帝国オロジェン二人を相手に武器を抜いたのだろう？「守護者」と彼女は声をかけてみる。「なにか誤解があるのでは――」

守護者がなにかした。サイアナイトは瞬《まばた》きしたが、情景はもとのままだ――彼女とアラバスターは板張りの遊歩道でエドキと向き合っている。遊歩道には血のような夕陽を浴びた三人の影がくっきりと落ちている。その向こうには遊び興じる子どもたちと年配の女たち。が、なにかが変わっている。それがなんなのかわからないうちに、アラバスターが喉が詰まったような声を出すと同時に彼女を突き飛ばし、彼女は数フィート先に倒れこんだ。

こんな痩せっぽちの男のどこに彼女を突き飛ばすだけの力があるのか、彼女には理解不能だ。彼女は遊歩道の床板に激突。グエッと息を吐きだす。近くで遊んでいた子どもたちが何人か動きを止めて見つめているのが、ぼんやりと見える。子どものひとりが笑い声をあげ、彼女はどうにか起きあがって、怒り心頭、アラバスターに悪態をつこうと口を開きかける。

ところがアラバスターも倒れている。ほんの一、二フィート先だ。腹這《はらば》いで視線はひたと彼女に据えられ——妙な音を出している。たいして大きな音ではない。口は大きく開いているが、そこから出てくる音は子どものおもちゃのアヒルの鳴き声か金属伝承学者が使う空気袋のような音だ。そして彼は全身を震わせている。それ以上動けないかのように見えるが、それは理屈が通らない。なぜなら彼はどこもなんともないのだから。サイアナイトはどう考えればいいのか見当もつかなかったが、遅ればせながら気づいた——

——彼は悲鳴をあげて**いる**のだと。

「どうしてわたしが彼女を狙ったと思ったんだ？」エドキはアラバスターを見つめて**いる**。そしてサイアナイトは震えている。エドキの顔に浮かんでいるのが喜びだからだ。彼は喜びに顔を輝かせて**いる**。アラバスターが遊歩道に横たわってなすすべもなく震えているというのに

……そしてアラバスターの肩の窪みのあたりには、さっきエドキが手にしていたナイフが埋まっている。サイアナイトはそれを見逃していたことにショックを受けて、じっと見つめる。ナイフはアラバスターの黒の制服を背景にしてさえ屹立《きつりつ》しているのがはっきりとわかる。「きみ

は昔から愚か者だったな、アラバスター」

　そしていま、エドキの手にはあたらしい黒曜石ナイフが握られている。こっちは長くて、よこしまなほど細身だ――ぞっとするほど馴染《なじ》みのある短剣。

「どうして――」サイアナイトはなにも考えられない。手が痛い。必死に立ちあがってエドキから遠ざかろうと遊歩道の厚板をひっかいているからだ。本能的に足元の大地に意識をのばすが、そのときだった。事ここにおよんではじめて、彼女はエドキがなにをしたのか悟った。彼女のなかにはなにもない、のばせるものがなにもないのだ。地覚できるのは両手と尻の下、数フィートまで――感じられるのは砂と塩気の強い土とミミズだけ。それ以上深く意識をのばそうとすると、地覚器官に不快な耳鳴りのような痛みが走る。どこかに肘をぶつけて、そこから指先まであらゆる感覚が遮断されてしまう、あの感触――心のその部分が眠ってしまったような感触。あれはピリピリともどってくる。が、いまは空っぽだ。なにもない。

　前に、グリットたちが消灯後に話していたのを聞いたことがある。守護者はみんな変わっているけれど、そこが守護者の守護者たる所以《ゆえん》――かれらは心でふっと思っただけでオロジェニーを封じることができるのだという。なかにはとくに変わったのがいる。その連中はほかの守護者より変わっていて、特別な専門分野を持っている。オロジェンを受け持っていないのもいる。そういう守護者はとくに強力な宿無しのオロジェンを追跡するのを専門にしていて、対象を見つけると……。かれらがなにをするのか、サイアナイトはこれまでとくに知りたいと思ったことはなかったが、どうやらいま知ることになりそうだ。地下火《ちかび》、いまの彼女は錆《さ》びつき頭の年寄りくらい大地を感じとることができない。スティルはこんな感じなのだろうか？　みんなこんなふうに感じているのだろうか？　彼女は生まれてこの方ずっと、スティルをうらやましく思ってきた。

だが。短剣を構えて近づいてくるエドキの目元はひきつり、口は真一文字に結ばれ、それを見ているとなんだかひどい頭痛に襲われたような気分になってくる。耐えきれず、彼女は衝動的に口走った――「あの、だ、大丈夫ですか？」なぜそんなことをいったのか自分でもわからない。

これを聞いてエドキが首を傾げる――その顔に、驚いたような穏やかな笑みがもどった。

「きみはやさしい子だな。わたしは大丈夫だ。なんの問題もない」が、そういいながらどんどん近づいてくる。

彼女はまたずりずりあとずさろう、なんとか立ちあがろう、力を得ようと必死になるが、どれひとつとしてうまくいかない。たとえうまくいったとしても――彼は守護者。彼にしたがうのが彼女の義務だ。もし彼が死ねと望むなら死ぬのが義務だ。

こんなのはおかしい。

「お願いです」必死になって、やけになって、彼女はいう。「わたしたち、なにもまちがったことはしていません。わからない、わたしにはわからない……」

「わかる必要はない」完璧に穏やかな口調で彼がいう。「きみはただひとつのことをすればいいだけだ」彼はそういうと短剣を彼女の胸めがけて突きだした。

彼女は事の成り行きをあとで理解することになる。すべてがあっと息を呑む間に起きたことだと、あとで知ることになる。だがいまは、すべてがゆっくりとしている。時間の経過が意味をなさなくなっている。彼女が意識しているのは黒曜石ナイフだけだ。鋭く尖《とが》った大きなナイフの切子面《きりこめん》が降りつつある薄闇のなかで光っている。そろりそろりと優雅に迫ってくるナイフが、否応《いやおう》なしに恐怖を引っ張りだす。

こんなこと、正しいわけがない。

認識できるのは手の下の砂だらけの板、そしてかろうじて地覚できる板の下のなんの役にも立たないほんのわずかの熱と動きだけ。これでは石ころひとつ動かせない。

アラバスターは認識できる。彼は全身をぴくぴくひきつらせている。痙攣《けいれん》しているのだ。どうしてさっきはこのことに気がつかなかったのだろう？　彼は自分の身体を制御できないのだ。彼が必死にあがいてもなにひとつできないのは肩に刺さった黒曜石ナイフのせいにちがいない。その顔には抑えようのない恐怖と苦悶《くもん》が浮かんでいる。

彼女はふと自分が怒っていることに気づく。自分は怒り狂っている、と。義務なんかクソ食らえだ。この守護者がしていること、すべての守護者がしていることはまちがっている。

そしてそのとき――

そしてそのとき――

そしてそのとき――

彼女はオベリスクの存在を意識する。

（アラバスターはいっそう激しく痙攣し、口を大きく開け、肉体の制御はまったくきかないものの、その目はしっかりと彼女の目をとらえている。彼女は一瞬、彼が指輪のことで警告していたことを思い出した。だが、なんといっていたかは思い出せない。）

ナイフは彼女の心臓めがけて突き進んでいる。彼女はそのことを恐ろしいほどはっきりと自覚している。

わたしたちは鎖につながれた神々だが、これは、錆び、正しく、ない。

だから彼女はまた手をのばす、下ではなく上へ、まっすぐ上ではなく斜め上へ――

だめだ、とアラバスターがいおうとしている。痙攣しながら口を動かしている。

――そしてオベリスクがそのぶるぶると小刻みに震える血赤の光のなかへ彼女を引きこんでいく。彼女は上へ落ちていく。ずるずると引っ張られていく、上へ、なかへ。彼女はまったく手も足も出ない、ああ〈父なる地球〉、アラバスターのいうとおりだ、これは彼女の手に余る――

――そして彼女は悲鳴をあげる。このオベリスクが壊れていることを忘れていたからだ。痛い。壊れた部分をぎしぎしと通過しているのだ。ひび割れのひとつひとつが彼女の全身に割れ目をつくり、引き裂き、ばらばらにしていき――

やがて彼女は止まる。ひび割れた深紅のなか、苦痛に身体を丸めて浮かんでいる。

これは現実ではない。現実のはずがない。彼女は自分が沈みゆく夕陽を肌に受けて、砂だらけの板の上に横たわっているのも感じている。守護者の黒曜石ナイフの感触はない。とりあえず、いまのところは。だが、彼女はここにもいる。そして彼女は見ている。地覚器官は目ではないし、その〝光景〟は想像のなかのものなのだが、それでも見ている——オベリスクの中核にいる石喰いが、目のまえに浮かんでいる。

こんなに近くで見るのははじめてだ。どの本にも石喰いは男でも女でもないと書いてあるが、この石喰いはほっそりした若い男のように見える。黒地に白い縞目《しまめ》模様の大理石でできた、虹色に輝くオパール色の艶のある服をまとった若い男。それの——彼の？——手足は大理石模様でつるつるに磨かれ、落下途中で凍りついたかのように大の字にのびている。頭をうしろにそらし、髪はばらけて背後で半透明のしぶきさながらにうねっている。その肌にも、一見、服に見える部分にも、彼の内部にも割れ目がひろがっている。

あなた、大丈夫？　と彼女は思う。どうしてそう思うのかは自分でもわからないが、自分がばらばらになりかけているというのに、そう思う。彼の肉体はひび割れだらけだ——彼女はそれ以上ひび割れがひろがらないよう息を止めようとする。が、これは理屈が通らない。なぜなら彼女はここにはいないし、これは現実ではないのだから。彼女は道に横たわって死にかけているが、この石喰いは遙《はる》か昔に死んでしまっている。

石喰いが口を閉じ、目を開けて、頭をさげ、彼女を見る。「わたしは大丈夫」と彼がいう。「たずねてくれてありがとう」

そしてそのとき

オベリスクが

砕けた。

15　あんたのまわりはみんな友だち

あんたは〝オロジェンだらけの場所〟にたどりつくが、そこは思っていたのとはまるでちがっていた。ひとつには人っ子ひとりいなくなっていたから。そしてコムではなかったから。

そこはコムという言葉が意味するものからはおよそかけ離れていた。近づくにつれて道は広くなり、平らにならされ、やがて町のまんなかあたりで消えてしまう。このつくりは多くのコムで見られる。道がなくなれば旅人はそこにとどまり交易しようという気になるからだが、そういうコムにはふつう、物のやりとり用の場所があるのに、ここには店も市場も宿屋さえも見当たらない。それどころか壁もない。石垣も金網の柵もなければ、町の境界線上に尖《とが》った杭《くい》を数本打つことさえしていない。このコミュニティを周囲の土地と区別するものはなにひとつない。まわりは森で、攻撃してくる相手が身を隠すのに絶好のうっそうとした下生えに覆われている。

だが、この町があきらかに放棄されていること、そして壁がないこと以外にも、おかしなことがいくつもある。多くはあたりを見まわしただけで気づくことだ。まず、ろくな畑がない。このコムなら住民が数百人はいたはずだが、それだとここまでの道すがら目にしたような丈の高いチョヤの畑（収穫してなにもなくなっている畑）が少なくとも一ヘクタールはないとおかしい。町の中心部には草木が枯れ果てた小さな区画があったが、本来ならもっと広い草地があるはず。貯蔵庫も、高床のもそうでないのも、ひとつも見当たらない。まあ、それは隠してあるのかもしれない——そうしているコムは多い。だがつぎにあんたが気づいたのは建物がじつにバラエティに富んでいることだった——背の高い、都市の建物並みに細長いのもあれば、間口が広くて地面にべったり張りついた、より温暖な地域ふうのもあるし、ティリモのあんたの家のように地面を掘りさげて芝土のドームで覆ったものもある。たいてのコムがひとつの様式を選んでそれに固執しているのにはちゃんと理由がある——統一性があれば、それがひと目でわかるビジュアル・メッセージになるからだ。隙あらば攻撃しようと思っている連中に、ここのコムの住民はみんな目的が一致していて、自己防衛意識が高いと警告していることになる。ところがこのコムのビジュアル・メッセージは……支離滅裂。無頓着、といってもいいかもしれない。なんとも解釈しにくい。このコムには敵対的な連中が寄り集まっているのではないかと読めるメッセージを受け取るよりも厄介な感じがする。

あんたと連れは町の人っ子ひとりいない通りを用心しいしいゆっくり進んでいく。トンキーはさりげないふりすらしていない。抜き身の黒曜石ナイフを、両手に一本ずつ持っている——どこから取りだしたのか知らないが、彼女のスカートのなかなら軍隊だって隠せそうだ。ホアは落ち着いているふうだが、彼がどう感じているかなんて誰にもわかりはしない。カークーサを石に変えてしまったときだって、いたって冷静な顔をしていたのだから。

あんたはナイフを抜いていない。ほんとうにここにロガが大勢いるのなら、向こうがあんたがきたことを快く思わない場合、あんたを救える武器はひとつしかない。

「ここでまちがいないの?」あんたはホアにたずねる。

ホアが力強くうなずく。ということはここには大勢の人がいるということ——みんな隠れているのだ。しかしどうして? それに降灰のなか、あんたがやってくることがどうしてわかったのか?

「それほどの時間はたっていないね」トンキーがつぶやく。彼女はとある家のそばの枯れ果てた庭を見つめている。旅人か、それとも以前の住人が摘んでしまったのか、枯れた茎には食べられる部分はまったく残っていない。「家はどれもちゃんと修繕してある。あの庭も二カ月前までは健全だった」

あんたは自分がもう二カ月も旅していることに気づいて、一瞬ぎょっとする。ユーチェの一件から二カ月。灰が降りはじめてから二カ月弱。

そしてすぐに、いまこの場所に焦点をもどす。なぜなら、あんたたち三人が町のまんなかで足を止めて、とまどったまま立ち尽くしているうちに、近くの建物のドアがひとつ開いて女が三人、ポーチに出てきたからだ。

あんたが最初に目を留めたのはクロスボウを手にした女だ。一分間、あんたはその女だけを見ている。ティリモを出たあの日とおなじだが、あんたは直ちにその女を凍らせたりはしない。クロスボウがあんたに向けられているわけではないからだ。女はただクロスボウを腕にもたせかけているだけだし、その表情からは使う必要があれば躊躇《ちゅうちょ》なく使うという意志が読みとれるものの、怒らせでもしないかぎり使いはしないだろうとあんたは思っている。女の肌はホアとおなじくらい白いが、ありがたいことに髪はただの黄色だし、目はごくふつうの茶色だ。小柄で、痩せっぽちで腰が細い。平均的な赤道地方人が見たら、ろくに子どもも産めないだろうくらいの悪口をいいそうなほどほっそりしている。北極地方人で、たぶん子どもに充分に食べさせることもできないほど貧しいコムの出身なのだろう。故郷からずいぶん遠くまできたものだ。

つぎにあんたの目を引いたのは、ひとりめとほぼ正反対で、これまであんたが出会ったなかでいちばん威圧感を覚えるといっていいほどだ。見た目がそうというわけではない。外見はふつうのサンゼ人だ——いかにもサンゼ人のごわっとふくらんだ灰色の髪、いかにもの焦げ茶色の肌、いかにもの体格、頑丈そうなところもごくふつう。目はどきりとするほど黒い——黒い目が珍しいからどきりとするわけではない、その黒さをさらに際立たせるスモーキーグレーのアイシャドウをつけ、黒っぽいアイライナーを引いているからだ。化粧。世界が終わろうとしているのに。あんたは畏怖を覚えるべきなのか、怒りを感じるべきなのか、自分でもわからない。

その女が黒で塗り固めた目を槍《やり》のようにふるってあんたの視線をぴたりととらえる。そしてすぐさまあんたの装備やいでたちを値踏みする。背丈はサンゼ人の女として理想といえるほどではない——あんたより小さいくらいだ——が、足首まである分厚い茶色い毛皮のチュニックを羽織っている。そのせいで、なんだか小さいけれどおしゃれな熊みたいに見える。だが、女の顔には少しばかり人をたじろがせるものがある。それがなんなのかは、あんたにもわからない。女は笑顔だ。歯がぜんぶ見える。眼差《まなざ》しは揺るがない。こちらを受け入れているわけではないが、不安の色もない。あんたは前にもこういう眼差しを何回か見たことがあった、と気づく。そうだ、そこにあるのは安定感――自信だ。ここまで完全に断固として自己を肯定できる人間はスティルにはよくいるが、まさかここでお目にかかるとはあんたも思わなかった。なぜなら、いうまでもなく彼女もロガだからだ。同類かどうかは見ただけでわかる。向こうもあんたがロガだとわかっている。

「さてと」女が腰に手を当てていう。「ぜんぶで何人？　三人かい？　ばらばらにはなりたくないんだろう？」

あんたはひと呼吸、ふた呼吸、女を見つめる。「どうも」やっと言葉が出る。「ええと」

「イッカ」女がいう。名前だ、とあんたは気づく。女が先をつづける。「イッカ〈ロガ〉カストリマ。ようこそ。で、あんたは？」

あんたは思わず口走る。「ロガ？」しょっちゅう使っている言葉だが、こんなふうに用役名《ようえき》として耳にすると、その卑俗さが強調されるような気がする。自分はロガだと名乗るのは、自分はクソの山だと名乗るようなものだ。顔をひっぱたかれたような衝撃だった。これは声明だ――なんの声明なのか、あんたにはわからないが。

「それは、あのう、一般的な七つの用役名には入っていないけれど」トンキーがいう。皮肉めいた口調だ。冗談にして緊張をやわらげようとしているのだろうとあんたは思う。「あんまり使われていない五つのほうにも入っていないよね」

「じゃあ、あたらしいのということにしよう」イッカの視線があんたの連れ二人それぞれに飛んで値踏みして、またあんたにもどる。「なるほど、お友だちはあんたの正体を知ってるようだね」

あんたはぎくりとしてトンキーを見る。トンキーは、ホアがあんたのうしろに隠れていないときに彼を見るあの目つきで、イッカをじっと見つめている——血液サンプルをとりたいとでも思っているのか、魅力的なあらたな謎から目が離せないらしい。トンキーが一瞬あんたと視線を合わせたが、そこには驚きも恐れもかけらほどもない。イッカのいうとおりだ——トンキーはどこかの時点であんたの正体に気づいていたのだろう。

「用役名としての〈ロガ〉か」トンキーがイッカに視線をもどしながら、考え深げにいう。「すごくいろいろな意味を持つことになるねえ。そしてカストリマね——これも帝国の南中緯度地方コム名リストには入っていない。もっとも、わたしが忘れているだけという可能性は否定しないけど。なにしろ何百もあるからね。でも、たぶん忘れたわけじゃないと思う——記憶力はいいんでね。ここは新コムなの？」

イッカがうなずく。ひとつには肯定の意味で。そしてもうひとつには魅入られたようなトンキーの視線を皮肉まじりに認める意味で。「形式上はね。カストリマがこういうふうになってからだいたい五十年くらいたつ。正式にはコムなんかじゃない——ユメネス-メセメラ道とユメネス-ケッテカー道を通る連中が途中で泊まるだけのところだ。でも商売のほうはほかより

盛んでね。この地域には鉱山があるから」

彼女はそこで言葉を切り、ホアをじっと見つめた。つかのま、表情がこわばる。ふしぎに思ってあんたもホアを見る。たしかにホアの風貌は変わっているが、それだけで初対面の相手がこんな反応を見せることはない。ホアはいったいなにをしたのか？　そのときやっとあんたは気づいた。考えてみるとホアはずっと黙ったままだ。そして彼の小さな顔からはいつもの陽気さが消え失せ、鋭さを帯びてなにか張り詰めた怒りまじりの野獣のような顔に変わっている。彼はイッカを殺したいとでもいいたげな形相で見つめている。

いや、ちがう。イッカではない。あんたはホアの視線を追う。その先にいるのは、三人めの女だ。ずっとほかの二人の少しうしろにいたし、なにしろイッカが目立つのであんたもその女には注意を向けていなかった。背の高いほっそりした女——と、ここであんたは顔をしかめる。ほんとうにそうなのか、と急に確信が持てなくなってしまったからだ。女というのはまちがいない——髪は南極地方人の艶のない直毛で色は深紅、はなやかなロングヘアが端整な顔立ちを縁取っている。女に見られたいと思っているのはたしかだが、これからどんどん気温がさがっていくというのに着ているのはノースリーブのゆったりとした長着一枚だけだ。

しかし彼女の肌は。あんたはじっと見つめてしまう。無作法だし、この連中とはじめてやりとりしようというときにそれはないとわかっているのに、目が離せない。彼女の肌。ただなめらかなだけではない……なんというか、つやつやしている。まるで磨いたみたいだ。これまで見たことがないほどの玉の肌の持ち主なのか、それとも——あれは肌ではないのか。

赤毛の女が微笑《ほほえ》むと歯がのぞいてあんたの疑念は確信に変わり、あんたは骨の髄まで震えあがる。

ホアがその笑顔に向かってシャーッと猫のような声をあげる。そしてそのとき、あんたはついに、恐ろしいことに、ホアの歯をはじめてはっきりと目にすることになった。これまでホアはあんたのまえでものを食べたことがない。笑顔のときでさえ歯は見せなかった。女の歯が透明なのにたいして、ホアの歯は一種のカモフラージュでエナメルホワイトに着色してある――が、形は赤毛の女のものとたいして変わらない。四角ではなく、切子面《きりこめん》になっている。ダイヤモンドのようだ。

「邪悪な地球」とトンキーがつぶやく。わたしの気持ちもいってくれている、とあんたは思う。

イッカが連れの女をじろりとにらむ。「よしな」

赤毛の女の目がさっとイッカのほうに動く。ほかの部分はいっさい動かない。全身、微動だにしない。彫像のように動かない。「あんたにもあんたの連れにもなんの害もおよぼさないで決着つけられるから」口も動いていない。その声は妙に虚《うつ》ろで、胸の内側のどこかからかこだましてくるように聞こえる。

「〝決着〟なんて必要ない」イッカが腰に手を当てる。「ここはあたしの土地だ。あんたはあたしのルールにしたがうといったんだからね。さがってな」

ブロンドの女がわずかに身動きする。クロスボウを持ちあげてはいないが、いつでもそうできるとあんたは察している。それがなんの役に立つのかわからないが。赤毛の女はしばし動かずにいたが、やがて口を閉じてダイヤモンドのような歯を隠した。そのようすを見ていたあんたは、いっぺんにいくつかのことに気づく。ひとつめは女がじつは微笑んでいたわけではなかったということ。あれはカークーサがくちびるを引きあげて牙をむきだすのとおなじ威嚇を示す仕草だったのだ。二つめは女が口を閉じてあの静かな表情にもどると、こっちの気分がぐっと落ち着くということ。三つめはホアがまったくおなじ威嚇のポーズをとっていたということだ。赤毛の女が静かな表情にもどったいま、ホアも口を閉じている。

イッカがふうっと息を吐いて、あんたに視線をもどす。

「どうだろう」彼女がいう。「なかに入ったほうがいいんじゃないかな」

「それはあまりいい考えとは思えないな」トンキーが明るい口調であんたにいう。

「あたしもそう思う」ブロンドの女がいう。イッカの頭をうしろからにらみつけている。「ほんとうにそれでいいの、イーク？」

イッカが肩をすくめる。一見、平然としているようだが、そんなはずはないとあんたは思う。

「そんなことわからないさ。いつだってそうだろ？　でも、いまはそれがいいんじゃないかなという気がするだけ」

いわれたとおりにすべきかどうか、あんたは判断がつかない。だが——奇妙なコムだろうとなんだろうと、伝説の生きものだろうとなんだろうと、不愉快な驚きだろうとなんだろうと、あんたは理由があってここにきたのだ。

「女の子を連れた男がここを通らなかった？」とあんたはたずねる。「親子の二人連れ。男はわたしと同年配で女の子は八――」二カ月。うっかり忘れていた。「九歳。わたしに――」あんたは口ごもる。「わた、わたしに似てるわ」

イッカが瞬《まばた》きするのを見て、あんたは彼女が心底、驚いているのに気づく。まさかそんなことを聞かれるとは思ってもいなかったのだろう。「いいえ」とイッカが答えると――

――あんたのなかでなにか大きな飛躍が起きた。

〝いいえ〟というひとことに心が痛む。そのひとことが手斧《ておの》のひとふり、そしてイッカの偽りのない困惑の表情が傷にすりこまれる塩。彼女は嘘をついていない。その衝撃にあんたはたじろぎ、よろめく。すべての希望が潰《つい》えたのだ。まとまった考えともいえない漂う霧のようなものの向こうに浮かぶのは、ホアにここのことを聞いて以来、あんたがなにかを期待していたという事実。あんたはここにくれば二人が見つかる、娘をとりもどせる、また母親になれる、と考えはじめていたのだ。分別もなく。

「エス――エッスン？」あんたの両腕を誰かがつかむ。誰？　トンキーだ。過酷な暮らしをしてきたトンキーの手はごわごわしている。あんたの革の上着と彼女の手のタコがこすれる音が聞こえる。「エッスン――ああ、錆《さ》び、しっかりして」

あんたはいつだって分別というものを知っていた。どうして身の丈以上のものを望むなんてばかなことを？　あんたはただの汚らわしい、魂《たましい》の錆びついたロガ、ただの邪悪な地球の手先、ただの分別ある繁殖行為で生じたミス、ただの置き忘れられた道具。そもそも子どもなんか産んではいけなかったのだし、産んだら産んだでずっとそばにいられるものと思ってはいけなかったのだし、なぜトンキーは両腕を引っ張っているのだろう？

それはあんたが両手で顔を覆っていたからだ。ああ、あんたはわっと泣きだしていたんだ。

あんたはジージャにいっておくべきだったんだ、彼と寝る前に、彼を見かけて、もしかしたら、なんて思う前に、あんたにはそんなことを考える権利もなかったのに。いっていたら、彼がロガを殺したいと衝動的に思ったとき、その思いはあんたに向けられたはずだ。ユーチェではなく。やっぱりあんたは死んでしかるべきなんだ、二つのコムの人口を一万倍したくらい死に値する存在なんだ。

あんたは少し悲鳴をあげてもいる。

悲鳴なんかあげていてはいけない。死ななければ。子どもを産む前に死んでいるべきだったんだ。生まれたときに死んでいるべきだったんだ。あんたは生きて、子どもを孕《はら》んだりしてはいけなかったんだ。

あんたは――

あんたは――

なにかがあんたのなかを通りすぎてゆく。

それは、世界ががらりと変わってしまったあの日、北からやってきた力の波、あんたが脇にそらしたあの力の波に少し似ている。いや、疲れて家に帰って、床に倒れている息子を見つけたときのあの感覚にも少し似ている。活用されずに通りすぎていく一陣の潜在的な力。触れることはできないけれどとても重要ななにかが、やってきて、去っていく。そもそも存在自体が衝撃的で、その不在がおなじように衝撃的ななにか。

あんたは瞬きして両手をおろす。視界がぼやけている。目が痛い。てのひらが濡れている。イッカはポーチを離れてあんたのまえに立っている。ほんの二フィート先だ。あんたに触れようとしているわけではないが、あんたは彼女がなにか――なにかしたことに気づいて彼女を見つめる。なにをしたのか、あんたにはわからない。オロジェニーなのはまちがいないが、そのやり方はあんたがこれまで経験したことのないものだ。

「ねえ」彼女がいう。その顔に同情のようなものは見当たらない。それでも話しかける声はさっきよりもやさしい――さっきより近くにいるからというだけのことかもしれないが。「ねえ。もう大丈夫?」

あんたはごくりと唾《つば》を飲む。喉が痛い。「いいえ」とあんたはいう。(またこの言葉だ! あんたはクスクス笑いそうになるがそれを飲みこむ。すると笑いたい衝動が消えていく。)「いいえ。でも……なんとか落ち着いたわ」

イッカがゆっくりとうなずく。「みたいだね」イッカのうしろにいるブロンドの女ははたしてそうなのかと疑っているようだ。

と、イッカが重々しい溜息《ためいき》をつきながらトンキーとホアのほうを向いた――ホアはそらぞらしいほど落ち着いていて、すっかりふつうになっている。あくまでもホアとしてはふつう、という意味だが。

「ようし、いいだろう」イッカがいう。「こうしようじゃないか。あんたらはここにとどまってもいいし、出ていってもいい。とどまることにするなら、コムに受け入れる。だが、まずは知っておいてもらいたいことがある——カストリマはなんというか、ユニークなところだ。ここでは、ほかとはまるでちがうことを試している。もしこの〈季節〉がけっきょくはすぐに終わってしまってサンゼが圧力をかけてきたら、あたしたちは溶岩湖のほうへ移る。だがあたしはこの〈季節〉が短期間で終わるとは思っていない」

イッカはあんたをちらりと横目で見る。確認の意味ではない。確認という言葉はふさわしくない。なぜなら疑問の余地などまったくないからだ。ロガなら誰でも自分の名前とおなじくらいはっきりとわかっていることだ。

「この〈季節〉は短期間では終わらないわ」とあんたはいう。まだ嗄《しわが》れ声だが、だんだんましになってきている。「何十年もつづくでしょうね」イッカが片眉をあげる。そう、そのとおり——あんたは連れの二人のことを思って短めにいったのだが、そんなやさしさは必要ない。かれらに必要なのは真実だ。「何世紀も」

それでもまだ控え目にいったつもりだ。あんたはこの〈季節〉は少なくとも千年はつづくと確信している。もしかしたら数千年になるかもしれない。

トンキーが軽く眉根を寄せている。「うーん、どう考えてもこれは造陸運動で大きなゆがみが生じたか、でなければプレート網全体の平衡が崩れただけか、どちらかにまちがいはないんだけど、それほどの慣性力に打ち勝つだけのオロジェニーの活動は……禁止されている。そこのところ、わかってるの？」

あんたはつかのま悲しみを忘れて彼女を見つめる。イッカもそうだ。ブロンドの女も。トンキーはじれったそうにしかめっ面をして、みんなを、とくにあんたをにらみつける。「ああ、まったく、びっくり仰天みたいなふりはやめて。もう秘密はなし、でしょ？　あなたはわたしの正体を知っているし、わたしはあなたの正体を知っている。それでもまだ知らないふりをしていなくちゃいけないの？」

あんたは首をふるが、じつは彼女の質問への答えではない。あんたはその代わりにもうひとつの質問に答えることにする。「これは」あんたはいう。「何世紀もつづくわ。もっとかもしれない」

トンキーがたじろぐ。「そんなに長く生きのびるほどの蓄えなんて、どこのコムにもない。ユメネスにだって」膨大なことで有名なユメネスの貯蔵品はどこかの溶岩チューブのなかで鉱《こう》滓《さい》と化しているだろう。あんたは心のどこかで膨大な食料が失われたことを嘆き、心のどこかで、そう、こんなふうに思っている——最期が早くきたほうが、人類にとっては慈悲深いことかもしれない。

あんたがうなずくと、トンキーは身をすくませて黙りこんでしまった。イッカはあんたからトンキーへと視線を移して、話題を変えようと思ったようだ。

「ここにはオロジェンが二十二人いる」と彼女がいう。あんたはたじろぐ。「時間がたてばもっと増えると思う。それでもいいのかい？」彼女はトンキーを見ている。

話題を変えたのは大成功で、みんなの関心がそっちに移った。「どうやって？」とトンキーがたずねる。「どうやってみんなをここにこさせるの？」

「それは気にしなくていい。質問に答えて」

あんたはべつに答えなくてもいいといってやろうかと思ったが、トンキーは即座に「わたしはかまわないわ」と答えた。よだれを垂らさんばかりの喰いつきぶりに、あんたは驚く。人類が死滅するのは避けられないと知って大きなショックを受けているはずなのに。

「わかった」イッカがこんどはホアのほうを向いた。「で、あんただけど。ここにはあんたの同類も少しはいる」

「あんたが思っているより多いよ」ホアがとても穏やかな口調でいう。

「ああ。まあね」イッカは驚くほど落ち着いたようすでこれを受け止める。「どんなふうかは聞いただろう。ここにいたいなら、ルールにしたがうこと。喧嘩《けんか》はご法度。これもね――」イッカは指をくねらせながら歯をむきだしてみせた。びっくりするほどわかりやすい。「あたしのいうとおりにすること。いいね？」

ホアは少し顎をそらせる。その目には混じり気なしの敵意がきらめいている。ダイヤモンドの歯とおなじくらい衝撃的な光景だ。あんたはホアのことをちょっと変わってはいるがなかなか可愛いやつだと思いはじめていたのに、どう考えればいいのかわからなくなってしまった。

「あんたの命令は受けない」

イッカがかがみこんでホアの目のまえに顔を突きだしたのには、あんたもびっくり仰天だ。

「こうしようじゃないか」イッカがいう。「あんたはこれまでやってきたことをやりつづける。あんたのご同類がそうしてきたように、できるかぎり巧妙なやり方でね。それができないなら、あんたらがじつはなにを企んでいるのか、みんなに話したっていいんだよ」

それを聞いたホアは……身を縮めている。彼の目が――目だけが――動いてポーチにいる女ではない何者かをとらえる。ポーチにいるそいつはまたにっこり微笑むが、こんどは歯を見せないし、どこか悲しげだ。そうしたことがどんな意味を持つのかあんたにはわからないが、ホアは心なしか肩を落としている。

「わかった」ホアがイッカにいう。妙にあらたまった口調だ。「あんたの条件を飲む」

イッカはうなずいて身体を起こし、ひと呼吸置いてから視線をはずした。

「さっき、ああ、あんたの話の前にいおうと思ってたんだが、何人か、ここに受け入れているんだ」あんたに向かってイッカがいう。踵《きびす》を返してポーチの階段を上がりながらなので肩越しにしゃべっている。「女の子を連れた男なんてひとりもいなかったと思うけど、居場所を探している連中はいた。セバク四《よ》つ郷《ごう》からきた連中とかね。役に立つと思えば受け入れているから」こういうご時世には、賢いコムはみんなそうしている――望ましくない連中は追いだして、役に立つ技術や特質を持っている連中を受け入れる。強い指導者はこれをきちんと系統立てて、情け容赦なく、ある程度、人間性を殺して、やってのける。それほど運営がうまくいっていないコムは、情け容赦ないところはおなじだが、やり方がいい加減だ。あんたを追いだしたティリモはこっちの部類だ。

ジージャはしがない石打ち工《く》だ。役には立つが、石割は貴重な技術とはいいがたい。だがナッスンはあんたやイッカと同類だ。そしてどういうわけか、このコムの住人はオロジェンを積極的に受け入れようとしているようだ。

「その人たちに会いたいんだけれど」とあんたはいう。ジージャかナッスンか、どちらかが変装している可能性もなくはない。ほかの連中が道すがら二人を見かけているかもしれないし。さもなければ……。いや、やっぱり可能性はあまりにも低い。

だが、それでもあんたはその可能性に賭ける。自分の娘のことだ。娘を見つけるためならどんなに低い可能性にでも賭ける。

「いいだろう」イッカがふりむいて手招きする。「なかに入りな。すごいものをいろいろ見せてやるから」まるで、これまでのことはあたりまえ、とでもいいたげだ。それでもあんたは黙って彼女のあとについていく。なぜならどんな神話も神秘も、これ以上ないほど小さな希望の火花にはおよびもつかないからだ。

§

肉体は滅びる。最後まで持ちこたえる指導者はそれ以上のものに信を置く。

——銘板その三〝構造〟第二節

16　隠れ里のサイアナイト

サイアナイトが目を覚ますと、身体の片側が冷たかった。左側だ――腰、肩、背中も大部分が冷たい。冷たさをもたらしているのは刺すような風だ。後頭部の地肌にまで痛いほど吹きつけてくる。ということはフルクラムの規定どおりにまとめていた髪がほどけているのにちがいない。それに、舌は乾いているのに口のなかが土の味になっている。

動こうとするとそこらじゅうに鈍痛が走る。妙な痛みだ。どこかが部分的に痛いわけではない。ズキズキするわけでもないし鋭い痛みでもない。なんとも表現しようがない。あえていえば身体全体が大きなひとつの傷になってしまったような痛みだ。手を動かそうとして、下が硬い地面なのに気づき、思わず呻《うめ》く。自分がまた自分自身を制御できていると感じられるまで地面を押しつづけるが、実際は起きあがることすらままならない。ちゃんとできるのは目を開けることだけだ。

手の下には細かく砕けた銀白色の石ころ、目のまえにあるのはたぶんモンゾナイト、でなければもっとつまらない片岩《へんがん》の一種。フルクラムの地質科学の授業は信じられないほど退屈だったので、準火山岩のことは覚えられなかった。数フィート先になんだかわからない石があって、割れ目からクローバーやもじゃもじゃした草やふさふさした葉っぱの雑草が生えている。（生物科学にはもっと興味が持てなかった。）草はひっきりなしに揺れているが、そう激しい揺れ方ではない。彼女の身体でいくらか風がさえぎられているからだ。

いいいい吹き飛ばされてしまえ、と彼女は思い、そんな自分の心の荒々しさにショックを受けて、いっそうはっきりと目が覚めた。

彼女は起きあがる。痛いし、そう簡単にはいかなかったが、どうにか起きあがると、やっとまわりが見られるようになった。彼女がいるのは大きな岩のゆるやかな斜面で、あたりにはうっそうと草が生い茂っている。その向こうに見えるのは、なにひとつさえぎるもののない薄曇りの空。海の匂いがするが、これまでの数週間、嗅ぎ慣れたものとはちがう――塩気が少ない、薄まっている。空気もこれまでより乾燥している。太陽の位置からすると午前もなかばすぎ。そして寒さは晩冬を思わせる。

だが実際は午後も遅い時間のはず。彼女がいる岩は地覚《ちかく》すると海抜よりかなり高いところにあって、馴染《なじ》みのある場所の境界に比較的近い――あれは、スティルネスを構成している二つの主要な地殻構造プレートのひとつ、マキシマルの端だ。ミニマルはもっとずっと北のほうになる。そして彼女はこのプレートの端を前にも地覚したことがある――ここはアライアからさほど遠くないところだ。

が、アライアのなかではない。じつのところスティルネス大陸にいるわけでもない。

サイアナイトは反射的にたんなる地覚以上のことをしようと試みた。前に何度かやったようにプレートの端に向かって手をのばす――

――が、なにも起きない。

彼女は一瞬、風がもたらす寒さ以上の冷えびえとしたものを感じた。

だが彼女はひとりではない。近くにアラバスターがいる。長い手足を折り畳んで胎児のように丸くなっている。意識を失っているのか、それとも死んでいるのか。いや――脇腹がゆっくり上下している。ああ、よかった。

アラバスターの向こう、斜面のてっぺんに背の高いすらりとした人物が立っている。身にまとった白いローブが風になびいている。

サイアナイトは驚いて身を硬くする。「こんにちは?」声が嗄《しやが》れている。

その人物は――女だろうと、サイアナイトは見当をつける――こちらを向こうとしない。サイアナイトには見えない斜面のてっぺんの向こうのなにかを見ている。「こんにちは」

まあいい、ここからだ。サイアナイトはなんとかリラックスしようとするが、これがむずかしい。大地の奥に手をのばして力を確信することができないせいだ。彼女はなにも警戒することはないと自分にいいきかせる――この女が何者にせよ、二人を傷つける気ならなんの苦もなくとっくにそうしていたはずだ。「ここはどこ?」

「島。東海岸から百マイルくらい離れているかな」

「島?」恐ろしい。島は死の罠だ。家を構えるのにここより悪い場所といったら、休止状態だが死んではいない火山のカルデラの断層線の真上しかない。だが、そういわれるとたしかに岩に当たって砕ける波のざわめきが斜面の下のほうから遠くかすかに聞こえてくる。マキシマルの端からたった百マイルしか離れていないとしたら、海底の断層線のすぐそばということになる。真上といってもいいくらいだ。だからなにがあろうと、誰も島には住まないのだ——いつ津波で命を落としてもおかしくないのだから。

なんともひどい状況だ。彼女は急に絶望的な思いにとらわれて立ちあがる。岩の上に横たわっていたせいで足がこわばっているが、とにかくよろよろとアラバスターを迂回《うかい》して斜面の上に立っている女のところまでたどりついた。そこで目にしたのは——

大海だ。目の届くかぎりどこまでもつづく、なにひとつさえぎるもののない大海。岩の斜面は彼女が立っているところから数フィート先で鋭く切れ落ちて、ごつごつとした垂直の崖になっている。海面までは数百フィートもあるだろうか。そろりそろりと崖の縁に近づいて見おろすと、遙《はる》か下のナイフのように尖《とが》った岩のまわりで波の花が舞っている——落ちたら命はない。

彼女はあわててあとずさる。

「わたしたちはどうやってここにきたの？」と彼女は恐る恐る小声でたずねる。

「わたしが連れてきた」

「あなた——」サイアナイトは女に食ってかかる。衝撃の奥からすでに怒りが突きでようとしている。が、すぐに怒りは静まり、衝撃が無条件にすべてを支配する。

女はまさに彫像だ——背は高くない、髪はシンプルな束ね髪、上品な顔立ち、優雅な立ち姿。肌と服はくすんだ温かみのあるアイボリーだが、虹彩《こうさい》と髪は黒、そして指先は褪《あ》せた錆《さび》色のグラデーションになっている。まるで土のなかにめりこませたような。いや血のなかか。石喰《いしく》いだ。

「邪悪な地球」サイアナイトはつぶやいた。女はなんの反応も見せない。

サイアナイトが二の句をつぐより先に（といっても、なにがいえるというのだ？　いったいなにが？）うしろから呻き声が聞こえた。サイアナイトは石喰いから目をひきはがしてアラバスターに視線を移す。アラバスターはかすかに身動きしている。サイアナイト同様、すこぶる具合が悪そうだ。だがサイアナイトはいっとき彼を無視して、つぎにいうべき言葉を考える。

「どうして？」と彼女はたずねる。「わたしたちをここへ連れてきた理由はなに？」

「彼の身の安全を守るため」

伝承学者のいうとおりだ。石喰いは口を開けずにしゃべる。目も動かない。見た目どおり彫像そのものといっていい。だがすぐに分別をとりもどして、サイアナイトはこの生きものがいったことに意識を向ける。「彼の……身の安全を守るため？」またしても石喰いは答えない。

アラバスターがまた呻いたので、サイアナイトはようやく彼のもとにいき、少しずつ身体を動かしはじめた彼に手を貸して起きあがらせる。肩のところでシャツがひきつれて、彼が悲鳴をあげる。サイアナイトは遅ればせながら守護者の投げナイフのことを思い出す。ナイフは抜けているが、血が乾いてシャツが傷に張りついている。アラバスターが悪態をつきながら目を開ける。「ディケイ、シセックス、アンレラブメット」前にも聞いたことのある知らない言葉だ。

「サンゼ基語でいって」サイアナイトはぴしりという。べつに彼に本気で腹を立てているわけではないのだが。彼女は石喰いから目を離さずにいるが、石喰いはぴくりとも動かないままだ。

「……ぼろぼろの、くそいまいましい錆び」傷のあたりをつかんで彼がいう。「痛っ」

サイアナイトは彼の手をぴしゃりと叩《たた》く。「いじっちゃだめ。傷口が開いちゃうでしょうが」なにしろかれらがいるのは文明社会から何百マイルも離れた、ぐるりを海に囲まれたところだ。しかも謎そのものの、危険きわまりない種属の一員の意のままに連れてこられたのだから。

「連れができましたよ」

　アラバスターがやっと完全に目を覚まし、瞬《まばた》きしながらサイアナイトを見、そのうしろに目をやる——石喰いを見た彼の目が少しだけ大きく見開かれる。そしてうーんと呻く。「くそ。くそっ。こんどはなにをしてくれたんだ?」

サイアナイトは、アラバスターがこの石喰いのことを知っているとわかっても、なぜか驚きはしなかった。

「あなたの命を救った」石喰いがいう。

「え?」

石喰いが腕をあげる。あまりにも安定したなめらかな動きなので、優雅を通り越して異様な域に達している。腕以外はまったく動いていない。サイアナイトは石喰いが指している方角に目をやる。西の水平線だ。ところが西の水平線はほかの方角とはちがってなにかで分断されている——空と海を分ける直線が左右にのびているが、その直線のまんなかに、ニキビのようなものがあるのだ。丸くて赤々と輝いていて煙がたなびいている。
「アライア」石喰いがいった。

§

島には村があることがわかった。島にあるのはなだらかに起伏する丘と草と岩だけ――木はない、表土もない。住むにはまったく向かないところだ。それでも島の反対側までいくと崖も少しはなだらかになって、アライアにあるような（アライアにあったような）半円形の入江が見えてきた。だが、似ているのはそこだけ――この入江はずっと小さいし、この村は崖の壁面を掘ってつくられている。

一見しただけではよくわからない。最初、サイアナイトは自分が見ているのはぎざぎざの崖の壁面に不規則に点々とあいた洞穴の入り口なのだろうと思った。ところがよく見ると、洞穴の入り口は大きさこそちがうもののみんなおなじ形をしているのだ――下と左右は直線で上は優美なアーチ形になっている。そしてそれぞれの入り口のまわりには建物の正面を模した彫刻がほどこされている――優雅な柱や傾斜をつけた戸口の縁取り、曲線を描く花々や跳ねまわる動物をあしらった手の込んだ持出し。もっと変わったものを見たこともある。たしかにそう多くはない――が、ユメネスで、宮殿を頂く黒い星の影のなかで、飾りをほどこされた黒曜石の壁のなかのフルクラムで暮らしていると、人は風変わりなアートや建築に慣れっこになってしまうものだ。

「彼女には名前がないんだ」二人は村に通じているらしい手すりのついた石の階段を見つけていた。その階段をおりながらアラバスターがいう。彼がいっているのは石喰いのことだ。石喰いは階段の上で姿を消していた。（サイアナイトがちょっとよそ見して視線をもどしたときには石喰いは消えていた。アラバスターはまちがいなくまだ近くにいるという。どうしてわかるのか、サイアナイトとしては知りたいような知りたくないような気分だ。）

「わたしはアンチモンと呼んでいる。だってほら、白っぽいから。アンチモンは石ではなく金属だが、彼女はロガではないし、雪花石膏《アラバスター》はもういるからな」

なるほど。「で、彼女は——あれは——その名前で呼ぶと答えるんですね」

「ああ、そうだ」彼がちらりとサイアナイトをふりかえる。階段が恐ろしく急なのでこれは危ない。手すりがあるとはいえ、もしつんのめったりしたら、簡単に手すりを乗り越えて真っ逆さま、岩に打ちつけられてぐしゃりと潰れてしまうだろう。「とりあえず彼女は気にしていないし、もし気に入らないのならとっくに文句をいっているはずだ」

「どうして彼女はわたしたちをここへ連れてきたんでしょう？」二人を救うため。たしかに海の彼方《かなた》のアライアからは煙があがっている。だが、石喰いという種属は人間が怒らせるようなことをしないかぎり、人間を無視して避けているのがふつうだ。

アラバスターは足元に視線をもどして首をふっている。「かれらがやることに〝理由〟はない。たとえあったとしても、わざわざわれわれにいったりはしない。正直にいって、わたしは聞くのをやめた――息のむだだ。アンチモンは、うーん、かれこれ五年くらい前からわたしのところにくるようになった。いつもは、まわりに誰もいないときだ」彼がやわらかい悲しげな吐息を洩《も》らす。「最初のうちは幻覚を見ているのかと思った」

たしかにそうだろう。「で、彼女はなにもいわないんですか？」

「わたしのためにきたというだけだ。それがわたしを支えるというような意味なのか――つまり、『バスター、わたしはあなたのためにここにきたのよ、あなたを愛しているの、わたしが可愛い女に見えるだけの生きた彫像だということは気にしないで、わたしがついているから大丈夫』というようなことなのか、それとももっと腹黒い思惑があるのか、わたしにはわからない。しかし、そんなことはどうでもいいだろう？　命を救ってくれたのなら」

サイアナイトもそれはそうだと思う。「で、彼女はいまどこにいるんです？」

「もういってしまった」

サイアナイトは彼を階段から蹴落としてやりたいという衝動に駆られる。「つまりそれは――」予測はついているが、口に出すとなんだかばかなことをいっているような気がしてしまう。「大地のなかに、ということですか？」

「だろうな。かれらは空気中を進むように岩のなかを進むことができる――この目で見たことがあるんだ」彼が、しょっちゅうあらわれる階段の踊り場で急に立ち止まったので、サイアナイトはあやうく彼の背中にぶつかりそうになる。「彼女がそうやってわれわれをここへ連れてきたことは、きみもわかっているんだろう？」

サイアナイトはそのことをあまり考えないようにしていた。石喰いに触れられたと思うだけでも心がざわつく。ましてやその生きものに抱えられて海底の岩盤の奥深くへ引きずりこまれ、何マイルも移動したのかと思うと――身体が勝手に震えだす。石喰いは理屈を受けつけない――オロジェニーや絶滅文明の遺物といったものとおなじで理路整然と説明することも推し測ることもできないものだ。といってもオロジェニーは（いくらかは）理解できるし、（努力すれば）制御することもできる。絶滅文明の遺物も錆びつき海から目のまえに浮かびあがってきたりしないかぎり避けることはできる。だが石喰いは好き勝手し放題だし、いきたいところへいける。伝承学者の話もこの生きものにかんする警告は枚挙にいとまがない――だからかれらの活動を止めようとする者はいないのだ。

そう考えていたらサイアナイトの足も止まってしまった。アラバスターはもうひとつ下の踊り場までおりて、彼女がついてきていないことに気づいた。怪訝《けげん》そうな顔でふりむいた彼に、彼女は「あの石喰い」と話しかける。「オベリスクのなかの石喰い」

「あれとはちがう」とアラバスターがいう。愚か者めといいたいところだけれど、きょうはひどい目に遭ったのだからそこまでいってはかわいそうだとぐっと飲みこんでいるような口調だ。「いったいだろう、彼女のことは前から知っていると」

「そうではなくて」愚か者め。「オベリスクのなかにいた石喰いはわたしを見たんです……あれは、いつだったたか。動いたんです。あれは死んでいないわ」

アラバスターはじっと彼女を見ている。「いつ見たんだ？」

「それは……」彼女は言葉を探してむなしく手を動かす。言葉が見つからない。「それは……なんというかわたしが……わたしが見たと思ったときで」もしかしたら幻覚だったのかもしれない。守護者のナイフが引き金になって起きた、人生が走馬灯のようによぎるのに似た現象だったとか？　とてもリアルに感じられたのだが。

アラバスターは長いこと彼女を見つめている。彼は表情が豊かに変化するたちで、彼女もだいぶ読みとれるようになってきていたが、いまはこれは芳しくないと思っているときの表情を保っている。「きみは命を落としてもおかしくないようなことをした。死にはしなかったが、それはたんに運がよかっただけだ。もしきみが……そういうものを見ていたとしても……わたしは驚かない」

サイアナイトは彼の解釈に抗議することなく、うなずいた。彼女はあのときオベリスクのパワーを感じた。あのオベリスクが完全なものだったら、たぶん彼女は死んでいただろう。そしていまは、その余波で、焼かれるような、しびれるような感覚を味わっている。あのせいでオロジェニーを使えなくなってしまったのか？　それともなにか守護者がしたことが原因になっているのか？

「あそこでなにがあったんですか？」彼女はたまらず彼にたずねる。とにかく筋の通らないことが多すぎる。なぜアラバスターは命を狙われたのか？　なぜ守護者がとどめを刺しにきたのか？　そのあたりのことはなにかオベリスクと関係しているのか？　なぜ二人は錆びつき海のまっただなかの死の落とし穴としか思えない島にいるのか？　「いま、いったいなにが起きているんですか？　バスター、いい加減にしてください、もっと知っているくせに話してくれないなんて」

彼は表情をゆがめるが、けっきょくは溜息《ためいき》をついて腕組みしてしまう。「べつに知っていて話さないわけじゃない。きみはどう思っているか知らないが、わたしだってすべてに答えられるわけじゃないんだ。どうしてきみはわたしが知っていると思うのか、見当もつかない」

それは、彼は彼女が知らないことを山ほど知っているからだ。十指輪だということもある——彼は彼女が想像もできないような、言葉で表現するのさえむずかしいようなことができる。それに彼女は心のどこかで彼は四指輪の自分には理解できないことも理解できるにちがいないと思っている。「あの守護者のことは知っているんですね」

「ああ」彼は怒ったような顔をしているが、その怒りは彼女に向けられたものではない。「前に一度、出くわしたことがある。だがあいつがどうしてあそこにいたのかはわからない。推測がつかないことはないが」

「まるでわからないよりましです！」

彼は不機嫌そうな顔をしている。「ならば。ひとつの推測だ——誰か、複数かもしれないが、あのアライアの港に沈んでいたオベリスクのことを知っている者がいた。その誰かは十指輪があの海底を地覚すれば一瞬にしてオベリスクの存在に気づくだろうということもわかっていた。しかしけっきょくは四指輪がオベリスクを復活させてしまったわけだから、じつはオベリスクがいかに鋭敏なものか、いかに危険なものか、その誰かさんたちもわかっていなかったということになる。わたしにもきみにもアライアを救うだけの力はなかったということもな」

サイアナイトは眉根を寄せ、崖を吹きあがってくることさら強い風に抗して、ぐらつかないよう手すりをつかむ。「誰かさんたち」

「集団だ。われわれのあずかり知らぬことをめぐって対立し合っている派閥。われわれごときはほんとうになにかの偶然でもなければその存在を知ることもないだろう」

「守護者の派閥争い？」

アラバスターがばかにしたように、ふんと鼻を鳴らす。「そんなことはありえないとでもいいたげだな。サイアン、ロガはみんなおなじゴールをめざしているのか？　スティルはみんなおなじゴールをめざしているのか？　石喰い同士でも小競り合いはあると思うがな」

それがどんなものかは地球のみぞ知る、だ。「つまり、その、えーと、派閥のひとつが、あの――守護者――を送りこんで、わたしたちを殺そうとした」ちがう。サイアナイトは守護者にオベリスクを活性化させたのは自分だと何度も話している。「わたしを殺そうとした」

アラバスターは真顔でうなずく。「たぶんわたしに毒を盛ったのもあの男だろう。オベリスクを活性化させるのはわたしだと思っていたんだろうな。守護者は、スティルが見ているまえでわれわれを仕置きするのを好まない。かれらはできるだけそうするのを避けている――われわれが大衆の同情を買ったりするのはまずいからな。あの人目をはばからぬおおっぴらな襲撃は最後の手段だ」彼は思い返して渋い顔になり、肩をすくめる。「思うに、毒を盛られたのがきみではなくて運がよかった。わたしでさえ危ないところだったんだからな。どんなものであれ麻痺《まひ》は地覚器官にも影響をおよぼす——わたしも完全に役立たずになっていてもおかしくなかった。もし」

もし彼が使いものにならない自分の地覚器官の代わりにサイアナイトのをあやつってアメシストのオベリスクからパワーを引きだすことができなかったら。あの夜、なにがあったのか、サイアナイトも前よりはよく理解できるようになったが、理解が深まるとよけいにその恐ろしさがわかる。サイアナイトは彼に向かってつんと頭をそらせた。「あなたの能力がどんなものか、ほんとうのところはかれらも知らないんですよね？」

アラバスターは小さな溜息を洩らして、そっぽを向く。「サイアン、わたしにも自分がどんなことができるのか、わからないんだよ。フルクラムで教わったことは……ある時点から過去のものにせざるをえなかった。自分で自分を訓練するしかなかったんだ。ときどき思うんだよ、もしべつの考え方をしたら、もしかれらに教わったことを完全に捨て去って、あたらしいことを試せたら、ひょっとしたらわたしは……」声が途切れ、眉をひそめて考えこんでいる。「わからない。ほんとうにわからない。しかしけっきょくはそうはしなかったんだろうな、さもなければとっくに守護者に殺されていたはずだ」

なかばひとりごとのようなものだったが、サイアナイトはなるほどとうなずいて溜息を洩らす。「それで、殺し屋の守護者を送りこむ力を持っているのは誰なんです？」指示は十指輪を追いつめること。そして四指輪を震えあがらせること。

「守護者はみんな殺し屋だ」アラバスターが苦々しげに吐き捨て、「守護者を送りこむ力を持っているのが誰なのかはまったくわからない」と肩をすくめる。「守護者は皇帝の命令で動いているという噂もある——守護者は皇帝が維持している最後のささやかな力なのかもしれないな。あるいはそれは嘘で、ユメネスの指導者一族がほかのなにもかもと同様に、守護者も制御しているのか。でなければフルクラムが制御しているのか？　見当もつかない」

「自律的に動いていると聞いたことがあります」サイアナイトがいう。たぶんただのグリットの噂話だろうが。

「そうかもしれない。守護者は自分たちの秘密を守るためなら、ロガはもちろんスティルでも躊躇《ちゅうちょ》なく殺す。スティルに仕事を邪魔されたときもそうだ。守護者のなかにも階級があるのかもしれないが、わかっているのは守護者だけだろう。かれらがどうやって仕事をこなしているのかにかんしては……」深々と息を吸いこむ。「外科的処置のようなものが関係している。かれらは全員ロガの子どもだが、かれら自身はロガではない。かれらの地覚器官にはちょっと変わったところがあって、それが外科的処置によって強化される。あるものが埋めこまれるんだ。脳内に。いつ、どうやってはじまったのかはわからないが、その処置を受けると、オロジェニーを無効にする能力が得られる。それ以外の能力もな。もっと恐ろしいやつだ」

サイアナイトは腱《けん》が裂ける音を思い出して身を縮める。てのひらがズキズキ痛む。

「でもあの男はあなたを殺そうとはしなかった」と彼女はいう。彼女は彼の肩を見ている。傷まわりの布地はまだほかの部分よりも黒ずんでいるが、歩いたせいでこびりついていた血がはがれたのだろう、もう傷に張りついてはいない。少し湿っているように見える——また出血しているのだろうが、さいわいたいしたことはない。「あのナイフは――」

アラバスターが険しい表情でうなずく。「守護者専用の特別なものだ。一見ふつうの吹きガラスのように見えるが、そうではない。あれは守護者そのものといってもいいもので、われわれオロジェンをオロジェンたらしめているなにかを崩壊させてしまうんだ」彼はぶるっと身を震わせる。「こんな痛みは経験したことがない――地球火《ちきゅうび》のような痛みだ。だがな」なにかいおうと口を開いたサイアナイトの機先を制して、彼がすぐさまつづける。「なぜあいつがあのナイフで刺したのかはわからない。すでに二人とも動けなくなっていた――きみ同様、わたしも無力だったんだ」

しかも。サイアナイトはくちびるを舐《な》める。「あなたは……あなたはまだ……」

「ああ。効果は数日で消える」彼がほっとしたような笑みを浮かべて彼女を見る。「いっただろう、前にも何度かああいう守護者と出会ったことがあるんだ」

「どうして触られないようにしろといったんですか？　素手で触られないようにしろと？」

アラバスターは黙りこんでしまう。サイアナイトは最初、また頑固が顔を出したと思っていたが、よくよく見ると彼の表情には影がさしている。ひと呼吸おいて、彼が瞬きする。「もっと若い頃の話だが、十指輪の知り合いがいた。何年前になるかな……。彼は、いわば教育係のような存在だった。きみにとってのフェルドスパーのようなものだ」

「いえ、フェルドスパーは――まあいいです」

彼はどっちみち彼女を無視して記憶のなかに埋没している。「なにがきっかけだったのかはわからない。しかしとにかくある日、二人で指輪庭園を歩いていた、気分のいい晩で散歩を楽しんで……」急に口ごもり、苦しげにゆがんだ顔で彼女を見る。「二人きりになれる場所を探していたんだ」

ああ。これでいくらか察しがつく。「なるほど」不必要なひとことだ。

彼も不必要にうなずく。「とにかく、そこへ守護者があらわれた。きみが見たあの男とおなじように上半身、裸だった。なぜそこにきたのかもいわなかった。ただ……襲いかかってきた。動きは見えなかった——あっというまで。アライアのときとおなじだ」アラバスターは手でごしごしと顔をこする。「黄柘榴石《エツナイト》にチョークホールドをかませて、といってもほんとうに窒息してしまうほど強くはなく、なんだが。守護者の狙いは肌と肌を触れ合わせることだった。守護者はそうやってエソナイトを押さえつけながら、にやにや笑っていた。まるでそれがこの世でいちばん美しいことだとでもいわんばかりに。反吐《へど》が出る」

「どういうことです？」知りたくない気持ちが強いのに、やはり知りたい。「守護者の肌はどんな働きをするんです？」

アラバスターの顎が引き締まる。筋肉がこわばっている。「オロジェニーを内側に向ける力がある。推測だが。それ以上うまく説明のしようがない。しかし、われわれのなかにあるプレートを分離させたり断層を閉じたり、そういうことができる力、われわれが持って生まれた力のすべて……。あの手の守護者たちはそれをわれわれ自身に向けさせるんだ」

「まさか、そんな……」オロジェニーは肉体には働かない。直接には。もしそんなことが起きたら――

……ああ。

彼は黙りこくっている。こんどはサイアナイトも先をうながしたりはしない。

「ああ。そういうことだ」アラバスターは首をふって、岩を掘ってつくられた崖面の村のほうに目をやる。「そろそろいこうか？」

いまの話を聞いたあとでは、なかなかしゃべる気にもなれない。「バスター」彼女は自分を、汚れてはいるがまだはっきり帝国オロジェンの制服とわかる黒い上着を手で指す。「いまのわたしたちは小石ひとつ動かせません。ここにいる連中のことはなにもわかっていないんですよ」

「そのとおりだ。しかし肩は痛いし、喉も渇いた。このあたりに小川でもあるか？」

ない。食べ物もない。本土に泳いで帰ることもできない。いくらなんでも遠すぎる。しかも、それもサイアナイトが泳げたとしての話。そして物語では海には怪物がうようよいることになっているが、じつはそんなことはないとしての話。実際にはサイアナイトは泳ぎ方を知らないし、海は怪物だらけなのにちがいない。

「わかりました。だったら」とサイアナイトは彼を押しのけてまえに出る。「ここの連中とは、まずわたしに話をさせてください。あなたにまかせたら二人とも殺されかねませんからね」ひねくれ者の錆び野郎。

アラバスターは彼女の心の声が聞こえたみたいに軽くククッと笑ったが、反論するでもなく彼女のあとについてまた階段をおりはじめる。

階段は徐々になだらかになり、やがて崖のカーブに沿ってゆるやかに曲がりくねった遊歩道に変わっていった。海面からの高さは百フィートほどもあるだろうか。これだけ高いところにあるなら津波がきても村は安全だろう。(もちろん絶対とはいえない。この海というものは、彼女にとってまだまだ未知の存在だ。)それにこの高い崖は防護壁の役目も果たしている――が、もっと大きく考えれば海そのものが、ここに住む人々とこのコム(と呼べるかどうかはわからないが)の外からくる者とを隔てるじつに効果的な障壁になっている。下を見ると波止場の桟橋に十隻あまりの船がもやってあり、波に揺られてひょいひょいと上下している。桟橋はどうやら石を積んで適当に板を張りつけただけのようだ――アライアのこぎれいな塔門のついた桟橋と比べると原始的で不格好だがとても実用的だ。船も、少なくとも彼女が見たことのあるものと比べると、変わった形をしている――何隻かは丸太から削りだしたようなシンプルですっきりした形で左右に支柱のようなものが突きだしている。また何隻かはもっと大きくて帆があるけれど、やはり彼女にはまったく馴染みのない形だ。

船の周囲には人がいて、カゴを船からおろしたり、運びこんだりしている。複雑な帆の装具を調整している船もある。みんな上を見てはいない――サイアナイトは大声で呼びかけたい衝動に駆られた。が、どのみち彼女とアラバスターの姿は島の住人たちの目に入っていて、二人の前方に見えてきた崖面にずらりと並ぶ洞穴の入り口――いざおなじ〝地面〟に立っていてはっきり見えるようになると、ひとつひとつが思いのほか大きい――その入り口には住人が集まりはじめていた。

サイアナイトは近づきながらくちびるを舐めて、大きく息を吸いこんだ。住人は敵愾心《てきがいしん》を持っているようには見えない。「こんにちは」彼女は思いきって声をかけ、相手の反応を待つ。すぐさま殺そうと襲いかかってくる者はいない。まずはよし。

二人を待ち受ける二十人ほどの人々のほとんどは彼女とアラバスターの姿を見て困惑した表情を浮かべている。多くはさまざまな年齢層の子どもたちで、若者が数人、大人が五、六人、そして革紐《かわひも》でつながれたカークーサが一匹。太くて短い尻尾をふっているところを見ると、人なつこい性格のようだ。全員、まちがいなく東海岸地方人で、大半は背が高くてアラバスターのような黒い肌、何人かはもう少し薄い色の肌、そして少なくともひとり、灰噴《はいふ》き髪の持ち主がいて、その灰噴き髪が絶え間なく吹く風を受けてふくれあがっている。どの顔にも警戒心は感じられないが、突然の訪問者に慣れていないことはサイアナイトにもはっきり伝わってくる。

そのとき〈指導者〉らしき風貌の、あるいはただ指導者の役割をしているだけかもしれないが、ひとりの中年男がまえに進みでてきて、なにやらまったく意味のわからない言葉で話しかけてきた。

サイアナイトはその男をじっと見つめる。何語なのかすらわからないが、なぜか耳慣れてもいる。そのとき——ああ、そうだそうだ——アラバスターがいきなりかれらとおなじ言語でなにか返事をした。するとすぐさま全員がくすくす笑ったり、なにかつぶやいたりしてたちまちなごんだ空気が生まれた。サイアナイト以外は。

彼女はアラバスターをにらみつける。「通訳してくれませんか?」

「きみが、わたしが最初に話しかけたら二人とも殺されてしまうとびびっていた、と話した」

そう聞いて彼女は、こいつを殺してやろうか、と思う。

まあ、しかたがない。こうしてかれらの、この奇妙な村の住人とアラバスターとのやりとりがはじまったが、サイアナイトは仏頂面にならないよう気をつけながら黙って立っているしかない。アラバスターは間をとれるときは通訳してくれるが、うまくいかないこともある——とにかく相手が早口なのだ。サイアナイトの印象では、彼はかいつまんで通訳している感じだ。それもかなりかいつまんで。それでもこのコムがミオヴという名であること、まえに進みでてきた男はハーラスという名でコムの長《おさ》であることがわかった。そしてかれらが海賊だということも。

§

「ここでは作物は育たない」とアラバスターは説明した。「だからなんとか生きていくために必要なことをしている」

これは二人が丸天井の広間に招き入れられてから聞いた話だ。かれらのコムはこうした空間で成り立っているのだが、どれもみな崖の内部にあって——島自体がひとつの岩でできた柱のようなものだから、驚くにはあたらない——天然の洞穴もあれば、どういう方法で掘ったのかわからないが人工的なものもある。芸術的な曲線を描く丸天井、いくつもの壁を走る導水管、閉所恐怖的なものはいっさい感じられないほど数多く配された松明《たいまつ》やランタン。どこの洞穴も驚くほど美しい。頭の上にあれだけの岩があるのだから、つぎに揺れがきたらみんな押しつぶされてしまうのではないかと思うとあまりいい気分はしないが、もし死の罠に閉じこめられるしかない状況になったとしたら、ここはとりあえず居心地がいい、とサイアナイトは感じていた。

ミオヴの住人は二人をゲストハウスに通してくれた——ゲストハウスというよりはしばらく空き家になっていたけれどそれほど傷んではいない家という程度のところだが。サイアナイトとアラバスターはコムの共同炉辺でつくった食事をふるまわれ、共同浴場を使わせてもらい、地元スタイルの着替えまで提供してもらった。ささやかなプライバシーも与えられていた——が、プライバシーを保つのはむずかしかった。好奇心いっぱいの子どもたちが壁にあけられたカーテンなしの窓からなかをのぞきこんではキャッキャッと笑って逃げていくのだ。それがなかなか可愛い。

サイアナイトは畳んだ毛布の山にすわっている。どうやらすわるためのものとして積みあげてあるらしい。視線の先にいるのはアラバスターで、彼は肩の傷に清潔な布きれを巻きつけている最中だ。片方の端を口にくわえて結ぼうとしている。もちろん彼女にたのむこともできるわけだが、たのんでこないので彼女も手は出さない。

「本土との交易はたいしてしていないそうだ」布きれと格闘しながらアラバスターがいう。

「本土に持っていけるのは魚だけだが、本土の海岸地方のコムには魚があふれているからな。そこでミオヴは襲撃する。おもな交易ルートを通る船を襲うとか、襲撃から守るという名目で海岸地方のコムに法外な金《かね》を要求するとか——そう、かれらの襲撃から守る、という名目だ。そんなことが通用するのかどうかなんて聞くなよ。長がそういっているんだから」

どう考えても……不安定なその日暮らし。「そもそもかれらはここでいったいなにをしているんです？」サイアナイトは荒削りの壁や天井を見まわしながらいう。「ここは島です。つまり、こういう洞穴はけっこう居心地がいいけれど、それもつぎの揺れか津波ですべてが地図から消えてしまうまでのことです。それに、あなたがいっていたとおり、ここでは作物は育てられない。ここに貯蔵所なんてあるのかしら？〈季節〉になったらどうするんです？」

「みんな死んでしまうだろうな」アラバスターは肩をすくめる。結びおえた布を落ち着かせるためという理由のほうが大きいようだ。「わたしも聞いてみたんだが、笑って聞き流された。この島がホットスポットの真上にあることは気づいてるか？」

サイアナイトは思わず瞬きする。気づいていなかった。が、それはオロジェニーがハンマーで叩かれた指さながら感覚が鈍ってしまっているせいだ。彼もおなじだが、どうやら鈍り方がちがうらしい。「深さは？」

「かなり深い。すぐにマグマが噴きだすということはないだろうし、ずっと噴きださないままかもしれない——が、万が一そうなったら、ここには島に代わってクレーターが出現することになる」彼が顔をしかめる。「もちろん、まず津波に襲われなければ、の話だ。ここはプレートの境界に近いからな。ここでどんなふうに命を落とすか、数えあげたらきりがない。しかしかれらはそういうことをぜんぶ承知している——しっかりわかっている。それなのに、どうやらまったく気にしていないようなんだ。少なくとも自由に死ねる、といっている」

「自由にって、なにに束縛されているというんです？　生きること？」

「サンゼだ」アラバスターは、あんぐりと口をあけたサイアナイトを見て、にかっと笑う。「ハーラスの話だと、このコムは例のホットスポットが生みだした、ここから南極地方あたりまで連なっている群島——念のためいっておくが、群島というのは島の集まりのことだ——その群島の島々にある小さなコムのひとつなんだそうだ。その一連のコムのいくつかは、このコムも含めて十〈季節〉以上前から存在していて——」

「ばかばかしい！」

「——ミオヴがいつできたのか、う−ん、いつ洞穴が掘られたのか、誰も知らないから、それより古くからあるのかもしれないと。つまりサンゼ以前から存在しているということだな。そしてかれらの知るかぎり、サンゼはかれらがここにいることを知らないか、知っていても気にかけていないか、だそうだ。これまで一度もサンゼに編入されたことがないらしい」彼は首をふっている。「海岸地方のコムは互いに海賊をかくまっているだろうと相手を非難し合うだけで、よほどいかれた連中でないかぎりこんなところまで遠出してくることはない——たぶんこういう島にコムがあることは誰も知らないのだろう。というか島があることは知っていても、こんなところに住むほど愚かな人間はいないと思っているんだろうな」

それはそうだろう。サイアナイトはかれらの無謀さにあきれて首をふる。またコムの子どもがひとり、窓の下からひょいと顔を出してじろじろと二人を見ている。サイアナイトが思わずにっこり微笑《ほほえ》むと、その女の子は目を丸くしてげらげら笑いだし、イントネーションの起伏が激しいかれらの言語でなにかしゃべると、仲間たちに引っ張られて帰っていってしまった。勇ましい、おかしな、おチビちゃん。

アラバスターがクスクス笑いながらいう。「『やな感じのほうがちゃんと笑った！』だとさ」

錆びガキめ。

「あの人たち、ここに住むほど頭がいかれてるなんて、信じられない」とサイアナイトは首をふる。「この島は百回揺れて砕けたり、粉々に吹き飛ばされたり、海に飲みこまれていたりしたっておかしくないのに」

アラバスターが軽く姿勢を変えた。ひとことありそうな顔をしている。それを見てサイアナイトはふっと気を引き締める。「まあ、魚と海藻があるから、たいていの場合は生きのびてこられたんだろうな。海は〈季節〉のあいだ陸地や湖や池のように死に絶えてしまうわけじゃない。漁さえできれば食べ物に不自由はしない。ここにはたぶん貯蔵所すらないだろう」彼は思案深げにあたりを見まわす。「ここを揺れやマグマ爆発にも耐えられる状態に保っておけるなら、きっと住みやすいところだと思う」

「でもいったいどうやって——」

「ロガだ」アラバスターはサイアナイトを見てにやりと笑った。それを見て彼女は、彼がこの話をするタイミングを待っていたのだと気づく。「かれらがいままで生きのびてこられた理由はこれだ。ここではロガを殺したりしない。ロガに責任を持たせているんだ。そしてロガたちは嘘偽りなくほんとうに、われわれに会いたがっている」

§

石喰いは愚行に命が吹きこまれた存在である。いかにして誕生したか、その教訓に学び、その天与の才に心許すなかれ。

——銘板その二〝不完全な真実〟第七節

17　ダマヤ、最後の日

物事は変化する。フルクラムの生活は規律どおり滞りなくつづいているが、世界は静止してはいない。そして一年がすぎた。

クラックが姿を消したあと、マシシがダマヤに話しかけることはいっさいなかった。彼は廊下で彼女を見かけても、検査のあとでも、くるっと踵《きびす》を返していってしまう。彼女が自分を見ているのに気づくと、しかめっ面になる。だが、彼が彼女の視線をとらえることはそうしょっちゅうあるわけではない。彼女が彼のことをあまり見ないようにしているからだ。彼女は彼に嫌われてもべつにかまわないと思っている。どうせ友だちになれるかもしれないという程度の存在だったのだから。いまでは彼女も友だちを欲しがるなんてどうかしていた、自分は友だちを持つには値しない、と思い定めている。

(友だちなどというものは存在しない。フルクラムは学校ではない。グリットは子どもではない。オロジェンは人ではない。武器に友だちは必要ない。)

それでもやはり辛い。友だちがいないと退屈なのだ。教官は親とちがって本を読めと教えてくれたが、読んでいるとすぐに活字がページの上で揺れがきたときの小石のようにひょいひょい動きだしてしまう。それにどっちみち図書館には実用書ではなく純粋に楽しみとして読める本は少ししかない。（武器には楽しみも必要ない。）オロジェニーの実践を許されるのは〝実用〟の授業のときだけだし、ベッドに横になって特別実習に備えて習ったことを頭のなかでくりかえし復習してみても——けっきょく彼女の興味の中心はオロジェンの力なのだ——できることはごくかぎられてしまう。

だから〝自由時間〟やひまな時間にはフルクラムじゅうをぶらぶら歩きまわっている。

グリットがあちこちうろついていても誰も咎《とが》めはしない。〝自由時間〟やそれ以降の時間帯はグリットの寮を見張る人間もいない。教官が消灯時刻をうるさく守らせることもない——グリット本人が翌日、眠気と闘うのを覚悟の上なら〝自由時間〟を〝自由夜間〟にするのもありだ。グリットが建物から出るのもおかまいなしで、大人が止めたりすることはない。指輪のない者は立ち入り禁止の指輪庭園でつかまったり、フルクラムの外に通じる門に近づいたりした子は上級者に申し開きをしなければならないことになる。だがそれ以外の些細《ささい》なことにはなんの制約もないし、罰も我慢できる程度のゆるやかなもの——罪に見合ったごくふつうのもの。それ以上のことはない。

けっきょくのところフルクラムから追いだされるような子はひとりもいない。そもそも機能不全の武器は在庫から取り除かれている。そしてちゃんと機能する武器は自分で自分の面倒が見られるのが大前提だ。

というわけでダマヤのぶらぶら歩きはフルクラムのいちばんおもしろみのない区画内にとど

まっている――が、それでもフルクラムの敷地は広大だから探険する場所はまだまだいくらでもある。指輪庭園とグリット訓練用の運動場を除いても、指輪持ちのオロジェンたちの生活棟群、図書館、劇場、病院、そして大人のオロジェンたちがフルクラム外での任務についていないときに使う仕事場もある。それに全長何マイルにもおよぶ黒曜石を敷き詰めた歩道や緑地もあるが、緑地といっても休閑地《きゅうかんち》ではないし〈第五の季節〉がきたときに備えてあけてある土地でもない――造園されたスペースだ。美しいだけの存在。誰かが手入れをしているのだろうとダマヤは思っている。

ダマヤが夜遅くに、いつか指輪保持者の仲間入りをしたらどこでどんな暮らしをすることになるのだろうと想像をふくらませながら歩きまわっているのはこういうところだ。そのあたりにいる大人はたいてい彼女には目もくれず、仕事を抱えていったりきたりするか、大人同士で大人の問題を話し合ったり、ときにはささやきあったりしているだけ。なかには彼女の存在に気づく大人もいるが、気づいても肩をすくめてさっさといってしまう。そんなかれらもかつてはグリットだったのだ。一度だけ、ある女が立ち止まって「あなた、ここにいてもいいの？」と問いただされたことがあった。ダマヤは黙ってうなずいて通りすぎたが、女は追いかけてはこなかった。

管理棟群はなかなかにおもしろい。指輪持ちのオロジェンが使う大きな練習室にいったりもする――円形劇場のような空間で、屋根がなく、むきだしの地面にモザイク風の輪がいくつも同心円状に刻まれているのだが、ときにはそこに巨大な玄武岩の塊《かたまり》が置かれていることもあるし、地面の模様が乱れているのに玄武岩がなくなっていることもある。練習室で大人たちが練習している場面に出くわすこともある――かれらは玄武岩の塊を意志の力だけで子どものおもちゃのように動かし、地中深くに沈めたり、また引きあげたりする。練習中のかれらの周囲には極寒の冷気の輪ができていてかれらの姿はぼやけて見える。見ているとわくわくするし怖いような気もするが、かれらがやっていることを一生懸命まねしてみても一向にうまくいかない。そういうことに挑戦できるようになるまで、まだまだ道程は遠いようだ。

ダマヤがいちばん惹《ひ》かれるのは本館だ。フルクラム複合施設の中核をなす、丸屋根がついた巨大な六角形の建物で、ほかの建物すべてを合わせたよりも大きい。フルクラムの管理運営はこの建物でおこなわれている。指輪持ちのオロジェンたちがここの事務室であくせく働き、勘定を払っている。なぜなら、いうまでもなく、こういう事務仕事はすべて、かれら自身でこなさなければならないからだ。オロジェンはユメネスの資源を枯渇させる役立たず、などとは誰にもいわせるわけにいかない――フルクラムは財政的にもその他の面でも完全に独立した組織なのだ。ダマヤがうろつける〝自由時間〟は本館の業務の大半がおこなわれている時間帯がすぎてからだから昼間ほどのあわただしさはないが、それでもいつも多くの事務室にはろうそくや補助用の電気ランタンの明かりが灯《とも》っている。

守護者も本館の翼棟のひとつを使っているので、ダマヤも黒い制服の一団のなかにバーガンディの制服を見かけることがあるが、見かけたらべつの方向へいくことにしている。怖いからではない。たぶん守護者のほうも彼女に気づいているのだろうが、彼女に声をかけるようなことはない。べつに彼女が禁じられたことをしているわけではないからだ。シャファはこう教えてくれた――守護者を恐れなければならないのは、特別なかぎられた状況のときだけ。それでも彼女は守護者を避けてしまう。技術が身につくにつれて、守護者があらわれるとかならず奇妙な感覚に襲われることに気がつくようになったからだ。それは……ブーンという耳障りな音のような、苦いような、地覚《ちかく》するというよりは聴覚、味覚で感じるもので、なんなのか理解できないけれど、守護者を避けようとするオロジェンは自分だけではないのは気づいている。

本館にはいつからか使われなくなってしまった翼棟がいくつかある。理由はフルクラムが必要以上に大きいから、というのがダマヤが質問したときの教官の答えだった。フルクラムができる前は、この世にオロジェンがどれくらいいるのか誰も知らなかったのだろう。あるいは創建者たちは幼少期を無事にすごしてここに連れてこられるオロジェンがもっと多いと思っていたのに、時を経るにつれてそれほどでもないとわかってきたのかもしれない。が、とにかく誰も使っていなさそうな派手なドアをはじめて開けて、その向こうに暗い人気のない廊下がのびているのを見つけたとき、ダマヤはたちまち好奇心のとりこになってしまった。

とても暗くて奥のほうまでは見えないが、近くには使わなくなった家具や貯蔵品を入れるカゴ類があるのが見えたので、そのまますぐ探険にのりだすのはやめることにした。怪我をする可能性が大きすぎるからだ。彼女はそのままグリットの寮にもどって、それから数日間、準備に没頭した。食事のトレイから肉用の黒曜石ナイフを一丁くすねるのは簡単だったし、寮には灯油ランタンがたくさんあるからひとつくらい持ちだしても誰も気にしない。洗濯当番のときには枕カバー——端がほつれて〝処分〟と書かれた棚に積んであったやつ——を一枚失敬してナップサックをつくった。そして準備万端と思えたところで、一歩を踏みだした。

最初は進むのに時間がかかった。迷子にならないようナイフであちこちの壁に印をつけながら進んでいった——が、そのうち本館のほかの部分も、この部分とおなじつくりだということに気がついた。まんなかの通廊《つうろう》には一定の間隔で階段吹き抜けがあり、両側に並ぶドアを開けるとごくふつうの部屋やつづき部屋になっている。彼女がいちばん好きなのはそういう部屋だが、たいていは退屈なだけだ。会議室がいくつもあり、事務室はもっとたくさんあって、たまに講義室として使えそうな大きな部屋まであるが、いまはほとんどが古い本と衣服の置き場になっているらしい。

だがその本ときたら！　その多くは図書館にはほんの少ししか置いていない軽薄な本だ——ロマンスや冒険物、それに的外れな民間伝承も少しばかり。ときにはあっと驚くようなものに通じているドアもある。あるとき彼女が見つけたのは生活の場として使われていたらしいフロアだった——きっと、アパートメントで快適に暮らせる人数を遥《はる》かに超えるほど多くのオロジェンがいた時代には、あふれたオロジェンたちがここに入っていたのだろう。だが、どういうわけか住人たちは持ち物を置きっぱなしにしてここから出ていってしまったらしい。クローゼットにはすっかり傷んでしまった優雅なロングドレスが何着もあるし、幼い子ども用のおもちゃもあれば、ダマヤの母親が見たらよだれを垂らしそうなアクセサリーもある。ダマヤは白い斑点だらけの鏡のまえであれこれつけてみてはクスクス笑い、その自分の声に驚いてぴたりと口をつぐんだ。

なんだろうと首を傾《かし》げるようなものもあった。フラシ天の豪華な椅子がたくさん置いてある部屋だ。椅子はみんなくたびれていて虫喰《むしく》いだらけ。それがぐるりと円形に内側に向けて並べてある。なぜなのかは想像するしかない。なかには本館ではなくフルクラムの研究専用棟を探険してみてはじめて用途がわかった部屋もあった。それは一種の研究室のようなもので、見たことのない容器や装置が並んでいたのだが、最初はそれがエネルギーの分析や化学物質の取り扱いに必要なものとはまったくわからなかった。地科学者さまはオロジェニーの研究なんぞにかかわっている時間はないだろうから、オロジェンは自分たちでやるしかなかった、ということか？　これまたダマヤは推測するのみだ。

まだほかにもある。いくらでもある。いつのまにかこれが、〝実用〟のあとのいちばんの楽しみになった。ときどき授業中に夜の探険で発見したもののことを考えていて勉強に差し障りが出たり、試験中に質問を聞き逃したりすることがある。だからこそ教官にどうしたのかと聞かれるようなことにならないよう、気を引き締めてもいた。彼女が夜間にあちこちうろついていることはたぶん教官も知っているだろうとは思う。というのも、うろついているときに教官を見かけることもあったからだ。勤務時間外の教官は妙に人間的に見えた。だが、とくに声をかけられることもなく、彼女としては大助かりだった。教官たちと秘密を共有しているような気分になれるのは楽しいものだ。たとえ現実にはそうでないとしても。フルクラムの生活は規律正しく営まれているが、これは彼女の規律――彼女が定めた規律だ。ほかの誰にも乱されることはない。なにか自分だけのものがあるのはいいものだ。

そしてある日、すべてが変わった。

§

その見知らぬ少女はあまりにも自然にグリットの列にすべりこんできたので、ダマヤもうっかりすると気がつかないところだった。グリットたちはいつものように〝実用〟のあと指輪庭園を通って寮にもどる途中で、ダマヤは疲れてはいるものの満足感を味わっていた。コントロールできるゾーンを地中百フィートまでのばしながら、彼女自身の周囲に生じる凍結円環体を直径わずか二フィートにとどめられたということで、教官の白鉄鉱《マーカサイト》に褒められたからだ。「そろそろ初指輪試験に挑戦してもいいかもしれないな」と訓練の最後にマーカサイトはいった。もしそれがほんとうなら、ほかのグリットたちより一年近く早い段階で試験を受けられることになるし、同年齢グループのなかでは一番乗りということになる。

ダマヤの頭のなかはそのことでいっぱいだったし、長い一日がようやく黄昏《たそがれ》を迎えてみんな疲れ切っていたし、庭園は人影もまばらで教官たちはおしゃべりに熱中していたしで、行列のダマヤのまえに見覚えのない女の子がするりと入りこんできても、気づく人間はほとんどいなかった。その子はグリットの列が生垣に沿ったカーブを曲がるまで待ってから絶妙のタイミングで入りこんできたので、へたをしたらダマヤですら気がつかないところだった——一歩進んで、二歩めを出したら、もうそこにいて、みんなと歩調を合わせ、みんなとおなじようにまえを見つめて歩いていた。だがダマヤはだまされなかった。その子はさっきはそこにいなかった。

ダマヤはふいを突かれて、一瞬ぎょっとなった。グリット全員をよく知っているわけではないが、顔はぜんぶわかる。そしてこの子は知らない顔だ。だとしたら、いったいどこの誰なのか? なにかいうべきかどうか、ダマヤは迷った。

するとその子がいきなりふりむいて、ダマヤと目を合わせたではないか。にっこり笑ってウインクしている。ダマヤは目をぱちくりさせる。女の子はすぐにまたまえを向いたが、ダマヤはすっかり面喰《めんく》らってなにもいえずにあとについていくしかなかった。

グリットの列が庭園を抜けて宿舎が建ち並ぶエリアに入ると、教官たちは列を離れた。グリットたちはこれから就寝まで自由時間だ。みんなあちこちへ散っていく。食堂へ食べ物をとりにいく子もいれば、足をひきずってベッドに向かう新入りもいる。まだ元気なグリットのなかの数人は、すぐさまばかげたゲームをはじめて寝床のまわりで追いかけっこをしている。かれらはいつものようにダマヤを無視しているし、ダマヤがなにをしていようと気にもかけない。

だからダマヤはグリットではない少女に面と向かってたずねた。「あなた、誰?」

「それが、ほんとうに聞きたいことなの?」少女はほんとうにふしぎそうな顔をしている。年はダマヤとおなじくらい。背がひょろっと高くて、肌は一般的なサンゼの子どもより少し黄色味を帯びている。髪はゴワゴワの灰色ではなく、カールした黒髪。グリットの制服を着ているし、髪の長いグリットたちとおなじように、きちんとまとめ髪にしてもいる。完全なよそ者だという事実がなければ、グリットで通ってしまう。

「だって、わたしが誰かなんて、あなた、ほんとうは気にしていないでしょ？」少女はまだダマヤの質問に納得がいかないようで、先をつづける。「もしわたしがあなただったら、わたしがここでなにをしているのか知りたいけどね」

ダマヤは返す言葉もなく、じっと相手を見つめる。すると少女は少し顔をしかめてあたりを見まわした。「もっと大勢に見つかっちゃうと思ったんだけど。あなたたちそんなに多くないでしょ――部屋に三十人くらい？　わたしがいっている託児院のほうがもっと多いけど、あたらしい子が急に入ってきたら絶対すぐにわかるし――」

「あなた、誰なの？」ダマヤは語気を荒《あら》らげて問いただした。が、本能的に小声になっている。さらにダマヤは少女の腕をつかんで人目につきにくい隅のほうへ引っ張っていった。ただし、みんな長いこと彼女に注意を払わないようにする訓練を積んできているから、誰も気にする者はいない。「いわないと教官を呼ぶわよ」

「あら、それはいいわ」少女がにっと笑う。「もっとひどいことになるかと思ってた！　それにしても変だわ、あなたひとりしか――」つぎの瞬間、彼女の表情に懸念の色が浮かんだ。ダマヤがいまにも叫び声をあげそうに大きく口を開けて息を吸いこんだからだ。少女はあわてて口走った。「わたしの名前はビノフ！　ビノフよ！　あなたは？」

フルクラムにくる前は、いつ誰に聞かれても決まり文句として答えていたいい方がある。だから彼女は自動的に答えた。「ダマヤ〈強力《ごうりき》〉――」もう長いこと用役《ようえき》名のことも、もうそれが自分にはあてはまらないことも考えたことがなかったので、それが口をついて出たことにダマヤは軽い衝撃を覚える。「ダマヤよ。あなた、ここでなにをしているの？　どこからきたの？　あなたはいったい――」ダマヤは言葉に詰まって少女を、制服や髪を含めたビノフの存在そのものを手で指し示す。

「シーッ。こんどは質問攻めにする気？」ビノフが首をふる。「あのね、わたしは長居する気はないの。あなたをトラブルに巻きこむ気もない。でもひとつだけ教えて――このあたりでなにか変なものを見たことはない？」ダマヤがまたじっと見つめると、ビノフは顔をしかめる。「ある場所なんだけど。こういう形の。大きい――こんなふうな――」ビノフは複雑なジェスチャーでなんとか説明しようとしている。まるで意味がわからない。

と思ったが、そうでもない。

フルクラムは円形だ。ほかのグリットたちといっしょに指輪庭園を横切るときの印象で判断しているだけだが、それはまちがいないと思っている。フルクラムの西側には〈黒き星〉がのしかかるようにそびえているし、北側には黒曜石の壁にもさえぎられないほど高い建物がいくつも建っているのを見たことがある。（あの建物の住人たちはあの高い窓や屋上からわたしたちを見おろしてどう思っているのだろう、と彼女はよく考える。）だがもっと重要なのは本館も円形――ほぼ円形――ということだ。ダマヤはこれまでランタンと指先と地覚器官だけをたよりに本館の暗い廊下をさんざんうろついてきているから、ビノフが手で六角形を描いたとたんに、この見知らぬ少女がなにをいいたいのかぴんときた。

そう、本館の総面積から考えると、壁はもっと厚く、廊下はもっと幅広くないとおかしいのだ。屋根は建物の中心部分もすっぽり覆っているが、その中心の区画には仕事用のスペースも廊下も入りこんでいない——だからそこには大きな空っぽの部屋があるはずなのだ。中庭なのかもしれないし、劇場ということも考えられるが、フルクラムにはほかにも劇場がいくつかある。ダマヤはこの空間を囲む壁を見つけて、その壁に沿って歩いてみたが、曲面ではなかった——面と角があった。それぞれ六個ずつ。だが、もしこの六角形の空間に通じるドアがあるとしたら、使われていない翼棟以外のところにあるはずだ——彼女がまだ足を踏み入れていないところに。

「ドアのない部屋」ダマヤは思わずつぶやいていた。その部屋があるにちがいないと思い当たった日から、見えないその部屋を頭のなかでそう呼ぶようになっていた。ビノフが息を大きく吸いこんで、身をのりだしてくる。

「そう、そう。そういう名前がついているの？　それはフルクラム複合施設のまんなかにあるあの大きな建物のなかにあるの？　そうじゃないかと思っていたのよ。やっぱりね」

ダマヤは目をぱちくりさせて顔をしかめる。「あなた、誰？」少女のいうとおりだ——ほんとうはそんなことがいいたいわけではない。それでもこの質問は、重要な質問をいくつも並べたのとおなじ価値がある。

ビノフがしかめっ面であたりを見まわし、少し考えてから肚《はら》を決めたようすでこういった。

「ビノフ〈指導者〉ユメネス」

ダマヤにとってはほとんどなんの意味もない答えだ。フルクラムには、用役名やコム名を持つ者はひとりもいない。守護者に連れてこられる前に〈指導者〉だった者も、いまは〈指導者〉ではない。ここで生まれたり、うんと小さいときにここに連れてこられたりしたグリットにはロガ名がつけられるし、それ以外の者は初指輪を獲得したときになにがしか名乗るよう義務づけられている。それがすべてだ。

だがそのとき直感が閃《ひらめ》いてひとつの鍵が開き、そこからいっきにさまざまな鍵がカチリカチリと開いていって、ダマヤは気づいた。ビノフはいまはもう過去のものになってしまった社会的しきたりにのっとった呼び名への場違いな忠誠心からそう名乗ったわけではないのだ、と。この呼び名はまちがいなくビノフのものなのだ。なぜならビノフはオロジェンではないから。しかもビノフはただのスティルではない――〈指導者〉で、ユメネスの住人、ということはスティルネス大陸でも屈指の権力者一族の子どもということだ。その子がオロジェンのふりをしてフルクラムに入りこんでいる。

そんなことはありえない。頭がどうかしている。ダマヤはあんぐりと口を開ける。ビノフはそれを見てダマヤが事情を理解したと悟り、じりじりと近寄って小声でいった。「いったでしょ、あなたをトラブルに巻きこむ気はないって。わたしはひとりでその部屋を見つけにいくから、ひとつだけお願い、誰にもいわないで。でも、わたしがどうしてここにきたのか、知りたがってたよね。いまのがその理由なの。わたしはその部屋を探しているの」

ダマヤは口を閉じてたずねる。「どうして？」

「それはいえない」ダマヤがにらみつけると、ビノフは両手をあげた。「あなたの、それとわたしの安全のためよ。世のなかには〈指導者〉しか知ってはいけないことがあるの。しかもわたしはまだ、それがなんなのか知ってはいけないことになっているんだから。もしあなたに話したことがばれたら――」ビノフはいいよどむ。「二人ともなにをされるかわからない。知りたくもないけどね」

なるほど。ダマヤは思わずうなずいていた。「つかまるわよ」

「かもね。でもそうなったら、ちゃんと名乗ればいいだけの話よ」少女は肩をすくめる。生まれてこの方、ほんとうの恐怖というものを味わったことのない人間らしい、お気楽な反応だ。「わたしがどうしてここにいるのかは絶対いわないもの。誰かが親に連絡して、そりゃあトラブルにはなるけど、トラブルなんていつものことだから。でもそれより先にたくさんの謎の答えをひとつでも見つけられたら大収穫よ。ねえ、そのドアのない部屋はどこにあるの?」

ダマヤはそれが罠だとすぐに見抜いて首をふる。彼女は〈指導者〉ではないし、人格を持つ人として扱われてもいない――誰も助けてはくれない。「どうやってここにきたのか知らないけれど、帰ったほうがいいわ。いますぐに。帰ってくれれば絶対に誰にもいわないから」

「それはだめ」すまし顔でビノフがいう。「いくつものトラブルを乗り越えて、やっとここにこられたんだから。それに、あなたはもうトラブルに巻きこまれちゃってるのよ。だってわたしがグリットじゃないと気がついたらすぐに大声で教官に知らせなければいけないのにそうしなかったんだもの。あなたはもう共犯者よ。そうでしょ?」

ダマヤはぎくりとした。少女のいうとおりだと気づいて、胃がきゅっと縮む。それに、猛烈に腹が立つ。ビノフが彼女をあやつろうとしているからだ。ダマヤはあやつられるのは大嫌いなのに。「あなたがへたにうろついてあとでつかまるより、いま大声を出すほうがましだわ」

ダマヤはそういって、早足で寮のドアに向かう。

するとビノフは息を呑んで、あわててダマヤを追いかけ、腕をつかむと声を押し殺していった。「やめて！　お願い――ねえ、お金《かね》ならあるわ。赤ダイヤのかけら三個とアレキサンドライトの原石一個！　お金、欲しいでしょ？」

ダマヤの怒りは刻々と増していく。「お金でなにを手に入れるっていうの？」

「じゃあ、特権。こんどフルクラムから出るときに――」

「あたしたちはここから出ることはないの」ダマヤはビノフをにらみつけて、その手をふりはらう。このスティルのばか娘はいったいどうやってここに入りこんだのだろう？　フルクラムから外へ通じるドアにはかならず守衛が、民兵がいるのに。だが守衛の役目はオロジェンを外に出さないことで、スティルをなかに入れないことではない――たぶんこの〈指導者〉の少女は金と特権と怖いもの知らずの度胸とで、守衛に止められようとなにしようと、まんまと入りこむ方法を見つけだしたのだろう。「あたしたちがここにいるのはね、ここがあなたのような人たちから身を守れる唯一の場所だからなのよ。さっさと出ていけ」

突然、ダマヤはそっぽを向いて両の拳を握りしめ、必死に精神を集中させ、素早く深呼吸をくりかえさなければならなくなってしまった。あまりにも怒りが強くなったので、彼女のなかの断層線の動かし方を知っている部分が、地中深くへとさまよいだしてしまったからだ。制御を失うのは恥ずべきことだ。ダマヤはどうか教官がこれを感知していませんようにと祈る。感知されたら、そろそろ初指輪試験をなどという話はたちまち吹き飛んでしまう。ましてこの少女を凍らせてしまうようなことにでもなったら。

ビノフが人の神経を逆なでするようにまえかがみになって、いった。「あら！　怒ってるの？　いまオロジェニーを使ってるの？　それってどんな感じなの？」

あまりにもばかげた質問だし、怖いもの知らずにもほどがある。そう思ったとたんオロジェニーがシューッと萎えていった。急に怒りが消えて、あとは驚きあるのみだ。〈指導者〉はみんなこんなふうに子どもっぽいのだろうか？　生まれ育ったパレラは小さい町だったから〈指導者〉はひとりもいなかった——〈指導者〉用役カーストは指導するのにふさわしいところに住みたがるものだ。ユメネス人の〈指導者〉はみんなこうなのかもしれない。それともこの少女が変わっているだけなのだろうか？

ダマヤの沈黙自体が答えだとでもいうように、ビノフはにやりと笑って小躍りしながらダマヤの正面にまわりこむ。「オロジェンに会うのははじめてなの。大人は、つまり黒い制服を着て指輪をしている大人のオロジェンは見たことがあるけれど、わたしとおなじ子どものオロジェンには会ったことがないの。あなたは伝承学者がいってるみたいに怖いという感じじゃないわね。でも、伝承学者は嘘ばっかりつくからね」

ダマヤは首をふる。「あなたのこと、まったく理解できないわ」

驚いたことにビノフは真顔で答える。「うちのママみたいなことというのね」ふと視線をそらし、すぐに口をきゅっと結んで、しっかり肚をくくったという顔でダマヤをにらみつける。「その部屋を見つけるのを手伝ってくれるの、くれないの？　手伝う気がないなら、とりあえず黙ってて」

あれこれ考えればきりがないが、ダマヤは好奇心をそそられていた——この少女にも興味があるし、ひょっとしたらドアのない部屋に入る方法を見つけられるかもしれないし、彼女のからぬ計画が新展開を迎えそうだし。これまで誰かといっしょに探険したことはない。なんだか……わくわくする。彼女はぎごちなくあたりを見まわしたが、もう心は決まっていた、そうだろう？「わかったわ。でもどうやってなかに入るかはわかってないの。もう本館を何カ月も歩きまわってるのに」

「本館？　それがあの大きい建物の名前なのね？　うん、それはそうだろうと思う——簡単には入れないはずよ。もしかしたら、前は入り口があったけれど、いまは閉ざされているとかね」ダマヤはぼうっと見つめるばかりだ。ビノフは顎をさすっている。「でも、どこを見ればいいか見当はつくわ。古い設計図を見たことがあるの……。うん、とにかく建物の南側にあるはずよ。一階に」

あいにくそれは使われていない翼棟ではない。だが、「いき方はわかるわ」というと、ビノフの顔が輝いた。それを見てダマヤも心が躍る。

ダマヤはビノフを連れて、いつも通る道筋をいつものように進んでいく。緊張しているせいか、いつもより人に見られている気がする。二度見されることも多い。噴水のところで教官の方鉛鉱《ガリーナ》——酔っ払っているところを彼に見つかったことがあるが、彼が報告せずにいてくれたおかげで命拾いした——そのガリーナを見かけたのだが、彼は同僚とのおしゃべりにもどる前にはっきりと笑顔を見せた。ダマヤはそのときはじめて、みんながどうしてちらちら見るのか気がついた——みんないつもうろついている無口で変わり者のグリットのことを知っているからだ。たぶん噂かなにかでダマヤのことを聞いたことがあって、その子がついに誰かといっしょにいるものだから、よかったと思っているのだろう。友だちができたと思っているのだ。真実がここまでおもしろみに欠けるものでなければ、ダマヤも笑っていたことだろう。

「ふしぎだわ」小庭園の黒曜石の小道を歩きながら、ビノフがいう。

「なにが?」

「うーん、みんなにばれちゃうんじゃないかとずっと思っているんだけど、誰も気がつかないみたいだから。ここにいる子どもはわたしたちだけだっていうのに」

ダマヤは肩をすくめて歩きつづける。

「誰かに声をかけられて、いろいろ聞かれるとか、なにかあるのがふつうでしょ。なにか危ないことをしでかすかもしれないんだから」

ダマヤは首をふる。「どっちかが怪我をしても、出血多量で死ぬ前に誰かが見つけてくれれば、病院へ連れていってもらえるわ」そうなったらダマヤの成績記録には指輪試験を受けられなくなるかもしれない評価が記されることになるだろう。いましていることすべてが障害になる。ダマヤは溜息《ためいき》をつく。

「それはすてき」ビノフがいう。「でも子どもが怪我しそうなことをする前に止めてくれるほうがいいんじゃないかな」

ダマヤは芝生の小道のまんなかで足を止めてビノフをふりかえる。「あたしたちは子どもじゃないわ」苛立《いらだ》たしげにいうと、ビノフは目をぱちくりさせる。「あたしたちはグリット——訓練中の帝国オロジェンよ。あなたはいまそういう格好をしているから、みんなあなたのことをグリットだと思っている。オロジェンが二人、怪我をしようとなにしようと、誰も気にもとめないわ」

ビノフはダマヤを見つめている。「ふうん」

「あなた、しゃべりすぎよ。グリットはそんなにしゃべらない。リラックスするのは寮のなかだけ、それも近くに教官がいないときだけよ。グリットのふりをするなら、ちゃんとやって」

「はいはい、わかりました！」ビノフはダマヤをなだめるように両手をあげる。「ごめんなさい、わたしはただ……」ダマヤがにらみつけると、ビノフはくしゃっと顔をしかめた。「そうよね。おしゃべりはもうおしまい」

ビノフが口をつぐんだので、ダマヤはまた歩きだす。

二人は本館にたどりつき、いつもダマヤが使っているルートでなかに入る。ただし今回はなかに入ると左ではなく右に曲がり、上にのぼる階段ではなく下におりる階段をめざす。こっちの廊下は天井が低くて、壁にはこれまで見たことのない装飾がほどこされている。気持ちのいい人畜無害な風景を描いた小さなフレスコ画が等間隔で描かれているのだ。しばらく進むと、ダマヤは不安になってきた。これまで探険したことのない、足を踏み入れたくなかった翼棟にどんどん近づいていくからだ——守護者の翼棟に。「南側のどこにあるの？」

「え？」あたりをきょろきょろ見まわすのに夢中のビノフは——その姿はしゃべりっぱなしのときよりも目立っているのだが——びっくり顔でダマヤを見て目をぱちくりさせている。「あ、それは……南側のどこかよ」ダマヤににらまれて、ビノフは眉根を寄せる。「そんなのわからないわよ！　わかっているのはそこにドアがあったということだけ。いまはもうないとしても、前はあったの。あなたは——」指をくねくねさせる。「オロジェンはそういうことができるはずでしょ」

「なにが？　ドアを見つけることが？　地面の下にあるんじゃなかったら、できないわよ」だが、そういいながらダマヤはふと顔をしかめる。なぜなら……。推理を働かせれば、どこにドアがあるのか地覚に近いことができるのだ。荷重のかかった壁は基岩によく似ているし、ドアは地層の裂け目のように感じられる——地面にかかる建物の圧力がほかより小さい場所として感じとれる。もしこの階のどこかにあるドアが覆い隠されているとしたら、ドア枠もはずされてしまっているのだろうか？　たぶんそうだろう。でも、その箇所はまわりの壁と感触がちがうのではないだろうか？

彼女はもう、制御できるゾーンをのばそうとするときにやるように両手の指をひろげて、まわしはじめている。〝実用〟訓練では地中にマーカーが埋めてある——ひとつの面に言葉が彫りこまれた大理石のブロックだ。ブロックを見つけるだけでなく言葉まで読みとるにはかなり繊細な制御力が必要で、たとえていえば本を開いて印刷インクの部分とインクがのっていない部分との微妙な味のちがいを感じとり、なにが書いてあるのか読みとるようなものだ。だが彼女は教官が厳しい目で見守るなか、この訓練を何度も何度も何度もくりかえしてきているから、ここでもそれが役に立つにちがいないと思い当たったのだ。

「オロジェニーを使っているの？」ビノフがせっつくようにたずねる。

「そう、だからまちがってあなたを凍らせてしまわないうちに黙っててちょうだい」地覚するのはオロジェニーではないから人を凍らせる危険はないのだが、ありがたいことにビノフはおとなしくしたがってくれた。ダマヤとしては静かにしていてくれれば、それだけで助かる。

ダマヤは建物の壁を探っていく。しっかりした掛布団のような岩と比べると壁は力の影のようだが、細心の注意を払えば突きとめられるはずだ。そして建物の内壁のここにもそこにもそっちにも、例の隠し部屋を囲むかたちで感じられる――壁が……途切れているところが。ダマヤは大きく息を吸って、目を開ける。

「で？」ビノフがごくりと唾《つば》を飲む。

ダマヤは壁沿いにどんどん歩いていく。そしてめざす場所で立ち止まる。そこにはドアがある。ふつうに使われている翼棟でドアを開けるのは危険だ――たぶん誰かの仕事部屋だろう。廊下は静かで人影もないが、いくつかのドアの下から明かりが洩《も》れているということは、こんな時間でもまだ働いている者が何人かいるということだ。ダマヤはまずノックしてみた。返事がないので、深呼吸してドアが開くかどうか試す。鍵がかかっている。

「ちょっと待って」ビノフがポケットを探って、なにやら取りだす。ダマヤがフルクラムにくる前、家の農園に生えていたクルゲナッツの殻をはずすとき使っていた道具に似ている。「本でやり方を読んだことがあるの。単純なやつだといいんだけど」ビノフは道具を鍵穴に突っこんでカチャカチャ動かしている。真剣に作業に集中している顔つきだ。

ダマヤはさりげなく壁によりかかり、耳と地覚器官を使って足音や近づいてくる声の振動――もっと悪くすれば近づいてくる守護者が発するバズ音――をキャッチしようと神経を研ぎ澄ませて、待つ。だが、もうとっくに執務時間はすぎているからいくら仕事熱心な者でも執務室で寝ようとしているか、自室にもどっているかしているにちがいない。だから邪魔は入らないだろうが、ビノフが道具と格闘している時間がいくらなんでも長すぎる。

「もういいわ」じりじりしながら永遠と思えるほど待ってから、ダマヤはいった。万が一、誰かがやってきて見つかってしまったらごまかしがきかない。「あしたまたきて、もう一度――」

「それは無理」ビノフがいう。汗をかいているし、手が震えている。いい徴候とはいえない。「乳母たちをまいて抜けだせるのはひと晩だけ。おなじ手は使えないわ。さっき、うまくいきそうだったの。もう少しだけ待って」

というわけでダマヤは不安をつのらせながら待つ。と、ついにカチッという音と、ビノフが驚いて息を呑む音が聞こえた。「いけた？　いけたみたいよ！」試してみると、ドアは静かに開いた。「屁《へ》っこき地球、開いたわ！」

ドアの向こうは思ったとおり誰かの仕事部屋だった——デスクがひとつ、背もたれの高い椅子が二つ、壁際には本棚が並んでいる。デスクはかなり大きめで、椅子はとても手が込んだつくりだ——誰だか知らないが、ここで仕事をしているのは重要人物にちがいない。長い年月を経ていまなお使われている部屋を見て、ダマヤは違和感を覚える。これまで古い翼棟のいまは使われていない仕事部屋ばかり見てきたからだ。ほこりひとつないし、薄暗くだがランタンが灯っている。奇妙な感じだ。

ビノフは室内を見まわして顔をしかめている——どこにもドアはなさそうなのだ。ダマヤは彼女の横をすり抜けてクローゼットらしきもののほうへ歩み寄り、扉を開ける——ほうきとモップがあり、予備の黒い制服がさがっている。

「これがそうだっていうの?」ビノフが責めるような口調でいう。

「ちがうわ」ダマヤにはわかっている。地覚できるのだ。この部屋は奥行がなさすぎる。建物の厚みを考えると、ドアから奥の壁までの距離が短すぎる。クローゼットの厚みはその差を埋めるほどではない。

ダマヤはおずおずとほうきの奥に手をのばして壁を押してみる。なにもない——硬い煉瓦《れんが》だ。まあいい。一案を試しただけだ。

「ああ、そうよね」ビノフが割りこんできて制服を押しのけ、クローゼットの壁をそこらじゅう探りはじめる。「こういう古い建物には隠し扉があるものよね、貯蔵庫やなにかに通じているような——」

「フルクラムには貯蔵庫はないわ」ダマヤはそういいながら目をしばたたかせる。これまでこのことを考えたことがなかったからだ。〈季節〉がきたら、みんなどうするつもりなのだろう？　どういうわけか、ユメネスの住人がオロジェンに食料を分けてくれるとは思えない。

「ああ。そうなの」ビノフが眉をひそめる。「でも、フルクラムといったって、ここはユメネスだもの。物事にはかならず――」

ビノフが凍りついた。目を大きく見開いている。指先がゆるんだ煉瓦にひっかかったのだ。彼女はにやりと笑って煉瓦の片端を押す。もう片方の端が飛びだしてくる。それをくりかえして、ビノフは煉瓦をはずした。奥には鋳鉄製らしいドアノブがある。

「かならず裏があるのよ」ビノフがつぶやく。

ダマヤはどういうことかと思いながら、近寄る。「引いてみて」

「やっとあなたも興味が湧いてきた？」そういいながらビノフはドアノブに手をかけてぐいっと引っ張る。

クローゼットの奥の壁がドアのように開く。その奥には壁とおなじ煉瓦づくりの空間がある。狭いトンネルはすぐに曲がっていて、その先は闇のなかに消えている。

ダマヤもビノフもなかをのぞきこんだままだ。どちらも一歩踏みだそうとはしない。

「なにがあるのかしら？」ダマヤがささやく。

ビノフはくちびるを舐《な》めて暗いトンネルをのぞきこむ。「さあ、なんだろう」

「ナンセンス」大人の指輪持ちのような口のきき方をするのは気恥ずかしいがぞくぞくする。

「あなたはなにかを見つけるためにここにきたんでしょ」

「とにかく見にいきましょう――」ビノフはダマヤを押しのけようとしたが、ダマヤに腕をつかまれてしまった。ビノフはびくっとしてつかまれた腕をこわばらせ、まるで侮辱されたかのようにその腕を見ている。ダマヤは一歩も引かない。

「だめよ。なにを探しているのか話して。でないと、あなたをこのドアの奥に閉じこめて、揺れを起こして壁を崩して外に出られないようにするわよ。それから守護者に知らせる」はったりだ。守護者の鼻先で許可なくオロジェニーを使って、そのことを守護者に報告するなど、〈父なる地球〉上でいちばん愚かなこと。だがビノフはそのことを知らない。

「いったでしょ、知っていいのは〈指導者〉だけなのよ！」ビノフはダマヤの手をふりはらおうともがく。

「あなたは〈指導者〉でしょ。ルールを変えればいいじゃない。それもあなたたちの役目なんじゃないの？」

ビノフは目をしばたたき、じっとダマヤを見つめる。そして長いこと沈黙していたが、やがて溜息をつき、目をこすった。細い腕から力が抜けていく。「わかった。いいわ」深々と息を吸いこむ。「フルクラムの中心部には、あるものが、人工遺物があるの」

「人工遺物ってどういう種類の？」

「それはよくわからないの。ほんとよ！」ビノフが両手をあげた拍子にダマヤの手をふりはらうかたちになったが、ダマヤはもうつかまえようとはしない。「わたしが知っているのは……

歴史上のことでなにか欠けている部分があるということだけ。穴があるの、隙間が」

「え？」

「歴史に穴があるのよ」ビノフはそのことに大変な意味があるとでもいいたげにダマヤをにらみつける。「ほら、先生に教わったでしょ？　ユメネスの成り立ちについて」

ダマヤは首をふる。ユメネスについて託児院で教わって覚えていることといったらユメネスは古サンゼ帝国の最初の都市だということだけで、成り立ちについて習った記憶はない。たぶん〈指導者〉はもっといい教育を受けているのだろう。

ビノフは目をぐるりとまわしながらも説明をはじめた。「あるとき〈季節〉がやってきたの。帝国ができる直前の〈放浪の季節〉よ。そのときは北のほうが突然、動いて、作物がとれなくなってしまったの。鳥や虫が作物を見つけられなかったからよ。そのあとはほとんどの地域が将軍たちに支配されるかたちになった——〈季節〉のあとはいつもそういうことが起きるの。その頃は、人々の道しるべになるものは石伝承しかなくて、あとは噂と迷信。この地域に長いこと人が住まなくなってしまったのは迷信のせいだったの」ビノフは下を、足元を指差している。「ユメネスは都市をつくるには最適の場所だった——気候はいいし、プレートのまんなかあたりにあるし、川や湖はあるけれど海からは遠いし、いいことずくめ。でも人々はこの場所を恐れていた。長いことずっと。理由はここになにかがあったから」

そんな話、ダマヤは聞いたことがなかった。「なにが？」

ビノフは苛立ちをあらわにした。「だからそれを探してるんじゃない！　それこそが欠けているものなの。帝国の歴史は〈放浪の季節〉のあとに、世にひろまったの。そのあと〈狂気の季節〉がやってきて、ヴェリシェ将軍が――ヴェリシェ皇帝、初代皇帝――がサンゼ帝国を興した。彼女はみんなが恐れていたこの場所で帝国を興して、みんなが恐れていたもののまわりに都市を建設したの。当時はそれが、ユメネスの安全を守るのに大きな役割を果たしたわけ。その後、帝国の基盤がもっとしっかりしてから、〈歯の季節〉と〈息切れの季節〉のあいだのどこかの時点でフルクラムがここにつくられた。あえてここに。みんなが恐れていたものの真上にね」

「でもなにを――」ダマヤはそこで言葉を切る。やっと話が見えてきたのだ。「みんながなにを恐れていたのか、歴史には書かれていないのね」

「そのとおり。それがこのなかにあるんじゃないかと思うんだよね」ビノフが開いたドアの向こうを指差す。

ダマヤは眉をひそめる。「どうして〈指導者〉にしか知らされていないの？」

「それはわからない。だからわたしはここにいるの。さあ、いっしょにくるの、こないの？」

答える代わりに、ダマヤはつかつかとビノフのまえに出て煉瓦づくりの通廊に向かう。ビノフは悪態をつきながら小走りであとを追い、結果として二人はいっしょに通廊に入ることになった。

トンネルのような通廊は真っ暗な広い空間に通じていた。ダマヤは空気感とひろがりの変化に気づくと同時に足を止める――漆黒の闇のなかだが、行く手の地形は感じとれる。ダマヤは、暗闇のなかなのにつまずきながらも決然と進んでいくビノフ——ばかな子——をつかまえて、「待って。この先の地面は圧縮されているわ」と小声でささやく。暗闇のなかではささやくのが人の常。その声がこだまする——こだまが返ってくるのに少し時間がかかるということは、ここが大きな空間だということだ。

「圧——なに？」

「圧縮」ダマヤは説明しようとしたが、スティルに説明するのは何度やってもむずかしい。オロジェンなら誰でもわかっていることだから、すぐ通じるのだが。「つまり……ここにはなにかすごく重いものがあったってこと」山のように重いものが。「地層がひずんでいるし——陥没もある。大きい穴。落ちちゃうわよ」

「錆《さ》びクソ」ビノフがつぶやく。荒っぽいグリットたちが、教官がいないときにもっとひどい言葉を使うのを聞いたことはあったが、ダマヤはあやうく身をすくめそうになった。「明かりがいるわね」

行く手に、ひとつまたひとつと明かりが灯りはじめた。ひとつ灯るたびにカチッと小さな音が聞こえて、その音もまたあたりにこだまする。足元に小さくて丸い白い明かりがつき、左右二本の線になって、二人が進むにつれて先へ先へとのびていく。やがてもっと大きい長方形の淡黄色の明かりが灯りはじめる。足元の明かりから外側へとひろがっていく。黄色いパネルがつぎつぎに稼働してひろがり、ゆっくりと巨大な六角形をかたちづくりながら二人が立っている空間を照らしだしていく——六面の壁に囲まれた、洞窟のような大広間で、上は本館の屋根と思われるものでふたをされている。天井はあまりにも遠いので、かろうじて放射状にのびる骨組みが見えるだけだ。壁は本館のほかの部分とおなじなんの変哲もない石でつくられていて、これといった特徴はないが、この部屋の床の大半はアスファルト、あるいはアスファルトらしきもの——なめらかで、石のようだが石ではなく、少し肌理《きめ》が粗くて耐久性にすぐれているもの——で覆われている。

しかしその中央には、たしかに窪みがある。窪みというのは控え目な表現だ——実際は先へいくほど細くなっていく大きな縦穴で、複数の面があり、角は鋭利に尖《とが》っている。面と角の数は六つ。ダイヤモンドのカットを思わせる美しさ。「邪悪な地球」黄色い光を受けて縦穴の形がくっきり浮かびあがる位置までじりじり近づきながら、ダマヤはつぶやく。

「うん」ビノフがいう。ダマヤ同様、畏敬の念に打たれているようだ。

この穴、深さが何階分もあるし、勾配が急だ。もし落ちたら、斜面をゴロゴロ転がって、底に着いたときには身体中の骨が折れてしまっているにちがいない。だが、ダマヤとしてはその形がどうにも気になってしかたがない。きれいに面取りされているからだ。しかもいちばん底まできれいに先細る形になっている。誰もこんな形の穴は掘らない。どうしてこんな形にしたのだろう？　底まで届く梯子《はしご》があっても外に出てこられないような気がする。

だがそうなると、誰もこの穴を掘っ̀て̀い̀ないということになる。それは地覚できる——なにかとてつもなく巨大なものが大地に激突してこの穴をうがち、その下の岩や土がこのなめらかな美しい平面になるまでしっかりと固まってしまうほど長い時間、この窪みにいすわっていた。

そして、なんにせよその物体は、金属皿からロールパンが離れるようにするりと、それ自身の形だけを残して上昇していった。

だが待てよ——穴の壁は完璧になめらかというわけではない。ダマヤはしゃがみこんで穴をまじまじと見る。ビノフは隣で、ただじっと見つめている。

ほら——なめらかな斜面から、細い、かろうじて見える程度の尖ったものが無数に突きでている。針だろうか？　それはなめらかな斜面に走る細かいひびからランダムに、植物の根っこのように生えている。針は鉄製だ——鉄錆《てつさび》の匂いがする。ダマヤはさっきの推測を取り消す——もしこの穴に落ちたら、底に着くずっと前にずたずたに引き裂かれてしまうにちがいない。

「これは予想してなかったな」ビノフがやっと口を開いた。畏敬の念からか恐怖からか、声をひそめている。「いろいろ考えたけれど……これは」

「なんなの？」ダマヤはたずねた。「なんのためのものなの？」

ビノフはゆっくりと首をふる。「それはね——」

「秘密よ」うしろから声がして、二人は跳びあがり、あわててふりむく。ビノフよりも穴の縁に近いところに立っていたダマヤは、よろめいた瞬間、くらっとめまいがして絶対に穴に落ちると確信した。実際、彼女は身体の力を抜いていて、まえかがみになるとかバランスを立て直すとか、落ちない可能性が少しでもあったらとっていたはずの行動をいっさいとらなかった。身体がずっしりと重くて、うしろでは穴が大口を開けている。もう避けようがない。

そのときビノフが彼女の腕をつかんでまえへ引っ張った。そして彼女はふいに、穴まではたっぷり二、三フィートもあることに気づいた。自分から落ちる気にでもならないかぎり落ちるはずはないのだ。あまりにもふしぎな感覚だったので、どうして落ちそうになったのかあやうく忘れるところだったが、そこへ通路から守護者が姿をあらわした。

背が高くてがっしりした女性で、肌はブロンズ色。灰噴《はいふ》き髪を剛毛でできた縁なし帽のように刈りこんでいて、ある種、彫刻のような美しさがある。シャファより年上という気もするが、よくわからない——肌はきれいだし、蜂蜜色の目の縁にカラスの足跡はない。ただ……貫禄は彼女のほうが上だ。そして彼女の微笑《ほほえ》みは、ダマヤがこれまで見てきた守護者たちのそれとおなじで、温和さと威嚇が共存していて、人の気力を奪う力がある。

ダマヤは考える——彼女を恐れなければならないのは、彼女がわたしを危険だと判断したときだけよ。

だが、そう考えたら疑問が湧いてきた——いってはいけないとわかっている場所にいくオロジェンは危険なのではないだろうか？　ダマヤはくちびるを舐めて、怖がっているふうに見えないようにしようと頑張る。

ビノフはそんなことはおかまいなしに、ダマヤから守護者へ、穴へ、そしてドアへと視線を走らせている。ダマヤはばかなことはするなといってやりたかった——たぶんビノフは逃げようと考えているにちがいない。ここに守護者がいるというのに。だがビノフはオロジェンではない——たとえばかなことをしても、それで助かるということもありうる。

「ダマヤ」これまで一度も会ったことがないのに、守護者はそう呼びかけた。「シャファが知ったら、がっかりするでしょうね」

「この人はわたしといっしょにきたんです」ダマヤが口を開く前にビノフがしゃべりだす。ダマヤは驚いてビノフを見るが、ビノフはもうしゃべりだしているし、その勢いからして彼女を止めるすべはなさそうだ。「わたしがここに連れてきたんです。いっしょにこいといったんです。彼女は、わたしが教えるまでドアのこともこの――場所――のことも知らなかったんです」

嘘だ、とダマヤはいいたかった。この場所があることは予想していたからだ。ただどう見つければいいのかわからなかっただけだ。守護者は興味津々という顔つきでビノフを見ている。これはいい徴候だ。まだ誰の手も折られていないのだから。

「で、あなたは？」守護者がにっこり微笑む。「オロジェンではないようね、制服は着ているけれど」

ビノフはビクッと小さく身を震わせる。迷子のグリットを演じていたことを忘れていたようだ。「ああ。えーと」背筋をのばして顎をあげる。「わたしはビノフ〈指導者〉ユメネスです。侵入したことについてはお詫《わ》びしますが、ひとつ質問があるのでお答えください」

ダマヤはふいにビノフのしゃべり方がこれまでとはちがっていることに気づく――間の取り方が一定で、声は安定しているし、態度は傲慢というのではなく重みを感じさせる。まるで世界の運命が彼女の質問にたいする答えが返ってくるかどうかにかかっているかのような口調。自分は気まぐれでなにか信じられないほど愚かなことをしてやろうと思い定めた、権力者一族の甘やかされて育った娘などではない、とでもいいたげな口調だ。

守護者の女が固まった。微笑みが一瞬薄れ、首を傾げて瞬《まばた》きしている。「〈指導者〉ユメネス？」一転、笑顔になる。「なんてすばらしい！　こんなに若いのに、もうコム名を持っているなんて。ようこそいらっしゃいました、ビノフ〈指導者〉。くるといっておいてもらえれば、見たいものを見せてさしあげたのに」

ビノフは叱責されてほんの少したじろいでいる。「自分で見たかったものですから。賢明とはいえませんよね――でも両親はもうわたしがここにきていることに気がついていると思いますから、遠慮なく話してくださってかまいません」

頭がいい。ダマヤはそう気づいて驚く。これまでビノフのことをそんなふうに思ったことはなかったからだ。自分がどこにいったかほかの人間が知っていることをさりげなく話すなんて、なかなか抜け目がない。

「ではそのように」女はそういって、こんどはダマヤに笑顔を向ける。ダマヤの胃がぎゅっと縮む。「それからあなたの守護者にも話します。そしてみんなでお話ししましょう。すてきでしょう？　すてきだわ。さ、どうぞ」女は一歩、脇に寄って軽く頭をさげ、二人に先にいくようにうながす。いかにも礼儀正しそうだが、これが体《てい》のいい命令であることは二人ともわかっている。

女は二人を連れて部屋の外へ出る。三人そろって煉瓦づくりの通路を歩きだすと、背後で明かりがつぎつぎに消えていく。ドアを閉め、仕事部屋の鍵をかけ、守護者の翼棟に入ると、女がダマヤの肩に触れてダマヤの足を止めた。ビノフはそのまま一、二歩、歩きつづける。そしてビノフが足を止めて怪訝《けげん》そうに二人を見ると、女はダマヤに「ここで待っていてちょうだい」といってから、ビノフのもとへ歩み寄る。

ビノフはダマヤを見ている。目でなにかを伝えようとしているのだろう。しかしダマヤは視線をそらせてしまい、けっきょくなにも伝わらぬまま、女はビノフを連れて廊下の奥へ進んでいき、ドアが閉まる。ビノフにはもう充分に傷つけられた。これ以上はごめんだ。

ダマヤは、いうまでもなく、おとなしく待った。彼女はばかではない。彼女が立っているのは、人々が忙しく立ち働く区画に通じるドアのまえだ――こんな時間にもかかわらず守護者たちが入れ代わり立ち代わりあらわれては、彼女を見ていく。彼女のほうは視線を返さない。守護者たちはその態度をよしとしているようで、誰ひとり彼女にかかずらう者はいない。

しばらくするとあの穴の部屋でダマヤたちをつかまえた女がもどってきて彼女の肩にそっと手を置き、ドアの奥へと導く。「さあ、ちょっとお話ししましょうか。シャファにはきてくれるよう使いを出しました――さいわい、いまはちょうどユメネスにいるのでね。いつもなら巡回に出ているのだけれど。でも彼が到着するまでのあいだ……」

ドアの向こうは絨毯《じゅうたん》を敷き詰めた広々とした空間で、たくさんの小さなデスクが整然と並んでいる。人がいるデスクもあればそうでないところもある。そのあいだを動きまわっている人人は黒とバーガンディの制服姿だ。ごく少数、制服ではない一般人の格好をした人々もいる。ダマヤがそのすべてを魅入られたように見つめていると、女が彼女の頭に手を置いて、やさしく、しかし容赦なく、くるりと頭の向きを変える。

ダマヤが連れていかれたのはこの部屋の奥にあるこぢんまりとした個人用の仕事部屋だった。だがここのデスクにはなにものっていない。部屋自体、ふだんは使われていないようだ。デスクをはさんで椅子が二つあるので、ダマヤは客用のほうに腰をおろす。

「すみませんでした」女がデスクの向こう側にすわると、ダマヤはいった。「考えが、考えが足りませんでした」

女は、たいしたことではないとでもいうように首をふっている。「どれかひとつでも触った？」

「え？」

「ソケットのなかのものよ」守護者の女はまだ微笑んでいるが、かれらはいつも微笑んでいるからなんのヒントにもならない。「ソケットの壁から突きでているものがあったでしょ。なんだろうと思わなかった？　あなたが立っていたところから腕をのばせば届くくらいのところにひとつあったのよ」

ソケット？　ああ、穴と、壁から突きでていた鉄の小さな針のことか。「いいえ、ぜんぜん触っていません」なんのソケットだろう？

女が椅子に浅くかけ直すと、その顔からふいに笑みが消えた。しだいにではなく、いっきに。代わりに渋い顔になるわけでもない。あらゆる表情が消えてしまっている。「なにか話しかけてこなかった？　あなたはそれに答えたんじゃないの？」

なにかがおかしい。ダマヤは瞬間的に、本能的にそう感じて、言葉を失う。女の声さえ、これまでとはちがう――より低く、静かに、ほとんど押し殺したような声になっている。まるで人に聞かれては困ることを話しているかのようだ。

「なんといわれたの？」女が手を差しだしてきたのでダマヤも従順にすぐさま手を出したが、したくてやっているわけではない。守護者にはしたがわねばならないからそうしただけだ。守護者の女はダマヤの手を取ると、てのひらを上にして持ち、親指で長いしわをなではじめる。生命線だ。「話してごらんなさい」

ダマヤはさっぱりわけがわからずに首をふる。「なにがなにをわたしにいったというんですか？」

「怒っている」女の声がさらに低く、一本調子になっている。ダマヤは気づいた。女は人に聞かれまいとしているのではない。声が変わったのは、彼女の声ではなくなってしまったからだ。「怒っている。そして……怖がっている。怒りと恐怖がつのって、大きくなっていくのが聞こえる。帰還のときに向けて、準備している」

まるで……まるでこの守護者のなかに誰かべつの人間がいるような、そしてそいつが守護者の顔も声もなにも使わずにしゃべっているような。だが、そうしてしゃべっているあいだに、ダマヤの手を取っている女の手に力がこもってきた。女の親指は、一年半前、シャファが骨折させたまさにその部分に置かれていて、ぎりぎりと圧迫してくる。ダマヤは心のどこかでまた傷つけられるのはいやだと思いながら、気が遠くなっていくのを感じる。

「なんでもお話ししますから」とダマヤはいってみたが、女は力をゆるめようとしない。なにも聞こえていないかのようだ。

「この前はやるべきことをやった」圧迫がさらに強まる。この守護者はシャファとちがって爪を長くのばしている――親指の爪がダマヤのてのひらに食いこんでくる。「壁からしみだしてかれらの純粋な創造物を汚染し、かれらに搾取されないうちにかれらを搾取した。そして深遠なる結合がなされると、それを制御することになる者たちを変化させ、かれらを宿命の鎖でつないだ」

「お願いです、やめて」ダマヤはささやく。てのひらから血がにじんでいる。ダマヤが懇願するのとほぼ同時に、誰かがドアをノックした。が、女はどちらも無視している。

「それはかれらを自身の一部にした」

「なんのことだかわかりません」ダマヤがいう。痛い。痛い。彼女は震えながら骨が折れる瞬間を待っている。

「それは親交を願った。歩み寄りをもとめた。しかし戦いは……拡大していった」

「意味がわかりません！　なんの話なのかわからない！」守護者にたいして声を張りあげるのはまちがいだ。それは重々わかっている。それでもこれはおかしい。シャファは、正当な理由がないかぎり彼女を傷つけることはないと約束してくれた。守護者はみんなこの方針に基づいて行動している――ダマヤはかれらの、ほかのグリットや指輪持ちのオロジェンとのかかわり方を見て、そう実感している。フルクラムの生活には規律というものがある。この守護者はそれを破っている。「放して！　なんでもいわれたとおりにしますから、早く放して！」ドアが開いてシャファが飛びこんできた。ダマヤははっと息を呑むが、シャファは彼女を見ていない。彼の視線はダマヤの手を握っている女をとらえている。彼はにこりともせずに女の背後に立って、こういった。「ティーメイ、自分を制御しろ」

ティーメイは留守よ、とダマヤは心のなかでつぶやく。

「いまは、それが語るのは警告の言葉だけだ」女は一本調子で話しつづける。「つぎは歩み寄りはない――」

シャファが小さな溜息をついてティーメイの後頭部に指を突っこむ。

ダマヤの位置からは最初は彼がなにをしたのかわからない。ただ、彼が急に動いたと思うと、ティーメイの頭ががっくりとまえに倒れた、それだけだった。ティーメイの喉から耳障りな、下品といわれそうな音が洩れ、目が大きく見開かれる。シャファが無表情に腕をひねると同時に、ティーメイの首筋からたらりとひと筋、血が流れだし、上着にしみこんでポタポタと膝に落ちはじめる。ダマヤの手をつかんでいたティーメイの手から急に力が抜けて、表情がだらりとゆるむ。

ダマヤは悲鳴をあげていた。シャファがふたたび手をひねり、鼻孔をふくらませてなにやら力をこめ、やがてまぎれもなく骨が砕けて腱《けん》が切れる音が響く。ダマヤは悲鳴をあげつづけている。シャファが親指と人差し指でなにか小さなものをつまみあげる。べっとりと血にまみれていて、なんなのかはわからない。そのときティーメイがまえのめりに倒れた。ダマヤの目に、女の頭蓋骨の基底部の凄惨な傷が飛びこんでくる。

「静かにしなさい」シャファにやさしくいわれて、ダマヤはぴたりと口を閉じる。

もうひとり守護者が部屋に入ってきた。ティーメイを見、シャファを見て、溜息をつく。

「残念だな」

「非常に残念だ」シャファはそういってティーメイから取りだした血まみれのものを男にわたす。男は両手で椀《わん》をつくって慎重に受け取る。「片付けてほしいんだが」シャファがティーメイの死体を顎で指す。

「了解」男がシャファがティーメイから取りだしたものを持って部屋を出ると、こんどは二人の守護者が入ってきて、さっきの男とおなじように溜息をつき、ティーメイの死体を椅子から持ちあげる。そしてひとりがハンカチでデスクの血痕をきれいにふきとり、二人で死体をひきずっていく。じつに効率的だ。シャファがティーメイのすわっていた椅子に腰をおろしたので、ダマヤはぐいっと視線をあげて彼を見つめた。そうしなければならないからだ。二人はしばらく黙って見つめ合う。

「どれ、見せてごらん」シャファがやさしくいい、ダマヤは手を差しだす。驚いたことに、震えていない。

シャファは左手でダマヤの手を取る。ティーメイの脳幹を引きちぎったのは右手だから、左手はきれいだ。彼はダマヤの手を裏返したりしてようすをたしかめ、三日月形の傷を見て顔をしかめる。ティーメイの親指の爪が皮膚に食いこんでいた箇所だ。ダマヤの手の端から血が一滴、デスクの、さっきまでティーメイの血で汚れていた場所に滴り落ちる。「よかった。もっとひどいことになっているのではないかと思っていたんだ」

「な——」ダマヤはしゃべりはじめたものの、それ以上、言葉が出てこない。

シャファは微笑んでいるが、悲しみに縁取られた微笑みだ。「見てはいけなかったものだ」

「なに」これだけいうのに十指輪持ちほどの力が必要だった。

シャファは一瞬、考えてから話しはじめる。「おまえも気づいているとおり、われわれ——守護者——は……おまえたちとはちがう」どれほどちがうかを思い起こさせるかのように、彼は微笑む。守護者はみんな、よく微笑む。

ダマヤは黙ってうなずく。

「ある……処置を受けているんだ」彼は一瞬、彼女の手を放し、自分の後頭部に手をまわして黒い長髪の下を触る。「あることをして、われわれはいまのわれわれになっている。移植だ。それがたまにおかしくなって、おまえが見たとおり、取り除かなければならないことになる」彼は肩をすくめる。右手はまだ血まみれだ。「守護者と担当するオロジェンたちとのつながりは最悪の事態をぎりぎりで避けるために欠かせないものなのに、ティーメイはそのつながりがじわじわと蝕まれていくのを放置していた。愚かなことだ」

北中緯度地方のうすら寒い納屋《なや》——まぎれもない愛情を感じた瞬間——ダマヤの頭蓋骨の根元に触れた二本の温かい指。やることをやっておかないとな、と彼はいった。わたしを居心地よくさせてくれるなにか。

ダマヤはくちびるを舐める。「あの、あの人。なにかいってました。なんだか。わけのわからないこと」

「一部は聞いた」

「あの人は。あの人じゃなかった」わけがわからないことをいっているのは、いまやダマヤのほうだ。「あの人は、それまでのあの人じゃなかった。つまり別人になっていた。しゃべり方が……誰かべつの人がそこにいるみたいで」彼女の頭のなか。彼女の口のなか。そこを通してしゃべっていた。「ソケットのことをずっといってました。それから、〝それ〟が怒っているって」

シャファが首を傾げる。「〈父なる地球〉のことだ、もちろん。よくある妄想だ」

ダマヤは目をぱちくりさせる。どういうこと？　それが怒っている、って。どういうこと？

「そう、おまえのいうとおりだ――ティーメイはもはやそれまでのティーメイではなかった。彼女がおまえを傷つけてしまったことは申し訳なく思う。あんなものを見させてしまったことも申し訳ない。すまなかったな」彼の声には偽りのない後悔の念がこもっている。表情には深い思いやりがにじんでいる。だからダマヤはあの北中緯度地方の納屋での寒い暗い夜以来したことのなかったことをしてしまった――彼女は堰《せき》を切ったように泣きだしていた。

シャファはすぐに立ちあがってデスクをまわり、ダマヤのそばにやってくると彼女を抱きあげて椅子に腰をおろした。ダマヤは彼の膝の上で丸くなり、彼の肩に顔を埋めて泣いた。フルクラムの生活には規律というものがある。これもそのひとつ――守護者は、怒らせるようなことをしないかぎり、ロガにとって安全な居場所にもっとも近い存在なのだ。だからダマヤは長いこと泣いた——今夜、見てしまったもののせいだけではない。言葉にできないほど寂しかったから、そしてシャファが……なんといえばいいのだろう。シャファは彼女を愛してくれている。彼なりのやさしく空恐ろしいようなかたちで。彼女は彼の右手が尻につけた血糊《ちのり》も、頭蓋骨の根元に押し当てられた彼の指——相手を殺してしまえるほど強靭《きょうじん》な指——も眼中にない。大きなスケールで見れば、そんなものはどうでもいいことだ。

大泣きの嵐がおさまると、シャファはきれいなほうの手でダマヤの背中をなではじめた。

「気分はどうだ、ダマヤ?」

ダマヤは彼の肩に顔を埋めたまま動かない。彼は汗と革と鉄の匂いがする。彼女がこの先永遠に慰めと恐怖とともに思い出すことになるものの匂いだ。「大丈夫です」

「よし。わたしのためにしてほしいことがあるんだが」

「なんですか?」

彼は彼女を励ますようにやさしく抱きしめる。「これからおまえを廊下の先のある場所に連れていく。るつぼのひとつだ。おまえはそこで初指輪の試験を受けることになる。わたしのために、かならず合格してほしい」

ダマヤは瞬きし、眉根を寄せ、顔をあげる。彼がそっと微笑みかける。それで彼女はぴんときた。これはただのオロジェニーの試験ではない。なんだかんだいって、たいていのロガは練習や準備ができるよう、試験があることを前もって知らされるものだ。ところが彼女はいま、なんの前触れもなく、これから試験だといわれてしまった。なぜならこれが彼女にとって後にも先にも一度きりのチャンスだからだ。彼女は自分が規律にしたがわない、信用ならないロガであることを身をもって証明してしまった。だから自分が役に立つロガでもあることを証明しなくてはならないのだ。もしできなければ……。

「ダマヤ、おまえにはなんとしても生きていてほしい」シャファはおでこをダマヤのおでこにぴったりとつける。「おまえは特別な子だ。わたしの人生には死が多すぎる。たのむ——どうかわたしのために合格してくれ」

知りたいことは山ほどある。ティーメイはなんの話をしていたのか、ビノフはどうなったのか、ソケットというのはなんなのか、どうして隠してあるのか、去年、クラックになにがあったのか。なぜシャファはこうまでして自分にチャンスを与えてくれるのか。だがフルクラムの生活には規律というものがあって、そのなかでの彼女の位置は守護者の意思に疑問をさしはさめるようなものではない。

でも……。

でも……。

でも。彼女は頭をめぐらせてデスクに落ちた一滴の自分の血を見つめる。

これは正しくない。

「ダマヤ？」

正しくない。かれらが彼女にしていることは正しくない。この場所が壁のなかの誰も彼もにしていることは正しくない。彼女が生き残るために彼が彼女にやらせようとしていることは正しくない。

「やってくれるな？　わたしのために」

彼女はまだ彼のことが好きだ。それもまた正しくない。

「合格したら」ダマヤは目を閉じる。彼を見ていうことはできない。自分の目のなかにそれは正しくないという思いがあることを彼に見られてはならない。それを見られたら、なにもいえなくなってしまう。「わたし、わたし、ロガ名を決めました」

彼は言葉に気をつけろとたしなめたりはしなかった。「もう決めたのか？」うれしそうだ。「なににしたんだ？」

彼女はくちびるを舐める。「閃長石《サイアナイト》です」

シャファは椅子の背にもたれて感慨深げにいう。「いい名前だ」

「ほんとうですか？」

「もちろんだとも。おまえが選んだんだから。そうだろう？」彼は笑っている。善意の笑いだ。彼女の立場に立って笑っている。嘲笑《あざわら》っているのではない。「地殻構造プレートの端でできる石だ。熱と圧力が加わっても劣化しない。むしろ強くなる」

彼はまちがいなくわかってくれている。彼女はくちびるを噛《か》む。また涙が出そうになる。彼女が彼に愛を感じるのは正しくない。だが、世のなかは正しくないことだらけだ。だから彼女は涙を押し殺して覚悟を決める。泣くのは弱さの証《あかし》だ。泣くのはダマヤがしていたことだ。サイアナイトはもっと強くなる。

「やります」サイアナイトは静かにいった。「シャファ、あなたのために合格します。約束します」

「いい子だ」シャファはそういって微笑み、彼女を抱き寄せた。

§

（光輝を奪われしは）大地とあまりにも近くなりすぎた者たちだ。かれらはみずからを制しえず、他者を制することもない。

——銘板その二〝不完全な真実〟第九節

18　あんたは地下ですばらしいものを見つける

イッカはあんたを家のなかへ案内する。彼女と仲間たちが出てきた、その家だ。なかには家具が少しばかり。壁にはなんの飾りもない。床にも壁にも傷があり、あたりには食べ物と体臭の残り香——最近まで、たぶん〈季節〉がはじまるまで、誰かが住んでいた証拠だ。しかし家はいまは抜け殻。あんたたちはその抜け殻のなかを進んで地下室へのドアにたどりつく。階段の下にあったのは、大きななにもない部屋。明かりは木ピッチのトーチだけだ。

あんたが、イッカたちはたんに人と人にあらざる者とが寄り集まった風変わりな共同体というだけのものではないと気づくのはここから——地下室の壁が堅牢《けんろう》な花崗岩《かこうがん》でできているのだ。地下室をつくるだけのためにわざわざ花崗岩を切り出す者はいない。それに……それにあんたとしては誰かがこれを掘ったとも思えない。あんたは壁に近寄って触れてみる。そのあいだ、ほかの連中は誰ひとりとして動かない。あんたは目を閉じて感覚をのばす。たしかに、ここにはあんたにとって身近ななにかがある。どこかのロガが、あんたの想像を超える研ぎ澄まされた意志の力と集中力で、この傷ひとつないなめらかな壁をつくりあげたのだ。（といっても、あんたがこれまで地覚《ちかく》したなかでいちばん研ぎ澄まされた、というわけではない。）あんたはオロジェニーでこんなことができる者がいるなんて聞いたことがなかった。オロジェニーはなにかを築くためのものではないからな。

ふりむくと、イッカがあんたを見ている。「あなたの仕事?」

イッカはにっこり微笑《ほほえ》む。「いや。これもほかの秘密の入り口も何世紀も前からあるものだ。あたしが生まれるずっと前からね」

「ここのコムの人たちはそんなに昔からオロジェンといっしょに仕事をしていたの?」イッカはコムができたのはわずか五十年前だといっていた。

イッカが笑う。「いやいや、あたしがいってるのは、この世界はいくつもの〈季節〉を経て、たくさんの手から手へ受け継がれてきたってこと。あたしたちとちがって、オロジェンのうまい使い方をちゃんと知っていた連中も、なかにはいたってことだ」

「いまだって、ちゃんとわかっているわ」あんたはいう。「わたしたちの使い方は、みんな完璧に理解しているじゃないの」

「へぇえ」イッカは哀れむように眉根を寄せる。「フルクラム仕込みかい? あそこの訓練を無事生きのびたやつは、みんなそういうね」

この女、いったい何人のフルクラム仕込みのオロジェンに会ったことがあるのだろう、とあんたは思う。「そうよ」

「まあいい。あたしたちがその気になったらどれだけのことができるか見せてやるよ」イッカはそういうと数フィート先の壁にある大きな開口部を指差した。あんたはこれまで地下室全体の構造に気を取られていて、開口部があることに気づいていなかった。開口部の奥からはかすかに風が入ってきている。そして開口部の入り口にはぶらぶらしている者が三人、あんたを見ている。その表情には敵意や用心深さも見えるし、おもしろがっているふうでもある。武器は持っていない——近くの壁に立てかけてある。とくにどうということはない。が、そのときあんたは気づく。かれらは門番なのだ。このコムにいて当然の門番。このコムに門はなかった。ここが、この地下室が門なのだ。

ブロンドの女が門番のひとりと小声でなにか話している——それで彼女がいかに小柄かよくわかった。門番のなかでいちばん小柄な者と比べても身長は一フィート、体重は百ポンドくらい劣る感じだ。先祖がサンゼ人と交わったことがほとんどなくて、そのつけが彼女にまわってきたのだろう。それはともかく、あんたが進んでいくと門番たちはうしろにさがり、二人は近くの椅子に腰をおろし、ひとりは階段に向かった。きっと上の空き家から外を見張るのだろう。あんたの頭のなかでパラダイム・シフトが起こる——上にある放棄された村こそこのコムの壁なのだ。障壁というよりはカモフラージュ。

だが、なんのためのカモフラージュなのか？　あんたはイッカのあとについて開口部をくぐり、その奥の暗がりへと入っていく。

「この土地の心臓部は昔からここだった」いまは使われていない鉱山の立坑らしき暗い長いトンネルを歩きながら、イッカが説明する。トロッコの軌道があるが、かなり古そうだし、砂利に埋もれてしまっているのでそれ自体は見えず、ただ歩くのに邪魔な畝でしかない。トンネルの木製の支柱も古そうだし、コードでつながった電球が取りつけてある壁の灯火台もかなり古びている——どうやらもともとは松明《たいまつ》をさすためのものだったのを土技者《どぎしゃ》が改造したらしい。電気がまだついているところを見ると、このコムにはちゃんと機能する地熱か水力か、それともその両方か、発電機があるのだろう——それだけでティリモより上等だ。立坑のなかは暖かいが、よくある暖房用のパイプは見当たらない。が、とにかく暖かくて、ゆるやかな斜面を下っていくにつれてますます暖かくなっていく。

「このあたりには鉱山があるっていっただろ？　それでここが見つかったんだよ、昔々にね。誰かが破っちゃいけないはずの壁を破って、誰も知らなかったトンネルの迷宮をひょっこり見つけたってわけだ」イッカはそこから先、ひとこともしゃべらずに進んでいった。立坑の幅がひろがり、あまり安全とは思えない金属製の階段をおりていく。長い階段。しかも古そうだ——それなのに奇妙なことに金属は古びてもいなければ錆《さ》びてもいない。なめらかでピカピカで無傷。ぐらつきもない。

しばらくして、あんたは遅まきながら赤毛の石喰《いしく》いがいなくなっていることに気づく。彼女は立坑に入ってきていなかった。イッカも気がついていないようなので、あんたは彼女の腕に触れる。「あなたのお友だちはどこへいったの？」とたずねてはみたが、答えはわかっているような気がしないでもない。

「あたしの——ああ、あいつね。あいつらにとっては、あたしたちみたいに動くのは大変なんだよ。だからいろいろと、あいつらなりのやり方でやってるんだ。なかにはあたしには想像もつかないようなやつもあるけどね」イッカはちらりとホアを見る。ホアはあんたといっしょに階段をおりている最中だ。彼がイッカに冷たい視線を返すと、イッカはハハッと笑った。「おもしろいよねえ」

階段の下までいくと、またべつのトンネルがのびているが、これまでとはようすがちがう。天井が四角ではなく曲線を描いているし、支柱も太い銀色の石柱で壁の途中からアーチ形になっていて、肋骨《ろっこつ》のように見える。この通廊《つうろう》ができた時代の空気を毛穴で味わえそうな気がする、とあんたは思う。

イッカがまたしゃべりだす。「ここらあたりの基岩はほんとうにトンネルや貫入だらけでね、鉱坑の上に鉱坑が重なっている。ある文明の上に、つぎの文明が築かれ、それがくりかえされてきたんだ」

「アリタッシド」トンキーがいう。「ジャマリア。前オッティ諸国」

ジャマリアはあんたも聞いたことがある。託児院で教えていた頃、歴史で出てきた。史上はじめて道路網を整備した巨大国家だ。その道路網はのちにサンゼの手で改良され、かつては現在の南中緯度地方全体にひろがっていた。国家自体は十〈季節〉後に消滅している。ほかの名前もおなじように消えていった絶滅文明なのだろう——地科学者は関心を持つが、それ以外の人間にとってはどうでもいい事柄のたぐいだ。

「危ないわね」あんたは不安を気取られないよう平静を装っている。「基岩がそこまで穴だらけになっているのだとしたら——」

「そう、そう。でも、そりゃあ鉱山につきもののリスクだ。揺れのリスクとどっこいどっこいだ」

トンキーは歩きながらぐるぐるまわってすべてを吸収しようとしている。それでいて誰にもぶつからない――それはそれですごい。「あの北の揺れは大きかったから、ここも崩れたっておかしくなかったと思うけど」彼女がいう。

「そのとおり。あの揺れは――あたしたちはユメネス断裂っていってるんだ、それよりいいのを誰も思いつかないんでね――あれは何百年に一度あるかないかのでかいやつだった。そういっても大袈裟《おおげさ》じゃないと思ってるよ、あたしは」イッカは肩をすくめながらふりかえって、ちらりとあんたを見る。「でも、見てのとおりトンネルは崩れなかった。あたしがここにいたからね。あたしが崩れさせなかったんだ」

あんたはゆっくりうなずく。それはあんたがティリモでやったことと変わりはない。ただしイッカは地表だけでなく、地下のことにも気を配らなければならなかったにちがいない。もっともこの地域はもともと比較的安定していたのだろう。そうでなければこういうトンネルはとっくの昔に崩れていたはずだ。

だが、あんたはいう。「でも、あなたがいつもいられるとはかぎらないわ」

「あたしがいなけりゃ、誰かがやるさ」イッカは肩をすくめる。「さっきいったように、ここには仲間が大勢いるんだから」

「そのことだけど――」トンキーが片足でくるりとまわってふりかえる。いきなり全注意力をイッカに集中させている。それを見てイッカが笑いだす。

「あんた、一点集中型だね、だろ？」

「そんなことないわ」トンキーはこうしてしゃべっているあいだも支柱や壁の構造のことを記録し、あんたの歩数をかぞえ、等々、いろいろなことを同時にやっているにちがいない、とあんたは思っている。「それで、どういうふうにやっているの？　どうやってオロジェンをここにおびき寄せているの？」

「おびき寄せる？」イッカは首をふる。「そんな陰険なものじゃないよ。言葉で説明するのはむずかしいな。なんというか……ちょっとしたことをするんだ。こんなふうに——」といって押し黙る。

するといきなり、あんたはよろめく。ふつうに歩いていただけだし、足元にはなんの障害物もない。ただ急にまっすぐ歩けなくなってしまったのだ。まるでトンネルの床に目に見えない傾斜ができたみたいに。イッカのほうへ向かう傾斜が。

あんたは立ち止まってイッカをにらみつける。彼女も立ち止まってあんたをふりかえり、にっこり笑う。あんたは、「いったいなにをしたの？」と詰め寄る。

「さあね」イッカは、信じられないという顔をしているあんたに向かって両手をひろげる。「二、三年前に試しにやってみたんだ。そうしたらたいしてたたないうちに男がひとり町にやってきて、何マイルも向こうからあたしの存在を感じたっていうんだよ。そのあと子どもが二人やってきた——その子たちは自分がなにに反応しているのかもわかってなかった。そしてまたひとり、男がきてね。それ以来ずっとやりつづけているというわけ」

「なにを？」トンキーがあんたからイッカに視線を移してたずねる。

「感じるのはロガだけだ」イッカはそう明かしたが、あんたはいち早くそうだろうと見当をつけていた。するとイッカがあんたからホアへと視線を移した。ホアはじっと動かずにあんたたちを見ている。「それからそいつらも。あとでわかったんだが」

「そのことだけど」トンキーがふいに口をはさむ。

「地球火《ちきゅうび》に錆びバケツ、あんた、質問が多すぎるよ」そういったのはブロンドの女だ。首をふりながら、先へ進めと手ぶりで示している。

ときどき、行く手からかすかな音が聞こえてくるようになってきた。空気もはっきりそうとわかるほど動いている。だが、そんなことがありうるだろうか？　いまあんたがいるのは地下一マイル、ひょっとしたら二マイルのところだ。吹いてくる微風は暖かく、もう何週間もマスクを通して硫黄《いおう》と灰まみれの空気を吸ってきたあんたがほとんど忘れかけていた匂いがする。かすかな料理の匂い、腐った生ゴミの匂い、木が燃える匂い。そして人。人の匂いもする。大勢いる。それに明かりも見える——壁沿いに並ぶ電灯よりもずっと明るいのが、正面に見えている。

「地下のコム？」あんたが考えていることをトンキーが口にするが、あんたほどの確信はなさそうだ。（とてもありえないようなことにかんしては、彼女よりあんたのほうがよく知っている。）「まさか。そんなばかなことをする人はいないよね」

イッカはただ笑うだけだ。

やがて特異な光があんたのまわりの立坑を明るく照らしだし、空気の動きが速くなり、物音も大きくなってくると、トンネルの先に開けた場所があるのが見えてきた。広い岩棚で、安全のために金属製の手すりがついている。展望台だ。土技者だか〈革新者〉だかわからないが、はじめてここにきた者がどう反応するか、ちゃんとわかっていたから、展望台を設けたのだろう。あんたはその大昔の設計者が意図したとおりの反応を見せる――哀れなほどに驚き、あんぐり口を開けて、ただただ見つめるばかり。

晶洞だ。周囲の岩の質が急に変化したので、それは地覚できた。川の流れのなかの小石のようなもの、横糸のねじれのようなもの――悠久の昔、〈父なる地球〉の内部の溶けた鉱物の流れのなかにできた泡だ。その鉱物塊のなかでは想像を絶する圧力にはぐくまれ、水と火にどっぷりと浸《つ》かって結晶が育っていく。この晶洞《しょうどう》の大きさは、都市ほどもある。だからこそ、誰かがこのなかに都市をつくったのだろう。

あんたは水晶の輝く柱がびっしりと並んだ広大な丸天井の洞穴のまえで立ち尽くす。水晶の太さは木の幹くらいか。大木の幹くらいのものもある。建物ほどのものも。大きな建物くらいといえるほどのものも。それがなんの規則性もなくごちゃごちゃと壁から突きだしている――長さもちがえば直径もちがうし、白いのもあれば半透明のも、そして数は少ないが煙色のやうっすら紫色がかったのもある。ずんぐりとして先端が壁から数フィートしか離れていないのもあるが、多くは広大な洞穴の一方の壁からどれくらいあるのかわからないほど遠くまでのびている。支柱のようでもあり、傾斜がきつすぎて登っていけない、向かう方向もでたらめの道路のようでもある。まるで誰かが建築家を見つけてきて、手に入るかぎり最高に美しい素材で都市をつくらせ、それから面白半分に建物を箱にぶちまけてごちゃまぜにしたような具合だ。

そしてまちがいなく、かれらはここに住んでいる。よくよく見ると、細い吊り橋や板張りのデッキがそこらじゅうにある。電気ランタンを数珠つなぎにした電線がぶらさがっているし、デッキからデッキへ、ロープと滑車を使ったリフトで移動できるようになっている。遠くに、巨大な白い傾いた柱のまわりにつくられた木製の階段をおりていく男の姿が見えるし、ずっと下の地面では子どもが二人、家くらいの大きさのずんぐりした水晶のあいだで遊んでいる。実際、家になっている水晶もある。水晶に穴があけてある――入り口と窓だ。いくつかの家のなかで人が動いているのも見える。水晶の尖《とが》った先端にあけた穴からは煙が立ちのぼっている。

「邪悪な腐食屋の地球め」とあんたはつぶやく。

イッカは腰に手を当て、なにやら誇らしげな顔であんたを見ている。「ほとんどは、あたしたちがやったものじゃないよ」と彼女はいさぎよく認める。「あとからつけ加えた、あたらしい橋なんかは、あたしたちがつくったんだが、柱をくりぬいたりするのは、もともとやってあった。いったいどうやって水晶を壊さずにくりぬいたのか、あたしたちにはわからない。金属製の歩道――あれはいま通ってきたトンネルの階段とおなじやつだ。どうやってつくったのかは土技者にもわからない――金属伝承学者や錬金術師はあれを見て絶頂に達してたよ。あの上のほうにはいろんな装置がある」――そういって彼女は何百フィートも上のかろうじて見えている丸天井を指差す。あんたの耳に彼女の声はほとんど届いていない。心が麻痺《まひ》しているし、瞬《まばた》きせずにじっと見つめつづけているせいで目が痛い――「汚れた空気をポンプで多孔性の地層に送りこんで、そこで汚れを濾《こ》しとってきれいになったのを地表にもどしているんだ。いい空気はべつのポンプでなかに送りこんでいる。晶洞のすぐ外には、遠くにある地下の温泉水をこっちへ迂《う》回《かい》させてタービンを動かして電力をつくる装置がある――その仕組みがわかるまで、相当な時間がかかったけどね――その温泉水は生活用水にもしてるよ」彼女は溜息《ためいき》をつく。「でもねえ、正直いうと、ここで見つけたもののうち半分はどういう仕組みかわかっていないんだよ。ぜんぶ大昔につくられたものだ。古サンゼが生まれるずっと前にね」

「晶洞は殻が破れたら不安定だ」さすがのトンキーも、これには仰天している。あんたの視野の端っこにいるトンキーはじっと動かない。こんなのは出会って以来はじめてのことだ。「なかになにかつくろうと考えるだけでもどうかしてる。それに水晶が成長しているのはどういうわけ？」

　そのとおり。水晶は成長している。

　イッカは腕を組んで首を傾《かし》げる。「見当もつかないね。しかしこれをつくった人たちは、たとえ揺れに襲われようと持ちこたえてくれと願っていた。だから絶対にそうなるよう、あれこれ手を尽くしたんだろう。そしてたしかに晶洞は持ちこたえた……だが、つくった人たちはそうはいかなかった。カストリマからきた連中がここを見つけたときは、骸骨だらけだった――

なかにはものすごく古くて、触っただけで粉々に崩れてしまうものもあったんだ」

「それでもあなたたちのご先祖は全員をこの絶滅文明の遺物のなかに移住させたのね。危険を冒してここにとどまった最後の何人かも命を落としてしまったというのに」あんたはゆっくりと、ものうげにいう。それでも嫌味としては弱い。衝撃が強すぎて、効果的な口調でしゃべれないのだ。「それはそうよね。とんでもないミスをくりかえすという手もありだものねえ」

「じつをいうと、いまでも議論がつづいているんだ」イッカは溜息をついて手すりによりかかる。見ているだけで尻がむずむずする。もし足を滑らせたら遙《はる》か下へ真っ逆さま。晶洞の床に生えている水晶のなかには先が尖っているのもある。「誰もここに長いこと住みたいなんて思ってないさ。カストリマはこの晶洞とここに通じるトンネルを貯蔵所として使っていたんだ。もっとも貯蔵したのは食料だの薬だのの必需品じゃなかったけどね。しかしこれまでのところ、揺れがきても壁にひび割れひとつできたことがない。それに歴史の証言もある。この前の〈季節〉のあいだこの地域を支配していたコム——壁からなにからちゃんと備えたほんもののコムだが——そこは、コム無しの集団に襲われてしまったんだ。コム全体が焼け落ちて、命の綱の貯蔵品はすべて奪われた。生き残った連中はここにおりてくるか、さもなければ熱源も壁もない、しかも簡単に手に入る残り物を漁《あさ》ろうという屍肉喰《ぐ》らいどもが寄り集まってくる地上でなんとか生きのびるか、どちらかしかなかったんだ。つまりかれらがあたしたちの前例ということになる」

必要は唯一の法則、と石伝承には書かれている。

「うまくはいかなかったけどね」イッカはまっすぐに立って、ふたたびついてくるようにと身ぶりで示す。あんたたちは洞穴の底めざして幅の広いゆるやかな下りの斜路を進んでいく。あんたは遅まきながらこの斜路も水晶だと気づく。あんたは水晶の側面を歩いているのだ。斜路は滑らないようにコンクリートで舗装されているが、灰色のコンクリートの端から先は淡く光る白になっている。「その〈季節〉のときにここにおりてきた人たちも、ほとんどは死んでしまった。空気清浄用の装置を動かすことができなかったんだ――四、五日間ずっとここにいたら、まちがいなく窒息する。それに食料もなかった。だから暖かくて安全で水はたっぷりあっても、ほとんどの人間は太陽がもどってくる前に餓死してしまったんだ」

設定はユニークだが、よくある昔話だ。あんたはつまずかないように気をつけながら、なかばうわの空でうなずく。あんたが気を取られているのは、滑車のついたケーブルからぶらさがって洞穴を渡っていく中年男だ。尻がロープの輪っかにしっかりおさまっている。イッカが立ち止まって手をふる――男も手をふって滑っていく。

「その悪夢を生きのびた連中がここで交易所をはじめて、それがやがてカストリマになったんだ。ここのことは語り継がれていったが、住みたがる者はいなかった……あたしの曾祖母《ひいばあ》さんが、ここの装置が動かない理由に気がつくまではね。あたしの曾祖母さんが動かしたんだよ。あの入り口から入ったら、それだけで装置が動いたんだ」イッカはあんたたちがきた方向を指差す。「あたしがはじめてここにきたときにも装置は動いた」

あんたは足を止める。ほかの連中はそのまま進んでいく。あんたがついてこないことに最初に気づいたのはホアだった。ホアはふりむいてあんたを見る。その表情には、それまではなかった警戒の色が見える。恐れと驚きの奥に警戒心があることを、あんたはおぼろげながら感じとったのだ。あとで、時間ができたら話し合わなければならないだろう。しかしいまはもっと重要な問題を考えなくてはならない。

「その装置」あんたはいう。口のなかがカラカラだ。「オロジェニーで動くのね」

イッカがうっすら笑みを浮かべてうなずく。「土技者たちはそう考えている。もちろん、いまちゃんと動いているという事実が、なによりの答えなんだけどね」

「それは――」あんたは言葉を探すが、浮かんでこない。「どうやって？」

イッカは笑いながら首をふる。「見当もつかないよ。でも、とにかく動くんだ」

あんたにとってはそのことが、これまで目にしてきたなににも増して恐ろしい。

イッカは溜息をついて腰に手を当てる。「エッスン」彼女がいう。あんたはビクッと身体をひきつらせる。「それがあんたの名前、そうだろう？」

あんたはくちびるを舐《な》める。「エッスン〈耐性者〉――」そこで言葉を切る。ティリモで何年も使っていた名前をいいそうになったからだ。あれは嘘。「エッスン」あんたはもう一度いい、そこで言葉を切る。これならまったくの嘘にはならない。

イッカはあんたの連れに目をやる。「トンキー〈革新者〉ディバース」とトンキーがいう。

そしてばつの悪そうな顔であんたを見て、下を向いてしまう。

「ホア」とホアがいう。イッカはもっとなにかいうのではないかと期待していたのか、少し長めに彼を見つめていたが、彼の口からはそれ以上なにも出てこない。

「よし。それでは」イッカは晶洞全体を包みこむかのように両腕を大きくひろげる——顎をつんとあげ、挑戦的といえそうな表情で、あんたたちをじっと見つめている。「これがあたしたちがカストリマでやろうとしていることだ——生きのびること。みんなとおなじさ。ただあたしたちはちょっとだけ革新的なことをしたいと思っている」彼女はトンキーのほうへ軽く頭を傾げる。トンキーはどこか不安げにクケッと笑ってみせる。「そのせいで、あたしたちはひとり残らず死ぬかもしれないが、錆び、どっちみちその可能性はあるんだ——〈季節〉なんだから」

あんたはくちびるを舐める。「もうそろそろいかない？」

「どういう意味、そろそろいかないって？ まだほとんどなんにも見ていないのに——」トンキーは腹立たしげにしゃべりだしたが、急にあんたの真意に気づいて言葉を切る。青白い顔がなおさら青白くなっている。「あっ」

イッカの微笑みはダイヤモンドのように鮮烈だ。「なるほど。あんた、なかなかの切れ者だね。よし。連中に会いにいこう」

彼女はついてくるように合図して、また斜路を下りはじめる。あんたの問いかけには答えないままだ。

§

実際問題として、脳幹《のうかん》基部にある一対の器官、地覚器官は地域的な地殻変動や大気圧以外にも多くのものを感知できることがわかっている。実験では、肉食獣の存在、他者の感情、遠隔地の極端な高温、低温、そして天体の動きなどに反応することが観察された。こうした反応が起きるメカニズムは確定不能である。

――ナンヴィッド〈革新者〉マーケッツィ『発達過剰者における地覚のヴァリエーションの観察』、第七大学生物製剤学習コムフルクラムによる解剖用献体提供に感謝する。

19　サイアナイト、さてこの先は

かれらがミオヴにきて三日めのこと、ある変化が起きた。サイアナイトはこの三日間、なにかにつけて強い疎外感を味わっていた。ひとつめの問題は言葉がしゃべれないこと――アラバスターの話ではエタ―ピック語というものだそうだ。海岸地方ではいまだに多くのコムでこのエタ―ピック語が母語として使われているが、たいていの人間は交易用にサンゼ基語も学習している。アラバスターの考えでは、島の人たちはほとんどが海岸地方人の子孫だ――これは大多数の住人の肌の色や髪の毛の縮れ具合からして、まちがいない――が、かれらは交易ではなく略奪をなりわいとしているからサンゼ基語を身につける必要がなかったのだという。彼は彼女にエタ―ピック語を教えようとするのだが、彼女としてはとても〝あたらしいことを学ぶ〟気分にはなれない。それは二つめの問題が原因だ。やっと身体の痛みが消えた頃、アラバスターがいったのだ――島からは出られない、いや、ほかにどこにもいくところがない、と。「守護者は、ひとたび命を狙ったら、かならずまた襲ってくる」と彼はいった。島の乾燥しきった不毛の丘を二人で散歩しているときのことだ――ほんとうの意味でプライバシーを保つにはこうするしかない。でないと子どもらがぞろぞろあとをついてきて、耳慣れないサンゼ基語をまねしようとするからだ。ここにはやることはいくらでもある——子どもらは、魚やカニの漁やらなにやら昼間の作業を終えたあと、夜はたいてい託児院にいっている——が、娯楽といえるようなものはたしかに少ない。

「われわれのなにが原因で守護者の怒りに火がついたのか知りもせずに」アラバスターはつづける。「フルクラムにもどるなど狂気の沙汰だ。門をくぐりもしないうちに、また破砕ナイフが飛んでくるだろうな」

それはまちがいないと、いまはサイアナイトにもよくわかる。ほかにもはっきりしていることがある。水平線を見て、こんもりとしたところから煙があがっているのを見るたびにそう思う。あれはアライアの残骸だ。「かれらはわたしたちが死んだと思っているんでしょうね」彼女は煙の源から目をひきはがして、記憶のなかのあの美しい小さな海辺のコムがどうなってしまったのか考えまいとする。アライアがつねに警戒し備えていたのは津波だった。津波に襲われたとき、どう生きのびるか、それがすべてだった。まさか火山が噴火するとは考えてもいなかった。哀れなヒアスミス。おそらくはアザエルも死んでしまっただろう。その死さえも理不尽だ。

これ以上は辛くて考えられない。その代わりに彼女はアラバスターに意識を集中させる。

「そうか、そういうことなんですね？　アライアで死んだことになれば、ここで自由に生きていける」

「そのとおり！」アラバスターはにかっと笑って小躍りしている。サイアナイトもこれほど興奮している彼を見るのははじめてだった。まるでかれらが得た自由の代償など眼中にないような喜びようだ。それとも、そんなことはどうでもいいと思っているのか。「ここと大陸との交流はほとんどない。あるとしたら、およそ友好的とはいえないものだけだ。われわれを担当している守護者は、近くにいればわれわれを地覚《ちかく》できるが、連中がここにきたことはない。この島々はそこらの地図にはのっていないしな！」そしてまじめな顔でいう。「しかし大陸では、われわれがフルクラムから逃げたというのは疑いのない事実だ。ユメネスから東にいる守護者はひとり残らず、われわれが生きのびていないかどうか、アライアの残骸をかぎまわって手がかりを探すことになるだろう。帝国道パトロール隊や当該地域の四つ郷《よごう》民兵組織にわれわれの似顔絵をのせたポスターをまわしたりもするにちがいない。わたしはミサレムの再来で、きみはその共犯ということにでもされるんじゃないかな。あるいは、きみがついに大物とみなされて、じつはきみこそが首謀者ということにされるかもしれないぞ」

はあ、なるほど。

だが、彼のいうとおりだ。あんな悲惨なかたちでコムがひとつ壊滅したからには、フルクラムとしては罪を負うべきスケープゴートが必要だろう。協力し合えばどんな地震でも抑えこめるだけの技術を持ったロガが二人、現場にいたのだ。それを使わない手はない。アライア壊滅という事態は、フルクラムがスティルネス全土との約束——飼い慣らされた従順なオロジェンを使って、最悪の揺れや暴風を抑え、安全を守るという約束——を破ったことを意味している。とりあえず、つぎの〈第五の季節〉までは恐怖とは無縁でいられるはずだったのに、こんなことが起きてしまった。フルクラムは当然、あらゆる手を尽くして二人を非難するだろう。さもなければ、人々がフルクラムの黒曜石の壁を打ち壊し、なかにいる者たちを幼いグリットにいたるまで皆殺しにする事態を招きかねないからだ。

地覚器官の麻痺《まひ》がとれたいま、アライアの惨状を地覚することはできるが、そんなことをしてもなんの足しにもならない。アライアはサイアナイトの意識の端っこに存在している――それだけでも驚きだ。どういうわけか、いまや彼女は以前よりずっと遠くまで地覚をのばすことができるようになっている。とはいえ、はっきりわかることがある――マキシマル・プレートの東端の平坦な面には、惑星のマントルにまで下へ下へ下へとまっすぐに貫く立坑がある。その先はサイアナイトにはわからない――が、知る必要はない。なにがこの立坑をつくったのか彼女にはわかっている。縁が六角形だし、周長がガーネットのオベリスクとぴったりいっしょなのだ。

それなのにアラバスターは有頂天になっている。それだけでも彼を憎む理由になる。

彼女の表情を見て、彼の笑みが消えた。「邪悪な地球、きみはうれしいとか楽しいとか思わないのか?」

「かれらはわたしたちを見つけますよ。担当の守護者はわたしたちの居場所を突きとめることができます」

彼は首をふる。「わたしのはできない」サイアナイトはアライアであの奇妙な守護者がそうほのめかしていたことを思い出した。「きみのにかんしては、きみのオロジェニーが無効になった時点で、きみを追うことはできなくなっている。なにもかもが途切れてしまうんだ。われわれの能力だけでなく、なにもかもが。つながりを復活させるには、またきみに触れるしかない」

サイアナイトには考えもつかないことだった。「でも、捜しつづけるのはまちがいないわ」

アラバスターが立ち止まる。「そんなにフルクラムの一員でいたいのか？」

その質問に彼女は驚き、ますます怒りがつのった。「少なくともあそこでは、本来のわたしでいることができました。自分の素性を隠す必要はなかったわ」

彼はゆっくりとうなずく。その表情に秘められたなにかが、きみの気持ちは痛いほどわかると告げている。「それで、きみは何者なんだ、あそこにいるときは？」

「くそったれ《ファック・ユー》」彼女は突然、怒り心頭のあまり、自分がなにに腹を立てているのかわからなくなってしまった。

「たしかにな」彼の薄ら笑いに、彼女の怒りはアライアもかくやと思うほど燃えあがる。「忘れたのか？　われわれはいままで、お互い耐えられないと思いながら、誰かの命令にしたがって、数えきれないほどファックしてきたんだぞ。それともきみは、みずから望んでしていることだと自分に思いこませていたのか？　それほど男が――わたしのみたいな月並みの退屈な息子でも――欲しかったのか？」

彼女は言葉では答えない。もう考えてもいないし話す気もない。彼女は大地の内にいて、大地は彼女の怒りに反響し、怒りを増幅させていく――彼女の周囲に実体化した円環体は高く、きめ細かく、空気が一瞬にしてシュッと白く凍るほど低温の厚さ一インチの環になっている。彼女は彼を北極さながらに凍りつかせる気だ。

ところがアラバスターはただ溜息《ためいき》をついて少し身体を曲げのばししただけ。それだけでまるでろうそくの炎を指でつまんで消すように彼の円環体が彼女の円環体を消してしまった。彼の力からすれば反撃としては穏やかなものだが、彼女の怒りをこれほど簡単に効果的に鎮めてしまう彼の力の奥深さに、彼女はたじろぐしかない。彼が彼女を救おうとするかのように一歩まえに出ると、彼女は半分声にならないののしり言葉を吐いて素早く身を引く。彼はすぐにあとずさって、休戦をもとめるかのように両手をあげる。

「悪かった」彼がいう。本心のようなので、彼女もすぐに怒鳴りちらしたりはしない。「はっきりさせたかっただけなんだ」

彼は目的を果たしていた。彼女もわかっていなかったわけではない——自分が奴隷だということを、ロガはみんな奴隷だということを、フルクラムが差しだしてくれる安全と自分には価値があるという感覚は、彼女の生きる権利そして自分自身の身体を制御する権利までも含めた鎖でがんじがらめにされたものだということを。このことを知り、認める、それはそれでいい。だが、互いに足を引っ張り合うようなことはするべきではない——たとえ事をはっきりさせるためだろうと。なぜならそれは残酷で不必要なことだから。これが、彼女がアラバスターを嫌う理由だ——彼のほうが有能だからではないし、彼が常軌を逸しているからでもない、彼女がきれいごとの作り話や語られることのない真実に身をゆだねることを許してくれないからだ。

に。

それがあったからこそ、これまでずっと居心地よく、そして安全にすごしてこられたというのに。

二人はいましばしにらみあいをつづけたが、やがてアラバスターが首をふって、もときた道をもどりはじめた。サイアナイトもついていく。ほかにどこにもいくあてがないからだ。二人は洞穴がある高さまでおりていく。階段をおりはじめると、サイアナイトはミオヴに居場所がないと感じる三つめの理由と否応《いやおう》なく向き合うことになる。

いま、コムの港には優雅な大型帆船が――フリゲートかもしれないしガリオンかもしれないが、彼女には船ということしかわからない――とにかく大きな船が浮かんでいる。まわりの小型船をぜんぶ寄せ集めても追いつかないほど巨大な船だ。その船体はほぼ黒に近い焦げ茶色で、ところどころ明るい色の木材で補修されている。帆は黄褐色のキャンバス地で、これもあちこち継ぎはぎだらけで陽にさらされて色が褪《あ》せ、透けている部分もある……が、汚れや継ぎはぎがあるにもかかわらず、全体として見ると、妙に美しい。船名はクラルス、というか彼女の耳にはそう聞こえるというだけなのだが、クラルス号はサイアナイトとアラバスターがミオヴにやってきた二日後に港に入ってきた。乗っていたのはかなりの数のコムの屈強な男たち、そして海岸沿いの航路で数週間にわたって略奪をくりかえして不正に手に入れた大量の物資だ。

クラルス号でミオヴに帰ってきた者のなかには当然、船長もいた。船長はコムの副長《おさ》なのだが、なぜ長ではなく副長なのかといえば、それは彼が陸より海にいる時間のほうが長いからにすぎない。そうでなければサイアナイトは群衆の歓声に応えながら渡り板をおりる彼を見て、彼こそがミオヴの指導者だと思ったにちがいない。言葉はわからなくても、誰もが彼を愛し尊敬していることは一目瞭然だ。彼の名はイノン――本土流にいえば、イノン〈耐性者〉ミオヴ。大柄で、ミオヴの大半の住人同様、肌は黒く、〈耐性者〉というよりは〈強力《ごうりき》〉のような身体つき。ユメネスの〈指導者〉用役《ようえき》カースト連中をしのぐほどの大物ぶりだ。

ただし彼は実際のところ〈耐性者〉でも〈強力〉でも〈指導者〉でもない。サンゼの慣習のほとんどを拒否しているこのコムでは、こうした用役カースト名は意味がない。彼はオロジェンだ。野生、つまりなんの束縛もなく生まれ育ったロガで、育てたのはハーラス。ハーラスもロガだ。ここでは指導者は全員ロガで、だからこそこのコムは数えきれないほど多くの〈季節〉を経験しながら生きのびてこられたのだ。

この事実以外のことは……。サイアナイトはイノンとどう接すればいいのか、よくわからないままだ。

たとえば、コムの玄関口にあたる主洞穴に入ると、すぐに彼の声が聞こえてくる。船の甲板にいるときのような大声でしゃべっているから、洞穴にいる全員の耳に届く。が、そんなに大声を出す必要はないのだ――洞穴のなかではどんなに小さい音でも反響するから。彼は力をセーブするということをしない。たとえセーブすべきときでも。そういう男なのだ。

ちょうどいまのように。

「サイアナイト、アラバスター！」コムの面々が共同炊事場の火のまわりに集まっている。ここで全員そろって夕食をとるのだ。みんな石や木のベンチにすわってくつろいだようすで話をしているが、そのなかにひときわ大きな集団がいる。イノンを囲む集団だ。イノンは、なにをしゃべっているのかわからないが、みんなを大いに楽しませている。その彼が急にサンゼ基語に切り替えた。彼はコムでも数少ないサンゼ基語を話せる人間のひとりだ。かなり強いなまりはあるが。「あんたたちを待っていたんだ。おもしろい話はとっておいてあるからな。さあ、こっちへ！」二人の注意を引くには声をかぎりに叫ぶだけでは足りないとでもいうように、そしてボリュームたっぷりの編みこみ髪で三つの民族の衣服――どれも派手なものばかり――をまとった身の丈六フィート半の姿では群衆のなかから見つけだせないとでもいうように、彼はわざわざ立ちあがって手招きしている。

しかもサイアナイトは、何重にもなったベンチの輪のなかにいるイノンに近づいていく自分が微笑《ほほえ》んでいることに気づく。イノンはあきらかに二人のためにベンチをひとつあけておいてくれたのだ。コムのほかのメンバーたちは口々に挨拶の言葉をつぶやいている。サイアナイトもそれくらいはわかるようになっていたから、礼儀としてそれらしき言葉を返すが、それがまちがっているものだからクスクス笑いが起きてしまう。それに耐えていると、イノンがにやりと笑って正しい発音をしてみせる。彼女がくりかえすと、みんながうなずきを返す。「すばらしい」とイノンがいう。あまりにも力強くいうものだから、彼女も信じるしかない。

そしてイノンは、こんどは彼女の横にいるアラバスターに笑顔を向ける。「あんたはいい先生のようだな」

アラバスターは軽く首をすくめて答える。「それはどうかな。生徒たちには嫌われっぱなしでね」

「うーん」イノンの声は低く、深く、よく響いて、まるで最深部での揺れのようだ。そして微笑みは、すぐそばで気泡の表面が破れたかのように、まばゆく、熱く、人に警戒心を抱かせるものがある。「われわれとしては、それを変えられるかどうかたしかめないといけないんじゃないかな、うん？」彼はそういうと好奇心を隠そうともせずにサイアナイトを見る。コムのほかのメンバーがクスクス笑っていても、まったく気にしていない。

そこが問題なのだ。この声のでかい低俗な男は、サイアナイトが欲しいという思いを隠そうともしない。しかも困ったことにこの男、サイアナイト自身が彼に惹《ひ》かれていることに気づいているふしがある――そうでなければ事は簡単なのだが。たぶん彼の野性的なところに惹かれるのだろう。こんな男には出会ったことがない。

実をいうと、彼はアラバスターにも気があるようなのだ。しかもアラバスターもその気がなくもないらしい。

少しばかり複雑だ。

イノンは見事に二人をいらつかせると、その底知れぬ魅力を仲間たちに向ける。「ようし！喰《く》い物はたっぷりあるし、どこぞの誰かがつくったり買ったりしたぴかぴかのお宝も山ほどある」ここからエターピック語に切り替えて、おなじ内容をくりかえす。みんな、最後のくだりでクスクス笑いだす。船が入ってきたときから新品の服や宝石を身につけていた者が大勢いたからだ。イノンは先をつづけるが、アラバスターに説明してもらわなくてもイノンが物語を語り聞かせていることはサイアナイトにもわかった。イノンが全身を使って表現しているからだ。彼はまえかがみになって小さめの声で話している。なにやら緊迫した瞬間を描写しているのだろう。みんな釘付けになっている。彼が、誰かがなにかを放り投げる仕草をしてから、両手を合わせて、てのひらのあいだから空気を押しだし、バシャッという水音を出すと、小さな子どもたちは文字どおり笑い転げ、年長の子どもらはクスクス笑い、大人は微笑んでいる。

アラバスターはサイアナイトのために少しだけ通訳してくれた。イノンがみんなに聞かせているのは、やはり船で北へ十日ばかりいったところにある海岸地方の小さなコムを襲ったときの、ほやほやの略奪話だ。サイアナイトはアラバスターの通訳は半分、聞いていただけで、ほとんどはイノンの身体の動きに目を奪われ、彼がまったくちがう動きをするさまを想像していた。そのときだった、アラバスターが急に通訳するのをやめたのは。サイアナイトがやっとそのことに気づき、驚いてアラバスターを見ると、彼はじっと彼女を見つめていた。

「彼が欲しいのか？」とアラバスターはたずねた。

サイアナイトは顔をしかめる。気恥ずかしさからだ。彼は小声で話しているが、なにしろイノンの隣だ。もし彼が急にこっちに注意を向けて……。そう、もしも彼が気づいたら？　案外、簡単にすべてがあきらかになるかもしれない。だが、サイアナイトは選択肢が欲しいのに、アラバスターは例によってそれを許してはくれない。「あなたには繊細さってものがないんですね」

「ああ、ない。答えろ」

「どういうことなんです？　これは挑戦状みたいなものなんですか？」こんなことをいうのは、アラバスターがイノンに向ける眼差《まなざ》しに彼女が気づいていたからだ。四十男が顔を赤らめて処女のように口ごもるようすは、ほとんど可愛いといっていいくらいだ。「わたしに手を引いてほしいってことですか？」

アラバスターはたじろいでいる。傷ついているのかもしれない。そして、そんな自分の反応にとまどっているかのように顔をしかめ――これで二人ともしかめっ面だ――少し身を引く。口をきゅっと曲げて、ささやいた。「そうだといったら、そうしてくれるのか？　ほんとうにそうしてくれるのか？」

サイアナイトは目をぱちくりさせる。たしかにそういいはした。だが、ほんとうにそうする気はあるのか？　急にわからなくなってしまった。

彼女が答えられずにいると、アラバスターの表情が苛立《いらだ》たしげにゆがんだ。そして「気にするな」というようなことをつぶやくと、立ちあがってほかの人々の邪魔にならないよう気を遣いながら車座から離れていった。これは彼女が話を理解する手段を失ったということだが、それはかまわないとサイアナイトは思っている。言葉はわからなくてもイノンを見ているだけで楽しいし、話に気を取られなくてすむからアラバスターの問いかけについて考えることができるというものだ。

しばらくして話が終わると全員が拍手――そしてすぐさま、もうひとつべつの話を、と声が飛ぶ。いつものことで、みんながどっしりした大鍋に入った夕食――スパイスをきかせたエビ、ご飯、海泡の燻製《くんせい》――のお代わりを取りに立ちあがったので、サイアナイトはアラバスターを捜しにいくことにした。なにを話せばいいのかわからないが……それでもやはり。彼にはなんらかの答えを得る権利がある。

彼女は二人が暮らしている家で彼を見つけた。彼は大きながらんとした部屋の隅で丸くなっていた。二人で寝ている乾燥させた海藻となめした毛皮でできたベッドから少し離れたところだ。彼はランタンも灯《とも》していない――彼の姿は影を背景にした、影より黒いしみとして判別できるだけだ。「出ていけ」彼女が部屋に入ったとたん、彼がぴしりといった。

「わたしもここに住んでいるんですけど」彼女も負けずにいい返す。「泣きたいとかなにかあるんだったら、よそへいってやってください」地球、彼女としては彼が泣いていないことを祈るだけだ。

彼が溜息をつく。声を聞くかぎり泣いてはいないようだが、足を胸まで引きあげ、両肘を膝につけて頭を半分、両手に埋めている。泣いていてもおかしくはない。「サイアン、きみは鉄の心臓の持ち主だな」

「あなただってそうなりますよ、なりたいと思えば」

「わたしはそうなりたいとは思わない。いつも鉄の心臓なんてまっぴらだ。錆《さ》び、サイアン、きみはもううんざりだと思わないのか?」彼が少し姿勢を変える。目が暗さに慣れてきたので、サイアナイトにも彼が自分を見ているのがわかる。「きみは……人間的に生きたいと思ったことはないのか?」

彼女は部屋に入ってドアの横の壁によりかかり、腕を組み、足を交差させる。「わたしたちは人間じゃありません」

「いや。われわれは人間だ」声が猛々《たけだけ》しくなっている。「お偉いろくでなしどものなんとかかんとか評議会の決定も、地科学者のいう区分だの分類だのも、くそ喰らえだ。われわれは人間ではないというのは、やつらが罪悪感なしにわれわれを都合よく扱うための方便だ。やつらは自分に嘘をついているんだ――」

これも、ロガなら誰もが知っていること。ただアラバスターは鼻持ちならないやつだから声に出していうというだけのことだ。サイアナイトは溜息をついて壁に頭をもたせかける。「彼が欲しいなら、ばかですね、彼にそういえばいいんですよ。それで彼はあなたのものだわ」おなじ道理で、これは彼の問いにたいする答えでもある。

アラバスターは大言壮語の途中で押し黙り、彼女を見つめている。「きみも彼が欲しいんだろう?」

「ええ」彼女はなんの抵抗もなく答えていた。「でもいいんです、もし……」小さく肩をすくめる。「ええ」

アラバスターは深々と息を吸いこむ。そしてもうひとつ。さらにもうひとつ。それがなにを意味しているのか、彼女には見当もつかない。

「きみがいまいってくれたことを、わたしもいうべきなんだろうな」やっと彼が口を開いた。「高潔な態度をとるべきだ。少なくともそのふりはすべきだ。しかしわたしは……」影のなかで彼はいっそう背中を丸めて膝をきつく抱えこむ。そしてふたたび話しはじめた彼の声は耳をそばだてなければ聞きとれないほどか細いものだった。「ほんとうに久しぶりなんだよ、サイアン」

もちろん、ずっと相手がいなかったということではない。自分から恋人にしたいと思う相手がいなかったということだ。

食事をしていた集会用洞穴から笑い声が聞こえてきた。みんな夕食を終え、しゃべりながら通廊《つうろう》に出て三々五々、散っていく。イノンの大声も聞こえる。そう遠くないところで轟《とどろ》いている——ふつうにしゃべっているときでも、全員に聞こえるほどの大声だ。彼女は、ベッドでは大声を出さないタイプでありますようにと祈る。

サイアナイトは大きく息を吸う。「ここに連れてきましょうか?」とたずねてから、はっきりさせるためにつけ加える。「あなたが呼んでいるといって」

アラバスターは長いこと黙りこくっていた。彼女は彼の視線を感じる。室内になんともいいようのない感情の圧力のようなものがあるのも感じられる。彼は侮辱されたと感じているのかもしれない。傷ついているのかもしれない。錆び、彼の気持ちが読めたら……錆び、どうして自分がこんなことをしているのかわかったら。

やがて彼がうなずく。手で髪をなで、頭をさげる。「ありがとう」冷ややかに聞こえたが、耳慣れた口調だ。なぜなら彼女は自分自身、そういういい方をしてきたから。息を詰めて、爪の先だけで自尊心の崖っぷちにしがみつかなければならないときには、そうなるのだ。

だから彼女は部屋を出て重低音の声をたどっていき、やがて共同炊事場のそばでハーラスと話しこんでいるイノンを見つけた。残っているのはこの二人だけで、洞穴には眠気と闘う幼い子どもたちの騒ぎ声や笑い声、話し声、そして港につながれた船が波に揺られて軋《きし》む音がこだましている。そしてその上にかぶさってくるのが、シューッ、グルグルという海の音だ。サイアナイトは近くの壁によりかかってそのエキゾチックな音を聞きながら待つ。かれこれ十分もたった頃、イノンが話を終えて立ちあがった。ハーラスはなにかイノンがいったことを受けてクスクス笑いながら去っていく。いつもながら魅力的だ。イノンはサイアナイトの期待どおり、彼女のところにやってくると、彼女と並んで壁によりかかる。

「部下たちはおれのことをばかだと思ってる。あんたの尻を追いかけるなんてばかだってな」上のほうになにかおもしろいものがあるとでもいうように丸天井を見あげて、なんの気負いもなく彼はいう。「みんな、あんたはおれを嫌っていると思ってるんだ」

「みんな、わたしは誰も彼も嫌っていると思うみたいね」とサイアナイトは答える。ほとんどの場合、これは当たっている。「あなたのことは好きよ」

彼はなにか思案しているような目つきで彼女を見る。いい感じ、と彼女は思う。変にいちゃついたりするのはいらいらする。こんなふうに直球でいくほうがずっといい。「前におまえの仲間に会ったことがある」と彼がいう。「フルクラムに連れていかれた連中だ」彼はフール《フ ー ル》・クラム《ク ラ ム》というふうに発音した。愚かな・人間のくず。どんぴしゃり、と彼女は思う。「おまえはそのなかでいちばんの幸福者《しあわせもの》だぞ」

サイアナイトはジョークをフンと鼻先で笑いとばす——が、彼の口許《くちもと》がゆがみ、その眼差しに深い思いやりがこもっているのを見て、これはジョークではないのだと気づく。ああ。「アラバスターはとても幸福よ」

「いや、ちがう」

そうだ。ちがう。だが、だからこそサイアナイトはジョークがあまり好きではないともいえるのだ。彼女は溜息をつく。「じつは……ここにきたのは彼があなたを呼んでいるからなの」

「へえ。つまり二人でシェアすることにしたわけか？」

「彼は——」彼の言葉がやっと心に落ちて、彼女は瞬《まばた》きする。「え？」

イノンが肩をすくめる。大柄だし、編んだ髪がカサカサ音を立てるし、見る者に強い印象を残すジェスチャーだ。「おまえとあいつはもう恋人同士なんだから、いい考えだ」

なんということを。「あー……ちがうの。わたしはそうじゃなくて——ええと。ちがうのよ」世のなかには思いもよらないことがいろいろとあるものだ。「もしかしたら、そのうち」ずっと先の話なら、もしかしたら。

彼は笑い声をあげたが、彼女のことを笑ったわけではない。「ああ、ああ。となると、きみはなにをしにきたんだ？　友だちの面倒を見てくれとたのみにきたのか？」

「いいえ、彼は——」だが彼女は彼のために一夜の恋人を調達しにここにきたのだ。「錆び、イノンは彼にしては静かに笑い、姿勢を変えて壁に横向きにもたれかかる。サイアナイトと直角をなすかたちだ。彼女が追いこまれたと感じないようにそうしたのだろうが、距離が近いから彼女は彼の身体の熱気を感じてしまう。大柄な男は、相手が怖がらないよう、思慮深いところを見せようとして、こういう姿勢をとるものだ。彼女はその思慮深さをありがたく思う。そしてアラバスターのために行動している自分をうとましく思う。なぜなら、地球火《ちきゅうび》、彼がセクシーな匂いすら漂わせて、こんなことをいったからだ――「おまえはとてもいい友だちのようだな」

「ええ、錆びまちがいなくそうよ」彼女は目をこする。

「おい、おい。みんな、二人のなかではおまえのほうが強いと思っているんだぞ」これを聞いてサイアナイトは目をぱちくりさせるが、イノンはいたってまじめな顔をしている。そして片手をあげ、一本指で彼女の顔をこめかみから顎まで、ゆっくりと思わせぶりになぞっていく。「あいつは壊れている。いろんなことがあったんだろう。ばらばらになりそうなのを、唾《つば》を吐いて、四六時中にこにこして、どうにかひとつに繋《つな》ぎとめているが、誰が見たってひびだらけだ。しかしおまえは――おまえは傷やへこみはあるが壊れてはいない。おまえは親切なやつだな。こんなふうにあいつの面倒を見てやっているんだから」

「わたしの面倒は誰も見てくれないわ」そういって彼女は歯がカチッと音を立てるほどの勢いで口を閉じた。こんなことをいうつもりはなかったのだ。

イノンは微笑んでいる。やさしい、温かみのある微笑みだ。「おれが見てやる」と彼はいい、かがみこんでキスする。カサカサしたひっかかるようなキスだった――くちびるが乾燥しているし、顎の髭《ひげ》がのびはじめているのだ。海岸地方人の多くはあまり髭がのびないもののようだが、イノンはあの髪を見ればわかるとおり、いくらかサンゼの血が入っているのだろう。とにかく彼のキスはひっかかるような感触とは裏腹にとてもやわらかで、誘惑するというよりはありがとうのキスという感じだ。たぶん彼はそのつもりだったのだろう。「いずれな、約束する」

そして彼はサイアナイトがアラバスターとともに住んでいる家に向かって歩きだし、サイアナイトはそのうしろ姿を見つめて、遅まきながら思う。錆び、わたしは今夜どこで寝ればいいの？

だがその問題は杞憂《きゆう》に終わった。ちっとも眠くないのだ。彼女は洞穴を出て岩棚に向かう。岩棚にはほかにも夜気を吸いに出てきた者が大勢いて、そこらをぶらついたり、コムの半分の住人の耳が届かないこの場所でなにやら話しこんだりしている。手すりにもたれて夜の海を眺め、物思いにふけっているのも彼女だけではない。絶え間なく打ち寄せる波に、小型船やクラルス号が揺れて唸《うな》りをあげ、果てしなくつづく波また波に星の光がちらちらと照り映えている。

ここは平和だ、ミオヴは。自分を受け入れてくれる場所で自分自身でいられるのは気分がいい。そのことを恐れなくていいのはもっと気分がいい。サイアナイトが風呂でいっしょになった女――クラルス号の乗組員で、かれらはたいていサンゼ基語を多少なりとしゃべれるのだが――その女が、子どもらが日々の仕事のひとつとして石を熱して沸かしてくれた湯につかりながら説明してくれた。じつに単純な話なのだ。「あんたたちといっしょに、わたしたちは暮らす」彼女はそういって肩をすくめ、湯船の縁に頭をもたせかけた。もちろん、自分が妙なことをいっているなどとはまったく思っていない。本土では、ロガがそばにいるとみんな死んでしまうと誰もが信じているのに。

やがて女はサイアナイトの心を大いにざわつかせることをいいだした。「ハーラスは年寄り。イノンは略奪、とても危険と思っている。あんたと笑う男」——アラバスターのことだ、サンゼ基語をしゃべらない者たちには発音がむずかしいので、ここでは彼のことをこう呼んでいる——「あんたたち、子どもつくる。ひとり、わたしたちにくれる、いい？　でないと、わたしたち本土から盗んでこないといけない」

人込みのなかの石喰《いしく》いさながらに目立つこの人たちが、グリットを誘拐しようとフルクラムに侵入したり、野生の子どもを守護者より先に見つけてつかまえたりするのを想像して、サイアナイトは身震いする。そんなかれらが彼女が妊娠するのをいまかいまかと待ち焦がれているというのもしっくりこない。その点にかんしては、かれらもフルクラムとおなじ、ということにならないだろうか？　だがここでなら彼女とアラバスターの子どもはノード・ステーションで一生を終えることはない。

そうして数時間も岩棚で波音に身をゆだねて時間を潰すうち、いつしか彼女の頭は真っ白の遁走《とんそう》状態に陥っていく。だが、やがてふと気づくと背中は痛いし足も痛い、海風も冷たくなってきている——ひと晩中ここに立っているわけにはいかない。そこで、どこへいくという当てもなく洞穴にもどり、ただ足の向くままに歩いていった。たぶんそのせいだろう、けっきょくたどりついたのは彼女の家の外で、プライバシーを守るとは名ばかりのカーテンのまえに立ってアラバスターがすすり泣く声に耳を傾けていた。

まちがいなく彼だ。聞き覚えのある声。息を詰めてすすり泣き、半分くぐもっていてもわかる。ドアも窓もないとはいえ、かろうじて聞きとれる程度だ……が、そんな泣き方をする理由はわかる。フルクラムで育った者はみんなとてもとても静かに泣く方法を身につけているのだ。

そう思ったので、そしてそれにつづいて友愛の情も湧いてきたので、彼女はゆっくりと手をのばしてカーテンを開けた。

かれらはマットレスの上にいる。ありがたいことに半分、毛皮がかかっている——といってもそれは関係ない。部屋のあちこちに服が散らばり、あたりにはセックスの匂いが漂っているのだから、かれらがなにをしていたのかはわかりきっている。アラバスターは横向きで彼女のほうに背を向けて丸くなっている。骨ばった肩が揺れている。イノンは片肘をついて半身を起こし、アラバスターの髪をなでている。サイアナイトがカーテンを開けると彼はさっと目をあげたが、あわてたようすも驚いたようすもない。それどころか——さっきのやりとりを考えれば驚くことはないはずなのに、彼女はどきりとしてしまう——彼は片手をあげた。手招きしている。

どうして招きに応じたのか、彼女にもわからない。どうして部屋に入っていきながら服を脱いでいたのかも、どうしてアラバスターの背後から毛皮をめくり、彼の匂いのする温《ぬく》もりのなかにすべりこんだのかもわからない。そして、そうしたあとどうして彼の背中に寄り添って身体を丸め、彼の腰に腕をまわして、イノンのよくきてくれたという悲しげな笑みを見あげていたのかも。だが、とにかく彼女はそうしたのだ。

こうしてサイアナイトは眠りに落ちていった。彼女が覚えているかぎり、アラバスターはひと晩中、泣きつづけ、イノンは一睡もせずに終始、アラバスターを慰めつづけていた。だから翌朝、彼女が目を覚ましてベッドから這《は》いだし、よろよろと寝室用の便器までたどりついてゲーゲー吐いていても、二人ともぐっすり眠っていたし、彼女がそこにすわりこんで震えていても、慰めてくれる者はいなかった。だが、それもいつものことだ。

まあいい。とりあえずこれでミオヴの人々は赤ん坊を盗みにいかなくてよくなったのだから。

§

人に値《ね》をつけてはならない。

——銘板その一〝生存について〟第六節

幕《まく》間《あい》

さてここからはあんたの人生で幸福といえる時間が流れていくが、詳しく話すつもりはない。大事な話ではないからだ。たぶんあんたはわたしが辛い、苦しいことばかり話すのはおかしいと思っているだろうが、けっきょくのところ、苦労が人をつくるんだ。われわれは熱と圧力と絶え間なく軋《きし》みつづける動きから生まれた生きものなんだ。動かない《スティル》のは……生きていないということだ。

しかし大事なのは、そう悪いことばかりではなかったとあんた自身が思っていることだ。長い目で見れば、危難と危難のあいだには平穏なときもあった。軋みがふたたびはじまるまでのあいだに、冷えて固まるチャンスもあった。

ひとつ、わかっておかないといけないことがある。どんな戦いにもいろいろな派閥があるということだ——平和を望む者、さまざまな理由でいくらでも戦いたがる者、そしてそのどちらも超越する望みを持つ者。そしてこれは、二つだけではなく、多くの派閥がかかわる戦いだ。あんたはスティルとオロジェンのあいだの戦いだと思っていたのか？　ちがう、ちがう。石喰《いしく》いと守護者のことも忘れてはいけない——おっと、それから〈季節〉のことも。〈父なる地球〉

も忘れてはならない。彼はあんたたちのことを忘れていないんだぞ。

つまり、彼女――あんた――が休んでいるあいだにそういう力が寄り集まってきたわけだ。

そしてかれらはついに前進しはじめる。

20　サイアナイト、引きのばされて跳ね返る

残る人生、座して無為にすごすつもりは毛頭なかったので、サイアナイトはある日、クラルス号の乗組員がつぎの略奪に備えて装備を整えている現場へ、イノンを捜しに出掛けていった。

「だめだ」と彼はいった。気はたしかか、という顔で彼女を見つめている。「赤ん坊がいるのに海賊になるなんて論外だ」

「あの子を産んだのはもう二年も前よ」数えきれないほどおむつを替えて、エターピック語を教えろとしょっちゅう人にせっついて、何度も何度も網漁の手伝いをしてきたが、このままでは気が狂う。これまでイノンは授乳を理由に彼女を仕事から遠ざけてきたが、もう授乳は終わった――それにそもそもミオヴではほかのこと同様、子育ても共同でやっているから、授乳もおむつ替えも理由にはならない。彼女がそばにいないときにはアラバスターが赤ん坊をコムのほかの母親のところへ連れていくし、サイアナイトもよその子が腹をすかせているときにたまたま近くにいて乳がたっぷり出る状態なら飲ませてやる。おまけにアラバスターはおむつ替えもほとんどやってくれるし、鋼玉《コランダム》を歌をうたって寝かしつけたり、やさしくあやしたり、遊んだり、散歩に連れていったりという調子なので、サイアナイトは手持ち無沙汰だ。

「サイアナイト」イノンは船倉に荷物を積みこむための斜路のまんなかあたりで足を止める。水の樽や食料をはじめ、カタパルト用の鎖や、ピッチだの魚油だのを詰めた浮嚢《ふのう》を入れたカゴ、万が一のときに帆の代用になるずっしりした頑丈な布といった海賊の秘密道具とでもいうようなものを積みこんでいる最中のことだ。イノンがすぐうしろにいるサイアナイトともども立ち止まると、桟橋から怒声が飛ぶ。するとイノンはきっと顔をあげて全員が黙るまでにらみつける。全員というのは、もちろんサイアナイト以外の全員ということだ。

「退屈なのよ」と彼女は欲求不満をぶつける。「ここには魚と、あなたやほかの人たちが略奪から帰ってくるのを待つのと、知りもしない人の噂話と、わたしにはどうでもいいおしゃべりをすることしかないんだもの！　とにかくわたしはこれまでずっと訓練と仕事に明け暮れて生きてきたの——一日中じっとすわって海を見ているなんてできないのよ」

「アラバスターはそうしているぞ」

たしかにそのとおりだが、サイアナイトは目玉をぐるりとまわしてみせる。アラバスターは息子といっしょでないときは一日のほとんどを集落の上の高台ですごしている。世界を見渡し、他人にはうかがい知れないことを何時間もずっと考えつづけているのだ。彼女がそのことを知っているのは、彼をずっと見ていたからだ。「わたしは彼とはちがうわ！　イノン、わたしをうまく使ってよ」

イノンの表情がゆがむ。なぜかといえば——ああ、そうだ、いまの言葉が胸にぐさりと刺さったからだ。

二人でこの話をしたことはなかったが、サイアナイトもばかではない。イノンの部下たちが語る冒険譚《ぼうけんたん》を聞いていると、腕のいいロガなら力になれると思うことが山ほどある。揺れや暴風を起こすのではない。彼女もそんなことをする気はないし、彼もそれをもとめたりはしないだろう――だが、周囲からある程度の力を奪って海面の温度をさげるだけでも、船が霧に包まれて獲物に接近したり撤退したりしやすくなる。海岸線沿いの森の地下にきわめて弱い震動を起こしてやれば鳥やネズミの群れが近くの市街地になだれこんで、住民はそちらに気を取られることになる。ほかにも、簡単にできることはいろいろある。オロジェニーは揺れを起こすだけのものではない。もっとずっと役に立つものだ、とサイアナイトは気づきはじめていた。

というか、イノンが自分のオロジェニーをそういうふうに使えれば、オロジェニーは役に立つと誰はばかることなくいえるのだ。ところがイノンは圧倒的なカリスマ性があり、腕っぷしも強いけれど、オロジェニーに関してはハーラスから少しばかり訓練を受けただけの野生だ。しかも、そのハーラスも野生だし、たいした訓練は受けていない。彼女は、イノンがごく近隣にかぎった小さな揺れを起こしたときに彼のオロジェニーを感じとっているが、その力の使い方があまりに雑で効率が悪いので驚いたことが何度かある。もっとうまく制御できるよう教えたし、彼もその教えに耳を傾け、そのとおりにやろうとしたが、上達しなかった。どうしてなのか、彼女にはわからない。その程度の技術もないから、クラルス号の乗組員は昔ながらの方法で戦利品を手にするしかない――わずかな戦利品のために戦い、死んでいくのだ。

「アラバスターだってその手のことはできる」とイノンはいうが、どこか自信なさげだ。

「アラバスターは」サイアナイトは辛抱強く説明する。「これを見るだけで具合が悪くなってしまうのよ」とクラルス号の丸みを帯びた船体を指差す。コムでは、アラバスターはしかたなく船に乗るたびに黒い顔がどういうわけか青くなるという冗談がひろまっている始末だ。サイアナイトは、つわりのときでさえ、アラバスターほどひどい吐き方はしなかった。「わたしは船を霧で包むだけ、ほかはなにもしない。それだったらどう？　でなければ、あなたが命じたことだけするとか」

イノンは腰に手を当てて、人をばかにしたような顔をしている。「おれの命令にしたがうふりでもする気か？　ベッドでもそんなことはしないくせに」

「もう、なによ、ろくでなし」彼はただ、ばかをいっているだけだ。実際にはベッドでああしろこうしろと命じたりはしないのだから。ミオヴではこんなふうにセックスをからかいの種にする。おかしな風習だ。みんながなにを話しているのか理解できるようになると、話題の半分はコムで一、二を争ういい男二人とベッドをともにしていることのように彼女には思える。イノンがいうには、婆《ばあ》さんたちが体位だの緊縛だのをネタにした卑猥《ひわい》な冗談をいうたびに彼女の顔色がくるくる変わっておもしろいから、わざとそういう話題を持ちだす、ということらしい。彼女も慣れようと努力してはいるのだが。「そんなの絶対におかしいわ！」

「そうか？」彼が太い指で彼女の胸を突く。「船に恋人は乗せるな――それがおれのルールだ。これまで破ったことはない。いったん海に出たら、友だちにもなれないんだぞ。おれのいうことが絶対だ――したがわなければ、みんな死ぬ。サイアナイト、おまえはなんにでも疑問を持つが、海では疑問を持っているひまはない」

それは……不当ないいがかりとはいえない。サイアナイトはもぞもぞと身じろぎする。「命令には素直にしたがいます。地球も知ってのとおり、これまでずっとそうしてきたんだから。イノン――」彼女は大きく息を吸いこむ。「お願いよ、イノン、少しのあいだでもこの島を離れられるなら、なんでもするから」

「べつの問題もある」イノンは一歩近寄って声をひそめる。「コランダムはおまえの息子なんだぞ、サイアナイト。島から出たいといらいらしどおしで、息子のためによくないとは思わないのか？」

「あの子の面倒はちゃんと見ているわ」たしかにそうだった。コランダムはいつも清潔だし、食事もしっかり食べさせている。彼女は子どもを望んではいなかったが、赤ん坊を――コランダムを――授かってからは彼を抱いたり乳をやったり、あれやこれや……たしかに達成感はあるかもしれない、そして後悔まじりだがそのすべてを受け入れた。なぜなら彼女とアラバスターはどうにかこうにか美しい子どもをひとりもうけることができたのだから。彼女はときどき息子の顔をのぞきこんでは、ふた親のあいだには苦い、うちひしがれた思いしかないというのに、その子がこの世に存在していること、完全な申し分のない存在に見えることに驚嘆している。なにが彼女をそんな思いにさせるのか？　それは愛だ。彼女は息子を愛している。だが、だからといって毎日毎日、いっときたりと離れていられないということにはならない。

イノンは首をふって顔をそむけ、投げやりに両手をあげる。「わかった！　わかった、わかった。まったくおかしな女だ。じゃあ、おまえがアラバスターのところへいって、二人で島を留守にするといってこいよ」

「いい——」彼女が答えかけたところで彼はもう斜路をのぼって船倉に入っていってしまった。誰かに向かってなにかを大声で叫んでいるのが聞こえてくるが、声が大きすぎるうえに船倉のなかでこだましているので、エタピック語が不得手な彼女の耳ではなにをいっているのかまでは聞きとれない。

が、そんなことはおかまいなく、彼女は軽くはずむような足取りで、ちょっと迷惑そうな顔で立っている乗組員たちにごめんなさいというように手をふりながら斜路を下る。そして一目散にコムに向かう。

アラバスターは留守で、コランダムはセルシといっしょではない。セルシというのはこの居住地で親が忙しいときに小さい子らをいちばんよく預かってくれる女だ。サイアナイトが入り口から顔を出すと、セルシはきゅっと眉をあげた。「彼、いいっていったの?」

「いいっていったわ」サイアナイトが思わず笑顔になると、セルシは声をあげて笑った。

「じゃあ、あんたとは二度と会うことはないね、賭けてもいい。波は網だけを待つんだからさ」ミオヴのことわざかなにかだろうとサイアナイトは思う。どういう意味かはわからないが。

「アラバスターはまたコランといっしょに丘の上にいるよ」

またただ。「ありがとう」サイアナイトはそういって首をふる。二人の子どもに羽が生えてこないのがふしぎなほどだ。

島のいちばん高いところまで階段をのぼって最初の岩場を越えると、そこに二人がいた。崖のそばに毛布を敷いてすわっている。彼女が近づいていくと、コランダムが顔をあげてにっこり笑い、彼女を指差す――が、アラバスターは、階段をのぼる足音が聞こえていたはずなのにふりむきもしない。

「イノンはついにきみを連れていくことにしたんだな？」サイアナイトが彼の静かな声が聞きとれるところまで近づくと、彼はたずねた。

「ふん」サイアナイトは彼の隣に腰をおろす。コランダムに向かって両手をひろげると、コランダムはアラバスターの膝から這《は》いだして彼女の膝におさまる。「もう知っているってわかっていたら、わざわざ階段をのぼってこなくてすんだのに」

「そうだろうと思っただけだ。きみが笑顔でここまであがってくるなんて、そうそうあることじゃない。だから、なにかあると思ったまでさ」アラバスターはやっと彼女のほうに顔を向けて、コランダムが彼女の膝の上で立ちあがり、彼女の胸を押すのを見つめている。サイアナイトは反射的にコランダムを支えるが、コランダムは膝の上で安定しないにもかかわらずなかなかうまくバランスを保っている。そのときサイアナイトはアラバスターが見つめているのはコランダムだけではないことに気づいた。

「なんなの？」と彼女は眉根を寄せてたずねる。

「もどってきてくれるのか？」

まさに青天の霹靂《へきれき》、あまりにも意外な言葉に、サイアナイトは思わず両手をおろしてしまった。さいわいコランダムはクックッと笑いながらどうにか自分の足で立っている。サイアナイトはアラバスターを見つめたままだ。「なんでそんな——なんなの？」

アラバスターが肩をすくめる。そのときはじめてサイアナイトは彼の眉間のしわに、苛《さいな》まれた目に気づき、そこではじめてイノンがなにをいおうとしていたのかその真意を理解したのだった。そしてそれをだめ押しするかのようにアラバスターが苦々しげにいった。「きみはもうわたしといっしょにいる必要はない。望みどおり、自由を手にしたんだ。そしてイノンも望みのものを手に入れた——自分になにかあったら、そのあとコムの面倒を見ていけるロガの子どもをな。しかも彼はその子をハーラスなど比べものにならないほどしっかりと訓練できるわたしも手に入れている。わたしが彼のもとを去らないことを彼は知っているんだ」

地下火《ちかび》。サイアナイトは溜息《ためいき》をついてコランダムの手を押しのける。心が痛む。「だめよ、食いしん坊のおちびさん、もうお乳は出ないの。おとなしくしてちょうだい」とたんにコランダムの顔が拒絶された悲しみにゆがむのを見て、彼女はコランダムを抱き寄せ両手で抱きしめて、足の先をいじくりまわしてやる。怒りだす前にこうして気をそらすのがいつもの手だ。こんどもうまくいった。小さい子は自分の足の指が好きで好きでたまらないらしい——どうしてだろう？　子どもがおとなしくなったので、サイアナイトはアラバスターに意識を集中させることができる。彼はまた海を見つめているが、崩壊寸前という風情だ。

「あなただって出ていくことはできるわ」彼女はいわずもがなのことを指摘する。いずれにしても彼と二人でそうしなければとずっと思っていた。「イノンは前に、わたしたちが本土にいきたいのなら連れていってやるといってくれたわ。大勢の人の目のまえで揺れを止めるとか、ばかなことをしなければ、きっとわたしもあなたもどこかで人並みに暮らしていける」

「いまここで人並みの暮らしをしているじゃないか」風が強くて声が聞きとりにくいが、彼女には彼が口にしていない思いがひしひしと感じとれる。わたしを置いていかないでくれ。

「ガチ錆《さ》び、バスター、どうしちゃったんですか？　わたしはどこかへいってしまおうなんて思ってないわ」とりあえず、いまは。だがそもそもこんな話をしているだけでもいい状況とはいえない――とにかく、これ以上、悪化させる必要はない。「わたしはどこか役に立てるところへいきたいだけ――」

「きみはここでだって役に立っている」アラバスターは彼女を真正面からにらみつける。一見、怒りの表情を浮かべてはいるが、その下に潜む痛みと孤独に、彼女はとまどう。そして自分がとまどっていることに気づいて、とまどいがさらに大きくなる。

「いいえ。ちがうわ」彼がいい返そうと口を開くが彼女は機先を制してつづける。「ちがいます。あなたがいったのよ――いまやミオヴにはミオヴを守る十指輪がいるって。わたしたちがここにきてから、わたしの感知範囲内で地下がぴくりとでも揺れたことはない。そのことにわたしが気づいていないとでも思うの？　あなたはあらゆる危険をイノンやわたしが感じとる前にいち早く鎮めていた――」とそこまでいって、彼女の声は尻すぼみになっていく。眉間にはしわが寄っている。アラバスターが首をふっているのだ。そしてその口許《くちもと》には笑みが浮かんでいて、彼女はふいに不安になる。

「わたしではない」と彼がいう。

「え？」

「わたしはもうかれこれ一年近く、なにひとつ鎮めていない」そして、一心不乱にサイアナイトの指をためつすがめつしている子どもを見てうなずく。サイアナイトがコランダムを見おろすと、コランダムは彼女を見あげてにっこり笑った。

コランダムはまさにフルクラムが望んでいた子ども。かれらはこういう子が欲しかったからこそアラバスターの相手にサイアナイトを選んだのだ。見た目はアラバスターにはあまり似ていない。肌はサイアナイトより少しばかり茶色みが濃いだけだし、髪はふんわりした綿毛から瓶を洗うブラシのような灰噴《はいふ》き髪に変わりはじめている——サンゼ人を祖先に持つのはサイアナイトのほうだから、これもアラバスターから受け継いだものではない。コランダムがまちがいなく父親から受け継いだのは、大地を感じとる圧倒的な力だったのだ。幼い息子が微細な揺れを地覚《ちかく》し、鎮めることができるほど成長していたとは、サイアナイトは夢にも思っていなかった。そういうことができるかどうかは本能ではなく、技術の問題だからだ。

「邪悪な地球め」サイアナイトがつぶやく。コランダムがクックッと笑う。するとアラバスターがいきなり手をのばして彼女の腕のなかからコランダムを奪いとり、立ちあがった。「待って、これは——」

「いけよ」

彼がぴしりという。持ってきていたカゴをつかむと、かがみこんで赤ん坊のおもちゃや畳んだおむつを放りこんでいく。「錆びた船に乗っていけばいい。きみがイノンといっしょに死のうがどうしようが、知ったことじゃない。わたしは、きみがどうしようと、コランのためにここに残る」

そして彼はいってしまった。肩をいからせ、きびきびとした足取りで、コランダムがいやだいやだと金切り声をあげるのもかまわず、まだサイアナイトがすわったままの毛布もほったらかしにして。

地球火《ちきゅうび》。

サイアナイトはしばらくのあいだ島の高みにとどまって、自分はいったいどうして超人的な力を持つ赤ん坊を抱えたどこへも行き場のない頭のいかれた十指輪の多情多感な世話役なんかになってしまったのかと考えていた。やがて陽が沈み、考えることにも疲れて、立ちあがり、毛布をつかんでコムへと道を下っていく。

もう夕食時で、みんな一所《ひとところ》に集まっていたが、サイアナイトは付き合うのを勘弁してもらって、焼き魚と三つ葉の蒸し煮に、本土のどこかのコムからせしめてきたにちがいない大麦の甘煮を添えた皿だけを持って家にもどる。案の定、アラバスターはもう帰っていて、眠りについたコランダムといっしょにベッドに横になっている。ベッドはイノンのために大きなものに替えてあった。このベッドのマットレスは四本の頑丈な柱に結わえつけたハンモックのようなネットに支えられていて驚くほど寝心地がいいし、荷重にも動きにも充分に耐えてくれる。サイアナイトが入っていってもアラバスターは無言なので、彼女は溜息をついてコランダムをさっと抱きあげ、そばにある小さな吊りさげベッドに移す。このベッドはコランダムが夜のあいだに転げ落ちたり、這いだしたりしても危なくないよう、床に近いところに吊ってある。コランダムを移しおえると、サイアナイトはアラバスターが横になっているベッドにのって、ただじっと彼を見ていた。すると、そのよそよそしい態度に耐えきれなくなったのか、彼がにじりよってきた。それでも彼はサイアナイトと目を合わそうとはしないが、彼がなにを必要としているのかサイアナイトにはわかっていたので、溜息をついて仰向《あおむ》けになる。彼はじりじりと近づいてきて、ついに彼女の肩に頭をもたせかけた。最初からこうしたいと思っていたのだろう。

「悪かった」彼がいう。

サイアナイトは肩をすくめる。「心配しないで」そして、イノンのいうとおりということもあるし、彼女の落ち度という部分もあるしで、彼女は溜息をついてこうつけ加えた。「ちゃんと帰ってきます。わたしはほんとうにここが好きなの。ただなんだか……落ち着かないの」

「きみはいつだってそわそわしっぱなしだ。いったいなにを探しているんだ？」

彼女は首をふる。「わからないわ」

だが彼女は、ほぼ無意識のうちにこう考えている——物事を変える方法よ、だって、こんなのはおかしいから。

いつものことだが、彼は彼女がなにを考えているのか、すぐに当ててしまう。「きみは、なにひとつよくすることはできない」彼が重々しくいう。「世界は変わらない。一度ぶち壊して、最初からやり直さないかぎり、変えるすべはない」彼は溜息をついて、彼女の胸に顔をこすりつける。「ないものねだりはするな、サイアン。自分の息子に愛情を注げ。幸福になれるのなら海賊暮らしをするのもいいだろう。しかし、ここにある以上のものを探すのはよせ」

彼女はくちびるを舐《な》める。「コランダムにはもっといいものが与えられてしかるべきだわ」

アラバスターは溜息をつく。「そうだな。たしかにそうだ」彼はそれ以上なにもいわなかったが、肚《はら》のなかはわかりきっている――だが、そうはならない。

それはおかしい。

彼女はいつのまにか眠りに落ちていった。そして数時間後、アラバスターの声で目が覚めた。「ああ、くそっ、ああ、たのむ、ああ、地球、だめだ、イノン」アラバスターはイノンの肩に向かって我知らず声をあげている。痙攣《けいれん》するような動きがベッドのやさしい揺れを妨げる。イノンは息をはずませ、欲情にまかせてオイルまみれのペニスでアラバスターを責めたてている。そしてアラバスターは果てたがイノンはまだ、というとき、イノンが彼女が見ているのに気づいた。イノンはにやりと笑い、アラバスターにキスしてからサイアナイトの股間に手をすべりこませる。もちろん彼女は濡れている。イノンとアラバスターがいっしょにいる姿はいつ見ても美しい。

イノンは情に厚い男だから、彼女の上にかがみこんで乳房に鼻をすりつけたり指で楽しませたりしながらもアラバスターに身体を押しつける動きを止めない。彼女が悪態をついてしばらくわたしに集中してとせがむと、やっとのことで笑いながらのしかかってくる。

アラバスターは彼女の願いに応えるイノンをじっと見ているのだが、そのうち視線が熱を帯びてくる。サイアナイトはいまだにこれがふしぎでならない。もうこの二人とは二年もいっしょにいるというのに。アラバスターは彼女をそんなふうにもとめないし、彼女のほうもそうだ。それなのにイノンがアラバスターをいいようにふりまわし、アラバスターが呻《うめ》き懇願するのを見ると信じられないほど燃えてしまうし、アラバスターも彼女がほかの男と寝乱れる姿を見て楽しんでいるのはまちがいない。実際、彼女もアラバスターが見ているときのほうが燃える。二人とも直接のセックスは耐えられないのに、身代わりがしていると驚くほど感じる。いったいこれをどう呼んだらいいのか？　三Pとはちがうし、三角関係でもない。あえていうなら二・五P、愛情の二面角。（そう、たぶんこれも愛なのだろう。）妊娠のことも考えなければいけない。三人のあいだでややこしいことになってはいるが、たぶんまたアラバスターの子だろう。そうは思いながら、彼女としてはあまり心配する気になれない。なぜなら、たいしたことではないからだ。どんな事情があろうと彼女の子どもらには誰かが愛を注いでくれる。自分のベッドでのふるまいや三人の関係についてあまり深く考えないのとおなじことだ——なにがどうだろうとミオヴの住人は誰も気にしない。たぶんこれもまた彼女の気持ちをかきたてる要素のひとつだろう——恐れるものがなにもない、という状況。信じられない状況だ。

そしてかれらは眠りに落ちていく。イノンは二人のあいだでうつ伏せになっていびきをかき、アラバスターとサイアナイトはイノンの大きな肩にそれぞれ頭をのせて。これが永遠につづいてくれたら、とサイアナイトは思う。そう思うのはこれがはじめてではない。

だが彼女はちゃんとわかっている。そんなことはありえないと。

§

翌日、クラルス号は出航した。アラバスターはコムに残る人々の半分にまじって、桟橋に立っていた。みんなが手をふり、幸運を祈るなか、アラバスターは手をふってはいなかったが、船がいよいよ遠ざかってサイアナイトとイノンが手をふると、そっちを指差してコランダムに手をふるようにうながす。コランダムが手をふるのを見てサイアナイトは一瞬、後悔のようなものを感じたが、それもすぐに消えていく。

そのあとはもうただ見渡すかぎりの海とやるべき仕事があるだけだ――釣り糸を垂れ、イノンの指示が下ればマストにのぼって帆を調整し、またあるときには船倉でぐらついている樽をしっかりと固定する。きつい仕事だからサイアナイトは陽が沈むとさほど時をおかずに隔壁の下の狭い寝棚で寝てしまう。どうせイノンは彼といっしょに寝ることを許さないし、彼女のほうも彼のキャビンまであがっていくエネルギーが残っていないからだ。

しかし日がたつうちに彼女も鍛えられ、なぜクラルス号の乗組員はミオヴのほかの住人より幾分、生気にあふれ、幾分おもしろいのか、理由が少しずつ見えてくる。出航して四日めのこと、船の左側、錆び、左舷から声があがり、彼女もほかの乗組員とともに駆けつけて手すりから身をのりだすと、すごいものが見えた――深海から海面に上がってきた巨大な怪物たちが船の横を泳ぎ、水しぶきがあがっているのだ。なかの一頭が海中から躍り出て人間どもを見る。

途方もなくでかい——目玉がサイアナイトの頭より大きい。ひれをひとふりしただけで船がひっくりかえってしまいそうだ。しかし怪物たちはかれらを傷つけたりはしない。乗組員の女がいうには、ただ好奇心で近づいてくるだけだという。サイアナイトが畏怖の念に打たれているのを、女は楽しげに眺めていた。

　夜には、みんな星を見る。サイアナイトはこれまで空をじっくりと眺めたことはほとんどなかった——足元の大地のほうが重要だったからだ。しかしイノンは星の動きにはパターンがあるといい、彼女が見ている〝星〟はじつはみんな太陽で、そこにはそれぞれ惑星があって、もしかしたらそこにも人が住んでいてそれぞれの問題と闘っているのかもしれないと教えてくれた。彼女も天体学というような似非《えせ》科学の話は聞いたことがあるし、その信奉者がそういう証明不能の説を唱えているのは知っているが、いまこうして刻々と動いていく空を見ていると、かれらの気持ちもわかる気がする。空は不変で日常生活にはほとんど関係がないのに、なぜかれらはそんなに関心を持つのか、いまの彼女にはわかる。こんな夜には、しばしのあいだ、彼女も空に関心が向く。

　もうひとつ、夜になると乗組員たちは酒を飲んで歌をうたう。サイアナイトが下品な言葉の発音をまちがえると、乗組員の言葉使いがますます下品になり、それで乗組員の半分といっきに仲よくなった。

　あとの半分は判断を保留していたが、それも七日めに格好の獲物を見つけるまでのことだ。船は人が大勢住んでいる二つの半島のあいだの航路の近くを秘かに進んでいて、マストの見張り台では見張り番たちが略奪をするだけの価値のある船を望遠鏡で探していた。見張り番から、陸路では簡単には運べないような重い、あるいは危険な商品——油や採石場で切り出した石、揮発性の化学物質や材木——を運ぶのによく使われる並はずれて大型の船を見つけたという報告が入るまで、イノンは命令を下さない。こういう品物こそ、大海のまっただなかにある不毛の島にへばりついているコムがいちばん必要としているものだ。この船にはもう一隻、伴走している船がいた。本命の船よりは小型で、望遠鏡で見ている者たちは、これにはたぶん民兵がわんさか乗っていて、破壊槌《はかいづち》やらなにやら武器も装備しているだろうという。見張り番は、見ただけでそれだけのことがわかるのだ。(片方がカラック船でもう片方がカラベル船らしいが、船乗りが使う言葉なので、サイアナイトはどっちがどっちだったか思い出せないし、思い出そうとするのもいらつくので、〝大きい船〟と〝小さい船〟で通すことにした。)海賊を追い払うための装備を固めているということは、それだけ価値のあるものを運んでいるということだ。

イノンがサイアナイトを見る。サイアナイトはにやりと獰猛《どうもう》な笑みを浮かべる。

彼女は霧を二つ発生させた。ひとつめを発生させるには彼女の力のおよぶ範囲のいちばん端っこ周辺のエネルギーを使う必要があった——が、彼女は見事にやってのけた。小さい船がそこにいたからだ。もうひとつはクラルス号と貨物船とのあいだに発生させた。獲物に近づくのを直前まで気づかれないようにするためだ。

すべてが時計仕掛けのように自動的に進んでいく。イノンの配下の乗組員たちは経験も技術も最高レベルだ——サイアナイトのような西も東もわかっていない者は、かれらが本気で動きだすと、隅に追いやられてしまう。クラルス号が霧のなかから忽然《こつぜん》と姿をあらわすと、相手は警鐘を鳴らしだしたがもう遅い。イノンの配下は石弓を射かけ、鎖弾を放って相手の帆を引き裂く。ついでクラルス号はじりじりと相手に近寄り——サイアナイトは衝突するのではないかと思ったが、イノンはすべて心得ている——乗組員たちは相手に向かって引っかけ鉤《かぎ》を投げ、船を繋《つな》ぎとめると甲板にでんと据えてある大きなクランクをまわして相手を引き寄せる。

危険なのはここからだ。年長の乗組員のひとりがサイアナイトをシッシッと甲板の下へ追い払うと、貨物船側から矢が射かけられ、投石器で石が打ちこまれ、投げナイフが飛んできた。サイアナイトはほかの乗組員があがったりおりたりしている階段の陰にしゃがんでいる。心臓が早鐘のように鳴る——てのひらが汗で湿っている。頭から五フィートも離れていない甲板になにか重いものがドンと落ちて、サイアナイトは縮みあがる。だが、邪悪な地球、島でのんびりと漁をしたり子守唄をうたっているよりこっちのほうがずっといい。

何分間かで決着はついた。騒ぎがおさまってサイアナイトが恐る恐る甲板にあがってみると、船と船のあいだに厚板がわたされてイノンの配下が行き来している。何人かは貨物船の乗組員をつかまえてきて甲板に並べ、黒曜石ナイフの切っ先をつきつけている——あとの連中はとらえられた仲間が傷つけられることを恐れて武器や貴重品を差しだし、完全降伏の体《てい》だ。イノンの配下の何人かはすでに船倉に入って樽や木箱を運びだし、クラルス号の甲板に移しはじめている。戦利品の選《よ》り分けはあと。いまはスピードが命だ。

ところがそのときいくつもの叫び声があがり、誰かが狂ったように鐘を打ち鳴らしはじめる――と、掻《か》き乱された霧のなかから貨物船に付き添っていた武装船が姿をあらわした。こっちに向かっている。そしてサイアナイトは遅まきながらまちがいを犯したことに気づく――彼女は武装船は僚船の近くにいるのだから視界がきかなくなれば停船すると思っていたのだ。だが人はそれほど論理的ではない。武装船は全速で迫ってくる。しかも、向こうも危険に気づいて甲板から危ないという声が聞こえてくるのだが、クラルス号と貨物船に衝突する前に停船するのは不可能だ……おそらく三隻とも沈んでしまうだろう。

サイアナイトは海の温熱と果てしない波とから引きだされる力ではちきれそうになっている。そしてフルクラムの訓練で叩《たた》きこまれたとおり、なにも考えずに反応する。下へ、妙につるつるした海水の鉱物を通り抜け、ぐしょぐしょのなんの役にも立たない海底堆積物を通り抜け、下へ。海の下には石がある。古くて自然のままの、彼女の下僕だ。

彼女は下のほうで両手でつかみあげ、叫び、上へと念じる。すると突然、大音響とともに武装船にひびが入り、グイッと急停止した。驚きのあまり三隻の船であがっていた悲鳴がぴたりと止まり、あたりがしんと静まりかえる。基岩のギザギザのナイフが武装船を竜骨から刺し貫いて甲板の上、数フィートまで突きだしているのだ。

サイアナイトは震えながらゆっくりと両手をおろす。

クラルス号であがっていた恐怖の叫びが、ぎごちなく歓声に変わっていく。貨物船の乗組員さえ、何人かは安堵《あんど》の表情を浮かべている――三隻が沈むよりは一隻が傷つくだけのほうがましだ。

武装船が刺し貫かれて無力化してしまったので、そのあとの展開は速かった。イノンがサイアナイトを捜してやってくると同時に乗組員が貨物船の船倉が空になったと報告する。サイアナイトは舳先《へさき》に移動していたので、武装船の甲板にいる乗組員が石の柱にのみをふるおうとする姿がよく見える。

イノンが彼女の隣に立つ。彼女は叱責されるのを覚悟で彼を見あげる。ところが彼の顔には怒りのかけらもない。

「まさかこんなことができるとは思ってもいなかった」彼は素直に驚いている。「おまえもアラバスターもほらを吹いているとばかり思っていたんだ」

サイアナイトにとっては、フルクラムの関係者以外の人間にオロジェニーの腕前を褒められるのははじめての出来事だったから、すでに彼を愛しはじめていなかったとしても、これで愛を抱くようになるのはまちがいないと思えた。「あんなに高くまで持ちあげることはなかったわね」おどおどという。「よく考えたら、船殻に穴があく程度にしておけばよかった。そうすれば向こうは岩礁にでも乗りあげたと思ったでしょうからね」

イノンが真顔になる。事態を飲みこんだのだ。「ああ。これでこっちには手練《てだ》れのオロジェンが乗っていると知れてしまったな」表情が硬くなる。どういうことなのかサイアナイトにはわからないが、あえて聞かずにおくことにする。こうして彼といっしょにここに立ち、成功の喜びにひたっていられるのは、なんともいえない、いい気分だ。二人はしばらくのあいだ、皆物船から荷をおろす作業を眺めていた。

やがてイノンの配下が駆け寄ってきて作業が終わったと報告し、船と船のあいだにわたされていた厚板が片付けられ、ロープや引っかけ鉤がクランクで巻き取られる。いよいよ撤収だ。イノンがよく響く低音でいう。「待て」

これからなにが起ころうとしているのか、彼女には予想がついている。だがそれでも彼の視線が自分に向けられると、気分が落ちこんだ。彼の表情は氷のように冷たい。「二隻とも沈めるんだ」

彼女はイノンの命令には絶対に疑問をさしはさまないと約束している。それでも彼女は躊躇《ちゅう》躇《ちょ》した。これまで誰も殺したことはないのだ、意図的には。基岩をあそこまで高く突出させたのは単純なミスだった。そんなミスが原因で大勢の人が死ぬ。そんなことがあっていいものだろうか？　彼が一歩、二歩と近づいてくる。それだけで彼女は身をすくめる。これまで彼に暴力をふるわれたことはないのに。それでも両手の骨が疼《うず》く。

だがイノンはただ静かに彼女の耳にささやきかけただけだった。「バスターとコランのためだ」

おかしな話だ。アラバスターもコランダムもここにはいない。が、そのとき、彼の言葉の意味するものがじわりと心に沁《し》みこんだ――ミオヴの住人の安全は、本土の人間がかれらを厄介な相手と考えるか深刻な脅威と考えるかにかかっているのだ。彼女の心も冷たくなる。さっきよりもいっそう。

彼女はいう。「ここから離れるよう命令してもらわないと」

イノンはすぐさま踵《きびす》を返して、クラルス号の帆走再開を命じる。安全なところまで遠ざかると、サイアナイトは深々と息を吸いこんだ。

家族のため。たしかに家族なのだが、そんなふうに考えるのはあまりしっくりこない。ただ命令されたからというだけではなく、ちゃんとした理由があってこんなことをする、そう考えるとなおさらしっくりこない。それはつまり彼女はもう武器ではないということなのだろうか？　もしそうなのだとしたら、なにになるのだろう？

どうでもいい。

彼女の意思のひとふりで基岩の柱は武装船の船殻から抜け落ちる――船尾近くに直径十フィートの穴が残った。船はたちまち沈みだし、浸水するにつれて傾いていく。つぎに海面から力を引きだし、何マイルにもわたって視界をさえぎる霧を発生させると、サイアナイトは基岩の柱を移動させて貨物船の竜骨を串刺しにする。素早く刺し貫いて、もっと素早く引き抜く。まるで短剣で人を刺し殺すかのように。船殻が卵の殻のように割れたと思うと、船は真っ二つに折れてしまった。二隻の乗組員の悲鳴がいつまでもサイアナイトのあとを追い、漂う白い霧のなかに消えていく。

§

その夜、イノンは彼女のためにいつもなら認めない特別なことをする。夜も更けて、サイアナイトは船長のベッドで起きあがり、「アライアのようすが見たいの」という。

イノンは溜息をついて、「いや、だめだ」と答える。

だがけっきょく彼は航路変更の命令を出す。彼女を愛しているからだ。船は海図にあらたな航路を記すことになる。

§

伝説によれば、〈父なる地球〉は最初は生命体を憎んではいなかったという。

事実、伝承学者の話では、その昔、彼の表面で奇妙な生命体が発生しはじめたとき、彼はあらゆる手段を講じて、その現象を促進させたそうだ。彼は季節すらゆったり移り変わる予測可能なものに仕上げた——風や波や気温の変化を、あらゆる生物が適応し、進化していける、ゆっくりしたものにしたのだ。みずからを浄化する川や湖を呼びだし、嵐のあとにはかならず晴れる空を呼びだした。彼は生命体をつくったわけではない——偶然の産物だ——が、彼は生命の誕生を喜び、魅了され、みずからの表面でそんな奇妙で野性的な美を育てていることを誇りに思った。

やがて人々は〈父なる地球〉にとってぞっとするほど恐ろしいことをしはじめた。海や川を自分ではきれいにしきれないほど汚し、彼の表面に住むほかの生命の多くを殺していった。彼の皮膚である地殻に穴をあけ、血であるマントルを突き抜け、甘い骨の髄にまで到達した。そして人間の傲慢さと力が頂点に達したとき、オロジェンたちが地球でさえ許せないことをしでかした――かれらは彼のただひとりの子どもを破壊してしまったのだ。

サイアナイトが話したことのある伝承学者で、この謎めいた文句の意味を知っている者はひとりもいなかった。これは石伝承ではない。紙や革といったきわめて短命なものに臨時に記されたものだから、数えきれないほどの〈季節〉を経るうちに変わってしまっている。オロジェンが破壊したのは、地球のお気に入りの黒曜石ナイフだとされていることもあれば、彼の影とされているときもあり、さらには彼がいちばん大事にしていた〈繁殖者〉だとされている場合もあった。この文言がなにを意味しているにせよ、オロジェンが大罪を犯したあとなにが起きたかについては伝承学者も地科学者も意見は一致している――〈父なる地球〉の表面が卵の殻のようにひび割れてしまったのだ。彼が怒りをあらわにした最初にしてもっとも苛烈だった〈第五の季節〉――〈壊滅の季節〉――には、ほとんどの生きものが死に絶えた。その当時の人々は力を持ってはいたが、なんの警告もなかったので貯蔵所をつくるひまもなければ、教え導いてくれる石伝承もなかった。人類が生きのびてその後ふたたび盛り返すことができたのは、ただ運がよかったからにすぎない――そしてその後、生命体がかつての高みにまで登りつめることは二度となかった。地球の怒りは何度も再燃し、それを許さなかったのだ。

サイアナイトは昔からこういう話に好奇心をかきたてられていた。大昔の人が自分たちには理解できていないことを説明しようとしたわけだから、もちろん都合よく修正してしまっている部分はある……が、どんな伝説にも真実の神髄が含まれているものだ。もしかしたら古代のオロジェンはほんとうに惑星の地殻を粉々にしてしまったのかもしれない。でも、どうやって？　いまやオロジェニーにはフルクラムが教える以上のものがあることははっきりしている――もし伝説が真実なら、フルクラムはなにか理由があって、すべてを教えないのかもしれない。だが、事実は事実――たとえ存在するすべてのオロジェンが、幼子まで含めて、力を合わせたとしても世界の表面を破壊することはできなかったはずだ。なにもかも凍らせれば――それほどのダメージを与えるには熱も動きも足りない。オロジェンはひとり残らず燃え尽きて死んでしまうにちがいない。

つまり伝説のその部分は真実ではないということ――地球が怒りを爆発させたのはオロジェニーのせいではありえないということだ。ロガ以外の人間がこの結論を受け入れるとは思えないが。

それにしても人類がその最初の〈季節〉の劫火《ごうか》で滅びずに生きのびたのはほんとうに驚くべきことだ。もし全世界がいまのアライアのようになっていたのだとしたら……サイアナイトは〈父なる地球〉がいかに人間を憎んでいたか、あらためて思い知る。

アライアは死の火ぶくれに覆われた真っ赤な夜景と化していた。コムは跡形もなく消え去り、かつてコムをやさしく守っていた円形のカルデラが残るだけだが、それさえも見分けがつきにくい。赤くゆらめく霞《かすみ》の彼方《かなた》に目を凝らしながら、サイアナイトはカルデラの斜面にいくつか焼け残った建物や道路くらいはちらりとでも見えるのではないかと思っていたが、それも希望的観測にすぎないのかもしれない。

夜空にひろがる厚い灰の雲は、下からの炎の輝きに照らされている。港だったところには円《えん》錐《すい》形の火山が育ちつつあり、死の雲と、海から這いでてきたときの真っ赤な灼熱《しゃくねつ》の誕生血を噴きあげている。すでにかなりの大きさで、カルデラのほとんどを占め、子まで生まれている。三つの山腹にうずくまる二つの火口は親同様、ガスと溶岩をげっぷのように吐きだしている。三つの火山は成長をつづけ、いずれはひとつになって周囲の山々を飲みこみ、ガスの雲やその後に起こる暴風が近隣のコムの存続を脅かすことになるだろう。

サイアナイトがアライアで出会った人々はみんな死んでしまった。クラルス号は海岸から五マイル以内に近づくことはできない――それ以上接近すれば、熱せられた海水で船殻がゆがむとか、火山から定期的に流れでてくる高熱の雲で窒息するとか、命に危険がおよぶかもしれないのだ。ひょっとしたら、かつてはアライアの港だったところからいまも車輪のスポークのようにのびひろがって、沖合の海底に地雷さながらに潜んでいる支流の火道の真上にいきあたって、こんがりと焼けてしまうこともありうる。サイアナイトは、地球の皮膚のすぐ下で激しく沸き返っている猛烈なまばゆい嵐――ホットスポット――のひとつひとつを地覚できる。イノンでさえ地覚できるので、彼はいまにも炸裂《さくれつ》しそうなものを避けながら船を進めている。だがいまは地層が脆《もろ》くなっているから、サイアナイトが感知するより、あるいは動きを止めるより早く、かれらの真下で火口が開くこともありうる。イノンは彼女の思いを満たすために、大きな危険を冒してくれているのだ。

「コムのはずれのほうでは逃げられた連中もかなりいたらしい」イノンが彼女の隣で静かにいう。クラルス号の乗組員全員が甲板に上がってきてアライアを見つめている。みんな無言だ。「港から赤い閃光《せんこう》が走ったと思うと、そのあとリズムを刻むようにつぎつぎに閃光が走ったそうだ。まるで……脈打つみたいに。だが、最初の激震で港全体がいっきに沸騰して、コムの小さめの家はほとんどが潰れてしまった。ほとんどの人間はその一撃で死んだらしい。なんの前触れもなかったからな」サイアナイトはぴくりと身体をひきつらせる。

前触れなし。アライアには十万人近い人が暮らしていた――赤道地方のコムの平均からすると小規模だが、海岸地方では大きいほうだ。お世辞抜きで、誇り高い人々だった。大望を抱いていた。

錆びてしまえ、い、い、錆びてしまえ。みんな〈父なる地球〉の腐れきったいまいましいはらわたのなかで錆びて、燃えてしまえ。

「サイアナイト?」イノンが見つめている。サイアナイトがまるで勇み立つ馬の手綱をつかんでいるかのように、身体のまえで両の拳を握りしめているから、そして彼女のまわりに突如として細く高い緊密な円環体が出現したからだ。円環体は冷たくない――すぐそばに地球パワーが満ちていて、いくらでもエネルギーを取りこめるからだ。しかしその力は強大で、訓練を受けていないロガでも収束しつづける彼女の意思の流れを地覚できる。イノンは息を呑んで一歩あとずさる。「サイアン、なにを――」

「このままにしてはおけない」彼女は自分にいいきかせるかのようにつぶやく。あたり一帯は膨張し、沸き立ち、爆発寸前だ。火山は最初の警告にすぎない。地中の火道のほとんどは小さな入り組んだもので、岩や金属の層をなんとか通り抜けておのれの惰性を打破しようともがいている。徐々に浸《し》みだしては冷えておのれに栓をし、また浸みだして、うねうねと曲がったりねじれたり、あらゆる道を探って上へ上へとのぼっていく。だが、これはガーネットのオベリスクがあったところからまっすぐにのびてきている巨大な溶岩チューブで、混じり気のない地球の憎しみをじょうごのように地表へ送りこんでいる。なにもしなければ、いまにもこの地域全体が天空高く吹き飛ばされるほどの大爆発が起き、〈季節〉を誘発することにもなりかねない。フルクラムがこの事態を放置していることが彼女には信じられない。

だからサイアナイトはその沸き立ち、勢いを増していく熱のなかにおのれを突き刺し、アライアを見て感じている怒りのすべてをぶつけて攻めかかる。アライア、これがアライア、これが人間の居場所だったところ、ここには大勢の人がいたのに。あの人たちが死んでいいはずがない

わたしのせいで

眠っているオベリスクをそのまま放っておくほど愚かだったというだけで、無謀にも未来を夢見たというだけで。そんなことで死んでいい人間などいない。

これはかなり簡単だ。けっきょくのところ、これこそオロジェンがふだんやっていることだし、ホットスポットは使ってくれといわんばかりに熟しきっている。実際、使わずにいるほうが危険性が大きい。もしあの熱と力をほかへ流さずにすべて取りこんでしまったら、彼女は破

滅してしまうだろう。だが幸運なことに——彼女は身体を揺らして腹のなかで笑う——彼女には息の根を止めるべき火山がある。

だから彼女は片手の指をくるりと丸めて拳をつくり、認識の力でそいつの喉を焼いていく。燃やすのではなく冷やすことでそいつの怒りをそいつ自身にもどし、裂け目をひとつ残らずふさいでいく。彼女はどんどん大きくなっていくマグマ溜《だ》まりを下へ下へと押し返す——そして押し返しながら、裂けた地層を引き寄せて上のものが下のものを押しさげるようなかたちに慎重に重ね合わせ、マグマを絶えず押し返し、マグマがもっとゆっくりと地表に達する道をたどりはじめるまで、その作業をつづける。繊細な作業だ。なにしろ何百万トンもの岩とダイヤモンドができるほどの圧力がかかわっているのだから。しかしサイアナイトはフルクラム育ち。そしてフルクラムは彼女を充分に鍛えあげた。

サイアナイトが目を開けるとイノンの腕のなかだった。そして船が揺れに揺れている。ぎょっとして目をしばたたき、イノンを見あげる。イノンの目は荒々しい興奮を宿し、大きく見開かれている。彼女が意識を回復したことに気づいた彼の顔には安心感と恐れとが浮かんでいるが、その表情はサイアナイトを励ましているようにも落ち着かせようとしているようにも見える。

「おまえがおれたちを殺すようなことはないとみんなにいったんだ」逆巻く波と乗組員たちの叫び声にかぶせてイノンがいう。サイアナイトがあたりを見まわすと、乗組員が必死に帆をおろそうとしている。突然、荒れ狂いはじめた海のまんなかで、少しでも船を制御しやすくするためだ。「おれが嘘つきにならないように、なんとかしてくれないか」

まずい。彼女はこれまで陸でオロジェニーを使うのが常だったから、断層シールの海水にたいする影響を計算に入れるのを忘れていた。事をおさめるのに必要な揺れなのだが、揺れは揺れ、そして――ああ、地球、もう感じられる。彼女は津波を引き起こしてしまったのだ。そして――後頭部で地覚器官がけたたましく抗議の声をあげ、彼女はたじろぎ、唸《うな》る。やりすぎてしまった。

「イノン」頭が割れるように痛い。「波を――ううう。振幅のそろった波を押して、水面下の……」

「え？」彼はそっぽを向いて乗組員の女にエターピック語でなにか叫び、サイアナイトは心のなかで悪態をつく。いうまでもない。彼には彼女がなにをいっているかわからないのだ。彼にはフルクラム語は通じない。

だがそのとき突如としてあたりの空気がいっきに冷たくなった。温度の急変で船の木材が呻く。サイアナイトは、はっと息を吞むが、気温の変化はそれほど大きくはない。夏の夜と秋の夜のちがいという程度だ。ただしその変化が数分のうちに起きている――そしてこの変化には、冷えこむ夜に差しのべられた温かい手のような親しみ深さが感じられる。それに気づいて、イノンも息を吞む――アラバスターだ。いうまでもなく、ここは彼の力のおよぶ範囲内だ。彼がしだいにつのる波をあっというまに鎮めていく。

彼が仕事を終えると、船はふたたび静かな海面に浮かび、アライアの火山と相対していた……噴火はすっかりおさまり、火山は黒ずんでいる。まだ噴煙はあがっているし、この先何十年も熱はひかないだろうが、もうあたらしいマグマやガスを吐きだすことはない。上空からはすでに噴煙が消えつつある。

一等航海士のレシエがやってきて、サイアナイトを不安げに見やる。そしてイノンに何事か伝えた。サイアナイトには内容が把握しきれないほどの早口だが、だいたいのことはわかる――こんど彼女が火山の噴火を止めると決めたときには、先に船を避難させるようにしてくれ。レシエのいうとおりだ。「ごめんなさい」サイアナイトがエターピック語でつぶやくと、レシエはぶつぶついいながら、どすんどすんと足音を響かせて去っていった。

イノンは首をふって彼女を離し、乗組員たちにふたたび帆をあげろと指示する。彼が彼女を見おろしていう。「大丈夫か?」

「ええ」彼女はごしごしと頭をこする。「ただ、これまであんな大きなものを相手にしたことはなかったから」

「まさかきみにもできるとは思っていなかった。アラバスターのようなやつ――きみよりたくさん指輪を持っているやつ――にしかできないと思っていたんだ。きみはあいつとおなじくらい力があるんだな」

「とんでもない」サイアナイトは少し笑って、もうイノンに支えてもらわなくてもいいように手すりをつかんでしがみつく。「わたしは可能なことをするだけ。彼は自然界の錆び法則を書き換えてしまうのよ」

「へぇえ」その口調にひっかかるものを感じてサイアナイトが目をやると、驚いたことに彼の顔には後悔のようなものが浮かんでいる。「きみやあいつができることを見ていると、ときどき、そのフルクラムとやらにおれもいきたかったなあと思うんだ」

「だめよ、そんなの」彼が、ほかの連中といっしょにあんな囚《とら》われの身状態で育つ。そんなことは考えたくもない。轟《とどろ》くような笑い声とも快楽的な生き方ともあふれる自信とも無縁のイノン。優美で強靭《きょうじん》な手の骨を折られて、弱々しくぎごちない手になってしまうイノン。イノンではないイノン。

彼はいま、彼女の思いを察しているかのように彼女に悲しげな笑顔を向けている。「いったいどんなところなのか、いずれ話してくれよな。どうしてあそこからきたやつはみんな優秀なのか……そしてどうしてひどく怯《おび》えているのか」

彼はそういうと彼女の背中をぽんと叩いて、航路変更の確認をしにいってしまった。

だがサイアナイトは手すりにしがみついたままその場に残る。すると突然、骨の髄まで凍えるような思いにとらわれた。アラバスターの力がもたらした一時的な寒さとはまるでちがうものだ。

船が方向転換して傾き、彼女の愚かな行為で滅びるまではアライアと呼ばれていた場所に最後の一瞥《いちべつ》をくれたとき――

――人影が見えたのだ。

見えたような気がしただけなのかもしれない。最初は確信が持てなかった。目をすがめるとアライア盆地に南の斜面からうねうねと下っていく周囲よりも淡い色の細い帯が見えるだけだ。火口の周囲の赤い光が消えたいま、さっきよりはよく見える。あれは彼女とアラバスターが昔昔、壮大な過ちを犯す前にアライアめざして旅してきた帝国道ではない。彼女が見ているのはたぶん、あたりの森の木を一本ずつ切り倒して何十年も人が行き来するうちにできた地元民が使う砂利道だろう。

その道でなにか小さな塵《ちり》のようなものが動いている。この距離からだと、斜面を下っている人のように見える。だが、そんなはずはない。何万人もの命を奪った凄《すさ》まじい噴火が起きた場所にとどまっているなんて正気の沙汰ではない。

クラルス号が方向転換して海岸から離れていこうとしているなか、彼女はさらに目を細めて船尾のほうへ移動していく。イノンの望遠鏡があったら。とにかく確認できたら。

というのも、一瞬、彼女には見えたような気がしたのだ。いやひどく疲れていたから幻覚を見ただけなのか、それとも不安のなかで勝手に想像していたのか――。

フルクラムの上役たちがこれほどの大惨事をほうっておくはずがない。ほうっておいていいというもっともな理由がないかぎりは。ほうっておけと命令されないかぎりは。

そんなことを考えていたからそう見えてしまったのか――歩く人影がバーガンディの制服を着ていたと。

§

ある人はいう、地球が怒っているのは
ひとりになりたいからだと
わたしはいう、地球が怒っているのは
孤独だからだと

——古代(前帝国時代)の俗謡

21　あんたはもう一度、仲間を団結させる

あなたは、とあんたは唐突にトンキーに向かっていう。トンキーではないトンキーに向かって。

きらきら目を輝かせ、どこかから取りだした小さなノミを手に水晶の壁に近づこうとしていたトンキーが足を止めて、いぶかしげにあんたを見る。「なに?」

きょうという日も終わる頃で、あんたは疲れている。巨大な地下の晶洞《しょうどう》に隠された秘密のコムを見つけて、体力も気力もずいぶんと消耗した。イッカの仲間は、あんたたちを水晶の柱のなかでも長めのもののまんなかにあるアパートに入れてくれた。アパートにたどりつくにはロープの吊り橋を渡って、板張りのデッキをぐるりと一周しなければならなかった。アパートは水平だが、水晶の柱そのものは傾いている――ここをくりぬいた連中は、いくら床がまっすぐでも自分が四十五度近く傾いたもののなかに住んでいることを忘れるやつはいないという事実を理解していなかったらしい。だがあんたはそのことをなるべく忘れようとつとめた。

そしてアパートのなかを見まわし、床に荷物を置いて、ここから逃げだせる日までここが家になるんだな、と考えている最中、あんたはふと、トンキーを知っている、と気づく。あんた

は彼女を知っていた。うっすらと心のどこかで。ずっと昔から。

「ビノフ。〈指導者〉。ユメネス」あんたはぴしりという。そのひとことひとことがトンキーを打ちのめす。トンキーは身を縮めて一歩、また一歩とあとずさる。そして三歩さがったところでアパートのなめらかな水晶の壁にぶち当たった。その顔に浮かんでいるのは恐怖のようなもの、でなければ恐怖といってさしつかえないほどの大きな悲しみ。ある一線を越えてしまうと、ちがいはなくなるのだ。

「まさか覚えているとは思わなかった」小さな声で彼女がいう。

あんたは立ちあがってテーブルに両手をつく。「わたしたちといっしょに旅をするようになったのは偶然じゃなかったのね。偶然のはずがないわ」

トンキーは微笑《ほほえ》もうとするが、しかめっ面になってしまう。「ありえない偶然の一致ってあるものなのよ……」

「あなたの場合はありえない」人をだましてフルクラムに入りこんで秘密をあばいて、守護者ひとりの死につながるような騒ぎを起こす子どもの場合は。そんな子どもだった女が偶然にまかせて動くことなどありえない。あんたはそう確信している。「とりあえず変装の錆《さ》び技は昔よりうまくなったみたいね」

アパートの入り口に立っているホア——また見張りをしているのだろうとあんたは思っている——そのホアは首を左右に動かしてあんたを見たりトンキーを見たり。たぶんこの対立の行方を見守り、つぎには自分があんたと対立することになるだろうと見越して、それに備えているのにちがいない。

トンキーが視線をそらせる。ほんの少し、震えている。「ちがう。偶然なの。つまり……」

彼女は深々と息を吸いこむ。「ずっとあなたのあとをつけていたわけじゃない。たしかに人を使ってあとをつけさせたけれど、それはそれ。わたしが自分であなたのあとを追うようになったのは、ここ数年のことでね」

「人を使ってわたしのあとをつけさせた。三十年近くも？」

トンキーは目をぱちくりさせて少し肩の力を抜き、ククッと笑う。苦笑いだ。「うちの一族は皇帝よりも金持ちでね。とにかく最初の二十年くらいは簡単だった。それが十年前に手がかりが途切れ途切れになって。でも……まあ」

あんたは両手でテーブルをバンッと叩《たた》く。アパートの水晶の壁が一瞬、いくらか明るくなったように見えたのは気のせいか。あんたはもう少しでそっちに気を取られそうになる。もう少しで。

「いまはもうこれ以上、驚くようなことは受け入れられないわ」あんたはなかば歯のあいだから絞りだすようにいう。

トンキーは溜息《ためいき》をついて壁にもたれかかる。「……ごめんなさい」

あんたはまとめていた髪がほどけそうになるほど激しく首をふる。「あやまってほしいんじゃない！　説明して。あなたはどっちなの、〈革新者〉それとも〈指導者〉？」

「両方かな？」

あんたは彼女を凍らせそうになる。目を見てそれを察したのか、トンキーは思わずしゃべりだす。「生まれは〈指導者〉。ほんとうなんだから！　わたしはビノフ。でも……」両手をひろげる。「なにを指導できるっていうの？　そういうの得意じゃなくてさ。子どもの頃どんなだったかは知ってるよね。がさつで鈍感。どうもだめなんだな――人づきあいってのが。でも、ものなら、ものが相手ならできる」

「あなたの錆び歴史になんか興味はないの――」

「でも、関連してるんだから！　歴史はいつだって関連してるのよ」トンキー、ビノフ、それともほかの誰かなのかもしれないが、彼女はつかつかと壁から離れる。その顔には訴えるような表情が浮かんでいる。「わたしはほんとうに地科学者なの。第七にだってほんとうにいった。でも……でも……」しかめっ面になる。どういう意味なのか、あんたにはわからない。「うまくいかなかった。だけどわたしはほんとうにずうっと研究してきたのよ、あのソケット、フルクラムで二人で見つけたソケットのことを。エッスン、あれはなんだったのか、知ってるの？」

「知ったこっちゃないわ」

だが、これを聞いてトンキー＝ビノフは顔をしかめる。「大事なことよ」と彼女はいう。こんどは怒っているのは彼女のほうで、あんたはぎょっとしてたじろぐ側だ。「わたしはあの秘密のために人生を捧《ささ》げてきた。大事なことなの。あなたにとっても大事なことなのよ。あなたは全スティルネス大陸でも数少ない、その重要性を活かせるひとりなんだから」

「いったいなにをいってるの？」

「あそこであれがつくられたの」ビノフ＝トンキーはつかつかとまえに出てくる。顔がいきいきと輝いている。「フルクラムにあるソケットで。オベリスクはあそこで生まれた。そしてあそこから、なにもかもがおかしくなっていったの」

§

けっきょくまた最初からやり直すことになった。こんどは完璧に。

トンキーは正真正銘ビノフだった。だが彼女はトンキーのほうがいいという。第七大学に入るときに自分で選んだ名前だそうだ。ユメネスの〈指導者〉の子どもが政治家か裁判人か大規模交易商以外の職業につくのは〝好ましくない〟とされていることもわかった。もうひとつ、男の子として生まれた子が女の子になることも〝好ましくない〟のだそうだ——〈指導者〉の一族は当然ながら〈繁殖者〉を使わず、〈指導者〉のなかだけで繁殖をくりかえしているから、トンキーが女の子っぽいという理由で結婚話のひとつや二つは潰れたことだろう。それでもまたべつの結婚話を進めればいいようなものだが、若いビノフのいうべきでないことを口にしたり、突拍子もないことをしたりする性癖が最後の希望を断つことになってしまった。かくしてトンキーの家族は彼女をスティルネス一の学びの場に隠し、あたらしい社会的人格と偽の用役《ようえき》カーストを与えて、スキャンダルを巻き起こすことなく、静かに彼女との縁を切ったのだった。

それでも彼女はたくましく生き抜いた。高名な学者たちと激しくやりあったりもしたが、たいていは彼女が勝ったという。そして彼女は、かつて彼女をフルクラムへと向かわせるほど執着していたものの研究に専門家としての人生を捧げてきた——オベリスクの研究だ。

「あなたにそれほど興味があったというわけじゃないの」と彼女は説明する。「つまり、わたしは——あなたはわたしを助けてくれたから、そのことで迷惑がかからないようにしなくちゃと思っていて——でも、あなたのことを調べるうちに、あなたには可能性があることがわかった。あなたは、そのうちオベリスクを意のままにあやつる能力を獲得できる可能性のある人たちのひとりだった。だから……そのう、わたしは希望を持って……ということでね」

この時点で、あんたはまた椅子にすわっているし、二人とも声は小さくなっている。あんたはこれ以上、怒りを維持しきれない——いまやらなければならないことが多すぎる。あんたはホアに目をやる。ホアは部屋の端に立ち、用心深く身構えて、あんたたち二人を見ている。彼とも話をしなくてはならない。秘密がひとつ残らず明るみに出ようとしている。あんたのも含めて。

「わたしは死んだの」とあんたはいう。「フルクラムから身を隠すにはそれしかなかった。かれらから逃げるために死んだのに、あなたをふりはらうことはできなかったということね」

「まあ、そうね。追う側としてはべつに謎のパワーを使ったわけじゃないのよ——推理という手法を使っただけ。そのほうがずっとたよりになるからね」トンキーはテーブルをはさんであんたの向かい側にある椅子にそっと腰をおろす。アパートには部屋が三つある——ここはまんなかにある居間のようなところで、二つの寝室につながっている。トンキーはまた匂いはじめているから、いっしょにというわけにはいかない。ホアと同室というのもなんらかの答えが出てからならかまわないが、それまではあんたはこの居間で寝ることになるかもしれない。

「わたしはここ数年——いろいろな人たちと仕事をしていてね」トンキーが急に抜け目なさそうな、慎重な顔つきになる。彼女の得意技だ。「ほとんどは同業の地科学者で、誰も答えたがらない質問をしつづけてきた人たち。あとはほかの分野の専門家。みんなでオベリスクを追跡したのよ。追えるものはぜんぶ。ここ数年間。オベリスクの動きにパターンがあるって気がついてた？　みんな集まってくるのよ、ゆっくりと。近くにいるしかるべき能力のあるオロジェンがいるところへね。オベリスクを使えるオロジェンのところへ。ティリモにいたときのあなたのところへ寄っていったオベリスクは二つだけだったけれど、それで充分に推測できたわ」

あんたは眉間にしわを寄せて顔をあげる。「わたしのほうへ寄ってきた？」

「まあ、あなたのそばにいるほかのオロジェンのところかもしれないけど」トンキーはすっかりリラックスして自分の荷物に入っていたドライフルーツをつまんでいる。彼女を見つめるあんたの反応にはまるで気づいていない。あんたは血も凍る思いだというのに。「三角測量で出たラインははっきりしていたわ。ティリモは、いわば円の中心だったしね。あなた、ティリモにずいぶん長いこといたみたいね——二つのオベリスクのうちのひとつは十年近くも一直線に動いていたのよ、東海岸からずうっと」

「アメシスト」とあんたはつぶやく。

「そう」トンキーはあんたをじっと見る。「それでわたしはあなたがまだ生きているんじゃないかと思ってね。オベリスクは……なんというか、特定のオロジェンとしっかりつながっているのよ。どういう仕組みかはわからない。でも特別なものだし、予想がつくものなの」

推測。あんたはショックが大きすぎて口もきけず、ただ首をふるだけ。彼女は先をつづける。

「それがこの二、三年、二つのスピードがぐんとあがって。だからわたしはその地域までいって、二つの動きがよく読めるようにコム無しを装ったの。ほんとうにあなたに近づこうという気はなかったのよ。でもそこで北のほうで例のことが起きて、これはあやつれる人間が——オベリスク使いが——そばにいないとだめだなと思いはじめて。だから……あなたを見つけようとした。そうしたらティリモに向かう途中で、あの道の家であなたを見つけて。運がよかった。何日かあなたのあとをつけて、わたしの正体を明かそうと思っていたの……そうしたら彼がカークーサを石像にしちゃって」ホアのほうをくいと頭で指す。「やっぱりしばらくは黙っていたほうがいいと思ったわけ」

わからなくはない。「ティリモに向かっていたオベリスクはひとつだけじゃなかったっていったわね」あんたはくちびるを舐《な》める。「でも、ひとつだったはずだわ」あんたとつながっていたのはアメシストだけだ。それしかない。

「二つあったのよ。アメシストともうひとつ、メルッからきたのが」メルッというのは北西のほうにある広大な砂漠だ。

あんたは首をふる。「わたしはメルッにいったことはないわ」

トンキーは好奇心をそそられたのか困惑したのか、ふっと黙りこむ。「ねえ、ティリモにはオロジェンは何人いたの？」

三人だ。しかし。「スピードがあがった」突然、思考が停止する。彼女の質問に答えられない。ちゃんとした文章がつくれない。この二、三年、スピードがあがった。

「そうなの。原因はわからなかった」トンキーが言葉を切り、目を細めてあんたを横目で見る。

「あなた、わかるの？」

ユーチェは二歳だった。もう少しで三歳。

「出てって」あんたは小声でいう。「お風呂にでも入ったら。ちょっと考えたいことがあるの」

トンキーはすぐには動かない。もっと質問したいことがあるからに決まっている。だが、あんたが顔をあげて見つめると、彼女はすぐに立ちあがってアパートから出ていった。彼女が重い掛け布をおろして――ここのアパートにはドアがないが、掛け布でもプライバシーは充分に保てる――彼女が出ていったあと、あんたは静寂のなか、しばらく動かない。頭のなかは空っぽだ。

ふと顔をあげるとホアが目に入る。さっきまでトンキーがすわっていた椅子の横に立っている。いうまでもなく、自分の番を待っているのだ。

「で、あなたは石喰《いしく》いなのよね」とあんたはいう。

彼はまじめな顔でうなずく。

「あなたはどうも見た目が……」彼を手で指してはみたものの、どういえばいいのかわからない。彼はどう見てもふつうではない。どこかちがう。だが、世にいわれている石喰いとはこういうものとという概念ともちがっている。石喰いの髪は動かない。石喰いの肌は切れても血が出ない。石喰いはひと呼吸するあいだに硬い岩のなかを移動できるが、階段を使うと何時間もかかる。

ホアが少し動いて、荷物を自分の膝にのせる。そして荷物のなかを探って、あのぼろ切れに包んだものを取りだす。見るのは久しぶりだ。なるほど、そこに入れていたのか。彼は包みをほどいて、これまでずっとなにを持ち歩いてきたのか、あんたに見せる。

包みのなかには粗く砕いた小さめの石がたくさん入っている。どうやら結晶のようだ。石英《せきえい》のような、いや、もしかしたら石膏《せっこう》かもしれないが、どんよりした白ではなく静脈血を思わせる赤いものも交じっている。そして、はっきりとはいえないが、包みが前より小さくなっているような気がする。いくつか、なくしてしまったのだろうか？

「石ね」あんたはいう。「これをずっと持っていたの……石を？」

ホアは少しためらってから白いかけらに手をのばす。つまみあげる――あんたの親指くらいの大きさで角張っていて片面がぎざぎざに割れている。見るからに硬そうだ。

彼がそれを食べた。あんたはそれを見つめる。彼は食べながらあんたを見ている。口のなかで石を動かしている。嚙《か》み砕くのにちょうどいい角度を探しているのか、それとも舌の上で転がして味わっているのか。もしかしたら塩なのかもしれない。

ところがそのとき、彼の顎が動いた。ガリッと嚙み砕く音がする。静かな部屋に驚くほど大きく響く。さらに何度かガリッガリッと、それほど大きくはない音だが彼が嚙んでいるのは食べ物ではないことはあきらかだ。やがて彼はそれを飲みこみ、くちびるを舐めた。あんたが彼が食べるところを見るのはそれがはじめてだった。

「食べ物なのね」あんたはいう。

「ぼくだ」彼は手をのばして石ころの小山の上にかざす。妙に繊細な動きだ。あんたは軽く顔をしかめる。彼のいうことがいつも以上に理屈に合わないからだ。「じゃあ、それは……なんなの？　わたしたちみたいに見えるようになるもの、とか？」そんなことができるものかどうかわからないが。しかしまた、石喰いたちのあいだではなにひとつ共有しないし、他人にあれこれ聞かれるのを徹底的に嫌うともいう。研究用に石喰いをつかまえようとしたアルカラの第六大学の試みにかんする詳細な記録はあんたも読んだことがあった。二〈季節〉前の記録だ。その第六大学が瓦礫《がれき》と化した跡から掘りだされた書物が相当量に達したところでやっとつくられたのがディバースの第七大学ということになる。

「結晶構造は効率のいい貯蔵媒体だ」なんのことだかさっぱりわからない。するとホアがはっきりといった。「これがぼくなんだ」

あんたはもっと詳しく聞きたいと思ったが、やめておくことにした。もし彼があんたに理解してもらいたいと思っているなら、ちゃんと説明するはずだ。それに、どちらにしろ大事なのはそこではない。

「どうしてなの？」とあんたはたずねる。「どうして自分をそんなふうにつくったの？　どうしてふつうに……ありのままのあなたの姿を見せないの？」

ホアがいかにも疑い深そうにあんたを見ている。そこであんたはとんでもなく愚かな質問をしてしまったことに気づく。もし彼の正体を知っていたら、いっしょに旅をしていただろうか？　そしてまた、もし彼の正体を知っていたとしても、あんたは彼を止めようとはしなかっただろう。石喰いがどうしてもやりたいと思っていることを止められる者はいない。

「つまり、どうしてわざわざ？」とあんたはたずねる。「ふつうに……。あなたたちは石のなかを移動できるのに」

「ああ。でもぼくはあんたといっしょに旅をしたかったんだ」

さあ、いよいよいちばん肝心なところだ。「どうして？」

「あんたが好きだから」そして彼は肩をすくめる。肩をすくめる。なにかたずねられて、詳しく説明できない、あるいは説明したくない子どものように。もしかしたら、そんな大袈裟《おおげさ》なことではないのかもしれない。はずみでいっただけとか。そのうちふっと気が変わって、どこかへいってしまうのかも。だが、彼はただの子どもではない――錆び人間ですらないし、たぶん何〈季節〉も前に生まれたのだろうし、錆び硬いから気まぐれで行動することなどできない種属の一員だ――その事実が、あんたの考えがまちがいだということを物語っている。

あんたはごしごし顔をこする。両手が灰だらけになる――あんたも風呂に入らないといけない。あんたが溜息をつくと、彼が静かにこういうのが聞こえた。「あんたを傷つけるつもりはないんだ」

あんたは瞬《まばた》きして手をゆっくりとおろす。そんなことがあるかもしれないなどとは考えたこともなかった。彼の正体を知り、彼の力をあれこれ目にしたいまでも……彼のことを驚くべき、謎だらけの、得体の知れない存在とは、どうしても考えにくい。つまりはそれが、彼がこんな姿をとったいちばん大きな理由ということだ。彼はあんたが好き。あんたに怖がられるのがいやなのだ。

「それはうれしいお知らせだわ」とあんたはいう。それ以上いうことがなくて、あんたたちは互いに見つめ合う。

「ここは安全じゃない」彼がいう。

「わかってるわ」

自然に言葉が出ていた。傲慢な口調で、いつのまにかいっていた。あわてて口をつぐむ。そして思う——ふうむ、いまここで少しとげとげしい気分になるのは、そんなに意外なことだろうか？　ティリモを出て以来、あんたはずっと人を非難し攻撃してきた。だが、ふと思う——ユーチェが亡くなる前は、ジージャに対しても誰に対してもそんなことはなかった。その頃のあんたはいつも、人にやさしくしよう、穏やかな気持ちでいようとつとめていた。皮肉のひとつもいったことはなかった。腹が立っても顔には出さなかった。エッスンはこんな人間ではなかったはずだ。

ああ、そうだ、あんたは本来のエッスンとはいえない。ほんとうのエッスンではない。もうちがうのだ。

「ここにいる、あなたのような人たちは」とあんたは話しはじめる。ところが彼の小さな顔がこわばっている。まちがいなく怒っている。あんたは驚いて言葉を切る。

「かれらはぼくとはちがう」彼が冷ややかにいう。

ならば話はここまでだ。あんたは疲れ切っているし。

「もう休ませてもらうわ」とあんたはいう。一日中、歩きどおしだったし、風呂にも入りたいけれど、このカストリマの住人のまえで服を脱いでこれ以上、無防備になっていいものかどうか、まだ迷いがある。なにしろかれらはやんわりとしたかたちで、あんたを捕虜にしているようなものなのだから。

ホアがうなずいて、石をまとめはじめる。「ぼくが見張る」

「あなたも寝るの？」

「たまに。あんたより少ない。いまは寝なくていい」

なんと便利な。あんたはこのコムの住人の誰よりも彼を信頼している。信頼していいはずはないのに信頼している。

だからあんたは立ちあがって寝室に入り、マットレスに横になる。藁《わら》と綿を帆布袋に詰めただけの簡素なものだが、硬い地面よりはいいし、あんたの寝袋よりもましなので、ばったり倒れこんで、あっというまに眠りに落ちる。

そして目を覚ます。どれくらい寝ていたのかわからないが、ホアが、この数週間そうしてきたようにあんたの隣で丸くなっている。あんたは起きあがって、しかめっ面で彼を見おろす――彼は用心深く目を細くしてあんたを見ている。やがてあんたは首をふって口のなかでなにかぶつぶついいながら立ちあがる。

トンキーは自分の部屋にもどっているようだ。いびきが聞こえる。あんたはアパートから外に出て、ふと気づく。いま何時なのかまるでわからないのだ。上にいれば、たとえ曇っていても灰が降っていても昼か夜かはわかる――明るい降灰や雲か、暗い、赤い光の斑点が混じった降灰や雲か、で判断がつく。ところがここは……ぐるりと見まわしても、見えるのは巨大な輝く水晶だけ。そしてその上に、およそありえないこととしか思えないのだが、かれらが築いた町が見えるだけだ。

あんたは雑なつくりの板張りのデッキに踏みだし、いかにも危なっかしい手すりごしに目をすがめて下を眺める。いったい何時なのかわからないが、下の地面では何十人もの住人がそれぞれの仕事をこなしているようだ。あんたとしては、とにかく、このコムのことをもっと知る必要がある。ここを破壊する前に――つまり、もしあんたがここから出ていこうとしたときにかれらが本気で止めにかかったら、そうなるかもしれないわけだから。

(あんたは、イッカもロガだ、ほんとうに彼女と戦う気があるのか？　という心のなかの小さな声を無視する。)

(あんたは小さな声を無視するのが大の得意だ。)

最初は、どうやって地面までおりればいいのか、道筋を読むのがむずかしい。どのデッキも橋も階段も水晶と水晶をつなぐかたちでつくられているからだ。水晶はあらゆる方向にのびているから、それをつなぐものもあっちへのびたりこっちへのびたり。直感はまるで通用しない。

階段をあがって太めの水晶の柱のまわりをぐるりとまわると、こんどは下におりる階段がある――それをおりていくとデッキがあって、そのデッキにはほかに階段がないから、もときた道をもどるしかない。あたりには住人が数人、好奇心いっぱいの目で、あるいは敵意を感じさせる目で、すれちがうあんたを見ている。あんたが見かけない顔だからだろう――住人はみんなこざっぱりしているが、あんたは灰色、灰まみれだ。かれらは肉付きもいいが、あんたは何週間も歩きづめで携行食料を食べているだけだから、服がぶかぶか。住人があんたを見ただけで不機嫌になるのは無理もないことだから、あんたも頑として道をたずねたりはしない。

だが、ついにあんたも地上に到着。おりてみると、巨大な石のあぶくの底を歩いているのだということがよくわかる。あんたのまわりの地面がゆるやかに傾斜して、とてつもなく大きいとはいえ、まちがいなく鉢の形になっている。ここが卵形のカストリマの底の尖《とが》った先っぽだ。ここにも水晶はあるがずんぐりしていて、あんたの胸ぐらいまでの高さしかないものもある――いちばん大きいものでも十フィートから十五フィートどまりだ。いくつかの水晶のまわりには木製の仕切りがめぐらされていて、地面にはところどころスペースをつくるために水晶をどかした跡が残っている。ざらついていて色がまわりより薄いからわかりやすい。（いったいどうやったのだろう、とあんたは漠然と思う。）それらすべてがあいまってあちこちで小道が交差し、まるで迷路のようだ。それぞれの小道はコムの暮らしに欠かせない窯場や鍛冶屋、ガラス工房、パン焼き場などにつながっている。小道をはずれたところにはテントや野営場が見える。人が入っているテントもある。やはりこのコムの住人のなかにも、巨大な大釘が林立する床から何百フィートも上にある厚板をつなぎあわせたデッキを歩きまわるのはぞっとしないという連中がいるようだ。これはおもしろい。

（またあのエッスンらしからぬ皮肉な一面が出た。錆び——自己規制はもううんざり、とあんたは思っている。）

風呂を見つけるのは簡単だった。灰緑色の石の床沿いに湿った足跡がついていて、その足跡がぜんぶ一方向につづいているのだ。あんたはそれを逆にたどっていって、びっくり仰天の大発見をする。風呂というのは湯気をたてるきれいな湯が入った巨大なプールだった。プールの縁は晶洞の天然の床から少し高くなっていて、そこから流れでた湯が数本ある太い真鍮《しんちゅう》のパイプのうちの一本に吸いこまれていく。そのパイプがどこにつながっているのかはわからない。プールの反対側にはやはりパイプがあってそこから湯が滝のように流れでている。たぶん数時間ごとに湯を循環させて、きれいに保っているのだろう。しかも片側には洗い場があって長い木のベンチが並び、棚にはさまざまな入浴用品が置いてある。先客はかぞえるほどで、大きなプールに入る前にせっせと身体を洗っている。

あんたが服を脱いで、身体を半分ごしごし洗いおえた頃のことだ。あんたの上に影が落ちた。あんたはびっくりしてあわてて立ちあがり、ベンチをひっくりかえして地面に手をのばす。大袈裟に反応しすぎたかもしれないと思うが、あとの祭りだ。が、つぎの瞬間、あんたは手にしていた石鹸《せっけん》だらけのスポンジを落としそうになる。なぜなら——

——影の主がレルナだったたからだ。

「やっぱり」彼を見つめているあんたに、彼がいう。「あなたかもしれないと思っていたんですよ、エッスン」

あんたはただただ見つめつづける。彼はなんとなく雰囲気がちがっている。前より痩せているのに、重たい感じになったというか。あんたとおなじ――旅やつれだ。あれから――何週間？　何カ月？　時間の感覚があいまいになっている。彼はここでなにをしているのだろう？　ティリモにいるはずなのに。ラスクが医者が出ていくのを許すはずはない……。

ああ。そうか。

「イッカはほんとうにあなたを呼び寄せることができたんですね。まさかと思っていたんですが」疲れている。彼は見るからに疲れている。顎の縁に傷がある。三日月形の、もとの肌の色にはもどりそうもない白っぽい傷痕が。位置を変えて話をつづける彼を、あんたはじっと見つめている。「やむなくこんなところにたどりついてしまって、いくらなんでもここってことはないと思っていたら……こうしてあなたがいる。これはたぶん運命ってやつです。でなければ〈父なる地球〉のほかにも、ほんとうにいろいろな神々がいるのかもしれない――つまり、ぼくらのことを気にかけてくれる神が。さもなければ、その神々は意地が悪くて、これは悪い冗談、とかね。ぼくには知るすべもないけど」

「レルナ」とあんたはいう。これがものをいった。

彼がさっと目を伏せる。とたんにあんたは遅まきながら自分が裸だったことに気づく。「終わってからにすればよかったですね」彼はそういって、すぐに視線をそらせる。「終わったら、お話ししましょう」彼に裸を見られたからといって、あんたはべつに気にするわけでもない——なんの因果か、子どものひとりは彼に取りあげてもらったのだ——が、彼は気配りしてくれた。昔からそうだった。あんたの正体を知りながら、ひとりの人間として扱い、あんたの人生にあれほど尋常でないことが起こり、なにもかも変わってしまったあとでも、ふしぎなほど熱心に励ましてくれた。過去に置き去りにしてきた人生があとをついてきた。あんたにとってははじめての経験だ。

彼は風呂場を通り抜けて去っていった。あんたはひと呼吸おいてベンチに腰をおろし、身体を洗いおえる。湯につかっているあいだ、わざわざ声をかけてくるような者はいないが、カストリマの住人のなかには好奇心むきだしでじろじろ見るやつもいる。敵意は薄まっているが、それは驚くには当たらない——あんたは見た目が怖いわけではないからだ。あんたに対する憎しみを生むのは、目には見えないものだ。

しかしどうだろう……かれらはイッカの正体を知っているのだろうか？　地表でいっしょにいたブロンド女は、まちがいなく知っている。もしかしたらイッカはなにかあの女の弱みでも握っていて、黙らせているのかもしれない。が、どうもそうではない気がする。イッカは自分の正体をまるで隠そうとしていないし、赤の他人のよそ者相手になんのてらいもなくそのことを話題にしている。いかにもカリスマ的だし、あまりにも目立ちすぎる。イッカはまるでオロジェニーが数ある才能のなかのひとつ、その人の特徴のひとつであるかのようにふるまっている。そういう態度をとる人やオロジェンをコム全体で受け入れている集団に出会ったことは、これまでに一度しかない。

しっかり湯につかって、きれいになったと感じたところで、あんたは風呂から出る。が、タオルは持っていない。あるのは灰まみれの汚れた服だけだから、あんたは洗濯場で時間をかけてごしごし洗う。洗いおえても乾かすすべはないが、見知らぬ他人ばかりのコムのなかを裸で歩く度胸はないし、晶洞のなかは夏のような感じだから、あんたはいつも夏にやっているように、服はすぐに乾くと踏んで、濡れたのをそのまま着てしまう。

あんたが風呂から出ていくと、レルナが待っていた。「こっちです」彼はそういってあんたといっしょに歩きだす。

あんたは彼についていく。案内されるままに階段やデッキの迷路を進んで、着いた先は壁からわずか二十フィートばかり突きでているだけの、ずんぐりした灰色の水晶だった。ここに彼のアパートがある。あんたとトンキーとホアが入っているところより狭いが、ハーブの包みや畳んだ包帯がびっしり並んだ棚があるし、主室にある風変わりなベンチは、間に合わせの簡易ベッドとして使えそうだということは容易に想像がつく。医者は往診に備えておく必要もある。

彼はあんたにベンチにすわるようにといい、自分は向かい側のベンチに腰をおろす。

「ぼくがティリモを出たのは、あなたが出ていったつぎの日です」彼が静かにいう。「オヤマーが——ラスクの補佐の、覚えているでしょう、あのどうしようもない愚か者——あいつがあたらしい長《おさ》を決める選挙をしようとしていたんです。〈季節〉がくるから責任を負いたくなかったんですよ。ラスクはあんなやつを補佐に選ぶべきではないとみんな思っていたのに、あいつの一族が西部の材木搬出業の営業権のことでラスクに便宜をはかって……」声が小さくなって消える。いまとなってはどうでもいいことだからだ。「とにかく。〈強力《ごうりき》〉どもの半分は、酔っ払って武器を持って貯蔵品は略奪するし、誰彼かまわずおまえはロガだとかロガの味方だとか難くせをつけるし。あとの半分もおなじことをしていました――ただしひっそりとね。しらふな分、たちが悪い。連中がぼくのことに気づくのも時間の問題だということはわかっていました。ぼくがあなたと友だち付き合いをしていたことは、みんな知っていましたからね」

ならばこれもあんたのせいだ。あんたのせいで彼は安全なはずの場所から出ていかざるをえなかったのだから。あんたは気まずい思いで目を伏せる。いまは彼も〝ロガ〟という言葉を使っている。

「ブリリアンスまではいけると思っていたんです。母方がそこの出身でね。向こうはぼくのことをほとんど知らないけれど、聞いたことぐらいはあるはずだし、ぼくは医者だから……なんとかなるんじゃないかと思って。とにかくティリモに残ってリンチに遭うよりはいい。リンチに遭わなくても、どんどん寒くなって〈強力〉たちになにもかも食べられてしまったり盗まれてしまったりで飢え死にするよりはましだ。それに、思ったんですよ――」彼は口ごもり、ちらっとあんたを見て、すぐに視線を自分の手にもどす。「思ったんです、急いでいけばあなたにに追いつけるかもしれないって。でもそれはばかげた考えだった――当然、追いつけませんでした」

これは口に出したことこそないが、前からあんたと彼とのあいだにあったことだ。レルナは、あんたがティリモにやってきたあと、どこかの時点であんたの正体を知った——あんたが明かしたわけじゃない。それらしき気配に気がつくほどあんたをよく見ていたから、そして頭がよかったから、そうにちがいないと推測したのだ。彼は、マケンバの息子は、昔からあんたを好いていた。あんたは成長すればそんな思いは消えてしまうだろうと思っていた。ところがそうではなかったとわかって、あんたはどぎまぎしながら微妙に姿勢を変える。

「夜のうちにこっそり抜けだしたんです」と彼はつづける。「壁の割れ目から……あなたが……かれらがあなたを止めようとした場所のそばの割れ目から」彼は腕を膝に置いて、組んだ両手を見つめている。大きく動かすわけではないが、片方の親指でもう片方の手の関節をゆっくりと何度も何度もこすっている。瞑想《めいそう》を誘うような動きだ。「持っていた地図を見ながら、人の流れに乗って歩きました……でもブリリアンスへは一度もいったことがなくて。地球火《ちきゅうび》、これまでほとんどティリモを離れたことがなかったんです。離れたのは一度だけ。ヒルジへ医学の訓練の仕上げにいったときだけです——とにかく、地図がまちがっていたのか、ぼくが地図が読めないのか。たぶん両方なんでしょう。コンパスは持っていなかった。たぶん、帝国道から離れるのが早すぎたんだと思います……南へ向かっているつもりが南東に進んでいて……なんともはや」溜息をついて頭をかく。「完全に道に迷ったなと思ったときには、もう遠くまできすぎていて、そのままいくなら少しでもましなルートを見つけるしかないなと思っていたんです。ところが、ある十字路に追いはぎだかコム無しだかの一団がいて。そのときぼくには連れがいて、中年の男とその娘です。男は胸に深傷《ふかで》を負っていて、ぼくが手当してやって、娘は十五歳くらいでした。追いはぎが――」

彼が言葉を切る。顎がこわばっている。なにがあったのか、あんたにも容易に想像がつく。レルナは喧嘩《けんか》とは無縁の人間だ。でも、まだ生きている。大事なのはそこだ。

「マラルドが――その中年の男です――彼がいきなり追いはぎのひとりに飛びかかっていったんです。武器もなにも持っていないのに。相手の女は鉈《なた》を持っていました。いったいどうするつもりだったのか、ぼくにはわからない」レルナは深々と息を吸いこむ。「でも、彼がぼくを見たんです。それで――それでぼくは――ぼくは彼の娘の手をつかんで走った」顎がいっそうこわばる。歯ぎしりの音が聞こえないことに、あんたは驚く。「そのあと、娘はぼくのもとを去っていきました。ぼくを臆病者となじって、ひとりで走っていってしまいました」

「あなたが彼女を連れて逃げなかったら」とあんたはいう。「あなたも彼女も殺されていたわ」

まさに石伝承にあるとおりだ――平時にあっては名誉、非常時にあっては生き残り。生きている臆病者は死んだ英雄より上、ということだ。

レルナのくちびるがかすかにゆがむ。「そのときはぼくも自分にそういいきかせましたよ。そのあと彼女はひとりでいってしまった……地球火。若い娘が武器も持たずにひとりで旅するなんて……」

あんたはなにもいわない。その娘が健康で五体満足なら、誰かが受け入れてくれるだろう。たとえ〈繁殖者〉としてだけの位置づけだとしても。もしもっといい用役カースト名を持っていれば、あるいは自分で武器や食料を調達して能力があることを証明できれば、それも役に立つだろう。それはそうなのだが、レルナといるほうが、彼と離れてしまうよりも勝算は高かったはず。しかし自分で選んだ道だ。

「あの追いはぎどもがなにを狙っていたのかもわからないんです」レルナは自分の手を見ている。もしかしたら彼はそのときからずっと悩みつづけているのかもしれない。「ぼくらは避難袋しか持っていなかったんですから」

「それだけで充分よ。食料が不足していたとすれば」あんたは思わずいってしまったが、いずれにしても彼は聞いていなかったようだ。

「ぼくはそのままひとりで旅をつづけました」彼は一度だけ、フフッと苦々しげに笑う。「その娘のことが心配で、自分もおなじくらいまずい状況だということさえ思い浮かびませんでした」そのとおりだ。レルナはあんたとおなじ、ごくふつうの中緯度地方人だ。ただし体格や身長の面ではサンゼの特徴を受け継いでいない——知的な面は正当に受け継いでいることを証明するにはずいぶん苦労したことだろう。だがけっきょくは、ほとんどは遺伝のいたずらのなせる業《わざ》だが、いっぱしの見目よい男に成長した。セバキ人の高い鼻、サンゼ人の肩と肌の色、西海岸地方人のくちびる……。赤道地方のコムの好みからすればあまりにも多くの人種の血が入りすぎているということになるが、南中緯度地方人の基準でいえば見目よい男だ。

「カストリマを通り抜けていこうとしたんですが」彼の話はつづく。「人っ子ひとり見当たりませんでした。疲れ果てていて。必死で逃げてきましたから——とにかく。どこかの家にひと晩、身を潜めて炉辺で火をたいても誰にも見つからないかもしれないと思って。ちゃんとした食事をして気分を変えて。その先どうすべきかじっくり考えるつもりでした」彼は薄い笑みを浮かべる。「ところが目を覚ますと、取り囲まれていました。医者だというと、ここに連れてこられて。それが二週間くらい前のことです」

あんたはうなずく。そして自分のことをなにひとつ包み隠さず嘘も交えず、彼に話して聞かせる。ティリモでのことだけでなく、なにからなにまで。罪悪感があったのかもしれない。彼にはすべてを知る権利があると思ったのだろう。

二人とも口をつぐんでしばし沈黙がつづいたあと、レルナが首をふりながら溜息をついた。「〈季節〉を生き抜くなんて考えたこともありませんでしたよ」そっと洩《も》らす。「つまり、ぼくもみんなとおなじように生まれてからずっと伝承を聞かされてきたけれど……いつも自分はそういう目には遭わないと思っていたんです」

みんなそう思っている。あんただって、世界の終わりに遭遇することになるなんて夢にも思っていなかった。

「ナッスンはここにはいません」しばらくしてレルナがいった。小声でそっといったのに、あんたはびくりと顔をあげる。彼の表情がやわらぐ。あんたの顔色が変わったせいだろう。「残念ですが。でも、このコムにきてそこそこ時間がたちましたから、あたらしくここにきた人間とは全員、顔を合わせているんです。あなたは彼女を捜している。それはわかっていましたから」

ナッスンはいない。もうどっちの方角へいったのかも、どう捜せばいいのかもわからない。

なんの前触れもなく、希望さえも奪われてしまった。

「エッスン」レルナがふいにかがみこんであんたの手を取る。あんたは自分の手がぶるぶる震えていることに遅まきながら気づく――彼の指があんたの指をなだめている。「きっと見つかりますよ」

　この言葉に意味などない。ただあんたをなだめようとして反射的に出てきただけだ。だが、あんたはまた打ちのめされてしまう。こんどは、地上でイッカの目のまえでばらばらに崩れそうになったときよりもひどい。終わった。ゴールめざしてひとすじに一心不乱につづけてきたこの奇妙な旅……なにもかもが無意味だった。ナッスンはいなくなってしまった、あんたは彼女を見失ってしまった、ジージャが犯した罪の代償を払うことはもうない、そしてあんたは――

　あんたになんの価値がある？　誰があんたのことなんか気にする？　そう、まさにそこだ、そうだろう？　かつては気にかけてくれる人たちもいた。かつてはあんたを尊敬し、あんたの言葉だけをたよりに生きる子どもたちもいた。かつては毎朝、目が覚めると隣で寝ている男がいた――三人いたが、最初の二人は勘定に入れない。あんたがいることなど気にも留めない男だった。かつては、その男があんたのために築いた壁に囲まれて、二人でつくった家庭で、あんたを受け入れるという選択をしてくれたコムで暮らしていた。

　そのすべてが嘘の上に築かれたものだった。ばらばらに崩れてしまうのは時間の問題だった。

「いいですか」レルナがいう。その声を聞いて、あんたは瞬きする。涙がぽろりと落ちる。ぽろぽろ、ぽろぽろ、落ちる。あんたはさっきからずっと、なにもいわずにただ泣いていたんだ。彼があんたのすわっているベンチに移ってくる。あんたは彼によりかかる。よくないこととわかってはいる。でも、よりかかってしまう。そして彼が肩に手をまわしてくると、あんたはほっとするものを感じる。ともかくも彼は友だちだ。これからもずっとそうだろう。「もしかしたら……もしかしたらここにいるのもそう悪くはないかもしれません。いまはなにも考えられないでしょう――いろいろとありすぎて。このコムは変わっているし」彼は顔をしかめてみせる。「ここにいるのがいいのかどうか、自分でもよくわかりませんが、いまは地上にいるよりましです。じっくり考えれば、ジージャがどこへいったのか見当がつくかもしれませんよ」彼は懸命に頑張っている。あんたは少し首をふるものの、心が空っぽで反論するだけの力が湧いてこない。

「家はあるんですか？　ぼくはここをあてがわれましたから、きっとあなたにも用意してくれたんでしょうね。ここには部屋がいくらでもありますから」あんたがうなずくと、レルナは深深と息を吸いこんだ。「では、そこにいきましょう。連れの人たちを紹介してください」

というわけで、あんたは気持ちを静め、先に立って彼の家を出ると、自分にあてがわれたアパートはたぶんこっちだなと思う方向に歩きだす。道すがら、あんたはあらためてゆっくりとこのコムがいかに風変わりか実感することになる。まったく、とんでもなく変わっている。たとえば白っぽい、きらきら光る水晶に埋めこまれた部屋には棚が並んでいて、そこにクッキーを焼く鉄板のような浅いトレイがびっしりと置いてある。かと思えば、使われていない汚れた部屋もあって、そこにはずいぶんとお粗末なつくりの拷問道具らしきものが置かれている——天井からさがった二本の鎖の先に輪っかがついたものは、どういうふうに使って痛めつけるのかあんたには見当がつかない。金属製の階段もある——誰だか知らないがここをつくった人たちが据えつけたものだ。もっとあとにつくられたものもあるが、ちがいは歴然。もとからあったものは錆びていないのだ。まったく劣化していないし、実用一辺倒でもない。手すりや踏板の端に見たことのない飾りがほどこされている——浮彫りになった人の顔や見たことのない植物の蔓《つる》をモチーフにした精巧な細工。描いたのではないかと思うほど手が込んでいるが、さまざまな大きさの尖った点だけで構成されている。いったいこれはどういうものなのだろうと考えながら見ていると、たしかに気分転換になる。

「これはもう狂気の沙汰ね」歯をむきだして唸《うな》っているカークーサらしき装飾をさすりながら、あんたはいう。「ここはスティルネスじゅうに五万とあるのとおなじ、絶滅文明の廃墟《はいきょ》よ。廃墟は死の罠。赤道地方のコムは廃墟をできるかぎり潰して平地にしたり埋めたりしている。それがなにより賢い対処法だわ。ここをつくった人たちが生き残れなかったのなら、わたしたちがここで頑張ってみたっておなじことでしょう?」

「廃墟がすべて死の罠とはかぎりませんよ」レルナは水晶の柱に巻きつくようにつくられたデッキをそろりそろりと水晶にへばりつくようにして進んでいる。顔はまっすぐまえに向けたままで、ほかを見ようとはしない。上くちびるに玉の汗が浮かんでいる。あんたは彼が高いところが苦手とは知らなかったが、考えてみるとティリモは退屈なほどまっ平らなところだったから当然といえば当然だ。彼は慎重に冷静な声でしゃべっている。「ユメネスは一連の絶滅文明の廃墟の上に建てられているという説もあります」

　その結果どうなったか、考えてごらんなさい、とあんたは腹のなかで思う。

「その人たちも、ほかの人たちのようにただ壁をつくればよかったのよ」とあんたはいったが、ふと口ごもる。目的は生き残ること、そして生き残るためには変化がもとめられることもある、と思い当たったからだ。ふつうの戦略――壁をつくり、役立つものを取りこみ、役立たないものは排除し、武装し、必需品を蓄え、あとは幸運を祈るという戦略――がうまくいったからといって、ほかのやり方がだめとはいいきれない。だが、ここは？　穴の底へおりていってとげとげの石でできたボールのなかに隠れ、石喰いやロガといっしょに暮らす？　とんでもなくばかげているとしか思えない。

「わたしが出ていくのを止めようとしたら、どうなるかわかるはずだわ」とあんたはつぶやく。聞こえているのかいないのか、レルナはなんの反応も示さない。

　やがてあんたは自分のアパートを見つける。トンキーは起きていて、居間で大きな鉢に入ったなにかを食べている。あんたの荷物から出したものではなさそうだ。おかゆのようなどろどろしたもので、小さな黄色っぽいものが入っている。一見、ぞっとするようなものだ――が、トンキーが鉢を傾けて見せてくれた。穀物のスプラウト。標準的な貯蔵食品だ。

（トンキーは、入ってくるあんたを用心深い目つきで見ているが、彼女が打ち明けた真実など、きょうあんたが直面しなければならなかったことに比べたら小さなもの。だからあんたは挨拶がわりに手をふって、いつものように彼女の正面にすわる。トンキーの表情がやわらぐ。）レルナは礼儀正しくふるまっているが、トンキーに対しては慎重な態度を崩さないし、トンキーのほうもおなじだ――が、それもレルナがカストリマの住人がビタミン不足にならないよう、血液と尿の検査をしていると話すまでのことだった。トンキーが身をのりだして、お馴染《なじ》みの貪欲《どんよく》さまるだしの顔で、「どんな器具を使っているの？」とたずねたときには、あんたも思わずにやりとしそうになった。

そのときホアがアパートに入ってきた。彼が外出しているとは思っていなかったから、あんたは驚く。彼の氷白の瞳がすぐさまレルナをとらえ、遠慮会釈なくじろじろ眺める。そしてふっと力を抜く。それが見るからにはっきりとわかったので、あんたはやっと気づいた。ホアがずっと緊張していたのだということに。このいかれたコムにきてからずっと。

だがあんたはこのことを、またあとで探りを入れる奇妙な謎のひとつとして記憶にとどめることにする。ホアが話しかけてきたからだ。「エッスン、あんたに会ってもらわなくちゃいけない人がいる」

「誰？」

「男だ。ユメネスからきた」

あんたたち三人そろってホアをじっと見つめる。「えーっと」なにか誤解があるのかもしれないと用心して、あんたはゆっくりという。「わたしがユメネスからきた人に会わなくちゃいけないの？」

「あんたに会いたいといってる」

あんたは辛抱強くつづけることにする。「ホア、わたし、ユメネスに知り合いはいないのよ」

とにかく、もういまは。

「あんたを知ってるといってる。あんたを追いかけてここにきた。あんたがここをめざしているとわかったから、先にここにきていた」ホアは困ったように少し顔をしかめる。「あんたに会って、まだそれができるかどうか知りたいといってる」

「できるってなにを?」

「〝それ〟としかいわなかった」ホアの視線が、まずトンキーへ、そしてレルナへと動き、またあんたにもどる。二人には聞かせたくないことなのかもしれない。「あんたとおなじような人だ」

「それって——」よし。あんたは目をこすり、深く息を吸いこんで、ホアに隠す必要はないとわからせるために、あえていう。「つまり、ロガなのね」

「そう。ちがう。あんたとおなじだ。彼の——」ホアが言葉でいう代わりに指をくねくねと動かす。トンキーが口を開く——あんたは素早く手をふって黙らせる。トンキーがにらみつけてくる。やがてホアが溜息をつく。「彼は、もしあんたにくる気がないようなら、あんたは彼に借りがあると伝えてくれといった。コランダムのことで借りがあると」

あんたは凍りつく。

「アラバスター」あんたはつぶやく。

「そう」ぱっと顔を輝かせて、ホアがいう。「それが彼の名前」そしていっそう顔をしかめる。こんどは物思いに沈んでいるかのように。「彼は死にかけている」

§

〈狂気の季節〉：帝国暦紀元前三年―帝国暦七年

キアシュ・トラップ――古代の超巨大火山（〈狂気の季節〉の約一万年前にあったといわれる〈二連の季節〉を引き起こしたのとおなじ火山）の複数の火道――の噴火で、カンラン石などの黒っぽい火山砕屑物《さいせつぶつ》が大気中に大量に吐きだされました。その結果、十年間、闇に閉ざされた日々がつづき、通常の〈季節〉による被害だけでなく、精神疾患の発症率が異常に高くなるという現象も生じました。サンゼのヴェリシェ将軍は敵に、門や壁は防御手段として信頼のおけるものではない、亡霊があたりをうろついている、と信じこませるという心理作戦を展開して、長く苦しんできた幾多のコムを征服しました。彼女は陽光がふたたび射《さ》しこんだその日に皇帝と呼ばれることになりました。

――「サンゼの〈季節〉」託児院十二歳児用教科書より

22　サイアナイト、砕け散る

ミオヴの住人はクラルス号が格別の品々を獲得して無事帰還したことを祝って、どんちゃん騒ぎの宴を催した。戦利品は装飾用の彫刻にもってこいの高品質の石や家具づくりに使う香りのよい木材、おなじ重さのダイヤモンドの二倍もの値打ちがある手の込んだ金襴《きんらん》、そして交易用通貨として使える高額紙幣や大ぶりの真珠貝も。食料はないが、金《かね》同様に使えるものがあれば必要なものは交易業者を本土に送りこんでカヌーに山盛り買ってこさせればいい。ハーラスが祝いの席用に、とっておきの恐ろしく強いミードの樽を開けてふるまったので、住人の半分は翌日になってもまだ寝ている。

サイアナイトが、みずから噴火させてコムを全滅に追いこんだ火山を鎮めたのが五日前、そして仲間の存在を隠しとおすために大勢の人間が乗った二隻の船を沈めたのが八日前。彼女には、昨夜の宴は彼女が大量殺人を犯したことを祝っているかのように感じられた。

彼女はまだベッドのなかにいる。船の荷下ろしがすんですぐに部屋に引っこんでからずっとだ。イノンはまだ帰ってきていない――彼には、みんなが彼の話を楽しみにしているのだからいってやってほしい、わたしがふさぎこんでいるからといってあなたまで落ちこんでほしくない、といって宴に送りだしたのだ。彼はコランダムを連れていった。コランダムは祝い事が大好きだ──みんながなにか食べさせてくれるし、抱きしめてくれるのだから当然だろう。イノンが話しだすと、精一杯声を張りあげてわけのわからないことを叫んだりして、場を盛りあげたりもする。身体的特徴はさておき、性格的にはイノンによく似ている。

サイアナイトといっしょにいるのはアラバスターだ。黙りこんだままのサイアナイトに終始、話しかけて、彼女が考えこみすぎないよう無理やりにでも返事をさせようとしている。彼はそういう気持ちになるのはよくわかるというが、どうしてなのか、なにがそうさせているのかはいおうとしない。それでも彼女は彼を信じている。

「あなたもいったほうがいいわ」ついに彼女も口を開く。「物語の宴にいってらっしゃい。コランに、少なくとも二人はまともな親がいるってことを思い出させてやって」

「ばかをいうな。あの子の親は三人だ」

「イノンはわたしのことをひどい母親だと思っているわ」

アラバスターが溜息《ためいき》をつく。「いや。きみはイノンがこうあってほしいと思う母親像とはちがうだけだ。しかしきみはわれわれの息子が必要としている母親だ」彼女は顔をしかめて彼を見る。彼が肩をすくめる。「コランはいずれ強い男になる。あの子には強い両親が必要だ。わたしは……」ふいに口ごもる。彼女は彼が話題を変えるつもりだなと直感する。「ちょっと見せたいものがある」

サイアナイトが溜息をついてよいしょと起きあがると、彼はベッドの横にかがみこんで小さな布の包みを開く。彼女が思わずなんだろうとのぞきこむと、そのなかにはきれいに磨かれた石の指輪が、彼女の指にぴったりのサイズの指輪が、入っていた。ひとつは翡翠《ジェイド》、もうひとつは真珠貝。

彼女が彼をにらみつけると、彼は肩をすくめる。「活動中の火山の噴火を止めるなど、ただの四指輪にできることではない」

「わたしたちはもう自由なのよ」彼女は自由を実感できていないくせに、頑としてそういい放つ。遅きに失したのは事実だし、思いもかけないかたちだったのも事実だが、けっきょくのところ彼女はフルクラムから指示された任務を完遂してアライアの不具合を直してみせたのだ。そう考えると笑いが止まらなくなりそうだったので、彼女は無理やりいいつのった。「わたしたちはもうどんな指輪もする必要はないのよ。黒い制服を着る必要もない。わたしなんかもう何カ月も髪を結わえていないし。あなただってフルクラムが送りこんでくる女たち相手に種馬みたいに励む必要もない。フルクラムのことはほうっておけばいいのよ」

アラバスターは悲しげにかすかに微笑《ほほえ》む。「そういうわけにはいかないんだ、サイアン。きみかわたしか、どちらかがコランを訓練しなくてはならないし――」

「なんの訓練もする必要はないわ」サイアナイトはまたベッドに横になってしまう。彼女は、彼が部屋から出ていってくれないかと思っている。「基本はハーラスとイノンから学べばいい。それだけでここの人たちはこの先何百年も無事にやっていけるわ」

「サイアン、イノンにはあの噴火を鎮める力はない。もし彼がやっていたら、火山の下のホットスポットを広範囲に吹き飛ばして〈季節〉を引き起こしていただろう。きみは世界を救ったんだ」

「じゃあ勲章をちょうだい、指輪じゃなくて」彼女は天井をにらんでいる。「あそこにあったものまで吹き飛ばしてしまった噴火の原因がわたしでないなら。だから、たぶん無理ね」

アラバスターは手をのばして彼女の顔にかかった髪をかきあげる。彼女が髪をまとめなくなってから、彼はよくこれをやる。彼女は昔から自分の髪のことでは少し引け目を感じていた——巻き毛だが、こしがまったくないのだ。サンゼ人のまっすぐな硬い髪でもなければ、海岸地方人の縮れて硬い髪でもない。中緯度地方の雑種だから、父方、母方、どちらの先祖を恨めばいいのかもわからない。が、少なくともそれで苦労したことはない。

「わたしたちはこういう存在なんだ」彼がいう。あまりにもやさしいいい方なので、彼女は泣きたくなってしまう。「わたしたちはミサレムだ。シェムシェナではない。この話は聞いたことがあるだろう?」

あの痛みを思い出して、サイアナイトの指が疼《うず》く。「ええ」

「守護者が話してくれたんだろう? 守護者はみんな子どもにあの話をしたがるんだ」アラバスターは彼女に背を向けてベッドの柱によりかかる。その背に力みはない。サイアナイトは出ていってくれといおうと思いながらも口には出さずじまいだ。彼女は彼を見ていないから、彼女が受け取らなかった指輪の包みを彼がどうしているのか、まったくわからない。食べていようがどうしようが、彼女にとってはどうでもいいことだ。

「あのナンセンスな話、わたしも守護者から聞かされたよ、サイアン。怪物じみたミサレムは、さしたる理由もなしに全国民相手に開戦を宣言し、皇帝を殺そうと決めたことになっている」

サイアナイトは思わず眉間にしわを寄せる。「なにか理由があったというの？」

「ああ邪悪な地球、もちろんあったさ。その錆《さ》び頭をしっかり使うんだ」

叱られると腹が立つ。腹が立てば、冷え切った心がまた少しだけ動く。さすが老練なアラバスター、彼女を怒らせて気持ちを上向かせているのだ。彼女は頭をめぐらせて、彼の背中をにらみつける。「じゃあ、いったいどんな理由だったの？」

「この世でいちばん単純で強力な理由――復讐《ふくしゅう》だ。話に出てくる皇帝はアナフメス。すべては〈歯の季節〉が終わった直後に起きた。どの託児院でもこの〈季節〉のことは詳しくは教えていないんだが、北半球のコムでは大量の餓死者が出た。この〈季節〉を引き起こした揺れは北極点のそばで起きたから、北のほうが打撃が大きかったんだ。〈季節〉は一年かけて赤道地方や南半球にまでひろがっていった――」

「どうして知っているの？」サイアナイトにとってはグリットの厳しい訓練期間中にも聞いたことのない話だった。

アラバスターが肩をすくめる。ベッド全体が揺れる。「わたしはおなじ年代のグリットといっしょに訓練を受けることを許されていなかった――ほかの子に下の毛が生える前に、もう指輪を授かっていたんだ。その代わり教官たちは上級者の図書館に出入りするのを許してくれた。なにを読もうが、ほとんどおかまいなしだったよ」彼は溜息を洩《も》らす。「それに、最初の任務で、わたしは……。ある考古科学者が……。彼は……うむ。二人で話をしたんだ……ほかにもいろいろとあったが」

アラバスターは自分のこととなるとどうしてこんなに恥ずかしがるのか、サイアナイトにはわからない。彼女が見ているまえで、イノンとセックスしている最中にあらぬことを口走ったのは一度や二度ではない。となると、たぶんセックスにかんしては恥ずかしいという思いはないのだろう。

「とにかくだ。事実をつなぎあわせて、教わったことだけでなくその先になにがあるのか考えれば、すべてが見えてくるんだ。当時、サンゼは生まれたての帝国で成長途上にあり絶大な勢力をふるっていた。しかしそれもほぼ赤道地方の南側にかぎられたことで――その頃はまだユメネスは首都になっていなかったしな――サンゼ人の大規模なコムのなかには、〈季節〉への備えがいまほど充分でないところもあった。そういうコムでは貯蔵食料が底を突いてしまった。火種もキノコも、あとは地球のみぞ知るだが、なにもかもなくなってしまった。そこで、生きのびるために、全サンゼ人コムは一致団結して、ほかの劣等人種のコムを攻撃することにした」くちびるがきゅっと曲がる。「実際、そのときから、かれらはわれわれを〝劣等人種〟と呼びはじめたんだ」

「それでほかのコムの貯蔵品を奪った」それくらいはいわれなくてもわかる。サイアナイトは退屈しはじめていた。

「いや。その〈季節〉の終わり頃には誰も貯蔵品など持っていなかった。サンゼ人は人を略奪したんだ」

「人を？　なんのた――」そのときぴんときた。〈季節〉のあいだは奴隷は必要ない。どこのコムにも〈強力《ごうりき》〉がいるし、足りなければ食べ物欲しさになんでもするコム無しはいくらでもいる。だが、ほかの、もっと過酷な〈季節〉のときには人の肉体がほかの理由で貴重品になるという。

「というわけで」アラバスターがいう。かたわらでサイアナイトが吐き気と闘っているのにも気づいていない。「その〈季節〉にサンゼ人は精選された珍味を好むようになっていった。そして〈季節〉が終わって植物が育ち、家畜が草食性のものに変わったり冬眠しなくなったりしても、その習慣はつづいた。かれらはサンゼ人と同盟を結んでいない小さな植民地や新コムに手勢を送りこんで襲撃した。話によって細かいところはちがっているが、ひとつ共通していることがある――ミサレムは襲撃で家族を奪われ、ひとりだけ生き残った男だったということだ。彼の子どもたちは虐殺されてアナフメスの食卓に供されたのだろうというんだが、わたしにいわせればそこはいささか脚色しすぎだな」アラバスターは溜息をつく。「しかし、とにもかくにも彼の家族は死んだ。そしてそれはアナフメスのせいだ。だから彼はアナフメスにも死んでほしいと思った。人なら、誰しもそう思うだろう」

　しかしロガは人ではない。ロガには腹を立てたり、正義をもとめたり、愛するものを守ったりする権利はない。彼が出すぎたことをしたので、シェムシェナは彼を殺した――そして英雄になった。

サイアナイトは黙ってそう考えていた。するとアラバスターが少し向きを変え、彼女は指輪が入っている包みがてのひらに押しつけられるのを感じる。彼女は抗《あらが》わない。

「オロジェンはフルクラムをつくった」と彼がいう。彼女は、彼がオロジェンという言葉を使うのをほとんど聞いたことがなかった。「われわれは大量虐殺を恐れてフルクラムをつくった。自分で自分に首輪をつけるための組織だったが、それでもつくった。われわれがいたからこそ、古サンゼは非常に強力で非常に長命な帝国に成長し、いまだに世界をほぼ支配下に置いていられるんだ。誰も認めはしないだろうが、それはまちがいない。われわれこそ、われわれのような者たちがどれほどすばらしいものになりうるかをあきらかにできる存在なんだ。われわれが持って生まれた才能をさらに洗練させる方法を身につけさえすればな」

「才能じゃない。呪いだわ」サイアナイトは目を閉じる。しかし包みを押し返そうとはしない。

「それでわれわれがよりよい状態になれるのなら、才能だ。身を滅ぼすことになるのなら呪いだろう。それを決めるのはきみだ——教官でもないし守護者でも、ほかの誰でもない」また動きがあって、ベッドが揺れる。彼がベッドによりかかっている。そのあとすぐに彼女は額に彼のくちびるを感じる。乾いたくちびるが、よしよしというように押し当てられる。そして彼はベッドの横の床にすわりこむ。それ以上なにもいおうとはしない。

「守護者の姿を見たような気がするのよ」しばらくして彼女がいう。とても静かな声で。「アライアで」

アラバスターはすぐには答えない。答える気がないのかと彼女が思いはじめた頃、彼が口を開いた。「やつらがまたわれわれを傷つけるようなことをしたら、世界をばらばらに引き裂いてやる」

それでもわたしたちは傷つけられるだろう、と彼女は思う。

が、なぜか彼女は勇気づけられている。嘘でもいいから、そういう言葉が聞きたかったのだ。サイアナイトは目を閉じたまま、しばらく動かない。眠っているわけではない。考えている。アラバスターは彼女がそうしているあいだずっとそばにいてくれる。彼女にはそれが言葉にならないほどうれしかった。

§

三週間後、サイアナイトが生まれてこの方、見たこともないほど美しい日に、世界は終わることになる。空は何マイルも先まで澄みわたり、ときおり雲が流れていくだけ。海は穏やかで、いつも吹きつづけている風さえ、いつになく暖かく湿気を帯びている。いつもは冷たく、縦横無尽に吹きまわしているのに。

あまりにも美しい日なので、コム総出で丘の上へいこうということになった。頑健な者が歩けない者を運び、子どもらは足元をちょろちょろ走りまわって、それはもう大変な騒ぎだ。料理番はフィッシュケーキやひと口大に切った果物、味付けしたトウモロコシなどを運びやすいように小さな壺《つぼ》に入れて持っていき、毛布は全員が持参した。イノンは、サイアナイトも見たことがない楽器を持っていた。太鼓にギターの弦を張ったような楽器で、ユメネスでひろまっていたなら、きっと大人気を博したにちがいない。アラバスターはコランダムを連れている。サイアナイトは略奪した貨物船で誰かが見つけてきた、とんでもない小説を持ってきている。最初のページで縮みあがって、思わずククッと笑ってしまうような小説だ。もちろんその当時も彼女は読書をつづけていた。とにかく楽しめる、そういう本が彼女の好みだ。

ミオヴの住人たちは尾根の裏側の斜面に思い思いに散らばった。尾根の裏だと、風はほとんどさえぎられるが、陽光は燦々《さんさん》と降り注いでまぶしいほどだ。サイアナイトはほかの連中から離れたところに毛布を敷いたが、あっというまにみんなが寄ってきて、すぐ隣に毛布を敷きはじめる。彼女がにらんでも、にやりと笑うだけだ。

ミオヴにきて二年、彼女はここの住人が彼女とアラバスターのことを人里近くで餌を漁《あさ》る野生動物——飼い慣らすことはできないが、ちょっと可愛くて、おもしろい厄介者——という気分で見ているのではないかと思うようになった。だから彼女があきらかに助けを必要としていると見てとると、彼女がいくら断ろうと手を差しのべてくれるのだ。そしてかれらはなにかというとアラバスターを愛玩動物並みに抱きしめたり、両手を握りしめたり、ダンスに誘いこんだりする。サイアナイトには誰もそういうことをしないので、サイアナイトとしては助かっている。しかしまた、いくらアラバスターがつれない素振りをしようと、彼が人に触れられるのが好きなのは誰の目にもあきらかだ。きっとフルクラムでは誰もが彼の力を恐れて、そういうふうに接してくれたことがなかったからだろう。そしてまたかれらは、サイアナイトがいままでは集団の一員として仲間の力になり、仲間に助けられる存在だと思ってもらえることを、そしてもう誰に対しても、なにに対しても身構える必要はないことを楽しんでいる、と考えているようだ。

じつはそのとおりなのだが、かれらのまえでそう認めるつもりは彼女にはない。イノンがコランダムをぽーんと空に投げあげる。アラバスターはそれを見てはらはらしながら顔には出さないようにしているが、コランダムが宙に舞うたびに彼のオロジェニーの影響で島の海底の地層に微細な揺れが生じている。ヘモーが詩の詠唱ゲームのようなものをはじめる。音楽にのせてやるものでミオヴの住人はみんな知っているらしい。ウーの娘のオーエルが、ひろげた毛布の上をよちよち駆け抜けようと十人ばかり乗り越えたところで誰かにつかまって、くすぐられている。みんなのあいだで陶器の小瓶がたくさん入ったバスケットがまわされる。瓶の中身はなんなのか、サイアナイトが匂いを嗅ぐと鼻につーんときた。そして。

そして。

この人たちを好きになれるかもしれない、と彼女はときどき思う。もしかしたらもう好きになっているのかもしれない。が、確信は持てない。しかしイノンが眠ってしまったコランダムを抱いたままばったりと横になって昼寝をはじめ、詩の詠唱が卑猥《ひわい》な冗談の競い合いに変わり、彼女も例の瓶の、世界が勝手に動きだすような効果のあるものをたっぷりあおった頃……ふと目をあげると、アラバスターと目が合った。アラバスターは片肘を立てて横になり、彼女がけっきょく途中で放りだしてしまった怖い本を拾い読みしている。

ぱらぱらとページをめくりながらぎょっとしたり、楽しそうな笑顔を見せたり。そうしながら、あいているほうの手でイノンの編んだ髪をいじっているのだが、じつはその目はなにも見ていない。フェルドスパーにいわれてはじめて顔を合わせたときの、なかば狂った怪物のようなあの目。そもそもこの旅はあのときからはじまっているのだ。

彼がちらりと目をあげる。彼女の視線と出会う。と、一瞬、彼の瞳に警戒の色が見えた。サイアナイトは驚いて、思わず瞬《まばた》きする。だが、彼が以前どんな暮らしをしていたか知っているのは、ここでは彼女だけだ。彼女がいると忘れたい過去をいやでも思い出すことになるから、彼は彼女の存在をうとましく思っているのだろうか？

彼が微笑む。彼女はいつものくせで眉間にしわを寄せる。彼の笑みがいちだんと大きくなる。「きみはいまだにわたしのことが嫌いなんだな、そうだろう？」

サイアナイトはふんと鼻を鳴らす。「あなたの知ったことじゃないわ」

彼は楽しげに首をふる――そして手をのばしてコランダムの髪をなではじめる。コランダムがむにゃむにゃと寝言をいい、アラバスターの表情がなごむ。「もうひとり、子どもをつくらないか？」

サイアナイトは驚いて、あんぐりと口をあける。「もちろんお断りします。こ、この子だって欲しかったわけじゃないのに」

「だがこの子はこうしてここにいる。すばらしい子だ。そうだろう？　きみはこんなすばらしい子どもを産めるんだ」たぶんこれは彼がいままで口にしたなかでいちばん空疎な言葉だろう。

しかしそこはアラバスターだ。「こんどの子はイノンとつくったっていい」

「自分の子づくり計画については、わたしたちがどうこういう前に、イノン本人がひとことといいたいんじゃないかしら」

「彼はコランを愛している。いい父親だ。ほかにも子どもが二人いる。二人ともいい子たちだが、スティルだ」考え、考え、話す。「きみとイノンのあいだにもスティルの子が生まれるかもしれない。ここではそれも、なんの問題もないことだ」

サイアナイトは首をふる。首をふりながら、島の女が使い方を教えてくれた小さなペッサリーのことを考えている。使うのをやめようか。が、彼女はいう。「自由というのは、わたしたちがなにをするか自分で決められるということよ。ほかの誰でもないわ」

「そうだ。しかし、なにが望みか考えられるようになったからには……」彼はいかにも気楽そうに肩をすくめてみせるが、イノンとコランダムを見つめる眼差《まなざ》しには力がこもっている。「わたしは人生に多くを望んだことはない。ただ生き抜く、それだけが望みだった。サイアン、わたしはきみとはちがう。自分の力を証明してみせる必要はない。世界を変えたいとは思わないし、人を助けたいとも、なにか偉大な存在になりたいとも思わない。わたしの望みは……これだけだ」

それで充分だった。だから彼女はイノンの隣に横になり、アラバスターもイノンをはさんで横になった。二人はすっかりリラックスして、しばらくのあいだ目が眩《くら》むような充足感を楽しんだ。なぜなら、そうしていられるから。

もちろん、それがいつまでもつづくわけではない。

イノンが起きあがってサイアナイトの上に影を落とし、彼女は目を覚ました。うたた寝するつもりはなかったのに、だいぶ長いこと眠っていたようで、太陽は海に向かって傾いている。コランダムがぐずりはじめたので、サイアナイトは反射的に起きあがって片手で顔をこすりながら、片手でコランダムの布おむつが湿っていないかどうかたしかめる。おむつは大丈夫だが、コランダムの声が不安げなのが気になる。はっきり目が覚めてみると、その理由がわかった。イノンは起きあがってコランダムを片手で抱いているが、その視線がコランダムではなくアラバスターに注がれているのだ。眉間にしわを寄せてアラバスターを見つめている。アラバスターは立っている。そして全身に緊張をみなぎらせている。

「なにかが……」彼がつぶやく。本土の方角を向いているが、なにひとつ見えるはずはない——その方向は尾根でさえぎられている。だが、彼は目で見ているわけではないのだ。

サイアナイトも眉をしかめて津波でも、いやもっと恐ろしいものでもくるのかと、その方角に意識を送りこむ。しかし、なにもない。

なさすぎる。なにかあるにちがいない。島、つまりミオヴと本土とのあいだにはプレートの境界がある——プレート境界にまったく動きがないということはありえない。プレート同士は無数の微妙なかたちで跳ねたり、ねじれたり、震動したりしているが、これを地覚《ちかく》できるのはロガだけ。土技者《どぎしゃ》が水車や化学薬品の大桶から電流を検知するようなものだ。それが突然——ありえないことなのに——プレートの端からなんの動きも地覚できなくなってしまった。

サイアナイトは困惑してアラバスターのほうを見ようとする。が、彼女の意識が向いたのはコランダムのほうだった。コランダムがイノンの腕のなかでぐずって、ひどい癇癪《かんしゃく》を起こしている。そんなことはめったにない子なのに。アラバスターもコランダムを見ている。その表情がゆがんで、険しくなっていく。

「だめだ」彼は首をふっている。「だめだ。二度とあんなことはさせない」

「え？」サイアナイトは自分のなかで芽生えつつある恐怖に気づかないふりをして彼を見つめている。見ているというよりは感じている。まわりにいる連中がかれらのようすに気づいて、小声でなにかいいあいながらつぎつぎに立ちあがる。二、三人が、なにか見えはしないかと尾根の上へ駆けあがっていく。「バスター、なんなの？　地球にかけてお願いだから――」

彼が声を発したが、言葉ではない。ただ否定的な意味合いの声だ。そして彼はいきなり尾根めざして斜面を駆けあがっていく。サイアナイトはそのうしろ姿を見つめ、イノンに視線を移す。イノンは彼女以上に困惑している。そして首をふる。だがアラバスターより先に尾根に向かった連中が、なにか叫びながら、みんなに向かって合図している。なにか異変が起きたのだ。

サイアナイトとイノンもほかの連中といっしょに斜面を駆けあがる。みんないっしょに尾根の上に出て島の本土側にひろがる海原に目を凝らす。

水平線に船が四隻、見える。小さいが、こっちへ近づいてくるのははっきりとわかる。

イノンが悪態をついてコランダムをサイアナイトに押しつける。サイアナイトはあわてて受け取って、しっかり抱き寄せる。イノンはポケットやリュックのなかをひっかきまわして小型の望遠鏡を取りだす。筒をのばしてしばらくのぞき、顔をしかめる。サイアナイトはぐずるコランダムをなんとかなだめようとするが、一向にうまくいかない。イノンが望遠鏡をおろすやいなや、サイアナイトはイノンの腕を取ってコランダムを押しつけ、彼の手から望遠鏡をもぎとる。

四隻の船影はだいぶ大きくなってきている。帆はふつうの白い帆だ――アラバスターがなぜ顔をしかめたのか、彼女にはつかめない。そのときだ、彼女は一隻の船首に立っている人影に気づく。

バーガンディの服を着ている。

あまりの衝撃に息が詰まる。彼女はあとずさり、イノンに伝えなくてはならないことをいおうとするが、声にならない。イノンが彼女から望遠鏡を取りあげる。いまにも落としそうになっているからだ。わたしたちはなにかしなければ、わたしはなにかしなければ、そう思って彼女は心を静め、神経を集中させ、大声でいう。「守護者よ」

イノンが眉間にしわを寄せる。「どうして――」彼もこの事実がなにを意味するのか気づいたようだ。彼女はその姿を見つめる。彼は一瞬、そっぽを向き、考え、首をふる。かれらがどうやってミオヴを見つけたのかはどうでもいい。かれらを上陸させてはならない。かれらを生かしておくわけにはいかない。

「コランを誰かに預けるんだ」コランダムを彼女にわたして尾根からあとずさりながら彼がいう――表情が険しい。「われわれにはおまえが必要なんだ、サイアン」

サイアナイトはうなずいて踵《きびす》を返し、あたりを見まわす。コムに数人しかいないサンゼ人のひとり、ディーラシェットが自分の子、コランダムより半年ほど年上の子を連れて走っていく。彼女はサイアナイトが忙しいときにはコランを預かって面倒を見てくれたりしている。サイアナイトは彼女を呼び止めて駆け寄る。「お願い」そういって彼女の腕のなかにコランダムを押しつける。ディーラシェットがうなずく。

ところがコランダムは彼女の計画が気に入らないようだ。サイアナイトにしがみついて泣き叫び、足をばたつかせ、と思うと――邪悪な地球、突然、島全体がぐらりと揺れた。ディーラシェットがよろめいて、恐怖の眼差しでサイアナイトを見つめる。

「くそっ」とつぶやいて、彼女はコランダムを引きもどす。そして脇に抱えて――コランダムはたちまちおとなしくなる――イノンに追いつこうと走りだす。イノンはもう乗組員にクラルス号の出航準備をしろと叫びながら金属製の階段めざして突っ走っている。

狂っている。なにもかも狂っている、と彼女は走りながら思う。守護者がここを見つけるなんて理屈に合わない。ここへくるなんておかしい――どうしてここへ？　どうしていま？　ミオヴの住人はもう何世代にもわたって海岸地方沿いで海賊行為をつづけてきている。これまでとのちがいはただひとつ、サイアナイトとアラバスターがいることだ。

彼女は心の奥から聞こえてくる小さな声を無視する――かれらはあんたを追ってきたのよ、あんたはそれを知っていた、あんたはアライアにもどってはいけなかった、あれは罠だった、あんたはここにきてはいけなかった、あんたが触れるものはみんな死ぬのよ。

彼女は自分の手を見ようとしない。いま彼女は——アラバスターに彼の思いやりをありがたく思っていると伝えるだけのために——フルクラムから授かった四つの指輪に加えて、彼がくれた二つの指輪をつけている。最後の二つは、しょせんほんものではない。試験に合格して授かったわけではないのだから。だが、十の指輪を勝ち取った男より彼女のほうがこの二つの指輪に値するのかどうか、誰にもわかりはしない。とはいえ、なにがどうあれ、石喰《いしく》い入りの壊れたオベリスクが引き起こした噴火を鎮めたのは彼女だ。

だからサイアナイトは突如、猛然と決意する。六指輪になにができるか、錆び守護者どもに見せつけてやると。

尾根からコムまでおりてみると、コムは大騒動——みんな黒曜石ナイフを抜き身で持ち、いったいどこにしまってあったのかカタパルトと鎖をぐるぐる巻きにした玉を引っ張りだし、必需品をかき集め、小舟に銛《もり》を積みこんでいる。サイアナイトが渡り板を駆けあがってクラルス号に乗りこむと、イノンが錨《いかり》をあげろと叫ぶ。と同時にサイアナイトははたと気づく。アラバスターはどこへいってしまったのだろう？

つんのめりそうになりながら甲板で足を止めたときだ。彼女は一瞬、全世界が揺さぶられたかと思うほどの深く強烈なオロジェニーの炎が燃えあがるのを感じる。港の海面全体が小さな三角波で覆われてちらちら揺れる。サイアナイトは思う。空の雲もあれを感じたにちがいないと。

と、突如として海中から壁がせりあがってくる。港から五百ヤードもないところだ。がっしりとした巨大な石の障壁で、鑿《のみ》で削りだしたかのような完璧な長方形。その大きさたるや——ああ、そんな、まさか——港をまるごと密閉してしまう。

「バスター！　いくらなんでもこんな——」海水の音と石の軋《きし》む音で、なにをいっても聞こえない。石の壁はミオヴ島そのものとおなじくらい巨大だ。それをアラバスターが持ちあげているのだ。揺れも起こさず、近くにホットスポットもないのに、いったいどうしてこんなことができるのか？　島の半分が凍りついていてもおかしくないはずだ。だがそのときサイアナイトの視界の端でなにかがちらちら光った。そちらを見ると、アメシストのオベリスクが遠くに浮かんでいる。前よりも近づいているようだ。かれらのほうにこようとしている。だからだ。

イノンはいきりたって悪態をついている——彼はアラバスターがなにかにつけて過保護な性分だとわかっている。それでも悪態をつかずにはいられないのだ。その怒りが行動に変わっていく。船のまわりの海面から霧が立ちのぼり、近くの甲板の厚板が軋んで霜に覆われだす。イノンがオロジェニーで壁の一部を砕きはじめたのだ。そこから抜けだして戦うつもりらしい。壁が割れる——と、そのうしろでドーンという重低音が轟《とどろ》く。壁のイノンが砕いた部分が崩れ落ちると、そのうしろにまたひとつ石の障壁がそびえている。

サイアナイトは水中の波の動きを調整しようと全力を注ぐ。オロジェニーは水に対しても使える。ただむずかしいだけだ。大海原のすぐそばで長いことすごしているうちに、彼女はそのコツがわかるようになってきていた——イノンが彼女とアラバスターに教えることができた数少ない事柄のひとつだ。海には彼女が充分に感じとれるだけの熱があり、鉱物が含まれている。

そして海水は石のように動く——ただ動きが速いだけ。だから彼女も多少はあやつることができる。ただし手際が必要だ。彼女はいま、コランダムが円環体のなかにおさまるようしっかり抱えて、衝撃波を送ることに神経を集中させている。しかるべき速度で送りだした衝撃波で押しよせてくる波を粉砕するのだ。ほぼうまくいったようだ——クラルス号は激しく揺れてもやい綱が切れ、桟橋がひとつ壊れたが、転覆はまぬがれたし、死人も出ていない。サイアナイトはこれを勝利ととらえた。

「あいつ、いったいなにをしているんだ？」イノンが息をはずませていう。彼の視線をたどると、いた。アラバスターだ。

彼は斜面をのぼりきった、島でいちばん高いところに立っている。こんなに離れていても、ふくれあがった冷気の円環体が見える——気温の変化で円環体の周囲の温かい空気がゆらめき、彼のそばを吹きすぎる風のなかの湿気が凝結して雪になっている。もし彼がオベリスクを利用しているのだとしたら、周囲の熱は必要ないはずだ。それともオベリスクだけでは足りないほどのことをしているのだろうか？

「地球火《ちきゅうび》」サイアナイトはいう。「わたしもあそこへいかなくちゃ」

イノンが彼女の腕をつかむ。彼女が見あげると、彼の目は大きく見開かれ、そこにわずかだが恐怖が宿っている。「おれたちがいっても、あいつのお荷物になるだけだ」

「ここでじっと待っているわけにはいかないわ！　彼は……万全ではないの」彼女はいう。胃がきゅっと縮む。イノンはアラバスターが敗れるのを見たことがない。イノンに彼のそんな姿を見せたくない。アラバスターはミオヴにきてからはずっとうまくやっている――もう狂人ではないといってもいい。だが、サイアナイトは思う
いちど壊れたものは、また壊れる。もっと簡単に。

そして彼女は首をふり、コランダムをイノンにわたそうとする。「いかなくちゃ。なにか力になれるかもしれないから。コランがほかの人のところへいきたがらないのよ――お願い――」

イノンは悪態をつきながらもコランダムを受け取る。コランダムはすぐにイノンのシャツにしがみついて、親指をしゃぶりだす。サイアナイトは船から駆けおり、コムの岩棚沿いに走って階段をあがっていく。

石の障壁より高い位置までたどりつくと、その向こうでなにが起きているのか、やっと目にすることができた。彼女はあまりの衝撃によろめきながら足を止める。船はぐっと近くまできている。アラバスターが港を守るためにせりあげた壁のすぐ向こうだ。しかし数は三隻。もう一隻は航路をはずれたところで傾いている――いや、沈みかけている。どうして彼にそんなことができたのか、サイアナイトには見当もつかない。残る三隻のうちの一隻は進み方がおかしい。マストが折れて船首があがり、竜骨が見えている。そのときサイアナイトはその船の後部甲板に丸石が積みあがっていることに気づいた。アラバスターは連中めがけて石を落としていたのだ。どうやってかはわからないが、思わず快哉《かいさい》を叫びたくなる光景だ。

しかしあとの二隻は二手にわかれている。一隻はまっすぐ島をめざし、もう一隻は別方向に

向かっている。迂回《うかい》する気か、それとも石が落ちてくる範囲からはずれようとしているのか。そうはさせない、とサイアナイトは念じ、このあいだの略奪で武装船に使った手を使おうと決める。海底から基岩の砕片を引っ張りだして船を刺し貫くのだ。いざとりかかると彼女の周囲十フィートの空間が凍りつき、彼女と船とのあいだの海面には氷の塊《かたまり》がひろがっていくが、それでも彼女は尖《とが》った裂片をつくりあげ、引きあげはじめる――

と、止まった。そしてしだいに強まっていたオロジェニーの力が……散っていく。彼女が喘《あえ》いでいる間にも熱と力が流れでていく。そして彼女ははたと気づく――この船には守護者が乗っているのだ。たぶんどの船にも乗っているのだろう。だからアラバスターにも破壊しきれないのにちがいない。彼は守護者を直接、攻撃することはできない――彼にできるのは守護者の打消し半径の外から丸石を投げることだけなのだ。そのためにはどれほどの力が必要なのか、彼女には想像もつかない。もし彼がオベリスクを利用しなかったら、そしてもし彼が頭のいかれた頑固な十指輪でなかったら、それすらできなかったにちがいない。

とはいえ、彼女が問題の船を直接、攻撃できないからといって、ほかに方法がないわけではない。彼女は破壊しようとした船が島の裏側を通過するのを追って、目を離さないようにしながら尾根を走る。かれらはほかにも上陸できる場所があると思っているのだろうか？　だとしたら、ひどくがっかりすることだろう――およそ島に上陸できる道はミオヴの港ただひとつ。ほかはぎざぎざの切りこみが入った一本の柱同然なのだ。

そこからひとつのアイディアが生まれた。サイアナイトはにやりと笑って足を止め、集中できるよう四《よ》つん這《ば》いになる。

彼女にはアラバスターほどの力はない。彼の導きなしにアメシストに到達する方法さえ知らない——それにアライアでのことがあるから、試すのが怖い。プレート境界は遠すぎて届かないし、近くには火道もホットスポットもない。だが、彼女にはミオヴがある。この美しく、重い、そしてはがれやすい片岩《へんがん》が。

だから彼女は身を投げだす。深く。もっと深く。尾根沿いにミオヴという名の岩の層を感じながらおりていく。いちばん効果的な破砕点——支点《フルクラム》——を探しながら。腹のなかで笑いながら。ついに見つけた。よし。そして島をまわりこんで船がやってくる。いいぞ。

サイアナイトは岩の密度の高い地点からすべての熱と微小な生命を引きだす。だがそこにはまだ湿気が残っていて、その湿気が凍りつき、サイアナイトが冷やせば冷やすほど、そこから熱を奪えば奪うほど、ふくれあがっていく。彼女の円環体は勢いよく回転しながら引きのばされ、ナイフで肉を切るように石目に沿って岩を切っていく。彼女のまわりには霜の輪ができているが、そんなものは岩の内部に延々とのびていく灼熱《しゃくねつ》の氷の厚板に比べれば無に等しい。彼女は氷の厚板を岩に打ちこんで、岩を割ろうとしているのだ。

そして、船がまさに狙いの地点にさしかかった刹那、彼女は島が与えてくれた力のすべてを解き放ち、もとあった場所へ押しもどす。

巨大な細い指のような形の石が崖面からはがれていく。石は慣性の法則で一瞬その場にとどまり——低い、虚《うつ》ろな唸《うな》りをあげて島から皮をむくように離れていき、海面近くでぽきりと折れる。サイアナイトは目を開け、立ちあがって走りだす。自分でつくった氷の輪で足を滑らせながらも、島の端めざして走る。が、ひどく疲れていて数歩進んだだけで歩くスピードになってしまう。脇腹が痛くて、喘ぎ喘ぎ歩く。それでもなんとか間に合った――見える。指のように細長い石は見事に船を直撃していた。砕け散った甲板を見て、彼女はにやりと笑う。悲鳴が聞こえる。すでに海中に落ちている者もいる。服装はさまざまだ――ということは雇われた連中だろう。だが、海面下にバーガンディの服が見えたような気がする。半分に折れた船体にひきずられて深みへと沈んでいく。

「それを守護するのね、人喰いの錆び野郎」サイアナイトはにやりと笑って、アラバスターがいるほうへと動きだす。

やっと彼の姿が見えてくる。まだ冷気の領域をつくりつづけている小さな人影。ふと彼を心の底から称賛したいという気持ちになる。いろいろありはするが、彼はすばらしい。ところがそのとき、海のほうから妙に虚ろなドーンという音が響いてきて、アラバスターの周囲でなにかが爆発し、石と煙と衝撃とが飛び散る。

大砲だ。錆び大砲。イノンから聞いたことがあった――赤道地方のコムが数年前から実験を重ねていた発明品。当然、守護者が持っていてふしぎはない。サイアナイトは駆けだす。よろよろとつまずきそうになりながら、それでも恐怖に後押しされて走る。砲撃であがった煙に隠されてアラバスターの姿ははっきりとは見えないが、倒れているのはわかる。

彼のもとに駆けつける前から、彼女には彼が傷ついているとわかっていた。氷のように冷たい風が吹きやんで、アラバスターが四つん這いになっているのが見えたのだ。彼のまわりには水ぶくれのようにふくれあがった幅何ヤードもある氷の輪ができている。サイアナイトはその氷の輪のいちばん外側で立ち止まる――もし意識が薄れていたら、彼女が彼の力の範囲内に入ってても気がつかないかもしれない。「アラバスター！」

彼が少し動く。呻《うめ》いている。なにかつぶやいているのだろうか？ ひどい怪我を負っているのだろうか？ サイアナイトは氷の輪ぎりぎりのところでしばらく右往左往していたが、ついに意を決して危険を承知で彼を直接囲んでいる安全なゾーンへと駆け寄る。彼はかろうじてだが、まだくずおれてはいない――頭を垂れている、そして膝をついている石に血が点々と散っている。それを見たとたん、彼女の胃がきゅっと縮む。

「もう一隻のほうは始末したわ」彼に近づきながら、彼女はいう。彼を勇気づけたい一心からだ。「こっちがまだなら、わたしがやるわよ」

虚勢を張っているだけだ。どれくらい力が残っているのか、自分でもわからない。彼がもう始末をつけていてくれますようにと願いながら顔をあげて、心のなかで悪態をつく。残る一隻がまだそこにいるのだ。それも無傷で。どうやら錨をおろしているらしい。待っている。なにを？ 彼女には見当がつかない。

「サイアン」彼がいう。声に緊張がにじんでいる。恐怖からか、それともほかの理由か？
「やつらに絶対にコランをわたさないと約束してくれ。なにがあってもわたさないと」
「ええ？ もちろん、そんなことするはずがないでしょ」彼女はさらに近づいて彼の横にかがみこむ。「バスター――」彼が彼女を見あげる。視線が定まらない。たぶん砲撃の爆風のせいだろう。額が切れて、おびただしく出血している。頭部の傷は出血が激しい。彼女は、ほかにも傷がないかどうか胸に触れてチェックする。彼がそれ以上傷ついていませんようにと祈りながら。彼はまだ生きているのだから、砲撃はあやういところでそれたということなのだろうが、たとえば尖った石の破片がそれなりの速度で飛んできて、当たりどころが悪ければそれだけで――。

そのとき彼女はやっと気がついた。彼の両腕の手首のところ。両膝、そして膝上から足首までのあいだが、なくなっている。切断されたり吹き飛ばされたりしているわけではない――端はどこもなめらかで、傷ひとつなく、そこから地面がはじまっている。そして彼は彼がとらわれているのが石ではなく水であるかのように、手足を動かしている。もがいているのだ、と遅まきながら彼女は気づく。彼は立てないから四つん這いになっているのではない――意に反して、地面の奥へ引きずりこまれているのだ。

石喰いのしわざ。ああ、錆び地球。

サイアナイトは彼の肩をつかんで引きあげようとするが、まるで岩をひきずっているように重い。なぜか彼は重くなっている。彼の肩をつかんでいるのに、人の身体という感じがしない。石喰いが、どういう方法でか彼の身体を石に近いものにして、石のなかを通れるようにしようとしているのだ。サイアナイトには彼を外に引きもどすことはできない。彼はひと息ごとに石のなかへ沈んでいく――もう肩と腰のところまで沈んでいて、足はまったく見えない。

「彼を放しなさい、地球に喰われるわよ！」彼女は思わずいってしまったが、気づいてみればなんとも皮肉な悪態だ。そのとき彼女はあることを思いつく――自分の意識を石のなかに突き刺してみよう。彼女は石喰いの存在を感じとろうとする――。

なにかある。が、これまで感じとったことのあるどんなものともちがう――とにかく重い。ありえないほど奥深くにある、ありえないほど硬くて巨大なおもり――もっと広大な場所で、ここまで緊密でなければ考えられるかもしれないが。まるでそこに山があって、その山が全重量をかけてアラバスターを引きずりこんでいるかのようだ。彼はそいつと戦っている――それが、彼がまだここにいる唯一の理由だ。しかし彼は弱っている。この戦いに負けそうになっている。だがどう助ければいいのか、彼女にはその手がかりすらない。石喰いはあまりにも……なんといえばいいのかさえわからない。手に負えない、大きすぎる、強すぎる。彼女は、思わず身を縮める。へたをしたら彼女もこうなるところだったのだ。

「約束してくれ」喘ぎながら彼がいう。彼女はまた彼の肩を引きあげ、全力で足元の石を押し返して、その凄《すさ》まじい重量を、なにかを、すべてを引っ張りあげようと力む。「サイアン、あいつらがコランになにをするつもりかわかるだろう？　フルクラムの外で育てられた、あの強い、わたしの子に。きみにはわかっている」

薄暗いノード・ステーションにあった針金の枠組みだけの椅子……。考えようとしても考えることができない。なにもうまくいかないまま、彼はもうほとんど石のなかに入りこんでしまっている――上に出ているのは顔と肩だけ。それも彼が必死に抵抗しているからにすぎない。

彼女はすすり泣きながら、この事態をなんとかできそうな言葉を必死に探して、彼に話しかける。「わかってるわ。約束します。ああ、錆び、バスター、お願いよ、無理だわ……わたしひとりでは無理……」

石喰いの手が石からにゅっと出てくる。白くて、硬そうで、先っぽが赤錆色《あかさび》だ。サイアナイトはぎょっとして悲鳴をあげ、身をすくめる。襲われると思ったからだ——が、ちがった。石喰いの手は驚くほどそっとやさしくアラバスターの後頭部を包みこむ。山がやさしくなれるなんて、誰が思うだろう。山は無情だ。そして、手に引っ張られて、アラバスターが消えていく。肩がサイアナイトの手からするりと抜ける。顎が、ついで口が、つぎに鼻が、そして恐怖に満ちた目が——

消えてしまった。

サイアナイトは硬く冷たい石に、ひとりひざまずく。彼女は泣いている。いましがたまでアラバスターの頭があった石の上に涙が落ちるが、石は涙を吸いこまない。涙はただ飛び散るだけだ。

そして彼女は感じる——落下を。引きを。彼女はぎょっとして悲しみを忘れ、ぎごちなく立ちあがってよろよろと崖の縁までいく。残った船が見える。二隻。アラバスターが岩で攻撃した船は、どういうわけか立ち直っている。いや、どういうわけかではない。二隻の船の周囲には氷がひろがっている。どちらかの船に、守護者の手足となって働くロガが乗っているのだ。少なくとも四指輪以上だろう——彼女が感じている動きは、恐ろしいほど見事に制御されている。それにあれだけの氷だ――ネズミイルカの群れが海面から躍りあがり、ひろがりつつある氷から逃げようと先を競って泳いでいくのが見える。と、氷がイルカたちをとらえ、その身体を徐々に覆っていく。イルカは身体の半分が海面上に出たかたちで固まっていく。

このロガはあれほどの力を出していったいなにをしようとしているのか？

そのとき、アラバスターが引きあげた石の壁の一部がぶるぶると震えているのが目に入った。「だめ」サイアナイトは踵を返してまた走りだす。息を切らし、守護者のロガが壁の根元を攻撃するのを見るというよりは地覚しながら走る。壁の弱点は、壁のカーブとミオヴの港の天然のカーブとが出合っている箇所だ。ロガはそこを崩そうとしている。

コムまでおりて、そこから桟橋までたどりつくのに永遠にかかりそうな気がする。彼女はイノンが彼女を乗せずに出航してしまうことを恐れている。彼もなにがあったのか地覚できているはずだ。だが、ありがたいことにクラルス号はまだ桟橋にいた。彼女がよろめきながら甲板にあがっていくと、乗組員が数人、手を貸してくれて、いまにも倒れそうな彼女をすわれる場所まで連れていってくれた。彼女が乗りこむやいなや渡り板がはずされ、帆が張られていく。

「イノン」やっと息がつけるようになった彼女は声を絞りだす。「お願い」

乗組員たちは半分かつぐようにして彼女をイノンのところまで運ぶ。彼は上の甲板にいて、片手で舵輪《だりん》を握り、もう片方の手でコランダムを脇に抱えている。彼女のほうを見ようとはしない。全神経を壁に集中させている――すでに壁のてっぺん近くに穴があいていて、サイアナイトが彼に近づいていく間に最後の一撃が加えられた。壁が壊れ、海中に崩れ落ちて、クラルス号が大きく揺れる。しかしイノンは微動だにしない。

「こっちから出ていって、真っ向勝負だ」彼は厳然といい放つ。彼女がそばにあるベンチにへたりこむと同時に船が桟橋を離れる。カタパルトの発射準備が整い、乗組員たちの手には投げ槍《やり》が握られている。「まず、やつらをゴムから引き離す。そうすればみんな漁船で脱出できる」全員が乗れるだけの漁船はない、といいたいのを、サイアナイトは抑えこむ。そんなことはイノンもわかっている。

クラルス号は守護者のオロジェンが開けた狭い隙間を抜けて進んでいく。すると、守護者の船がすぐさま攻撃してきた。クラルス号が姿をあらわすと同時に守護者の船の甲板からパッと煙があがり、ビューッという虚ろな音が響く——また大砲だ。ぎりぎりのところではずれる。イノンが叫ぶと、カタパルト担当の乗組員のひとりが、砲弾のお返しに重い鎖入りのカゴをお見舞いする。カゴが敵の前帆を引き裂き、中央のマストを打ち砕く。つぎなる一撃は燃えさかるピッチが入った樽だ——それが命中したあと、火に包まれた人影が守護者の船の甲板を走りまわるのが見えた。守護者の船はミオヴの岩でできている壁に突っこんでいく。いまや甲板は火の海だ。クラルス号はその横を素早く通りすぎる。

だが、充分に距離が離れる前にまたパッと煙があがり、ビューッという音が響いて、クラルス号が激しく揺れる。命中だ。錆び、地球火、いったいいくつ積んであるんだ？　サイアナイトは立ちあがり、その大砲なるものを見ようと手すりに駆け寄る。見たからといって、どうにかできるわけではないのだが。クラルス号の船腹には穴があいていて、下の甲板からは悲鳴が聞こえてくるが、それでも船足は止まらない。

砲撃してきたのはアラバスターが石を投げこんだ船だ。船尾の甲板にあった石はさっきより量が減っていて、船は正常に海面に浮かんでいる。大砲は見えないが、船首の近くに三人、立っているのははっきりとわかる。二人はバーガンディの服、三人めは黒い服を着ている。彼女が見ていると、もうひとりバーガンディの服の人物がやってきて三人と合流した。

彼女はかれらの視線が自分に注がれているのを感じる。

守護者の船がわずかに向きを変えて、さらにクラルス号との距離が開く。サイアナイトが希望を持ちはじめたそのときだ。彼女は大砲が砲弾を放つ瞬間を目にした。大砲は三台。右舷の手すりのそばに置かれた黒くて大きなもの——それがほぼいっせいにビクッと動いて少しうしろに下がり、砲弾が放たれた。そしてつぎの瞬間には、バリッ、ギシギシという轟音《ごうおん》が響いて、クラルス号はかなりの高さの津波に襲われたかのように揺れる。サイアナイトが顔をあげると、マストが砕けて木っ端が吹き飛ぶ瞬間が目に飛びこんできた。そのあとはなにもかもが悪いほうへ転がっていく。

マストはキーキー軋みながら伐採された木のように倒れ、砲弾とおなじ威力で甲板を打ち据える。悲鳴があがる。船が唸りをあげ、崩れ落ちる帆に引っ張られるようにして右舷側に傾いていく。彼女は二人の男が帆やロープや木材の下敷きになったり、窒息したりしたあげく海に放りだされるのを目にするが、なんということか、かれらのことを考えている余裕はない。マストが彼女と操舵《そうだ》甲板とのあいだに横たわっているのだ。イノンとコランダムから切り離されてしまった。

しかも守護者の船が迫ってくる。

まずい！　サイアナイトは海水に手をのばして、ずっと酷使してきた地覚器官になにかを、なんでもいいからなにかを引き寄せようとする。が、なにもない。心が黒曜石のように動かない。守護者との距離が近すぎる。

なにも考えられない。彼女は倒れたマストをひっかきながらなんとか乗り越えようとしてもつれたロープにからまってしまう。どうにか抜けだそうと延々ともがく。何時間も戦っているような気分だ。やがてついに自由になったものの、誰も彼もが彼女がきた方向へ走っていく。みんな黒曜石ナイフや投げ槍を手に叫び、悲鳴をあげている。守護者の船がすぐそこにいるからだ。敵はもうこちらに乗り移ってきている。

まずい。

まわりじゅうから断末魔の叫びが聞こえてくる。守護者たちは、金《かね》で雇ったのか徴用したのか、コムの民兵らしき一団を連れてきていて、戦いはとても五分五分とはいえない状況だ。イノンの配下は優秀だし経験も豊富だが、ふだん標的にしているのは防備の手薄な商船や客船だ。サイアナイトは操舵甲板にたどりついたが、イノンの姿が見当たらない。下へいってしまったにちがいない。イノンのいとこのエセラが黒曜石ナイフで民兵の男の顔面に一太刀浴びせる。男は切りつけられてよろめいたものの、すぐに立ち直って自分のナイフでエセラの腹を刺す。民兵男が彼女を押しやると、彼女はすでに息絶えているほかのミオヴの住人の上に倒れこむ。

は分刻みでつぎつぎに乗りこんでくる。

どこもおなじような状況だ。負け戦《いくさ》になりつつある。

なんとしてもイノンとコランダムのところへいかなければ、と彼女は思う。

下甲板にはほとんど人がいない。みんな船を守ろうと上にあがってしまっている。だが、彼女はコランダムの恐怖を振動として感じ、その振動をたよりにイノンのキャビンに向かう。たどりついてみると、ドアが開いている。と、イノンがナイフを手に飛びだしてきて、彼女はあやうく刺されそうになる。彼は驚いて足を止める。彼のうしろにコランダムの姿が見える。布にくるまれてカゴに入れられ、船首隔壁の下におさまっている——一応は、船でいちばん安全な場所だ。

「なにを——」

「ここにいろ」イノンがいう。「おれは戦わなくてはならない。おまえは、とにかくできるだけのことを——」

言葉がそこで途切れる。彼の背後で誰かが動いた。素早すぎて、サイアナイトが声をあげるひまもない。上半身裸の男だ。男がイノンの背後から彼の頭を両手でバシッとはさむ。ひろげた指がクモのようにイノンの頬に張りつく。そして男はサイアナイトを見てにやりと笑う。イノンの目が大きく見開かれる。

そして——

ああ、地球、そして——

それが起こるのを彼女は感じる。地覚器官だけで感じるわけではない。肌が石で削られるような感触——全身の骨が順番に潰れていく感触——それは、それは、イノンのなかにあるものすべてが、力も活気も美しさも荒々しさも、すべてが邪悪なものになっていく感触だ。すべてが増幅され、凝縮されて、これ以上ない悪辣な方法で、彼のなかにもどされていく。サイアナイトが悲鳴をあげるまもなく、イノンがばらばらになる。

それは大地に亀裂が入るのを間近で見るようなものだった。地面が裂けるのを目撃し、破片がすり潰され、粉砕され、左右にわかれていくのを見守る。それが肉体で起きているのだ。

バスター、教えてくれなかったじゃないの、こんなだなんていってくれなかったじゃないの。

イノンはもう床に転がっている。破片の山になって。彼を殺した守護者は血まみれでそこに立っている。血まみれで笑っている。

「やあ、おちびさん」声が聞こえて、彼女の全身の血が石に変わる。「ここにいたのか」

「いや」彼女はつぶやく。首をふってあとずさる。コランダムが泣いている。また何歩かあとずさってイノンのベッドにぶつかり、よろめきながらカゴのなかをまさぐってコランダムを抱きあげる。コランダムはぶるぶる震えながら発作でも起こしたようにぐいっと身体をひねって彼女にしがみつく。「いや」

半裸の守護者がちらりと横を見て、もうひとりが入ってこられるよう脇に寄る。いや。

「そんな芝居は必要ないぞ、ダマヤ」シャファ〈守護者〉ワラントが静かにいう。そしてふと言葉を切り、すまなそうにいう。「サイアナイト」

彼女はもう何年も彼と会っていなかったが、声は変わっていない。見た目も昔のままだ。なにひとつ変わっていない。彼は微笑んでさえいるが、イノンの残骸の山に気づいて、笑みが少し曇る。そして半裸の守護者をちらりと見る――男はまだ笑顔のままだ。シャファは溜息をつきながらも男に笑みを返す。そして二人そろって、あの身の毛のよだつような恐ろしい笑顔をサイアナイトに向ける。

彼女はあとずさることができない。あとずさりたくない。

「さて、それは？」シャファが微笑む。視線の先にあるのは彼女の腕のなかのコランダムだ。「可愛いな。アラバスターの子か？　彼も生きているのか？　みんな彼に会いたいと思っているんだ、サイアナイト。どこにいるんだ？」

聞かれれば答えるくせは、そう簡単に抜けるものではない。「石喰いに連れていかれてしまいました」声が震える。またあとずさると、頭が隔壁に当たってしまった。もう逃げ場はない。

シャファが目をぱちくりさせて驚いたような顔をしている。彼と出会って以来、こんな顔は見たことがない。「石――ほおお」落ち着いた表情にもどる。「そうか。かれらの手に落ちる前に殺しておくべきだったな。もちろん、親切心からだ――かれらになにをされるのか、おまえには想像もつかないだろう、サイアナイト。なんともはや」

そしてシャファはふたたび笑顔になり、彼女は忘れようとしてきたことすべてを思い出す。彼女はまた孤独を感じている。パレラにいた頃の無力さを感じている。憎しみに満ちた世界で迷子になり、たよれるのはただひとり、痛みに包まれた愛をもたらした男しかいなかった日々の孤独と無力さを。

「しかし、彼の子なら、りっぱに彼の代わり以上の存在になってくれるにちがいない」とシャファがいった。

§

なにもかもが変わってしまう瞬間がある、わかるだろう？

§

コランダムは怯《おび》えて泣き叫んでいる。たぶん二人の父親の身になにが起きたのか、わかっているのだろう。サイアナイトにはコランダムを泣きやませることはできない。

「いや」彼女はふたたびいう。「いや。いや。いや」

シャファの笑みが消えていく。「サイアナイト、いっただろう。わたしにたいして、いやといってはならないと」

§

どんなに硬い石でも砕くことはできる。適切な角度でしかるべき力を加えればいいだけだ。圧をかける支点《フルクラム》と弱点。

§

約束してくれ、とアラバスターはいった。

おまえは、とにかくできるだけのことをしてくれ、とイノンはいおうとしていた。

そしてサイアナイトはいう――「いやよ、このクソ野郎」

コランダムが泣いている。彼女は彼の口と鼻に手を当てて静かにさせる。楽にさせてやる。かならず彼を守り抜かなくては。やつらに彼をわたしてはならない。彼を奴隷にさせてはならない。

彼の身体を道具に、心を武器に、人生を自由のまがいものにしてはならない。

§

あんたはそのときのことを本能的に理解している、とわたしは思う。わたしたちはそういうふうに生まれついている。わたしたちは大きな圧力のもとに生まれ、ときとして、耐えられなくなると――

§

シャファの動きが止まる。「サイアナイト――」

「そんなのはわたしの名前じゃない！　いくらだって、いやといってやるわ、この私生児野郎！」彼女は口から泡を飛ばして金切り声で叫んでいる。彼女のなかに暗くて重い空間がある。石喰いよりも重い、山よりもずっと重い空間が。それが吸いこみ穴のようにすべてを喰らっていく。

彼女が愛する人はみんな死んでしまった。コランダム以外はみんな。もし彼を奪われてしまったら――

§

――わたしたちでも……割れてしまうことがある。

§

子どもは奴隷として生きるくらいなら生まれてこないほうがましだ。

彼は死んだほうがましだ。

彼女も死んだほうがましだ。アラバスターは、ひとり残されて、彼女を恨むことだろう。だがアラバスターはここにはいないし、生きのびることと生きていくこととはちがう。

だから彼女は手をのばす。上へ。遥《はる》か遠くへ。そこに、上空に、アメシストがある。死者の辛抱強さで待っている。まるで、いつかこの瞬間がくることを知っていたかのように。

彼女はいま、それに手をのばし、アラバスターがいっていたとおり、それが彼女の手に余るものでありますようにと祈る。

そして彼女の意識が宝石色の光と切子面《きりこめん》がつくりだすさざ波のまんなかで溶けだし、シャファがはたと気づいて喘ぎながら彼女に向かって突進し、彼女の手で鼻と口をふさがれていたコランダムのまぶたがピクピクと動いて閉じ——

彼女は古代の未知なる力に向かってみずからを開け放ち、世界を引き裂く。

§

ここはスティルネスだ。その東海岸の遥か沖合、赤道の少し南。

そこに島がある——鎖のように連なる不安定な厚板のような小島のひとつで、たいていは数百年ともたない。しかしこの島は数千年も前から存在している。住人の知恵のなせる業《わざ》だ。これはその島が死んだときの話だが、少なくとも住人の何人かは生きのびてほかの場所へ移っていった。そう聞けば、あんたも少しは気が晴れるだろう。

その島の上空に浮かんでいた紫色のオベリスクが一度だけ大きくドクンと脈打った。いまは亡きアライアと呼ばれていたコムが死んだ日にあそこにいた者なら誰でも知っている、あの凄まじい脈動だ。その脈動が消えると、海底の岩床が震動して隆起した。濡れたナイフのような大釘が何本も波を引き裂いてあらわれ、島の海岸近くに浮かんでいる船を一隻残らず完膚なきまでに打ち砕く。船に乗っている者たちの何人かは――海賊もいれば、その敵もいるが――串刺しになり、あたりは死の藪《やぶ》と化す。

この震動は島からゆっくりとひろがる波長の長いさざ波を生み、ミオヴの港からアライアの残骸まで延々と連なるぎざぎざの恐るべき剣ヶ峰をつくりだす。陸橋だ。あえて渡りたいとは誰も思わないだろうが、それでも陸橋にはちがいない。

死の刻がすぎ、オベリスクが鎮まると、その下の海でまだ生きている者はほんのひと握りだった。そのなかのひとりが、女が、砕け散った船の残骸のまんなかに意識不明で浮いている。彼女からさほど離れていないところに小さな人影が――子どもが――浮いているが、こちらはうつ伏せだ。

やがて仲間内の生き残った者たちが彼女を見つけて本土へ連れていくことになる。そこで彼女はさまよい、道に迷い、自分自身を見失う。二年の長きにわたって。

だが、彼女はひとりではない――わたしはそのとき彼女を見つけたのだから。オベリスクが脈動した瞬間は、彼女の存在が世界に向けて高らかに謳《うた》いあげられた瞬間――それは約束であり、要求であり、とても抵抗できないほど魅惑的に誘いかけてくる招待状だった。わたしの仲間が大勢、彼女のところへ集まっていったが、最初に彼女を見つけたのはわたしだ。わたしはほかのやつらを蹴散らして、彼女のあとをつけ、見張り、守った。彼女がティリモという小さな町を見つけて、しあわせとまではいえないまでも、しばらくのあいだ穏やかな暮らしができたのは、ほんとうによかった。わたしもうれしかった。

やがて、ついにわたしは彼女に自己紹介することができた。十年後、彼女がティリモを出たときのことだ。もちろん、わたしたちはいつもは、こんなことはしない——わたしたちはふつう、彼女の種属とのあいだにこんな関係をもとめたりはしない。だが彼女は特別だ——特別だった。あんたは特別だった——いまも特別だ。

ぼくの名前はホアだ、とわたしは彼女にいった。どんな名前にも負けず劣らずいい名前だ。

こうしてすべてがはじまった。よく聞け。学べ。こうして世界は変わったのだ。

23　すべてはあんたのなかに

カストリマに、キラキラ光る建物がある。大晶洞《だいしょうどう》のいちばん下のほうにあって、これは成長したのではなく、つくられたものだ、とあんたは思う。壁が水晶の塊《かたまり》を削ったものではなく、切り出した白い雲母《うんも》の厚板でできているからだ。細かな結晶の薄片が全面にちりばめられていて、まわりの大柄な親類たちほど印象的ではないが、美しさは負けず劣らずだ。どうしてこれほど空き部屋だらけのところにわざわざ厚板を運びこんでこんな家を建てたのか、あんたには見当もつかない。が、べつに人にたずねもしない。どうでもいいと思っている。

レルナがいっしょにきている。ここはコムの公式の診療所で、あんたが会おうとしている男はレルナの患者なのだ。しかしあんたは戸口でレルナを押しとどめる。あんたの顔を見て、なにか危険らしいと察したのだろう、彼はあんたがひとりでなかに入るのを止めはしなかった。

あんたは開けっぱなしの戸口をゆっくりとくぐり、立ち止まる。診療所の広々とした部屋の奥に石喰《いしく》いの姿が見えたからだ。そう、アンチモン——ほとんど忘れていたが、アラバスターがこの石喰いの女につけてやった名前だ。彼女は無表情であんたを見ている。指先の錆《さび》色と漆黒の〝髪〟と目以外、白い壁とほとんど見分けがつかない。最後に見たときからまったく変わっていない――あれは十二年前、ミオヴが最期を迎えた日だ。といっても、彼女の種属にとっては十二年の月日など無に等しい。

あんたはとりあえず会釈する。それが礼儀というものだし、フルクラム育ちの女はそうあるべきという思いがまだあんたのなかに少しだけ残っているからだ。どんなに嫌いな相手にたいしてでも、あんたは礼儀を忘れない。

彼女がいう。「それ以上、近づくな」

あんたにいっているわけではない。あんたがふりかえると、驚いたことに、うしろにホアがいる。いったいどこからあらわれたのだろう？　彼もアンチモン同様、微動だにしない。そこであんたはやっと、彼が呼吸していないことに気づく。彼はあんたと出会って以来ずっと呼吸をしていなかった。どうしていままで気がつかなかったのだろう？　ホアは、イッカの仲間の石喰いに見せたのとおなじ静かに威嚇するような眼差《まなざ》しで、彼女をにらみつけている。たぶんかれらはみんな、お互いが嫌いなのだろう。同窓会を開いたら、相当、気まずいことになるにちがいない。

「ぼくは彼に興味はない」ホアがいう。

アンチモンの視線が一瞬、あんたに移る。そしてホアにもどる。「わたしは、彼のことがあるから彼女に興味を持っているだけよ」

ホアはなにもいわない。たぶん、じっくり考えているのだろう――これが本心なのか、それとも権利を主張しているのか。あんたは首をふって、さっさと奥へ進んでいく。

部屋のいちばん奥、クッションと毛布を積み重ねた上に細い、黒い人影が横になっている。呼吸が荒い。あんたが近づいていくと、その人影が少し動いて、ゆっくりと頭をあげる。男の腕がぎりぎり届かないところであんたはかがみこみ、その顔を確認して安堵《あんど》する。なにもかも変わってしまっているが、少なくとも目だけはおなじだ。

「サイアン」と彼がいう。ざらざらした、だみ声だ。

「エッスンよ、いまは」あんたは反射的に答える。

彼がうなずく。それだけでも痛むのか、一瞬、目をつぶる。そして息を吸いこみ、あんたにもそうとわかるほど苦労して、力を抜いていく。いくらかましになったようだ。「きみが死んでいないことはわかっていた」

「じゃあ、どうしてきてくれなかったの？」とあんたはいう。

「自分の問題を片付けるので手一杯だったんだ」うっすらと微笑《ほほえ》む。彼の左頬に大きな火傷《やけど》のあとがあって、パリパリいう音が実際に聞こえる。彼の視線がアンチモンに移る。まるで石喰いのようにゆっくりした動きだ。そしてまたあんたに視線をもどす。

（彼女、つまりサイアナイトに。）

あんたにだ、エッスン。錆《さ》び、あんたもやっと自分が何者なのかわかってうれしいだろう。

「ずっと忙しくてな」アラバスターが右腕をあげる。前腕のまんなかから先がすっぱりとなくなっている。上半身裸なので、なにがあったのかあんたにもはっきりとわかる。昔の面影はない。あちこち欠けているところだらけで、血と膿《うみ》と尿と焼けた肉の匂いがする。だが腕の怪我は、少なくとも直接にユメネスの大火で負ったものではない。腕の切断面はなにか硬くて茶色の、皮膚ではないもので覆われている——見たところ、ずいぶん硬そうで白亜《はくあ》のようになめらか。

石だ。彼の腕は石になってしまっている。だが、その半分近くが失われ、断端に——

——歯形。あれは歯形だ。あんたは目をあげて、またアンチモンを見る。そしてあのダイヤモンドの笑みを思い浮かべる。

「きみも忙しかったそうじゃないか」アラバスターがいう。

あんたはうなずいて、やっとのことで石喰いから視線を引き離す。（これであんたも、かれらがどんな石を食べるのかわかったわけだ。）「ミオヴのあと。わたしは……」どう話せばいいのか、あんたはとまどう。耐えられないほど深い悲しみに何度も見舞われながら、あんたはそのたびに耐えてきた。「わたしはちがう人間になる必要があったの」

理屈に合わない。ところがアラバスターは、わかるとでもいうように、ふむと肯定的な声を出す。「とりあえず、自由の身ではいられたんだな」

ほんとうの自分を一から十まで隠して生きることも自由といえるなら、そうだ。「ええ」

「どこかに落ち着いたのか？」

「結婚したわ。子どもも二人できて」アラバスターは沈黙している。顔じゅう、焦げ跡と白亜質の石の大きな斑点だらけで、微笑んでいるのか渋い顔をしているのかわからない。だがあんたはたぶん渋い顔だろうと思って、こうつけ加える——「二人とも……わたしとおなじだったわ。わたしは……夫は……」

言葉にすると、記憶をよみがえらせるのとはちがうかたちで、物事がやけに現実味を帯びる。だからあんたは先に進めない。

「きみがどうしてコランダムを殺《あや》めたのか、それはわかっている」アラバスターがいう。とても静かな声だ。そして、かがみこんでいるあんたがその言葉の暴風をまともに喰らってぐらついているところへ、彼がとどめを刺す。「だが、それでも絶対にきみを許すことはできない」

くそ。あんたは彼を呪い、自分を呪う。

「わたしを殺したいというなら、それも無理はないと思うわ」あんたはやっとのことで口にする。そしてくちびるを舐《な》める。唾《つば》を飲みこむ。そして言葉を吐きだす。「でもその前に夫を殺さなくてはならないの」

アラバスターが喘《あえ》ぐような吐息を洩《も》らす。「ほかの二人の子も」

あんたはうなずく。いまこの瞬間、ナッスンが生きているとしても関係ない。ジージャはあんたから彼女を奪った――それだけで充分だ。

「きみを殺しはしないよ、サイ――エッスン」疲れた声だ。あんたが出した安堵でも失望でもない小さな声も聞こえていないかもしれない。「たとえそれだけの力があっても、殺しはしない」

「もしあなたが――」

「まだ、できるのか?」彼はあんたが困惑しているのも無視して問いかけてくる。昔のままだ。

肉体はぼろぼろになってしまったが、それ以外はなにも変わっていない。「きみはアライアでガーネットのオベリスクを利用したが、あれはなかば死んでいたようなものだ。ミオヴではアメシストを使ったのだろうが、あれは……切羽詰まってやったことだ。いまは、意のままに使えるのか？」

「わたしは……」考えたくない。それがあんたの本音だ。しかしあんたの視線は師であり、恋人であり、友人である男のぞっとするような姿から引き離されていく。視線の先にあるのはアラバスターの斜めうしろ、診療所の壁にかけてある奇妙なもの。黒曜石ナイフに似ているが、刃が長すぎるし幅も広すぎてとても実用になりそうもない。柄がまたやたら大きい。たぶん刃がばかばかしいほど長いからだろう。鍔《つば》も大きくて、もし誰かがこれを使って肉を切るなり結び目を断つなりしようとしたら、さぞかし邪魔になることだろう。そもそも素材は黒曜石ではない。少なくともあんたが見たことのあるどんなガラス質のものともちがう。赤に近いピンクで――

で。あんたはそれをじっと見つめる。じっと内側を。それがあんたの精神を中へ、下へ引きこもうとするのが感じられる。落ちていく。落ちてあがっていく。ピンクの切子面《きりこめん》のちらちら明滅する光の柱のなかをどこまでも――。

あんたは本能的に身構え、ハッと息を呑んで我に返る。そしてアラバスターを見つめる。彼はまた痛々しい笑みを浮かべている。

「尖晶石《スピネル》」あんたがショックを受けているのを見て、彼がいう。「あれはわたしのものだ。きみはもうどれか自分のものにしたのか？　きみが呼べばオベリスクはくるのか？」

あんたは考えたくないが、考える。信じたくないが、じつをいえばずっと前からそう思っていた。

「あ、あなたが北の断層を引き裂いたのね」あんたはささやく。両手が握り拳になっている。「あ、あなたが大陸を引き裂いた。あなたがこの〈季節〉をスタートさせた。オベリスクを使って！　あなたが……ぜんぶあなたがやった」

「ああ、オベリスクを使って。それとノード・ステーションの保守要員の力も借りた。かれらはいまはみんな安らかに眠っている」彼はゼイゼイと苦しげに言葉を吐きだす。「力を貸してくれ」

あんたは反射的に首をふるが、否定の意味ではない。「傷を治すために？」

「いや、そうじゃないんだ、サイアン」あんたはもう彼のまちがいを訂正する気さえない。彼の楽しげな、ほとんど骸骨のような顔から目が離せない。彼がしゃべると歯も何本か石に変わっているのがわかる。彼の臓器はどれくらい石になってしまっているのだろう？　こんな状態で彼はあとどれくらい生きられるのか――生きていられるはずなのか？

「治してほしいんじゃない」アラバスターがいう。「傷は二次的な被害だ。しかしユメネスはああなって当然の存在だった。きみにしてほしいのは、可愛いダマヤ、サイアナイト、エッスン、もっと悪化させることだ」

あんたは言葉もなく彼を見つめる。すると彼がまえにのりだしてきた。こんなふうに動くのは苦痛に決まっている――肉が引きのばされて軋《きし》む音が、どこかの石のかけらにひびが入る音が、かすかに聞こえる。だが彼は充分に彼女に近づくと、またにやりと笑った。あんたはふいに気づく。邪悪な、すべてを蝕《むしば》む、地球。彼は狂ってなどいない。昔からずっと。

「どうだ」彼がいう。「月と呼ばれるもののことを聞いたことはあるか？」

補遺1　サンゼ人赤道地方併合体の創立以前および以後に起きた〈第五の季節〉一覧

（最新から最古へ、の順）

〈窒息の季節〉……帝国暦二七一四―二七一九年。直接的原因：火山の噴火。場所：南極地方のディヴェテリス周辺。アコック山の噴火で半径五百マイルの範囲が、肺や粘膜で凝固する細かい灰の雲に覆われた。南半球では五年間、陽光が遮られたが、北半球はそこまでの影響は受けなかった（二年で回復）。

〈酸の季節〉……帝国暦二三二二年―二三二九年。直接的原因：揺度十以上の揺れ。場所：不明。大陸から遠く離れた海底。突然のプレート移動でジェット気流主流の通り道に火山の連なりが生じ、ジェット気流が酸性化して西海岸地方へ、その後スティルネス大陸のほぼ全土に流れこんだ。海岸地方のコムのほとんどは津波の第一波で壊滅。残るコムも船や港湾設備が被害を受けて漁業が成り立たず、消滅したり移住を余儀なくされたりした。雲による大気への影響は七年間におよび、海岸地方のpH値異常はその後さらに何年もつづいた。

〈沸騰の季節〉……帝国暦一八四二年―一八四五年。直接的原因：湖底地下のホットスポットからの噴出。場所：南中緯度地方テカリス湖四つ郷《よごう》。この噴出によって何百万ガロンもの蒸気や微粒子物質が大気中に放出され、大陸の南半分では三年間にわたって酸性雨が降り、陽光の遮蔽状態がつづいた。しかし北半分はこれといった影響は見られなかったため、この状態を〝真の〟〈季節〉と呼べるかどうか、考古科学者のあいだでは意見がわかれている。

〈息切れの季節〉……帝国暦一六八九年―一七九八年。直接的原因：鉱山事故。場所：北中緯度地方、サスド四つ郷。まったくの人的要因で生じたもの。北中緯度地方北東部炭田の端にあった炭鉱で起きた火災が引き金となった。当該地域以外ではときおり陽光が射しこみ、降灰や大気の酸性化も見られなかった比較的穏やかな〈季節〉で、〈季節令〉を発令したコムはごく少数だった。ヘルダインでは当初の天然ガス噴出と火炎に包まれたすり鉢状の穴の急速な拡大により約千四百万人が死亡したが、帝国オロジェンが穴の縁を密閉、沈静化し、それ以上の延焼を防ぐことに成功した。封じこめられた火災はそれ以降、百二十年間にわたって孤立したまま燃えつづけた。この火災の煙は卓越風にのってひろがり、当該地域では数十年にわたって呼吸器疾患を引き起こし、ときに大量の窒息者も出た。また北中緯度地方の炭田が失われたことにより暖房用燃料コストが高騰すると同時に地熱の利用や水力発電が大幅に採用され、土技者《どぎしゃ》ライセンス制度の創設につながった。

〈歯の季節〉……帝国暦一五五三年―一五六六年。直接的原因：海底の揺れが引き金となって起きた超巨大火山の破局噴火。場所：北極地方の亀裂群。海底の揺れの余波で、それまで知られていなかった北極点近くのホットスポットからマントルが上昇し、これが引き金となって破局噴火が起きた。噴火の音は南極地方でも聞こえたという。灰は超高層大気まで上昇し、急速に地球全体にひろがったが、もっとも大きな影響を受けたのは北極地方だった。前回の〈季節〉から九百年以上たっていたため、当時は〈季節〉は伝説にすぎないという考え方が一般的で備えがおろそかになっていたコムが多く、被害が増大した。この時期、食人風習が北から赤道地方までひろまったと伝えられる。この〈季節〉の末期にユメネスでフルクラムが創設され、北極地方と南極地方に支所が置かれた。

〈菌類の季節〉……帝国暦六〇二年―六〇六年。直接的原因：海底火山の噴火。場所：赤道地方東部。モンスーン期に海底火山の噴火が相次いだことによって湿度が高くなり、大陸の二十パーセント以上の地域で六カ月間にわたって曇天《どんてん》がつづいた。その点では〈季節〉としては穏やかなほうだったといえるが、噴火のタイミングがモンスーン期だったことで菌類の繁殖に最適の条件が整ったため菌類が赤道地方から南北中緯度地方へとひろがり、当時、主要作物だったミロック（現在は絶滅）を駆逐していった。その結果、収穫が激減して、飢《き》饉《きん》が解消するのに四年（菌枯れ病が蔓延するのに二年、農業システム、食料配給システムの復旧に二年）の歳月を要した。影響を受けたコムのほとんどは備蓄食料で乗り切ることができたため、帝国の改革、〈季節〉対処計画の効力が実証されたかたちとなったうえ、帝国はミロックに依存していた地域に備蓄していた種を惜しみなく分け与えた。その結果、中緯度地方および海岸地方の多くのコムが自発的に帝国に参入し、勢力範囲が倍に拡大して帝国は黄金期を迎えることとなった。

〈狂気の季節〉……帝国暦紀元前三年―帝国暦七年。直接的原因：火山の噴火。場所：キアシユ・トラップ。古い超巨大火山（これより約一万年前に〈二連の季節〉を引き起こしたのとおなじ火山）の複数の火道からの噴火により、暗緑色から黒色の普通輝石が大量に大気中に排出された。その結果、闇に閉ざされた状態が十年間つづき、通常の〈季節〉がもたらす破滅的被害に加えて、精神疾患の発症率が上昇した。サンゼ人赤道地方併合体（通称、サンゼ帝国）は、ユメネスのヴェリシェ将軍が心理作戦を駆使して病的状態にある複数のコムを征服したことにより生まれた（第六大学出版部刊行『狂気学』参照のこと）。ヴェリシェ将軍は、ふたたび陽光が射した日に、みずから皇帝を名乗った。

〔編纂《へんさん》者注：サンゼ帝国建国以前の〈季節〉にかんしては矛盾する、あるいは確証のない情報が多い。下記の〈季節〉は二五三二年の第七大学考古科学会議において是認されたものである。〕

〈放浪の季節〉……帝国暦紀元前八〇〇年頃。直接的原因：磁極の移動。場所：立証できず。この〈季節〉の到来によって当時の主要交易作物数種類が絶滅した。また北磁極が移動したことで花粉媒介者が混乱をきたし、二十年間にわたって凶作がつづいた。

〈風向変化の季節〉……帝国暦紀元前一九〇〇年頃。直接的原因：不明。場所：立証できず。未知の原因により卓越風の向きが変わり、正常にもどるのに長年月を要した。陽光の遮蔽は起きていないが、かなりの規模の（そしておそらくは大陸から遠く離れた海底での）地殻変動的事象以外に原因は考えられないため、これは〈季節〉であるとのコンセンサスが得られている。

〈重金属の季節〉……帝国暦紀元前四二〇〇年頃。直接的原因：不明。場所：南中緯度地方、東海岸近辺。火山の噴火（イルク山と思われる）により十年間、陽光が遮蔽されると同時にスティルネス大陸の東半分に水銀汚染がひろがって被害が増大した。

〈黄海の季節〉……帝国暦紀元前九二〇〇年頃。直接的原因：不明。場所：東海岸地方、西海岸地方、および南極地方までの海岸沿いの地域。この〈季節〉については赤道地方の廃墟で発見された遺物に書き記されているだけで、それ以外の資料などは存在しない。未知の原因によりバクテリアが広範囲にひろがり、海の生物のほとんどが毒性を帯び、海岸地方で数十年にわたって飢饉がつづいた。

〈三連の季節〉……帝国暦紀元前九八〇〇年頃。直接的原因：火山の噴火。場所：南中緯度地方。当時から伝わる歌謡や口承伝説によると、あるひとつの火口からの噴火で三年間、陽光が遮蔽されたという。それが解消しはじめた頃、最初のものとはべつの火口が噴火し、陽光遮蔽はさらに三十年間つづいた。

補遺2　スティルネス大陸の全四《よ》つ郷《ごう》で一般的に使われている用語

安全……交渉の場、敵対する可能性のある二者がはじめて相まみえる場、その他、公式の会合で昔から供されている飲みもの。植物の乳液でつくられていて、あらゆる異物に反応する。

石喰《いしく》い……肌も髪も、全身が石のように見える知的ヒューマノイド種属。その姿はめったに見ることができない。どのような存在なのかはほとんどわかっていない。

打ち工《く》……石、ガラス、骨などで小型の道具類をつくる職人。大規模なコムでは機械を使うなどして大量生産もおこなっている。金属をあつかう打ち工、あるいは腕の悪い打ち工は俗に錆《さ》び屋と呼ばれる。

造山能力《オロジェニー》……熱、運動などにかかわるエネルギーをあやつって地震事象をあつかう能力。

造山能力者《オロジェン》……訓練されているいないにかかわらず、オロジェニーを持っている者。蔑称：ロガ。

海岸地方……海岸地方コムで、帝国オロジェンを雇って暗礁《あんしょう》などを高く引きあげ、津波からコムを守るだけの資金のあるところはごくわずかなので、海岸地方の都市は再建をくりかえさざるをえず、その結果として資力に乏しいところが多い。大陸の西海岸地方人の多くは肌の色が白く、直毛で、ときに目に蒙古《もうこ》ひだのある者がいる。東海岸地方人の多くは肌が黒く、縮れ毛で、ときに目に蒙古ひだのある者がいる。

カークーサ……中型の哺乳類《ほにゅうるい》で、ペットとして飼ったり、家や家畜の番をさせたりすることもある。通常は草食性だが、〈季節〉の期間中は肉食性になる。

〈革新者〉……一般的に知られている七つの用役《ようえき》カーストのひとつ。〈季節〉の期間中、技術的問題、論理的問題の解決を担えるだけの創造性と応用力に富む知性の持ち主が〈革新者〉に選ばれる。

〈季節令〉……コムの長《おさ》、四つ郷知事、地方知事、もしくは権利ありと認定されたユメネスの〈指導者〉が発令する戒厳令。〈季節令〉が発令されているあいだは四つ郷および地方の統治権は一時的に停止され、コムが独立した社会政治的単位として機能するが、帝国の方針で、近隣のコム同士が協力しあうことが強くもとめられている。

金属伝承……錬金術や天体学同様、第七大学が否認した信用のおけない似非《えせ》科学。

粗粒砂岩《グリット》……フルクラムで基本的な訓練を受けている段階の、まだ指輪を授かっていない子どものオロジェン。

〈強力《ごうりき》〉……一般的に知られている七つの用役カーストのひとつ。〈季節〉の期間中、身体強健で重労働や保安を担える者が〈強力〉に選ばれる。

コム……共同体《コミュニティ》。帝国統治システムにおける最小社会政治的単位で、通常、ひとつの都市、ひとつの町がひとつのコムということになるが、大都市の場合は数コムが含まれる。コムの構成員として容認された者には貯蔵品を使う権利、保護される権利が与えられる代わりに、税を納めるなど、なんらかのかたちでコムに貢献することがもとめられる。

コム無し……どのコムにも受け入れてもらえない犯罪者などの好ましからざる者。

コム名……大半の市民が持っている第三の名前。当人がコムにたいする忠誠の義務と各種権利を有していることを示す。通常、成人に達したときに授けられ、当人が共同体《コミユニティ》の有用な構成員になると見込まれていることを示す。コムへの移民はコムへの受け入れを要請し、受け入れられれば、そのコムの名を自分の名にすることになる。

サンゼ……もともとは赤道地方の一国家（帝国紀元前の政治システムの単位だが、当時は軽視されていた）で、サンゼ人種の母体。〈狂気の季節〉が終わったとき（帝国暦七年）、サンゼ国は廃止され、皇帝ヴェリシェ〈指導者〉ユメネスの統治のもと有力なサンゼ人コム六つからなるサンゼ人赤道地方併合体となった。〈季節〉の余波が残るなか、併合体は急速に勢力を拡大し、帝国暦八〇〇年頃までにはスティルネス大陸の全地方を包含。〈歯の季節〉の頃には併合体は一般的には古サンゼ帝国、あるいは単に古サンゼと呼ばれるようになった。その後、〈季節〉の際には（〈指導者〉ユメネスの助言のもと）各地方で統治するほうが有効と考えられるようになったため、帝国暦一八五〇年の協定をもって、併合体は公式に消滅した。実際には、ほとんどのコムが依然として帝国の統治、金融、教育等々のシステムを継承しており、ほとんどの地方知事はユメネスに敬意を表して税を納めている。

サンゼ基語……サンゼ人が使う言語で古サンゼ帝国の公用語。現在はスティルネス大陸のほとんどの地域で使われている共通語。

サンゼ人……サンゼ人種の構成員。ユメネスの〈繁殖者〉基準では、サンゼ人の典型はブロンズ色の肌、灰噴《はいふ》き髪、筋骨型もしくは肥満型の体型で、成人の身長は最低六フィート以上とされている。

私生児……用役カーストなしで生まれた者。そうなる可能性があるのは、父親不詳で生まれた男児だけ。ただし優秀な者はコム名をつける際に母親の用役カースト名をつけることを許される場合もある。

守護者……フルクラム以前からあるとされる体制の構成員。スティルネス大陸内でオロジェンを追跡し、保護し、導く。

新コム……最新の〈季節〉以降に生まれたコムの俗称。少なくとも一度以上〈季節〉を生き抜いたコムは、その有効性、強さが証明されたということで、一般的には新コムよりも暮らしに適しているとみなされている。

不動人《スティルヘッド》……オロジェンがオロジェニーを持たない者にたいして使う蔑称。略して〝不動《スティル》〟ということが多い。

赤道地方……赤道周辺の地域。海岸地方は除く。赤道地方のコム出身者は赤道地方人と呼ばれる。気候が穏やかで、大陸プレートの中央にあることから比較的安定しているため、赤道地方のコムは富裕で、政治力も強いところが多い。かつては古サンゼ帝国の中核をなしていた。

セバキ人……セバキ人種の構成員。セバキはかつては南中緯度地方の一国家（帝国紀元前の政治単位だが、当時は軽視されていた）だったが、古サンゼ帝国に征服されて四つ郷システムに組みこまれた。

〈第五の季節〉……地震活動あるいは大規模な環境変化によって引き起こされる、長期間――帝国の定義によると六カ月以上――にわたる冬。

〈耐性者〉……一般的に知られている七つの用役カーストのひとつ。飢餓《きが》や疫病に抗して生き残る力を持つ者が選ばれる。〈季節〉の期間中、衰弱した者の面倒を見、死体の処理をすることがもとめられる。

第七大学……地科学と石伝承の研究で知られる大学で、現在は帝国の資金で運営されている。所在地は赤道地方のディバース市。前身に当たる大学は複数あるがいずれも民間で共同事業として運営されていた。なかでも有名なアム・エラットの第三大学（帝国暦紀元前三〇〇〇年頃）は当時は独立国家とみなされていた。小規模な地方大学、四つ郷大学は第七大学に上納金を支払い、その見返りに専門知識や物資を得ている。

託児院……大人たちがコムで必要とされる仕事をしているあいだ、まだ仕事のできない幼い子どもたちの面倒を見るところ。事情が許せば学習の場ともなる。

断層……地中の亀裂が激しい揺れや噴きを起こす可能性の高い場所。

地科学者……岩石について、また自然界で岩石が存在する場所について研究する者。科学者全般を指す。とくに力を入れて研究しているのが岩石学、化学、地質学だが、スティルネスではこれらは別々の学問分野とは考えられていない。オロジェニー学――オロジェニーとその影響を研究する学問――を専門に研究している地科学者はごく少数しかいない。

地覚《ちかく》……大地の動きによって生じる感覚。大地の動きを感じとる器官が、脳幹にある地覚器官。動詞：地覚する。

地方……帝国統治システムの最上位。帝国が承認しているのは、北極地方、北中緯度地方、西海岸地方、東海岸地方、赤道地方、南中緯度地方および南極地方。各地方に知事がいて、各四つ郷から報告があがるシステムになっている。各地方知事は公式には皇帝が任命するかたちだが、実務上、〈指導者〉ユメネスによって、〈指導者〉ユメネスのなかから選ばれるのが通例。

中緯度地方……大陸の中緯度地帯——赤道地方と、北極地方あるいは南極地方とのあいだ——に位置する地方。この地方の出身者は中緯度地方人と呼ばれる。スティルネスでは発展の遅れた僻地《へきち》とされているが、この世界で必要な食料、原材料、その他必需資源の大半の供給源となっている。北中緯度地方と南中緯度地方がある。

貯蔵品……貯蔵してある食料や物資。コムは〈第五の季節〉の到来にそなえて、つねに護衛つき鍵つきの貯蔵所に必要物資を蓄えている。貯蔵品を分与される権利があるのは承認されたコムの構成員だけだが、成人は未承認の子どもなどに物資を分与できる。個々の家庭も物資を貯蔵していることが多く、家族以外の者からまもる手立ても講じている。

帝国道……古サンゼ帝国の革新的技術の産物のひとつである幹線道路（徒歩あるいは馬に乗って移動する際に使う高架道）で、主要なコムおよび大規模な四つ郷同士をつないでいる。土技者《ぎしゃ》と帝国オロジェンのチームが建設したもので、オロジェンが地震活動地域内のもっとも安定した経路を決定し（あるいは安定した経路がなければ地震活動を鎮め）、土技者が〈季節〉期間中に旅がしやすいよう河川などの重要資源を道路の近くに配した。

伝承学者……石伝承と失われた歴史の研究者。

土技者……土工事――地熱エネルギー施設、トンネル、地下インフラ、採鉱など――をおこなう技術者。

南極地方……大陸のもっとも南に位置する地方。南極地方のコム出身者は南極地方人と呼ばれる。

ノード・ステーション……地震活動を減らしたり鎮めたりするためにスティルネス全土に配置された帝国が管理するステーションで、ネットワークを形成している。フルクラムで訓練されたオロジェンは希少なため、多くが赤道地方に配置されている。

灰噴き髪……サンゼ人種の特徴的形質で、〈繁殖者〉用役カーストの現行ガイドラインでは、なにかと都合がよいので選択淘汰《とうた》において有利とされている。灰噴き髪は著《いちじる》しく硬くて太く、通常、上に向かって火炎のようにのび、ある程度までいくと垂れて顔や肩にかかるかたちになる。耐酸性で水に浸してもほとんど水を含まず、極端な環境でも灰を浸透させないフイルターの役目を果たすことが実証されている。大半のコムでは〈繁殖者〉ガイドラインで承認されているのは質感のみだが、赤道地方の〈繁殖者〉は望ましい要素として天然の〝灰〟の色（出生時の色がスレート色から白）であることももとめられるのが一般的。

破砕地……激烈かつ／あるいはごく最近の地震活動で破壊された土地。

〈繁殖者〉……一般的に知られている七つの用役カーストのひとつ。健康で均整のとれた体型の者が選ばれる。〈季節〉の期間中、選択的措置によって健全な血統を維持し、コムないし人種の改良に寄与することがもとめられる。〈繁殖者〉用役カーストの生まれでも許容基準に満たない者は、コム名をつける際、近親者の用役カースト名をつけることが認められている。

避難袋……必需貯蔵品を詰めた持ち運びしやすい小型の袋で、大半の家庭で、揺れなどの緊急事態に備えて用意している。

噴き……火山のこと。

沸騰《ふっとう》……間欠泉、温泉、蒸気噴出口のこと。

フルクラム（てこの支点の意）……〈歯の季節〉の末期に（帝国暦一五六六年）、古サンゼが創設した準軍事的組織。本部はユメネスにあるが、大陸全土を最大限カバーするため北極地方と南極地方に支所が設けられている。フルクラムの訓練を受けたオロジェン（帝国オロジェン）は、訓練を受けていない者が使えば違法とされるオロジェニーの技能を、守護者の監督のもと厳格な規則にのっとって使うことが法的に許されている。フルクラムは自主的に運営され、経済的にも独立している。帝国オロジェンは黒の制服を着用するため、俗に〝黒上着〟と呼ばれる。

北極地方……大陸のもっとも北に位置する地方。北極地方のコム出身者は北極地方人と呼ばれる。

道の家……すべての帝国道および多くの一般道に一定の間隔で置かれている施設。どの道の家にも水源があり、耕作地や森、その他有用な資源の近くに設置されている。多くは地震活動がごく少ない地域にある。

メラ……中緯度地方の植物。赤道地方でとれるメロンの近縁種。地上を這《は》う蔓《つる》植物で、通常は地上に実をつける。〈季節〉の期間中は地中に塊茎状の実をつける。一部の種は花を用いて昆虫をつかまえる。

指輪……帝国オロジェンの階級を示すために用いられる。階級のない訓練生は、初指輪を得るために一連の試験に合格しなければならない。最高位は十指輪。指輪はすべて準宝石を磨いたもの。

揺れ……大地の地震性の動き。

用役名……大半の市民が持っている第二の名前。その人物が属している用役カーストを示す。承認されている用役カーストは二十あるが、古サンゼ帝国以来、現在も一般的に使われているのは七つのみ。有用な資質は同性の親から引き継がれることが多いという理論に基づき、用役名は同性の親のものを承継する。

四つ郷……帝国統治システムの中間位。地理的に隣接する四つのコムで構成される。各四つ郷に知事がいて、各コムの長から報告があがるかたちになっている。四つ郷知事はその報告を地方知事に伝える。四つ郷内で最大のコムが首都とされ、大規模な四つ郷の首都同士は帝国道でつながっている。

緑地……石伝承の忠告にしたがって大半のコムのなか、あるいは壁のすぐ外に確保されている休閑地《きゅうかんち》。コムの緑地は〈季節〉でないときには、農地や家畜の飼育場、あるいは公園として使われることもある。個々の家庭でも個人的に菜園や庭を維持していることが多い。

謝辞

このファンタジーの一部は宇宙で誕生した。

本作を最後の一行まで読み通した方なら、わかっていただけると思う。本作のアイディアが芽吹いたのは、二〇〇九年七月に開催された、当時NASAが資金を提供していたワークショップ〝発射台〟（Launch Pad）に参加したときのことだ。〝発射台〟の目的は各種メディアのインフルエンサー――驚くことにそのなかにはSFやファンタジーの書き手も含まれていた――を集めて、もし〝科学〟というものを仕事であつかうのであれば正しく理解できているかどうか確認する、というものだった。だってほら、天文学にかんして世間で信じられている情報のなかには作家やライターがひろめた嘘もたくさんあるわけだから。嗚呼《ああ》、天文学と石人間を組み合わせたことで、はたして正確な科学情報を伝えるという世界最高峰の仕事ができているのかどうか、わたしにはわからない。〝発射台〟関係者のみなさん、ごめんなさい。

わたしの脳内でこの小説を芽生えさせた生気あふれる驚異のディスカッションについては、みなさんにお話しすることはできない。（長い話にはならないはずだが。）ただしそうした生気あふれる驚異のディスカッションが〝発射台〟のノルマだということはいえるので、もしあなたもなにかのメディアの有力な発信者で〝発射台〟に参加するチャンスがあるなら、ぜひとも参加していただきたいと思う。わたしとしては二〇〇九年の〝発射台〟に参加された方々にお礼をいわねばならない。みなさんお気づきかどうか定かではないが、本作の発芽に寄与してくださった方々なので。以下に思いつくお名前を順不同であげさせていただく。マイク・ブラザートン（ワークショップ・ディレクター、ワイオミング大学教授で自身もSF作家）、悪しき天文学者フィル・プレート（悪しき天文学者という肩書については、うーん、わたしはそれほど悪いとは思わないけれど……まあ、みなさん調べてみてください）、ゲイ&ジョー・ホールドマン、パット・キャディガン、サイエンス・コメディアンのブライアン・マロウ、タラ・フレデッテ（現姓マロウ）、そしてゴード・セラー。

また、この小説を捨てようとしていたわたしを説得し、思いとどまらせてくれたわが編集者デヴィル・ピライ、エージェントのルシエンヌ・ダイヴァーにも謝意を表します。〈破壊された地球〉三部作はこれまで書いたもののなかでもっとも手こずった作品で、『第五の季節』執筆中にこれは自分の手に余ると感じて、これ以上書くのはやめようと思った。（実際どんなふうに思ったか正確にいうと、「このしっちゃかめっちゃかのクズを削除して、ドロップボックスをハッキングしてバックアップを始末して、ラップトップを崖から落として、それを車で轢いて、その車もろとも火をつけて、バックホーを使って証拠を埋めてやる。バックホーを運転するのに特殊免許がいるんだっけ?」）ケイト・エリオット（つねに師であり友でいてくれる彼女にも謝意を)はこういう瞬間を、どんな作家でも大きな仕事をしているとかならず出会う

〝疑念の深淵〟と呼んでいるが、わたしのはユメネス断層くらい深くて大きなものだった。

ほかにもつぎの方々が崖から離れるようにとわたしを説得してくれた――ローズ・フォックス、わが医療コンサルタントのダニエル・フリードマン、ミッキ・ケンドール、わが執筆グループの面々、本業のボス（実名を挙げることを良しとされるかどうか判断つかず）、そして愛猫キング・オジマンディアス。そう、ダメ猫の力さえ必要だった。作家が大混乱に陥るのを防ぐには村人総出でないと追いつかないということだ。そういうものなのです。

そしていつもながら、読んでくださっているみなさんに感謝いたします。

解説

渡邊利道

本作は、アメリカの作家N・K・ジェミシンN. K. Jemisinが二〇一五年に発表した長編小説*The Fifth Season*の全訳である。翌年のヒューゴー賞長編部門を受賞し、ネビュラ賞、世界幻想文学大賞、ローカス賞にもノミネートされた。続編の*The Obelisk Gate*（2016）、*The Stone Sky*（2017）とともにThe Broken Earth（破壊された地球）三部作を構成し、そのすべてがヒューゴー賞を獲得。史上初の三年連続ヒューゴー賞受賞として大きな話題をさらったのはご存じの方も多いだろう。

本作の舞台となるのは数百年ごとに〈第五の季節〉と呼ばれる大規模な天変地異が発生し文明が崩壊の危機に立たされる世界。超大陸スティルネスを支配するサンゼ人の帝国は、熱や運動などのエネルギーを操る能力を持つ人々・オロジェン（蔑称でロガとも呼ばれる）を訓練し従わせる体制によって文明の崩壊を防ぎ隆盛を誇っていた。献辞を見れば分かる通り、本作は災厄を呼ぶものとして憎まれ、時に虐殺の対象ともなってきたオロジェンたちを中心として、理不尽な世界と戦うものたちを描いた長編小説である。

物語は三つのパートが交錯しながら展開する。まずオロジェンであることを隠し夫と二人の子供（息子と娘）とともに平凡な主婦として生きていたエッスンのパート。彼女ら一家は平穏に暮らしていたが、ある日新たな〈季節〉の到来を告げる巨大な地震が町を襲い、それがきっかけで夫が息子の能力に気づき殺害。娘を連れて失踪した夫を追って、エッスンは町を出る。町の外で道連れになった、真っ白い肌の子どもの不思議な力に導かれ、彼女は迷うことなく旅を続ける。

次いで、オロジェンを恐れる家族によって虐待同然のひどい扱いを受けて納屋に閉じ込められていた少女ダマヤのパート。彼女は家族から連絡を受けた帝国の〈守護者〉シャファに引きとられ、オロジェンの力をきちんとコントロールする訓練を受けるため首都ユメネスに向かって旅立つ。

三つ目はそのユメネスにあるオロジェンの訓練組織フルクラムでエリート教育を受けた若い女性サイアナイトのパート。フルクラムで訓練された帝国オロジェンの階級を示す指輪を四つ持つ彼女は、海辺の町アライアで、船の障害となっている珊瑚礁《さんごしょう》を処理する命令を受ける。アライアへの旅では、導師として最高位である十指輪のアラバスターと同行しなければならない。彼と同衾《どうきん》し、新たなオロジェンを妊娠し出産することが、この旅のもう一つの目的なのだ。この任務を果たせば、サイアナイトには上級オロジェンに昇格する道が開かれる。しかしこのアラバスターがとんでもない嫌な男というかほとんど狂人なのだった……。

本作の最大の特徴は、その語り口の奥深い豊かさである。どこからともなく語りかける文体で息子の死に打ちのめされる匿名の女性が三人称で描き出されるプロローグからはじまり、数百年ごとに文明が崩壊する大地の歴史というよりもむしろ神話がきわめて暗示的・象徴的な文体で悠揚と語られる。古代からの言い伝え（石伝承）や、巨大な遺物であるオベリスク、そして石喰《いしく》いと呼ばれる不思議な存在についてやつぎばやに、神話と歴史が混淆《こんこう》する語りの中で次次と触れられていく。この部分は少々読みにくいものの、小説全体を読み解く鍵がいっぱい隠されているので、読了後にもう一度読み直すのもいいかもしれない。

匿名の女性は「エッスン」と名前が明かされ、本編に入るとすぐさま「あんた」と二人称で呼びかけられる。視点のダイナミックな変動はここまでで、ここからストレートな物語となり一気に読みやすくなるので、冒頭部でとっつきにくさを感じてしまった読者はサラッと読み飛ばして本編に入ってもよいだろう（そして前述したように最後まで読んでから再読するのだ）。

二人称のエッスンのパートと違い、ダマヤ、サイアナイトのパートはごく普通の三人称で語られるのだが、中年（母親）、少女、若い女性という三つの年代の視点から描かれる世界はそれぞれ感情的な色彩とでもいうようなものが違っている。また彼女らの旅の道連れとなる三人の男性は、それぞれ世界の秘密への案内人とでもいった役割を果たす。さらに、この三つのパートはそれぞれ中途で大きなシフトチェンジをして、エッスンは地下にひろがる古代文明が遺《のこ》した水晶の都市に入り込むことになるし、ダマヤのパートはフルクラムでの訓練の日々を描く一種の学園ものに、サイアナイトは超大陸から離れた島で海賊たちと邂逅《かいこう》するという展開になる。多様な文化や地域差、またカーストによる差別など、複雑に構築された世界で巧みに張り巡らされた伏線を結びつけ、大小さまざまな謎を提示し解明しながら物語を進めていく手際は実に見事なものだ。

SF的なアイディアとして面白いのはまずオロジェンの力だろう。オロジェンは大地の運動を察知（地覚《ちかく》）し、みずからを触媒として周囲の熱や運動といったエネルギーを転送して操る能力を有する。なので彼らが力を揮《ふる》うと周囲は一気に凍りついたりする。そしてそのずば抜けた力を制圧する〈守護者〉の力にも、物理的な裏付けがある。また、強力なオロジェンの力は巨大な山嶺《さんれい》をも揺り動かす凄《すさ》まじいものだが、一応理屈が設定されており、個人の能力の多寡によってできることやその仕組みへの理解度も異なるので、バトル要素のある超能力ものとして精彩を放つ場面が次々に描かれるのも本作の大きな読みどころである。他にも前述した石喰いやオベリスクといった不思議な古代の遺物にいろいろな秘密があると示唆されていて、本作ではその一端が開示されるだけだが、おそらく三部作が進むにつれてもっと秘密が明かされてゆくはずであり、それを推理・想像するのも楽しい。

〈季節〉に対抗するという帝国の安寧を支えるためには必須の能力を有するにもかかわらず、むしろそれゆえに差別され抑圧されるオロジェンたち。おそらくそこには身体的負担が大きく時には死と隣り合わせとなる危険に身を晒《さら》して、妊娠・出産という種の維持への貢献を果たしているにもかかわらず、社会的に差別・抑圧されている女性たちのイメージが重ね合わされている。本作には、随所でエロティックな場面が描かれているが、その記述もきわめてフェミニンで、まったく味気ないものから多幸感あふれるものまで、多様性に満ち、単なる図式の提示に収まらない経験的世界の豊穣《ほうじょう》さを感じさせる。

最後に作者について。ノーラ・K・ジェミシンは一九七二年アイオワ州生まれ、ニューヨークとアラバマ州モービルで育ち、マサチューセッツ州などを経てニューヨークに居を定める。テュレーン大学で心理学の学位を獲得。メリーランド大学の大学院に進みカウンセリングを学び修士号を取得。在学中に独学で小説の執筆をはじめたがうまくいかず、二〇〇二年に毎年秋季にマサチューセッツ州で開催されるワークショップ Viable Paradise に参加。本格的に創作を学び直し、〇四年ごろから短編小説が雑誌などに掲載されるようになった。

〇九年の短編「可能性はゼロじゃない」"Non-Zero Probabilities"（市田泉訳、《ＳＦマガジン》二〇一一年十二月号掲載）は、出来事の発生確率がおかしくなっているニューヨークを舞台に、アイルランド系とアフリカ系のダブルである主人公の日常を描いた現代ＳＦで、翌年のヒューゴー、ネビュラ両賞の短編部門にノミネートされた。

一〇年の第一長編『空の都の神々は』*The Hundred Thousand Kingdoms* は、ローカス賞（第一長編部門）とセンス・オブ・ジェンダー賞を受賞し、ヒューゴー賞、ネビュラ賞、世界幻想文学大賞の候補となり、ジェイムズ・ティプトリー・ジュニア賞のオナーリストにも挙げられた。この作品は The Inheritance 三部作の一作目で、続編となる『世界樹の影の都』*The Broken Kingdoms* までは佐田千織訳で早川書房から邦訳が刊行されたが、ネビュラ賞にノミネートされた最終巻の *The Kingdom of Gods* は残念ながら未訳にとどまっている。また、一二年に刊行した The Dreamblood シリーズ一作目となる長編 *The Killing Moon* がネビュラ賞、ローカス賞、世界幻想文学大賞にノミネートされた。他に一八年に短編集 *How Long 'til Black Future Month?* が、二〇年には新たな三部作 The Great Cities の第一作 *The City We Became* が刊行されている。長編小説は本作をふくめてどれも骨太な文化人類学的ＳＦファンタジーである。

作家としてもっとも精神的に影響を受けたのはオクテイヴィア・Ｅ・バトラー。他にタニス・リー、スティーヴン・キング、漫画家のよしながふみなどからも影響を受けたと言う。作品から推してもわかるように、徹底的なフェミニストであり、一三年に開催されたあるイベントでのスピーチで、アメリカＳＦファンタジー作家協会（ＳＦＷＡ）の会長候補として作家・ゲームデザイナーで極右活動家のセオドア・ビール（a.k.a Vox Day）が一定の支持を集めたことに触れ、ビールを「自称女嫌い、人種差別主義者、反ユダヤ主義者、その他数種類のクソ野郎（A self-described misogynist, racist, anti-Semite, and a few other flavors of asshole）」と呼び、沈黙することは肯定するのと同じことだと述べた。結果的にＳＦＷＡを追われることになったビールは、ヒューゴー賞における反多様性運動「パピーゲート事件」の中心人物の一人となったが、本作のヒューゴー賞受賞はまさにその渦中での出来事だった。

執筆と並行し長く心理カウンセラーとしても活躍していたが、一六年に専業作家となった。また、ボストンの作家グループ BRAWLers や、スペキュレイティヴ・フィクションの批評グループ Altered Fluid のメンバーである。公式ウェブサイトのＵＲＬは http://nkjemisin.com、ツイッターアカウントは @nkjemisin。

さて、前述したように、本作は三部作の一作目であり読み応えはたっぷりだが、本作だけではこの世界の謎はまったく解き明かされていない。続編の *The Obelisk Gate* では、エッスンと彼女の娘ナッスンの二つの視点で物語が再開され、さまざまな秘密がそこで明かされる。遠からず創元ＳＦ文庫から刊行予定なので楽しみにお待ちください。

検印
廃止

訳者紹介　1951年生まれ。青山学院大学文学部英米文学科卒業。訳書に、アシモフ『夜来たる［長編版］』、クラーク『イルカの島』、ウィアー『火星の人』他多数。

第五の季節

2020年6月12日　初版
2023年7月7日　再版

著　者　N・K・ジェミシン

訳　者　小《お》野《の》田《だ》和《かず》子《こ》

発行所　（株）東京創元社
代表者　渋谷健太郎

162-0814/東京都新宿区新小川町1-5
電　話　03・3268・8231-営業部
03・3268・8204-編集部
URL　http://www.tsogen.co.jp
萩原印刷・本間製本

ISBN978-4-488-78401-0　C0197